BASTEI
LÜBBE

Von Matt Beaumont ist bei Bastei Lübbe Taschenbücher lieferbar:

15416 Staying Alive

Über den Autor:

Matt Beaumont ist Werbetexter und wurde von mehreren führenden Londoner Werbeagenturen gefeuert. Er lebt im Norden Londons mit seiner Frau (Maria Beaumont) und seinen Kindern.

Matt Beaumont

Sitzengelassen

Roman

Aus dem Englischen von
Christina Neuhaus

BASTEI
LÜBBE

BASTEI LÜBBE TASCHENBUCH
Band 15 782

1. Auflage: Dezember 2007
2. Auflage: Juni 2008

Vollständige Taschenbuchausgabe

Bastei Lübbe Taschenbücher in der Verlagsgruppe Lübbe

Deutsche Erstausgabe
Für die Originalausgabe:

Titel der Originalausgabe: »Where There's A Will«
Für die deutschsprachige Ausgabe:

Lektorat: Anke Stockdreher und Jan Wielpütz
Umschlaggestaltung: Bianca Sebastian
Satz: hanseatenSatz-bremen, Bremen
Druck und Verarbeitung: CPI – Ebner & Spiegel, Ulm
Printed in Germany
ISBN 978-3-404-15782-2

Sie finden uns im Internet unter
www.luebbe.de
Bitte beachten Sie auch: www.lesejury.de

Der Preis dieses Bandes versteht sich einschließlich
der gesetzlichen Mehrwertsteuer.

To Holly Beaumont, my Mercedes

Danksagung

In meinen Augen sollte jeder, der an einer Schule arbeitet, mit einem Adelstitel, einer Million Pfund oder etwas dergleichen belohnt werden – das gilt insbesondere natürlich für diejenigen, die mir bei der Arbeit an diesem Buch geholfen haben. Dazu zählen Lynda Katzen von der Fortiemere School, Christine Witham von der Rhodes Avenue Primary School sowie Emine Salih und Hakkan Hakki von der Park View Academy.

Mein Dank gilt auch John Saner und Mick Prichard, die mir stets mit gutem Rat zur Seite standen. Einige ihrer Vorschläge habe ich sogar befolgt.

Wie immer bedanke ich mich auch bei Special Agent Trevor. Ebenso bei Susan Opie und Allen bei HarperCollins, die dieses Buch möglich gemacht haben.

Besonderes erwähnen möchte ich Jon, der eine konstante Quelle der Inspiration war. In einer Zeit der persönlichen Mentoren und Gurus, ist er mein Anti-Lebens-Trainer.

Last, but not least danke ich Maria. Du bist erstaunlich, brillant, sexy, clever, stark … Und jetzt: Wo bleibt mein verdammtes Abendessen?

1. Teil:
Kevan, Kelly, Louise

Von Mäusen und Menschen

»Also gut, warum bezeichnet George die Erntehelfer als die wohl ›einsamsten Menschen der Welt‹?«

Dreiunddreißig ausdruckslose Mienen waren die Antwort. Man hätte zwar keine Stecknadel fallen hören können, den Furz eines Schülers hingegen schon.

Und da war er auch schon. *Ffffrrrrrrpp*. Der Furz eines Schülers.

»Weiß das jemand?«

Es war der erste Arbeitstag des Lehrers, und er hatte Angst. *Natürlich* hatte er Angst. Niemand hatte versucht, ihm weiszumachen, er würde nun in Eton unterrichten. Tatsächlich hatte er sich aufs Schlimmste gefasst gemacht. Auf Chaos, Gebrüll, Gefluche, ja, sogar auf gelegentlich aufflackernde Gewalt. Und nein, er hatte sich nicht auf diesen Job gefreut. Doch er hatte geglaubt, er würde das schon packen.

Bis zu diesem Moment.

»Nun kommt schon. Weiß das jemand? *Irgendjemand?* George … Wanderarbeiter … Einsamkeit … *Warum?*«

Er sah von seinem Schreibtisch auf und blickte nun nicht mehr in leere Gesichter. Vor seinem inneren Auge erschien eine vertrocknete Einöde, gottverlassen bis auf ein paar Steppenläufer im Wind … Da tauchte am Horizont ein Skelett auf, klapprig und ausgedörrt. Das war er … nach einem weiteren Moment dieses bösartigen Schweigens. Einsame Cowboys? Was war mit den armen verdammten Lehrern?

Entnervt hob er *Von Mäusen und Menschen* über seinen Kopf. Doch was nun damit anfangen? Das Buch nach jemandem werfen? War das nicht verboten?

»Bitte …« Schwach und heiser verließ das Wort seine Kehle. Er musste etwas trinken. Wasser … Whisky … Gift.

Verzweifelt räusperte er sich. »Hat denn keiner 'ne Meinung dazu? Zu dem Buch? Zu irgendwas?«

Endlich meldete sich jemand aus den Tiefen des Klassenraums. Es war der Junge, dessen Haupt die letzten fünfunddreißig Minuten auf der Tischplatte gelegen hatte, wodurch das frisch ausrasierte »K« am Hinterkopf deutlich zu sehen gewesen war.

»Ja?«, sagte der Lehrer ein bisschen zu eifrig.

»Kann ich mal pinkeln gehen?«, fragte der Schüler.

Das war der Moment, in dem der Lehrer etwas sagte, was ihm umgehend leid tun wird, etwas Dummes, etwas Großspuriges. Allerdings war es seine erste ordentliche Schulstunde, und die Worte sprudelten einfach so aus ihm heraus. Daher sagte er: »Und wie lautet das Zauberwort?«

Ein Herzschlag verging, und dann: »Abrakadabra, Motherfucker.«

Jetzt war der Augenblick gekommen, in dem er Härte zeigen, ihren Respekt erzwingen sollte. Das wusste er, denn so hatte man es ihm während der Ausbildung beigebracht. Man konnte natürlich auch einfach darüber lachen.

Es gab zwei Kategorien von erfolgreichen Lehrern, die Harten und die Coolen – dummerweise hatte er sich noch nicht entschieden, zu welcher Fraktion er sich zählen wollte.

Unentschlossen und unter Zugzwang war er nun wie paralysiert. Ähnlich einem Karnickel, das im grellen Scheinwerferlicht von dreiunddreißig herandonnernden Lastwagen mitten auf der Fahrbahn erstarrt. Wenngleich sich die Lastwagen in diesem Fall nicht einen Millimeter von der Stelle bewegten.

Sie warteten einfach.

Doch auf was? Dass er in Ohnmacht fiel? Oder implodierte?

Die Schulglocke rettete ihn. Nun, an dieser Lehranstalt war es nicht wirklich eine Glocke, die das Ende der Stunde verkündete, vielmehr eine Sirene, wie sie im Zweiten Weltkrieg kurz vor einem Bombenangriff zu hören gewesen war. Augenblicklich schien das Klassenzimmer vor Leben zu explodieren. Tische wurden lautstark beiseite geschoben, Stühle polterten zu Boden, bevor dreiunddreißig zumeist Fünfzehnjährige Richtung Tür stürmten.

Nachdem das Klassenzimmer seine Schüler auf den Gang hinausgespien hatte, stand der Lehrer noch immer wie versteinert vor der Weißwandtafel. Erst jetzt stellte er fest, dass die Hand mit John Steinbecks Roman nach wie vor über seinem Kopf schwebte.

K

Als sich der Bursche mit dem ausrasierten »K« am Hinterkopf durch den überfüllten Korridor zwängte, bahnte sich vom anderen Flügel kommend ein weiterer Junge seinen Weg durch die Menge. Unausweichlich stießen sie mit den Schultern aneinander. Seite an Seite stemmten sie sich sodann gegen die Flut von Schülern auf der Suche nach neuen Klassenzimmern und neuer Beute.

»Na, Becker«, sagte K.

»Hi … Und?«

»Und was?«

»Na ja, wie is'n der neue Typ so?«

»'ne verdammte Arschgeburt.«

»Hab jetzt verwichstes Mathe. Und du?«

»Oberabturner Alvin.«

Oberabturner Alvin

Was tat Alvin Lee in einem Klassenzimmer, in dem hauptsächlich Fünfzehnjährige in Schuluniformen unterschiedlichsten Zustands um einen großen Tisch herumsaßen? Eine Frage, die sich Alvin selbst gelegentlich stellte.

»Was soll ich denn hier eintragen, Sir?«, nuschelte ein Mädchen, dessen Gesicht hinter einem ständig geschlossenen Vorhang aus dunkelbraunem Haar verborgen war.

Trotz der Anrede *Sir* war Alvin kein Schullehrer.

»Was steht denn neben dem Feld, Chenil?«, fragte er.

»›Name‹, Sir«, erwiderte Chenil, wobei ein Auge durch einen Schlitz in ihrem Haar lugte.

»Dann schreib da deinen Namen hin.«

»Warum?«, mischte sich der Junge mit dem K auf dem Hinterkopf ein.

»Weil es ein Formular ist, Curtis«, erklärte Alvin.

Bislang hatte noch niemand Curtis darauf hingewiesen, dass sein Friseur, ein Klassenkamerad, ihm den falschen Anfangsbuchstaben seines Vornamens in den Kopf rasiert hatte.

»Na und?«, fragte Curtis.

»Ein Formular ist so was wie ein Vertrag. Da werden Informationen erfragt, und die trägt man dann dort ein.«

»Das ist kein Vertrag. Wenn das 'n Vertrag wäre, würde ich ja was dafür kriegen, klar?«

»Du kriegst nix dafür außer 'nem lahmen Arm«, meinte ein Junge mit blonden Dreadlocks, die beim Sprechen auf- und abwippten – Harpo Marx mit intakten Stimmbändern.

»Für gewöhnlich erhält man im Gegenzug aber sehr wohl was dafür, Roland«, erklärte Alvin. »Etwa ein Bankdarlehen, eine Urlaubsreise oder Wohngeld. Wenn du irgendwas davon willst, musst du nun mal ein Formular ausfüllen. Und nimm endlich die Zigarette aus dem Mund, Curtis.«

»Die brennt doch gar nicht, Alvin-Alter.«

»Ja, aber wenn Mr Chadwick uns hier aufsucht, handelst du dir 'nen weiteren Unterrichtsausschluss ein, und ich krieg 'nen Anschiss.«

Roland lachte. »Chadwick kommt nie und nimmer hier vorbei, nicht in Millionen Jahren.«

»Nicht in 'ner *Milliarde* Jahren«, meinte ein Mädchen, dessen Haar kunstvoll auf dem Schädel aufgetürmt war und mithilfe einer Tonne Haargels in Position gehalten wurde. Dies alles mit einer Liebe zum Detail, die ihr problemlos einen Job als Konditorin für Hochzeitstorten hätte verschaffen können. Etwas, was jedoch niemals passieren würde.

Schulleiter Chadwick hatte sich im ILD nicht mehr blicken lassen seit dem Tag, an dem die Vorsitzende des Direktoriums die kleine Plakette im Eingang des Neubaus enthüllt hatte. Laut einigen Pädagogen stand ILD für »Ich liebe Delinquenz«. Aus diesem Grund nannte Alvin diese Einrichtung niemals ILD. Er zog »Institut für integratives Lernen« vor. Praktischerweise umfasste der Begriff »Integratives Lernen« eine Reihe von Dingen, ohne auch nur eines davon näher beschreiben zu müssen.

Das einstöckige Gebäude, in dem das ILD untergebracht war, sah aus wie ein Schuhkarton. In Mr Chadwicks Augen war das ILD allerdings eher so etwas wie ein Teppich, unter den man so manches Problem kehren konnte. Was wiederum nicht Alvins Sichtweise entsprach. So zynisch war er noch nicht, nicht im Entferntesten. Vielmehr war Alvin davon überzeugt, dass sich der Rektor eines Tages für eine die Truppenmoral stärkende Stippvisite frei machen würde, sobald der immense Stress in der obersten Management-Etage dies zuließ.

Allerdings nicht an diesem Tag. Denn es war Dienstag, und dienstags begab sich Mr Chadwick stets zurück an die Front, indem er eine kleine Gruppe Oberstufenschüler der Wood Hill in angewandter Mathematik unterrichtete. Alvins Zehntklässler hingegen hatten wenig Ahnung von Mathematik, geschweige denn davon, wie man sie anwendete. Tatsächlich wussten sie nicht einmal, wie man ein einfaches Formular ausfüllte, weshalb Alvin es ihnen nun beibrachte, obwohl er, wie bereits erwähnt, kein Lehrer war.

Alvin war Bildungsberater, ein Titel, der eine Reihe von Tätigkeiten umfasste. Von Förderkursen über Lebenshilfe auf höchstem Niveau bis hin zu Pausen- und Schulkantinenaufsicht (»dinner lady«, wenn Sie so wollen). Die Aufgabe, Kindern zu zeigen, wie man ein amtliches Formblatt ausfüllte, lag irgendwo dazwischen.

»Was machst du da, Chenil?«, fragte Alvin.

»Ich schreib da meine Adresse hin, Sir.«

»Aber du trägst sie ja in das Feld ein, das für ›besondere Qualifikationen‹ vorgesehen ist.«

»Der Kasten für die Adresse war nicht groß genug und so.«

»Ist doch egal, besondere Qualifikationen hat sie ja eh nicht«, setzte Curtis hinzu.

Alvin ignorierte den Schlag, den das Mädchen mit der Turmfrisur dem vorlauten Curtis im Auftrag von Chenil versetzte. Immerhin schrieb Chenil zumindest irgendwas hin. Sein Blick wanderte hinüber zu dem Jungen am Ende des Tischs, vor dem eine Auswahl an Buntstiften lag. Mit ihnen malte er die Kästen im Formular farbig aus. Der Junge hieß Dan. Drei Jahre zuvor war er mit seiner Familie aus Rumänien eingereist. Dan sprach kein Englisch – nicht ein einziges Wort –, und schreiben konnte er es auch nicht. Soweit Alvin wusste, konnte Dan auch nicht Rumänisch schreiben. Dessen ungeachtet erschien er Woche für Woche im ILD und bemalte stumm und stoisch, was immer ihm an Papier ausgehändigt wurde. Immerhin, so dachte Alvin, hatten sich seine Fertigkeiten auf diesem Gebiet deutlich verbessert. Vor einem Jahr noch hätte Dan über die Ränder hinausgemalt.

Nicht, dass Alvin je darin geschult worden wäre, stets das Positive in den Dingen zu sehen – sein Verstand konnte einfach nicht anders.

Er fuhr herum, als hinter ihm etwas gegen das Fenster knallte. Zu spät, als dass er den Grund dafür hätte erkennen können, doch gerade noch rechtzeitig, um die große Verbundglasscheibe eindrucksvoll erzittern zu sehen. Er drehte sich wieder zur Klasse um und studierte prüfend die Gesichter seiner Schüler. Ein kollektives Achselzucken war die Antwort. Das kollektive Achselzucken war ein eigenartiges Phänomen; eine telepathisch verabredete und synchron ausgeführte Reaktion, zu der nur kleinere Gemeinschaften von Jugendlichen, vorzugsweise solche in Klassenzimmern, in der Lage waren. Eine Angelegenheit, die sicherlich einer tiefergehenden wissenschaftlichen Untersuchung wert gewesen wäre, wenngleich die Forschung wohl Besseres zu tun haben dürfte.

»Was war das, Leute?«, fragte Alvin, bevor hinter ihm ein zweiter, lauterer Knall ertönte. Diesmal drehte er sich nicht um, sondern schaute in die einfältig grinsenden Gesichter seiner Klasse. »Na kommt schon, was war das? Eine Taube?«

Chenil murmelte etwas hinter ihrem haarigen Vorhang.

»Was hast du gesagt?«, fragte er.

»Es war nix, Alvin«, schnappte Curtis.

»Das war Kevan, oder?«

Alvin musste die Antwort auf seine Frage nicht abwarten, denn über seine Schulter hinweg erhaschte er einen Blick auf Kevan Kennedy, der sich soeben ein weiteres Mal von außen gegen die Scheibe warf, um gleich darauf auf den schäbigen Rasen zu plumpsen wie ein nasser Sack.

Alvin schnappte sich einen der orangefarbenen Plastikstühle und trug ihn zum Fenster. Dann stieg er auf die Sitzfläche und öffnete die Glaslamelle im Oberlicht.

»Bist du nicht ganz dicht, Kevan?«, fragte er durch den schmalen Spalt hindurch und schaute hinab auf den Jungen am Boden, der ein wenig außer Puste zu sein schien.

Mit seinen großen schwarzen Augen starrte Kevan zu Alvin

hinauf, wobei er einen dünnen Stapel Papier gegen seine Brust presste. Große schwarze Augen, traumhafte Augen, Augen, die Eis zum Schmelzen bringen konnten – im Gesicht eines Furcht erregenden Killers. Alvin war der Ansicht, dass diese Augen Kevans größtes Kapital waren, wenn der Junge nur verstanden hätte sie einzusetzen.

»Wenn dich irgendjemand hier sieht, dann war's das, *finito*«, fuhr Alvin fort. »Das ist dir doch klar, oder?«

»Hab die Arbeit fertig, die Sie uns aufgegeben haben«, sagte Kevan und wedelte mit dem Stapel Papier.

»Welche Arbeit?«, fragte Alvin.

»Na ja, dieser Kartenmist und so.«

Die Hausaufgabe von letzter Woche. Alvin hatte die Klasse gebeten, Straßenrouten nach Glasgow auszuarbeiten. Eine wichtige Übung zur Alltagsbewältigung, wie es in den Kursunterlagen hieß. Und wenn man bedachte, wie heruntergekommen dieser Londoner Vorort war, dann konnte die Flucht nach Schottland für diese Jugendlichen eines Tages durchaus zu einer ernst zu nehmenden Alternative werden. Oft genug brachten ihn seine Schützlinge in diesem Punkt fast zur Verzweiflung. Da lebten sie nur etwa zwölf Kilometer entfernt vom Parlamentsgebäude, der Tate-Modern-Galerie, der Bond Street – zwölf Kilometer entfernt von *London*, der großartigsten Stadt der Welt. Doch in diesem Außenbezirk, den die U-Bahn nie erreicht hatte, war all das unbeachtet, ja, unbemerkt an ihnen vorübergegangen. Kurz: Diese Kids waren nur auf dem Papier Londoner.

Dennoch hatten sie alle die ihnen gestellte Aufgabe erfüllt, bis auf Dan, der stattdessen die prächtig kolorierte Fotokopie einer Karte von Großbritannien eingereicht hatte. Und mit Ausnahme von Kevan, der die Arbeit ohne Frage erledigt hätte, wenn er nicht bis auf Weiteres vom Unterricht suspendiert worden wäre. Dies war am Tag zuvor geschehen, nachdem der Fachleiter für Sport ahnungslos um eine Ecke gebogen und Kevan mit einer Waffe angetroffen hatte, die er offenbar gerade einem siebenjährigen Jungen verkaufen wollte. Es hatte sich zwar nur um eine Luftpistole gehandelt, doch im England des 21. Jahrhunderts waren Waffen jeglicher Art nun einmal völlig indiskutabel, eines der »ein Fehltritt und du bist weg vom Fenster«-Themen. Genauso gut hätte Kevan eine Panzergranate durchs Schultor werfen können, seine Lage hätte sich dadurch nicht wesentlich verschlimmert. Und jeder Versuch, die Sache herunterzuspielen, würde nur dazu führen, dass Kevans zeitweiliger Unterrichtsausschluss in einem endgültigen Schulverweis gipfelte. Insbesondere, da er auf dem Schulgrundstück geschnappt worden war.

»Ich denke, du solltest jetzt verschwinden, Kevan. *Sofort*«, sagte Alvin mit Nachdruck.

»Kann ich Ihnen die Arbeit geben?«

»Gut, aber danach gehst du.«

Kevan rappelte sich auf und reckte den Arm mit dem Papierstapel in die Höhe. Alvin schob eine Hand durch den Lüftungsschlitz des Fensters, doch er konnte Kevan nicht erreichen.

»Du musst auf irgendwas draufsteigen«, sagte er.

Kevan zog einen Abfalleimer aus Drahtgeflecht unter das Fenster. Dann stieg er auf den Rand und streckte erneut den Arm aus, um Alvin den Papierstapel zu übergeben. Der zwängte seinen Unterarm noch ein bisschen weiter durch den engen Schlitz, wobei er sich fragte, ob die Glaslamelle unter dem Druck womöglich zerbrechen und die Hauptarterie durchtrennen könnte. Endlich berührten die Kuppen seiner zittrigen Finger Papier.

»Sir«, rief da das Mädchen mit der Turmfrisur in seinem Rücken.

»Moment, Debbie«, keuchte Alvin in dem Versuch, Kevans Papierstapel irgendwie zu fassen zu kriegen.

»*Sir*«, ließ sich Debbies Stimme erneut vernehmen, nachdrücklicher diesmal.

»Bleib so, Kevan … Hab's … fast …«

Ein hässliches Knacken verkündete, dass die Glaslamelle in zwei Teile zerbrach, um gleich darauf aus der Aluminiumhalterung zu rutschen. Die beiden Scherben sausten zu Boden wie eine zweischneidige Guillotine, wobei Alvins Arms zwar nicht vom Schultergelenk getrennt wurde, Kevan jedoch einen hässlichen Schnitt in seiner kaffeebraunen Wange davontrug.

»Hallo, Mr Chadwick«, flötete Debbie in seinem Rücken.

Alvin wendete seinen Blick ab von dem Blut, das sich soeben anschickte, über Kevans Gesicht zu fließen – nein, zu *strömen* –, und wendete sich wieder seinen Schülern zu.

In der geöffneten Tür des Klassenzimmers stand der Schulleiter.

»Kein Grund zur Panik, Mr Chadwick«, meinte Curtis, »Alvin hat Kev gerade gesagt, er soll sich verpissen.«

Und während er sprach, hing zwischen seinen Lippen noch immer die Zigarette.

Aber das war okay, weil sie ja gar nicht brannte.

Was gibt's zum Tee?

»Wie viele Stiche?«

»Nur sechs«, sagte Alvin, »aber man konnte seinen Wangenknochen sehen.«

Karen zuckte zusammen, bevor ihr Kopf in das milchige Badewasser eintauchte. Alvin saß auf dem Klodeckel und betrachtete versonnen ihr Haar. Eine dicke glänzende Matte, die auf der Wasseroberfläche trieb wie ein Ölteppich, wenngleich ein umweltfreundlicher – *keine Frage:* Alvin liebte Karens Haar.

Nach einigen Sekunden tauchte sie wieder auf. »Das heißt wohl, du kriegst Schwierigkeiten?«, sagte sie und wischte sich das Wasser aus dem Gesicht.

»Na ja, wenn der Schulleiter mitansieht, wie einer seiner Mitarbeiter einen Schüler aufschlitzt, dann macht das nicht gerade den besten Eindruck. Aber eigentlich mache ich mir mehr Sorgen um Kevan.«

»Ein hoffnungsloser Fall, oder?«

»Das ist es ja, genau das finde ich eben nicht. Der Junge hat in letzter Zeit richtige Fortschritte gemacht.«

»Worin? Im Waffendealen? Ich nehme an, das beweist wohl seinen ausgeprägten Geschäftssinn. Weißt du, das liebe ich so an dir, mein Engel, du bist hoffnungslos positiv.«

Alvin war unschlüssig, ob er sich ihr gegenüber für Kevan stark machen sollte. Wie sollte das Plädoyer für einen Jungen ausfallen, der seinen Weg durch eine fast zwölfjährige Erziehung prügelnd und marodierend zurückgelegt hatte? Bis zu dem Tag, als er, Alvin, auf den Plan getreten war, hatte es Kevan Kennedy nur so lange in einem Klassenraum ausgehalten, bis er den jeweiligen Lehrer zusammengeschlagen hatte. Schon in der Vorschule hatte er seine Erzieher malträtiert, aufgrund seiner Körpergröße allerdings nur bis hinauf zur Leistengegend. Doch mit jedem Lebensjahr hatte er sich ein Stückchen weiter nach oben gearbeitet. Inzwischen rüsteten sich die erfahreneren Pädagogen vor Unterrichtsbeginn mit einem Zahnschutz aus. Möglicherweise litt Kevan an einer Lernschwäche, doch keinem Psychologen war es bisher gelungen, ihm nahe genug für eine Diagnose zu kommen. Aus sicherer Entfernung waren sie jedoch zu dem Schluss gelangt, dass Kevans rebellischem Verhalten eine individuelle Fehlsteuerung zugrunde lag. Er war damit weniger ein Borderline-Opfer, als vielmehr jemand, der an der Grenze zurückgelassen worden und im Dschungel dahinter verschollen war.

Wie also sollte man einen solchen Lebenslauf entschuldigen? Nun, wo ein Wille ist …

»Weißt du, warum Kevan heute zu mir gekommen ist?«, fragte Alvin. »Er kam, um eine Hausaufgabe abzuliefern. Weißt du, wann er so was das letzte Mal gemacht hat?«

Karen schüttelte den Kopf.

»Noch nie. Nicht einmal in seinem ganzen Leben hat der Junge auch nur eine einzige Hausarbeit gemacht.«

»*Wow*. War sie denn gut?«

»Na ja, eigentlich sollte er eine Straßenroute nach Glasgow ausarbeiten, doch wenn man seiner folgen würde, käme man in Somerset raus – mit einem kleinen Abstecher über Nordfrankreich.«

»Aber gleich wirst du mir erzählen, dass es darum gar nicht geht, richtig?«

»Genau. Der Punkt ist, er hat es wenigstens *versucht*. Er hat eine *Hausarbeit* angefertigt. Herrgott noch mal, das ist ein regelrechter Durchbruch.«

»Wer weiß, vielleicht machst du ja eine zweite Kelly aus ihm.«

Das allerdings wagte Alvin zu bezweifeln. Selbst er konnte nicht so blind-optimistisch sein zu glauben, man könne mit Kevan den Erfolg bei Kelly Hendricks wiederholen, seinem bisher größten Triumph.

»Konnte Chadwick deine Freude darüber teilen?«, fragte Karen.

»Er war einigermaßen beschäftigt mit der Unfallmeldung.«

»Was wollte er überhaupt im ILD? Ich dachte, er lässt dir weitgehend freie Hand?«

Der Rektor war im Rahmen einer Schulbesichtigung in Begleitung eines Gemeindevertreters erschienen, um zu erreichen, dass die Kommune einen eigenen Polizisten für die Schule abstellte. Allerdings hatte Mr Chadwick nicht damit gerechnet, dass Alvin und seine Schützlinge ihm ein derart anschauliches Beispiel (inklusive Blut) vom Schulalltag liefern und ihm damit lebhaft vor Augen führen würden, warum die Wood Hill einen persönlichen Ordnungshüter brauchte. Alvin war gerade im Begriff, Karen davon zu berichten, als sich von draußen ein Körper gegen die geschlossene Badezimmertür warf. Irgendwie schien es bei ihm Zuhause auch nicht anders zuzugehen als an der Schule.

»Was gibt's zum Tee?«, fragte ein dünnes Stimmchen auf der anderen Seite der Tür.

Alvin schaute Karen fragend an.

»Keine Ahnung. Ich war noch nicht einkaufen. Du wirst wohl improvisieren müssen«, sagte sie, bevor sie wieder ins Wasser eintauchte.

»Was ist das, Alvin?«

Erst kürzlich hatte Mercedes ihren siebzehnten Geburtstag damit begangen, dass sie Vegetarierin geworden war. Eine Entscheidung, welche die täglichen Mahlzeiten *chez* Karen und Alvin nicht eben vereinfacht hatte. Denn obwohl Annie und Sid eigentlich alles aßen, was man ihnen vorsetzte, gab es auch hier Bedingungen zu erfüllen. So hatte man jegliches Essen auf Annies Teller vor dem Servieren erst in lustige Formen zu bringen. Was Sid betraf, so musste feste Nahrung erst püriert werden, obwohl in allen einschlägigen Ratgebern stand, dass ein Dreieinhalbjähriger das Kauen durchaus bewältigen konnte. Tatsächlich hatte Sid den Gebrauch seiner Zähne beizeiten gelernt, nach kurzem Nachdenken jedoch befunden, dass dies nichts für ihn sei. Und dann war da noch Shannon, der zehnjährige Körper, der sich gegen die Badezimmertür geworfen und »Was gibt's zum Tee?« gerufen hatte. Eine im Grunde witzlose Frage, da Shannon zur Zeit eine Brötchendiät machte – helle *ungebutterte* Weizenbrötchen, verstand sich. Und allen Ernährungspäpsten zum Trotz strotzte sie nur so vor Gesundheit.

»Und?«, hakte Mercedes nach, nachdem ihre Frage unbeantwortet geblieben war.

»Das ist ein Veggie-Burger«, sagte Alvin.

»Nein, ist es nicht. Das ist 'ne Waffel in 'nem Burgerbrötchen.«

Was der Wahrheit entsprach. Obwohl Alvin in den Tiefen der Kühltruhe einen Karton »Vegetarische Burger« gefunden hatte, hatte dieser keinen einzigen Veggie-Burger enthalten. Die Schachtel mit den Kartoffelwaffeln hingegen war noch voll gewesen, und er musste improvisieren …

»Du hast es zusammen mit den Hackfleischburgern unter den Grill gelegt, stimmt's?«, fragte Mercedes nun im anklagenden Ton einer Gerichtsanwältin. »Ich behaupte, dass Sie das Opfer brutal, nein, auf *satanische* Art und Weise vergewaltigt haben und es anschließend im Giftmüllcontainer verenden ließen …«

»Ja«, gestand Alvin, »ja, aber …«

»Ich werde heute außer Haus essen«, fauchte sie und schob den Teller von sich.

Veggie Mercedes war Fundamentalistin. Fleisch war Mord, und sie würde ohne mit der Wimper zu zucken zum Dschihad gegen jeden einzelnen dieser in der Tiertötungs-Industrie tätigen Scheißkerle aufrufen. Oder wie Karen es einmal formuliert hatte: »Was haben radikale Muslime, eifernde Christen und Teenager gemeinsam? Sie besitzen nicht den geringsten Sinn für Ironie.«

Dessen ungeachtet endete diese Mahlzeit nicht in einer kompletten Katastrophe. Shannon verdrückte ein paar Burgerbrötchen, die zuvor sorgfältig von ihren Sesamkörnern befreit worden waren. Annie knabberte an einem Burger in Form von Shrek, und Sid rammte seine Gabel in einen Mus aus pürierten Burgern, Waffeln und Mais, wobei es ihn nicht im Geringsten zu stören schien, dass die Masse in Farbe und Konsistenz an Katzenkotze erinnerte.

Karen gesellte sich zu ihnen. Ihr Haar glänzte wie feuchter Schiefer.

»Na, willst du wirklich nicht essen, was dir Dad zum Tee gemacht hat?«, fragte sie. »Ich an deiner Stelle würde mir das nochmal überlegen. Einer seiner Schüler musste heute genäht werden, nachdem er sich mit ihm angelegt hatte.«

»Hast du mal wieder deine Vollidioten zusammengeschlagen, Alvin?«, fragte Mercedes.

»Das war ein Unfall«, protestierte Alvin. »Ein Fenster ist zerbrochen. Versehentlich. Und bitte, das sind keine Vollidioten.«

»Sorry, was ist denn der politisch korrekte Ausdruck für sie? Versager? Von mir aus kannst du sie alle über die Klinge springen lassen, ist mir echt egal.«

»Ts, ts, und so was nennt sich nun Vegetarierin«, warf Karen ein.

»Was?«, fragte Mercedes, offensichtlich verwirrt. Siebzehn: postpubertär, prä-ironieempfänglich.

»Wir haben heute Morgen einen Brief von der Bank erhalten, Alvin«, sagte Karen, während sie in Mercedes' falschen Veggie-Burger biss.

Für einen Augenblick fragte sich Alvin, ob die Bank ihnen in einem Anflug von Mildtätigkeit den Kredit erlassen und sich darüber hinaus zu einem Schuldenerlass für einen mittelgroßen Drittewelt-staat ihrer Wahl durchgerungen haben mochte.

»Sie möchten, dass wir für eine ›Finanzbedarfs-Klärung‹ vorbeikommen«, fuhr Karen fort.

»Der faschistische Abschaum will euch wohl die Kreditkarten wegnehmen«, sagte Mercedes mit unbewegter Miene.

Die Kleinen schauten zu Karen und Alvin auf, während diese in einem raschen Blickwechsel verabredeten, keine Panik aufkommen zu lassen. Zugegeben, ihre Finanzlage *war* prekär. Da er nun mal kein Lehrer war, verdiente Alvin nicht einmal das, was der schlechtbezahlteste Pädagoge im Lande nach Hause brachte. Erst kürzlich hatte Karen es geschafft, Sid in einer kostenlosen Kinderkrippe unterzubringen, und einen Halbtagsjob als Empfangsdame in einer Tierklinik angenommen. Doch mit dem, was sie dazuverdiente, schafften sie es gerade mal bis hinter den Bananenstand in Asdas Obst- und Gemüseabteilung.

»Mum, ich hab da diesen Werbespot auf Fox Kids gesehen«, sagte Annie.

Karen und Alvin rangen um Beherrschung. Karen war felsenfest davon überzeugt, dass Kinderfernsehen die perfideste Form des Teufelpakts war. Satan, so Karen, stellte der Welt Dutzende von Digitalkanälen zur Verfügung, um gestressten Eltern die dringend benötigten Verschnaufpausen zu verschaffen. Im Gegenzug dazu füllte er die Werbepausen mit Bildern von verlockenden Kaufobjekten – teuflische Munition, mit denen die Kinder ihre Eltern noch mehr unter Druck setzen konnten.

»Da war ein Mann auf ’nem Hochseil«, erklärte Annie. »Und der hatte ’ne Menge riesiger Schachteln auf dem Arm, und er war kurz davor, das Gleichgewicht zu verlieren und vom Seil zu fallen. Aber dann hat ihm jemand Geld geliehen, und mit dem hat er sich ’ne klitzekleine Schachtel gekauft, in die er die großen dann reingepackt hat. Danach konnte er ohne Probleme auf dem Hochseil zur anderen Seite gehen.«

»Der hätte runterfallen müssen«, meinte Sid, der noch viel zu klein war, um diese simple Metapher für Schuldenkonsolidierung zu verstehen. Etwas, was Menschen, die vom Seil fielen, an seiner Stelle taten.

»Da war auch ’ne Telefonnummer eingeblendet«, sagte Annie. »Soll ich die beim nächsten Mal aufschreiben?«

»Schon gut, Liebes«, sagte Alvin, einerseits erleichtert darüber, dass seine Tochter nicht den Kauf eines weiteren teuren pinkfarbenen Spielzeugs verlangte, und andererseits irritiert über die Tatsache, dass sie schon so viel von ihrer finanziellen Hölle mitbekommen hatte.

»Jamie hat heute Nachmittag angerufen«, versuchte Karen, das Thema zu wechseln.

»Ach ja? Was wollte er denn?«, fragte Alvin.

»Vermute, er will dich wieder anzapfen für 'ne weitere *bombensichere* Themenpub-Beteiligung oder für 'ne *todsichere* Wette auf ein dreibeiniges Rennpferd oder was auch immer … Ich hab ihn nicht danach gefragt.«

Karen hatte keine allzu hohe Meinung von Alvins ältestem, wenngleich nicht bestem Freund. Um ehrlich zu sein, auch Alvin hatte nicht die beste Meinung von ihm, doch er wäre nicht Alvin, würde er nicht an die verbliebenen drei Prozent von Jamie glauben, die nicht zerfressen waren von moralischem Zerfall oder Krätze.

»Vielleicht will er ja nur ein bisschen über gute alte Zeiten plaudern«, sagte Karen.

»Gute, nicht *alte* Zeiten, bitte«, ächzte Mercedes. »Hergehört, Musikfans, von null auf neunundzwanzig bei *Top of the Pops:* Queen! Madonna backstage, blah, würg, kotz!«

»Du hast die Queen getroffen, Dad?«, fragte Shannon. »Wie ist sie denn so? Eingebildet?«

»Nicht *die* Queen, Liebes«, erklärte Karen. »Und jetzt iss dein Teilchen auf.«

»Teilchen?«, kreischte Shannon und warf das Ding auf ihren Teller.

»Sorry, ich meinte Brötchen«, sagte Karen in dem Versuch, die Situation noch zu retten. Für einen Moment hatte sie völlig vergessen, dass Shannon nur Brötchen, jedoch niemals Teilchen aß.

»Ich rufe Jamie nach dem Tee an«, sagte Alvin.

»Katzenkotze!«, sagte Sid.

Eigenmontage

Dienstag: Tomatensuppen-Tag.

Die Frau stellte den angeschlagenen Keramikbecher auf den Tisch in dem spärlich möblierten Zimmer und ließ sich auf den Stuhl sinken.

Der Tisch war von IKEA.

Die Anleitungen für die Eigenmontage waren auch für geschickteste Hände eine Herausforderung; für eine Frau mit Arthritis und einer Nahweitbrille, die jemand anderem gehörte (eine lange Geschichte), hätte das zusammengefaltete A3-Blatt genauso gut die Zeichnung eines Hindernisparcours der Kriegsmarine zeigen können. Doch sie hatte nicht aufgegeben.

Der Tisch diente als Unterbau für den schlanken weißen iMac G5, der zwar eine 400-Gigabyte-Festplatte besaß, jedoch aussah wie ein überdimensionaler Etch-A-Sketch-Zauberzeichner.

Sie startete den Browser Safari, gab *talktalk.com* ein, wechselte in die Foren und verfolgte den ersten Chat, der ihr ins Auge fiel:

Tommy Boy: Is das nur mier aufgefallen oder reden die überal alles mögliche nur kein Englisch mehr. Ich mein wen die in dieses Land komen sollte man die zwingen das Englisch der Queen zu spreschen. Wo is eigendlich unser bRitish way of life hingekommen?

Von Krapp: genau tomy!!!! Langsamm isses ja so das ich es nich mal mehr schaff zu tanken wenn ich kein verf****** hindustani spreche. Lernt englisch oder verpist euch, sag ich da!!! Unt wo ich schon mal dabei bin: Was isn eigenlich mit unsrer Gallone pasiert?

Winston: Nach den von euch aufgestellten Maßstäben wärt ihr die Ersten, die man aus diesem Land schmeißen würde. In nur zwei Beiträgen habt ihr es geschafft, an die 15 (!) Fehler zu machen. Oh, und VK, du willst wissen, was mit der Gallone passiert ist? Dasselbe wie mit »Groschen« und »Klafter«, die ebenfalls schmerzlich vermisst werden.

Von Krapp: ui, der libberale ist wieder da? wo haste gesteckt? an der suppenausgabe für scheinasyllanten??!!

Tommy Boy: LOL! Hey VK was meinste? is WINSTON villeicht einer von unsren farbiegen Freunde?

Von Krapp: Isses nich lustig das der name des grösten engländers in der geschichte geklaut wurde von diesem verf*****!!! Na? wie darf man sie den nu nenen?? Afrokaribische Mietburger!!

Winston: Nach einem Krieg, der geführt wurde, um unseren Way of Life zu schützen, würde es euer Mr Churchill **urkomisch** finden, dass sein Land nun von halbgebildeten Hurrapatrioten überrannt wird. Wenn er das vorausgeahnt hätte, hätte er die Nazis lieber reingelassen!

Aufgewühlt erstellte die Frau vor dem Bildschirm einen Beitrag.

Vera: Ich glaube Churchill wäre traurig, wenn er wüsste, dass die Freiheiten, für die die Alliierten ihr Blut gaben, nun für die EU aufgegeben werden. Hitler hätte niemals den Einfluss über uns gehabt, der nun von Brüssel aus auf uns ausgeübt wird.

Von Krapp: Grüße Vera, du stime der vernunft

Tommy Boy: hab gellesen das Brüsel uns verbieten will den namen der Queen im namen von pubs zu verwenden. Kneipen wie Queens' Head dürfen dann nur noch Head heiße und so.

Winston: Man kann über die EU denken, was man will, aber findet ihr es fair, sie mit dem Nazi-Regime zu vergleichen? Ich kann mich nicht erinnern, dass die Eurokraten Juden nach Buchenwald deportiert hätten.

Vera: Die sind schlimmer. Sie stehlen uns unsere Freiheit hinter unserem Rücken. Bei den Nazis wusste man wenigstens, woran man war.

Winston: Oh-oh, das Paranoialevel erreicht soeben eine kritische Marke!

Doch hatte man mit dreiundachtzig Jahren nicht das Recht, ein bisschen paranoid zu sein?

Was man über Vektoren wissen sollte

»Nie im Leben werde ich dein Gesicht vergessen, Alv«, sagte Jamie, als Alvin zwei Gläser Bier auf den Tisch zwischen ihnen stellte. »Die reine Junxtaposition, Mann.«

Alvin hatte Jamie McGreevy vor dreiundzwanzig Jahren kennen gelernt. In all der Zeit hatte Jamie den Begriff *Juxtaposition* in allen möglichen Zusammenhängen gebraucht und mit ihm so ziemlich jede Unterhaltung gewürzt – als sei das Wort eine Flasche Malzessig und das Gespräch eine Tüte Pommes.

Dabei sollte man zwei Dinge keinesfalls vergessen: Erstens hatte Alvin Jamie dieses Wort noch nie – nicht ein einziges Mal – im korrekten Kontext gebrauchen hören, und zweitens war in diesem Wort, wann immer Jamie es verwendete, ein »n« zu viel. Doch Alvin wäre nicht Alvin gewesen, hätte er seinen Freund auch nur einmal dahingehend korrigiert. Auch wenn er sich angesichts dieser Wortvergewaltigung jedes Mal schwer zusammennehmen musste.

Sie saßen im Three Roses, einem Pub nur knapp einen Kilometer von Alvins Haus entfernt. Alvin hätte Jamie gern zu sich eingeladen, doch er wusste, der Freund fühlte sich in Anwesenheit der Kinder unwohl. Er wusste auch, dass seine Kinder sich in Jamies Anwesenheit unwohl fühlten und dass Karen sich im Schlafzimmer verbarrikadieren würde, bis er wieder fort gewesen wäre.

»Nein, *nie im Leben* werde ich dein Gesicht vergessen«, wiederholte Jamie nach einem Schluck Bier.

»Ich und Lemmy hinten im Tourbus und auf meinem Schoß dieses belgische Groupie. Wir rasen über die A1, und dann bist du auf dem Autodach aufgetaucht … Was zum Henker hast du auf dem Dach zu suchen gehabt, Alv?«

»Du weißt, was ich da oben gemacht habe. Ich hab meine Hose geholt.«

»Ach ja, die Jagd nach der Buxe. Sicher, darum ist man ja auch in 'ner Band, was?«

Okay, Zeit, ein paar Dinge klarzustellen. Wahr war, Jamie und Alvin waren zusammen in einer Band gewesen. Ebenfalls wahr war, dass sie mit Motörhead auf Tour gewesen waren. Was Jamie betraf, der angeblich zusammen mit Lemmy sowie einem belgischen Groupie im Tourbus gesessen hatte, falsch und falsch. Lemmy hatte das Flugzeug genommen, und es waren auch keine Groupies anwesend gewesen (weder belgische noch andere). Wahr ist, Alvin war aufs Dach des Tourbusses gestiegen, um seine Hose zurückzuholen (die Jamie dort hinaufgeworfen hatte), wobei es sich bei dem Tourbus nicht um ein Luxusreisegefährt mit Klimaanlage, sondern um einem Ford Transit gehandelt hatte. Auch war man nicht über die A1 gerast, ja, man war noch nicht mal gemütlich dahingezuckelt. Vielmehr hatte man in einer Seitenstraße hinter dem Rathaus von Middlesbrought geparkt.

Wahr war auch: Jamie McGreevy war ein schamloser Lügner. Doch Alvin war der Meinung, dass diese Bezeichnung nicht jene Leute einschließen sollte, die ihre eigenen Märchen tatsächlich glaubten. Für gewöhnlich war der einzige Mensch, den Jamie mit seinen ungenierten Geschichtsfälschungen täuschen konnte, Jamie selbst.

Alvin hatte seinen Freund einige Monate nicht gesehen und schaute ihm nun dabei zu, wie dieser sich eine Zigarette drehte. Aufgedunsen, bleich und einer gründlichen Dusche bedürfend saß er da, das schüttere schwarze grau-melierte Haar in einem dünnen Pferdeschwanz zusammengehalten. Das Ding ähnelte in etwa dem, was nach einem Renter-zahlen-die-Hälfte-Tag aus dem Abfluss eines Friseursalons gefischt wurde.

»Du siehst gut aus, Jamie«, sagte er. »Wie läuft's denn so?«

»Na ja, du weißt schon, hier ein Eisen im Feuer, ein Geschäftchen dort, ein Geschäftchen da ... Und wie's der Zufall so will, gibt's da zur Zeit ein ganz besonderes Geschäftchen. Ein sehr, sehr lukratives, um genau zu sein.«

»Und zwar?«, fragte Alvin.

Jamie beugte sich über den Tisch und senkte die Stimme. »Ich hab die Zukunft gesehen: *Klingeltöne*. Ganz persönliche Klingeltöne genauer gesagt. Na, wie hört sich das an? Die Junxtaposition deines persönlichen, einzigartigen Handy-Liedchens, komponiert von einer Rocklegende.«

Verständnislos runzelte Alvin die Stirn.

»Komponiert von *mir*, du Schwachkopf«, sagte Jamie.

»Ach so, ach ja, das klingt …«

»Todsicher. Auf jedem Kiddyhandy findet man doch denselben Top-40-Müll. Wer von denen wollte da nicht seinen eigenen ganz persönlichen Klingelton? Na? Bombensichere Sache. Ich lass den Synclavier warmlaufen, wir schalten Werbung in den Teenymagazinen, und dann, *tata*, klingelt die Kasse!«

Alvin fragte sich, wer »wir« war, hegte da allerdings schon einen bestimmten Verdacht.

»Also, was sagst du dazu?«

»Das klingt fantastisch, Jamie. Viel Glück damit.«

»Hey, glaubst du etwa, ich würde meinen ältesten Kumpel von der Junxtaposition ausschließen? Du bist natürlich dabei, von Anfang an. Für eine kleine Vorabinvestition in Höhe …«

»Jamie, ich glaube nicht, dass … Karen und ich, wir sind total pleite.«

Alvin verkniff sich den Hinweis, dass sie nicht halb so pleite gewesen wären, hätten sie Jamie nicht die einzigen Ersparnisse, die sie jemals besessen hatten, für diesen Themenpub gegeben – das absolut bombensichere Geschäft; das Geschäft, das nicht in die Hose gehen konnte, es allen Widrigkeiten zum Trotz aber dennoch getan hatte.

»Was für 'ne Schande«, seufzte Jamie. »Kennst du die Geschichte von diesen Typen in Seattle, die dummerweise gerade pleite waren an dem Tag, als Bill Gates sie um einen kleinen Investitionsvorschuss gebeten hatte? Das Dumme ist, die Jungs sind immer noch total abgebrannt, während es Bill ganz gut gehen soll, wie man so hört.«

»Tut mir leid, aber wir sind wirklich … grundgütiger Himmel, wir ertrinken in Rechnungen.«

»Ja nun, tun wir das nicht alle? Dein Pech«, sagte Jamie, während er sein Glas leerte. »Sag mal, hast du Lust, noch woanders hinzugehen? Warst du eigentlich schon mal im Tropica?«

»Was ist das?«, fragte Alvin und hatte dabei einen Tahiti-Themenpub vor Augen; ein absolut bombensicheres Geschäft, das nicht in die Hose gehen konnte – und es auch nicht tat.

»Ein neuer Massagesalon in der All Saints Road. Du weißt schon, einfach die High Street runter und so. Nicht die beste Gegend, aber die wissen, wie man alte Muskeln entspannt.«

»Ich hatte noch nie 'ne Massage«, sagte Alvin.

»Du wirst lachen, ich auch nicht«, erwiderte Jamie mit anzüglichem Blick. Jamie McGreevy war ein Mann, der noch nie Skrupel gehabt hatte, für Sex zu bezahlen – tatsächlich wäre es eine fast unzulässige Juxtaposition, Jamie und Skrupel in einem Atemzug zu nennen. »Ich leih dir das Geld, wenn es das ist«, fuhr er fort, als er das Unbehagen seines Freundes bemerkte.

»Nein, das ist es nicht. Ich … ich hab Mercedes versprochen, ihr heute bei den Hausaufgaben zu helfen.«

Vor einem Reihenhaus aus den vierziger Jahren sprang Alvin von seinem Fahrrad. Das Haus schien den Gesetzen des dreidimensionalen Raums zu trotzen, indem es in seinem Innern tatsächlich drei Schlafräume sowie ein ausgebautes Dachgeschoss beherbergte. Alvin war daheim.

Während er den Schlüssel ins Schloss steckte, hielt ein Minicab an der Straße, und Mercedes stieg aus. »Das trifft sich gut«, rief sie. »Du könntest uns nicht zufällig 'nen Fünfer leihen, oder?« Alvin kramte in seiner Hosentasche nach einem Schein und gab ihn ihr. Durch das Wagenfenster reichte Mercedes dem Fahrer das Geld.

»Zur Zeit können wir uns das Taxifahren wirklich nicht erlauben«, bemerkte er seiner Tochter gegenüber, während er sein Rad durch die Eingangstür ins Haus trug.

»Ich weiß, aber es wär dir sicher auch nicht recht, wenn ich spätabends durch den Bennett Park laufen müsste, oder? Ich meine, da wimmelt's nur so von Kriminellen und Dealern. Die meisten davon von der Wood Hill.«

Mercedes machte ihr Abitur an der East Park, die Wurzeln ihres Dünkels reichten jedoch zurück bis in die Sekundarstufe. Und das nicht zuletzt deshalb, weil die meisten Kriminellen und Dealer des Viertels ihr Handwerk an der Wood Hill erlernt hatten.

Alvin lugte um die Ecke ins Wohnzimmer und sah, dass Karen vor dem Fernseher eingenickt war. Sid lag zusammengerollt auf ihrem Schoß. Er folgte Mercedes in die winzige Küche, füllte den Wasserkessel und beobachtete, wie seine Tochter ihr heiliges Handy aus der Tasche fischte und eine SMS eintippte. Sie trug einen unförmigen orangefarbenen Anorak zu aufgeblähten schwarzen Hosen und einem weißen bauchfreien Top. Das rote Haar war zu stacheligen Strähnen gegelt, die wie Antennen an einem Spionagesatelliten von ihrem Kopf abstanden. Ihre Augen waren schwarz umrandet, und die beeindruckende Nase zierten Sommersprossen – die sie hasste und am liebsten mit einem Flammenwerfer eliminiert hätte, wenn die nach dieser radikalen Behandlung zurückbleibenden Narben die Sache nicht noch verschlimmert hätten.

Für Alvin sah sie in diesem Moment aus wie ihre Mutter vor achtzehn Jahren. Und kein bisschen wie Karen. Was auch nicht weiter verwunderte, da Karen nicht Mercedes' Mutter war.

Als sie ihr Handy wieder zuklappte, fragte Alvin: »Sag mal, wärst du eigentlich an einem persönlichen, von einem Rockmusiker komponierten Klingelton interessiert?«

»Ja, klar, wenn der von einem *richtigen* Rockmusiker stammen würde. Also zum Beispiel von Jamie McSpaz …« Sie machte ein Geräusch, das klang, als ob Luft aus einem schlaffen Furzkissen entwich. »Egal, hab gerade keine Zeit zum Quatschen. Muss noch 'ne

Menge für Mathe tun. Hätte die Arbeit eigentlich, na ja, gestern abgeben müssen.«

»Brauchst du dabei Hilfe?«

»Klar, was weißt du denn so über Vektoren?«

»Äh ...«

»Nacht, Alvin.«

Die Cybervillage-People

Das war das Tolle am Internet …

Vera: Es gibt den britischen Way of Life, und er ist uns in den vergangenen Jahrzehnten sehr zugute gekommen. Den geben wir nun auf eigenes Risiko auf.

… wo sonst konnte sich eine Dreiundachtzigjährige Gehör verschaffen?

Winston: Nassforsche Haudraufs in der Marine waren auch Teil des so genannten britischen Way of Life. Niemand scheint sich diese Typen zurückzuwünschen.

Tommy Boy: Gudes Stichwort Winston! Diese Hautraufs würden uns wenigstens die ganzen Kriminellen und Vergewaltiger vom Hals schafen.

Von Krapp: Und dise Schwulen!!!! in the navy you can sail the 7 seas!!!

Winston: Zitierst du jetzt schon die Village People, VK? Gibt's da vielleicht was, was du uns noch nicht erzählt hast? Was ich damit sagen will, Vera, ist, dass sich der britische Way of Life ständig ändert. Auch gibt's ja nicht *den* britischen Way of Life. Wenn man von 60 Millionen Briten ausgeht, dann gibt's auch an die 60 Millionen Ansichten dazu, wie der britische Way of Life sein sollte.

Vera: Ich wollte sagen, dass Toleranz stets zu den Grundpfeilern des britischen Way of Life gezählt hat. Doch ich finde es bedauerlich, dass wir inzwischen auch illiberale, repressive Muslimfundamentalisten *tolerieren*, die all das zu unterminieren versuchen, wofür wir immer gestanden haben.

Winston: Touché! Du hast mich verstanden. Die Art und Weise, wie wir mit den Mullahs umgehen, hat uns Linksliberale ganz schön zerrüttet.

Obwohl die Tatsache, dass niemand um ihr hohes Alter wusste, auch ein Grund dafür sein konnte, dass ihr jeder zuhörte.

Von Krapp: Jetzt wird's langweilig. Wenn Schwarzbrot Winston und Vera schon anfangen gleicher Meinung zu sein, kann ich mich auch genauso gut hier abseilen.

Tommy Boy: Die Geheimnisse der Nazis – Konzentrationslager. Die Sendung fängt gerade auf History Channell an.

Von Krapp: Ich bin weg! Man sieht sich!

Winston: Jetzt sind wir beide allein, Vera. Nur du und ich und die Nacht ... Ich weiß, dass wir beim Thema Politik wie Hund und Katz sind, aber du beherrschst wenigstens die Rechtschreibung. Um ehrlich zu sein, ich finde dich ziemlich cool.

Konnte eine Dreiundachtzigjährige cool sein?

Vera: Danke. Erzähl mir doch ein bisschen über dich.

Winston: Jetzt, da sich der Ku Klux Klan hier ausgeklinkt hat, kann ich's ja zugeben: Ich bin so weiß wie Winston Churchill persönlich. Ich bin 23 Jahre alt, wohne in S Yorkshire und erledige die Öffentlichkeitsarbeit für ein Logistikunternehmen, das sich auf den Vertrieb von zellstoffbasierten Produkten spezialisiert hat.

Vera: Klingt faszinierend.

Winston: Das heißt, ich bin Postbote! Aber ich bin sicher, die Faszination dieses Jobs könnte buchstäblich hinter jeder Ecke auf mich warten. Und was bist du? Laufsteg-Model? Astronomin. Rockstar?

Doch sie hatte nicht vor, einem Wildfremden gegenüber die Stunde der Wahrheit einzuläuten, nicht an diesem Abend. Da dies das Internet war, hätte sie nun lügen können, aber es hatte ihr schon immer an der nötigen Fantasie gefehlt, dabei auch nur ansatzweise überzeugend zu sein.

Vera: Was ich bin? Ich bin sehr müde. Bis zum nächsten Mal.

Die Rasur, das Hemd, der Schlips

Es war Viertel vor neun, als Alvin durch das Schultor fuhr und vom Rad stieg. Fast wäre er mit einem Jungen zusammengestoßen, der einen Rucksack über der Schulter trug, während sein anderer Arm dick eingegipst war.

»Sorry, Finn, jetzt hätte ich dir fast den anderen Arm gebrochen«, sagte Alvin.

»Kein Problem, Sir«, erwiderte Finn.

»Was macht die Kunst?«

»Alles klar so weit.«

Finn behauptete, er hätte sich den Arm gebrochen, als er von einer Mauer gefallen war. Allerdings war Finn der inoffizielle Schulfriseur, und der Unfall hatte sich um den Zeitpunkt herum ereignet, als Curtis das ausrasierte »K« auf seinem Schädel entdeckt hatte. Natürlich könnten diese beiden Ereignisse rein zufällig zusammengetroffen sein, wäre da nicht das Wort PFOTZE gewesen, das jemand mit Filzstift auf Finns Stirn gemalt hatte.

Alvin schob sein Rad durch die Pulks von Schülern – die meisten mit Handys am Ohr und vermutlich mit Freunden telefonierend, die nur ein paar Schritte von ihnen entfernt standen. Wenn es stimmte, dass von Handys gefährliche Strahlen ausgingen, dann mussten diese Kids mit Beginn der ersten Stunde eine Hirnmasse besitzen, die in Bezug auf Temperatur und Konsistenz an Minestrone erinnerte.

Alvin entdeckte den blonden Schopf von Lynette Moorhouse im Gewühl. Während er sein Rad durch die Menge schob, stellte er fest, dass Lynette ein Top trug, das kürzer, und ein Paar Schuhe, das höher als üblich war.

»Hi, Lynette«, sagte er, als er sie eingeholt hatte. »Und? Wie war das Wochenende?«

Sodann vernahm er den mit heiserer Stimme vorgetragenen Bericht über ihren kirchlichen Lesezirkel, ihr Zahnarzt-Trauma und die Höllenqualen einer kompletten Haarentfernung an beiden Armen. Er vernahm auch die Pfiffe, die sich auf das Kürzer-als-üblich-Top und die Höher-als-üblich-Schuhe bezogen, und kam zu dem Schluss, dass Lynette Moorhouse die mutigste Frau war, die er je kennen gelernt hatte. Um ehrlich zu sein, ein jeder, der sich in einen Raum mit Teenagern stellte, von denen sich niemand einen Dreck scherte um, sagen wir mal, die Reformen von 1832, war mit Fug und Recht mutig zu nennen. Doch Lynettes Mut war von anderer Art. Sie unterrichtete nun schon fünf Jahre an der Wood Hill, bis zum letzten Sommer jedoch unter dem Namen Andy.

In den sechs Monaten ihres neuen Lebens als Frau hatten die verabreichten Hormone Bemerkenswertes geleistet. In einigen Punkten so sehr, dass es Alvin nachgerade irritierte. Sie trug ihr neues Outfit mit einer Unbefangenheit, als wäre es schon immer ein Teil von ihr gewesen, was, wie er annahm, im Grunde auch zutraf. Und im Sommer würde sie sich in Holland schließlich vom letzten Rest ihres männlichen Daseins trennen.

Lynettes Entschlossenheit, sich dieser irreversiblen Operation zu unterziehen, war beispiellos. Was Alvin allerdings noch mehr beeindruckte, war die Tatsache, dass sie sich nicht etwa in einer fremden Stadt, wo niemand sie unter dem Namen Andy kannte, um einen neuen Job bemüht hatte. Stattdessen hatte sie entschieden zu bleiben und den Schmähungen dadurch zu begegnen, dass die Oberteile immer kürzer und die Absätze immer höher wurden. Hierfür gebührte ihr eine alles überstrahlende Tapferkeitsmedaille, wenn nicht sogar die Erhebung in den Adelsstand durch die Queen.

Eine Sache jedoch machte Alvin zu schaffen. Warum um Gottes willen hatte sie sich, wo ihr doch die Hälfte aller Vornamen dieser Welt zur Auswahl gestanden hatte, ausgerechnet für »Lynette« entschieden?

»Ah, *Ms* Moorhouse, *Lynette*«, rief Tony Rowell aus, als sie und Alvin durch die Eingangstür traten. »Gut, dass ich Sie treffe. Mr Worsnop ist heute mal wieder unpässlich, und da hab ich mich gefragt, ob Sie heute Nachmittag nicht an seiner Stelle die 9G übernehmen könnten. Die sind bestimmt ganz wild darauf, Sie zum Thema Frauenwahlrecht referieren zu hören.«

Tony Rowell maß an die ein Meter neunzig, und jeder Zoll strotzte vor Dünkel. Darüber hinaus war Tony Rowell Wood Hills Fachleiter für Geschichte sowie Jahrgangsleiter der Stufe 11. Rowells Meinung zum Frauenwahlrecht ließe sich wohl mit »ziemlich schlechte Idee« treffend wiedergeben. Was seine Meinung über die Frau, die man bis vor kurzem noch unter dem Namen Andy kannte, betraf – nun, darüber konnte man nur spekulieren.

»Ich würde es ja selbst machen«, fuhr er fort, »aber ich glaube, ich muss heute in einem von Alvin *betreuten* tragischen Fall Recht sprechen.«

Im Rahmen des Bildungsberater-Programms hießen Alvins Schützlinge offiziell »Betreute«. Das ILD beschäftigte Pädagogen für besondere Zwecke, einen Schulanwalt (Arbeitszeit: zehn Stunden wöchentlich und etwas länger, wenn ein Schüler zu Tode kam) und eben die Betreuer. Die meiste Zeit war Alvin in dieser Funktion tätig, gelegentlich auch mit Einzelgesprächen beschäftigt. Und diese Art der Betreuung hatten sie auch bitter nötig, die Schwänzer, die jugendlichen Straftäter und die sich jeglicher Kategorisierung entziehenden Verlierer. Sein Job war es, sie *um jeden Preis* in dieser Gesellschaft zu halten. Um ehrlich zu sein, war *er* es gewesen, der seine Stellenbeschreibung um die Formulierung *um jeden Preis* ergänzt hatte.

Alvin wurde nicht müde, jedem, der es wissen wollte – und das wollten nur wenige – zu versichern, dass das ILD ein durchschlagender Erfolg war. Er wies in diesem Zusammenhang gern auf die gesunkenen Zahlen beim unentschuldigten Fehlen hin, bei den Unterrichtsstörungen sowie bei den tätlichen Angriffen auf den Lehrkörper, kurz, darauf, dass die Lehrer ihrem eigentlichen Job inzwischen wieder häufiger nachgehen konnten. Und obwohl so manche Statistik ihm in diesen Punkten Recht gab, schien das alles niemanden wirklich zu interessieren. Klar, die Problemkids waren ja jetzt drüben im ILD, dem Auffangbecken für die Gestrauchelten, wo sie in Schach gehalten wurden, bis sie sechzehn waren und in die Obhut einer anderen staatlichen Einrichtung entlassen werden konnten.

So oder so, auch sämtliche Betreuer dieser Welt konnten die Sache mit Kevan Kennedy nicht wieder ins Lot bringen, und dies war der Tag, an dem er sich vor dem Rektor, dem Jahrgangsleiter und dem Schulbeirat zu verantworten hatte. Es war jetzt zwei Wochen her, dass man ihn wegen Besitzes einer Luftpistole vom Unterricht ausgeschlossen hatte. In der Zwischenzeit war ein Komitee bestehend aus Wood Hills Führungskräften (die moderne, gesellschaftsverträgliche Bezeichnung für eine Hand voll Lehrer) zusammengetreten und hatte über den Fall beraten. Vermutlich mit dem Ergebnis, den Jungen der Schule zu verweisen. Es lag nun am Vorstand, in diesem Fall eine abschließende Entscheidung zu fällen, obwohl Rowells Urteil über Kevan schon festzustehen schien.

»An Kevan ist nichts Tragisches, Mr Rowell«, unternahm Alvin einen vorgezogenen Verteidigungsversuch.

»Ich habe das Wort auch eher in seiner klassischen Bedeutung gemeint«, erwiderte Rowell, unfähig, auch nur eine Gelegenheit zum Klugscheißen auszulassen. »Man mag die Gesellschaft für das, was er ist, verantwortlich machen, aber dieser Junge hat, wie einst schon Hippolytus, die Saat, die zu seinem Untergang führte, selbst gesät.«

»Das ist nicht fair«, protestierte Alvin, obwohl er keinen blassen Dunst hatte, wovon Rowell eigentlich redete.

»Wer weiß, vielleicht kann er sich ja mit einem euripideischen Monolog aus der Affäre ziehen, hm?«, entgegnete Rowell, bevor er auf eine Traube von Siebenklässlern zusteuerte, die er wie einen Schwarm Mücken verscheuchte.

»Was zum Teufel war denn das?«, fragte Alvin.

»Seine Art, uns mitzuteilen, dass Kevan sich ins eigene Knie geschossen hat. Mit einer Luftpistole«, erklärte Lynette. »Grundgütiger Himmel, er kann's ja kaum erwarten, ihm das Ding buchstäblich an die Stirn zu setzen. Ich sehe schwarz für Kevan.«

Doch Alvin hatte die Hoffnung noch nicht aufgegeben, so war er eben. Wäre Alvin der Trainer einer Fußballmannschaft (was er mangels Sportlichkeit nicht war) und sein Team läge in der neunundachtzigsten Minute acht Tore zurück, wobei bereits drei Spieler auf der Bank säßen und der Schiedsrichter soeben ein horrendes Bestechungsgeld vom Trainer der Gegenmannschaft erhalten hätte, so wäre Alvin vermutlich der Einzige im Stadion, der seine Jungs mit dem Geruch des Sieges in der Nase angefeuert hätte.

»Wie du weißt, war Kelly Hendricks auch mal in genau der gleichen Situation«, sagte Alvin, »und schau dir an, wie sie am Ende das Ruder noch herumgerissen hat.«

»Hm, ich glaube eher, du warst derjenige, der das Ruder für sie herumgerissen hat, Alvin.«

»Wie dem auch sei, ich werde alles für Kevan tun, was in meiner Macht steht.«

»Das wird auch bitter nötig sein. Hast du dir deshalb heute 'nen Schlips umgebunden?«

Um jeden Preis. Aus diesem Grund auch die Rasur, das Hemd und der Schlips, den er unter einem Stapel Socken ans Tageslicht gezerrt hatte. Alvin hoffte inständig, dass niemand bemerken würde, dass die Krawatte mit zur Jahreszeit unpassenden Weihnachtsmännern bedruckt war.

»Du siehst klasse aus, aber du bist nicht derjenige, der von der Schule fliegen wird«, sagte Lynette. »Es wird Kevans Kopf sein, der heute rollt.«

Alvin saß im Flur vor der kleineren der beiden Schulturnhallen. Er war allein, und genau das bereitete ihm Sorge. Tatsächlich sollten Kevan und seine Mutter ebenfalls anwesend sein.

Die Tür zur Turnhalle öffnete sich einen Spaltbreit, und Tony Rowell schob seinen erstaunlich schmalen Kopf hindurch.

»Und? Sind sie da?«, fragte er.

Alvin schüttelte den Kopf.

»Das ist unerhört!«

»Ich bin sicher, er kommt jeden …«

Alvin brach ab, denn Rowell war schon wieder im Innern der Turnhalle verschwunden. Er drehte den Kopf, schaute den Gang entlang und fixierte die Eingangstür am anderen Ende. Inständig hoffte er, sie möge sich doch öffnen, und nach einigen Sekunden tat sie es tatsächlich. Eine Frau stürmte in den Korridor. Sie wirkte nicht älter als dreißig, und sie war klein und zierlich. Zu schwach, zu jung, um einen so massigen und aggressiven Rabauken wie Kevan Kennedy zu zähmen. Doch sie strafte sämtliche Vorurteile Lügen, denn sie hatte den Jungen in ihrem Schlepptau. Alvin erhob sich, als die beiden ihn erreichten.

»Hi … Mrs Kennedy?«, fragte er.

»Nash«, schnappte sie. »Ich heiß nicht mehr Kennedy, seit sich sein Vater verpisst hat.«

»Ach so, ja … Ich bin Alvin Lee, Kevans Bildungsberater. Wir sollten jetzt lieber reingehen. Die sind schon ein bisschen nervös da drinnen.«

»Sind wir zu spät? Mussten zu Fuß gehen. Kein Geld für 'n Bus.«

Alvin lächelte. »Das ist gut. Ich meine, vielleicht können wir das da drinnen gleich erwähnen. Finanziell schwierige Familienverhältnisse könnten sich vorteilhaft auf Kevans Fall auswirken.«

»Nee, das war's nicht«, blaffte Kevans Mutter. »Der Idiot von einem Fahrer konnte meinen Fuffziger nicht wechseln.«

Keine Frage, mit einer Charmeoffensive war von ihrer Seite wohl kaum zu rechnen. Doch Alvin sah stets das Positive in den Dingen. Und was er jetzt sah, war eine Frau, die wirklich sehr zierlich, ja, geradezu winzig war. Zerbrechlich und schutzlos wie ein Vögelchen, das weder einen saftigen Wurm noch ein daunenweiches Nest hatte – nicht schlecht für den Mitleidsbonus. Er blickte hinüber zu

Kevan, der eine Schuluniform trug – zumindest etwas in dieser Art. Sein Hemd hätte als weiß durchgehen können. Die weite schwarze Jeans war so dunkel, dass man sie in der schummrig beleuchteten Turnhalle durchaus mit manierlichen Hosen verwechseln konnte. Blieb nur zu hoffen, dass kein Blick auf die Reebok-Turnschuhe fallen würde. Allerdings trug Kevan keinen Schlips.

»Du trägst keinen Schlips«, sagte Alvin.

»Ich hab's ihm noch gesagt«, meinte seine Mutter. Ihre Haut war hell wie Papier. Alvin fragte sich, ob das ihre natürliche Farbe war oder ob der ganze Stress sie hatte erbleichen lassen. Nicht nur überragte ihr Sohn sie beträchtlich, neben ihm stach ihre mangelnde Pigmentierung auch umso drastischer ins Auge – alles in allem wirkte der Junge, wie Rowell es formuliert hätte (allerdings nur in der relativen Sicherheit des Lehrerzimmers), wie ein gewaltiger Klecks von einer Teerbürste.

»Hab ich verloren«, sagte Kevan achselzuckend.

»Bind dir meinen um«, sagte Alvin. Schon griff er sich an den Hals und lockerte den Schlips mit den lustigen Weihnachtsmännern.

Um jeden Preis.

Sie hatten sich in einer Ecke der Turnhalle zusammengefunden, fernab der gestapelten Matten, Stufenbarren und Böcke.

Auf zwei Stühlen saßen Kevan und seine Mutter, zwei Menschen, die unterschiedlicher nicht hätten sein können und doch im selben Genpool schwammen. Etwa fünf Meter vor ihnen stand der lange Tisch, den man eigens für diesen Termin herbeigeschafft hatte. Chadwick und Rowell hatten an je einem Kopfende Platz genommen, drei Mitglieder des Wood-Hill-Schulbeirates saßen in der Mitte.

Alvin saß mit dem Rücken zur Wand und musterte das Trio. Er kannte nur die Beirätin Allison Bird-Wright, denn ihr Gesicht sah man häufig in der *Gazette*. Was womöglich damit zusammenhing, dass sie im Stadtrat saß, oder aber auch damit, dass ihrem Bruder die *Gazette* gehörte. Die Birds zählten zu den prominentesten Familien der Gegend, hauptsächlich deshalb, weil sie die reichste Familie der Gegend waren.

Alvin nahm Allison Bird-Wright ihren Wohlstand nicht übel, doch er war im Begriff, dieser Frau ihren Gesichtsausdruck übel zu nehmen. Tatsächlich wirkte sie, als wäre sie am liebsten ganz woanders, vermutlich an einem Palmenstrand auf den Bermudas. Alvin fragte sich, ob sie Kinder hatte, weil sie auf ihn den Eindruck machte, als seien ihr diese völlig egal. Angesichts dieses Verdachts, hätte er jetzt sauer werden können, doch er musste sich eingestehen, dass er diese Frau ja gar nicht kannte. Möglicherweise hatte sie sieben oder acht kleine Racker zu Hause, die sie umsorgte und begluckte wie Mutter Walton persönlich.

Ein Blick auf Kevan zeigte, dass dieser angesichts der Situation gelangweilter zu sein schien als jeder andere im Raum. Alvin wünschte sich inständig, der Junge würde die Augen auf seine Richter lenken. Diese wunderschönen Augen, die so herzzerreißend schauen konnten wie ein Hundewelpe aus einem Disney-Film, waren ohne Frage seine einzige Hoffnung. Stattdessen starrte er hinab auf seinen Gameboy Advanced – eine einstudiert wirkende Pose aus Trotz und Ignoranz. Mr Chadwick sah ihn an. Ein Lächeln umspielte seine Mundwinkel, als ob er Kevan unmerklich dazu ermuntern wollte, das Ding einzuschalten und damit sein Schicksal endgültig zu besiegeln.

Alan Chadwick entsprach in keinster Weise Alvins Vorstellung eines Schulleiters. Der Rektor des kleinen Alvin war gebückt gegangen, hatte schlohweißes Haar gehabt, das sich an stürmischen Tagen wie Pampasgras im Wind gewiegt hatte, und geplatzte rote Äderchen auf den Wangen. Und er war alt gewesen. Im Gegensatz zu Alan Chadwick, der aussah, als ob er Zeit seines Lebens keinen Tag jünger als fünfunddreißig gewesen war und es auch immer bleiben würde. Der Mann besaß den Habitus eines Topmanagers, und Alvin bildete sich gern ein, dies sei ein Beweis dafür, dass Chadwick mit den erleuchteten Methoden moderner Unternehmensführung die verkrusteten Strukturen des Bildungssystems aufzubrechen vermochte. Er war sich zwar über die Konsequenzen dessen nicht ganz im Klaren, doch er drückte allen Beteiligten im Stillen die Daumen. In jedem Fall war Alvin davon überzeugt, dass Chadwicks Unternehmensphilosophie letztlich auch zur Einrichtung des ILD geführt hatte und dass, was immer andere auch darüber sagten, das Programm ein *durchschlagender* Erfolg war.

Rowell beendete die Lektüre des vom Sportbereichsleiter angefertigten Berichts – dem Lehrer, der Kevan mit der Waffe erwischt hatte.

»Hast du uns vielleicht etwas zu sagen, Kevin?«, fragte der Direktor.

Unverwandt starrte Kevan auf seinen Gameboy.

»Oder Mrs Kennedy?«, ermunterte Chadwick die Frau.

»Ich heiße Nash«, blaffte die Mutter, während sie ihrem Sohn einen nadelspitzen Ellbogen in die Rippen stieß.

»War ja nichma 'ne echte Waffe«, nuschelte Kevan jetzt.

»Sie sah aber echt aus«, rief Allison Bird-Wright erbost aus. Sie nahm Beweisstück A hoch und drehte es in ihren Händen hin und her. Es war das erste Mal, dass Alvin sie hatte sprechen hören. Mit dieser Stimme hätte sie gut und gern die BBC-News verlesen können, sofern die BBC beschloss, sich eines Tages wieder den Anstrich von Selbstgefälligkeit und Unnahbarkeit zu geben. »Ist die sicher?«, fragte sie und ignorierte dabei geflissentlich den Unterschied zwischen einer Waffe, die einen hässlichen Bluterguss verursachen, und einer, die einem den Schädel wegpusten konnte.

»Die war ja nichma geladen«, fuhr Kevan nun etwas lauter murmelnd fort.

»Aber darum geht es doch gar nicht, Kevin«, sagte Chadwick. »Geladen oder nicht, du musst einfach verstehen, dass wir beim Thema Waffen kein Auge zudrücken können.«

Kevan zuckte die Achseln.

»Könnte ich auch mal etwas sagen?«, fragte Alvin.

»Ich bin nicht sicher, ob das angemessen wäre«, meinte Rowell zu Chadwick.

»Ich glaube, Kevan hat bereits eine entscheidende Hürde genommen«, fuhr Alvin unbeirrt fort. Er wusste, er ist nicht hierher bestellt worden, um ein Plädoyer für den Jungen zu halten, doch irgendjemand musste doch auch mal etwas Positives in dieser Sache vorbringen. Gab es denn nicht immer etwas Positives zu sagen? »Als er vor ein paar Wochen in die Schule kam …«

»Als er zurück in die Schule kam, hat er damit gegen die Auflagen seines drohenden Schulausschlusses verstoßen, Mr Lee«, fauchte Rowell.

»Ja, aber er kam, um eine *Hausarbeit* abzuliefern.«

»Niemand vom Lehrerkollegium hat dergleichen bestätigt.«

»Nein, er brachte sie zu mir.«

Rowell lehnte sich zurück und verschränkte die Arme vor der Brust, für ihn schien die Sache erledigt.

»Schauen Sie«, fuhr Alvin fort, »Es stimmt, Kevan hatte … erhebliche Schwierigkeiten, mit den Anforderungen der Wood Hill zurechtzukommen (so konnte man das auch formulieren), doch ich bin der Überzeugung, dass er diese Hürde inzwischen genommen hat. Sein Verhalten hat sich gebessert, und die Tatsache, dass er eine Arbeit …«

»Wissen Sie eigentlich, wie spät es ist?«, fragte Rowell.

Alvin schaute hinauf zur Wand – ihm war nicht klar gewesen, dass es bei diesem Termin so etwas wie eine Zeitbeschränkung gab.

»Meine Bemerkung war symbolisch gemeint, Mr Lee«, erklärte Rowell nun in einem Tonfall, der für besonders begriffsstutzige Schüler reserviert war. »In weniger als zwei Monaten verlässt uns Kevin ohnehin. Glauben Sie nicht, dass es vielleicht ein bisschen zu *spät* für ihn ist, jetzt noch über das Nehmen von Hürden nachzudenken?«

»Ich dachte, Bildung bedeutet, jungen Menschen Chancen zu eröffnen«, sagte Alvin, unerschüttert angesichts der schier erdrückenden Zweifel in diesem Fall.

»Danke, Alvin«, sagte Chadwick, »Ihre Anmerkungen waren …«

»Und zwar *jede nur erdenkliche* Chance, um etwas aus sich zu machen«, fuhr Alvin fort. »Kevan ergreift *nun* diese Chance. Und ja, es mag ein bisschen spät dafür sein, doch wenn wir ihn jetzt zurückweisen, signalisieren wir ihm damit nichts anderes, als dass er unserer Mühe nicht mehr wert ist? Was für eine Botschaft ist denn das, bitte?«

»Ich denke, die Botschaft ist, dass man nur so lange gegen ein Fenster treten kann, bis es zerbricht«, gab Rowell zurück. »Ich vermute, Kevin versteht das besser als Sie, Alvin.«

»Er heißt Kevan«, entfuhr es Alvin.

»Meine Herren, bitte«, versuchte der Direktor, die Wogen zu glätten, bevor er sich wieder an die Schulbeirätin wendete. »Noch Fragen, Mrs Bird-Wright?«

Allison Bird-Wright beugte sich vor und nahm Kevan über den Rand ihrer Brille in Augenschein. »Ja, da wäre noch etwas«, sagte sie. »Kevins Krawatte. Ist die eigentlich schulkonform?«

Niemand erhielt mehr Gelegenheit, darauf zu antworten, denn in diesem Moment flog etwas schwirrend durch die Luft, und Tony Rowell kippte auf seinem Stuhl rückwärts zu Boden. Alvin stand auf, ging zu ihm und versuchte zu verstehen, was gerade geschehen war. Dazu brauchte er nicht lange. Während Rowell noch benommen auf dem Rücken lag, sah Alvin, wie sich auf dessen Stirn ein dunkelroter Bluterguss ausbreitete. Um ihn herum lagen die Bruchstücke eines Gameboys auf dem Parkett.

In der gleichen Sekunde hechtete Kevan über den Tisch und stürzte sich auf Chadwick. Seine Mutter war direkt hinter ihm, und Alvin argwöhnte, dass sie keineswegs im Begriff war, ihren Sohn zurückzuhalten. Schon stürzten sich die beiden auf den Schulleiter.

»So tun Sie doch was um Himmels willen!«, kreischte Allison Bird-Wright.

Das hatte Alvin ohnehin vorgehabt, wobei er sich jetzt fragte, welchem der beiden Kennedys er sich zuerst zuwenden sollte. Instinktiv entschied er sich für Mum, obwohl deren Arme durch die Luft sausten wie die Klingen an den Rädern von Boudiccas Streitwagen.

»Bitte, das bringt doch nichts, Mrs Kennedy«, sagte er und versuchte, sie zurückzuhalten.

»Ich heiß *Nash*«, kläffte sie, bevor ihre winzige Faust gegen seinen Kiefer krachte.

Farm der Tiere

Der Lehrer saß allein im Aufenthaltsraum. Er hatte den Kopf in den Nacken gelegt und hielt sich ein Taschentuch unter die Nase. Er verstand noch immer nicht, wie das alles hatte passieren können. Es war einfach zu schnell gegangen. Er versuchte, den Vorfall zu rekonstruieren, die kleinen Filmschnipsel zu einem Ganzen zusammenzusetzen, um es dann vor seinem geistigen Auge abzuspulen.

Er wusste noch, dass er allein im Klassenzimmer zurückgeblieben war, nachdem die Glocke das Ende des Schultages verkündet hatte. Das machte er schon seit drei Wochen so: einfach nur dasitzen und darauf warten, dass der monströse Schüleransturm allmählich abebbte. Nachdem die Geräuschkulisse zu einem entfernten Rumoren geworden war, hatte er sich mit einem Stapel von George-Orwell-Büchern auf den Schulkorridor hinausgewagt. An die nachfolgenden Ereignisse erinnerte er sich jedoch nur bruchstückhaft.

Die Tür zum Lehrerzimmer ging auf, und Colin Stanislavski kam herein. »Wasn los, Kumpel?«, fragte er in seiner nassforschen Art. Trotz seines Nachnamens und des starken australischen Akzents arbeitete Stanislavski als Englischlehrer an der Wood Hill.

»Nasenbluten«, erwiderte der Lehrer.

»Das seh ich. Ich wollte wissen, was passiert ist. Hast doch nicht etwa versucht, dich mit der achten Klasse anzulegen, oder? Hab doch gesagt, nicht ohne Schutzweste und Gummigeschosse zu diesen Psychoscheißern.«

Der Lehrer schüttelte den Kopf. Er sollte Stanislavski berichten, was ihm widerfahren war. Als konfliktscheuer Gutmensch konnte er einen Freund hier gut gebrauchen, einen, der ihm väterlich den Arm um die Schulter legte. Tatsächlich aber graute ihm vor diesem Kollegen, so wie es ihm vor diesen irren Achtklässlern graute. Dieser Stanislavski hatte etwas Zynisches, ja, Gefühlskaltes an sich. Und auch wenn er die Sprache von Shelley und Shakespeare lehrte, so war es doch auch die Sprache von Ned Kelly und Russell ›abgefuckt‹ Crowe.

Der Lehrer beschloss, Stanislavski kein Wort von dem zu erzählen, was geschehen war, nachdem er das Klassenzimmer verlassen hatte. Nichts von den schweren, schnellen Schritten, die plötzlich hinter ihm durch den Korridor gehallt waren. Nichts davon, wie er sich halb umgedreht hatte und wegen des Bücherstapels zuerst nicht erkennen konnte, wer da eigentlich hinter ihm war. Er hatte nur noch mitbekommen, wie ein hünenhafter Junge und eine schmächtige Frau durch den Gang auf ihn zustürmten. Er war ein Stück zurückgewichen und hatte sich angehört wie ein Papagei, der einen Lehrer nachäffte, als er ihnen entgegenrief: »Nicht rennen im Schulgebäude!« Dann waren die Bücher zu Boden gefallen. Die Frau stolperte darüber und fiel hin. Als er sich bückte, um ihr aufzuhelfen, blieb der Junge stehen und holte aus.

Danach: Filmriss.

Er erinnerte sich daran, dass er irgendwann auf dem Boden des Korridors sitzend zusah, wie das Blut aus seiner Nase auf die Schulbücher tropfte. Der Riesenjunge und die kleine Frau waren nirgendwo zu sehen.

Nein, nichts davon würde er Stanislavski erzählen. »Ich kriege manchmal einfach Nasenbluten«, sagte er stattdessen.

»Dann pass bloß auf, dass dir das nicht im Unterricht passiert. Diese kleinen Bastarde können Blut nämlich riechen, weißt du … Mal den Film ›Piranhas‹ gesehen?« Stanislavski erschauderte. »Egal, kommst du noch mit in den Pub? Gab heute nämlich 'ne Schlägerei in der Turnhalle. Kennedy hat sich wohl an Rowell vergriffen. Ich geh jedenfalls hin, um Näheres zu erfahren.«

Der Lehrer wusste, wer Rowell war – ein weiterer Kollege, der ihm ebenfalls Angst einjagte, wenngleich aus anderen Gründen. Doch wer mochte bloß dieser Kennedy sein? Auch ein Lehrer? Er schüttelte den Kopf. Nein, er war noch nie ein Kneipengänger gewesen.

»Okay, dann bis morgen«, sagte Stanislavski und ging zur Tür. »Ach übrigens, in deinem Haar hängen lauter Papierkügelchen.«

Dem Himmel sei Dank für die kleinen Barmherzigkeiten, dachte der Lehrer. Wenigstens beschossen ihn seine Achtklässler nur mit Papier … Bis jetzt. Mit Sicherheit ließ der Tag nicht mehr lange auf sich warten, an dem sie ihre Blasrohre mit Giftpfeilen bestücken würden.

Pepsi + Shirley

»Wie weit saß der Bursche eigentlich von euch entfernt?«, fragte Hector Parr und leckte sich über seinen Murphy-Oberlippenbart.

»Nicht weit«, sagte Alvin. »Drei, vielleicht vier Meter.«

»Nicht weit? Rowells Kopf ist doch nicht breiter als der Handgriff eines Besenstiels. Den toten Punkt eines in der Nähe befindlichen beweglichen Ziels zu treffen, zeichnet den wahren Meisterschützen aus.«

Parr unterrichtete Physik und hatte vermutlich soeben im Geiste überschlagen, welche Geschwindigkeit und Flugbahn vonnöten waren, um einen hin- und herschaukelnden Rowell aus vier Metern Entfernung zu treffen – selbstverständlich unter Berücksichtigung der Umgebungstemperatur, Luftfeuchtigkeit sowie Newtons erstem und drittem Gesetz.

Man saß im Minogue's zusammen, einem original irischen Pub mit einem original irischen Wirt, der sich geweigert hatte, seine Kneipe umzubenennen, als Kylie auf den Plan getreten war und allen Minogues weltweit in die Suppe spucken wollte. Auch Lynette Moorhouse war anwesend sowie Donna Hutton, Lehrerin für Fremdsprachen, die ihre püppchenhafte Erscheinung dadurch Lügen strafte, dass sie ihre Schüler in breitestem Französisch oder Spanisch zusammenstauchte, wann immer nötig – also meistens.

Lynette erhob ihr Glas. »Egal, ich trinke auf Kevan, der das ge-

---

[1] In England erwirbt man die Abschlussqualifikation »General Certificate of Secondary Education« (GCSE) nach elf Jahren Schulbesuch im Alter von sechzehn Jahren. Etwa fünf bestandene GCSE-Prüfungen entsprechen der deutschen Mittleren Reife. (Anm. d. Übers.)

tan hat, wovon ich die letzten fünf Jahre nur träumen durfte – allerdings hab ich dabei 'nen Ziegelstein benutzt.«

»Auf Kevan«, sagte Hector. »Trotz der Tatsache, dass er mich mal mit 'nem Laborständer verdroschen hat.«

»Du scheinst ja heute auch auf deine Kosten gekommen zu sein, Alvin«, meinte Donna. »Das ist 'ne böse Platzwunde da an deiner Lippe.«

»Das war seine Mutter«, erklärte Alvin geknickt.

»Ja, die Mütter sind die Schlimmsten«, sinnierte sie.

»Nicht verzweifeln, Alvin«, sagte Lynette und tätschelte ihm die Schulter. »Hattest in diesem Jahr ja noch nicht allzu viele hoffnungslose Fälle, oder?«

»Diese Hornochsen!«, polterte eine Stimme in die Unterhaltung. »Das ILD ist nichts weiter als Wood Hills privater Schrottplatz, auf dem sich die Wracks bis in den Himmel stapeln.«

Alle blickten auf zu Colin Stanislasvki. Selbstgefällig stand er auf seinen durchtrainierten Rugbyspielerbeinen da. Nun beugte er den starken Rücken, ließ sich auf einem der Hocker nieder und schlug Alvin kräftig zwischen die Schulterblätter.

»Versteh mich nicht falsch, Alvin«, sagte er. »Ich liebe das ILD, und ich finde es toll, was du mit den kleinen Kriminellen so anstellst. Man beschäftigt sie mit Plastikscheren und Wachsmalstiften, bis sie endlich alt genug sind für den staatlichen Strafvollzug.«

»Aber das stimmt doch nicht«, sagte Alvin leise.

»Sorry, Kumpel, natürlich stimmt das nicht. *Du* bist natürlich im Besitz des Patentrezepts. *Du* kannst sie ummodeln. *Du* machst diese waffenstarrenden Schmarotzer zu Speerspitzen unserer Gesellschaft. Und das allein mit dem Charisma eines abgehalfterten Popstars. Stell dir vor, was wir erreichen könnten, wenn wir auch noch Toyah, Pepsi, Shirley und Adam Ant als Betreuer gewinnen könnten ... So, und jetzt komm mal wieder auf den Teppich, Alv. Das ILD ist doch nur 'ne Verwahranstalt für die Lernresistenten. Schau dir doch nur mal diesen Kennedy an. Der große kulturelle

Schmelztiegel? Dass ich nicht lache! Nein, dieser Bursche ist der Abschaum, der oben auf der Brühe schwimmt.«

»Kevan Kennedy mag ein Albtraum sein, aber bitte lass seine Hautfarbe aus dem Spiel«, sagte Donna. »Wir sind hier schließlich nicht in Alabama.«

»Du willst also behaupten, das sei irrelevant?«

»Tja, das ist das Problem mit den gemischtrassigen Kids«, sagte Alvin. »Man kann nie wissen, ob das kriminelle Potential nun von den weißen oder den schwarzen Genen herrührt, nicht?«

»Du bist ja ein richtiger Spaßvogel, Alv«, bemerkte Stanislasvki schadenfroh.

»Nein, ich meine es ernst. Davon abgesehen funktioniert das ILD sehr gut. Sieh dir nur Kelly an«, sagte Alvin, eine Spur trotziger jetzt.

»Ach ja, wie könnten wir *die* je vergessen«, meinte Stanislavski. »Hübsches Ding und so weiß wie 'ne Klan-Kapuze.«

Kelly Hendricks: Alvins größter Triumph. Das Mädchen, neben dem Kevan Kennedy wirkte wie ein Pfadfinder und das in nur zwei Jahren zur Vorzeigeschülerin avanciert war.

»Sechs bestandene GCSE[1]-Prüfungen«, sagte Alvin. *»Sechs.«*

»Einschließlich einem A in Englisch«, fügte Lynette hinzu.

»Und einem C in Französisch«, sagte Donna, offenbar genauso überrascht wie die anderen Anwesenden.

»Tolle Sache«, sagte Colin mit einem selbstgefälligen Grinsen. »Und was macht sie zur Zeit?«

»Sie ist auf dem College«, sagte Alvin, »und möchte später in der Sozialarbeit tätig werden.«

»Oh, ich glaube, das ist sie bereits.« Colins Grinsen wurde zu einem 60-Watt-Strahlen.

»Was meinst du damit?«, fragte Lynette.

»Nun, euer cleveres Mädchen hat seinen Abschluss wohl ein bisschen früher als erwartet gemacht und sich bereits 'nen Job gesucht.«

»Wo denn?«, fragte Alvin.

»Na ja, ich hab's nicht selbst überprüft – ist nicht so das, wo ich mich normalerweise rumtreibe, du verstehst – aber ein paar meiner Vereinskumpel erzählen, sie hätten sie im Tropica gesehen. Es heißt, sie hätte 'nen Schlund wie 'n Staubsauger. Wie du siehst, Donna, ist sie dem Französischen noch immer sehr verbunden. Du hast doch mal ziemlich auf sie gestanden, oder, Alvin? Vielleicht spendiert sie dir ja 'ne Freinummer. So wie in den guten alten Zeiten.«

Alvin erhob sich und ging hinaus.

»Weißt du was, Colin?«, sagte Lynette. »Du bist 'n richtiger Scheißkerl.«

»Etwas, was wir ab Sommer über dich ja nicht mehr werden sagen können, Andy-Schätzchen.«

Jesus ist im Fernsehen, und der Fernseher ist auf einem Lastwagen

Schwer ließ sich Alvin neben Karen aufs Sofa plumpsen. Ohne ihren Blick von den blutigen Bildern der Kreuzigung abzuwenden, sagte Karen: »Du fragst dich jetzt bestimmt, warum ich, als überzeugte Atheistin, mir *Die Passion Christi* ansehe.«

Alvin antwortete nicht, obwohl er durchaus neugierig war.

»Aua, das tut weh«, sagte sie, als die neunschwänzige Katze ein weiteres Mal herniedersauste. »Hatte 'nen scheiß Tag im Krankenhaus – wir mussten drei Hunde, ein Kaninchen und ein Kätzchen mit Herzrhythmusstörungen einschläfern. Hab dann auf dem Nachhauseweg mal bei Blockbuster reingeschaut. Hatte mir für den Abend eigentlich was Sentimentales mit Sandra Bullock vorgestellt. Keine Ahnung, warum ich mir am Ende diesen Film ausgeliehen habe. Schlecht ist er nicht. Ich hatte doch tatsächlich vergessen, dass er Zimmermann war. Und er schien richtig gut gewesen zu sein. Hat für 'nen Kunden so 'nen verschnörkelten Tisch gemacht. Na ja, es ist ja nur ein Film. Wahrscheinlich war er im richtigen Leben ein totaler Stümper. Ich wette, der konnte nicht mal ein Bücherbord zusammenzimmern … Alvin, warum sagst du mir nicht einfach, ich soll die Klappe halten, wenn ich wieder mal Blödsinn rede?« Sie drehte sich zu ihm und schaute ihn an. »Du siehst mies aus. Was ist denn mit deiner Lippe passiert?«

Sanft strich sie mit dem Finger über die Schwellung.

»Das war Kevans Mutter«, erklärte er. »Ihr kleines Engelchen ist heute von der Schule geflogen.«

»Hätte auch schlimmer kommen können. Wäre er ins Krankenhaus gekommen, hätte er aufgrund einer tödlichen Injektion das Zeitliche segnen können oder so … Armer Kevan.«

Karen wendete sich wieder dem Film zu. Alvin klinkte sich aus und lauschte stattdessen den gedämpften Gitarrenklängen aus dem Obergeschoss. Annie hatte begonnen, Unterricht zu nehmen, und übte seither hingebungsvoll. Ihr Geschrammel wirkte noch holprig, die Akkorde klangen abgehackt, wobei sie jeden Griff laut ansagte: *Schrumm* … »D!« … *Schrumm* »D!« *Schrumm* … »D!« … *Schrumm* … »E!«

»Sie fängt an, sich richtig dafür zu begeistern, was?«, sagte Alvin.

»O ja«, stimmte Karen zu. »Warst du nach der Arbeit noch im Pub?«

»Ja, auf ein paar Bierchen mit Lynette. Ich bin danach weitergezogen ins Tropica.«

»Wohin?«

»Ins Tropica. Das ist ein Massagestudio in der All Saints Road.«

»Du hast dich massieren lassen?« Karen schien verblüfft.

»So ein Massagestudio ist das nicht.«

»Oh.« Plötzlich wirkte sie angespannt. »Hör mal, was versuchst du, mir eigentlich gerade beizubringen? Ich warne dich, nur weil gerade Jesus' Leidensgeschichte über die Mattscheibe flimmert, heißt das nicht, dass ich alles vergeben und vergessen werde.«

»Ich bin ja nicht reingegangen«, sagte Alvin.

»Ach so, das ist natürlich was anderes. So lange du nur draußen rumstehst und dir die Nase am Fenster platt drückst … Jetzt mal im Ernst, Alvin Lee, warum treibst du dich vor solchen Etablissements herum, wo du doch bei so jemand Wunderbarem wie mir sein könntest?«

»Es scheint, als ob Kelly da arbeitet.«

»Kelly Hendricks?«

Alvin nickte.

»Soll das ein Witz sein? Woher weißt du das?«

»Colin Stanislavski hat's mir erzählt.«

»Der sieht doch alles nur noch durch den Boden eines Bierglases. Oder glaubst du etwa einem Alki wie ihm?«

Alvin zuckte die Achseln.

»Hast du sie denn dort gesehen?«, fragte Karen.

Tatsächlich hatte Alvin nicht viel gesehen. Er hatte in der Straße herumgelungert, versucht, unauffällig mit den Plakatwänden zu verschmelzen und sich gefragt, warum ihm das Haus irgendwie bekannt vorkam. Nach ein paar Minuten hatte es ihm dann gedämmert. Hier war früher der Laden von Evans gewesen, ein Geschäft für Modellbau und für den kleinen Alvin so etwas wie ein Tempel. So manchen Samstagmorgen hatte er dort zugebracht und mit gierigem Blick die gestapelten Kartons mit den Heinkels, Messerschmitts und Fokkers angestarrt, unfähig zu entscheiden, wofür sein Taschengeld diesmal draufgehen sollte. Doch jetzt, so schien es, war der Laden zu einem Tempel für ganz anders gelagerte Sehnsüchte geworden.

Der neue Besitzer hatte die Schaufenster blickdicht zugeklebt und mit einem flackernden Neonschriftzug versehen: TROPICA – PERSÖNLICHE MASSAGE. Alvin hatte sich gefragt, welche Art von Massage sich wohl als unpersönlich bezeichnen ließe. Gab es womöglich eine Variante, bei der die Masseuse ihren Kunden per Fernbedienung aus einem anderen Raum heraus behandelte? Und während er so dastand, hatte er versucht, sich einzureden, dass es sich hierbei vielleicht tatsächlich um einen Massagesalon im klassischen Sinne handeln konnte. Vielleicht knetete Kelly gerade einem Kunden den Rücken durch – mittels therapeutischer Techniken, anerkannt und erprobt von renommierten Physiotherapeuten in aller Welt …

Und dann war ein Mann in einem Anzug vor dem Laden stehen geblieben. Prüfend hatte er die Straße hinauf und hinab gespäht. Alvin hatte versucht, bei ihm die Zeichen irgendeiner Indisposition auszumachen – einen verrenkten Nacken oder eine sichtbare Versteifung im Lendenwirbelbereich. Doch er hatte nichts dergleichen entdecken können, nichts, außer einem armseligen Individuum, dem es offenkundig unangenehm war, hier gesehen zu werden. Als der Mann Alvin in der Nähe herumlungern sah, schien dieser seine Entscheidung, für welche Therapie auch immer, noch einmal zu überdenken, denn er machte auf dem Absatz kehrt und nahm den Weg zurück, den er gekommen war. Kurz darauf folgte Alvin dem Beispiel des Anzugträgers und ging nach Hause zu Karen und – was er zu diesem Zeitpunkt noch nicht wusste – zu Jesus.

»Nein, ich hab sie nicht gesehen«, sagte er.

»Tja, dann arbeitet sie vielleicht gar nicht da«, meinte Karen. »Und selbst wenn, deine Verantwortung für sie ist erloschen, als sie die Schule verlassen hat. Sie ist jetzt ein großes Mädchen, das in der großen Welt nun seiner eigenen Wege gehen muss.«

»Ich weiß, aber ... Um ehrlich zu sein, das ILD hat es momentan nicht gerade leicht. Allein Erfolge wie im Fall Kelly könnten unser Fortbestehen noch rechtfertigen. Ich weiß, das klingt vielleicht egoistisch, aber ich denke dabei natürlich auch an sie. Sie ist auf Zack, steckt voller Energie – sie könnte alles erreichen, wenn sie nur wollte. Sie sollte nun wirklich nicht arbeiten als ...«

Er brach ab. Ja, als was arbeitete sie denn?

Karen sprach es für ihn aus. »Alvin, selbst wenn sie wirklich als Nutte arbeitet, so *arbeitet* sie wenigstens. Sie dealt nicht mit Heroin und raubt auch keine alten Omis aus.«

»Sie ist genauso alt wie Mercedes. Was würdest du sagen, wenn sie die Schule hinschmeißen und in einem Massagesalon anfangen würde?«

»Keine Ahnung, ehrlich gesagt. Du weißt, wie ihre Mutter dazu steht, wenn ich es auch nur wage, gewisse Vorstellungen von Mercedes' Zukunft zu entwickeln – selbst wenn es nur theoretische sind. Wie dem auch sei, das ist doch was völlig anderes.«

»Ach ja? Es würde uns zu schaffen machen, weil sie im Begriff wäre, sich ihr Leben zu vermasseln.«

»Alvin, du bist ein fantastischer Kerl und ein Idealist, wie er im Buche steht. Grundgütiger Gott, du bist praktisch ein Heiliger. Hätte ich auch nur den geringsten Draht in den Vatikan, ich würde mich auf der Stelle für deine Express-Heiligsprechung einsetzen. Doch du musst begreifen, wann es an der Zeit ist, sich rauszuhalten. Du kannst nicht immer aller Welt helfen. Kelly geht dich nichts mehr an. Ganz im Gegensatz zu den ganzen verkorksten Kids an deiner Schule. Konzentrier dich lieber auf *sie*.«

»Ich sollte aber wenigstens mal mir ihr sprechen und herausfinden, warum sie das College hingeschmissen hat.«

»Nein, das solltest du nicht. Außerdem will ich nicht, dass man dich in einem Bordell sieht. Die alte ›Wir sind zur Rettung gefallener Frauen hier‹-Ausrede zieht da nämlich nicht. Vor allem nicht bei der alten Schreckschraube, die zu Hause bei den Kindern sitzt.«

»Jetzt hör aber mal auf. Du bist die tollste Frau, die ich je kennen gelernt habe.«

»Siehst du, das meine ich: ein Idealist, wie er im Buche steht.«

Sie schmiegte sich auf dem Sofa an ihn und wendete sich wieder dem Geschehen auf der Mattscheibe zu, wo die Römer noch immer dabei waren, Jesus zu geißeln. Alvin sah auf sie herab. Auf ihr wunderbar glänzendes Haar, dessen Pflegeaufwand einem Halbtagsjob gleichkam, und auf ihr zusammengewürfeltes Outfit: ein verwaschenes Holzfällerhemd, zerlöcherte gelbe Haremshosen und Socken, einer schwarz, einer khakifarben. Ihr Aufzug hätte das gewagte Modeexperiment einer Kunststudentin sein können, oder die kärgliche Ausbeute eines Besuchs in der Kleiderkammer der Fürsorge. Wäre Alvin Modekritiker gewesen, so hätte er Karens Ensemble als »Triumph« bezeichnet. So war er eben. Und so weit es ihn betraf, war Karen die tollste Frau, die er je kennen gelernt hatte. Ein Thema, bei dem er recht kompromisslos sein konnte.

Er hatte Karen neun Jahre zuvor getroffen. Damals hatte sie erst ein Kind gehabt. Shannon war das winzige, düstere Produkt ihrer Beziehung zu einem kanadischen Toningenieur, der das Land an dem Tag verlassen hatte, als Karen ihm ihre Schwangerschaft offenbart hatte. Sie hatte als Empfangsdame in einem Tonstudio gearbeitet, als sie sich trafen. Zu dieser Zeit hatte Alvin noch recht halbherzig versucht, in und um London Jobs als Session-Musiker zu finden. Im Grunde war es Natalie Imbruglia zu verdanken, dass er und Karen zusammengekommen waren. Alvin war als Bassist für das Stück *Torn* gebucht worden. Die Aufnahmen fanden in dem Studio statt, in dem Karen gearbeitet hatte, einer ehemaligen Kirche in Willesden. Wenn Alvin sich an diesen Tag zurückerinnerte, so war ihre erste Begegnung nahezu perfekt verlaufen. Ihre Blicke trafen sich unter der gerahmtem Goldenen Schallplatte für Baby D's *Let Me Be Your Fantasy*. In Wahrheit fand das Zusammentreffen am Wasserspender statt, als Karen ihm ein Stück Toilettenpapier reichte, mit dem er die Folgen eines fehlgeleiteten Wasserstrahls auf seiner Hose beseitigen konnte.

Bei ihrer ersten Verabredung einige Tage später hatte Karen kein Wort über Shannon verloren. Erst als Alvin ihr das Foto der damals achtjährigen Mercedes gezeigt hatte, war sie mit der Wahrheit herausgerückt. Sie hatte väterliche Hingabe in seinem Blick gelesen und gedacht, er wäre vielleicht einen Versuch wert. Eine Einschätzung, mit der sie bis jetzt Recht behalten hatte.

Annie kam herein, die Gitarre im Schlepptau. »Warum schlagen die den Mann«, fragte sie mit Blick auf den Fernseher. »War er denn böse?«

»Eigentlich schlagen sie ihn, weil er gut war, Liebes«, sagte Karen. »Aber er ist nur eine erfundene Person in einer erfundenen Geschichte.«

»So wie Legoland in *Herr der Ringe*?«

»Ja, im Grunde genau so, Schätzchen.« Karen drückte die Stopptaste auf der Fernbedienung.

»Oooch«, protestierte Annie.

»Tut mir leid, ich würde dich den Film ja anschauen lassen«, sagte Karen, »aber ich glaube, der ist nichts für deinen Dad. Er könnte seinen Katholizismus neu anfachen.«

Alvin vergaß oft, dass er Katholik war. Sein Glaube war mangels praktischer Ausübung schon einige Jahre, bevor er Karen getroffen hatte, nahezu verkümmert. Und selbst wenn dies nicht der Fall gewesen wäre, so hätte die Religion in einem Leben mit Karen keinen Platz gehabt. Tatsächlich war die Kraft ihres gesunden Menschenverstandes, den sie gegen jegliche dogmatische Gesinnung aufbot, so stark, dass sie selbst den Papst dazu bringen konnte, die Dreifaltigkeit aufzuheben und sich ein Kondom überzustreifen.

Einen Moment später klingelte es an der Haustür. Shannon kam ins Zimmer und verkündete: »Draußen stehen drei Männer.«

»Was wollen die?«, fragte Alvin und steht auf.

»Den Fernseher«, sagte Shannon.

»Ich kann's einfach nicht fassen«, schrie Mercedes. »Warum habt ihr denen nicht das Sofa oder den Herd oder wasweißich mitgegeben?«

»Weil wir mit den Raten für das Sofa und den Herd nicht in Verzug sind«, sagte Alvin so ruhig wie möglich.

»Den Fernseher. Den *Fernseher*. *Und* den Videorekorder«, japste Mercedes außer sich. »Wie zum Teufel konntet ihr vergessen, die zu bezahlen?«

»Wir mussten Prioritäten setzen«, sagte Karen. »Schließlich sind dein Vater und ich keine unerschöpfliche Goldgrube.«

Nicht mal 'ne erschöpfliche, dachte Alvin, nur einen Hauch niedergeschlagen. Schließlich wusste er, dass Geld nicht alles war.

Sid kam herein. Er hatte oben mit seinen Dinosauriern und Hot Wheels gespielt, doch von Streitereien wurde er angezogen wie ein Bär von einem Honigtopf. »Wo ist der Fernseher, wo ist der Videorekorder?«, fragte er und starrte in die nun gähnend leere Zimmerecke, durch die sich der verfügbare Platz in dem engen Wohnzimmer praktisch verdoppelt hatte.

»Die haben ein paar Männer auf einen großen Lastwagen geladen«, sagte Karen. »Um sie zu reparieren.«

»Lüg ihn nicht an«, fauchte Mercedes. Sie ging vor dem Kleinen auf die Knie und sagte: »Sie haben die Geräte abgeholt, und sie bringen sie auch nicht wieder zurück, WEIL DEINE MUM UND DEIN DAD VERGESSEN HABEN, SIE ZU BEZAHLEN!«

Sid fing an zu weinen. »Ich will jetzt Cartoooooons sehen.«

Auch Annie heulte jetzt, und Shannons Unterlippe zuckte verdächtig.

»Danke, Mercedes«, sagte Karen. Sie nahm Sid auf den Arm und versuchte, ihn zu trösten.

»Würdet ihr euch jetzt bitte mal wieder beruhigen«, flehte Alvin. »Wir kriegen den Fernseher schon zurück. Oder wir holen uns eben 'nen anderen.«

»Wie?«, kreischte Mercedes. »*Wie?*«

Karen sah zu Alvin, in ihrem Blick dieselbe Frage.

Mangels eines brauchbaren Plans musste er die Antwort darauf schuldig bleiben. Er konnte den Supermarkt im Gewerbegebiet überfallen, allerdings fehlte es ihm dazu an der nötigen kriminellen Energie und, entscheidender noch, am dafür erforderlichen Wagen.

»Ich such mir einen Zweitjob. In einem Pub oder so«, sagte er.

»Vielleicht könntest auch du deinen Teil dazu beitragen, Mercedes«, schlug Karen vor. »Wie wär's, wenn du etwas vom Lohn deines Samstagsjobs beisteuerst?«

»Kommt gar nicht in Frage. Ich *brauche* das Geld. Von euch krieg ich doch einen Scheißdreck.«

»Okay, mir reicht's jetzt«, presste Karen hervor. »Alvin, diskutier du das mit deiner Tochter aus. Ich werde jetzt Sid baden. Annie, Shannon, nach oben mit euch.«

»Aber, Mum, es ist doch nicht mal acht Uhr«, jammerte Shannon.

»Und wenn schon. Wenigstens verpasst du nichts im Fernsehen.«

Während Karen die Kinder nach oben lotste, schaute Alvin Mercedes entschuldigend an.

»*Was?*«, verlangte sie zu wissen, seinen Gesichtsausdruck offenbar als vorwurfsvoll missinterpretierend.

»Nichts«, sagte er. »Nur … es tut mir leid. Ich krieg das wieder auf die Reihe, ganz bestimmt.«

»Ja, klar.«

»Wo willst du hin?«, fragte er, als Mercedes aus dem Raum stapfte.

»Zu Janice.«

Janice Sweeting war ihre Mutter und residierte am Rande Londons in einem Haus mit sieben Zimmern, von dem aus sie einen herrlichen Blick auf grüne Felder hatte. Ein Geländewagen (in der Größe von Alvins Haus) und ein Audi TT (in der Größe von Sids Dachkämmerchen) schmückten die Auffahrt. Darüber hinaus zierte ein wandfüllender Plasmafernseher ihre Wohnzimmerwand (inklusive DVD-Spieler, Satelliten-Receiver und Kinosound), was Mercedes' fluchtartigen Abgang erklären konnte.

Janice Sweeting war ein echtes Rock Chick gewesen, als Alvin sie kennen gelernt hatte – eine Mischung aus Chrissie Hynde und dem Mädchen von T'Pau. Jetzt war sie mit John verheiratet, dem Geschäftsführer einer Firma für Soundequipment, die so ziemlich alles auf diesem Sektor vertrieb: von winzigsten Knopflochmikrofonen bis hin zu gigantischen Beschallungsverstärkern, die problemlos einen Hörsturz bei 80.000 Zuhörern gleichzeitig herbeiführen konnten. Janice hatte ihre Kontakte ins Musikgeschäft erfolgreicher ausgebaut als Alvin. Dessen ungeachtet glaubte Alvin nicht, dass die Frontfrau von T'Pau Mitglied der gewerkschaftlichen Frauenvereinigung war. Alvin hatte keine Ahnung, was Janice auf diesen Weibertreffs zu suchen hatte, doch er bezweifelte, dass dort Zappa-Raubkopien oder Courtney-Love-Make-up-Tipps die Runde machten.

Mercedes war die meiste Zeit bei Janice, John und ihren beiden Halbbrüdern aufgewachsen. In den letzten drei Jahren jedoch war sie zwischen ihren beiden Elternteilen hin- und hergependelt. Ihre Hormone trieben sie immer wieder über die Grenze des jeweiligen Stadtviertels, sobald sich in dem einen oder anderen Domizil die Lage zuspitzte. Wann immer sie bei Karen und Alvin wohnte, wetterte sie gegen den Horror-Haushalt von Janice und John – gegen die erderwärmenden Autos, die degenerierten Hunde, die mit tierischen Körperteilen angefüllte Gefriertruhe. Allerdings hegte Alvin den Verdacht, dass, sobald sie bei ihrer Mutter war, er und Karen zum Gegenstand ihrer Verachtung wurden.

Alvin hörte, wie die Haustür krachend ins Schloss fiel, und ließ sich schwer aufs Sofa sinken. Deprimiert starrte er auf die leere Stelle, an der bis eben noch der Fernseher gestanden hatte. Was mochte wohl ein Aquarium kosten? Das würde den freigewordenen Platz prima ausfüllen, doch würde Mercedes die Haltung von Fischen in Gefangenschaft gutheißen?

»Keine Sorge, Alvin«, sagte Karen. »Die Kinder haben ohnehin zu viel ferngesehen.«

»Trotzdem ist es ihnen gegenüber nicht fair.« Alvin lehnte sich gegen sein Kissen und starrte an die Schlafzimmerdecke.

»Es ist auch nicht fair, ihnen Noname-Fischstäbchen vorzusetzen, während sich all ihre Freunde an Marken-Tiefkühlkost gütlich tun – und doch kommen sie irgendwie damit klar.«

»Ich besorg mir noch 'nen zweiten Job. Im Three Roses suchen sie 'ne Teilzeitkraft.«

»Das würdest du wirklich für uns tun, Alvin Lee? Bier zapfen, Fässer austauschen und dem dumpfen, witzlosen Gefasel Betrunkener zuhören? Ja, du bist ein ganz besonderer Mann, und deshalb verdienst du auch eine ganz besondere Behandlung«. Als sie im Bett ein Stück tiefer rutschte, sagt sie: »Aber komm nicht auf meine Haare, okay?«

Sie zerrte ihm die Pyjamahose herunter, doch plötzlich hielt sie inne. »Mist!«

»Was ist?«

»Ich hab vergessen, *Die Passion* des verdammten *Christi* aus dem Videorekorder zu nehmen. Egal, ist ja nicht so, als ob ich nicht wüsste, wie die Geschichte ausgeht.«

Lux, Dove und Penguins

Wo zum Teufel sind nun wieder die Kekse von Penguins?

Sollte Internet-Shopping das Leben nicht vereinfachen?

Schwachsinn.

Die virtuelle Welt war keinen Deut besser als die echte. Supermärkte waren Supermärkte. Man war kein bisschen schneller dort, wo man hinwollte, und brauchte genauso lange, bis man sich gemerkt hatte, wo die Lieblingsprodukte zu finden waren, und dann räumten sie eines Tages einfach alles um.

Die Penguins. Wo sind die verdammten Penguins?

Die Frau starrte auf den Bildschirm, und Ärger stieg in ihr hoch. Letzte Woche hatte sie Lux-Seife kaufen wollen und nach stundenlanger Suche irgendwann aufgegeben. Stattdessen hatte sie auf ein Produkt namens Dove ausweichen müssen. Das machte zwar auch die Hände sauber, aber sie mochte den Duft nicht.

Sie konnte sich nicht länger auf den Monitor konzentrieren und stand mühsam auf. Langsam schlurfte sie zum Fenster und sah hinab auf die Straße. Ein Supermarkt lag gleich gegenüber von ihrer Wohnung. Ob die wohl Penguins im Sortiment hatten?

Allerdings herrschte auf der Straße viel Verkehr, und jeder schien mit hundertfünfzig Stundenkilometern vorbeizurasen. Wie sollte sie es da unbeschadet auf die andere Seite schaffen? Vielleicht könnte jemand sie begleiten …

Da entdeckte sie das Plakat mit dem neuesten Aufmacher des *Evening Standard*: ERNEUTER ANSTIEG BEI GEWALTVERBRECHEN!

Sie wendete sich wieder ihrem Computer zu. Sie würde diese verdammten Penguins-Kekse im Internet finden, egal wie. Andererseits konnte man es auch mal mit denen von Viscounts versuchen …

One-Hit Wanda

»Erzählen Sie doch mal von Ihrem Auftritt bei *Top of the Pops*, Sir«, sagte Debbie. Ihr Haar war flach gegen den Schädel gegelt, und auf ihrer Stirn prangte eine dünne Schmalzlocke. Eine Reminiszenz an Bill Haley, von dem sie mit Sicherheit noch nie gehört hatte.

»Ihr sollt einen Klempner-Notdienst ausfindig machen«, erinnerte Alvin die Kursteilnehmer.

In der heutigen Stunde ging es um Überlebensstrategien im Alltag: Wo im Haus fanden sich die Hauptleitungen für Gas, Strom und Wasser? Wo die Rufnummern für den 24-Stunden-Notdienst?

»Kann ich so was nicht meinen Vater machen lassen?«, fragte Debbie.

»Wieso? Ist der Klempner?«

»Nein, aber meine Mutter ruft ihn ständig, wenn irgendwas kaputt ist. Jetzt machen Sie schon, erzählen Sie von *Top of the Pops*.«

»Genau, schießen Sie los«, drängte auch Curtis.

Alvin war zu müde, um Widerstand zu leisten. Am Abend zuvor hatte er seinen neuen Job angetreten. Nicht im The Three Roses – die Stelle war schon weg gewesen, als er dort angerufen hatte –, sondern bei Pizza Express, wo er nun als Kellner arbeitete. Wie schwer konnte so was schon sein, hatte er noch gedacht. Die Leute wollten entweder Pizza, Pizza oder Pizza. Nun wusste er, wie anstrengend es sein konnte, die Gäste mit einem auf Stunden festgefrorenen Lächeln zu bedienen. Doch er musste das jetzt durchziehen; die Lage zu Hause wurde allmählich kritisch. Vor einigen Tagen hatte sich Karen bei einem Nachbarn einen tragbaren Fernseher geliehen. Allerdings war die Farbe zu großen Teilen entschwunden, dafür hatten alle Programme einen schwachen Grünstich. Ein Pulverfass also, an dem die Lunte schon brannte.

»Okay, fünf Fragen und das war's«, sagte er matt.

Debbie machte den Anfang: »Wer war denn damals alles mit dabei?«

»Na ja, wir …«

»Wie hieß Ihre Band?«, fragte Roland. »Das fällt jetzt aber nicht unter die fünf Fragen, oder? Ich meine, es ging ja um *Top of the Pops*, und meine Frage hat ja nichts damit zu tun.«

»Unsere Band hieß Living Saints.«

Alles kicherte, bis auf Dan aus Rumänien, der kein Wort von dem verstand, was gesprochen wurde.

»Also im Jahr '86 war das ein echt guter Name«, verteidigte sich Alvin. »Das war immerhin die Zeit von Kajagoogoo, Doug E. Fresh und der Get Fresh Crew. Wie ihr seht, es hätte auch schlimmer kommen können. Und um deine Frage zu beantworten, Debbie, wir waren in einer Sendung mit den Bangles …«

»Mit wem?«, fragte Chenil.

»Das war 'ne Girlgroup.«

»So wie die Sugababes?«

»Nix da Sugababes, wir hatten damals die Five Stars. Die britische Antwort auf die Jacksons, nur ein bisschen abgedrehter. Komische Frisuren und so … War übrigens 'ne harte Zeit für Haare damals.«

Unwillkürlich griff er sich an den Kopf und erinnerte sich an seine eigene 86er-Frisur: eine gigantische Vokuhila-Matte, mit einer Jumbodose Haarlack in die Höhe gestylt, wodurch er am Ende ganze fünfzehn Zentimeter größer gewesen war.

»Da waren die Pet Shop Boys mit *Suburbia*«, sagte er. »Kennt ihr die?«

»Jo, komische Typen«, murmelte Roland.

»Oder Status Quo …«

Alvin blickte in ausdruckslose Gesichter. Das, was nur wenige Jahre vor ihrer Geburt stattgefunden hatte, war für diese Kids genauso weit weg wie das vorchristliche Mesopotamien.

»Rocker«, erklärte er. »Und schon '86 alte Knacker. Oder Nick

Berry. Den kennt ihr bestimmt aus dem Fernsehen. Hat *Heartbeat* gesungen und so.«

Während er sich an die Bands von damals erinnerte, wurde ihm einmal mehr bewusst, was für eine aufgeplusterte, von gigantischen Schulterpolstern dominierte Ära die Achtziger gewesen waren. Was hätte eine puristische Gitarrenband schon jemandem wie Boy George, Bon Jovi oder dem unglaublichen Drive von Wham! entgegenzusetzen gehabt? Und selbst wenn man sich Gehör hätte verschaffen können, hätte man sich immer noch an Acts wie den Five Star, Swing out Sister oder Michael Bolton messen lassen müssen. Oder an Duran Duran – Thatcherismus pur mit Big-Hair-Look und Mascara. Duran *Duran* – Scheiße im Doppelpack.

Alvin hatte sich oft gefragt, ob es womöglich der Technicolor-Duranismus der Achtziger gewesen war, der die Living Saints am großen Durchbruch gehindert hatte. Bei Licht betrachtet war es jedoch mit Jamie als Frontmann nie und nimmer möglich gewesen, auch nur ansatzweise als cool durchzugehen.

»Und das war's?«, fragte Curtis, offenbar unbeeindruckt.

»Madonna war auch dabei«, fuhr Alvin fort. »Sie hatte mit *True Blue* 'nen Nummer-Eins-Hit.«

»Kenn ich nicht, den Song«, meinte Roland. »Egal, die Frau ist sowieso scheiße.«

»Aber die Tussi, die Ali G einen bläst, die ist cool«, meinte Curtis.

Roland kicherte.

»Sie hat ihm *keinen* geblasen«, protestierte Debbie.

»Nachdem die Kameras ausgeschaltet waren, bestimmt«, sagte Curtis mit einem anzüglichen Grinsen.

Er und Roland zerteilten die Luft mit ihren Händen, ihre Finger schnalzten dazu wie Peitschen, eine Geste, die Alvin immer bewunderte, deren praktische Ausführung er jedoch nie begriffen hatte.

»Ach, haltet doch die Fresse, Mann«, sagte Debbie. »Meine Mutter steht total auf Madonna. Sie hat 'n Buch, in dem leckt sie Naomi Campbells … *Zehen!*, Curtis, du versautes Arschloch. Haben Sie sie mal getroffen, Sir?«

»Ähm … ja, irgendwie schon. Kurz vor der Aufzeichnung unseres eigenen Auftritts.«

»*Cool*. Und wie war sie so?«

»Yeah, hat sie Ihnen einen geblasen?«, fragte Curtis.

Roland konnte sich vor Glucksen kaum noch halten, seine Dreadlocks federten hektisch auf und ab.

»Halt die Klappe, Curtis«, sagte Alvin.

»Genau, halt's Maul, Curtis« meinte Debbie. »Also, wie war sie denn so, Sir?«

»Sehr blond und irgendwie unheimlich«, sagte Alvin.

»Irgendwie unheimlich« war eigentlich nicht die treffende Beschreibung für das, was Alvin empfunden hatte, als er Madonna über den Weg gelaufen war. Madonna, umgeben von einem Bollwerk aus Bodyguards, einem menschlichem Stacheldrahtzaun. Da war sie also gewesen, der schillerndste Megastar der Popszene, und da war er, der über die Maßen gehemmte Bassist, den schon die Anwesenheit eines Nick Berry eingeschüchtert hatte. Der Anblick von Madonna dagegen hatte ihn in einen Zustand der Katatonie versetzt. Was, wie er damals hoffte, nicht wirklich ein Problem darstellen würde, da sie wohl kaum die Absicht hatte, mit ihm zu reden, oder?

Er hatte sich gerade umdrehen wollen, um die drei anderen Living Saints zu suchen, als sie ihn durch eine Lücke zwischen ihren Leibwächtern entdeckte. Ihre Blicke trafen sich. Alvin erstarrte mitten in der Bewegung wie ein Statist in *The Day After Tomorrow*, als sie ihm zurief: »Hey, wo hast du denn das Hemd her?«

Verwirrt hatte er an sich herabgeschaut – *trug er denn ein Hemd?* In der Tat. Das Ding war schwarz und besaß einen rautenförmigen Aufnäher auf der Brust, wodurch es aussah wie eine zweireihige Uniformjacke. Er hatte es in Kensington Market erstanden in der Hoffnung, das Hemd und die schwarze Vinyljeans würden ihn, den schüchternen Bassisten am Rande der Bühne, zu einem dezenten und doch augenfälligen Blickfang machen. Wer hatte schon ahnen können, dass er mit diesem Outfit selbst Madonna beeindrucken würde?

»Ähm …«, stammelte er statt einer Antwort. »Äh …« Er konnte sich beim besten Willen nicht erinnern, wo er das Hemd gekauft hatte. Selbst wenn der Chef von Madonnas Securitytruppe ihm eine Waffe an den Kopf gehalten hätte, er wäre in diesem Moment zu nichts als einem weiteren »Ähm« imstande gewesen.

Er wurde errettet – wenn man das so nennen konnte – von Jamie, der ihn kurzerhand zur Seite schob und Madonna die Hand entgegenstreckte. »Jamie McGreevy, Sänger und Gitarrist bei den Living Saints«, stellte er sich mit der unerschütterlichen Zuversicht eines Vollidioten vor. »Also, ich muss Ihnen sagen, ich liebe *True Colors.*«

Madonna machte auf dem Absatz kehrt und ging. Mit den Worten »unhöfliche Schlampe« drehte sich Jamie zu Alvin um. »Eins schwör ich dir, das war das letzte Kim-Wilde-Album, das ich gekauft hab.«

Später dann, in leicht alkoholisiertem Zustand, hatte Alvin die verpasste Gelegenheit bedauert. Hätte ihm Jamie nicht die Tour vermasselt, so hatte er damals gedacht, wäre Madonna jetzt mit ihm zusammen. Sie hätte Sean Penn entsorgt wie einen leeren Big-Mac-Karton und ihn, Alvin Lee, zum Briten ihres Herzens erwählt, für den sie sesshaft und mit dem sie bis ans Lebensende glücklich geworden wäre. Keine Frage, schon beim ersten »Ähm« hatte er sie praktisch im Sack gehabt.

»Worüber haben Sie denn gesprochen?«, wollte Debbie wissen.

»Über Hemden«, sagtee Alvin. »Und jetzt lasst uns wieder ein bisschen arbeiten, okay?«

»Über *Hemden?*«, quiekte Curtis.

»Sie haben gesagt, fünf Fragen«, erinnerte ihn Debbie. »Bis jetzt waren's aber erst drei.«

»Zwei«, wendete Roland ein.

»Wie haben Sie denn damals ausgesehen, Sir?«, fragte Debbie.

»Zwanzig Jahre jünger vermutlich.«

»Nee, ich meine, haben Sie wie 'n *Popstar* ausgesehen?«

Die Wahrheit war: Damals hatte Alvin nicht viel anders ausgesehen als heute. Der Vokuhila war natürlich Geschichte, und sein mittelbraunes Haar heute praktisch sich selbst überlassen, was im Grunde aufs Gleiche hinauslief. Doch augenfällig gealtert war er nicht. Er war nach wie vor dünn, nicht nennenswert muskulös, kurz: Er sah immer noch ganz passabel aus.

»Jeder Depp sieht wie ein Popstar aus, wenn man ihm 'nen Bass umhängt«, erwiderte Alvin in gespielter Bescheidenheit.

Was durchaus richtig war. Selbst Alvin hätte mit einem Bass um den Hals als Popstar durchgehen können – und so ähnlich war es auch gewesen, obwohl er nie so charismatisch gewesen war, dass die Mädchen ihn mit ihren Slips bombardiert hatten. Andererseits war er aber auch nicht so hässlich gewesen, dass man ihm geraten hatte, sich während der Auftritte hinter den Marshall-Boxen zu verstecken. In einer *Sounds*-Konzertkritik hatte mal gestanden, er würde in etwa so viel Bühnenpräsenz besitzen wie sein Mikrofonständer. Grausam, aber nicht die Unwahrheit.

»Wie hieß denn Ihr Song?«, fragte Debbie.

»*Wanda Lust*. Ein lustiges Wortspiel; der Titel setzt sich zusammen aus Wandern und …« Er merkte, dass er im Begriff war, ihre Aufmerksamkeit zu verlieren, daher fügte er schnell hinzu: »Es ging um ein Mädchen namens Wanda.«

»Ihre Freundin?«

»Nein«, sagte Alvin. »Eine Erfindung unseres Songwriters.«

Jamie erfand viel, wenn der Tag lang war, doch nur eine seiner Ideen war wirklich der Rede wert gewesen. Als er *Wanda Lust* seinen Bandkollegen vorstellte, fragten sich die Jungs sofort, woher das Stück wohl stammte. Grund: Die meisten von Jamies Songideen hatten sich als die Arbeit anderer herausgestellt. Alvin unterstellte ihm jedoch nie, dass er die Stücke bewusst klaute. Manchmal wachte Jamie eben einfach mit einer tollen Melodie im Kopf auf und begriff nicht, dass es sich dabei im Grunde um

Waterloo Sunset oder *Ride a White Swan* oder *Da Doo Ron Ron* handelte.

Doch mit *Wanda Lust* war es etwas anderes gewesen. Alvin, Gary und Kes konnten sich nicht erinnern, das Ding schon mal irgendwo gehört zu haben. Natürlich hatten sie die Sache überprüft und Stunden damit zugebracht, ihre und die Plattensammlung ihrer Freunde zu durchforsten und sich dabei auch die exotischsten Stücke verstaubtester Alben anzuhören. Sie konnten den Track nirgends finden, was eine tolle Nachricht war, denn *Wanda Lust* war fraglos das beste Stück, das Jamie je geschrieben hatte – einschließlich all derer, die er sich bei Lennon, McCartney und Stevie Wonder ausgeliehen hatte.

Natürlich hatten sie noch ein wenig an dem Werk feilen müssen. Jamie überarbeitete den Text, nachdem Alvin ihm nahegelegt hatte, »dass man hier und da vielleicht noch ein bisschen was optimieren« konnte. Und so blieb den Hörern von Radio One eine von Jamie, Alvin und Kes dreistimmig vorgetragene Variation des Wortes Junxtaposition erspart (drei Mal pro Refrain, zwölf Mal insgesamt).

Kurz darauf erhielten die Living Saints einen Plattenvertrag, ein Deal, der allerdings nur diese einzige Single umfasste. Das Label hatte die berechtigte Sorge, die Band würde nicht über genug Material für ein ganzes Album verfügen – genauer gesagt, über genug urheberrechtlich ungeschütztes Material.

Bruno Brooks kürte *Wanda Lust* zur Single der Woche, und der Song stieg auf Platz 29 in die Charts ein. In der Woche nach dem *Pop of the Tops*-Auftritt kletterte er auf Platz 15, zwei Wochen später fiel er auf Platz 43, um danach für immer in der Versenkung zu verschwinden.

»Hatten Sie noch andere Songs in den Charts?«, fragte Debbie.

»Nein, das war's«, erwiderte Alvin. »Wir waren ein One-Hit-Wonder.«

Dass ihre Karriere an diesem Punkt stagnierte, lag nicht daran, dass sie es nicht weiter versucht hätten. Jamie produzierte Tunes am laufenden Band, manchmal ein halbes Dutzend täglich, nur um gleich darauf zu erfahren, dass schon jemand anders auf die gleiche Idee gekommen war. Er tat Alvin leid – Kes und Gary hätten ihn am liebsten erwürgt. Die Grenze des Erträglichen war erreicht, als Jamie ihnen eines Tages einen Songtext über den Streik der Bergarbeiter präsentierte – zur Melodie von *(You Picked a Fine Time to Leave Me) Lucille*, die jeder außer Jamie sofort wiedererkannte.

Und während sie bei ihrer nächsten Probe auf Jamie warteten, hatte Alvin versucht, den beiden anderen klarzumachen, dass ihr Songwriter es doch wenigstens versucht hatte, während sie ihr möglicherweise vorhandenes kreatives Potential bisher nicht wirklich in die Sache eingebracht hätten. So gingen Kes und Gary an diesem Tag ihrer eigenen Wege, doch Alvin blieb auf dem Übungsraumverstärker sitzen und formulierte im Geiste schon mal eine Stellenanzeige im *Melody Maker* für einen neuen Drummer und Rhythmusgitarristen. Als Jamie nach zwei Stunden endlich aufkreuzte, eröffnete ihm dieser, er werde nach L.A. gehen, um als Balladenschreiber für Taylor Dayne und Jennifer Rush zu arbeiten. Er schaffte es zwar nur bis zur W6, aber dies war das Ende der Living Saints.

»Können Sie uns nicht mal was vorsingen?«, fragte Curtis.

»Nein«, sagt Alvin.

»Oooch, kommen Sie schon«, drängte Debbie.

Alvin schüttelte den Kopf.

»Was für Musik haben Sie denn gemacht?«

Das wusste Alvin selbst nicht so genau. Zu wissen, wie es ging, und zu beschreiben, wie es sich anhörte, waren nun mal zwei Paar Schuhe. Tatsächlich hat *Wanda Lust* nichts mit irgendetwas gemeinsam, was Alvin bis auf den heutigen Tag gehört hatte.

»Es war einfach ein Song«, sagte er lahm. »Strophe, Refrain, Strophe, kurzes Gitarrensolo in der Mitte, na ja, ein Rock-Pop-Stück eben.«

»Gitarren?«, fragte Debbie. »So wie McFly?«

»Ja, vermutlich, so was in der Art.«

»Wichser«, meinte Curtis. »McFly, nicht Sie, Alvin.«

»Tut es Ihnen nicht leid?«, wollte Debbie wissen. »Nur *ein* Hit. So wie Junior Senior.«

Wie *wer?*, fragte sich Alvin.

»Wie wer?«, murmelte Chenil.

»Ach, ihr wisst schon.« Debbie begann, *Move Your Feet* zu singen, und Alvin erinnerte sich dunkel daran, dass Klein-Annie vor ein paar Jahren mal zu diesem Song getanzt hatte.

Ja, manchmal tat es ihm leid. Liebend gern hätte er miterlebt, dass die Living Saints erfolgreich geblieben wären. So lange wenigstens, bis sie so etwas wie eine Diskografie vorzuweisen gehabt hätten. Dass sie auf Freddie Mercurys AIDS-Konzert hätten auftreten können oder zumindest auf dem Soundtrack eines Brat-Pack-Films vertreten gewesen wären. Doch er wäre nicht Alvin gewesen, hätte er sich nicht eingeredet, dass ein kleiner Hit immer noch mehr war, als so manche Band vorzuweisen hatte. Und welcher Mann konnte schon von sich behaupten, dass Madonna sein Hemd toll gefunden hatte? Sean Penn und Guy Ritchie vermutlich. Und wenn er darüber nachdachte wohl auch Warren Beatty, Antonio Banderas, Dennis Rodman … Okay, so einzigartig war er also nicht, doch stand er in einer Reihe mit ziemlich exklusiven Hemdträgern.

»Nein, es tut mir nicht leid, Debbie«, sagte er. »Es war toll, so lange es lief. Jetzt mache ich eben was anderes. So wie wir jetzt auch was anderes machen, Leute. Die Nummern des Notdienstes raussuchen, um genau zu sein.«

Er ließ sich an dem kleinen Tisch an der Seite des Raums nieder und nahm ein Ringbuch zur Hand. Dann tat er so, als ob er darin las. Etwas, das richtige Lehrer zu tun pflegten: am Tisch sitzen und so tun, als prüften sie Arbeiten, während die Schüler so taten, als befolgten sie die Anweisungen des Lehrers. Kurz fragte er sich, was das hier eigentlich alles sollte. Doch was zählte, war die Tatsache, dass sie überhaupt hier waren, sich dazu durchrangen, etwas zu lernen, irgendetwas, und sei es auch nur der korrekte Gebrauch der Gelben Seiten. Ohne das ILD wären sie vermutlich noch nicht mal in der Schule.

Und sie arbeiteten mit. Warum das so war, vermochte er nicht zu sagen, aber sie krempelten die Ärmel hoch, rissen sich am Riemen und lieferten Hausaufgaben ab. Oder, wie im Fall von Dan, ausgezeichnete Kolorierungen. Alvin hatte einige seiner Schüler sogar davon überzeugt, auch die Hausaufgaben zu machen, die ihnen die nachgerade fürstlich bezahlten Mitglieder des Lehrkörpers aufgaben. Er konnte immerhin, nun, zwei Post-Its mit den Namen seiner Erfolgskandidaten füllen. Da war zum Beispiel Daryl Smoker (drei bestandene GCSE-Prüfungen) oder Robert Otifeh *(vier!)* oder Helen Lysandrides (die sich nun als berufstätige Mutter tapfer durchs Leben schlug) … Und dann war da noch Kelly Hendricks.

Alvin hatte nun schon einige Wochen nicht mehr an sie gedacht. Nicht mehr seit dem Abend, als er vor dem Tropica herumgelungert hatte. Karen hatte Recht: Sie war nicht mehr *sein* Problem, er musste sie ziehen lassen.

Da bemerkte er, dass am Nebentisch gekichert wurde. Curtis und Roland schienen sich offenbar SMS-Nachrichten zu schicken. Alvin bezweifelte, dass sie sich die Nummern von Elektrikern und Klempnern zukommen ließen.

»Was schreibst du da?«, fragte Debbie Curtis.

»Nix«, erwiderte er.

»Ist was über mich, stimmt's?«

»Nee.«

Wieder begann Roland zu kichern.

»Ist bestimmt was über mich, du Arschgesicht«, sagte Debbie. »Gib her.«

Sie schnappte sich Curtis' Handy, schaute aufs Display und kreischte entsetzt auf. »'nen Scheißdreck macht sie!«

»Macht sie doch«, Curtis grinste von einem Ohr zum anderen.

»Klar, macht sie's«, mischte sich nun auch Roland ein. »Geds Bruder muss es doch wissen, der war ja da, und da hat sie's ihm gemacht.«

»Ihr scheiß Lügner«, schrie Debbie fuchsteufelswild. Sie drehte sich um zu Alvin. »Sir, sagen Sie denen, dass sie scheiß Lügner sind.«

Doch Alvin war schon aufgestanden, um den drohenden Streit zu schlichten. Er nahm Debbie das Handy aus der Hand und las Rolands SMS an Curtis:

keli bläst dir einen für nen zwanziger

Tod eines Handlungsreisenden

Der Lehrer starrte aus dem Fenster des Klassenzimmers. Auf der anderen Seite des fleckigen Rasens konnte er das Gebäude des ILD sehen, in dem Alvin Hof hielt. Zwar hatte er noch nie mit ihm geredet, aber er wusste, wer er war. Alvin Lees Ruf eilte ihm voraus.

Durch das Fenster des Flachbaus konnte er den Jungen mit dem rasierten Schädel erkennen, der ihm an seinem ersten Schultag »Abrakadabra, Motherfucker« entgegengeschleudert hatte, wahrscheinlich die beiden längsten Wörter in seinem Vokabular. Während Alvin zu ihm sprach, hellte sich das harte Gesicht des Jungen unter einem schwachen Lächeln auf.

Wie zum Teufel schaffte er das bloß?

Ja, es stimmte, diesem Mann gelang tatsächlich das schier Unmögliche, nämlich zu diesen kleinen Bastarden *durchzudringen*. Ob dieser Lee womöglich mit einer besonderen Gabe gesegnet war, so wie ein Löwenbändiger oder ein Pferdeflüsterer?

Nicht alles, was über Alvin erzählt wurde, war schmeichelhaft – das Lehrerzimmer war noch nie ein Umschlagplatz für Liebenswürdigkeiten gewesen. Es hieß, Alvin sei seinen Schützlingen »zu nah«. Und es gab ein Gerücht über ein Mädchen, das im letzten Jahr von der Schule abgegangen war ... Na ja, ein Gerücht eben, das zumeist von diesem Stanislavski angeheizt wurde, der bekanntlich zumeist betrunken war.

Während er noch immer aus dem Fenster blickte, war der Lehrer sich der fünfunddreißig Dreizehnjährigen in seinem Rücken wohl bewusst. Wie auch nicht, wenn man alle paar Sekunden von einem speichelnassen Papiergeschoss am Hinterkopf getroffen wurde? Das war der größte Schock gewesen, nachdem er die Lehrerlaufbahn eingeschlagen hatte: Nicht die Bombardements aus der Luft, sondern die Tatsache, dass er seitdem den oft unstillbaren Wunsch verspürte, diese Kids einfach zu erwürgen.

Er wünschte sich wirklich, er könnte zu ihnen durchdringen, selbst wenn er ihnen dafür auch mal »zu nah« kommen musste. Er hatte nur keinen blassen Schimmer, wie er das anstellen sollte. Er argwöhnte, er würde selbst mit einer Gruppe Farsi sprechender und mit Plastiksprengstoffgürteln ausgerüsteter Selbstmordattentäter besser klarkommen.

»Kann ich mal pinkeln gehen, Sir?«, fragte eine Stimme hinter ihm.

»Ja«, erwiderte er. Er hatte seine Lektion gelernt. Doch er wendete den Blick nicht vom Fenster ab, denn die Vorgänge im ILD schienen eine interessante Wendung zu nehmen.

Alvins Schützlinge hatten sich inzwischen von ihren Plätzen erhoben, bis auf einen Jungen, der, über seinen Tisch gebeugt, Farbmalstifte sortierte. Gerade nahm Alvin einem Mädchen mit brutalem Gesicht – hatten sie nicht alle brutale Gesichter? – das Handy aus der Hand. Nur eine Sekunde später hatte Brutalo-Face es sich wieder geschnappt und warf es mit voller Wucht durch den Raum. Der Lehrer konnte nicht erkennen, wo das Telefon landete, doch klar war, dass es eine solche Behandlung nicht unbeschadet überstehen konnte. Der Junge mit dem rasierten Schädel stürzte sich auf Brutalo-Face – ganz offenbar war es sein Handy – und schlug sie. Sie wehrte sich mit einem Plastiklineal, dessen scharfe Kante das Ohr des Glatzkopfes traf. Es folgte ein Schmerzensschrei, den der Lehrer noch über die fast zwanzig Meter Entfernung hören konnte. Und es floss Blut, viel Blut. Als ob im Ohr des Glatzkopfs eine Hauptarterie verliefe, die einen Umweg durch ein lebenswichtiges inneres Organ genommen hatte. Ein Junge mit auf und ab hüpfenden Dreadlocks und ein Mädchen mit einer Mähne wie die von Vetter Itt aus der *Addams Family* mischten sich in das Handgemenge ein. Die anderen standen etwas abseits und schauten zu.

Was würde Alvin Lee nun tun? Wie würde er die Situation wieder in den Griff kriegen, ohne Gewalt anzuwenden oder die Flucht zu ergreifen?

Was Alvin Lee tat, war, sich selbstbewusst *mitten* ins Auge des Sturms zu begeben – Selbstmord, keine Frage. Doch nein, nun hob er die Arme und legte seine Handflächen auf die Stirn von Brutalo-Face und Glatzkopf. Langsam, aber bestimmt schob er die beiden auseinander. Und während sie voreinander zurückwichen, bewegten sich auch die anderen aus dem Ring.

Unglaublich. Der Lehrer hatte das Gefühl, soeben Zeuge eines metaphysischen Experiments geworden zu sein oder einer Wunderheilung durch Handauflegen. Im ILD schien wieder Ruhe einzukehren, obwohl sich die beiden Kontrahenten noch immer feindselig anstarrten. Alvin, der nach wie vor im Zentrum des Geschehens stand, gestikulierte. Ein Mädchen bückte sich, hob die Bruchstücke des Handys vom Boden auf und legte sie auf den Tisch. Ein Junge verließ den Klassenraum, um nur wenig später mit einem Stapel Papierhandtücher zurückzukehren. Diese wurden sogleich an Glatzkopfs blutendes Ohr gepresst.

Die Kids saßen an ihren Plätzen. Einige schienen tatsächlich schon wieder zu arbeiten. Alvin ging zu Brutalo-Gesicht und dann zu Glatzkopf. Er beugte sich zu ihnen hinunter, begab sich buchstäblich hinab auf ihr Niveau und sprach zu ihnen. Was erzählte er ihnen? Zu gern hätte der Lehrer dies gewusst. Insbesondere, da sich die beiden Streithähne nun von ihren Plätzen erhoben und …

Nur zwei Minuten, nachdem er sie geschlagen und sie versucht hatte, ihm mit einem Lineal den Schädel zu spalten!

… sich die Hände reichten.

Einfach unglaublich. Und dabei sah es so einfach aus. Als ob irgendwie jeder dazu in der Lage wäre.

Brüsk drehte er sich um und schaute auf seine eigene Klasse. Ein Tisch war umgefallen, und zwei Jungs warfen sich üble Beschimpfungen an den Kopf. Die Lektüre der Stunde schien vergessen – zum Teufel mit *Tod eines Handlungsreisenden*. Dreiunddreißig Augenpaare richteten nun ihre ganze Aufmerksamkeit auf die beiden, die im Begriff waren, *Tod eines Mitschülers* aufzuführen.

Kleine Fäuste sausten durch die Luft, schon hatten sich zwei Blöcke gebildet, die ihre Kombattanten anfeuerten.

Ich könnte das auch, dachte der Lehrer, jeder könnte das – entschlossen und *selbstbewusst* schritt er mitten hinein ins Auge des Orkans.

Eine Kelly arbeitet hier nicht

Alvin schaute auf seine Armbanduhr. Es war zwanzig vor fünf. Seine Schicht begann um halb sechs. Am Abend zuvor hatte ihm der Geschäftsführer nach Feierabend ein »Morgen Freitag. Viel Arbeit. Nix spät kommen!« zugeblafft. Alvin bezweifelte, dass der Mann einfach nur ungehobelt war. Englisch ist seine Drittsprache, und selbst sein gegrunztes »'nabend, Raucherodernichtraucher?« klang wie ein Befehl.

Dennoch war Alvin bereit, sich den Zorn des Mannes zuzuziehen, weil er die Sache mit Kelly einfach nicht aus dem Kopf bekam. Seit er diese SMS gelesen hatte, quälten ihn hässliche Visionen, die sich durch seinen Verstand schlängelten wie Aale durch brackiges Wasser. Kelly machte es für einen Zwanziger; goss sich Babyöl auf die Handflächen; kniete vor einem halbnackten Fremden, den Würgereiz unterdrückend.

Und anstatt sich zum Pizza Express aufzumachen, stand er nun jenem Haus gegenüber, das einmal Evans gehört hatte, dem Händler für Modellbausätze. Wieder sah er auf seine Uhr. Wenn er das wirklich durchziehen wollte, sollte er allmählich in Gang kommen. Er kettete sein Rad an einen Laternenpfahl und überquerte die Straße. Erschrocken prallte er zurück, als ein Domino's-Moped ausscherte, um ihn nicht zu überfahren. Der Fahrer schaute über seine Schulter zurück und stieß obszöne Verwünschungen gegen Alvin aus, die jedoch im Geknatter seines Auspuffs untergingen. Vielleicht war das ja ein Zeichen? Vielleicht sollte er auf der Stelle umkehren und, wie Karen es ausdrückte, die Sache zu den Akten legen.

Er atmete tief durch und überquerte die Straße. Ohne innezuhalten, zog er am Türgriff des Tropica, doch nichts tat sich. Da erinnerte er sich daran, wie er als Kind jeden Samstagmorgen hier gestanden hatte – *Ziehen*, obwohl der Aufkleber über dem Türgriff die Kunden unmissverständlich zum *Drücken* aufgefordert hatte. Der Aufkleber war verschwunden, wie auch Evans. Beherzt drückte er gegen die Tür, und sie schwang auf.

Drinnen war es nicht so, wie er es in Erinnerung hatte. *Natürlich* nicht. Klar, er hatte keine mit Airfix- und Revell-Kartons vollgestopften Regale erwartet, doch er hatte ganz vergessen, wie klein der Laden war.

Nachdem die Tür hinter ihm ins Schloss gefallen war, fand sich Alvin in einem Raum wieder, der kaum größer als einen Quadratmeter und keinesfalls dazu angetan war, den potentiellen Kunden zu entspannen, geschweige denn in Stimmung zu bringen. Alvin fühlte sich, als säße er in der Falle, als ob sich die Wände langsam auf ihn zu bewegten. Er fragte sich, ob es allen Freiern so erging oder nur jenen, die eigentlich gar nicht hier sein wollten.

Nachdem Evans den Laden aufgegeben hatte, hatten die neuen Besitzer eine neue Wand eingezogen. Ein Raumtrenner aus unverputzten Gipskartonplatten, um dahinter, wie er vermutete, intime Rückzugsmöglichkeiten zu schaffen. In der neuen Wand befand sich eine Tür, und eine weitere hinter dem winzigen Empfangsbereich, wo eine Frau saß. Eine pinkfarbene nackte Glühbirne ließ ihr strohiges blondes Haar wie Zuckerwatte schimmern.

»Therese ist gleich frei«, sagte die Blonde, ohne von ihrem TV-Heftchen aufzusehen. »Und Manda ist auch gleich fertig, falls Sie warten wollen.«

Alvin antwortete nicht.

Sie riss sich von ihrer Lektüre los, sah ihn an und setzte ein Lächeln auf, als ob ihr jetzt erst eingefallen sei, dass sie im Dienstleistungsgewerbe tätig war. Sie war um die Fünfzig und stark geschminkt. Trotzdem trug sie ein einfaches Sweatshirt von Umbro und keinen Fummel aus dem Ann-Summers-Sexshop. Alvin hatte immer angenommen, dass Ann Summers' »Kollektionen« an Orten wie diesem zur Arbeitskleidung gehörten.

»Und dann wäre da noch unsere reifere, sehr erfahrene Lady, die es versteht, einen Mann zu verwöhnen«, fuhr sie fort. »Manda dagegen ist erst neunzehn, brünett, schlank und sehr attraktiv, Körbchengröße C …«

»Ist Kelly frei?«

Das Lächeln der Frau erstarb. »Eine Kelly arbeitet hier nicht.«

Was für eine Erleichterung! Er wollte tanzen und hüpfen und hätte es vermutlich auch getan, wenn es genügend Platz dafür gegeben hätte. *Eine Kelly arbeitet hier nicht!* Die Frau starrte ihn verständnislos an. Immerhin war es unüblich, dass Kunden nachgerade entzückt reagierten, wenn sie nicht bekamen, wonach sie gefragt hatten. Und so sehr er sich bemühte, Alvin konnte seine Freude einfach nicht verhehlen.

Er war schon im Begriff, sich zu verabschieden und zum Pizza-Tempel aufzubrechen, als sich die Tür hinter dem Empfang öffnete und ein Mann in den engen Raum trat. Er trug einen Anzug und stopfte sich gerade sein mit Essen bekleckertes Hemd zurück in die Hose. Er schaute Alvin kurz an und zwinkerte ihm zu, bevor er sich an ihm vorbeidrückte und das Etablissement verließ.

»Manda ist jetzt frei«, verkündete die Frau. »Wenn Sie möchten.«

»Nein, schon gut, danke. Ich wollte gerade …«

Alvin brach ab, da sich die Tür erneut öffnete. Nur einen winzigen Spaltbreit, doch weit genug, dass das Mädchen dahinter seinen Kopf hindurchschieben konnte. Mit Blick auf die Frau am Empfang sagte es: »Haben wir noch irgendwo Küchenpapier, Roberta?«

Da entdeckte sie den Mann mit den eingefallenen Wangen, der sie von der anderen Seite des Ladentischs anstarrte.

»Ich wusste, du würdest mich finden«, sagte sie und zog den fadenscheinigen Morgenmantel fest um sich.

»Warum Manda?«, fragte Alvin.

Kelly zuckte die Achseln. »Den Namen hat der Chef ausgesucht. Blöd, was?«

»Und neunzehn bist du auch noch nicht.«

»Konnte dem doch nicht mein richtiges Alter sagen. Man muss dafür doch mindestens achtzehn sein.«

»Schön zu hören, dass dein Arbeitgeber so verantwortungsvoll ist. Als die Frau meinte, es gäbe hier keine Kelly, hab ich mich wirklich gefreut.«

»Wieso, wolltest du mich denn nicht wiedersehen?«

»Ich wollte dich nicht *hier* wiedersehen.«

»Ich dich auch nicht«, murmelte sie. »Du hättest nicht herkommen sollen, Alvin.«

Genau das dachte er auch gerade. Sie befanden sich in einem Raum im Obergeschoss. Alvin saß auf einem gepolsterten Holzstuhl, Kelly mit angezogenen Knien auf einer schmalen schwarzen Massageliege. Unter dem Morgenrock trug sie Netzstrümpfe zu albernen violetten Pantoffeln. Als er sie das letzte Mal gesehen hatte – das war im vergangenen August gewesen –, hatte sie Schlagjeans von D&G getragen, die bei jedem Schritt um ihre Beine schlackerte, die Hosenbeine so ausladend wie Zirkuszelte. Unter dem bauchfreien roten Top war ihr Nabelpiercing zu sehen gewesen, und um den Hals hatte sie ein halbes Dutzend billiger Goldketten getragen, die teurer aussahen, als sie in Wirklichkeit waren. Sie hatte ausgesehen wie eine weiße Beyoncé – mit Modeschmuck vom Grabbeltisch. Grinsend war sie über den Schulhof geschlendert, in der Hand ihr GCSE-Abschlussdiplom, mit dem sie jedem, der ihren Weg kreuzte, vor der Nase herumwedelte – ein »Leckt mich doch alle am Arsch«-Triumphzug.

»Debbie ist ziemlich enttäuscht«, sagte Alvin.

»Debbie Coates? Die ist doch noch ein Kind.«

»Ob du's glaubst oder nicht, du auch, Kelly. Debbie hat dich immer bewundert. Viele Mädchen an der Wood Hill tun das. Du bist so was wie ein Vorbild für sie.«

Kelly schnaubte.

»Was machst du überhaupt hier? Was ist aus dem College geworden?«

»Das College war scheiße.«

»Das hast du auch über Wood Hill gesagt, aber du hast durchgehalten.«

Kelly zuckte die Achseln. »Hatte ein bisschen Ärger zu Hause.«

»Du hast immer irgendwelchen Ärger zu Hause. Das ist nun wirklich nichts Neues.«

»Ich brauch Geld für ’ne eigene Bude«, sagte sie. »Ich *brauche* diesen Job.«

»Es gibt andere Jobs.«

»Ja ja, jede Menge. Ich war beim Arbeitsamt. Die hatten was bei B&Q, MFI, KFC, McDonalds und Burger King. Das ist doch alles scheiße, oder? Scheiß Jobs für scheiß wenig Geld, einfach … *scheiße.*«

Alvin wusste nicht, was er darauf sagen sollte. Sollte er ihr erklären, dass jeder Mensch sich für seinen Unterhalt abplagen musste? Sollte er ihr vom Pizza Express erzählen?

»Was?«, schnappte sie vorwurfsvoll und hörte sich dabei ganz wie Mercedes an.

»Nichts«, sagte er. »Es ist nur … Ich denke … Sag mal, ist das hier wirklich das, was du wolltest?«

»Das Geld stimmt«, sagte sie leichthin.

»Es geht aber nicht immer nur ums Geld. Es geht auch darum, was du aus deinem Leben machen willst, Kelly. Okay, wenn es das ist, was dich glücklich macht, prima. Dann gehe ich jetzt.«

Sie wendete den Blick ab und starrte auf die schmutzigen Rollos vor dem kleinen Fenster. Das erinnerte Alvin an das erste Mal, als er mit ihr allein gewesen war. Das war nun fast drei Jahre her und an dem Tag gewesen, als sie zurück in die Schule kam, nachdem man sie wegen einer Schlägerei zwei Wochen vom Unterricht ausgeschlossen hatte. In dieser Zeit war sie aufsässig und anlehnungsbedürftig zugleich gewesen, hatte kaum mehr als drei Worte auf seinen weitschweifigen Vortrag erwidert. Jeder hatte ihm versichert, er würde mit ihr nur seine Zeit vertun, und nach dieser Sitzung war er fast soweit gewesen, diesen Leuten Recht zu geben. Doch er wäre nicht Alvin, wäre er nicht fest entschlossen gewesen, sie alle Lügen zu strafen.

»Kelly«, sagt er eindringlich, »Ich mache mir Sorgen um dich. Deshalb bin ich hier.«

»Du bist aus dem gleichen Grund hier wie die anderen Macker auch«, murmelte sie.

Schockiert sah Alvin sie an.

»Na ja, hast ja auch dafür bezahlt, oder etwa nicht?«

Das stimmte. Als Kelly ihn am Empfang entdeckt hatte, hatte sie die Antwort hinsichtlich der Küchenrollen nicht mehr abgewartet, sondern war geflüchtet. Die einzige Möglichkeit für Alvin, an der blonden Empfangsdame vorbeizukommen, hatte darin bestanden, den Mindestbetrag für ein Schäferstündchen zu bezahlen – fünfundzwanzig für »eine aromatische Rückenmassage mit anschließender Befriedigung von Hand«.

»Ich bin nicht wegen Sex hierher gekommen«, sagte er ruhig.

»Stehst du denn nicht auf mich? Jeder an der Wood Hill hat behauptet, du tust es. Und die meisten haben auch geglaubt, wir treiben's miteinander.«

Alvin war sich dieses Gerüchts sehr wohl bewusst. Es hatte ihn nie gejuckt. Ihm war klar, dass jeder Schulangestellte, der ein enges Band zu seinen Schülern knüpfte, sich früher oder später mit diesem Vorwurf konfrontiert sah. Und da die einzige Möglichkeit, Kelly zu helfen, darin bestanden hatte, das Band noch ein bisschen enger zu knüpfen als üblich, hatte er beschlossen, die Leute reden zu lassen und so weiterzumachen wie bisher. Und das hatte sich am Ende ja auch ausgezahlt. An dem Tag, als Kelly mit ihrem Zeugnis auf dem Schulhof herumflaniert war, hatte er sich genauso toll gefühlt wie sie. Und als er dann auch noch gesehen hatte, dass Tony Rowell um eine Ecke in ihre Richtung schaute, hätte er ihm Kellys Diplom am liebsten unter die Nase gerieben mit den Worten: *»Sechs bestandene GCSE-Prüfungen. Und jetzt fick dich!«*

»Nein, ich steh nicht auf dich«, sagte Alvin. »Ich mach mir nur Sorgen um dich.«

Am ILD gab es ein Schwarzes Brett mit Fotos, auf denen die Mentoren mit ihren Schützlingen zu sehen waren. Die meisten Bilder waren während irgendwelcher aushäusigen Anlässe aufgenommen worden – Praktika, Tages- oder Wochenendausflüge. Dass die Wood Hill dafür Geld locker machte, wurmte so manchen an der Schule. Warum um alles in der Welt, so fragten sie sich, spendierte man diesen Kleinkriminellen auch noch ein Bergsteigerwochenende oder eine Wildwasserfahrt? Und die Bilder am Schwarzen Brett trugen nicht eben dazu bei, diese Kritiker mundtot zu machen. Oder wie Colin Stanislavski es einmal formulierte: »Schau dir diese Rotzlöffel doch nur an. Wir reißen uns den Arsch auf, um genug Unterrichtsausgaben von *Macbeth* zu kriegen, und die führen sich auf wie die *Jäger des verlorenen* scheiß *Schatzes*.«

Ein Foto stach heraus aus dieser Galerie. Es wurde vor einem Jahr aufgenommen und zeigte Alvin und Kelly in einem Kleinbus auf der Heimfahrt von einem Blockhütten-Wochenende in Derbyshire. Kelly war betörend schön mit ihrem Lächeln, das ihr sonnenverbranntes Gesicht erstrahlen ließ. Alvin hingegen sah nicht in die Kamera, sondern zu ihr. Sein Gesichtsausdruck hätte Stolz widerspiegeln können. Oder Begierde. Das lag ganz im Auge des Betrachters. Stanislavskis Kommentar jedenfalls fiel eindeutig aus: »Mensch, Alv, du glotzt die kleine Schlampe an, als ob du sie direkt auf ihrem Sitz vernaschen willst.«

Als er eben »Nein, ich steh nicht auf dich« gesagt hatte, war das nicht ganz die Wahrheit gewesen.

Nie hatte Alvin sie auf diese Weise gesehen, bis zu jenem Tag, an dem sie ihm gestattet hatte, sie ein bisschen besser kennen zu lernen. Er konnte sich noch genau an den Moment erinnern. Er hatte etwas gesagt, was sie zum Lachen gebracht hatte. Und dann hatte er zum ersten Mal ihre Zähne zu Gesicht bekommen, in einem jener seltenen Momente, in denen sie diese *nicht* gefletscht hatte. Und er hatte gedacht, dass sie mit diesem Lächeln einen nicht unerheblichen Beitrag zur globalen Erderwärmung leisten könnte. Denn hinter dem ganzen Gangsta-Gehabe und Bad-Girl-Getue war Kelly von geradezu erschreckender Schönheit, und einmal im Bann dieses Lächelns, konnte Alvin ihm nur schwer widerstehen. Nicht, dass er sich groß dagegen gewehrt hätte. Nicht einmal, als Kelly an diesem Blockhüttenwochenende wie eine Klette an ihm gehangen hatte, Geist und Körper beflügelt von hormongesteuerten Flirtattacken. Es gab viele Gründe, warum er damals nicht auf ihre Avancen eingegangen war, nicht zuletzt die Tatsache, dass er seinen Job mochte und ihn nicht aufs Spiel setzen wollte. Darüber hinaus war die Entdeckung, dass ein Mann in den Vierzigern angesichts einer Sechzehnjährigen in Wallung geraten konnte, so unerfreulich, dass er im Geiste beizeiten den roten Panikknopf mit der Aufschrift ABSCHALTEN gedrückt hatte. Doch der größte Hinderungsgrund waren Karen und Kelly selbst gewesen. Er hatte weder das Vertrauen der einen noch der anderen missbrauchen wollen.

Als er sie so ansah, verspürte er nicht den leisesten Anflug von Begierde. Der schäbige Morgenrock, die Netzstrümpfe und die lächerlichen Pantoffeln passten einfach nicht zu ihr. Genauso wenig wie die servile Natur ihres Jobs. Er erinnerte sich an den Mann, der sich am Empfang Richtung Ausgang an ihm vorbeigeschoben hatte – Kellys letzter Kunde. Er erinnerte sich an das anzügliche Augenzwinkern und spürte, wie ungewollt Ärger in ihm aufstieg und der Wunsch, auf die Straße zu stürmen und sich mit dem Typen anzulegen.

»Weißt du, so schlecht ist der Job gar nicht«, sagte Kelly leise.

Alvin sah sie mit einem »Willst du mich verarschen?«-Blick an.

»*Wirklich*«, beharrte sie. »Ist doch nur ’n bisschen Sex. Und oft noch nicht mal das. Handjobs meistens. Ein bisschen Gerubbel, ein bisschen Stöhnen und so tun, als ob man unheimlich drauf abfährt, und schon ist’s vorbei. Ich hab ’ne Weile bei McDonald’s gearbeitet letzten Sommer – na ja, einen Tag, um genau zu sein. Hat länger gedauert ’nen Big Mac und ’ne Portion Fritten einzupacken, als diesen Typen hier einen runterzuholen.«

Das mochte Alvin ihr nicht abkaufen.

»Arbeit, dass ich nicht lache«, höhnte sie. »Diese Jobs sind doch auch nichts anderes als Prostitution. Und wenn ich mich so oder so verkaufen muss, dann wenigstens nicht für den Mindestlohn, meinst du nicht?«

Alvin fragte sich, ob sie womöglich gerade die Sprüche ihrer Kolleginnen wiederkäute. Vielleicht die der erfahrenen Therese, »die es versteht, einen Mann zu verwöhnen«. Nicht, dass Kelly nicht clever genug war, selbst zu solchen Schlussfolgerungen zu gelangen, doch etwas an diesen abgedroschenen Phrasen klang falsch. Er erinnerte sich noch gut an die Zeit, als Kelly mit der Sozialarbeiterin Pam Spottiswoode gesprochen hatte. Nach nur drei Besuchen referierte sie über ihr Leben wie eine Psychotherapeutin – über die Notwendigkeit »mich mit meinem Ich anzufreunden« oder »den endgültigen Bruch mit meinem Vater herbeizuführen«. Nur wenige Wochen zuvor hatte sie noch davon gesprochen, »diesem Wichser das Gehirn mit einem Baseballschläger rauszuprügeln«. Sie war da nicht anders als die meisten Teenager ihres Alters – so auch Mercedes –, die sich automatisch den Duktus ihres Umfeldes zu eigen machten, um das Ganze dann unreflektiert und bei jeder sich bietenden Gelegenheit abzuspulen.

Nun, da Alvin sich an ihre Therapiephase erinnerte, fragte er sich, welches Ich das eigentlich sein mochte, das hier Tag für Tag auf dem Rücken lag und sich von Fremden durchvögeln ließ.

»Sieh mal, ich finde, wir sollten wirklich darüber reden, Kelly«, sagte er.

»Ich bin nicht mehr Teil deines Jobs.«

»Ich weiß, aber … lass uns trotzdem darüber sprechen. Übers College zum Beispiel. Vielleicht ist es noch nicht zu spät dafür.«

»Da geh ich nicht mehr hin. Ich brauch Geld für 'ne eigene Wohnung.«

»Ich kann mich ja mal umhören und schauen, ob ich dich vielleicht in einem Wohnheim unterbringen kann. Und dann könntest du wieder zurück aufs Coll…«

»Sag mal, hörst du mir nicht zu? *Ich will verdammt noch mal nicht mehr dahin zurück!*«

»Okay, aber bitte, können wir nicht trotzdem reden?«

»Klar, rede.«

»Nicht jetzt. Ich muss zur Arbeit.«

Erstaunt hob sie eine Augenbraue.

»Pizza Express«, erklärte er. »Mein Zweitjob. Du bist nicht die Einzige mit Geldproblemen.«

»Und da hast du auch noch fünfundzwanzig hingeblättert, um mich zu sehen«, meinte sie ein wenig schuldbewusst.

»Vergiss es. Nicht der Rede wert«, sagte er und stand auf.

»Ich sollte dir wenigstens 'ne Massage dafür geben.« Endlich lächelte sie.

Jetzt war es an Alvin, erstaunt eine Augenbraue zu heben.

»Steht doch draußen am Eingang, dass man hier Massagen kriegen kann, nicht? Manchmal verirrt sich sogar einer hierher und fragt ausdrücklich danach. Ob du's glaubst oder nicht, einen hatte ich auch schon mal dabei. Und ich bin nicht mal schlecht, weißt du.«

»Schon gut, danke.« Alvin sah auf seine Armbanduhr.

»Bitte«, sagte sie und sprang von der Liege. »Ich *möchte* es aber.«

»Ehrlich, ist schon okay«, wiegelte Alvin ab, während er errötete.

Seinen Protest ignorierend zerrte sie ihm die Jacke von den Schultern und schob ihn in Richtung Massageliege. Sein Widerstand schwand, nicht zuletzt, weil sie jetzt lächelte, weil sie ihm irgendwie leid tat und weil die Vorstellung, massiert zu werden, durchaus etwas für sich hatte.

»Also gut«, meinte er. »Aber nur ganz kurz.«

»Zieh dein Hemd aus und leg dich hin.«

»Auf die Liege?«

»Hast du dir mal den Teppich angesehen? Klar, auf die Liege«, sagte sie und breitete ein gräulich verfärbtes Handtuch über die schwarze Kunstlederoberfläche.

Nur einen Moment später lag er mit dem Gesicht nach unten auf der Liege und fragte sich, wie zum Teufel es dazu hatte kommen können, dass er jetzt in einem Massagesalon darauf wartete, von einer ziemlich attraktiven siebzehnjährigen Prostituierten durchgewalkt zu werden. Im Grunde war sie ja gar keine Prostituierte, dachte er. Na ja, im Grunde schon, aber andererseits war sie auch Kelly, also war es in diesem Fall was anderes. Auch wenn er dafür bezahlt hatte. Doch wofür genau hatte er eigentlich bezahlt? Für eine *Massage* natürlich … Netter Versuch, denn genau das würde niemals passieren.

Er schloss die Augen und hörte, wie sie die Hände aneinander rieb. Es roch nach Erdbeeren. Nicht nach richtigen Erdbeeren, sondern eher wie diese »naturidentischen« Aromazusätze in billiger Eiscreme.

»Sorry, ich weiß, der Geruch ist ätzend, aber was anderes haben wir hier nicht«, sagte Kelly.

Sie platzierte ihre warmen, glitschigen Handflächen auf seiner Nierengegend, und er zuckte zusammen.

»Mann, bist du verkrampft, Alter. Entspann dich mal. Ich weiß, was ich tue.«

»Tja, ich nicht«, murmelte er in die Kopfunterlage.

Sie verstärkte den Druck und fuhr mit den Händen neben seiner Wirbelsäule hinauf bis zu seinen Schultern und dann wieder abwärts. Hinauf … hinunter … Hinauf … hinunter. Er spürte, wie sich die Muskulatur lockerte und sein Körper sanft in die Liege hineinsank. Keine Frage, sie war gut.

»Stell dir mal vor, Rowell könnte uns jetzt sehen«, sagte sie.

Erneut zuckte Alvin zusammen; augenblicklich war sein Körper wieder so starr wie ein Brett.

»War 'n *Witz*. Ist wohl ziemlich unwahrscheinlich, dass der hier mal aufkreuzt, aber die Vorstellung ist schon lustig. Dieser Arsch, der nichts anderes im Sinn hatte, als mich von der Schule zu schmeißen.«

»Glaubst du nicht, es würde ihn in seiner Meinung bestätigen, wenn er dich hier antreffen würde«, merkte Alvin an.

»Was soll das denn jetzt? Egal, sei still, ich massiere dich gerade, schon vergessen?«

Mit neuem Elan ging sie wieder an die Arbeit und presste ihm ihre Daumen ins Kreuz. Es tat ein bisschen weh, doch er merkte, wie sich kleine Muskelverhärtungen lösten und sich ein angenehmes Kribbeln in seinem Körper ausbreitete. Also schwieg er still, entspannte sich und genoss …

Als sie das Tempo erhöhte und mit ihren Handflächen über seinen Steiß und seine Oberschenkel strich, merkte er, wie er hart wurde. Das war zwar nicht vorgesehen, doch schließlich bekam er ja auch eine Massage. Was sollte man in einem solchen Fall groß unternehmen? Er konnte ja schlecht um eine Pause bitten, sich erheben und ihr seinen erigierten Schwanz präsentieren, der sich gut sichtbar gegen den Stoff seiner Jeans drückte. Also entspannte er sich und genoss …

Sie beugte sich tiefer zu ihm herab, und er konnte spüren, wie der Stoff ihres Morgenmantels über seinen Rücken strich – gefolgt von … ihren Nippeln. Kein Zweifel, harte Nippel, die sich durch den hauchdünnen Stoff gegen seinen Körper drückten.

»Kelly«, sagte er, und leichter Protest schwang in seiner Stimme mit.

Sie küsste seinen Nacken. Endlich drehte er sich um und blickte sie an.

»Kelly, hör auf damit«, sagte er, bestimmter nun.

Mit Entschlossenheit in den Augen hielt er ihrem Blick stand, ein wahrer Kraftakt, da nun der Morgenmantel von ihren Schultern glitt und auf ihre Hüften herabsank.

Da zog er sie an sich. Sie küssten sich, und ihre ölige Hand glitt seinen Bauch hinab zu seinem Hosenbund. Geschickt öffnete sie die Knöpfe seiner Jeans und streichelte ihn durch seine Unterhose. Der Slip war von verwaschenem Rot und an den Bündchen ausgefranst – ganz offensichtlich nicht zum Zwecke eines Schäferstündchens ausgewählt.

»Normalerweise müssen sich die Typen dafür ’nen Gummi überziehen«, flüsterte sie.

Bevor er die Chance hatte, zu fragen »wofür«, war sie auch schon zwischen seinen Beinen und nahm ihn in den Mund.

Alvin wusste, dass er das Ganze hier und jetzt beenden sollte. Von der Liege klettern, seine Hose hochziehen und zur Arbeit gehen. Es war noch nicht zu spät. Die Sache war noch nicht gänzlich aus dem Ruder gelaufen, würde es aber sehr bald sein. Eine derart spannungsgeladene Situation hatte er nicht mehr erlebt, seit er selbst ein Teenager gewesen war, und darüber hinaus war sie wirklich gut. Sie hatte nicht übertrieben mit ihrem Big-Mac- und Fritten-Beispiel. Alvin stützte sich auf die Ellbogen und wollte etwas sagen – wirklich –, doch da wurde er durch Geräusche, die aus dem Nebenzimmer kamen, davon abgehalten: rhythmisches Stoßen und das Grunzen eines Mannes im fortgeschrittenen Stadium der Erregung.

Auf das Grunzen folgten Satzfetzen, schwach, aber dennoch deutlich zu vernehmen, drangen sie durch die dünne Trennwand an Alvins Ohr. »Nnng … Oh-oooh … Jaaa … Das ist es, Baby! Genau da! Ja … Genau in die Junxtaposition!«

Billy der Lügner

»Das ist 'ne ziemlich üble Schwellung«, sagte die Frau in dem weißen Kittel, während sie seinen Genitalbereich untersuchte. Fast hätte man meinen können, dass sie beeindruckt war. »Die ganze Stelle wird in den nächsten Tagen noch sehr schmerzempfindlich sein, fürchte ich. Ich denke, es sind nur schwere Prellungen, aber wenn Sie auch weiterhin Schwindel- oder gar Ohnmachtsanfälle haben sollten, kommen Sie direkt wieder her, okay?«

Der Lehrer nickte.

»Gut, Sie können sich jetzt wieder ankleiden.«

Behutsam zog er sich die Unterhose über die geschwollenen Hoden, die die Größe von Mandarinen besaßen.

»Wie ist das denn passiert?«, fragte die Ärztin.

»Ein Sportunfall. Beim *Rugby*«, erwiderte der Lehrer.

»Rugby?«

»Ja.«

»Nichts für ungut, aber … Sie sehen nicht gerade wie ein Rugbyspieler aus.«

»Na ja, der Sport wird immer beliebter … seit England die Weltmeisterschaft gewonnen hat … wirklich.«

»Verstehe. Und das hier …« Sie deutete auf den Bluterguss an seinem Oberschenkel, eine pinkfarbene, sich allmählich rot verfärbende Prellung – und gleichzeitig der perfekte Abdruck einer derben Caterpillar-Stiefelsohle in Größe 39.

»… ich meine, trägt man solche Schuhe neuerdings beim Rugby?«

Du schmeckst nach Erdbeeren

»Du riechst nach Erdbeeren«, sagte Karen, als Alvin sich neben sie aufs Sofa fallen ließ. Er hielt noch immer seinen Fahrradhelm umklammert. So waren seine Hände beschäftigt und nicht imstande zu zittern.

»Ach ja?« Alvin fragte sich, wie viel Panik ein Mann in zwei extrem kurze Worte zu legen vermochte. Vermutlich hatte er diesbezüglich gerade den Weltrekord gebrochen.

»Nun ja, der Geruch geht fast ein bisschen unter im Pepperoni- und Tomatendunst«, sagte sie, »und es riecht auch nicht wirklich nach Erdbeeren … eher nach Erdbeerkaubonbons.«

»Es gab bei der Arbeit ein Missgeschick mit der Eiscreme«, erklärte er. »Mit dem Erdbeer-Eis.«

»Was ist denn passiert?«

»Das willst du nicht wissen.«

Vielmehr war es so, dass Alvin es ihr nicht erzählen wollte.

»Klar, will ich das wissen«, sagte sie.

Sie wendete ihren Blick ab von dem tragbaren Fernseher, der trotz seiner wenig beeindruckenden Größe den Raum in ein kränkliches grünes Licht tauchte.

»Es geht bei dem Job zwar nur um Schnellpizzen, aber ich muss es wissen«, fuhr sie fort.

»Immerhin hab ich den Abend damit zugebracht, mir Will, Grace und Jonathan Ross anzusehen, die von blassgrünen Zwergen dargestellt wurden. Mich hungert nach Episoden aus dem wahren Leben.«

»Ich erzähl's dir gleich«, sagte er. »Muss erst mal zu Atem kommen. Das Radfahren schlaucht ganz schön.«

Er fuhr sich mit der Hand über die Augenbrauen und wischte

den Schweiß fort. Schweiß, der allerdings nichts mit kräftezehrendem Radfahren zu tun hat.

»Da hat jemand für dich angerufen«, sagte sie. »So gegen halb sechs.«

»Ach, wer war's denn?«, fragte er unter Aufbietung aller ihm zur Verfügung stehenden Lässigkeit.

»Ein Ausländer. Klang wie Slobodan Milosevic. Er fragte: ›Wo ist Alfie? Nix kommen heut Abend? Nix wollen Job?‹« Mit ihrem osteuropäischen Akzent hätte sie jeden Bond-Bösewicht überzeugend darstellen können. »Vermute, das war dein Boss, oder?«

»Ich war ein paar Minuten zu spät heute. Ärger an der Schule. Debbie und Curtis hatten 'ne Schlägerei«, erklärte er und unterstrich das Ganze mit einer saloppen Geste.

Ließe man hinsichtlich des Wortes Lüge nur einen sehr begrenzten Definitionsspielraum zu – so schmal wie ein Drahtseil in einem Flohzirkus (mit extrem winzigen Flöhen) –, dann hatte Alvin ihr bis jetzt noch keine Lüge erzählt.

Ja, er war einige Minuten zu spät zur Arbeit erschienen, sofern man fünfundzwanzig Minuten als »einige« bezeichnen konnte. Und ja, eine Bedienung hatte eine Schüssel mit Erdbeereis fallen lassen, wenngleich Alvin zu diesem Zeitpunkt in der anderen Ecke des Restaurants zu tun gehabt hatte ... Und an der Schule hatte Debbie Curtis sehr wohl attackiert, aber natürlich war das nicht der Grund gewesen, warum er zu spät bei Pizza Express eingetroffen war. Doch wenn man es ganz genau nahm, hatte er Karen auch nicht weiszumachen versucht, dass dem so war.

Es gab einiges, was er nicht erzählt hatte, doch war verschweigen dasselbe wie lügen? Die besten Anwälte des Landes verstünden dies gewiss überzeugend zu verneinen – vorausgesetzt sie würden für und nicht gegen Alvin argumentieren. Sie würden ausführen, dass, falls Verschweigen mit Lügen gleichgesetzt werden konnte, jeder, der seinen Tagesablauf schriftlich wiedergab, ein Lügner wäre – weil dabei vermutlich jede getrunkene Tasse Tee, jeder Gang zur Toilette, jedes verschämte Nasepopeln unterschlagen wurde.

Insofern würden Alvins imaginäre Verteidiger zu dem Schluss kommen, dass ihr Mandant kein Lügner war. Und sie hätten gute Chancen gehabt, für ihre Auffassung sogar zwölf aufrechte Geschworene zu gewinnen und seinen Freispruch zu erwirken.

Dennoch hasste er sich dafür.

Wenn er es recht bedachte, so hatte er noch nie jemanden gehasst. Zumindest nicht mehr, seit man ihn im Alter von acht oder neun Jahren an den Haaren gezogen hatte. Doch nun, da er neben der Frau saß, die er liebte, empfand er nichts als Hass.

Es widerstrebte ihm zutiefst, sie anzulügen, wie auch immer man Lüge nun definierte. Er verabscheute sich dafür, dass er sie ansah und – wenn auch nur kurz – dachte, dass sie es in puncto Attraktivität nicht mit einer topfitten siebzehnjährigen weißen Beyoncé aufnehmen konnte. Und vor allem verabscheute er sich dafür, dass er nun imstande war, einen solch gehässigen Vergleich überhaupt anstellen zu können.

Seine Verteidiger würden ausführen, dass Kelly für all das verantwortlich zu machen war, dass er, Alvin, nur das Opfer einer hinterlistigen Verführerin geworden war. Doch wenn er ehrlich war, so konnte er sich in diesem Punkt nichts vormachen, warum also sollte irgendjemand anderes ihm die Geschichte abkaufen? *Er* hatte ihr nicht widerstanden. *Er* hatte nicht mal ein halbherziges *Nein* hervorgepresst, das als etwas anderes als *Nein* hätte missinterpretiert werden können. Und bedeutete nicht die Tatsache, dass er halbnackt an einem Ort gewesen war, wo Sex das einzige Handelsgut war, dass er es gewollt *hatte?*

Tatsächlich würden die Anwälte nie Gelegenheit bekommen, ihr Können unter Beweis zu stellen, weil Alvin schon »Schuldig!« geschrien hätte, noch bevor der Staatsanwalt die Anklage verlesen hätte.

Schuldig, sie beide betrogen zu haben, Karen und Kelly.

Kelly hatte nicht begriffen, warum er das Tropica so fluchtartig verlassen hatte, und Alvin hatte nicht vorgehabt, sich lange mit Erklärungen aufzuhalten. Seine hastig hervorgepresstes »Sorry« hatte genügen müssen, während er sich panisch seine Jeans wieder zugeknöpft hatte in dem Wissen, dass Jamie im Nebenzimmer derzeit genau das Gleiche tat.

»Was ist los? Hab ich was falsch gemacht?«, hatte Kelly gefragt.

»Tut mir leid, nein, du hast nichts ... Das hier war ein Fehler, wir hätten nicht ...«

Sie hatte den Rest nicht mehr gehört, weil er bereits – vier Stufen gleichzeitig nehmend – auf dem Weg ins Erdgeschoss gewesen war. Dort hatte er sich an der Strohblonden, die ihm noch fragend ein »Alles in O...« zugerufen hatte, vorbeigequetscht und war, ohne auf den Verkehr zu achten, auf die Straße hinausgestürmt. Mit zittrigen Händen hatte er das Fahrrad vom Laternenpfahl befreit, sich auf den Sattel geschwungen und über die Schulter zum Tropica zurückgeschaut in der Hoffnung, dass Jamie nicht gerade mit einem satten Grinsen aus der Tür trat.

Was nicht der Fall gewesen war.

Als Alvin davonfuhr, hatte er noch einen letzten Blick zurück auf das Haus in der All Saints Road geworfen. Im ersten Stock hatte Kelly ihm durch das schmutzige Fenster nachgeschaut, verwirrt und traurig.

Was um alles in der Welt habe ich getan?, hatte er sich gefragt. *Was hatte er getan?* Nun, er war nicht zum Höhepunkt gekommen. Aber war das etwa eine Entschuldigung? War die ganze Sache weniger schlimm, nur weil man lediglich auf einen Orgasmus zugesteuert war, ihn aber nie erreicht hatte? Vermutlich war der Unterschied ähnlich zu bewerten wie bei Mord und versuchtem Mord, hatte er gedacht. Der Möchtegern-Killer bekam zwar nicht lebenslänglich, aber er kam auch nicht mit fünf Tagen Sozialdienst davon.

Er war dorthin gegangen, um Kelly zu helfen. Davon war er auch jetzt noch fest überzeugt, obwohl er vor wenigen Minuten auch nichts weiter als ein grunzender Freier gewesen war, der in ihren Mund hatte kommen wollen. Er konnte sie nicht mehr wiedersehen, so viel war klar. Wie konnte er ihr jemals wieder gegenübertreten, ohne um seine Glaubwürdigkeit fürchten zu müssen?

Doch im Moment hat er ein viel größeres Problem: Karen gegenüberzutreten.

»Du bist wirklich toll, weißt du das?«, sagte sie gerade.

Er wusste nicht, was er darauf antworten sollte.

»Ich meine, nach einem harten Tag mit einem Haufen Teenager-Psychos ziehst du auch noch 'ne ganze Schicht in einem Pizzatempel durch – nur um uns unseren Fernseher zurückzuholen. Das ist einfach *wunderbar*. Mann, wie ich dich liebe.«

Alvin schwieg.

Sie schmiegte sich an ihn und wendete ihre Aufmerksamkeit wieder dem Fernseher zu.

»Das Bild ist einfach unerträglich«, sagte sie nach einer Weile und schaltete das Ding per Fernbedienung aus. »Alvin, es bleibt uns wohl nichts anderes übrig, als uns selbst um Unterhaltung zu kümmern.«

Sie presste sich an ihn und fuhr mit der Hand über seinen Oberschenkel.

Verdammt, dachte er, auch wenn sein Schwanz gerade wieder zum Leben erwachte. Wer wollte es ihm verdenken; immerhin hatte Alvin ihn heute schon einmal auf halbem Wege hängen lassen, und eine zweite Gelegenheit würde er sich nicht entgehen lassen. Körper und Geist im Widerstreit.

Nicht, dass Karen sein Dilemma bemerkte, denn sie sagte »*Mmmm,* das ist gut«, während sie ihm in den Schritt griff. »Du *schmeckst* nach Erdbeeren. Sollen wir nach oben gehen, oder willst du mich wie ein Groupie auf dem Sofa vernaschen?«

»Mmmm, das war gut«, sagte Karen keuchend. »Keine Ahnung, was im Wohnzimmer in mich gefahren ist. Muss wohl am Erdbeereis gelegen haben. Wer braucht da noch Austern?«

Alvin, ebenfalls keuchend, starrte an die Schlafzimmerdecke. Als er langsam wieder zu Atem kam, dachte er ... über eine Menge Dinge nach, teilweise in gelöster Stimmung, denn der Sex war wie immer fantastisch gewesen. Trotz allem fühlte er sich nach wie vor schäbig. Keine Frage, er, Alvin Lee, war ein ganz gemeiner Allerwelts-Fremdgänger.

»Sid wird um sechs Uhr wach«, sagte Karen. »Wir sollten jetzt schlafen.«

Sie hat Recht, dachte Alvin und tastete nach dem Lichtschalter. Sie sollten jetzt schlafen.

Er schloss die Augen und sah ein kleines schmutziges Fenster, durch das Kelly hinausschaute – traurig und verwirrt.

Erinnerungen in der Hutschachtel

Es war spät. Vernünftige Dreiundachtzigjährige lagen um diese Zeit schon im Bett, eine Tasse Kräutertee – der die gute alte Ovomaltine abgelöst hatte – auf dem Nachttisch. Nicht so diese Dreiundachtzigjährige. Wie festgenagelt saß sie vor ihrem Flachbildschirm, der leuchtete, als wäre er plutoniumverstrahlt.

Winston: Die Liebe scheint eine facettenreiche Angelegenheit zu sein, hab ich zumindest gehört. Hab's nie selbst ausprobiert – ich halte mich lieber an die Xbox. Wie steht's mit dir? Glücklich verliebt?

Sie hatte keine Ahnung, wie sie auf *dieses* Thema gekommen waren.

Vera: Ja, verliebt war ich auch mal, Winston.

Winston: Ahhhh. Und, würdest du es noch mal versuchen, oder zählst du dich jetzt eher zu der »Gebranntes Kind scheut das Feuer«-Fraktion?

Vera: Ich halte mich an meine Erinnerungen. Davon habe ich reichlich.

Winston: Erzähl mir von ihnen.

Vera: Ich verwahre sie in einer Hutschachtel auf. Und ich habe nicht vor, den Deckel heute Abend zu lüften.

Winston: Erzähl mir was über dich. *Irgendwas.*

Vera: Was willst du denn wissen?

Winston: Ähm … Wie alt bist du?

Vera: Die Frage, die man einer Lady niemals stellen sollte.

Winston: Ich bitte dich, wir sind im Netz. Denk dir was aus. Oder glaubst du, ich heiße wirklich Winston?

Vera: Okay … 22.

Winston: Nächste Frage: Studentin oder schon in Brot und Arbeit?

Vera: Weder noch. Ich fröhne dem süßen Nichtstun.

Winston: *Nichtstun!* Wer finanziert denn eine solch traumhafte Existenz? Mum und Dad? Erzähl mir ein bisschen was übers ›Familienleben‹ – Freunde, die eins haben, berichteten mir glaubhaft, dass das richtig klasse sein kann.

Sie antwortete nicht. Stattdessen schaute sie sehnsüchtig durch die offene Tür in die Küche, die am Ende des Korridors lag, und fragte sich, ob sie die Kraft hatte, die *Zubereitung einer Tasse Tee* durchzustehen.

Winston: Bist du noch da? Hab ich was Falsches gesagt?

Es gab Dinge, die ärgerten sie einfach zu sehr. Tee war sicherlich nicht die Lösung aller Probleme, aber es war das Beste, was sie hatte. Sie loggte sich aus und begann langsam, sich von ihrem Stuhl zu erheben.

Alle Sexualkontakte

Die Zeit heilte alle Wunden, sagte man.

Drei Wochen später fühlte sich Alvin tatsächlich etwas wohler in seiner Haut. Nicht viel, aber er war imstande, das, was im Tropica geschehen war, als temporäre Entgleisung zu betrachten und das Ereignis in die Tiefen seines Gedächtnisses zu verbannen – zusammen mit den anderen Peinlichkeiten, die ihm im Laufe seines Lebens widerfahren waren und die ihm bis heute die Schamesröte ins Gesicht trieben. Nun gut, viele waren es nicht.

Er saß neben Lynette Moorhouse auf einer Bank vor dem Minogue's und genoss die Freuden eines späten Maitags. Das Ambiente war alles andere als berauschend. Eine viel befahrene Fernstraße, auf der die Fahrzeuge es ziemlich eilig hatten, in die oder aus der Stadt zu kommen, in jedem Fall jedoch diesen Schandfleck von einem Londoner Stadtbezirk schnellstmöglich hinter sich zu lassen.

Lynette legte den Kopf zurück und wärmte ihren Nacken an den Autoabgasen und der Nachmittagssonne. So oder so ähnlich hatte sich Lauren Bacall gern auf Pressefotos in Pose gesetzt, nur dass Lauren Bacall keinen Adamsapfel besaß.

»Hast du eigentlich rausgefunden, was aus Kelly geworden ist«, fragte sie, so weit Alvin es beurteilen konnte, ohne erkennbaren Grund.

Er antwortete mit einem Beinahe-Erstickungsanfall, wobei ihm das schäumende Bier aus den Nasenlöchern schoss.

»Alles klar?«

»Ja«, sagte er. »Hab da wohl was in den falschen Hals gekriegt … Nein, hab ich nicht.«

»Ich könnte mich mal am College nach ihr erkundigen, wenn du willst, und rausfinden, wie es ihr geht«, sagte sie. »Ich kenne ja einige Leute dort.«

»Sie hat das College verlassen«, sagte Alvin, weil er einfach nicht mehr länger lügen wollte.

»Ich dachte, du hättest gesagt, sie …«

»Colin hatte Recht. Sie arbeitet in diesem Massagestudio.«

»Hast du sie dort gesehen?«

Alvin nickte und hoffte, Lynette würde nicht weiter nachhaken.

»Und?«

»Sie behauptet, es ginge ihr gut. Wollte keine Hilfe annehmen, obwohl ich sie ihr angeboten habe …«

Er brach ab. Lynette nicht anzulügen, war eine Sache, aber ihr die ganze ungeschminkte Wahrheit zu erzählen, eine andere …

Sie legte tröstend ihre Hand auf die seine. »Wie ich das Mädchen einschätze, wird sie es schon packen«, sagte sie. »Die ist viel zu tough, um unter die Räder der Sexindustrie zu geraten.«

Alvin war sich da nicht so sicher. Er wusste nur, dass er Kelly niemals wiedersehen konnte. Er hatte kurz mit dem Gedanken gespielt, ins Tropica zu gehen und mit ihr zu reden, zumindest aber, sich in aller Form bei ihr zu entschuldigen, aber er vermutete, das würde die Sache nur noch schlimmer machen. Also hieß es, auf Nimmerwiedersehen Kelly Hendricks. Er wünschte nur, sein letztes Bild von ihr wäre nicht ihr trauriges, verwirrtes Gesicht hinter dem Fenster gewesen.

Donna Hutton, die grazile (vorausgesetzt, man ärgerte sie nicht) Fremdsprachenlehrerin setzte sich mit frischen Getränken zu ihnen an den Tisch. »Kann's kaum erwarten bis zu den Ferien«, sagte sie, während sie die Biergläser verteilte.

»Ich auch nicht«, sagte Alvin, dankbar für den Themenwechsel. »Fahrt ihr weg dieses Jahr?«

»Ja, Guy und die Kinder und mich verschlägt es wieder mal auf unseren alten Campingplatz in der Bretagne«, sagte Donna ein wenig resigniert.

»Das klingt doch toll«, meinte Alvin, der sich wünschte, Karen und er könnten sich wenigstens einen Zelturlaub leisten.

»Ja, wenn da die Froschfresser nicht wären. Ist doch komisch, oder? Da quäle ich mich das ganze Jahr damit herum, den ignoranten Blagen die französische Sprache einzuprügeln, nur um dann im Sommer festzustellen, dass das der Mühe nicht wert ist. Wenn man die französische Sprache nicht versteht, hat man den unschätzbaren Vorteil, nur *vermuten* zu können, dass die Leute da drüben ziemlich unfreundlich sind.«

»Und wohin fährst du, Lynette?«, fragte Alvin.

»Nur nach Holland.«

»Ach ja, die OP, das hätte ich fast vergessen.«

Angesichts von Lynettes epilierten Beinen, die aus einem geblümten Mini ragten, und der rot lackierten Fußnägel, die glänzten wie zehn winzige fabrikneue Autospoiler, konnte man leicht vergessen, dass sie sich noch in der Produktionsphase befand.

»Hast du denn keine Angst?«, fragte er und ermahnte sich im Geiste, künftig nicht mehr auf ihre Beine zu starren.

»Ich bin aufgeregt«, erwiderte sie.

»Meine Güte, du bist so mutig«, sagte Donna. »Ich mach mir schon vor Angst ins Hemd, wenn ich nur 'ne Zahnfüllung kriegen soll.«

»Ich auch, Liebes, wobei 'ne Zahnfüllung auch nicht dein ganzes Leben umkrempelt, stimmt's?«

»Ich muss los, Leute«, sagte Alvin und leerte sein Glas.

»Arbeitest du heute Abend«, fragte Lynette.

»Nein, Mercedes hat sich bereit erklärt, auf die Kleinen aufzupassen – das ist so was wie 'ne einmalige Gelegenheit. Deshalb gehen Karen und ich ins Kino.«

Alvin stellte sich zu Karen in die Warteschlange und reichte ihr einen Eimer mit Popcorn. Sie nahm sich eine Handvoll. »Das ist ja gesalzen!«, sagte sie und verzog angewidert das Gesicht.«

»Ich hab dich doch gefragt, was du willst, und du hast gesagt ›Ist mir egal‹«.

»›Ist mir egal‹ bedeutet *süß*. Ich hasse gesalzenes Popcorn.«

»Sorry, ich tausche es um.«

»Lass mal, sonst verpassen wir noch den Film.«

Schweigend standen sie eine Weile in der Warteschlange.

»Ich kann diesen Tom Cruise auf den Tod nicht ausstehen«, brummelte Karen. »Warum gehe ich bloß mit dir da rein?«

»Na hör mal, das war doch deine Entscheidung. Ich hätte mir genauso gut einen Film mit …«

»Alvin, ich hab mir noch nie freiwillig ’nen Film mit Tom Cruise angeschaut«, schnappte sie. »Warum sollte ich zwei Stunden meines Lebens damit vergeuden, mir den affigsten Typen des Planeten anzusehen? Würde mich nicht wundern, wenn er ’nen Imageberater am Set hätte, der ihn für all die grandiosen Großaufnahmen wirkungsvoll ins Bild rückt.«

»Was ist eigentlich los?«, fragte er, während sich die Schlange ein Stückchen vorwärtsschob.«

»Hab ich doch gesagt. Tom Cruise ist ein Arschloch.«

»Ehrlich gesagt glaube ich nicht, dass Tom Cruise oder gesalzenes Popcorn dein Problem sind.«

»Stimmt, aber lassen wir das jetzt. Sonst verpassen wir noch die Werbung. Du weißt doch, ich liebe Kinowerbung.«

»Scheiß auf die Werbung. Was ist los?«

Sie fuhr herum und schaute ihm direkt ins Gesicht. »Hast du eine Affäre?«

Abrupt kam die Warteschlange zum Stehen. Ganz offensichtlich schien die Antwort auf diese Frage interessanter zu sein als sämtliche Kinowerbung dieser Welt.

»Nein«, sagte er. Empörung schwang in seiner Stimme mit sowie eine gehörige Portion Entsetzen.

»*Gut*, dann lass uns jetzt den Film anschauen«, sagte sie mit unbewegter Miene.

»Nein, nicht gut. Ich denke, wir müssen mal miteinander reden.«

»Okay, dann lass uns reden.« Mit bebenden Nasenflügeln starrte sie ihn an.

»Hier?«, fragte Alvin.

»Ja, hier«, fauchte sie.

Ja, genau hier, schien auch die Warteschlange beizupflichten.

»Lass uns was trinken gehen«, sagte Alvin. Er griff nach ihrem Arm und führte sie durchs Foyer.

»Das dürfen Sie hier aber nicht verzehren«, sagte die Kellnerin.

»Nein, natürlich nicht«, sagte Alvin und entsorgte das Popcorn in einen Abfallbehälter.

»Was darf ich Ihnen bringen?«, fragte sie.

»Zwei Kaffee, bitte.«

»Schwarz oder mit Milch?«

»Mit Milch, bitte«, sagte Alvin.

»Ist mir egal«, sagte Karen.

Alvin sah sie tadelnd an.

»Okay, *mit Milch*«, sagte Karen.

Alvin sah zu, wie die Bedienung durch das leere *Fastfoodrestaurant* Richtung Küche verschwand, dann wendete er sich wieder Karen zu.

»Jetzt verpassen wir den Film«, sagte sie vorwurfsvoll.

»Was soll's. Außerdem hasst du Tom Cruise doch sowieso.«

»Na und? Die Karten haben fünfzehn Pfund gekostet. Falls du's noch nicht mitgekriegt haben solltest, fünfzehn Pfund sind für uns 'ne Menge Geld.«

»Okay, was ist denn nun los mit dir?«, wollte er wissen.

»Ich war gestern bei meiner Frauenärztin.«

»Davon hast du ja noch gar nichts erzählt.«

»Entschuldige bitte, aber beim Abendessen waren die Kids so sehr beschäftigt damit, über den Schulsport und ihre Verabredungen zu reden, dass ich einfach keine Gelegenheit gefunden habe, euch über meinen Ausfluss und die Schmerzen beim Wasserlassen in Kenntnis zu setzen.«

»Tut mir leid. Was hat die Ärztin denn gesagt?«, wollte er wissen.

»Nicht viel. Hat mich gynäkologisch untersucht und 'ne Urinprobe genommen. Um ehrlich zu sein, ich hab mir keine großen Sorgen deswegen gemacht. Dachte, es ist vielleicht ein Pilz oder 'ne Blasenentzündung. Na ja, heute kam das Ergebnis: Ich habe eine *Chlamydieninfektion.*«

Alvin reagierte nicht. Zumindest nicht nach außen hin sichtbar.

»Du hast keine Ahnung, was 'ne Chlamydieninfektion ist, stimmt's?«, fragte sie.

Das war so nicht ganz richtig. Nicht umsonst hatte Alvin an zahllosen Seminaren zum Thema Intimhygiene und -gesundheit teilgenommen. Chlamydien: die weitverbreitetste Infektionskrankheit im Genitalbereich. Sein Herz sank, und in seinem Kopf überschlugen sich die Gedanken.

»Weißt du, was die Ärztin zu mir gesagt hat?«, fuhr Karen fort. »Sie meinte, ich müsse alle meine Sexualkontakte darüber informieren. Das waren ihre Worte – *alle meine Sexualkontakte*. Na ja, und genau das tue ich jetzt, Alvin. Bitte nimm also zur Kenntnis: Ich habe eine Chlamydieninfektion.« Sie verschränkte die Arme vor der Brust und sah ihn abwartend an.

»Aber ich hab keine irgendwie gearteten Prob …«

Er brach ab. Der Sexualhygieneunterricht war durchaus nützlich gewesen (so lernte man beispielsweise, wie man einhändig ein Kondom über eine Kerze streift – lebenswichtig für alle, die vorhatten, Sex mit einer HIV-positiven Kerze zu haben). Unter anderem hatte er dort auch erfahren, dass bei mehr als der Hälfte der mit Chlamydien Infizierten keine Symptome auftraten.

»Wer ist sie?«, fragte Karen, als die Kellnerin ihnen zwei Milchkaffee servierte.

Alvin erwog kurz, sie anzulügen, doch warum das alles noch? Er war erledigt. Von Chlamydien aufs Kreuz gelegt – einer Gattung von Bakterien, die sich in seinem Körper eingenistet hatten, ohne Krankheitssymptome zu verursachen. Wenn man davon absah, dass er sich in den Augen der Frau, die er liebte, zu einem jämmerlichen Wicht gemacht hatte. Das konnte man durchaus als Symptom bezeichnen, obschon es wohl kaum der Erwähnung in der einschlägigen Literatur wert war.

Er musste ihr jetzt die Wahrheit sagen, das war er ihr einfach schuldig. Und paradoxerweise schien Ehrlichkeit das Einzige zu sein, was ihn noch retten konnte. Er öffnete den Mund, doch die Worte wollten einfach nicht über die Lippen kommen.

»Also«, sagte Karen. »alle *Ihre* Sexualkontakte.«

Wieder öffnete Alvin den Mund, und diesmal erzählte er es ihr.

»Du *Dreckschwein*!«, schleuderte sie ihm entgegen, als er seinen Bericht beendet hatte.

»Sorry«, sagte er. »Sorry, ehrlich«

Sie sah ihn verächtlich an. Was durchaus zu verstehen war. Noch bevor er es ausgesprochen hatte, war ihm klar gewesen, dass *sorry* nichts weiter als eine faule Ausrede war. Tatsächlich wurde das Wort »sorry« nur selten der ungeheuren Schwere des Vergehens gerecht, in dessen Folge es allzu oft gebraucht wurde. »Sorry« – eine jämmerliche Alibi-Entschuldigung, nichts weiter.

»Es geschah in einem Moment geistiger Umnachtung – nicht mehr als zwei Minuten, ich schwöre es«, sagte er. »Ich hab die Sache abgebrochen, noch bevor es richtig ernst wurde.«

»Du meinst, die Tatsache, dass du nicht ejakuliert und dir deinen billigen Kick geholt hast, macht es irgendwie besser? Mein Gott, was rede ich da eigentlich? *Billiger* Kick? Sie ist 'ne Nutte, und du hast sie dafür bezahlt. Und das, obwohl wir total pleite sind.«

»Sorry.« Diesmal kam das Wort ganz automatisch.

»Weißt du, die ganze Sache ist von Anfang bis Ende einfach nur falsch«, sagte Karen. »Nicht nur hattest du Sex mit einer Prostituierten, nein, sie war bis vor einem Jahr auch noch eine deiner Schutzbefohlenen. Wie alt ist sie? Siebzehn? Jünger als Mercedes? Du bist nur um Haaresbreite davon entfernt, ein Pädophiler zu sein, Alvin.«

Die Kellnerin, die am anderen Ende des Restaurants allein an einem Tisch saß, sah von ihrem Burger auf, als das böse P-Wort an ihre Ohren drang.

»Einfach nur falsch«, wiederholte Karen und schüttelte den Kopf. Ihre Augen waren nass von Tränen.

Alvin wollte ihre Hand ergreifen, doch er war wie gelähmt. Eine Starre, die infolge der Erkenntnis eingesetzt hatte, dass nichts, was er jetzt noch sagen oder tun konnte, die Sache auch nur einen Hauch besser machte.

»Hast du denn gar nichts dazu zu sagen? Oder glaubst du, mit sorry sei der Fall erledigt?«

»Es war ein Fehler, Karen. Ich wollte nicht, dass es passiert. Deswegen bin ich nicht dahin gegangen«, sprudelte es aus ihm heraus in dem Wunsch, irgendetwas richtigzustellen, und doch wissend, dass dadurch alles nur noch schlimmer wurde. »*Es war ein Fehler*. Und zu keiner Zeit, keine einzige Sekunde lang, hat es bedeutet, dass ich dich nicht mehr liebe.«

Sie griff nach ihrer Kaffeetasse und sah ihn verächtlich an.

»Ich wollte keine Milch«, sagte sie ruhig.

Dann schüttete sie den Kaffee über ihn.

Sehr milchiger, sehr heißer Kaffee.

Nass und in vielerlei Hinsicht hilflos schaute er ihr nach, wie sie das Restaurant verließ.

Die Kellnerin tauchte neben ihm auf. Der halb gegessene Burger lag auf ihrem Tisch. Sie schien der eher fürsorgliche Typ zu sein.

»Möchten Sie eine Serviette?«

»Ja, bitte«, erwiderte Alvin.

»Kann ich Ihnen sonst noch etwas bringen?«, fragte sie, unfähig, ein Schmunzeln zu unterdrücken.

»Nein, danke, nur die Rechnung, bitte.«

Als die Kellnerin davonging, fiel Alvin ein, dass Karen an diesem Abend das Geld dabeihatte. Er hatte noch nie in seinem Leben die Zeche geprellt, doch schon drei Wochen zuvor im Tropica hatte er feststellen müssen: Es gab für jede Sünde ein erstes Mal.

Romeo + Julia

Der Lehrer schloss die Haustür hinter sich und verharrte im Flur. Aus dem Wohnzimmer drang eine Stimme an sein Ohr. Es war seine Mutter, die gerade mit jemandem telefonierte.

»… oh, es läuft ganz wunderbar, danke …«

Was lief ganz wunderbar? Das konnte unmöglich mit ihm zu tun haben …

»… ganz in seinem Element. Er liebt es …«

Sie musste über seinen Vater reden. Sein alter Herr hatte erst kürzlich mit Tai Chi angefangen und sich dabei in eine europäische Ausgabe Mr Miyagi aus *Karate Kid* verwandelt.

»… ja, eine wahre Berufung …«

Tai Chi?

»… der Lehrerberuf …«

Oh.

»… seine Schüler lieben ihn. Er hat ja so viel Charisma …«

Mucksmäuschenstill stieg er hinauf ins Obergeschoss, bevor er noch mehr davon mit anhören musste und seine mühsam unterdrückte Depression in einem handfesten Todeswunsch gipfelte.

In seinem Zimmer angekommen setzte er sich an den Schreibtisch, holte einen Stapel Hausarbeiten aus der Aktentasche und starrte das oberste Blatt an. Das Gekritzel wirkte, als ob das Schreiben dem Verfasser körperliche Schmerzen bereitet hatte. Doch zumindest wurde überhaupt etwas zu Papier gebracht. Er kontrollierte den Namen, der oben rechts auf dem Blatt stand: Yasmin Oliver. Dann las er:

Romero und Julja waren ein berümtes romantisches Pärchen das Shaklespears in ein berümhten Theaterstück verwandelt hat. Es spielt in der Zeit wo Frauen nicht spielen durften und so musste ein Schwuler Julja spielen und auch die anderen Frauen wie Kindermädchen und Mum und so. Die Geschichte handelt am meisten von Romo. Er will mit Julia abhauen aber sein Vater lässt ihn nicht weil er im Schuhgeschäft der Familie arbeiten muss. Weils damals noch keine Handys gab musste er unter Juljas Balkon gehen und laut schrein. Am Ende kann er trotzdem mit ihr abhauen aber sie trinkt Gift und ist tot, und dann trinkt er Gift und ist tod und dann ist sie wieder tot. Andere Geschichten wie Rommeo und Julja und Herr der Ringe kommen auf ITV weil sie über längst gestorbene Leute handeln und auch schwer zu vestehen was die Leute sagen auch Nadia von Big Brother weil sie ein Mann ist der mal ne Frau war.

Er benotete die Arbeit mit C- unter Berücksichtigung der Tatsache, dass die Autorin die Quintessenz der Geschichte erfasst zu haben schien. Er nahm sich den nächsten Aufsatz vor. Ein Vierzeiler ohne Punkt und Komma von Roland Goffe.

ROMIO UND JULIA IST WIE TEXAS CHAIN MASSACKA WEIL DA AUCH
JEDER STERBT ROMIO HAT EIN AUTO DAS NACH IHM BENANT IST
ABER JULIA NICHT SHAKSSPEER HAT SICH DIE SACHE AUSGEDACHT
UND WAR BERÜMT

Roland erhielt ein F, und er berichtigte die Benotung von Yasmins Arbeit dahingehend, dass er ihr ein B+ gab.

Auf dem nächsten Blatt war oben rechts der Name »Dan Ianculescu« zu lesen. Dan, der stille Junge. Eigentlich: der schweigsame Junge. Er mochte Dan, der keiner Fliege was zu Leide tun konnte, geschweige denn einem Lehrer. Dan hatte keinen Aufsatz geschrieben, sondern stattdessen eine sorgfältige Zeichnung von Romeo und Julia angefertigt, die zusammen auf einem Motorrad saßen. Auf dem Tank stand »Honda«, das einzige Wort, dass der Junge, abgesehen von »Dan« und »Ianculescu«, seines Wissens jemals zu Papier gebracht hatte.

Dan bekam ein C.

Es gibt Bohnen, Baby

Alvin traute sich nicht ins Schlafzimmer, denn dahinter befand sich der erste Kreis der Hölle. Wie auch ein sauberes, trockenes Hemd.

Er konnte hören, wie Karen geräuschvoll Schubladen auf- und zuzog, anscheinend, um ihre Wut an unschuldiger Unterwäsche auszulassen. Die letzten zwei Stunden hatte er damit verbracht, ziellos und gramgebeugt in den Straßen umherzulaufen, wobei er einen großen Bogen um das Wimpy gemacht hatte. Bei dieser Gelegenheit hatte er sich geschworen, die beiden Kaffee so bald wie möglich zu bezahlen.

Er hoffte, dass Karen sich wieder ein bisschen beruhigt hatte. So wütend hatte er sie noch nie erlebt. Andererseits hatte er ihr auch noch nie einen Grunde dafür geliefert.

Vorsichtig öffnete er die Schlafzimmertür. Karen saß mit untergeschlagenen Beinen auf dem Bett. Sie hatte eine Schublade mit Schlüpfern auf der Tagesdecke ausgeleert und sortierte gerade die fadenscheinigsten Exemplare aus, um sie Richtung Papierkorb zu schleudern. Alvin hoffte, dass das Ausmisten nicht symbolisch zu verstehen war. Sie schaute nicht auf, als er eintrat.

»Möchtest du reden?«, fragte er.

»Ich erinnere mich noch an ein Gespräch, das ich letztes Jahr im Pub hatte«, sagte sie. Sie klang ruhig. Und todtraurig. »Nicht wirklich ein Gespräch im klassischen Sinne. Colin Stanislavski hat mir seinen biergeschwängerten Atem ins Gesicht geblasen, während er mir riet, ich solle dich an der kurzen Leine halten – wegen dieser ganzen lüsternen Groupies an deiner Schule.«

»Sag mal, du hörst doch nicht etwa auf das, was dieser Typ erzählt? Ich weiß, ich war ein Arsch, aber … Bitte.«

»So ist es, ich habe nicht darauf gehört. Vor allem nicht, als er mir erzählte, dass Kelly Hendricks die Schlimmste von allen ist. Was haben wir gelacht, stimmt's?«

»Das mit Kelly ist genau ein Mal passiert. Vor drei Wochen. Da war nichts vorher, und da war auch nichts danach.«

»Warum sollte ich dir glauben? Warum sollte ich dir überhaupt ein Wort von dem glauben, was du mir jemals erzählt hast? Diese ganzen romantischen Campingausflüge mit ihr, wo ihr am gemütlichen Lagerfeuer doch Bohnen gekocht und Wanderlieder gesungen habt, nicht?«

»Es war genau *ein* Campingausflug. Und ja, wir haben nur Bohnen gekocht. Nichts weiter. Ich sage die Wahrheit. Wie ich dir immer die Wahrheit erzählt habe.«

»Bis auf den Abend, als du nach Hause kamst und mir *nicht* erzählt hast, dass du gerade mit Kelly gefickt hast. Dumm gelaufen, was? Kann schon sein, dass du die Wahrheit erzählst, trotzdem werde dir nie wieder auch nur ein Wort von dem glauben, was du sagst.«

Sie beugte sich hinab und klaubte ein sauberes T-Shirt vom Boden auf.

»Du siehst unmöglich aus. Zieh das an«, sagte sie und warf ihm das Kleidungsstück zu. »Mercedes zieht heute Abend durch die Clubs und wird nicht vor Morgengrauen zu Hause sein. Du kannst in ihrem Bett schlafen.«

Schuhe

Die Zeit heilt alle Wunden? Zweifelhaft.

Die Zeit als Wundpflaster? Möglich.

Zwar konnte der Einsatz von Antibiotika den Chlamydien den Garaus machen, die anderen Wehwehchen in Alvins Leben erwiesen sich jedoch als hartnäckiger.

Drei Wochen später saß man wieder einmal zum Frühstück *chez* Karen und Alvin zusammen.

»Und?«, fragte Mercedes und schüttete sich ein Glas Orangensaft ein.

»Gleich nach dem Frühstück bringe ich Shannon und Annie zur Schule«, sagte Alvin.

»Ich meine nicht die blöde Schule. Ich will wissen, was hier eigentlich los ist?« Sie deutete mit dem Kopf in Richtung Küche, wo Karen klappernd mit Geschirr hantierte.

Mit ausdrucksloser Miene sah Alvin seine Tochter an.

»Sie will wissen, warum du und Mum nicht redet«, erklärte Shannon, den Mund voller Brötchen.

»Aber das tun wir doch«, sagte Alvin.

»Tut ihr nicht«, sagte Shannon.

»Stimmt, hier geht's ja fast schon zu wie bei Janice und John«, pflichtete Mercedes ihr bei.

Wollte man Mercedes Glauben schenken, dann kommunizierten ihre leibliche Mutter und ihr Stiefvater inzwischen nur noch über Notizzettel miteinander – und würden noch nicht einmal das tun, hätte nicht jemand die Kühlschrankmagneten erfunden. Alvin konnte den Wahrheitsgehalt dieser Behauptung nicht überprüfen, doch er konnte abstreiten, dass es bei ihm und Karen seit dreieinhalb Wochen genauso war.

»Alles in Ordnung hier«, sagte er.

»Ja, klar«, schnaubte Mercedes. »Und die Palästinenser schmeißen seit neuestem Straßenparties für die Israelis.«

»Party?!«, quiekte Annie. »Kann ich mit?«

»Pfff. Wohl kaum«, sagte Mercedes.

»Warum nicht? Die Zraelies dürfen doch auch hin.«

»Wer sind die Zraelies?«, fragte Sid.

»Leute, die das Vertrauen und den Respekt der Welt verloren haben – aufgrund ihres rücksichtslosen, egoistischen Verhaltens«, sagte Karen, die nun mit zwei Paar Sportschuhen im Türrahmen stand. »Shannon, Annie, zieht jetzt eure Schuhe an, sonst kommt ihr zu spät.«

»Will nicht zur Schule«, maulte Shannon.

»Weißt du, in Guatemala lebt ein kleines Mädchen, das will nicht mehr für einen Hungerlohn als Näherin in der Kleiderfabrik schuften. *Und jetzt zieht eure Schuhe an!*«

Ich muss verrückt sein, dachte Alvin, während er sein Fahrrad an der Straßenlaterne in der All Saints Road ankettete.

Er trat auf die Straße und prallte augenblicklich zurück, in den Ohren das Kreischen von Gummi auf nassem Asphalt, als seine Wade von einer Stoßstange gestreift wurde. Ein Blick nach rechts, und da stand er, der blaue Kombi, der ihn fast überfahren hätte. Das elektrisch betriebene Fahrerfenster glitt herunter, und ein Kopf erschien.

»Sind Sie verrückt?«, schleuderte ihm die wütende, zu Tode erschrockene Frau entgegen.

Offensichtlich, dachte Alvin.

»Passen Sie doch auf, wo Sie hinlaufen, verdammt!«

Verstört machte er einen Schritt zurück und sah dem Wagen nach, der beim Anfahren durch eine Pfütze rollte und ihm die Schuhe nass spritzte – verdientermaßen.

Ich muss *völlig beknackt* sein, dachte er.

Sechs Wochen waren vergangen, seit er das letzte Mal hier gewesen war. Sechs Wochen, seit er wie Lance Armstrong auf der Zielgeraden davongeradelt war und sich geschworen hatte, nie mehr hierher zurückzukehren. Nicht einmal dann, wenn das Tropica pleite machen und Evans, der nette Laden für Modellbau, wiedereröffnen sollte. Doch Alvin wäre nicht Alvin gewesen, wenn …

Er wollte Kelly nicht wiedersehen, doch er musste. Er musste wissen, ob es ihr gut ging, und er musste sich bei ihr entschuldigen. Und er musste ihr mitteilen, dass sie eine recht harmlose, wenngleich hochansteckende Infektion unter die Leute brachte. Vermutlich gab sie die Bakterien nur an ein paar schmierige Freier weiter, doch selbst der schmierigste Freier konnte eine Freundin, eine Ehefrau haben. Was hieß, dass auch Unschuldige, die nichts mit dem ganzen Sumpf zu tun hatten, angesteckt wurden. Alvin wusste nur zu gut, was das bedeutete.

Als er seine Fassung wiedererlangt hatte, erinnerte er sich an das erste Mal, als er hier gewesen und beinahe von einem röhrenden Moped überrollt worden war. Plötzlich fiel ihm ein Spruch ein, der von jenen Leuten handelte, die sich niemals irgendwelche Geschichtsdaten merken konnten, so zum Beispiel, welcher Richard der mit dem Löwenherz und welcher der mit dem Klumpfuß gewesen war. Oder ging es womöglich um die, die nicht imstande waren, ihre Lehren aus der Geschichte zu ziehen, und deshalb dazu verdammt waren, ihre Fehler zu wiederholen?

Wieder trat er auf die Straße, nicht jedoch, ohne zuvor nach rechts, nach links und dann wieder nach rechts geschaut zu haben.

»Ja?«, sagte die Strohblonde, ohne von ihrem Revolverblättchen aufzusehen.

»Ist Kell … Ist *Manda* frei?«

»Manda«, murmelte die Blonde nach einer Weile.

Hoffnung keimte in ihm auf. Vielleicht arbeitete Kelly ja gar nicht mehr hier. Vielleicht war sie ja wieder auf dem College. Oder sie briet Hamburger bei McDonald's. Egal, Hauptsache sie befand sich wieder auf dem Pfad der Rechtschaffenheit.

»Sorry, war gerade etwas abgelenkt.« Endlich sah die Blonde zu ihm auf. »Ja, Manda ist frei.«

Scheiße, dachte Alvin.

Schuhe, Teil 2
Eine persönliche Sache diesmal

Sie ging nicht mehr viel vor die Tür in letzter Zeit.

Der Mac brachte die Welt zu ihr nach Hause. Shoppen, Bankgeschäfte tätigen, Informationen einholen – das alles konnte sie auch im World Wide Wasweißich tun. Zudem verhalf ihr das World Wide Wasweißich auch zu einem sozialen Leben. Einem Leben, für das man sich nicht mal mehr von seinem Stuhl erheben musste.

Warum also noch ausgehen? Wenn einen da draußen nicht irgendwelche rasenden Autofahrer erwischten, dann taten es die Kriminellen ganz gewiss.

Heute allerdings hatte sie keine andere Wahl. Sie musste ein paar Briefe auf den Weg bringen.

Sie schob die Stores vor dem Fenster beiseite und sah durch das schmutzige Glas hinunter auf den Bürgersteig vor ihrem Haus. Sie wohnte über einem Süßwarenladen. Man konnte beobachten, wie Kunden das Geschäft betraten und verließen. Sie schaute über die belebte Straße hinüber zur Kreuzung. Sie konnte den Briefkasten von hier aus nicht sehen – er stand ein paar hundert Meter entfernt in der All Saints Road. Es hatte aufgehört zu regnen, doch der Bürgersteig glänzte noch immer feucht und schmierig. Neben Rasern und Straßenräubern eine weitere lauernde Gefahr da draußen.

Sie setzte sich und griff nach ihren Schuhen. Ihre geschwollenen Füße da hineinzuzwängen kostete sie etwa zehn Minuten. Dann nahm sie ihren Tweedmantel vom Haken neben der Haustür. Sie geriet etwas aus dem Gleichgewicht, als ihre Hand versuchte, in den Ärmel zu schlüpfen. Sogleich verdoppelte sich die Last, die sie nun zu tragen hatte: ihr eigenes Gewicht und das des Mantels. Schließlich nahm sie ihre braune Chanel-Handtasche, die wie immer leer war. Nur nichts Überflüssiges hineinpacken; das Risiko war einfach zu groß. Und so verstaute sie darin nur ihren Schlüssel, ihre Geldbörse mit zehn Pfund und vierunddreißig Cent Wechselgeld sowie die Briefe.

Lächerlich, dachte sie. Was für ein Aufwand, nur um ein paar Briefe einzuwerfen.

Abschaum

»Und was willst du diesmal? Soll ich dir einen runterholen, oder willst du ’nen anständigen Fick?«

Kelly hatte ihm den Rücken zugewandt und faltete Handtücher zusammen. Nicht weil sie musste, sondern weil sie ihm so den Rücken zuwenden konnte.

»Ich muss mich bei dir entschuldigen, Kelly«, sagte Alvin.

»Wofür? Du hattest doch dafür bezahlt.«

»Darum geht es nicht. Deswegen bin ich damals nicht hergekommen, und ich hätte es niemals zulassen dürfen. Es tut mir leid.«

»Entschuldigung angenommen«, sagte sie und drehte sich zu ihm um. »Du kannst jetzt gehen.«

In ihrem Blick lag Enttäuschung. Genau wie bei Karen, nachdem er ihr die Sache gebeichtet hatte. Enttäuschung, nach all der Wut das einzige Gefühl, das zurückgeblieben war.

»Ich sorge mich um dich, Kelly. Deshalb hätte ich es niemals zulassen dürfen.«

»Wenn du dich so sehr um mich sorgst, wärst du wohl kaum von hier abgehauen, nicht? Was zum Teufel ist an dem Tag eigentlich in dich gefahren? So beschissen war’s nun auch wieder nicht, oder?«

»Nein … Natürlich nicht. Es tut mir leid … Aber der Typ im Nebenzimmer. Ich konnte ihn durch die Wand hören. Ich wollte ihm nicht über den Weg laufen … Ich kenne ihn.«

»Der Kumpel von Mick Jagger?«

»Wer?«

»Der Typ im Nachbarzimmer. Das ist ein Kumpel von Mick Jagger.«

Alvins Herz sank. Sie hatte mit Jamie gesprochen, was nur bedeuten konnte, dass sie auch Sex mit ihm gehabt hatte. Er konnte nicht sagen, warum genau ihn das störte. War es denn schlimmer, wenn ihre Kunden plötzlich ein Gesicht hatten? Wenn es nur nicht Jamies Gesicht gewesen wäre …

»Ich hab ihm gesagt, er soll Mick das nächste Mal mitbringen«, fuhr sie fort.

»Er kennt ihn nicht wirklich. Er lügt.«

»Was du nicht sagst.«

»Sorry.«

»Du entschuldigst dich heute ein bisschen oft.« Jetzt lächelte sie ihn zum ersten Mal an.

»Sorry.«

Linkisch scharrte er mit den Füßen. »Sieh mal, Kelly, was ich eben gesagt habe, meinte ich ernst. Wenn du irgendwie Hilfe brauchst, um wieder auf die Füße zu kommen …«

»Ich stehe auf meinen Füßen, Alvin«, schnappte sie. »Zum ersten Mal in meinem Leben. Ich mag die Leute hier – na ja, ich mag die Mädels. Ich verdiene Geld … Und nächste Woche ziehe ich in meine eigene Bude. Ist zwar nur ein möbliertes Zimmer, aber …«

»Das ist toll. Ehrlich.« Er merkte, dass er sich langsam rückwärts Richtung Tür bewegte, bereit zu gehen. »Wenn du mich anrufen willst, um zu reden, kannst du das jederzeit tun.«

»Okay«, sagte sie.

»Vielleicht nicht gerade bei mir zu Hause. Aber du kannst mich an der Wood Hill anrufen. Jederzeit.« Er spürte den Türgriff in seinem Rücken, und dann fiel ihm ein, dass er hier noch nicht ganz fertig war. »Da ist noch was, Kelly.«

Erwartungsvoll sah sie ihn an, und seine Entschlossenheit bröckelte.

»Du hast … Na ja, ich denke, du hast Chlamydien.«

»Kla-was?«, fragte sie.

Alvin fragte sich, ob er der Einzige gewesen war, der im Sexualkundeunterricht aufgepasst hatte.

»Chlamydien. Eine sexuell übertragbare Erkrankung«, erklärte er. »Nichts Lebensbedrohliches oder so, aber du solltest das behandeln lassen.« Er zog einen Flyer hervor, den er aus dem Infostandel im ILD mitgenommen hatte, und reichte ihn ihr.

»Gar nichts hab ich«, schnappte sie und fegte ihm die Broschüre aus der Hand, ohne sie auch nur anzusehen.

»Die meisten Erkrankten haben keine Symptome und wissen nicht mal, dass sie sich angesteckt haben. Ich habe auch nichts davon gemerkt.«

»Wenn du nicht wusstest, dass du es hast, woher willst du dann wissen, dass du es von mir hattest?«

»Ich hab jemanden angesteckt«, murmelte er.

»Scheiße … deine Frau«, sagte sie ruhig.

»Na ja, eigentlich ist sie nicht meine Frau … Aber, ja.«

»Hast du ihr erzählt, was passiert ist?«

»Ich hatte keine andere Wahl.«

»Scheiße … tut mir leid.«

»Muss es nicht. Ist ja nicht deine Schuld.«

»Hat sie dich rausgeschmissen?«

»Nein. Es herrscht zwar nicht gerade Friede, Freude, Eierkuchen, aber wir leben immer noch unter einem Dach.«

»Du musst verrückt sein, nochmal hierherzukommen.«

»Das ist mir auch schon in den Sinn gekommen. Hör mal, es ist nicht dein Problem. Karen und ich, wir kriegen das schon wieder hin. Aber du solltest unbedingt zum Arzt gehen. Der bekommt das mit Antibiotika wieder in den Griff. Du musst auf deine Gesundheit achten, Kelly. Das hier ist ein gefährlicher Job.«

»Ich benutze immer 'nen Gummi«, sagte sie.

Nicht, als wir es gemacht haben, dachte er.

»Die sind auch nicht idiotensicher«, sagte er stattdessen. »Erinnerst du dich noch an den Sexualkundeunterricht?«

»Ja, ja, der einzig sichere Sex ist kein Sex. Mal sehen, was meine Freier dazu sagen.«

Alvin lachte, dann sagte er. »Ich geh jetzt besser. Hab gerade Mittagspause.« Er griff nach der Türklinke.

»Alvin.«

»Ja?«

»Danke, dass du vorbeigekommen bist.«

Sie machte einen Schritt auf ihn zu und küsste ihn auf die Wange.

»Danke, dass du mir nicht den Hals umgedreht hast«, sagte er. »Pass auf dich auf, okay?«

»Ja, und grüß mir die Wood Hill.«

Als er nach draußen in den Nieselregen trat, fühlte er sich besser. Viel, viel besser.

Tief atmete er die dampfende Luft ein, dann durchfuhr ihn ein Schreck. Die All Saints Road lag auf Karens Weg zur Tierklinik. Er wusste nicht, um welche Zeit sie an diesem Tag dorthin ging oder ob sie überhaupt arbeitete, aber …

Mercedes hatte Recht. Er und Karen hatten in den letzten Wochen kaum ein Wort miteinander gewechselt. Er hatte versucht, die Dinge wieder ins Lot zu bringen, doch es blieb ihm wohl nichts anderes übrig, als sich diesbezüglich noch ein bisschen mehr anzustrengen. Allerdings war die All Saints Road wohl kaum der richtige Ort dafür. Vor seinem geistigen Auge tauchte Karen auf, umgeben von kranken Kätzchen und Welpen, während er sich im Rotlichtviertel die Beine in den Bauch stand. Er musste hier weg, zurück an die Schule, zurück in die relativ heile Welt verkorkster, halbkrimineller Jugendlicher.

Er überprüfte die Straße auf Autos, die ihn über den Haufen fahren könnten, und auch auf Busse, in denen möglicherweise Karen saß, dann ging er hinüber auf die andere Seite. Bei seinem Fahrrad angekommen, fegte er den Regen vom Sattel und beugte sich hinab zum Schloss. Aus den Augenwinkeln nahm er eine Bewegung in einem Durchgang in der Nähe wahr. Er schaute auf und sah einen Mann, eher einen Jungen, wenngleich einen riesigen Jungen. Er hatte Alvin den Rücken zugedreht und schien mit irgendwas oder irgendwem zu ringen. Alvin beschloss, sich nicht weiter darum zu kümmern, und wendet sich wieder dem Fahrradschloss zu.

Da drehte sich der Junge zu ihm um; große Bambiaugen in einem ausdruckslosen Gesicht.

»Kevan«, sagte Alvin.

Kevan Kennedy schien nicht minder überrascht, Alvin hier anzutreffen. Ja, er wirkte geradezu erschrocken. Alvins Blick wanderte in den Durchgang. Er sah ein Stück wolligen Tweedmantel. Kevan hielt irgendetwas umklammert. Was immer es war, Kevan zerrte heftig daran. Plötzlich rückte der Tweedmantel vollständig ins Bild, da sein Träger soeben auf den nassen Bürgersteig hinausstolperte. Erst jetzt erkannte Alvin, dass eine kleine alte Frau in dem Mantel steckte, die eine braune Handtasche umklammerte, welche sie offenbar nicht loszulassen gedachte. Dabei sah sie keineswegs erschrocken aus, nicht einmal angesichts des schmalen Messers in Kevans Hand.

»Was zum Teufel tust du da?«, rief Alvin und ging auf ihn zu.

»Zurück, Alvin-Alter.«

»Nein, das ist doch Wahnsinn. Nimm das Messer weg.«

Alvin hatte keine Angst. Sein Herz raste, doch das war nur das Adrenalin, und sein Gesicht glänzte vor Nässe, doch das war nur der Nieselregen. Er hatte die Sache im Griff. Er hatte solche Situationen schon häufiger entschärft, auch einige, bei denen Messer im Spiel waren. Er war kein bärenstarker Zeitgenosse – eher schmächtig und nicht sonderlich groß –, doch Körpergröße war hier kaum der entscheidende Faktor. Allein der Entschlossenere würde das Match für sich entscheiden.

»Gib mir die scheiß Handtasche«, bellte Kevan die alte Frau an.

Ja, gib ihm die scheiß Handtasche, dachte Alvin. *Bitte*.

Sie musste lebensmüde sein, entschied er. Gut, sie war sehr alt, aber das hier würde doch wohl kaum ihrer Vorstellung von Sterbehilfe entsprechen. Vielleicht war sie aber auch so dement, dass sie dachte, ihr schmächtiger Essen-auf-Rädern-Körper könne es mit einem burgergemästeten Zwei-Meter-Mann wie Kevan Kennedy aufnehmen. Um ihr diese ernüchternde Erfahrung zu ersparen, ging Alvin nun auf Kevan zu und legte eine Hand auf seinen Arm.

»Gib mir das Messer. Mach es doch nicht noch schlimmer, als es ist.«

Kevan schlug Alvins Hand weg und zielte mit der Messerspitze auf dessen Magengegend. Die alte Dame nutzte den Moment, um erneut an ihrer Handtasche zu zerren, worauf Kevan herumfuhr und die Klinge nah an ihr Gesicht brachte. Glänzender Stahl an rosiger Wange.

Alvin bemerkte, dass hinter ihm Leute standen, Passanten, die gafften. Er hatte keine Ahnung, wie viele es waren, weil er es nicht wagte, seinen Blick von dem Messer abzuwenden.

»Bitte, tu jetzt nichts Dummes«, sagte Alvin. Er war, was diesen Punkt anbetraf, allerdings nicht mehr ganz so zuversichtlich. Wenn man Kevan unter einen wie auch immer gearteten Druck setzte, würde er die größte Dummheit aller Zeiten begehen.

Kevan antwortete nicht darauf. Stattdessen wendete er sich wieder der alten Frau zu: »Die *Tasche*.«

Noch immer ließ sie das Ding nicht los – weniger aus Entschlossenheit, denn aufgrund von Angststarre. Auf ihrer Wange erschien ein weißer, blutleerer Fleck, da, wo die Messerspitze gegen sie drückte. Alvin musste reagieren, bevor es zu spät war. Bevor sie starb, was, wie er dachte, unausweichlich zu sein schien.

Er schnellte nach vorn und rammte seinen Unterarm gegen den von Kevan, so dass sich die Klingenspitze vom Gesicht der alten Frau entfernte. Durch die Wucht seines Vorstoßes stolperten er und Kevan zurück in den Durchgang. Er drückte Kevan gegen die plakatierte Hauswand und umklammerte die Handgelenke des Jungen in der Vermutung, dass dieser das Messer nicht hatte fallen lassen. Er warf einen Blick über die Schulter und sah die alte Frau, die ihre kostbare Handtasche nicht mehr umklammert hielt. Im gleichen Moment wurde Alvin bewusst, dass die Tasche zwischen ihm und Kevan eingeklemmt war. Kevan leistete erbitterten Widerstand, und Alvin wusste, dass er ihn nicht bis in alle Ewigkeit gegen die Hauswand drücken konnte. Also beugte er sich vor und sagte ihm ruhig ins Ohr: »Wenn du jetzt nicht aufhörst, wirst du Zeit deines

Lebens Abschaum sein. Du bist besser als das, Kevan … Beweise es mir … Ich werde jetzt einen Schritt zurückgehen, dann bist du frei. Wenn du auch nur einen Funken Verstand hast, lässt du das Messer und die Tasche fallen. Tu es für mich, okay?«

Wie angekündigt trat Alvin einen Schritt zurück. Er sah Kevan an. Kevan starrte zurück. Und Alvin entdeckte etwas in diesen wunderschönen Augen. War es Angst? Verwundbarkeit?

Auf einmal hatte er das Gefühl, dass sie sich in diesem Moment sehr nahe waren.

Vielleicht aber drückte dieser Blick auch nur Kevans unstillbaren Wunsch aus, ihm das Messer in den Bauch zu rammen. Auf diese geringe Entfernung unmöglich festzustellen.

Plötzlich nickte der Junge. Er konnte zur Vernunft gekommen sein, oder auch nur bluffen. Alvin wusste es nicht, und doch trat er einen weiteren Schritt zurück.

Kevan stürmte vorwärts, wobei er Alvin zu Boden riss. Im Liegen konnte Alvin sehen, wie Kevan die Straße entlangrannte; die langen Beine flogen über den Asphalt wie bei einem Vollbluthengst, wobei die Handtasche wenig männlich in seiner Hand baumelte. Während sie so hin und her schwang, konnte Alvin die Schnalle im Licht funkeln sehen. Er wusste genug über Nobelmarken, um das ineinanderverschlungene C-Logo von Chanel zu erkennen. Kurz spielte er mit dem Gedanken, Kevin nachzusetzen und die Tasche zurückzuholen – doch was konnte sich in ihren Tiefen schon Wertvolles verbergen? Ein paar Lotteriescheine und eine Bingoclub-Mitgliedskarte? Andererseits war die Tasche von Chanel.

Nach etwa fünfzig Metern verschwand Kevan in einer Seitenstraße, die zu einem langen Häuserblock hinter dem All-Saints-Road-Viertel führte. Alvin schaute zu der alten Frau auf. Selbst aus der Froschperspektive wirkte sie winzig.

»Geht es Ihnen gut?«, fragte er.

Sie nickte unmerklich, dann sagte sie: »Sie haben mir das Leben gerettet.« Es klang ein bisschen schnaufend. Doch es war ein vornehmes Schnaufen, nicht das Schnaufen einer Bingo-Oma.

Alvin erhob sich vom nassen Bürgersteig. Er hatte weiche Knie und konnte sich nur mühsam auf den Beinen halten. Sein Blick fiel auf die Umstehenden, in die nun Bewegung kam, entweder um zu helfen oder um noch ein Stück näher zu treten.

Er erkannte die Strohblonde aus dem Tropica wieder, die der alten Frau tröstend einen Arm um die Schultern legte.

»Ich hab gesehen, was Sie gemacht haben.« Voller Respekt schaute sie Alvin an. Respekt, der gänzlich fehlte, als Alvin nichts weiter als ein störender Kunde gewesen war, der sie von der Lektüre ihres Schmierenblättchens abgehalten hatte.

»Ich hab die Polizei gerufen«, meldete sich eine andere Stimme.

»Er hat meine Tasche«, keuchte die alte Frau, als ob sie jetzt erst begriffen hatte, dass sie das, wofür sie bereit gewesen war, ihr Leben zu geben, am Ende doch verloren hatte.

»Ist doch scheißegal«, sagte die Strohblonde.

»Meine Briefe«, wisperte die alte Frau.

»Kann mal jemand 'nen Krankenwagen rufen? Sie steht bestimmt unter Schock.«

»Alles klar, Kumpel?«

Alvin sah den Mann an, der ihm die Frage gestellt hatte. Ein Schaufensterdekorateur in einem weißen Overall, die schwarze Haut mit heller Wandfarbe gesprenkelt.

»Ja, mir geht's gut, danke«, erwiderte Alvin.

Die alte Frau hatte offenbar ihre Stimme wiedergefunden und berichtete den am Tatort neu eingetroffenen Beinaheaugenzeugen von dem Überfall. »Er hat mir das Leben gerettet. Der Schweinehund wollte mich töten. Gebt einem von denen ein Messer und …«

Sie stand auf und sah den Dekorateur argwöhnisch an.

»Sie sind ein Held, wissen Sie das?«, sagte der Schwarze zu Alvin. »Ein richtiger verdammter Held. Gut gemacht, Kumpel.« Er ergriff Alvins Hand und schüttelte sie energisch.

Die Worte des Mannes hallten in Alvins Kopf wider. *Ein Held, ein richtiger verdammter Held.* Ein Held allerdings, der im Moment ganz woanders sein sollte, denn – mal abgesehen davon, dass er gerade seine Mittagspause überzog – bekamen richtige verdammte Helden nicht auch immer jede Menge Publicity? Artikel und Fotos in der *Gazette*. Die *Gazette*, welche der Familie von Allison Bird Wright gehörte, der Schulbeirätin der Wood Hill, also Alvins Arbeitgeber. Eine Schlagzeile wie HELD VEREITELT RAUBMORD VOR EINEM PUFF IN DER ALL SAINTS ROAD war das Letzte, was Alvin derzeit gebrauchen konnte.

»Ich muss gehen«, sagte er und entzog seine Hand dem überschwänglichen und etwas harzigen Griff des Dekorateurs.

»Bleiben Sie«, beharrte der Mann. »Die Cops wollen Sie bestimmt noch sprechen.«

Doch Alvin saß schon auf seinem Rad und trat in die Pedale, als ob sein Leben davon abhing. Was durchaus zutraf. Denn seine Beziehung zu Karen war sein Leben.

Der große Absturz

Zurück an der Schule hatte Alvin gar nicht erst den Versuch unternommen, seine Schützlinge zu disziplinieren. Erst als Curtis und Roland mit Chenils Federmäppchen Fangen spielten, worauf Debbie kurzerhand Curtis' Rucksackinhalt aus dem Fenster schüttete, hatte er eingegriffen. Ansonsten hatte er den restlichen Nachmittag damit verbracht zu grübeln.

Um halb vier war er endlich zu einer Entscheidung gelangt. Er würde Karen alles erzählen. Nicht weil er befürchten musste, sie würde es ohnehin rauskriegen – was er in seine Überlegungen durchaus mit einbezog –, sondern weil er ihr noch nie etwas verschwiegen hatte. Alvin war stets ein offenes Buch gewesen, in dem Karen nach Belieben blättern konnte. Und was war geschehen, als er ihr gegenüber zum ersten Mal im Leben unehrlich gewesen war? Sie hatte ihn durchschaut und die Seite umgeblättert, nur um festzustellen, dass diese verdächtigerweise mit der nachfolgenden fest verschweißt war.

Keine Frage, ihr zu gestehen, was in der heutigen Mittagspause geschehen war, konnte mehr Ärger und Enttäuschung nach sich ziehen, doch damit musste er leben. Er würde seiner Aufrichtigkeit treu bleiben. Denn was immer er getan hatte, er liebte Karen aufrichtig, und er würde dafür sorgen, dass sie das auch wusste.

So weit der Plan, als die Sirene das Ende des Schultags verkündete.

Kurz darauf stand er vor dem Haus und kramte nach seinen Schlüsseln. Er öffnete die Tür und schob sein Rad in den Flur. Im Haus war es trostlos still. Normalerweise wurde er mit einem Konzert aus Geräuschen empfangen – der Fernseher, Annies Gitarre, Mercedes' Musik. Doch heute, nichts als Stille.

»Hallo!«, rief er.

»Ich bin draußen«, rief Karen zurück. Sie war offenbar im Garten.

Ermutigt machte er sich auf den Weg zu ihr. In den letzten Wochen hatte es Tage gegeben, da hatte sie sich nicht einmal dazu durchringen können, ihn zu begrüßen.

Sie saß draußen, gleich neben der Küchentür in der Sonne. Vor Stunden hatte es aufgehört zu regnen, doch der Garten roch noch immer nach feuchter Erde. Das Grundstück war winzig, doch ein Magnet für die Nachmittagssonne. Zudem gewährte es ihnen auch ein Stück Privatsphäre. Die Nachbargärten zu beiden Seiten waren heillos vernachlässigt und so undurchdringlich wie der madagassische Regenwald. An einem schwülen Samstag hatte Shannon gar geschworen, es hätte sich soeben eine Lemuren-Familie durch die dichten Baumwipfel des Nachbargrundstücks geschwungen.

»Hi«, sagte Alvin. »Wo sind denn die Kinder?«

»Shannon und Annie sind zum Spielen zu Cherry und Maisy gegangen. Sid ist mit Freddie in Clowntown. Und ich glaube, Mercedes ist bei Janice. Jedenfalls stehen in ihrem Zimmer keine Turnschuhe auf der Heizung. Das ist normalerweise ein sicheres Indiz.«

»Ich bin froh, dass wir mal allein sind«, sagt Alvin. »Wir müssen dringend reden.«

»Ich weiß. Was glaubst du, warum ich mir heute die Kids vom Hals geschafft habe?«

»Ich habe diese letzten Wochen wirklich gehasst«, sagte er und setzte sich neben sie auf die graue verwitterte Gartenbank.

»Und ich erst … Es tut mir leid.«

»Es tut *dir* leid? Nein, *mir* tut es leid.«

»Das weiß ich. Ich kann in dir lesen wie in einem offenen Buch. Und auf jeder Seite steht in riesigen fetten Lettern *Sorry*. Ich war in letzter Zeit 'ne ziemliche Zicke, was?«

»Ich hab's verdient. Karen, da ist etwas, was …«

»Warte. Ich hab meine Ansprache den ganzen Tag einstudiert,

und wenn ich sie jetzt nicht loswerde, werde ich's wohl nie wieder hinkriegen.

Als ich das Testergebnis vom Arzt bekam, war ich ziemlich geschockt. Bis zu diesem Augenblick bist du für mich so was wie ein Held gewesen. Ich konnte mir einfach nicht vorstellen, dass du zu so was imstande sein könntest. Und ich sag dir eins, dein Sturz vom Sockel war lang und tief.

Paul hat mich damals ständig betrogen. Er hat zwar immer wieder beteuert, es wäre nur 'ne einmalige Sache gewesen … dass es ihm einfach so passiert wäre, aber als er sich dann nach Montreal abgeseilt hat, rangierten seine ›einmaligen Sachen‹ im zweistelligen Bereich.«

Laut Karen hatte Shannons Vater seinerzeit einen Rekord in Sachen Untreue aufgestellt und die Latte für alle Fremdgänger dieser Welt noch ein Stückchen höher gelegt.

»Nenn mich naiv, Alvin, aber ich hatte dich für besser gehalten. Und jetzt hat sich herausgestellt, dass du auch nur ein Mensch bist, ein ganz normaler Mann.«

»Es war nur 'ne einmalige Sache, Karen. Ich weiß, du hast keinen Grund, mir das zu glauben, aber …«

»Ich glaube dir … Okay, als ich dich mit Kaffee überschüttet habe, habe ich dir nicht geglaubt, doch ich hatte seitdem 'ne Menge Zeit, darüber nachzudenken, und jetzt glaube ich dir.«

Unsicher lächelte er sie an.

»Aber so leicht kommst du mir nicht davon. Es war und ist 'ne Riesensauerei, die du mir da angetan hast.«

»Ich weiß, es tut …«

»Jetzt hör endlich auf mit den Entschuldigungen. Ja, es war 'ne Riesensauerei, aber jeder sollte sich einen Fehltritt erlauben dürfen. *Einen*, wohlgemerkt. Doch merk dir, wenn du das nochmal machst, sind die Kinder und ich schneller aus deinem Leben verschwunden, als du deinen Hosenstall zumachen kannst.«

Er nickte.

»Allerdings darfst du in diesem Fall Mercedes behalten. Als gerechte Strafe sozusagen.«

Ihre Hand tastete über die Bank und schob sich schließlich über seine. Das wäre jetzt der geeigneter Moment gewesen, ihr von seiner Mittagspause zu erzählen, doch da beugte sie sich zu ihm – ein Augenblick, nach dem er in den letzten und längsten drei Wochen seines Lebens gelechzt hatte.

Und dann passierte es.

Sie küssten sich.

Er sollte es ihr jetzt erzählen. Er wusste, je länger er es aufschob, umso schlimmer würde es werden. Doch er wollte diesen Moment nicht zerstören, denn er hatte Angst, so einen Kuss nie wieder erleben zu dürfen – der beste Kuss, den er jemals bekommen hatte.

Er würde es ihr erzählen. Doch nicht jetzt.

Plötzlich fiel ein Schatten über sie. Auch Karen bemerkte es und zog sich von ihm zurück. Als sie aufsahen, stand Mercedes neben der Bank. Selbst während einer Führung durchs Schlachthaus hätte ihr Gesichtsausdruck nicht angewiderter sein können.

»Warum könnt ihr beiden euch nicht verdammt nochmal endlich entscheiden?«, fragte sie.

Börse & Aktienmarkt

Der Lehrer saß in seiner Klasse und versuchte, nicht aufzusehen. Es waren nur fünf Schüler anwesend, und im Raum war es totenstill. Das Nachsitzen würde nur noch fünfzehn Minuten dauern … Er war *so* nahe dran – das lang ersehnte Wochenende stand praktisch schon vor der Tür. Warum also einen Zwischenfall provozieren, indem man kurz vor der Ziellinie noch einen Blick zu viel riskierte.

Da nahm er aus den Augenwinkeln etwas wahr. Fleisch. Das Mädchen am Tisch vor ihm streckte gerade seine langen dünnen Beine aus, als wären es Teleskope. Der Lehrer konnte nicht anders; sein Kopf hob sich, und dann fiel sein Blick auf ihre Extremitäten, die sich noch immer tentakelgleich entfaltete, und dann auf ihr Gesicht. Ihre Augen waren fest auf ihn gerichtet, und der Stiel eines kleinen Lutschers ragte aus ihrem Mund; eine ihrer Wangen war leicht ausgebeult. Schwach lächelte sie ihn an.

Er erkannte sie wieder. Es war Brutalo-Face, die für den Streit verantwortlich gewesen war, den er aus der Ferne beobachtet hatte. Das war schon einige Wochen her, doch das Bild, als sie Glatzkopfs Ohr mit einem Lineal aufgeschlitzt hatte, hatte sich unauslöschlich in sein Gedächtnis eingebrannt.

Langsam öffneten sich ihre Beine wie die Türen einer Autofähre, wie die mächtigen Tore von Mordor in *Die Rückkehr des Königs* … spreizten sich weiter und weiter, bis die Tischbeine diesem ungeheuerlichen Vorgang ein Ende setzten. Und wie bei den meisten Verrenkungen war das, was man sah, kein wirklich schöner Anblick, doch in jedem Fall ein faszinierender. Das Mädchen starrte ihn immer noch an, und der Lutscher in ihrem Mund wanderte geräuschvoll von links nach rechts.

»Starren Sie mir etwa unter den Rock, Sir?«

Eine Bombenexplosion hätte nicht mehr Aufmerksamkeit erregen können. Blitzschnell senkte er den Kopf und versuchte, das einsetzende empörte Gemurmel zu ignorieren.

»Er hat mir unter den Rock geglotzt«, verkündete das Mädchen lautstark. »Dieser Perversling.«

»Ruhe«, sagte er, ohne aufzuschauen. *»Bitte.«*

»Ist doch wahr! Sie haben mir unter den Rock geschaut!«

»Ruhe jetzt!«

»Das erzähl ich Chadwick.«

»Ich sagte *Ruhe*!«

»Und dann verlieren Sie Ihren Job, jawohl!«

»Halt's Maul. Halt verdammt nochmal DEINE FRESSE!«

Drei Sekunden lang sagte niemand ein Wort, dann: »Sie haben ›verdammt‹ und ›Fresse‹ zu mir gesagt, tja, das war's dann wohl für Sie.«

Die vier jüngeren Delinquenten begannen zu kichern. Der Lehrer sah auf seine Uhr. Noch zwölf Minuten. Und es schien, dass er das Ende dieser Nachsitz-Stunde mehr als jeder andere im Raum herbeisehnte. Warum nur fühlte *er* sich bestraft?

»Ist das Ihr erster Job, Sir?«

Wieder das Mädchen. Doch diesmal klang sein Ton freundlicher. Wahrscheinlich nur ein weiterer Versuch einer erneuten Provokation.

»Macht mit eurer Arbeit weiter«, murmelte er.

»Sagen Sie schon? Hab ich Recht?«

»Ja. Ja, es ist mein erster Job.«

»Hab ich's doch gewusst. Und? Gefällt's Ihnen hier?«

Er antwortete nicht.

»Ich wette, Sie hassen es. Ich wette, Sie sind Lehrer geworden, weil Ihnen nichts Besseres eingefallen ist, stimmt's?«

Hey, ich unterrichte, weil ich es einfach geil finde.

»Ich hab keine Wahl. Ich meine, ich geh nächstes Jahr von der Schule ab und hab keinen Plan, was ich danach machen soll. Ist schwer, 'ne Entscheidung zu treffen, oder? Wenn man alles werden kann, was man will, meine ich. Was wären Sie gern geworden, Sir? Ich meine, außer Lehrer, was Sie, wie ich glaube, nicht wirklich werden wollten.«

Wieder schaute er auf die Uhr. Noch elf Minuten.

»Feuerwehrmann oder so? Nee, dafür sind Sie nicht tough genug. Vielleicht ’nen Bürojob? Ja, ich glaube, das passt. Oder Verkäufer in ’nem Laden oder so.«

»Fahrlehrer«, meldete sich nun eine andere Stimme zu Wort.

»Nee, da wäre er ja auch wieder irgendwie ’n Pauker, nicht?«

»Pilot.«

»Elektriker.«

Immer mehr Vorschläge prasselten auf ihn hernieder.

»Popstar.«

»Ruhe jetzt, alle miteinander!«, keuchte der Lehrer.

»Barkeeper.«

»In ’ner Schwuchtelbar.«

»I wanna take you to a GAY bar!«

Sehr witzig.

»Wetterfrosch.«

»Fensterputzer.«

»Wichser.«

»Ruhe … RUHE! Raus. Auf der Stelle raus hier. Lasst mich allein.«

Im Bruchteil einer Sekunde hatte sich das Klassenzimmer geleert. Noch neuneinhalb Minuten bis Schulschluss.

Er griff unter den Tisch und holte den Ratgeber *Börse & Aktienmarkt* aus seiner Aktentasche hervor. Eigentlich hatte er sich heute nach einem Auto umsehen wollen, doch jetzt beschloss er, sich einen neuen Job zu suchen.

2. Teil:
Eine Debbie, zwei Karen

Save

Es war ruhig in der Wohnung, wenngleich nicht wirklich still. Auf dem Herd stand ein Topf. Zwar war die Hitze heruntergedreht, doch schon bald würde die Ochsenschwanzsuppe komplett verdampft sein. Im angrenzenden Raum leuchtete der Monitor des Macs vor sich hin; darauf ein fast fertig gestellter Brief. Die Frau davor schien ihn aus irgendeinem Grund nicht beendet zu haben. Reglos saß sie vor dem Computer und starrte ins Nichts. Ihr Kopf war in einem ungesunden Winkel zur Seite gekippt. Schlief sie? Falls ja, würde nach ihrem Erwachen ein ganzes Aufgebot von Chiropraktikern vonnöten sein, um ihr die Halswirbel wieder einzurenken. Zudem würde binnen kurzem der Computer abstürzen, wenn sie nicht bald ein paar Münzen in den Stromzähler einwarf. In diesem Fall wäre der geschriebene Brief unwiederbringlich verloren gewesen, denn sie hatte es versäumt, ihn abzuspeichern, bevor sie die Suppe aufgesetzt hatte.

Bei näherer Betrachtung jedoch wurde klar, dass diese Frau sich nie wieder bewegen würde. Zumindest nicht aus eigener Kraft.

Kelly Dingsda

In Alvins heiler Welt – derjenigen mit Friede, Liebe und einem gedeckten Bankkonto – wäre die ganze Sache nach dem Gespräch im Garten erledigt gewesen. Doch nur in der bunten Welt der TV-Soaps stolperten die Protagonisten ohne irgendwelchen Ballast aus der Vergangenheit von einer Krise (Zwangsräumung, Ehebruch, Trauerfall) in die nächste (Bankraub, Vergewaltigung, Mord). Und wie jeder normale Mensch hatte auch Alvin im Laufe seines Lebens eine Menge emotionalen Ballast angehäuft, den er – wie jeder normale Mensch – mit sich herumschleppte. Und wie jeder normale Mensch versuchte auch er, sich diese Bürde ein wenig zu erleichtern. In seinem imaginären Laderaum hatte die Sache mit Kelly in etwa die Ausmaße eines kleinen Koffers, nicht größer als diese Trolleys, wie sie vorzugsweise von Piloten und Stewardessen mitgeführt wurden. An den meisten Tagen war er sich dieser Last kaum mehr bewusst – so wenig wie ein Flugbegleiter sich seines Rollkoffers bewusst ist, wenn er geschäftig durch die Abflughalle eilt. Und auch wenn ihn ab und zu das schlechte Gewissen plagte, so hatte er es nie übers Herz gebracht, Karen von seinem zweiten Besuch im Tropica zu erzählen. Allerdings neigte sein persönlicher Psycho-Samsonite dazu, Karen gelegentlich über die Zehen zu rollen.

So wie jetzt, acht Monate nach dem Zwischenfall.

Man saß wieder einmal beim Frühstück. Shannon und Mercedes stritten.

»Klar, hab ich Recht«, kreischte Shannon. »Rubin hat gewonnen.«

»Erstens heißt er Ruben, du Pappnase, und zweitens hat er *nicht* gewonnen«, erwiderte Mercedes.

So ging das nun schon einige Zeit: »Aber ja, er hat gewonnen!« »Nein, hat er nicht!« Die große Frage bei dieser Debatte war, wer aus der ersten Staffel von *American Idol* als Sieger hervorgegangen war.

»Ich wusste gar nicht, dass du Expertin auf diesem Gebiet bist, Mercedes«, stellte Karen fest. »Ich dachte immer, du hasst Popmusik.«

Das war nicht von der Hand zu weisen, ein Popfan war Mercedes wahrlich nicht. An diesem Tag zum Beispiel trug sie ein T-Shirt mit dem Aufdruck MAKE BONO HISTORY zu einem leichenhaften Make-up, womit auch dem Dümmsten klar wurde, dass, sollte sie nach der großen Revolution zu entscheiden haben, die gesamte Top 40 an die Wand gestellt würde – zusammen mit allen Tierversuchslabormitarbeitern und dem Coca-Cola-Vorstand.

»Nur weil ich Pop ätzend finde, heißt das nicht, dass ich mich nicht auskenne. Schließlich weiß ich auch, dass das ›W‹ in Dabbeljus Namen für ›Walker‹ steht. Was mich nicht automatisch zu 'nem Araberhasser oder Klimakiller macht«, führte Mercedes aus. »Also nochmal, es war *nicht* Ruben, okay? Ein Mädchen hat bei *American Idol* gewonnen. Braune Haare, ziemlich gewöhnlicher Look. Kann mich gerade nicht an ihren Namen erinnern.«

»Kelly Clarkson«, sagte Alvin wie aus der Pistole geschossen, um es in der gleichen Sekunde auch schon zu bereuen. Aus den Augenwinkeln riskierte er einen Blick auf Karen.

»Wieso zum Teufel kannst du dich denn daran erinnern?«, fragte sie, und ihre Rehaugen verengten sich, bis sie die Größe von Maschinengewehr-Schießscharten hatten.

»Keine Ahnung«, erwiderte Alvin. »Hab den Namen eben behalten … aus irgendeinem unerfindlichen Grund.«

»Hieß nicht eine deiner Vorzeige-Dumpfbacken Kelly, Alvin?«, fragte Mercedes, offenbar ohne zu ahnen, dass das Eis immer dünner wurde. »Wahrscheinlich hast du dir den Namen deshalb gemerkt.«

Ganz offenbar ahnungslos!

Die eintretende Stille wurde durch das Klappern des Briefkastenschlitzes unterbrochen. Sid sprang auf, um die Post zu holen und gleich darauf mit einem Stapel Briefe zurückzukehren.

Die meisten der Briefumschläge waren braun, genau die passende Farbe für die Finanzscheiße, die sie enthielten. In den letzten acht Wochen waren Alvin und Karen noch tiefer im Schuldensumpf versunken. Da tröstete es Alvin nicht wirklich zu wissen, dass Großbritannien inzwischen zu einer Nation von Kreditnehmern geworden war und sich die nationale Staatsverschuldung in ungeahnte Höhen geschraubt hatte. Statistiken dieser Art halfen niemandem. Alvin entdeckte einen weißen Umschlag, der mit »persönlich und vertraulich« beschriftet war – zwei Worte, die, so argwöhnte er, vorsätzlich Angst und Schrecken beim Schuldner auslösen sollten. Das inliegende Schreiben stammte von einer Firma namens Engle, Marks und Poll, wie das konservativ anmutende Logo verkündete.

»Von wem ist das?«, fragte Karen.

»Von einem gewissen Trevor Poll. Einem Anwalt.«

»Grundgütiger Himmel. Wer will denn jetzt schon wieder Geld von uns?«

»Keine Ahnung. Er möchte, dass ich mich bei ihm melde.« Laut las er: »... wäre ich Ihnen sehr verbunden, wenn Sie sich so bald wie möglich mit meinem Büro in Verbindung setzen würden, da es sich um eine Angelegenheit von außerordentlicher Wichtigkeit handelt.«

»Mein Gott, jetzt zerren Sie uns vor Gericht, oder?«, fragte Karen.

»Wer zerrt uns vor Gericht?«, wollte Alvin wissen.

»Die Faschisten, die es auf euer Geld abgesehen haben«, meinte Mercedes im Brustton der Überzeugung.

»Hätten wir nicht erst 'ne Klageschrift oder etwas in dieser Art kriegen müssen?«

»Mit so was halten die sich doch nicht mehr auf«, erklärte Mercedes. »Das ist die so genannte Schocktaktik. Erst locken sie dich in die Falle, dann schlagen sie zu, und ehe du dich versiehst, nehmen sie dir dein Haus weg.«

»Wirst du jetzt eingesperrt?«, fragte Annie erschrocken.

»Tatü tataa, tatü tataa!«, ahmte Sid nun die heulende Sirene eines Polizeiwagens nach.

»Scht, Sid«, rief Karen ihn zur Ordnung. »Niemand wird eingesperrt, Annie. Alvin, warum rufst du diesen Trevor Poll nicht einfach an und fragst ihn, was er will?«

»Ja, das sollte ich machen, oder?« Alvin faltete den Brief zusammen und stopfte ihn in die Tasche seiner Jeans.

»Schieb es nicht auf, okay?«

»Glaubst du, ich würde so was machen?«

»Ja.«

»Ich rufe ihn an. Heute noch.«

Er sichtete die restliche Post. Eine Stromrechnung, die Abrechnung für seine Kreditkarte und eine Postkarte mit dem Foto eines dreieckigen Berges vor blauem Himmel. Er drehte sie um. Eine Briefmarke aus Frankreich. Dann las er:

Lieber Alvin.

Rate mal, wo ich bin? Ich kann Ski fahren. Et je peux parler le Français!!! Ich arbeite wie ein Pferd, aber nicht, was du jetzt denkst. Erzähle es dir, wenn ich wieder zurück bin.

Ich hoffe, dir geht's gut.

Liebe Grüße

Kelly

XXX

Alvin schaute zu Karen hinüber. Sie war gerade damit beschäftigt, Butter von Sids Sweatshirt zu entfernen. Er sollte die Postkarte erwähnen. War doch nur 'ne harmlose kleine Postkarte, oder?

»Ich hab 'ne Postkarte gekriegt von …«

»Vorsicht, Annie!«, rief Karen.

Zu spät. Annies Müslischale fiel vom Frühstückstisch in ihren Schoß und tränkte ihren Rock mit Choco Pops in Milch.

»Das war ein Unfall«, kreischte Annie.

Als sich Alvin ein Küchenhandtuch von der Anrichte schnappte, ließ er die Postkarte unauffällig in seiner Hosentasche verschwinden. Das konnte warten.

Was tut die Biberratte?

»Wie haben Sie heute geschlafen?«

»Ich hatte wieder diesen Traum.«

»Erzählen Sie mir davon.«

»Es sind dieselben Tiere darin vorgekommen.«

»Beschreiben Sie sie mir.«

»Ratten meistens. Ein paar Dachse, glaube ich. Und diese Wieseldinger.«

»In unserer letzten Sitzung haben Sie von Frettchen gesprochen.«

»Ach, was soll's … Wiesel, Frettchen, was weiß ich …«

»Es könnte durchaus wichtig sein zu wissen, welche Tiere es genau waren.«

»Wiesel. Mit großen Zähnen.«

»Und sie trugen Uniformen?«

»Ja, Blazer, weiße Röcke und Krawatten in Rot und Blau.«

»Beschreiben Sie mir, was sie taten.«

»Das kann ich nicht. Nicht nochmal.«

»Es wird Ihnen aber helfen.«

»Sie …«

»Nehmen Sie sich Zeit.«

»Sie klettern auf mein Bett. Erst die Dachse. Dann die anderen. Und dann … Gott, es tut mir leid, es ist so …«

»Möchten Sie ein Taschentuch?«

»Nein, es geht schon wieder … Sie klettern aufs Bett, kriechen unter die Decke …«

»Und sie greifen Sie an?«

»Ja … Kann ich jetzt doch ein Taschentuch haben?«

»Natürlich. Hier, bitte … Nehmen Sie sich alle Zeit der Welt … Weinen gehört zum Heilungsprozess.«

»Ja.«

»Sagen Sie, hat sich dieser Traum in irgendetwas von den vorherigen unterschieden?«

»Ja, es kam ein neues Tier darin vor. Groß, braun. So etwas wie eine … Biberratte? Wie komme ich bloß darauf? Gibt's denn so ein Tier überhaupt?«

»Aber ja. Die Biberratte ist ein aus Südamerika stammendes Nagetier. Wurde wegen seines Felles nach Europa gebracht und in den dreißiger Jahren des letzten Jahrhunderts dann hier ausgewildert und … Tut mir leid, bitte fahren Sie fort.«

»Diese Biberratte hat auf der Stirn einen Buchstaben einrasiert. Den Buchstaben K.«

»Was, glauben Sie, hat das zu bedeuten?«

»Weiß ich nicht … Ich konnte die rosafarbene Haut darunter erkennen … Die nackte Haut …«

»Was haben Sie in diesem Moment empfunden?«

»Angst … Ekel …«

»Was glauben Sie, wofür steht dieses K?«

»Ich weiß nicht. Für meinen Vater vielleicht.«

»Der Name Ihres Vaters beginnt mit einem K?«

»Nein, er heißt Richard. Aber er kommt auch im Traum vor.«

»Ist er auch ein Tier?«

»Nein, in meinem Traum sieht er aus wie Mr Miyagi aus *The Karate Kid*.«

»Ist das eine Fernsehserie?«

»Nein, ein Film. Über einen Jungen, der Karate lernt. Egal, mein Vater sieht zwar aus wie Mr Miyagi, aber ich weiß, dass es mein Vater ist. Er trägt einen weißen Kampfanzug. Mein Vater macht Tai Chi, wissen Sie. Er ist sehr begabt.«

»Und was tut Ihr Vater in dem Traum?«

»Er macht Tai Chi.«

»Redet er?«

»Ja, irgendwas auf Japanisch. Komisch Geräusche. Klingt wie *Haaaaaiiiii-neeeeeeeee-ah!*«

»Noch etwas anderes?«

»Nein, er beobachtet, was diese Biberratte tut.«

»Und was tut sie?«

»Ich kann nicht … es ist sehr verwirrend … Okay, sie …«

»Es tut mir sehr leid, aber unsere Sitzung ist für heute vorbei. Wir sprechen beim nächsten Mal darüber.«

»Gut … Danke … Bis nächste Woche also.«

»Ja, bis nächste Woche.«

»Es könnte sein, dass ich etwas später komme. Ich muss vorher noch zu einem … ähm, Spezialisten für Hautkrankheiten.«

»Gut. Das ist gut. Es scheint mir, es ist ein wenig schlimmer geworden in letzter Zeit?«

»Vermutlich nur eine Allergie.«

»Vermutlich.«

Was gibt's zum Tee?
(Wieder mal)

»Du hast ihn nicht angerufen, stimmt's?«, sagte Karen.

»Wen?«, fragte Alvin.

»Diesen Anwalt.«

»Äh … ich hab den Brief verloren.«

»Hast du nicht.«

Sie hielt Alvins frisch gewaschene Jeans in die Höhe sowie ein durchweichtes Stück Papier, das sie gerade aus der Tasche gefischt hatte. Es war der Brief vom Anwalt, nass und ruiniert, dafür zum Ausgleich mit Lenor weichgespült.

Alvin zuckte die Achseln. »Wenn's was Wichtiges war, wird er uns nochmal anschreiben.«

»Nein, wird er nicht. *Ich* hab ihn nämlich angerufen.«

»Ach? Wo hast du denn die Nummer her?«

»Von der Auskunft. Einen Namen wie Engle, Marks und Poll vergisst man nicht so leicht. Du hast morgen um halb fünf einen Termin mit dem Typen.«

Alvin hatte die Tage, nachdem der Brief vom Anwalt eingetroffen war, in wachsender Sorge verbracht. Da er keinen blassen Schimmer hatte, um was für eine »Angelegenheit von außerordentlicher Wichtigkeit« es sich handeln konnte, hatten sich seine Gedanken diesbezüglich praktisch verselbstständigt bis hin zu Obdachlosen-Szenarien dickens'schen Ausmaßes.

»Aber ich muss morgen Abend arbeiten«, wendete er ein.

»Ich weiß. Deswegen hab ich den Termin ja auch für halb fünf ausgemacht. Zeit genug, nach der Schule dahin zu fahren, und Zeit genug, die Sache vor Antritt deines Nebenjobs über die Bühne zu bringen.«

Sie studierte seine Miene, konnte seine Angst förmlich riechen.

»Ich kenne dich inzwischen, glaub mir«, fuhr sie fort. »Die ganze letzte Woche wurdest du gequält von Horrorvisionen, in denen deine verarmte Familie in eine Notunterkunft gekarrt wird, und hast es vor Angst doch nicht über dich bringen können, den Anwalt anzurufen. Geh hin und triff ihn. Ich bin sicher, alles wird gut. Und wenn nicht ... Na ja, damit werden wir auch noch fertig. Das wurden wir bis jetzt doch immer, oder?«

Sie machte einen Schritt auf ihn zu und schlang die Arme um seine Hüften. Ihre Art ihm zu zeigen, dass sie, egal, was geschah, immer noch einander hatten – was in der Tat alles war, worauf sie die meiste Zeit in ihrer Beziehung hatten zurückgreifen können. Alvin erwiderte ihre Umarmung. Einander zu haben, füreinander da zu sein, das hatte sie schon über so manche Krise gerettet. Und er war sicher, auch diese würden sie überstehen, was auch immer für ein Unheil dräute.

»Hat er denn gesagt, worum es geht?«, fragte er.

»Ich hab nur mit seiner Sekretärin gesprochen. Ich hab sie zwar danach gefragt, aber sie wollte es mir nicht sagen. Arrogante Kuh. Als ob ihr irgendjemand diesen Vertraulichkeitsscheiß abkaufen würde.«

»Kommst du mit mir?«

»Glaub mir, alles wird gut, mein Engel. Wahrscheinlich hat die reiche Tante, die du nie kennen gelernt hast, dir ihre Krönungs-Sammeltasse hinterlassen. Und selbst wenn es schlechte Nachrichten sind, ist es doch besser, endlich Bescheid zu wissen, nicht?«

Sie wendete sich wieder der Wäsche zu und nahm sich erneut Alvins Jeans vor. Da war noch etwas in der Hosentasche. »Kannst du deine Klamotten nicht mal ausräumen, bevor du sie in den Wäschekorb schmeißt?« Sie griff in die Gesäßtasche und zog eine feuchte, zusammengefaltete Postkarte hervor. Sie fummelte sie auseinander und betrachtete das Motiv: ein dreieckiger Berg vor blauen Himmel.

Alvin hatte einen Kloß im Hals. Er hatte die Sache noch erwähnen wollen, aber …

»Von wem ist sie?« Karen drehte die Karte um und schaute auf die verwischten Buchstaben. Nichts von dem Geschriebenen war mehr zu erkennen, außer *Liebe Grüße, Kelly, XXXX.*

»Die ist von Kelly Hendricks«, erklärte Alvin überflüssigerweise.

»Das sehe ich.«

»Ich wollte sie dir zeigen. Hab's dann einfach vergessen.« Das entsprach sogar der Wahrheit.

»Wirklich?«

»Ehrlich, ich hab's *vergessen.*«

»Was hatte Kelly XXXX denn so zu berichten?«

»Sie ist in Frankreich und lernt Ski fahren oder so.«

Karen sah ihn an, und ihre Augen wurden schmal.

»Ich wollte es dir wirklich erzählen. Um genau zu sein, ich war schon dabei, es dir zu erzählen, als … Die Karte kam am gleichen Tag wie dieser Brief vom Anwalt. Ich wollte es dir gerade sagen, da hat Annie ihr Müsli über sich geschüttet und …«

»Sieh mal … Ich glaube dir. Davon abgesehen, ist's doch auch egal.«

»Wirklich?«

»Das Bild ist cool. Willst du sie nicht behalten?« Sie wedelte mit der feuchten Karte.

»Nein, weg damit.«

Er sah, wie sie die Karte in den Mülleimer warf.

»Sicher, dass es okay ist?«, hakte er nach. »Vielleicht sollten wir drüber reden?«

»Mir geht's gut. Ich *vertraue* dir.« Wie um das Gesagte zu unterstreichen, küsste sie ihn auf den Mund.

Da kam Shannon in die Küche.

»Was gibt's zum Tee?«, fragte sie.

»Brötchen«, sagte ihre Mutter. »Was willst du draufhaben?«

Inzwischen war Shannon elf und hatte ihren Horizont dahingehend erweitert, dass sie neuerdings sowohl Butter als auch diverse

Aufstriche und Beläge akzeptierte. Karen machte Anstalten, eine Scheibe Käse auf das Brötchen zu legen. Der Alltag hatte sie wieder.

»Igitt. *Nichts* will ich drauf, Mann!«, protestierte Shannon.

An manchen Tagen wurde das Kind zugegebenermaßen noch rückfällig.

Verpiss dich

»Wohin gehen Sie, Sir?«

Debbie und Chenil gesellten sich zu ihm, als Alvin die Wood Hill durch die schweren Schultore verließ. Die Gitter waren aus massivem Eisen, als wäre Wood Hill ein Hochsicherheitslabor und irgendetwas bei den Schülerexperimenten zur bakteriologischen Kriegsführung fürchterlich schiefgelaufen.

»Was geht's dich an, Debbie?«, fragte er.

»Na ja, wenn Sie nach Hause wollen, müssen Sie doch in die andere Richtung, oder?«, sagte sie.

»Woher weißt du denn, wo ich wohne?«

Debbie kicherte, und Chenil wurde rot.

»Wo ist denn Ihr Fahrrad?«, wollte Debbie wissen.

»Das braucht 'ne neue Gangschaltung.«

Er verzichtete darauf, ihr zu erklären, dass eine neue Kettenschaltung seine finanziellen Möglichkeiten derzeit überstieg. Bedauerlicherweise war es auch nicht sein Umweltbewusstsein, das ihn zum Zweirad gebracht hatte, sondern die Tatsache, dass er sich ein Gefährt auf vier Rädern einfach nicht leisten konnte. Inzwischen wäre selbst ein Tretroller für ihn unbezahlbar gewesen.

»Verpiss dich … *Verpiss* dich … Verpiss *dich* …« Debbie telefonierte gerade auf ihrem Handy.

Alvin sah deren Freundin an und fragte: »Wann ist es denn so weit, Chenil?«

Chenil murmelte etwas, was wie »in sechs Wochen« klang – und legte automatisch ihre Hand auf die Ausbuchtung unter ihrem dünnen roten Pulli, der bis zum Zerreißen gespannt war. Bis jetzt hatten die Wood-Hill-Designer für Schuluniformen es versäumt, auch eine Kollektion für werdende Mütter zu entwerfen.

»Aufgeregt?«, fragte Alvin.

Chenil zuckte die Achseln.

»Was ist mit Curtis? Wird er dabei sein?«

Wieder zuckte sie die Achseln.

»… VERPISS dich … Okay, bis später, tschüss«, zwitscherte Debbie, bevor sie ihr Handy zuklappte und sich bei Alvin unterhakte. »Sie weiß nicht, ob's von Curt oder Ro ist, Sir«, sagte sie.

»Verpiss dich«, sagte Chenil.

»Könntest du bitte meinen Arm loslassen, Debbie?«, sagte Alvin.

»Ich denke ja, es ist von Ro«, fuhr Debbie fort, indem sie sowohl Alvins Einspruch als auch den ihrer Freundin ignorierte.

»Verpiss dich, okay?«, kläffte Chenil sie an.

Alvin fand es sehr bedauerlich, dass sie offenbar nicht halb so entschieden reagiert hatte, als Curtis und/oder Roland ihr zu nahe getreten waren, aber er schwieg. Wie war das noch mit »Jeder kehre zuerst vor seiner eigenen Tür«? Immerhin hatte er sich beim Thema »Heißt nein wirklich nein?« auch nicht gerade mit Ruhm bekleckert.

Als er versuchte, Debbies Arm abzuschütteln, hielt neben ihnen ein Wagen. Das Fahrerfenster wurde quietschend heruntergedreht, und Tony Rowell lehnte sich hinaus.

»Hi, Mr Rowell«, sagte Alvin. »Alles in Ordnung?«

»Mitnichten, Mr Lee.« Er fixierte Debbie und fügte hinzu: »Coates, wenn ich dich noch einmal in diesem Rock antreffe, kannst du auf der Stelle nach Hause gehen.«

Geräuschvoll wurde das Fenster wieder hochgekurbelt, und Rowell fuhr davon. Endlich ließ Debbie Alvins Arm los und reckte ihn in die Höhe. Automatisch ergriff Alvin ihre Hand und konnte sie gerade noch daran hindern, Rowell den ausgestreckten Mittelfinger zu zeigen – der Lehrer hatte zwar keine Augen im Hinterkopf, jedoch einen funktionierenden Rückspiegel. Alvins Blick wanderte zu ihrem Rock. Er war zwar vorschriftsmäßig schwarz, doch auf ein Minimum reduziert. Der Bund war zu einer dicken Wurst zusammengerollt worden, so dass der Saum ihren Schlüpfer nur dürftig bedeckte. Gelbe Unterhosen, wie Alvin gerade feststellte, weil Debbie die seitlichen Rocknähte aufgetrennt hatte, wodurch ihre dünnen Beine in ganzer Länge der frischen Märzluft ausgesetzt waren.

»Verfickter Hurenbock«, murmelte sie, als das Auto des Geschichtslehrers um die Ecke bog.

»Das reicht jetzt, Debbie«, sagte Alvin.

»Was denn? Seid ihr jetzt die besten Kumpels, oder was?«

»Nein, aber ich gehöre nun mal zur Schulbelegschaft.«

»Pfffffff. *Belegschaft*«, quäkte sie.

»Und was den Rock betrifft, da hat er Recht.«

»Das ist ’n ordentlicher Rock, okay? Meine Mum hat ihn bei BHS gekauft.«

Alvin musste lachen. »Verarsch mich nicht und muster das Ding einfach aus, ja?«

Sie warf ihm einen »Du Verräter!«-Blick zu, was ihn nicht weiter beunruhigte. In seinem Job wandelte er ständig auf dem schmalen Grat zwischen Autorität und Verbrüderung. Ein gelegentliches Straucheln gehörte da einfach dazu.

Er blieb vor einem Süßwarenladen stehen. »So, ich werde euch nun verlassen, Mädchen.«

Chenil murmelte etwas, was wie »tschüss« klang, während Debbie schon wieder telefonierte. Er betrat den Laden und las das Hinweisschild am Fenster: NICHT MEHR ALS DREI SCHÜLER GLEICHZEITIG; ein Zeichen der Zeit. Er erinnerte sich an Hector Parr, den Physiklehrer, der vorgeschlagen hatte, ein ähnliches Schild am Schultor anzubringen. Er drehte sich um und sah die beiden Mädchen davongehen. Debbies Ohr einmal mehr mit ihrem Handy verschmolzen: »Verpiss dich …

Verpiss dich ……

Verpiss …… dich ……………«

Nachdem die beiden um eine Ecke gebogen waren, überquerte er die Straße. Der Süßwarenladen war nur eine Finte gewesen. Er wollte nicht, dass die Mädchen sahen, wie er die All Saints Road hinabging.

Kurz darauf stand Alvin vor einem anderen Ladeneingang. Auf dem Spiegelglas war ENGLE, MARKS & POLL zu lesen. Ein A4-Blatt darunter verkündete, dass FOTOKOPIEN 10P PRO STÜCK kosteten. Durchs Fenster schaute er in den unbeleuchteten Innenraum. Als Erstes fällt ihm ein wuchtiger grauer Fotokopierer ins Auge, an dessen Seite ein Zettel hing, auf dem AUSSER BETRIEB stand. Eine paar verwaiste Schreibtische mit Computermonitoren konnte er ebenfalls erkennen. Kein Lebenszeichen weit und breit, was vielleicht bedeutete, dass er auf dem Absatz kehrtmachen und gehen sollte … Wäre da nicht die Kaffeetasse auf einem der Bürotische gewesen, von der kleine Dampfschwaden aufstiegen. Noch immer zögerte er hineinzugehen. Was immer ihn dort erwartete, es konnte nichts Gutes sein. Auch missfiel es ihm, dass Engle, Marks & Poll in einer schäbigen Sackgasse unweit der All Saints Road residierten – ein Umstand, auf den er erst aufmerksam geworden war, als er die Adresse im Branchenverzeichnis nachgeschlagen hatte. Zudem machte ihm der Spießrutenlauf am Tropica vorbei zu schaffen, den er hinter sich hatte bringen müssen, um überhaupt hierher zu gelangen. Er hatte diese Gegend nun seit acht Monaten nicht mehr betreten. Doch wenn man Kellys Postkarte glauben durfte, dann hielt sie sich hier ohnehin nicht mehr auf.

Schließlich öffnete er die Tür und trat ein. Er ging zu einem der Schreibtische und schaute in die Tasse, die er schon von draußen entdeckt hatte. Seine Augen hatten ihn zum Narren gehalten, sie enthielt nur einen Rest Kaffee, der so alt war, dass sich darauf bereits bläulicher Schimmelflaum gebildet hatte.

»Hallo«, rief er in die Stille hinein.

Er hörte eine Toilettenspülung und dann eine sich öffnende Tür. Im dämmrigen hinteren Bereich des Büros erschien ein Mann.

»Der Fotokopierer ist kaputt«, verkündete dieser mit Blick auf den Pappschuber, den Alvin vor seine Brust gepresst hatte und in dem sich die Hausarbeiten seiner Schützlinge befanden.

»Nein, ich bin Alvin Lee. Ich hab ein Meeting mit Trevor Poll.«

»Ah, mein Halb-fünf-Termin. Sie sind ein bisschen früh dran«, sagte der Mann – Trevor Poll offenbar – und trat ins Licht.

Poll zog sich den Bund seiner Kordhosen über den dicken Wanst, bevor er Alvin die Hand reichte. Ein Mann in den Fünfzigern mit langem zotteligen Bart und einem weinroten Pullunder über dem kariertem Hemd. Eher Typ Lehrer, weniger Typ Anwalt.

»Kommen Sie mit in mein Büro«, sagte Trevor Poll und geleitete Alvin in einen kleinen Raum, in dem sich ein Schreibtisch, ein paar Sitzgelegenheiten und weitere Aktenschränke befanden. Poll räumte einige verstaubte Ordner von einem der Stühle und bat Alvin, Platz zu nehmen. »Ich muss mich für die Unordnung entschuldigen, aber meine Sekretärin hat sich heute krankgemeldet.«

In diesem Zusammenhang fragte sich Alvin, wo eigentlich Engle und Marks waren.

Der Anwalt setzte sich und zündete sich eine Zigarette an. Er machte auf Alvin einen freundlichen Eindruck. Den Mann umgab etwas Onkelhaftes, etwas Gutmütiges – kurz, er war ein Zeitgenosse, in dessen Gegenwart sich Alvin eigentlich wohl fühlen sollte. Doch tatsächlich war er angespannt, nervös und verspürte – verdammt, ja – die ersten Anzeichen von Kopfschmerzen. Insofern hoffte er, dieser Trevor Poll würde nun rasch zum Thema kommen.

»Sie wirken beunruhigt, Mr Lee«, bemerkte Poll.

»Ja … Nun, ich … Warum bin ich hier?«

»Ihre Neugier ist verständlich. Keine Frage. Es gibt jedoch nichts, worüber Sie sich Sorgen machen müssen. Eher im Gegenteil. Tatsächlich …«

Poll unterbrach sich und … kicherte.

Wäre sein Bart nur ein bisschen weißer gewesen und sein Bauch ein bisschen dicker, dachte Alvin, er wäre der verdammte Weihnachtsmann persönlich gewesen. Natürlich hätte er dazu noch den Glimmstengel entsorgen müssen.

»Schön und gut, also *warum* bin ich hier?«, wiederholte er ein wenig ungehalten.

»Tut mir leid, in diesem Job hat man einfach zu wenig zu lachen. Was ich sagen wollte ist, dass Ihnen vermutlich sehr gefallen wird, was ich Ihnen mitzuteilen habe.«

»Gefallen? Was wird mit gefallen?«

»Der letzte Wille, den ich Ihnen nun vorlesen werde. Es hat mir wirklich Spaß gemacht, das Testament aufzusetzen. Eines der eher … bizarren Exemplare. Ich mag das Wort ›bizarr‹.«

Poll begann, in dem Chaos auf seinem Schreibtisch herumzukramen. »Wo zum Teufel ist es denn?«, murmelte er.

Welcher letzte Wille?, fragte sich Alvin. *Wessen* Testament? Er kannte niemanden, der kürzlich verstorben war. Okay, da war Sharona Peacy, deren Herz kurz nach Weihnachten im Erdkundeunterricht ausgesetzt hatte, aber die war erst im neunten Schuljahr gewesen. Vierzehnjährige machten kein Testament. Der letzte Wille, das ist doch etwas, an das selbst die meisten Zweiundvierzigjährigen noch nicht einmal dachten, überlegte Alvin.

»Hab's gefunden«, verkündete Poll. Unter einem Aktenstapel zerrte er einen dünnen Schnellhefter hervor und schob den Rest der Papiere kurzerhand über die Schreibtischkante zu Boden, wobei eine tabakschwangere Staubwolke aufgewirbelt wurde.

»Könnten wir das Ganze ein wenig beschleunigen«, drängte Alvin. »Ich muss nämlich gleich zur Arbeit.«

»Oh.« Poll warf einen Blick auf seine Uhr. »Ich dachte, Sie sind für heute fertig mit Ihrer Arbeit an dieser Schule.« Die unmerkliche Pause vor dem Wort »Schule« legte den Schluss nahe, dass Polls eigene Kinder eine andere Lehranstalt besuchten.

»Woher wissen Sie so viel über mich?«, fragte Alvin.

»Machen wir weiter, ja? Bevor ich anfange, muss ich Sie hinsichtlich der in diesem letzten Willen verwendeten Ausdrucksweise warnen«, sagte Poll. »Testamente können für Normalbürger manchmal schwer verständlich sein. Und selbst für uns Anwälte sind sie bisweilen ziemlich seltsam.« Er öffnete den Schnellhefter und zog einen dünnen Papierstapel hervor. »Und jetzt halten Sie sich fest ...«

»Wessen Testament ist das denn?«, unterbrach Alvin den Anwalt. »Ich frage nur, weil ich niemanden kenne, der kürzlich ... gestorben ist, wissen Sie?«

»Hier steht es, gleich auf der ersten Seite, Mr Lee. ›Dies ist der letzte Wille und das Testament von Louise Diana Mansell Bird.‹ Nun zum offiziellen Teil. ›Ich, Louise Diana Mansell Bird, im Vollbesitz meiner geistigen Kräfte, fordere hiermit meine Familie auf, sich zu VERPISSEN.‹ Das Wort ist übrigens in Großbuchstaben geschrieben – Mrs Bird hatte darauf bestanden.«

Und jetzt raus mit der Sprache, was tut die Biberratte?

»Lassen Sie uns heute noch einmal zu Ihrem Traum zurückkehren, Jonathan. Die Biberratte.«

»Muss das sein?«

»Nur kurz. Ich glaube, es ist wichtig.«

»Eigentlich bin ich gar nicht sicher, ob es eine Biberratte war. Das Tier war ziemlich groß.«

»Biberratten zählen zu den Großnagern und sind in Norfolk Broads weit verbreitet. Aus der Entfernung kann man sie durchaus mit Bibern verwechseln.«

»Vielleicht ist es auch ein Biber gewesen.«

»Lassen Sie uns das Tier auch weiterhin Biberratte nennen, okay? Alles in allem stellt es ja nur ein Symbol für etwas dar.«

»Für was?«

»Das hängt davon ab, was es in Ihrem Traum tut … Also?«

»Es … es … Kann ich Ihnen stattdessen von meiner Mutter erzählen? Sie …«

»Bleiben wir doch bei der Biberratte, ja?«

»Es … Haben Sie was an der Beleuchtung geändert? Es scheint heute hier drin irgendwie heller zu sein.«

»Die Biberratte, Jonathan.«

»Sie machte Pipi auf mich.«

»Verstehe.«

»*Was?* Was verstehen Sie?«

»Nichts. Nur eine Redensart. Was geschah, nachdem das Tier uriniert hatte?«

»Es sah meinen Vater an und sagte … Ich bin nicht sicher, ob ich es aussprechen kann.«

»Etwas auf Japanisch?«

»Nein, es ist … einfach grauenvoll.«

»Sie müssen aber darüber sprechen. Nicht unbedingt heute, wenn Sie dazu noch nicht bereit sind, aber …«

»Es sagte ›Abrakadabra, Motherfucker‹.«

»Was streng genommen ja der Wahrheit entspricht.«

»Wie bitte?«

»Nun, tatsächlich fi … ähm, hat ihr Vater doch eine sexuelle Beziehung zu Ihrer Mutter.«

»Das nehme ich an … Wissen Sie, es ist inzwischen so schlimm, dass ich Angst habe, überhaupt ins Bett zu gehen. Letzte Nacht bin ich bis halb fünf aufgeblieben, nur damit ich nicht von diesen verdammten Nagern träumen muss, und habe mich mit der Dauerwiederholung von *Rosemary & Thyme* auf ITV3 wachgehalten. Wissen Sie eigentlich wie … *niederschmetternd* das ist? Ich bin am Ende. Was hat das alles zu bedeuten? Was ist los mit mir?«

»Ich glaube nicht, dass wir mit einer vorgeburtlichen Analyse weiterkommen.«

»Ich komme jetzt schon sieben Monate zu Ihnen.«

»Wie ich schon sagte, ich möchte keine voreilige Diagnose stellen, aber der immer wiederkehrende Traum, Ihre Nervosität und Ihre Depressionen … Das alles deutet stark auf ein posttraumatisches Stress-Syndrom, kurz PTSD, hin.«

»Das ist … *lächerlich.*«

»PTSD kommt gehäuft bei Armeeangehörigen oder Opfern von Folter und Gewaltverbrechen vor, doch trifft man es auch im ganz alltäglichen Leben an. Und obwohl es in meiner Laufbahn noch nie vorkam, kann es auch einen Lehrer treffen.«

»*Ehemaligen* Lehrer.«

»Natürlich, auch ehemalige Lehrer. Wie läuft's übrigens in Ihrem neuen Job?«

»Es … ähm. Ich hab vor ein paar Tagen gekündigt.«

»Was ist passiert?«

»Es kamen ein paar Schüler ins Büro – zum Zwecke eines Praktikums.«

»Verstehe.«

»Sie haben zwar nichts Schlimmes gemacht … eigentlich waren sie ganz nett – sie waren nicht von der Wood Hill, wissen Sie. Und trotzdem konnte ich … ihnen nicht gegenübertreten … Kann ich ein Taschentuch haben?«

»Natürlich, bitte schön. Wissen Sie, Flucht ist eine adäquate Reaktion in Situationen, in denen wir uns bedroht fühlen, selbst wenn sich die wahrgenommene Bedrohung nicht wirklich einstellt. Vielleicht sollten Sie sich daher nach einem Job umschauen, wo das Durchschnittsalter der Leute, mit denen Sie zu tun haben werden, ein wenig höher ist. Zumindest übergangsweise.«

»Ich würde gern im Ausland arbeiten. Saga Holidays suchen noch Mitarbeiter.«

»Nun, wenn ich an den Zustand Ihrer Haut denke, obwohl …«

»Ja, vielleicht ist zu viel Sonne gar nicht gut … Oder vielleicht sollte ich es einfach mal versuchen. Gott, wie soll ich mich bloß entscheiden? Es ist so … *schwierig.*«

»Vielleicht sollten Sie diese Frage lieber mit Ihrem Hautarzt erörtern. Was hat er übrigens gesagt? Sie hatten doch heute einen Termin bei ihm, nicht?«

»Er meinte, die Sache sei höchstwahrscheinlich stressbedingt und empfahl mir einen Psychotherapeuten.«

»Aha.«

Alles in Ordnung, Goran

»Was ist das?«, fragte der dicke Mann; er war offenbar angetrunken.

»Ihre Pizza, Sir«, gab Alvin zurück.

»Das sehe ich auch, dass das 'ne Pizza ist. Ich meine das grüne Zeug da oben drauf.«

»Das ist Rucola.«

»Wenn ich 'nen Salat gewollt hätte, wäre ich in 'ne Salatbar gegangen. Ich hab aber 'ne Pizza bestellt.«

»Die Soho, die Sie bestellt haben, wird aber mit Rucola belegt. So steht es auch auf der Speisekarte. Der Koch garniert sie mit … Ähm, möchten Sie, dass ich Ihnen was anderes bringe?«

»Einen Burger. Einen ganz gewöhnlichen Burger. Ohne grünen Firlefanz und so … *Bitte.*«

»Tut mir leid, aber Burger haben wir nicht.«

»Jede Imbissbude in der Stadt hat Burger. Was für ein scheiß Restaurant ist das hier eigentlich?«

Alvin hätte dem Mann jetzt auseinandersetzen können, dass dieser sich in einer scheiß Pizzeria befand, wie schon der scheiß Schriftzug *Pizza Express* über der Tür nahelegte. Tatsächlich hätte er noch viel mehr sagen können – sein Kopf war voll von Dingen, die allerdings nichts mit Pizzas, Burgern oder welken Salatblättern zu tun hatten – doch stattdessen erwiderte er: »Tut mir leid. Soll ich Ihnen nochmal die Karte bringen?«

»Fritten. Ich will auf jeden Fall Fritten dazu.«

»Ich hole Ihnen die Karte.«

Alvin nahm die verschmähte Pizza und trat erleichtert den Rückzug an, nur um mit einem anderen wandelnden Fleischberg aneinander zu geraten.

»Pass auf, wo du hintrittst, Kumpel«, dröhnte ihm dessen Stimme entgegen. Australischer Akzent, durchdrungen von englischem Ale.

Alvin machte einen Schritt zurück, schaute auf und zuckte merklich zusammen.

»Was zum Teufel machst du denn hier, Alv?«, rief Colin Stanislavski mit unverhohlener Freude aus.

»Ich arbeite hier.«

»Meine Güte, zahlen wir dir etwa nicht genug?«, fragte Stanislavski und nahm am Tisch des dicken Mannes Platz. Alvin sah auf die beiden Kolosse hinab, die im Begriff waren, das Tischchen, das sie trennte, zwischen sich zu zerquetschen.

»Du bist spät, Stan«, begrüßte der Dicke seinen Freund.

»Wurde in 'ner Mitarbeiterbesprechung festgehalten, Ellis«, sagte Stanislavski. »Witzigerweise war unser Alvin hier einer der Punkte auf der Tagesordnung.«

Jetzt schaute Big Ellis verwirrt drein.

»Alvin arbeitet nämlich auch an der Wood Hill«, erklärte Stanislavski.

»Ach, Sie sind Lehrer?«, entfuhr es Ellis nicht ohne Häme. »Kein Wunder, dass Sie den Unterschied zwischen 'ner scheiß Pizza und 'nem Salat nicht kennen.«

»Nein, kein Lehrer«, sagte Stanislavski. »Alv beschäftigt unsere kriminellen Trottel und hält sie davon ab, Scheiße zu bauen, indem er sie Körbe flechten lässt und so.«

»Ich hole dann mal die Karte«, sagte Alvin hastig und in dem dringenden Wunsch zu verschwinden. Er hatte sich noch nie für Sport begeistern können, am wenigsten für Rugby. Seiner Meinung nach war dieses Mittelklassevergnügen für so manchen nur ein Vorwand, sich zu betrinken und gegen den Rest der Welt zu verschwören. Eine Theorie, für die Colin und sein Kumpel der lebende Beweis waren.

»Nicht so eilig«, sagte Stanislavski mit einem verschlagenen Grinsen und hielt Alvin am Arm zurück. »Scheint, als ob du dir gerade 'nen hübschen kleinen Harem zulegst, was?«

»Wie bitte?«

»Wie ich schon sagte, du warst heute Nachmittag auch Thema. Rowell ist wieder mal auf seinem Moraltrip. Sagte, unsere Schule würde sich zur Brutstätte für jugendliche Unzucht entwickeln. Meinte, deine Bagage hätte das ILD in 'nen Teeniepuff verwandelt …«

»Tony Rowell weiß nicht, wovon er redet«, sagte Alvin ruhig.

»Und dass du ihr persönlicher Lude wärst.«

»Was zum Teufel willst du damit sagen?«

»Wer wird denn den Überbringer schlechter Nachrichten töten, Kumpel. Rowell hat dich gesehen, als du heute in Begleitung von zwei deiner Flittchen die Schule verlassen hast, eine an jedem Arm.« Er wendete sich seinem Freund zu und fügte hinzu: »Außerdem ist eine von denen schwanger. Und die heißt auch noch Chenil *Shakespeare*, unglaublich, was? ›Hat man dir nicht schon oft bericht? Ein Weiber-Nein hat leicht Gewicht?‹, um mal ihren illustren Vorfahr zu zitieren.«

»Was meinst du, Stan?«, fragte Big Ellis verwirrt.

»Was ich damit sagen will, mein lieber Ell, ist, dass das Mädchen vielleicht Nein gesagt haben mag, jede Faser ihres Körpers jedoch Ja geschrien hat. Ergebnis: Schon bald wird sie ihren Beitrag zur kommenden Generation weißer Proleten in die Welt hinauspressen. Na ja, vielleicht wird's auch ein schwarzer Prolet – man kann ja nie sicher sein, was am Ende dabei rauskommt.«

»Weiß du, Colin«, sagte Alvin ehrlich gekränkt, »jemand, der so wenig Respekt vor Jugendlichen hat, sollte sich eigentlich schämen, sich Lehrer zu nennen.«

»Die Sache mit dem Respekt ist, dass man ihn sich *verdienen* muss. Das tut man allerdings nicht, indem man die Beine breit macht und für England ovuliert.«

»*Für England ovuliert*. Ich liebe dich, Stan«, wieherte Big Ellis.

»Trotzdem musst du doch auch irgendwie stolz sein«, fuhr Stanislavski fort. »Das wird jetzt das … achte oder neunte Balg, das von Teilnehmern des ILD gezeugt wurde. Ist für dich bestimmt schon so, als wären es deine eigenen, was?«

»Das muss ich mir nicht länger anhören«, sagte Alvin.

Hinter ihm tauchte der Geschäftsführer des Pizza Express auf. »Alles klar?«

»Alles in Ordnung, Goran. Ich wollte den beiden Herren gerade die Karte bringen.«

»Nein, wollte er nicht, Chef«, platzte Ellis heraus. »Er wollte mir gerade 'nen Salat unterjubeln, der sich als scheiß Pizza getarnt hat.«

»Mir sehr tut leid, Sir«, sagte der Geschäftsführer und schaffte es tatsächlich, sowohl seinen Gästen ein mit braunen Zähnen geschmücktes Lächeln als auch Alvin einen drohenden Blick zuzuwerfen. »Haben wir Bestellung verwechselt, bringen wir in Ordnung sofort.«

»Das raue Klima hier scheint dir nicht zu bekommen, was, Alv?«, sagte Stanislavski. »Vielleicht solltest du besser zurückgehen und den Aufpasser für deine Früchtchen spielen, Schmusebär.«

Wieder kicherte Ellis.

»Diese Männer sind betrunken«, sagte Alvin an seinen Chef gewandt. »Ich glaube, Sie sollten sie bitten, das Restaurant zu verlassen.«

»Was du reden?«, fragte der Manager. »Wir ihnen bringen Pizza.«

»Burger«, korrigierte ihn Ellis.

»Was auch immer, ich bin kurz davor zu verhungern.« Stanislavski schüttelte sich die Jacke von den Schultern und warf sie mitten auf den Tisch.

»Entweder die gehen oder ich«, sagte Alvin entschieden, um sich im gleichen Moment zu fragen, warum er sich überhaupt auf diesen Disput einließ, warum er diesem Laden nicht einfach den Rücken kehrte. Nach dem, was ihm der Anwalt mitgeteilt hatte, musste er gar nicht mehr hier sein. Mehr noch, er *sollte* gar nicht mehr hier sein. Er sollte zu Hause sein und Karen erzählen, was der Anwalt ihm gesagt hatte.

»Entspann dich«, sagte Stanislavski. »Wir haben doch nur 'nen Witz gemacht.«

Abwartend fixierte Alvin das Gesicht seines Chefs.

»Ich an deiner Stelle würde nicht gehen, Alv«, riet ihm Stanislavski. »Ich meine, wenn du dich schon mit Nebenjobs über Wasser halten musst, wirst du die Kröten wohl bitter nötig haben.«

»Weißt du was, Colin? Ich hab's nicht nötig.« Alvin reichte seinem Boss die kalte Pizza und strebte Richtung Tür. Er hatte es viel zu eilig, um hinzuzufügen: »Weil ich nämlich eben ein paar Millionen Pfund und eine Villa mit fünfzundzwanzig Zimmern geerbt habe, was ich im Moment allerdings Karen erzählen sollte, anstatt mich hier von Besoffenen anmachen zu lassen.«

Alvin stand in der Küchentür. »Wir müssen reden, Karen.«

»Gleich, mein Engel«, erwiderte sie. »Hab gerade zu tun.«

Das sah er. Karen stand auf der Arbeitsplatte, in der Hand einen Pinsel. Von der Decke bis zum Herd verlief eine erstaunlich gerade Farblinie in grüner Lackfarbe.

»Was tust du da?«, fragte er.

»Sie hat 'ne grüne Linie gemalt«, sagte Sid, der auf dem Linoleum saß. Er hatte den Mund voller Kekse und versprühte beim Sprechen eine Flut von feuchten Krümeln über den Boden.

»So wie die grüne Grenze in Zypern«, erklärte Karen.

»Die was?«

»Du weißt schon, die Griechen auf der einen, die Türken auf der anderen Seite.«

Das half Alvin auch nicht weiter. »Warum?«

»Sie hat mein Essen in Mercedes' Oliven gekocht«, sagte Sid.

»Wovon redet der Kleine, Karen?«

»In der Pfanne war Olivenöl, und ich hab darin die Koteletts für die Kinder gebraten«, sagte Karen müde. »Ich konnte ja nicht wissen, dass Mercedes darin ihre Auberginen frittieren wollte.«

Geräuschvoll zog Alvin die Luft ein.

»Hör zu, mir war das Mazola ausgegangen, okay?«, fügte sie kleinlaut hinzu. »Egal, jedenfalls hatten wir deswegen ein Sträußchen auszufechten, weshalb ich zu dem Schluss gekommen bin, dass wir eine Demarkationslinie brauchen.«

»Die grüne Grenze«, sagte Alvin ruhig. Endlich hatte er verstanden.

»Fleischfresser auf der einen, Veggies auf der anderen Seite.«

»Aber Mercedes kocht doch nur ein oder zwei Mal die Woche für sich selbst«, wendete Alvin ein.

»Ja, das Ganze ist auch eher symbolisch gemeint.«

»Was heißt *symbolisch?*«, wollte Sid wissen.

»Das heißt, dass ich viel Spaß haben werde, Liebes. Egal, Alvin, es war noch ein Rest grüner Farbe übrig, nachdem wir die Hintertür gestrichen hatten. Ich wollte ihn nicht einfach wegwerfen.«

Sie hüpfte von der Arbeitsplatte und ging mit dem Pinsel zielstrebig auf den Herd zu. Wie es schien, würde auch dieser nicht verschont bleiben, denn schon machte sie Anstalten, die Bedienungsleiste mit den vier Schaltern in zwei Hälften zu unterteilen.

»Kannst du mal einen Moment damit aufhören?«, sagte Alvin. »Ich muss dir was erzählen.«

Karen legte den Pinsel auf dem Lackeimer ab, kam auf Alvin zu und küsste ihn. Jetzt erst sah sie ihn richtig an.

»Das muss ja wirklich wichtig sein«, bemerkte sie. »Du hast ja noch deine Kellnerschürze um.«

Dass er seine Jacke im Pizza Express zurückgelassen hatte, war ihm in dem Moment klargeworden, als sich ob der kühlen Abendluft die Härchen an seinen Armen aufgestellt hatten. Doch nach seinem Abgang wäre es ihm unehrenhaft vorgekommen, nochmal zurückzugehen und sie zu holen. Davon abgesehen konnte er sich nun locker ein neues Jackett leisten, ja, er konnte, wenn er wollte, die ganze Fabrik kaufen, in der solche Jacketts hergestellt wurden.

»Ich hab meine Jacke auf der Arbeit vergessen«, sagte er.

»Bist du gefeuert worden«, fragte Karen mit leicht besorgter Miene.

»Nein, aber ich glaube nicht, dass ich nochmal dahin zurückgehe« erwiderte er, während er den Bestellblock aus der Schürzentasche zog und studierte. Sogleich wurde ihm klar, dass das Pärchen an Tisch sechs noch immer auf seine Gambero Piccantes wartete, was ihm irgendwie leid tat, weil die beiden nett gewesen waren.

»Es ist wegen des Anwalts, oder?« Besorgt legte Karen die Stirn in Falten. »Was hat er denn von dir gewollt?«

»Komm, setzen wir uns doch.«

Sie folgte ihm ins Wohnzimmer. Shannon lag auf dem Sofa und brütete mit starrem Blick und auf ihrem Bleistift kauend über ihren Hausaufgaben – ganz offensichtlich eingeschüchtert durch die mathematische Herausforderung.

»Warum machst du nicht mal 'ne Pause, Schatz?«, schlug Karen ihr vor.

»Jaaahaa!« Noch bevor irgendjemand Einspruch erheben konnte, war sie aus dem Wohnzimmer geflüchtet.

Karen ließ sich auf dem Sofa nieder, und Alvin nahm im Sessel ihr gegenüber Platz – dem Sessel, aus dessen geplatzten Nähten orangefarbener Schaumstoff quoll. Alvin fragte sich, ob er sich nun auch eine Fabrik für Sitzmöbel leisten konnte.

»Und? Schlechte Nachrichten?«, fragte Karen.

»Ganz im Gegenteil. Ich wurde in einem Testament bedacht.«

»Aber das ist ja toll.« Sie runzelte die Stirn. »Oder etwa nicht. Wessen Testament?«

»Die Verstorbene hieß Louise Bird.«

»Wie? Wer?«

»Sie ist – war eine von den Bird-Birds.«

Noch immer schaute Karen ihn verständnislos an.

»Du weißt schon, die Familie, der das Einkaufszentrum gehört. Und das Land, auf dem die alte Rennbahn steht und auf dem demnächst ein Multiplex-Kino gebaut werden soll. Und die Ford-Vertretung neben Tesco. Und die Immobilien gegenüber dem Glenn-Viertel. Und nicht zu vergessen, die *Gazette* …«

Er hätte die Liste weiter fortsetzen können. Trotz ihres etwas irreführenden Namens waren die Birds Fische: Große Fische in einem kleinen amöbischen Teich.

»Ach, *diese* Birds meinst du«, sagte Karen.

Wäre sie nicht aus Manchester, sondern würde, wie Alvin, hier aus der Gegend stammen, dann hätte es der Aufzählung nicht bedurft. Alvin hingegen war im Dunstkreis des Bird-Clans groß geworden, der so sehr zum hiesigen Leben gehörte wie die North-Circular-Umgehungsstraße oder die Rennbahn (die ihnen, wie bereits erwähnt, gehörte).

Douglas Bird, der letzte Ehemann von Louise Bird, hatte sich mit Versandhandel eine goldene Nase verdient zu einer Zeit, als sein Bluebird-Katalog noch so dick und allgegenwärtig gewesen war wie die Gelben Seiten. In jenen Tagen also, in denen das oberste Regal des Zeitungshändlers noch schuld an feuchten Träumen war und pubertierende Jünglinge auf der Suche nach *Leibwäsche für die Frau* verschämt darin herumblätterten. In der Tat waren die matchboxgroßen Abbildungen der Bluebird-Models in plumpen Büsten- und Hüfthaltern zu jener Zeit das Beste, was einem jungen Mann geboten wurde. Die Mütter hingegen waren eher an den weißen Nylonhemden und grauen Polyesterhosen interessiert, die (für einen Bruchteil dessen, was man dafür bei M&S zahlte) sicherstellten, dass ihre kleinen, Hand an sich legenden Racker genauso aussahen wie die anderer Mütter.

Einst war der Bluebird-Versand der größte Arbeitgeber in der Gegend gewesen. Auch Alvin hatte nach seinem Schulabschluss einen Sommer lang dort gearbeitet, wenngleich sich zu dieser Zeit die Dinge bereits im Wandel befunden hatten. In den späten Siebzigern dann hatte Douglas Bird an einen größeren, noch allgegenwärtigeren Konkurrenten verkauft. Der Bluebird-Versand firmierte eine Weile unter anderem Namen, wurde allerdings im Zuge der Rezession in den Achtzigern zugrunde rationalisiert. Womöglich hatte Douglas Bird diese Entwicklung kommen sehen. Wie auch immer, er setzte sich zur Ruhe und legte die Verantwortung für das Familienvermögen in die Hände seiner beiden Kinder. Die starteten daraufhin zum Einkauf im großen Stil durch und rissen Grundstücke und Immobilien in der ganzen Gemeinde und auch darüber hinaus an sich. Fast schien es, als sahen sie den Tag kommen, an dem London vollständig umgeben sein würde von auf der grünen Wiese errichteten Lagerhallen, in denen billige Sofas und Teppiche und alles, was ein Kerl zum Leben brauchte, feilgeboten wurden. Den Birds gehörte auch die Aviary, eine überdachte Shoppingmeile, die der alten Haupteinkaufsstraße den Garaus gemacht hatte und in der an regnerischen Tagen die gelangweilten Teens herumhingen.

Ja, es ging ihnen gut, den Birds, die überall ihre Hände im Spiel hatten, so auch im wenig aufregenden Spiel namens Wood-Hill-Schule, wo Louise Birds Tochter Allison im Schulbeirat saß.

»Warum«, fragte Karen fassungslos. »Warum berücksichtigt eine solche Frau ausgerechnet dich in ihrem Testament?«

Diese Frage hatte Alvin kommen sehen, nachdem er Trevor Polls Büro verlassen hatte und zur Arbeit gegangen war – die mögliche Antwort war daraufhin Dreh- und Angelpunkt eingehender Überlegungen gewesen. Doch alle Überlegungen hatten nichts gebracht, und so sagte er nur, nicht zuletzt, um von der ursprünglichen Frage abzulenken: »Sie hat mir alles hinterlassen. Kam wohl nicht besonders gut mit ihrer Familie klar, wie's aussieht.«

Was ziemlich untertrieben war. Laut Trevor Poll waren die Birds eine Familie im Kriegszustand gewesen. »Sie war wohl eine Art Ariel Sharon für ihre Hamas-Kinder, wenn du verstehst, was ich meine.«

»Alles?«, fragte Karen atemlos.

Alvin nickte und musste wieder einmal feststellen, wie haarsträubend das klang.

»Was genau ist *alles*?«

»So genau weiß ich das selbst noch nicht. Jedenfalls 'ne Menge Geld. Und ein Riesenhaus. Mit einem Forellenteich.«

Absolut haarsträubend.

Karen war verstummt, starrte ihn einfach nur an – hin und her gerissen zwischen dem Impuls, begeistert aufzuspringen, oder sich doch besser zusammenzureißen. Endlich sagte sie: »Das ist ein Witz, oder? Da erlaubt sich doch jemand einen Scherz mit dir, nicht?«

»Genau das hab ich auch gesagt. Nein, es ist die Wahrheit. Ich hab 'ne ganze Stunde mit dem Anwalt darüber diskutiert. Wie gesagt, der Mann ist *Anwalt*. Die haben Besseres zu tun, als sich mit wildfremden Leuten einen Scherz zu erlauben.«

»Das ist umwerfend, Alvin. Einfach *großartig*. Aber ... *um Himmels willen ... Warum nur?*«, fragte Karen wieder, nachdrücklicher diesmal.

Alvin ahnte, dass er um eine Erklärung nicht herumkommen würde. Er atmete tief durch. »Die alte Frau wurde vor einiger Zeit Opfer eines Raubüberfalls. Ich bin eingeschritten und ... na ja, ich hab die Situation irgendwie entschärfen können.«

»Du hast was?«

Und so erzählte er ihr von der kleinen alten Dame in dem großen Mantel und Kevan Kennedy.

»Warum hast du das nie erwähnt?«, fragte sie, als er geendet hatte. »Wann war das denn?«

»Vor acht Monaten oder so.«

Dann berichtete er ihr, wie er den Schauplatz des Verbrechens verlassen hatte und zurück zur Schule gefahren war. Und wie die alte Dame – laut Trevor Poll – ihn über einen Privatdetektiv ausfindig machen und gleichzeitig ihr Testament ändern ließ. Vollständig.

»Vor acht Monaten? Ich weiß, du warst nie ein Glücksritter, aber das ist einfach lächerlich. Du hast es mir gegenüber mit keinem Wort erwähnt, Alvin.«

Alvin zuckte die Achseln und versuchte, Zeit zu schinden.

»Wo ist das denn passiert?«

Der gefürchtete Moment war gekommen. Der Punkt, der ihm zu schaffen machte, seit ihm Trevor Poll die gute Nachricht mitgeteilt hatte. Die Notwendigkeit, Karen nun auch noch erzählen zu müssen, *wo* sich das alles zugetragen hatte – der einzige Grund, warum er angesichts des Geldsegens nicht auf und ab hüpfte wie ein Gummiball. Der Grund, warum er wohl der einzige Millionenerbe der Geschichte war, der das Ereignis mit Kummermiene quittierte.

»Vor einem leer stehenden Ladenlokal«, sagte er nach einer langen Pause. »Auf der All Saints Road.«

Karens Züge entgleisten. »Als du dieses Mädchen besucht hast, stimmt's? Ich kapiere nicht, warum du es mir damals nicht auch erzählt hast.«

»Weil ich wusste, was du denken würdest«, sagte er.

»Ach ja?«

»Es ist nicht so, wie du glaubst. Ja, ich bin nochmal hingegangen, um sie zu treffen, aber –«

»Wie bitte? Du bist da *nochmal* hingegangen!?«, rief sie entgeistert aus. »Nachdem du mir hoch und heilig versprochen hattest, es nicht mehr zu tun?«

Allmählich dämmerte es Alvin, und etwas wurde ihm klar. Etwas, was, wäre er der geborene Lügner gewesen oder zumindest jemand, der es verstand, sich aus heiklen Situationen herauszuwinden, schon viel früher hätte klar werden müssen. Der geborene Lügner hätte beizeiten die grandiose Idee entwickelt, Karen gegenüber die beiden Besuche im Tropica zu *einem* Ereignis werden zu lassen. Ganz offensichtlich hatte sie bis vor wenigen Sekunden angenommen, die Überfall-Geschichte habe am gleichen Tag stattgefunden wie sein Fehltritt. Bis zu jenem Moment, da Alvin das Killer-Wort *nochmal* ausgesprochen hatte.

Jetzt bestand Erklärungsbedarf. Er war durch seine verspätete Ehrlichkeit in die Bredouille geraten, und er wusste nicht, ob er das Ganze jetzt einfach abstreiten oder die bittere Pille schlucken sollte.

»Ja … Nein … Ja«, stotterte er.

»Du bist *nochmal* hingegangen«, wiederholte Karen leise.

»Nicht, was du jetzt denkst. Nicht deswegen«, beeilte er sich, ihr zu versichern. »Ich bin nur hingegangen, um ihr zu sagen, dass sie diese Infektion hat.«

»Wenn das alles war, warum hast du's mir dann nicht erzählt?«

»Das wollte ich ja. Es war an dem Tag, als wir uns draußen im Garten wieder versöhnt hatten … Weißt du, ich wollte es dir wirklich erzählen, aber dann haben wir uns geküsst und …« Er brach ab, weil er feststellte, wie feige das alles klang.

»Nun ja, irgendwann hatten wir das mit dem Küssen dann hinter uns, nicht zuletzt, weil wir mal atmen mussten«, erwiderte sie humorlos. »Spätestens dann hättest du es mir erzählen können.«

Wieder zuckte Alvin die Achseln. »Ich wollte den Moment nicht zerstören«, sagte er.

»Tja, dafür hast du nun *alles* zerstört, mein Lieber. Spitzenmäßig.«

Er beugte sich vor und wollte ihre Hand ergreifen, doch sie stieß sie weg.«

»Es ist nichts passiert, Karen. Du musst mir glauben.«

»Und warum bitte sollte ich dir glauben? Um dir das zu geben, was sich jeder scheiß Betrüger wünscht, wenn man ihn erwischt hat – einen billigen Ausweg aus der Sache?«

»Ich bin nicht erwischt worden, ich hab's dir doch selbst erzählt.«

»Ja, acht Monate später. Und das auch nur, weil es ziemlich schwierig ist, einen Haufen Geld und ein Riesenhaus auf Dauer geheim zu halten. Und was ist mit dieser Postkarte in deiner Hosentasche? Wie viele Liebesbriefe hast du noch versteckt? Du bist ein noch hinterhältigerer Bastard, als ich dachte.«

Alvin konnte förmlich sehen, wie sich die Wut in Karen immer weiter aufbaute. Wut, die wie die züngelnden Flammen eines Lagerfeuers aufflackerte, auf das er doch nur ein Streichholz geworfen hatte.

»Aber da war wirklich nichts«, flehte er sie mit wachsender Hoffnungslosigkeit im Herzen an. »Ich schwöre es dir beim Leben unserer Kinder.«

»Was für 'ne billige Nummer«, schnappte sie. »Mit Mercedes kannst du tun, was du willst, aber bitte lass meine Kinder aus dem Spiel.«

»Aber … ich versuche dir doch nur klarzumachen, dass …«

»Du vergisst, dass ich das alles schon mal durchgemacht habe, wieder und wieder durchgemacht habe. Ich hab irgendwann aufgehört zu zählen, wie oft ich Paul vom Haken gelassen habe. Und ich hatte dich gewarnt, wenn das noch mal passiert, dann …«

»Aber es *ist* doch gar nichts passiert.«

Auf dem Beistelltisch klingelte das Telefon, fast wie der Gong in einem Boxkampf. Karen nahm das Gespräch entgegen, und Alvin war froh über die Verschnaufpause.

»Hallo«, sagte sie in den Hörer.

Er sah, wie sich ihre Miene verfinsterte, als sie dem Anrufer lauschte.

»Was soll das?«, verlangte sie zu wissen. Dann knallte sie den Hörer auf und sah Alvin mit Tränen in den Augen an.

»Was ist denn los? Wer war das?«

»Das war für dich«, erwiderte sie mit frostiger Stimme. »Colin Stanislavski. Meinte, er will nicht im Puff für Kelly Hendricks blechen müssen, also will er dir ’nen Fünfer für ’nen Blowjob von Debbie bezahlen.«

»Dieser Bastard.«

»Was zum Teufel meint er damit?«

»Nichts, um Gottes willen. Colin war heute im Pizza Express. Er war betrunken und hat wieder Stunk gemacht, das Übliche, du weißt schon. Du hörst doch nicht auf das, was dieser Typ da faselt, oder?«

»Und warum nicht? Er scheint mir nicht weniger vertrauenswürdig zu sein als du in letzter Zeit. Davon abgesehen hat er mit dieser beschissenen Kelly-Sache ja gar nichts zu schaffen und ist deshalb womöglich ganz einfach nur ehrlich?«

»Ich bin ehrlich, Karen.«

»Ha!«

»Doch, das bin ich. Ich bin nur noch *ein Mal* dagewesen und hab ihr gesagt, dass sie sich diese Krankheit geholt hat, und dann bin ich wieder gegangen. Ich schwöre es.«

»Ach, verpiss dich, Alvin.«

»Aber –«

»Verpiss dich. Raus hier. Geh und ertrinke in deinem Forellenteich.«

»Aber …«

»Aber was?«

»Was ist mit dem Geld«, fragte er, ein letzter verzweifelter Versuch, ihr Herz mangels einer anderen brauchbaren Möglichkeit zu erweichen.

»Das ist dein Geld. Du hast es dir *verdient*. Behalte es.«

»Es ist unser Geld. Denk doch auch mal an die Kids.«

»Sei dir sicher, ich sorge dafür, dass sie alles kriegen, was sie brauchen, aber von deinem Geld will ich keinen Penny.«

»Karen … bitte … lass uns doch wenigstens darüber reden.«

»Da gibt's nichts mehr zu bereden. Nie wieder. Die Sache ist durch. Geh einfach.«

Alvin stand auf und ging Richtung Tür. Doch dann hielt er inne und schaute Karen an. Sie hatte den Blick auf das stumm geschaltete Fernsehgerät gerichtet, auf dem jemand ein frisch renoviertes Zimmer präsentierte, das zuvor offenbar weniger berückend gewesen war – mit Sicherheit weniger malvenfarben. Karen hasste Einrichtungsshows, doch nun fixierte sie die Mattscheibe – wild entschlossen, nicht zu sehen, wie ihr Partner sie verließ.

»Okay, ich gehe«, sagte er. »Aber vielleicht könnten wir in ein paar Tagen, wenn sich die ganze Sache wieder ein bisschen abgekühlt hat, nochmal …«

Sie lachte spöttisch auf. »Die Sache zwischen dir und mir könnte sich nicht *mehr* abgekühlt haben, glaube mir. Ich hasse dich, Alvin. Das war's. Unsere Beziehung ist vorbei.«

Die ist für meine Mum, Sir

Alvin studierte das Klingelbrett und drückte nach einem kurzen Ausschlussverfahren den Knopf, neben dem sich kein Namensschild befand. Dann trat er einen Schritt zurück und schaute an dem Apartmenthaus hoch, in dessen Erdgeschoss sich eine Reihe kleiner Läden befanden. Der Eingang wurde flankiert von einem »Bina Korner Shop« (verwirrenderweise befand sich der Laden an keiner wie auch immer gearteten Ecke) und der »Kurry Kabin«. Daneben gab es die »Kwik off Fahrschule«, »Kandys Zeitungsladen« und einen Friseursalon, der offensichtlich von jemandem namens »Kay« und/oder »Kompany« geführt wurde, wie am Fenster zu lesen war. Während er wartete, wunderte er sich über die epidemisch auftretenden »Ks« in der Gegend.

So wie in Klamydien – oder hieß es Chlamydien?

Und als er gedanklich bei dem mikroskopisch kleinen Schweinehund angekommen war, der seine ganze Misere überhaupt verursacht hatte, fragte er sich, ob Karen (noch ein »K«!) das, was sie ihm gesagt hatte, auch wirklich so meinte.

Krachend erwachte die Gegensprechanlage zum Leben. »Wer da?«, fragte das Haarknäuel des Grauens mit misstönender Stimme.

Alvin trat wieder näher. »Ich bin's. Alvin. Kann ich raufkommen?«

Ein dumpfes Summen ertönte. Das Zeichen, die Tür aufzudrücken. Schon stieg er die Treppen hinauf. Er wusste nicht, in welchem Apartment Jamie McGreevy wohnte, aber das war auch nicht nötig. Er musste einfach nur der Erkennungsmelodie von *Miami Vice* folgen.

»Schlaf ist was für Babys. Heute Abend ist erst mal der Dschungel der Großstadt angesagt. Fühlst du dich allein, trink für zwei.«

»Ist das auch ein Country-Song?«

»Quatsch. Das ist ein original J-McG-Zitat.«

Der Dschungel der Großstadt lag für Alvin und Jamie gleich auf der anderen Straßenseite. Eine halbleere Eckkneipe mit einem Namen, den Alvin sich nicht gemerkt hatte. Vermutlich begann er mit »K«.

Hier saßen sie nun schon seit ein paar Stunden, und Alvin war betrunken. Nicht so betrunken, wie man sein musste, um auf den Tisch zu klettern und *All by Myself* hinauszuschmettern, doch betrunken genug, um zu glauben, dass es eine prima Idee sei, Jamie von der alten Louise Bird und ihrem Testament zu erzählen.

»Willst du einen Rat?«, fragte Jamie, nachdem die Schenkelklopf-und-Fassungslosigkeitsminute überstanden war. Ein Jamie-Rat in Finanzdingen bedeutete unweigerlich den direkten Weg auf die Anklagebank, doch Alvin sah davon ab, ihn darauf hinzuweisen.

»Zahl die Kohle auf ein Offshore-Konto ein und errichte einen hohen verdammten Zaun drum herum«, sagte Jamie. »Wenn du das Geld nicht beiseite schaffst, wird das Weibsstück dich ausnehmen wie 'ne Weihnachtsgans.«

»... is kein Weibstück ...«, lallte Alvin. »Und sie will das Geld ja gar nicht.«

»Ja, das *sagt* sie.«

»Nö, das meint sie auch so.«

Jamie schnaubte verächtlich.

»Davon abgesehen ist's auch egal, weil ich das Geld noch gar nicht habe.«

»Dein Name steht im Testament, oder?«, führte Jamie aus. »Also kriegst du die Kohle auch.«

»Ja, aber ich hab noch keinen Scheck oder so was erhalten. Dem steht noch was im Wege, das nennt sich ...« Alvins umnebeltes

Hirn versuchte, sich daran zu erinnern, was Trevor Poll vor nur wenigen Stunden gesagt hatte. »Keine Ahnung, fing mit ›P‹ oder ›B‹ an, glaube ich. Jedenfalls heißt das, dass niemand an das Geld noch nicht rankann.«

»Niemand *außer dir* kann an das Geld ran. Und damit ist's so gut wie deins.«

»Der Anwalt nimmt an, dass die Kinder der Alten 'nen Affentanz aufführen und das Testament anfechten werden. Dass sie behaupten werden, sie wäre nicht mehr richtig im Kopf gewesen. Was sie meiner Meinung nach auch nicht mehr war.«

»Was soll's. Du hast dich mit einem Anwalt darüber beraten, und die Sache wird zu deinen Gunsten ausgehen, ich sag's dir.«

»Ich werde dieses Geld niemals zu Gesicht bekommen«, jammerte Alvin und bedeckte das Gesicht mit seinen Händen, »und Karen wird mich auch nicht mehr zurückhaben wollen.«

»Alvin, Kumpel, jetzt hör mir mal zu.« Jamie schlug mit den Handflächen auf den Tisch. »Nummer eins: Scheiß auf Karen. Und Nummer zwei: Ich werde mich persönlich dafür einsetzen, dass du jeden Cent erhältst, der dir zusteht.«

»Aber das Geld steht mir ja gar nicht zu. Sie hatte Kinder. Eine Familie ... *Eine Familie.*«

»Blödsinn. Du hast der alten Kuh das Leben gerettet. Du bist der gute Somalier.« Er legte einen Arm um Alvin. »Weißt du, was wir machen, sobald das Geld da ist? Wir kaufen neues Equipment und stellen die Band wieder auf die Beine.«

»Tolle Idee«, sagte Alvin. Im angetrunkenen Zustand war er zu Ironie nur selten fähig.

»Ich wusste, man braucht nicht viel, um dich wieder aufzuheitern. Bevor du dich versiehst, treten wir wieder vor Publikum auf. Hey, wir könnten eine dieser Retro-Touren machen. Wir, die Bananas, ABC, die Spands. Nein, die nicht, das sind Wichser. Erinnerst du dich noch, wie Tony Hadley uns im T 'n' C aufgesucht hat ...«

Und während Jamie abtauchte in eine weitere sehr überzeugende, wenngleich nicht minder erfundene Episode aus ihrer gemeinsamen Vergangenheit, fiel Alvin etwas auf. Da saß er nun schon einige Stunden mit seinem Freund zusammen, und der hatte noch nicht *einmal* …

»… was mich in eine sehr verzwickte Junxtaposition gebracht hat. Und dann hab ich's ihm auf den Kopf zugesagt, und das war das Ende zwischen mir und ihm.«

Nun ja, immerhin *einige* junxtapositionsfreie Stunden – alles in allem so etwas wie ein Fortschritt.

»Scheiß auf die Spands«, meinte Jamie jetzt. Er lehnte sich zurück und verschränkte die Arme vor der Brust. »Auf keinen Fall setze ich mich mit einem Typen, der einen Ballonrock trägt, in den gleichen Tourbus.«

»Knickerbocker«, sagte Alvin.

»Nennst du mich etwa einen Lügner? Der Typ hatte 'nen beschissenen Rock an.«

Alvin hatte keine Lust, sich darüber zu streiten. Zudem waren seine Augen nun auf etwas anderes gerichtet. Jamie folgte seinem Blick. »Süß«, gurrte er, wobei er den Umlaut bis an die Grenze des Erträglichen dehnte. »Das wär doch was für 'nen einsamen alten Wolf wie dich, oder?«

Alvin starrte hinüber zu dem Mädchen, das vor dem Tresen stand. Groß gewachsen, mit engelsgleicher Haarpracht und …

»Schwanger«, platzte Jamie heraus, als sie sich umdrehte und ihr Bauch ins Blickfeld rückte, der so dick und rund war wie ein Beachball. »Tja, du bist aus dem Rennen.«

Doch Alvin hörte ihm schon nicht mehr zu, weil er bereits auf den Beinen war und auf das Mädchen zuwankte. Erst im letzten Moment nahm er so etwas wie Haltung an und versuchte, seine Extremitäten einigermaßen zu koordinieren, um in seinem Zustand – volltrunken, sturzbesoffen, voll wie eine Haubitze – noch einen halbwegs passablen Eindruck zu machen.

Alvin hatte nie Schwierigkeiten gehabt, sich unter Alkoholeinfluss zusammenzureißen. Weder neigte er in diesen Momenten zu hochnotpeinlicher Selbstdarstellung noch zu Gewalt oder tränenreichen Auftritten. Doch natürlich gab es auch bei ihm jenen Punkt, an dem er unbemerkt die hell erleuchtete Hauptstraße verließ und abbog in eine dunkle schmutzige Seitengasse, vor der folgender Warnhinweis zu lesen war: VORSICHT. AB HIER IST MIT DEM TOTALAUSFALL SÄMTLICHER KÖRPERFUNKTIONEN ZU RECHNEN. Das Problem an der Sache war, dass dieser Moment bei ihm früher erreicht war als beim nationalen Durchschnitt; bei ungefähr dreieinhalb Pint, um genau zu sein. Und heute Abend hatte er ungefähr einen Pint mehr intus, als ihm gut tat.

Dennoch war der Weg vom Ecktisch zur Theke nicht wirklich ein Hindernisparcours zu nennen. Wären da nicht die Buckel und Wellen im Paisleyteppichboden gewesen, die ihn nun tragisch ausbremsten und zu Fall brachten. Als er so mit dem Gesicht nach unten dalag, sah das Mädchen durch einen Vorhang aus Haaren auf ihn herab. »Sir?«

»Chenil, wir müssen reden«, sagte er, als er sich wieder aufrappelte und mit größter Kraftanstrengung an der Thekenreling hochzog. »In deinem Zustand solltest du nichts trinken.«

»Aber das tu ich doch gar nicht«, protestierte sie, nachdem er endlich mit ihr auf Augenhöhe ist.

»Wagen Sie es nicht, diese junge Frau zu bedienen«, befahl Alvin nun der Serviererin, die ihnen den Rücken zugewandt hatte. »Sie trägt ein Kind unter ihrem Herzen.«

Jetzt drehte sich die Bedienung zu ihnen um und reichte Chenil eine Flasche Weißwein, wobei sie Alvin geflissentlich ignorierte.

»Das dürfen Sie ihr nicht verkaufen.« Jetzt brüllte er fast. »Sie ist doch schwanger.« Seine Hand schnellte vor, um der Frau die Flasche abzunehmen, doch die nüchterne Chenil kam ihm zuvor.

»Die ist für meine Mum, Sir«, murmelte sie. Und dann zur Thekenbedienung: »Danke.«

Sie wendete sich um und ging zur Tür. Alvin folgte ihr, wobei er versuchte, Stolperfallen im Teppich weiträumig zu umgehen. Auf der Straße angekommen, ergriff er ihren Arm. »Lass mich dich nach Hause begleiten.«

»Schon okay. Ich wohne gleich um die Ecke.«

»Nein, du erwartest ein Baby. Du solltest nicht hier draußen rumlaufen und Alkohol kaufen. Du erwartest ein *Baby*.«

»Schon okay, Sir«, sagte sie nun fast flehentlich. Wären Alvins Nervenenden durch das Bier nicht restlos betäubt gewesen, hätte er die Hitzewellen, welche ihre Beschämung ausgelöst hatte, körperlich spüren können.

»Du musst auch an das Kind denken«, sagte Alvin. »Schon bald wirst du Mutter sein. Das ist der außerordentlichste, wertvollste, heiligste …«

Er brach ab, weil er merkte, wie Tränen über sein Gesicht liefen.

»Alles klar mit Ihnen?«, fragte Chenil. Sie fröstelte, sowohl aufgrund der Kälte als auch vor Scham.

»Ich hab's total versaut, Chenil«, schluchzte er. »Hab den totalen Mist angerichtet … Ach, *Scheiße*.«

Er kippte vornüber, seine Knie schlugen auf dem Boden auf, doch er konnte im letzten Moment verhindern, dass er mit dem Gesicht aufs Straßenpflaster knallte. Chenil machte einen Satz zurück, doch sie war nicht schnell genug, denn schon ergoss sich ein dünner Strahl Kotze über ihre Schuhe. Das Zeug roch kaum anders als zehn Minuten zuvor, als es sich noch in einem Bierglas befunden hatte.

So schnell, wie es begonnen hatte, war es auch schon wieder vorbei. Schwerfällig kam Alvin auf die Beine. »Jesus … das war … Jetzt geht's mir wieder besser. Tut mir leid … so leid …«

Er wischte sich mit dem Ärmel über den Mund und sah, wie ein Auto in Richtung Straßenstrich vorbeifuhr. Doch betrunken wie er war, würde er sich an diesen Vorfall am nächsten Morgen kaum noch erinnern können.

Omaficker

Das Phänomen Alkohol lässt sich in aller Kürze wie folgt beschreiben: Nicht nur ist er imstande, die allgemeingültigen Regeln für Anstand und Zurückhaltung außer Kraft zu setzen, nein, er besitzt zudem die Fähigkeit, gleichzeitig den Löschknopf im Archiv des Hirns zu betätigen. Ist die Platte einmal leergeputzt, tummeln sich dort nicht mal kleinste beschämende Erinnerungsfetzen, was bedeutet, dass der Wiederholungsfall nicht ausgeschlossen werden kann. Schon am Morgen danach wird man an den zurückliegenden Abend lediglich durch einen widerlichen Geschmack im Mund sowie härtnäckige Kopfschmerzen erinnert.

An diesem speziellen Morgen danach reichte Alvins Erinnerungsvermögen gerade mal bis zum vierten oder fünften Schluck seines ersten Pint. Seinem derzeitigen Zustand nach zu urteilen, musste der Abend jedoch länger gedauert haben. Zusammengesunken saß er nun vor einer niedrigen Mauer, die zu drei Seiten den Spielplatz mit angrenzendem Basketballfeld einrahmte. In einer entfernten Ecke stand das dreistöckige Unterrichtsgebäude, das in den Neunzigern in einem Anfall von New-Labour-Großzügigkeit erbaut worden war und das schon jetzt alt und müde wirkte. Der Spielplatz war verwaist bis auf einen Jungen, der halbherzig ein paar Körbe warf. Alvin hat keine Ahnung, wer das war, weil das Gesicht des Kindes von einer Kapuze verdeckt wurde, so groß, dass man Ben Nevis dahinter hätte verstecken können. Auch hatte er nicht die Energie, den Schulschwänzer in seine Klasse zurückzubeordern, zumal er selbst ein paar aufgeschobene Dinge zu erledigen hatte.

Ein weiterer Nebeneffekt des Alkohols war, dass einem sofort wieder jene Fragen einfielen, die relevant gewesen waren, *bevor* man den Pub betreten hatte. Hatte Karen ihn wirklich vor die

Tür gesetzt? Die Tatsache, dass er heute Morgen auf Jamies Couch erwacht war, ließ diesen Schluss zu. Und hatte er davor wirklich seinen Nebenjob sausen lassen? Der Umstand, dass er den ganzen Abend über gesoffen hatte, anstatt Pizzas herumzutragen, ließ auch diesen Schluss zu. Doch dann war da noch etwas in seinem Gedächtnis, bei dem es sich nur um ein Gedankenimplantat handeln konnte. Unmöglich konnte er gestern Nachmittag bei einem Anwalt gewesen sein, der ihm mitgeteilt hatte, er wäre nun Millionär. Das war einfach zu verrückt.

Er hörte die unverkennbaren Schritte von Lynette Moorhouse auf dem Beton: *Klick-klick-klick*. Er hob den bleischweren Kopf und sah, wie sie auf ihn zukam. Einen Moment hielt sie inne und rief dann der NBA-Hoffnung auf dem Spielplatz zu: »Hast du keinen Unterricht, Keifer?« Die Antwort des Jungen war ein erfolgreicher Zwei-Punkte-Wurf. Sie stolzierte auf Alvin zu wie Angela Ripon in ihren Glanzzeiten: perfekt gekleidet, gut frisiert und *sexy*.

Die Operation im Sommer war ein *voller* Erfolg gewesen.

»Und was ist mit dir?«, fragte sie. »Solltest du nicht auch bei der Arbeit sein?« Sie setzte sich neben ihn und schlug die Beine übereinander.

»Hab 'ne Menge Schreibarbeit. Kann mich einfach nicht dazu aufraffen«, murmelte er.

»Du siehst aus, als ob du letzte Nacht durchgefeiert hast.«

»Wenn du es so nennen willst. In meinem Kopf herrscht hinsichtlich gestern Abend ein ziemliches Chaos, wenn ich ehrlich sein soll.«

»Das hier wird dich ein wenig aufmuntern. Ein gar köstliches Gerücht, das im Lehrerzimmer kursiert. Du kennst doch sicherlich unsere ehrenwerte Schulbeirätin, oder?«

Trotz seines desolaten Zustands spitzte Alvin die Ohren.

»Nun, ihre Mutter ist vor einigen Wochen gestorben«, fuhr Lynette fort, »und es hat sich herausgestellt, dass die alte Dame heimlich, still und leise ihr Testament geändert hat. Sie war stinkreich, soll aber ihre Kinder enterbt haben. Und das Beste ist, sie soll ihr ganzes Geld und ihren Besitz einem völlig Fremden vermacht haben.« Sie beugte sich näher zu ihm, so dass niemand hören kann, was sie nun sagt: »Doch die Krönung des Ganzen ist – und das wirst du kaum glauben, Alvin – dieser Fremde ist *einer von uns!*«

Alvin zuckte zusammen und spürte einen Brechreiz, der nichts mit dem Alkohol zu tun hatte.

»Woher weißt du das?«, schaffte er es zu fragen.

»Du weißt doch, wie so was läuft. Die Bird-Wright hat es jemandem aus dem Direktorium erzählt, und der hat es dann weitergetratscht und so fort.«

»Vielleicht ist das alles auch nur idiotisches Gerede«, murmelte Alvin. »Für mich klingt es jedenfalls danach.«

»Darauf würde ich nicht wetten. Erinnerst du dich noch, dass es monatelang hieß, Bob wäre ein Spanner und Parkplatzrammler? Keiner glaubte daran, bis die Kids im Computerraum nach einer Google-Suche dann auf ein entsprechendes Filmchen stießen. Armer Bob, das war's dann mit seiner Lehrerlaufbahn.«

»Könnte trotzdem nichts weiter als erfundener Blödsinn sein.«

»Nein, es ist zu unglaublich, um erfunden zu sein. Hector Parr ist schon dabei, in detektivischer Manier die Identität des Typen herauszubekommen.«

»Woher willst du wissen, dass es ein Typ ist?«, fragte Alvin.

»Ehrlich gesagt, das ist nur so 'ne Vermutung. Es erscheint mir sehr wahrscheinlich. Jedenfalls hat sich Stanislavski im Lehrerzimmer mit den anderen Englischlehrern über das korrekte Wort für ›Omaficker‹ gestritten. Ich hab ihnen gesagt, der Begriff lautet ›Gerontophilie‹, aber auf mich hört ja keiner. Bin ja nur Geschichtslehrerin.«

»*Omaficker*?«, krächzte Alvin, als der Groschen fiel.

»Na ja, wer immer das alles geerbt hat, muss die Alte doch gevögelt haben ... Zumindest ist das die vorherrschende Meinung. Warum fragst du, hast du 'ne bessere Erklärung?«

Alvin schüttelte den Kopf. Vorsichtig, denn er schmerzte höllisch.

»Ich tippe ja auf Rowell«, sagte Lynette. »Ich weiß, er ist total verklemmt, aber da ist etwas an ihm … ja, ich glaube, er wäre durchtrieben genug dafür.«

»Ich bin derjenige«, sagte Alvin ruhig.

»Na ja, ist vermutlich nur Wunschdenken. Aber du musst schon zugeben, dass es was hätte, wenn ausgerechnet Rowell in Ungnade – Was hast du gesagt, Alvin?«

»*Ich* bin der Erbe, Lynette.«

»Ja, klar. Hector hat dich zwar nicht mal in Erwägung gezogen, aber …« Sie brach ab und sah ihn fest an. »Das ist kein Witz, stimmt's?«

Wieder schüttelte er den Kopf.

»Du hast die Alte gevögelt?«, fragte sie entgeistert.

»Um Himmels willen, *nein!*«

»Aber … Was, wie, warum, wann?«

»Du sagst es doch niemandem weiter, oder?«

»Also, ich hab so das Gefühl, als ob das nicht lange ein Geheimnis bleiben wird … Aber klar, selbstverständlich nicht.«

Und dann erzählte Alvin ihr die ganze Geschichte. Oder zumindest die aus dramaturgischen Gründen etwas nachbearbeitete Version.

»Das ist ja fantastisch«, rief Lynette aus – so leise es ging. »Keiner hat es mehr verdient als du. Karen muss ja ganz aus dem Häuschen sein.«

»Nicht wirklich.«

Nun lieferte er ihr einige der Informationen nach, die er in seinem ersten Bericht unterschlagen hatte.

»Also wirklich!«, sagte Lynette. »Du und Kelly? Sie glaubt doch nicht allen Ernstes, dass ihr … es getan habt?«

Wie man sieht, hatte Alvin nicht alle Informationen nachgereicht.

»Ich … ja … doch, das tut sie«, sagte er.

»Das renkt sich schon wieder ein, oder? Das muss es einfach.«

»Glaub mir, ich hoffe es, Lynette. Das ist wie ein beschissener

Horrortrip für mich. Bin heute Morgen aufgewacht und hab wirklich gehofft, das alles wäre nur ein böser Traum gewesen … Aber leider ist es nicht so.«

»Bist du jetzt völlig übergeschnappt? Bis gestern hast du noch jeden Penny zwei Mal umdrehen müssen, und heute schwimmst du im Geld. Das ist doch wunderbar!«

»Aber es ist nicht mein Geld. Ich verdiene es doch gar nicht.«

»Natürlich tust du das. Wer außer dir wäre eingeschritten und hätte den Gangster in die Flucht geschlagen? Du kannst dir sicher sein, ihre eigenen Kinder hätten so was nie gemacht. Offenbar hatten sie seit Jahren keinen Kontakt mehr zu ihrer Mutter.«

Ein Teil in Alvins Hirn – ein kleiner verstaubter Winkel, unbeeinträchtigt durch die Nachwirkungen des Alkohols – erinnerte sich nun dunkel an das Treffen mit Trevor Poll. Vor allem daran, dass er sich gefragt hatte, wie eine so prominente Familie wie die Birds es geschafft hatte, die Fehde mit ihrer Mutter unter der Decke zu halten. Er selbst kannte die etwas entfernt lebenden älteren Paare in seiner Nachbarschaft zwar nicht beim Namen, wusste jedoch ganz genau, dass einige ihre Kinder seit Jahren, noch nicht einmal zu Weihnachten, gesehen hatten. Aus welchem Grund also hatte niemand Wind davon bekommen, dass die Birds – immerhin permanent im Fokus des öffentlichen Interesses – mit Fug und Recht in einem Atemzug mit den Ewings und Carringtons genannt werden konnten? Ohne Frage wäre es eine Meldung wert gewesen, dass Mutter Bird ihr palastartiges Zuhause verlassen und in eine verwahrloste Mietwohnung gezogen war.

Doch Alvin war zu fertig, um das in aller Konsequenz zu durchdenken. »Was soll's«, murmelte er, »ich werde sowieso keinen Penny von dem Geld sehen. Ihre Kinder haben toughe Anwälte, die mir im Handumdrehen das Fell über die Ohren ziehen werden.«

»Denk *positiv*, Liebes. Die müssen dir erst mal *beweisen*, dass du keinen Anspruch auf das Geld hast. So einfach wie du glaubst, ist das nicht … Auweia, da kommt Ärger auf uns zu.«

Alvin hob den Kopf und sah Tony Rowell über den Spielplatz eilen. Ohne anzuhalten brüllte dieser: »Sutherland, in deine Klasse, aber sofort!« Augenblicklich schnappte sich der Junge mit der Kapuze den Ball und hastete Richtung Unterrichtsgebäude davon. Vor Alvin und Lynette blieb Rowell stehen. Leicht schwankend wie ein hochgewachsener biegsamer Setzling schaute er auf die beiden herab.

»Der Antrag für die Betriebsmittelbewilligung hätte gestern Abend in der Post sein müssen, Ms Moorhouse«, kollerte er.

»Ja, ich, es, ähm, ich«, stotterte Lynette wie eine Elfjährige, die sowohl ohne Hausaufgaben als auch ohne annehmbare Entschuldigung in der Schule erschienen war.

Rowell ignorierte sie und richtete nun seinen Blick auf Alvin. »Mr Lee, Sie machen mich krank. Was mich betrifft, so sind Sie fertig an dieser Schule, haben Sie mich verstanden? Dafür werde ich sorgen.«

Er drehte sich auf dem Absatz um. »Der Antrag, Ms Moorhouse, der Antrag«, erinnerte er sie, während er sich entfernte, um kurz darauf wieder im Schulgebäude zu verschwinden.

Lynette sprang auf, ergriff Alvins Arm und zog ihn mit sich. »Komm, lass uns ein bisschen spazieren gehen und reden. Sag, was hat das alles nur zu bedeuten?«

Alvin hatte Mühe, mit ihr Schritt zu halten. Nach Jahren in unterrichtsgeeignetem festem Schuhwerk war es erstaunlich mitanzusehen, wie schnell sie sich an das Laufen auf hohen Absätzen gewöhnt hatte. Sie konnte sich in den Dingern problemlos mit den Gehern der Olympiamannschaft messen, ohne auch nur einmal ins Wanken zu geraten.

»Wieso weiß er Bescheid?«, fragte er sie.

»Keine Ahnung. Und woher weiß er, dass ich den Antrag gestern Abend nicht losgeschickt hatte. Er kommt mir vor wie dieser verdammte Christopher Lee mit seiner Kristallkugel in *Herr der Ringe*. Er weiß es einfach.«

»Ja, aber … warum will er mich loswerden?«

»Gute Frage. Vielleicht denkt er, dass du sie gevögelt hast?«

Alvin fiel es schwer, darüber nachzugrübeln. Das Denken erforderte an diesem Morgen mehr Energie als üblich – Energie, die sein Körper jedoch nicht imstande war, seinem Hirn zur Verfügung zu stellen. Sein mentales Getriebe blockierte bei dem Versuch und versagte schließlich knirschend. Doch dann fiel Alvin etwas ein.

»Ich bin gestern mit Debbie und Chenil aus dem Schultor spaziert. Rowell ist kurz darauf an uns vorbeigefahren.«

»Ja und?«

»Er hat sich über Debbies Rock aufgeregt.«

»Was für ein Rock?«

»Du sagst es. Von einem Rock konnte bei diesem Fummel keine Rede sein.«

»Aber er kann *das* doch nicht zum Anlass nehmen, dich zu feuern. Und das *weiß* er auch, Alvin.«

Sie hatten die Tür zum Unterrichtsgebäude erreicht.

»Ich muss zurück ins ILD«, sagte Alvin, dem eingefallen ist, dass er jetzt eine Privatstunde mit Dan hatte, dem hoffnungslosen rumänischen Koloristen. In letzter Zeit hatte er mit dem Jungen einige Fortschritte erzielt und ihm in den halbstündigen Sitzungen bis zu einem Dutzend englischer Wörter entlockt. Diesmal allerdings, so dachte er, würde er etwas versuchen müssen, was weniger anstrengend war. Vielleicht sollte er dem Jungen ein paar Malstifte in die Hand drücken und ihn auffordern, seine Gefühle in Bildern zu Papier zu bringen.

»Wir sehen uns beim Lunch, ja?«, sagte Lynette.

»Bitte, erzähl es niemandem weiter.«

»Natürlich nicht«, rief sie ihm zu, als sie mit klappernden Absätzen im Gebäude verschwand.

»Das ist sehr … ausdrucksvoll, Dan.«

Alvin betrachtete die zornigen roten Wirbel auf dem linierten Papier, ein Mahlstrom aus Farbe, in dessen Zentrum eine kleine stilisierte Figur gefangen war. Möglicherweise ein seltener Einblick in die verletzte Psyche eines heimatvertriebenen Jugendlichen.

»Was stellt es dar?«, fragte er, wobei er das Bild ernst studierte. »Ist es Ausdruck deiner Frustration darüber, dass du nicht in der Lage bist zu kommunizieren?«

Wenig kommunikationsfreudig starrte Dan ihn an.

»Weißt du«, fuhr Alvin fort, »nicht in der Lage zu sein, sich zu verständigen, das muss einen manchmal ganz schön sauer machen. Also mich würde das ziemlich verrückt machen.«

Dan schnappte sich das Blatt Papier und hielt es Alvin direkt vors Gesicht. »Tony!«, rief er und deutete aufgeregt auf das Strichmännchen im Zentrum des Strudels.«

Verständnislos starrte Alvin das Bild an.

»Tonyyyy«, wiederholte Dan mit Nachdruck.

Sein Vater vielleicht? Oder sein Bruder?

Entschuldigend schüttelte Alvin den Kopf.

»Tony Adam! Arsenal Liga!«

Und dann begann er zu singen.

Dan, sein sprachloser Schützling, sang.

»Tony Adam magic,
He have a magic knob,
And when he see Caprice,
He stick it in her –«

»Ach so. Okay«, sagte Alvin, als er den Song wiedererkannte. »Das ist … fantastisch, Dan.«

Die Glocke ertönte, gleichzeitig fing sein Handy an zu klingeln. Nachdem Dan den Unterrichtsraum verlassen hatte, nahm Alvin das Gespräch entgegen.

»Der Feind hat seine Panzer an der Grenze zusammengezogen, Mr Lee«, verkündete die Stimme am anderen Ende, »und meine Feldaufklärer haben massive Truppenbewegungen ausmachen können.«

»Was? Wer …«

»Ich spreche von den *Birds*. Sie bereiten sich auf den Krieg vor.«

»Nein, ich meine, wer spricht da?«

»Trevor Poll. Wir müssen uns unbedingt treffen.«

»Aber wir haben uns doch gestern erst getroffen«, erwiderte Alvin.

»Schon, aber wir müssen mobil machen und ...«

»Moment bitte. *Stopp!* Wovon reden Sie eigentlich, Mr Poll?«

»Nennen Sie mich doch Trevor.«

»Trevor, schauen Sie, ich bin noch immer völlig verwirrt von all dem und ...«

»Ja, ja, natürlich sind Sie das. Das war für eine Sitzung auch viel zu verkraften. Und wie ich Ihnen gestern schon sagte – obwohl es kein besonders kompliziertes Testament ist ... nur ein einziger Erbe und so –, habe ich nie behauptet, dass es ein glatter Durchmarsch werden wird. Und ich sollte Recht behalten, Mr Lee.«

»Alvin, bitte.«

»Alvin, hören Sie, ich habe heute ein Schreiben von Sandler Gonzalas erhalten ...«

»Von wem?«

»Anwälte wie ich, Alvin. Nur leider kein bisschen wie ich. Die vertreten Thronerben, Tory-Abgeordnete und Popstars, die Knatsch mit der Boulevardpresse haben. Und sie vertreten die Birds. Wie dem auch sei, Sandler und Gonzalas ließen mich wissen, dass sie Louise Birds erstes Testament aufgesetzt haben, zu einem Zeitpunkt, als sich diese noch nicht mit ihren Nachkommen überworfen hatte.«

»Tja, ich denke, das war's dann wohl«, sagte Alvin und fühlte sich plötzlich seltsam erleichtert. »Ich meine, wenn sie doch schon ein Testament gemacht hatte ...«

»Eben nicht. Ein neues Testament macht das alte automatisch unwirksam. Unsere Gesetze sind da ziemlich eindeutig. Trotzdem gedenken die Birds nicht, es uns so leicht zu machen. Sie wollen die Sache anfechten und führen die Demenz der alten Dame ins Feld.«

»Ihre was?«

»Sie werden behaupten, ihre Mutter sei zuletzt völlig verrückt gewesen.«

Na ja, dachte Alvin, so musste es wohl auch gewesen sein, oder?

»Alles Quatsch«, fuhr Poll fort. »Bei all meinen Treffen mit ihr war sie im Vollbesitz ihrer geistigen Kräfte. Und ehrlich gesagt nehme ich eine derartige Unterstellung auch persönlich. Es ist mir egal, ob die Herren Sandler und Gonzalas den Papst persönlich vertreten haben – und das sage ich als überzeugter Katholik –, aber ich lasse mir von denen nicht meine Integrität absprechen.«

»Um ehrlich zu sein, ich habe im Moment wenig Zeit«, sagte Alvin.

Curtis und Roland waren ins Klassenzimmer gekommen und warteten nun ohne große Begeisterung darauf, dass Alvin sie bis zur Mittagspause irgendwie beschäftigte. Debbie stand in der Tür und hämmerte wütend eine SMS in ihr Handy, und von draußen konnte Alvin das unflätige Geplänkel der anderen Schüler vernehmen.

»Wir müssen uns unbedingt treffen, Alvin«, drängte Poll. »Sie werden einen Anwalt dringend brauchen.«

Alvin konnte förmlich *hören,* wie die Brust des Anwalts bei diesen Worten anschwoll. Sollte ich tatsächlich dringend einen Anwalt brauchen, so fragte er sich, warum mussten es ausgerechnet der Weihnachtsmann und sein unsichtbarer Kompagnon sein?

»Also ich weiß nicht«, sagte er. »Ich bin mir über die Sache keineswegs im Klaren, um ehrlich zu sein.«

»Wir sollten später wieder telefonieren, und bis dahin sollten Sie sich das alles noch einmal reiflich überlegen. Reifliche Überlegungen sind der Schlüssel zur Klarheit, wissen Sie?«

Nachdem Alvin das Handy in seiner Tasche verstaut hatte, wanderte sein Blick durch den Raum. Alvin versuchte, einen klaren Gedanken zu fassen. Klarheit zu erlangen an einem vernebelten Tag wie diesem, das schien ein Ding der Unmöglichkeit zu sein.

»Wer war das, Alvin?«, wollte Curtis wissen.

»Was Privates«, murmelte er. »Lasst uns anfangen, okay?«

Nur womit? Er hatte sich in keinster Weise auf diese Stunde vorbereitet und keinen blassen Schimmer, was er mit den acht Kids machen sollte. Sieben, um genau zu sein.

»Wo ist Chenil?«, fragte er.

Keine Antwort, nur ein kollektives Achselzucken. Alvin wusste nicht, warum er sich wegen des Mädchens Sorgen machte; Chenil würde in diesen Tagen ohnehin die Schule verlassen. Man hätte es Mutterschaftsurlaub nennen können, obwohl die Schulbefreiung nicht zum Wohle von Mutter und Kind erfolgte, sondern um zu verhindern, dass eine deutlich sichtbare Schwangerschaft einen schlechten Eindruck auf die anderen Schüler hatte.

Roland und Curtis kicherten.

»Was ist so lustig, Leute?«, fragte Alvin.

Debbie starrte ihn an. »Sie haben Chenil gestern Abend ziemlich geschockt.«

»Gestern Abend«, wiederholte er ehrlich verblüfft.

»Ja, sie dachte, Sie wollten ...«

Sie brach ab, was nicht gerade zur Klärung der Sachlage beitrug. Curtis erledigte das für sie. »Sie dachte, Sie wollten mit zu ihr.«

»Stattdessen haben Sie sie vollgekotzt«, platzte Roland heraus, bevor er in dreistes Gelächter verfiel.

»Wovon zum Teufel redet ihr eigentlich?«, fragte Alvin, obwohl sich nun ein dünner Erinnerungsstrom in seinem Hirn Bahn brach.

»Ruhe!«, kreischte Debbie plötzlich. »Seid mal ruhig!« Sie hatte eine Hand erhoben, während die andere das Handy gegen ihr Ohr presste.

»Das ist Chenil, Sir«, erklärte sie. »Verdammt, sie kriegt es, gerade im Moment kriegt sie es.«

»Wo ist sie?«

Die Frage erübrigte sich, denn sie mussten einfach nur Chenils Schreien folgen.

So was kann Stunden dauern

Alvin hatte das perfekte Kater-Gegenmittel entdeckt. Perfekt, weil es praktisch augenblicklich wirkte. Jeder mit einem Kopf so schwer wie eine Eisengießerei, dachte Alvin, sollte die Sache mit dem schwarzen Kaffee und dem Alka Seltzer einfach vergessen und sich stattdessen eine vor Angst und Schmerz gelähmte Schülerin suchen, die gerade ein Kind zur Welt brachte. Und dann in PANIK ausbrechen!

Tatsächlich dachte Alvin in diesem Moment gar nichts, dafür war er viel zu sehr damit beschäftigt, in PANIK auszubrechen.

Chenil hielt seine Hand umklammert. Sie drückte eisern zu, und, Jesus, es tat höllisch weh. Doch im Moment schien es Alvin ein wenig unangebracht, sein eigenes Missbehagen zu thematisieren. Sie befanden sich auf der Mädchentoilette, einem Flachbau, der sich vor dem ILD am Rand des schäbigen Rasens befand. Alvin war noch nie hier gewesen und war erleichtert, dass es hier weniger versifft war als bei den Jungs. Chenil lag auf dem Boden, der Rock bis zur Taille aufgerollt, ihr Kopf ruhte auf Alvins zusammengerolltem Pullover. Alvin kniete neben ihr und hielt ihre Hand, die seine gerade zu zerdrücken schien.

»NnnnnnnnnnnnnnnnnnnngggggggggghhhhhhhhhScheiiiiiiiiße!«, schrie sie und quetschte Alvins Hand noch ein bisschen fester.

»Gut so, Chenil, mach weiter«, sagte Alvin trotz der Schmerzen, seiner und ihrer.

»Machen Sie, dass das aufhört«, flehte sie keuchend. Gesicht und Haar waren getränkt von Schweiß und Tränen.

Er wünschte, er hätte es gekonnt. Er hatte diese Situation schon einmal erlebt. Zwei Mal, um genau zu sein. Bei Mercedes' Geburt war er nicht anwesend gewesen, da er und Janice zu diesem Zeitpunkt schon getrennt lebten und sie ihn nicht angerufen hatte. Aber er war dabei gewesen, als Annie und Sid das Licht der Welt erblickt hatten. Er war sich sicher, dass diese schmerzvolle Prozedur für jedes Wesen ohne funktionierende Gebärmutter ein unergründbares Mysterium bleiben musste. Karens Geburten waren schnell gegangen; heftige, rasche Kontraktionen von Anfang an, als ob ihr Körper sich für die komprimierte Form der Quälerei entschieden hatte, *um diesen Albtraum schnellstmöglich hinter sich zu bringen*. Er wusste noch, dass er sich damals ziemlich nutzlos gefühlt hatte, ein überflüssiger Beobachter, der halb-wissenschaftlichen Blödsinn aus dem Geburtsvorbereitungskurs dahergeplappert hatte. »Atmen, Baby, atmen.« Was für ein Schwachsinn! Wir wollen doch mal ehrlich sein, hatte Alvin gedacht, Händchenhalten und Schweiß abtupfen bringen es zu diesem Zeitpunkt nicht wirklich. Seine Beteiligung an diesem Prozess war etwa vierzig Wochen zuvor abgeschlossen gewesen, was ihn im Kreißsaal geradewegs in einen Schuldkomplex hineingetrieben hatte – *war er wirklich für all das hier verantwortlich?* –, der anhielt, bis es endlich vorbei war. (Was zugleich der Moment war – als er mit großen Augen das erste Mal auf Annie herabgesehen hatte, und dann, vier Jahre später, auf Sid –, an dem alles *begann*.)

Jetzt fühlte Alvin sich nicht schuldig – immerhin war er für das hier nun wirklich nicht verantwortlich zu machen –, doch er kam sich wieder einmal ziemlich überflüssig vor, während Chenil Shakespeare schrie wie ein Metalfrontman und fluchte wie ein Rapper. Und er war hilflos angesichts der grimmigen Entschlossenheit, mittels der man einen Babyelefanten in die Welt hinauspressen konnte.

Wieder kam eine Wehe.

»NnnnnnnnnnnnnnnnnnnggggggggggghhhhhhhhhScheißescheißescheißescheiße!«

Alvin vernahm ihr Klagen und das Krachen seiner Fingergelenke, als sich Chenils Griff ein weiteres Mal verstärkte. Er suchte nach geeigneten, aufmunternden Worten und sagte schließlich: »Atmen, Chenil, atmen.«

Sie waren nicht allein. In der Ecke verharrte die zwölfjährige Kylie Cotton, eine unangezündete Zigarette klebte an ihrer Unterlippe. Vermutlich war sie gerade im Begriff gewesen, diese zu rauchen, als Chenils Fruchtblase platzte, was dazu führte, dass Kylie seitdem wie versteinert dastand. Alvin hoffte, dass diese packende Livedarstellung der Schattenseiten von Teenagersex einen nachhaltigen Eindruck auf das Mädchen machte. Auch Debbie war da. Sie stand mit dem Rücken zur Eingangstür und bellte jeden an, der versuchte hereinzukommen. Nie hatte sie ernster ausgesehen als heute, und Alvin fragte sich, was sie wohl gerade dachte. Falls es irgendwas mit dem *Kinderkriegen* zu tun hatte – *wer hatte sich diesen Scheißdreck eigentlich ausgedacht?* –, so konnte er es ihr nicht verdenken. Als Annie geboren wurde, war ihm klar geworden, dass das Kinderkriegen ein zwingendes Argument gegen die Existenz eines Schöpfers war. Welcher liebende Gott hätte sich mit Block und Bleistift bewaffnet einen derartigen Vorgang ausdenken können? *Hmm, wie wäre es, wenn man – nach neun kräftezehrenden Schwangerschaftsmonaten –, ein sieben Pfund schweres Objekt durch eine lächerlich enge Röhre presste, was natürlich zu unerträglichen Schmerzwellen, unkontrollierter Darmentleerung, Dammriss und dementsprechend einem tiefgreifenden Trauma führen würde. Und wie wäre es, wenn wir den ganzen Prozess darüber hinaus auf, sagen wir, bis zu zweiundsiebzig Stunden in die Länge ziehen würden? Ja, eindeutig eine meiner besten Ideen. Darauf erst mal eine Tasse Tee!*

Debbie und Alvin waren als Erste im Toilettenblock eingetroffen. Debbie hatte einen Krankenwagen gerufen, und Alvin hatte Roland und Curtis – die Väter – losgeschickt, um weitere Erwachsene zur Hilfe zu holen. Vor allem jemanden vom Sozialdienst, vielleicht einen Mitarbeiter mit Erste-Hilfe-Ausbildung, etwas, was Alvin nicht vorzuweisen hatte. Als Kerl fühlte er sich in Anwesenheit eines Teenagers auf der Mädchentoilette sehr unwohl in seiner Haut. Vor allem als Kerl ohne besondere Fähigkeiten.

»Tun Sie doch was, Sir«, drängte ihn Debbie, als Chenil sich sichtlich gegen eine neue Schmerzattacke wappnete. »Es kommt doch jeden verdammten Moment.«

»Nein, das glaube ich nicht«, sagte Alvin mit zitternder Stimme. »So was kann Stunden dauern.«

Das alles sollte in einem hellen freundlichen Kreißsaal stattfinden, dachte er. Mit Hebammen, Ärzten und funkelndem Gerät, das eigenes dafür gemacht wurde, Babys aus Frauen herauszuholen. Stattdessen waren sie auf einer öffentlichen Toilette. Nicht halb so viele Pisselachen wie in den Jungenklos, doch immer noch eine Toilette. Sechs mit Obszönitäten beschmierte Kabinen in einer Reihe. In einer davon lag Chenil, wobei ihr Körper zur Hälfte in den Vorraum hinausragte. Nicht die Spur einer glanzvollen Umgebung, weil man Klopapier, ein nasses schmutziges Rollhandtuch, ein Stück glitschige Seife und Laiengeburtshelfer nicht wirklich dazu zählen konnte.

»Was zum Teufel machen Roland und Curtis eigentlich so lange?«, fluchte er.

90 SMS kostenlos*

(*Bitte gesonderte Vertragsbedingungen beachten.)

»Haste mal Feuer, Ro? … Danke, Mann. Seit wann rauchste denn Lights?«

Roland zuckte die Achseln.

»Lights sind ja so was von schwul.«

»Fick dich.«

»Haste gehört? Game's haben 'ne neue.«

»Nee, wie ist die denn so?«

»So etwa: Dun, dun, dun, der-der, dun, *dun*, duff, *duff*.«

»Und? Klingt gut?«

»Abgefahren, Mann. Sag mal, haste es eigentlich schon mit Beckers Schwester gemacht?«

»Mit der Schlampe? Die ist voll *hässlich*, Mann.«

»Trotzdem würdeste mal wollen, stimmt's?

»Ach, fick dich.«

Curtis ließ die Zigarette fallen und trat sie mit dem Fuß aus.

»Soll'n wir mal jemand Bescheid sagen, oder was?«

Roland zuckte die Achseln.

»Wir könnten 'nen Krankenwagen anrufen oder so.«

»Leck mich, Alter. Für so was verschwend ich doch nicht mein Handyguthaben … Ich könnt 'ne SMS schicken, was meinste? Hab 90 kostenlose SMS im Monat und so.«

»Kannste 'ne SMS an den Notruf schicken?«

Roland zuckte die Achseln.

»Haste nochmal Feuer?«

Ehrlich, so was kann Stunden dauern

»Ich glaube, Sie irren sich, Sir«, lamentierte Debbie. »Es kommt jeden verdammten Moment.«

»Ehrlich, Debbie, dafür ist es noch viel zu früh. Ich bin mir sicher, sie hat noch jede Menge Zeit.«

»Nein, Sir, schauen Sie doch mal genau da unten hin.«

Das *genaue Hinschauen* hatte Alvin bisher erfolgreich vermieden. Ein Betreuer, der seinem jugendlichen Schützling auf die Stelle *da unten* starrte, beging ein justitiables Verbrechen. Doch schließlich zwang er sich dazu, den Blick zu senken. Zwischen Chenils Beinen war die Oberfläche einer blutigen, mit Haut überzogenen kleinen Kugel erschienen.

»Scheiße, es kommt«, schrie er. »Das ist der Kopf des Babys. Sie hat es bald geschafft … Du hast es bald geschafft, Chenil!«

»Ich hab's Ihnen doch gesagt«, sagte Debbie. Sie entledigte sich ihres Blazers und platzierte ihn zwischen Chenils Beinen. Dann kroch sie hoch zum Kopf ihrer Freundin und streichelte sie. »Gib Gas, Mädchen, man kann den Kopf schon sehen. Du schaffst es. Bald hast du's hinter dir. Pressen!«

»Ich kann nicht«, keuchte Chenil. Sie war ganz in sich zusammengesunken, und es schien undenkbar, dass sie auch nur einen weiteren Versuch schaffen könnte.

Wieder ergriff Alvin ihre Hand. »Doch, du kannst, Chenil«, beschwor er sie.

Er erinnerte sich, wie Karen bei Annies Geburt an genau den gleichen Punkt gekommen war. Mit bleichen Wangen, buchstäblich blutleer durch die immense Anstrengung und sichtlich überwältigt durch den Schmerz, hatte auch sie erklärt, einfach nicht mehr weitermachen zu können. Doch die Hebamme – die bis zu jenem Moment nur beruhigend auf Karen eingeredet hatte – *befahl* ihr sodann, ein letztes Mal mit aller Kraft zu pressen. Und Alvin hatte ihrem Tonfall entnehmen können, dass es dazu keine Alternative gab.

Nur war hier keine Hebamme anwesend. Lediglich er und Debbie. Und die zur Salzsäule erstarrte Kylie Cotton.

»Doch, du kannst.« Fast schrie er sie jetzt an. »Du musst jetzt *pressen.*«

»Komm schon, Süße«, sagte Debbie und streichelte ihrer Freundin übers Gesicht.

Ein Schluchzen löste sich aus Chenils Kehle, das sich langsam und übergangslos zu einem tiefen, gutturalen Schrei steigerte, wobei ihr ganzer Körper in Zuckungen verfiel.

Und dann glitt das Baby aus ihr heraus. So schnell, wie ein Torpedo aus seinem Rohr schoss. Alvin fing den Säugling im letzten Moment auf, bevor er auf den Blazer plumpsen konnte. Automatisch hob er ihn in die Höhe und drückte ihn an sich, während sich Chenils Körper entspannte wie wohl noch nie zuvor in ihrem Leben. Dann sah er hinab auf das winzige, sehr winzige Wesen, das reglos in seinen zitternden Händen lag. Er fragte sich, ob er das Baby an den Fußgelenken kopfüber halten und ihm einen Klaps auf seinen praktisch nicht existenten Po geben sollte oder ob es sich hierbei nur um einen Mythos handelte. Da öffnete es völlig selbstständig seinen Mund und stieß einen dünnen, doch sehr bestimmten Schrei aus. Debbie eilte aufgeregt herbei und sah das Baby an.

»Was ist es, Sir?«

»Es ist …« Er betrachtete den kleinen Körper genauer. »Es ist ein Junge.«

»Es ist ein kleiner *Junge*, Chenil«, rief Debbie. »Und er ist – er ist einfach Klasse.«

Ja, das ist er, dachte Alvin.

»Wir müssen ihn warm halten«, sagte er und stellte fest, dass er noch nie im Leben etwas so Winziges und doch so Lebendiges im Arm gehalten hatte.

Debbie kam ihm zuvor, knöpfte sich bereits die weiße Schulbluse auf, streifte sie sich über die Schultern und warf sie ihm zu. Irgendwie schaffte es Alvin, dass weinende Baby darin einzuwickeln, dessen Augen nun leicht geöffnet waren. Unverkennbar die Augen seines Vaters. Der sich im Moment vermutlich auf dem Schulgrundstück herumtrieb und nach einem Sozialarbeiter suchte. Oder auch nicht.

Chenil stützte sich mühsam auf die Ellbogen und starrte verwirrt und ungläubig auf ihren Sohn. Debbie umarmte sie. »Ein verdammt tolles Baby«, sagte sie, dann sah sie zu Alvin. »Und Sie waren voll krass, Sir.«

»Ich. Und was ist mit dir? Du hast ein Baby zur Welt gebracht, Debbie.«

»Ja, das hab ich ... Das haben wir. *Wir* waren echt voll krass, Sir.«

Von Ferne hörte Alvin eine Sirene. Der Notarzt, endlich.

Draußen wurde Geraune laut, erwachsene Stimmen mischten sich unter die der Jugendlichen, die sich schon seit einer Weile vor der Tür der Toilette eingefunden hatten, die nun aufflog. Eine Frau in der Kleidung eines Rettungssanitäters stürmte herein, gefolgt von Stanislavski und Rowell.

Alvin hätte nun anfangen können, sich Sorgen zu machen, wie das alles hier auf die Neuankömmlinge wirken musste. Ein Mädchen mit entblößtem Unterkörper, ein anderes mit – bis auf einen schwarzen BH – entblößtem Oberkörper sowie eine katatonische Zwölfjährige mit Kippe im Mund. Und dazwischen er: ein männlicher Wood-Hill-Mitarbeiter, der sich gerade ein blutverschmiertes Baumwollbündel an die Brust presste.

Ja, er hätte anfangen *können*, sich Sorgen zu machen, wäre er nicht erfüllt gewesen von grenzenloser Freude.

Eine betrübliche Sache

Alvin saß, obwohl es sich eher anfühlte, als schwebte er mit dem Hintern einen Fingerbreit über dem Stuhl – auf einem Kissen aus purer Hochstimmung. Er konnte sich nicht erinnern, je so energiegeladen gewesen zu sein. Nicht einmal nach seinem Auftritt bei *Top of the Pops* oder nachdem er das erste Mal »Wanda Lust« im Radio gehört hatte. Erschreckenderweise noch nicht einmal nach der Geburt seiner eigenen Kinder. Natürlich hatte er sich damals toll gefühlt – toller als toll –, doch der Unterschied war, dass es nichts in ihm bewirkt hatte. Dieses Mal allerdings …

Als er zugesehen hatte, wie Chenil und ihr nagelneuer Sohn in den Krankenwagen befördert wurden, hatte Debbie ihn umarmt, und er hatte die Umarmung erwidert.

Sie hatten es geschafft.

Sie hatten geholfen, ein Baby zur Welt zu bringen.

Das Baby eines zu Tode erschrockenen Teenagers.

Auf dem Boden einer Schultoilette.

»Woher hast du gewusst, was zu tun war?«, hatte er Debbie gefragt. Sie hatte gleichmütig mit den Achseln gezuckt und gesagt: »Ich bin die Älteste in der Familie. Ich hab auf meine drei kleinen Brüder aufgepasst. Meine Mutter konnte keinen Babysitter kriegen.«

Nun fühlte er sich, als ob nichts auf dieser Welt ihn mehr erschüttern konnte. Die Sache mit Karen wieder ins Lot bringen? Pfffft, nichts leichter als das. Den Erbschaftsstreit mit den Birds regeln? Kein Thema. Schließlich war er Alvin Lee, der Geburtshelfer für Frühchen, denen es einfiel, auf einer öffentlichen Toilette zur Welt zu kommen.

Von diesem Hochgefühl erfüllt schwebte Alvin also einige Zentimeter über dem Stuhl, auf dem er vor wenigen Minuten in Alan

Chadwicks Büro Platz genommen hatte. Grund: Der Direktor hatte ihn einbestellt. Als Alvin sich umsah, stellte er fest, dass er zum ersten Mal hier war, zumindest, seit Alan Chadwick den Raum in Besitz genommen hatte. Das Zimmer wirkte größer als zu jener Zeit, da es noch Chadwicks Amtsvorgänger Mr Wilkinson gehört hatte. Der Direktor der alten Garde hatte die Angewohnheit gehabt, sich hinter Bücherstapeln und Aktentürmen zu verbarrikadieren, mit denen der Raum so vollgestopft gewesen war, dass jeden, der eintrat, klaustrophobische Panikattacken überkommen hatten. Und wenn das allein noch nicht genügte, Besucher zu vertreiben, so hatte Wilkinson immer noch die ultimative Abschreckung in petto gehabt: seine Pfeife. (Für die jüngeren unter den Lesern: Eine Pfeife ist eine altmodische Vorrichtung aus Holz, die mit aromatischem Tabak gefüllt wird, und sollte nicht mit jenen modernen Konstruktionen verwechselt werden, in denen man Crack raucht.)

Der neue Besen Chadwick hatte mit Wilkinsons Gerümpel kurzen Prozess gemacht und den Raum zu einem repräsentativen, funktionalen Wood-Hill-Schulleiterbüro aufgemotzt. Was an Büchern noch vorhanden war, hatte Platz in einigen wenigen Regalen gefunden. An der Wand hingen ein paar Auszeichnungen und Diplome. Ein solides Sofa – ganz offensichtlich nicht zum Zwecke des Herumlümmelns entworfen – stand unter dem Fenster. Der große Schreibtisch in der Mitte des Zimmers nahm den meisten Platz ein. Auf der staubfreien Oberfläche fanden sich ein brauner Terminplaner, ein beigefarbenes Telefon und ein schnurrender Laptop.

Doch da stand noch etwas: ein Bilderrahmen aus Walnussholz. Vom Besucherstuhl gegenüber des Schreibtischs aus versuchte Alvin, einen Blick auf die Fotografie zu werfen. Wie mochten wohl Chadwicks Frau und Kinder aussehen? Doch es war kein Familienschnappschuss in dem Rahmen, es sei denn, Alan Chadwick wäre mit Tony Blair verheiratet gewesen. Auf dem Bild reichten sich die beiden – Tony und Alan – die Hände. Merkwürdigerweise schienen sie denselben Anzug zu tragen, wie auch dasselbe Grinsen im Gesicht, als wären sie Demonstrationsobjekte bei einem

Zahnärztekongress. Im Hintergrund verriet ein Plakat, dass das Foto anlässlich des National Teachers' Award entstanden war. Alan Chadwick war auf einer Welle von Beifall in die Wood Hill gesurft. In seinem vorherigen Job hatte er eine Gesamtschule in Moss Side handstreichartig von einer Besserungsanstalt für Jugendliche in eine Oase der Bildung verwandelt, die sich inzwischen mit Eton und Harrow messen konnte. So zumindest hatte man es in der *Gazette* lesen können. Ohne Frage verstand sich Alan Chadwick mit der Presse prächtig.

Hinter ihm öffnete sich die Tür. »Meine Frau pflegt zu behaupten, es wäre schwierig zu sagen, wer von den beiden der Premierminister ist. Nun, ich denke, sie ist da ein wenig befangen«, sagte Chadwick und nahm auf dem hohen Chefsessel hinter seinem Schreibtisch Platz. »Was für ein Tag, nicht wahr? Ich wage allerdings zu bezweifeln, dass so etwas wie Geburtshilfe in Ihrer Stellenbeschreibung auftaucht, oder?«

»Na ja, Debbie Coates hat tüchtig mitgeholfen. Sie war …«

»Nicht, dass wir das an die große Glocke hängen wollen«, unterbrach ihn Chadwick. »Schwangere Schülerinnen sind inzwischen zu einem Problem geworden, das nicht kleiner wird. Es würde uns sicherlich nicht guttun, wenn wir in diesem Punkt zum Gegenstand öffentlicher Diskussionen würden.« Er lächelte Alvin an, doch es war ein seelenloses Lächeln. »Ich wüsste es daher sehr zu schätzen, wenn Sie mit dieser Sache nicht an die Medien gehen würden.«

Alvin hatte das dumpfe Gefühl, als ob er nicht hier war, um sich ein Schulterklopfen abzuholen. Plötzlich fühlte er sich unglaublich töricht.

»Damit zur Presse gehen? Auf diese Idee wäre ich niemals …«

»Natürlich nicht.« Chadwick sah auf seine Uhr, dann zu Alvin. »Das ist eine betrübliche Sache«, sagte er. »Äußerst betrüblich.«

»Ja, das Baby kam leider viel zu früh«, stimmte Alvin ihm zu.

»Das meine ich nicht. Was um alles in der Welt ist da drinnen eigentlich vorgegangen?«

Alvin hatte eigentlich angenommen, ein gebildeter Mensch,

noch dazu Mathematiklehrer, wie Chadwick könne sich diese Frage eigentlich selbst beantworten: Vier Leute gingen ins Toilettengebäude, fünf kamen wieder heraus – was konnte da bloß passiert sein?

»Warum waren Sie mit diesen drei Mädchen allein auf der Toilette?«, fuhr Chadwick fort. »Wo war die Frau vom Sozialdienst?«

»Ich hatte Curtis und Roland gebeten, Hilfe zu holen«, erwiderte Alvin, und Übelkeit stieg in ihm auf angesichts der unverhohlenen Unterstellung.

»Young und Goffe? Die sind wohl kaum unsere verantwortungsbewusstesten Schüler zu nennen, meinen Sie nicht auch? Nein, Sie hätten sich persönlich darum kümmern müssen.«

»Ich hielt es für sinnvoller, bei Chenil zu bleiben, bis Hilfe kommt. Curtis und Roland wussten, wie ernst die Lage war. Sie …«

»… wurden von Mr Stanislavski hinter der Bücherei beim Rauchen erwischt.«

»Ja, haben sie ihm denn nicht berichtet, was los war?«

»Doch, aber er hat ihnen nicht geglaubt.«

»Und warum hat er die Sache nicht wenigstens überprüft?«, fragte Alvin.

»Warum hätte er das tun sollen?«, gab Chadwick zurück. »Die beiden machten nicht gerade den Eindruck, als ob die Angelegenheit *dringend* wäre, nicht wahr?«

Alvin zuckte hilflos die Achseln, sein Hintern ruhte inzwischen wieder fest auf dem Stuhlsitz. »Es war aber niemand anderes da, den ich hätte schicken können. Ich war wirklich der Meinung, ich sollte an Chenils Seite bleiben.«

»Nein, Sie hätten sich umgehend darum kümmern müssen, dass in dieser Situation eine geeignete *weibliche* Kollegin an ihrer Seite ist.« Chadwick schüttelte den Kopf. »Haben Sie eigentlich eine Vorstellung davon, wie das jetzt aussieht?«

»Aber es war doch ein Notfall«, keuchte Alvin unfähig zu begreifen, welche ungeheuerliche Wendung das Gespräch genommen hatte. »Um ehrlich zu sein, das Letzte, worüber ich mir in diesem

Moment Sorgen gemacht habe, war die Frage, wie das womöglich *aussieht.*«

»Warum war Coates halbnackt?«

»Sie hatte sich ihre Bluse ausgezogen, um – Sagen Sie mal, worauf wollen Sie eigentlich hinaus?«

»Nun ja, wenn man den heutigen Vorfall im Zusammenhang ...« Chadwick machte eine dramatische Pause. »... mit anderen Vorkommnissen betrachtet ...«

»Welche anderen Vorkommnisse?«

»Abgesehen von dieser Sache heute habe ich Sie ohnehin sprechen wollen. Tony Rowell sagt, er habe Sie gestern mit Chenil gesehen?«

»Wo? Vor der Schule? Das war ...«

»Nein, vor einem Pub. Es war weit nach elf Uhr.«

Alvin blinzelte und versuchte, sich an den letzten Abend zu erinnern.

»Er saß im Auto und sah Sie aus dem ...« Chadwick warf einen Blick in sein Notizbuch. »... King's Head kommen.«

»Ich war ... Sie war ...«, stammelte Alvin in dem Versuch, die Sache zu erklären. Vielleicht konnte Chenil Licht ins Dunkel bringen, wenn sie wieder aus dem Krankenhaus entlassen war.

»Was zum Teufel haben Sie spätabends in einem Pub mit einer Sechzehnjährigen zu suchen gehabt? Mit einer Sechzehnjährigen von *dieser* Schule?«

Tatsächlich war Chenil erst fünfzehn, doch Alvin wollte im Moment nicht darauf herumreiten. Langsam tauchten die Ereignisse des Vorabends aus dem Nebel des Vergessens auf. »Ich hatte zu viel getrunken, aber ...«

»Das blieb auch Mr Rowell nicht verborgen.«

»Aber ich bin nicht mit Chenil in diesen Pub gegangen. Sie kam erst viel später herein, und ich wollte sie nach Hause begleiten.«

»Sie sind mit ihr *nach Hause* gegangen?«

»Nein, ich dachte nur, sie sollte in ihrem Zustand besser zu Hause sein und nicht draußen rumlaufen.«

»So sah das für Mr Rowell aber nicht aus.«

»Woher will er eigentlich wissen, was wirklich passiert ist«, hakte Alvin irritiert nach. »Angeblich saß er doch in seinem Wagen.«

Chadwick hob die Hand und schaute wieder auf seine Uhr. »Ich muss nun langsam hier zum Ende kommen, denn ich habe noch einen Termin«, sagte er.

»Moment mal, Sie können doch nicht einfach derartige Anschuldigungen gegen mich erheben und mir dann die Chance verweigern, alles aufzuklären.«

»Keine Sorge, Sie werden diese Chance erhalten, sobald der Vorfall ordnungsgemäß untersucht wird. Bis dahin möchte ich Ihnen vorschlagen, sich ein paar Tage freizunehmen.«

»Sie suspendieren mich vom Dienst?«

»Ich will es mal so formulieren: Ich glaube nicht, dass Sie in die Nähe von Kindern kommen sollten, bis die Sache aufgeklärt ist. Ich werde mit Basil Karadas darüber sprechen, aber ja, solange die Untersuchung läuft, sind Sie suspendiert«, sagte Chadwick und machte es damit offiziell.

Basil Karadas war Alvins Vorgesetzter und Leiter des ILD. In diese Funktion leitete er weniger die Abteilung, als dass er Chadwick nach dem Munde redete, sobald dieser neue Vorgaben und Ziele aufstellte. Derzeit schien der Schulleiter Alvin und seine Kollegen zu Dinner-Ladies ohne Schürze und Servierwagen degradieren zu wollen. Insofern waren sie inzwischen weniger Berater denn Aufpasser, und mit Alvins Respekt für Basil war es dementsprechend nicht weit her. Doch er wäre nicht Alvin gewesen, wäre sein Urteil über ihn so ausgefallen wie das von Hector Parr in einem seiner misanthropischen Momente: »Karadas ist ein Bürohengst, ein Lakai und fettärschiger Speichellecker.« Nicht zuletzt, weil er nicht so genau wusste, was ein Speichellecker war.

Im Moment glaubte Alvin jedenfalls nicht, dass Basil auch nur die geringste Anstrengung unternehmen würde, Chadwick davon abzubringen, die schwersten Geschütze gegen seinen Mitarbeiter aufzufahren.

Chadwick wendete sich seinem Computerbildschirm zu und sichtete E-Mails. Alvin erhob sich, doch er bewegte sich nicht von der Stelle.

»Ehrlich gesagt, Sie sehen aus, als ob Sie eine Auszeit gut gebrauchen könnten«, sagte der Direktor. »Sie sehen nicht gut aus, um genau zu sein.«

Wortlos verließ Alvin das Büro. Der Direktor hatte Recht. Er fühlte sich auch nicht gut. Er fühlte sich wie ausgeweidet – als ob seine Innereien noch immer da drinnen auf dem Stuhl lägen.

In Chadwicks Vorzimmer schaute ihn Gillian Duke, die Schulsekretärin der Wood Hill, schweigend über den Rand ihres Monitors hinweg an. Ebenso die Frau, die auf dem Besucherstuhl neben dem großen glänzenden Gummibaum saß. Alvin erkannte sie sofort, doch Allison Bird-Wright war schon wieder in die Lektüre ihres *Daily Telegraph* vertieft, ohne ihn auch nur eines weiteren Blickes zu würdigen.

Mr Sugden

Der arbeitslose ehemalige Lehrer blieb vor dem Laden eines Herrenausstatters stehen: Sugden & Son. Die Auslage sah aus, als wäre hier seit Jahrzehnten nicht mehr neu dekoriert worden, und war bevölkert von verstaubten Schaufensterpuppen, die an Fußballer aus den Siebzigern erinnerten. Ihre Anzüge indes hätten auch schon von der Preston-North-End-Mannschaft anlässlich der Weltmeisterschaft 1954 getragen worden sein können. Ein diskret angebrachtes Schild knapp unter Augenhöhe verkündete: VERKÄUFER GESUCHT. Er schaute durch die Tür ins Innere. Der Laden wirkte still und schummrig. Und alt. Auch konnte er keine Kunden entdecken. Lediglich einen Mann, der hinter einem Ladentisch stand. Mr Sugden vielleicht? Oder der Sohn von Sugden? Wer auch immer es war, seine Erscheinung weckte augenblicklich Erinnerungen an Eipulver und das Preston-North-End-Team. Obwohl das Ganze auf den ehemaligen Lehrer ein wenig deprimierend wirkte, gefiel ihm, dass unter dem Stellengebot kein Schild hing mit dem Aufdruck NICHT MEHR ALS DREI SCHÜLER GLEICHZEITIG. Ganz offenbar bedurfte es hier eines solchen Hinweises nicht.

Er brauchte den Job ebenso wie die hier herrschende Ruhe. Bevor er den Laden betrat, überprüfte er sein Äußeres in der Schaufensterscheibe. Sein Ausschlag war an diesem Tag besonders schlimm, wodurch sein Antlitz einer Alien-Gesichtsprothese aus *Star Trek: Voyager* zum Verwechseln ähnlich sah. Doch im Ladeninnern war es dämmrig. Vielleicht fiel es ja niemandem auf.

Sie.
Haben.
Keine.
Neuen.
Nachrichten.

Alvin hoffte auf Frieden, Ruhe und Abgeschiedenheit, doch aus Jamies Stereoanlage dröhnte ihm »Should I Stay Or Should I Go?«, entgegen. Eine gute Frage. Die Lautstärke war so weit aufgedreht, dass es die billigen Lautsprecher zu atomisieren drohte. Dessen ungeachtet würde Jamie jedem, der nicht schon jetzt einen Trommelfellriss davongetragen hatte, entgegenbrüllen, dass dieser Song dazu gemacht worden war, UM LAUT GESPIELT ZU WERDEN!

»Jamie?«, rief Alvin.

Keine Antwort.

Er stellte die Musik ab, doch wurde er nicht mit Stille belohnt. Aus Jamies Zimmer drang verräterisches Grunzen und Stöhnen an sein Ohr. Er hätte besser verschwinden und eine Runde um den Block drehen sollen. Doch dazu fehlte es ihm einfach an der nötigen Energie; die war zur Gänze in Chadwicks Büro verpufft. Er schmiss sich aufs Sofa und presste sich ein Kissen auf Gesicht und Ohren, um die enervierenden Geräusche aus dem Schlafzimmer auszublenden. Doch das Kissen stank so sehr nach Kebab, dass es ihm schier den Atem raubte. *Verdammt,* er konnte die Kebabreste auf dem Stoff sogar *fühlen.* Er schmiss das Kissen beiseite und wünschte sich, Jamie würde endlich die Vorzüge von Geschirr für sich entdecken. Und er wünschte sich, sein Leben wäre nicht an einem Punkt angekommen, wo er im Elend dasitzend darauf wartete, dass sein Freund endlich ejakulierte, damit er sich in Ruhe dem Selbstmitleid hingeben konnte.

Er warf einen Blick auf die Uhr im Videorekorder. Gestern um diese Zeit war er in das Büro des Anwalts gegangen. Er war nervös gewesen, weil er gedacht hatte, dass es ihm wegen irgendwelcher offenen Rechnungen an den Kragen gehen sollte. Rechnungen, die er und Karen einfach nicht bezahlen konnten Doch das war nichts, was sie nicht schon einige Male durchgestanden hätten. Nichts, was das eigene Leben auf den Kopf stellte. Ganz im Gegensatz zu den Ereignissen der letzten vierundzwanzig Stunden. Gab es da nicht diesen Song? Money Changes Everything – ein Instrumentalstück, weil es dazu auch nicht viel zu sagen gab. Die Ironie dabei war, dass er den Zaster, der seine kleine Welt in ihren Grundfesten erschüttert hatte, wohl nie in Händen halten würde.

Er musste an Kevan Kennedy denken. Was würde der wohl dazu sagen, wenn er wüsste, was er ins Rollen gebracht hatte, als er die alte Dame um ihre Handtasche hatte erleichtern wollen. Vermutlich nicht viel. Sich hinreichend zu artikulieren, das war noch nie Kevans Sache gewesen.

Er holte sein Handy aus der Tasche, starrte es an und fragte sich, ob er Karen anrufen sollte. Nein, nicht jetzt. Unter den gegebenen Umständen würde es sich anhören, als riefe er sie aus einem Bangkoker Puff mit dünnen Papierwänden an, was ihr derzeitiges Verhältnis nicht eben entspannen würde. Doch, hey, vielleicht hatte sie ja zwischenzeitlich ihn angerufen und eine Nachricht auf der Mailbox hinterlassen? Eine Nachricht, in der sie ihn bat, schnell nach Hause zu kommen, um sich bei zärtlichem Sex wieder mit ihm zu versöhnen.

Man konnte nie wissen. Es geschahen ja mitunter die seltsamsten Dinge. Zum Beispiel, dass ihm eine Frau, der er nie vorgestellt worden war, mehrere Millionen Pfund hinterließ. Und einen Forellenteich. Wer hätte das je für möglich gehalten?

Erfüllt mit neuem Optimismus wählte er seine Mailbox an. Und lauschte.

»Sie.

Haben.

Keine.«

Neuen.

Nachrichten«, verkündete die auf menschlich getrimmte Computerstimme.

»Und.

Eine.

Be

Zie

Hung.

Die.

Total.

Im.

Arsch.

Ist«, hätte am Ende noch gefehlt.

Alvin verstaute das Handy und zuckte zusammen, als Jamies Gegrunze nun von den wolllüstigen Geräuschen seiner Partnerin abgelöst wurden. Gequietsche in den höchsten Tönen, das Jamie nun mit einem Feuerwerk aus Sounds begleitete, die er aus allen je gesehenen Pornofilmen abgekupfert zu haben schien – einschließlich (wenn Alvin sich nicht verhört hatte) einiger deutscher Produktionen. Das Crescendo gipfelte in einem »Kommzudaddydukleineschmutzige … Ayyy-yaaaaaaaahhh«.

Dann, endlich: Stille. Kurz darauf ging die Schlafzimmertür auf. Alvin wagte es, die Augen zu öffnen, und sah Jamies Silhouette im Raum stehen.

»Ich wusste doch, ich hab dich nach Hause kommen hören«, sagte er keuchend.

Er trug weiße Socken, einen angegrauten Slip und ein Nikotinpflaster am Knie. Das letzte Mal, dass Alvin ihn nackt gesehen hatte, lag achtzehn Jahre zurück. Und Jamie war seitdem nicht anziehender geworden.

»Tolle Vorstellung, was?«, sagte er und zündete sich eine halb gerauchte Selbstgedrehte an.

Alvin versuchte zu lächeln. »Hör mal, ich gehe wieder, wenn du lieber allein sein willst –«

»Nicht nötig«, meinte Jamie und ließ sich neben Alvin aufs Sofa plumpsen.

»Wer ist sie?«, fragte er, um irgendetwas zu sagen.

»Das neue Barmädchen aus dem Ambassador … Danielle … Delia … oder so.«

Im Ambassador verbrachte Jamie einen großen Teil seiner Zeit, während er Snooker-Runden spielte und Comebacktouren ausbrütete, welche selbst die von Aerosmith in den Schatten stellten.

»Du kannst ruhig auch mal reingehen«, schlug Jamie mit einem anzüglichen Grinsen vor. »Nehme an, die ist viel zu fertig, um sich groß darüber zu beschweren.«

»Das ist widerlich.«

»Nein, ich meine es ernst.«

»Sag mal, hast du eigentlich auch nur die geringste Vorstellung, was zur Zeit in meinem Leben abgeht? Und da willst du, dass ich …?« Obwohl Alvin nicht die Stimme erhob, fühlte er, wie Ärger in ihm aufstieg.

»Ja, genau darum geht's doch, Kumpel. Du bist vom Pferd gefallen. Da muss man gleich wieder zurück in den Sattel!«

»Karen ist nicht irgendein Fick für zwischendurch, Jamie. Sie ist … Ach, warum versuche ich überhaupt, dir das zu erklären. Du verstehst es ja doch nicht, oder?«

»Fuck, du kannst einem mit deiner Klugscheißerei manchmal richtig auf den Sack gehen, weißt du das?«, schnappte Jamie. »Wenn du Karen so sehr geliebt hast und wenn das, was du hattest, so verdammt perfekt gewesen ist, dann hätte sie dich nicht vor die Tür gesetzt, nur weil du mit einer Nutte gevögelt hast. Verschaff dir einen guten Fick und kehr erst mal vor deiner eigenen Tür, bevor du mich wegen meines Lebens anmachst.«

Alvin vergrub das Gesicht in den Händen und musste Jamie im Stillen Recht geben, auch wenn er es ihm gegenüber nicht zugeben wollte. Da fühlte er, wie Jamie ihm freundschaftlich auf die Schulter klopfte.

»Hör mal, ich wollte dich nicht anschnauzen, Alv«, sagte er. »Ich wollte nur sagen, dass wir so verschieden gar nicht sind. Das ist der Rock 'n' Roll in uns. Den kann man nicht killen, nur weil man jetzt vierzig ist. Wir sind Seelenverwandte, du und ich. So wie Tweedle Dum und dieser andere. Wir sind in derselben Junxtaposition.«

»JUXTAPOSITION!«

»Was?«

»Es heißt Juxtaposition, du Schwachkopf!« Nun war Alvin auf den Beinen. »Juxtaposition ist die Nebeneinanderstellung zweier Dinge oder Befindlichkeiten, wodurch ein Kontrast oder eine spannungsreiche Beziehung hergestellt wird.« (Alvin bewegte sich hier auf sicherem Terrain, den er hatte den Begriff in diversen Wörterbüchern nachgeschlagen.) »Und es heißt J, U, X, taposition. OHNE EIN VERDAMMTES N NACH DEM VERDAMMTEN U, KAPIERT?«

Jamie starrte ihn sprachlos an. Alvin zerrte die Sporttasche, mit der er am Tag zuvor eingezogen war, hinter dem Sofa hervor.

»Was machst du da?«, fragte Jamie schließlich.

»Es tut mir leid, Jamie, aber ich kann nicht länger bleiben.«

»Sicher kannst du. Das ist nur 'ne kleine Krise, weißt du. So was wie musikalische Differenzen oder so. Wir sind doch Kumpel.«

»Ja, aber … Sorry.« Alvin zog den Reißverschluss seiner Tasche zu.

»Komm schon, setz dich wieder hin. Ich hol uns ein Bier«, sagte Jamie. »Dann pack ich meine Gitarre aus, und wir spielen ein paar alte Tunes. Oder schreiben ein paar neue.«

»Nicht jetzt, okay? Ich muss jetzt wirklich gehen. Hab 'ne Menge zu tun. Danke, dass du mich aufgenommen hast. Ich ruf dich in ein paar Tagen an, ja?«

Leise, sehr leise schloss Alvin die Haustür hinter sich.

In Enyas Märchenreich

Das Haus – ein schmuckloser Kasten aus den Fünfzigern von einem Architekten entworfen, dessen Ausbildung offenbar beendet gewesen war, nachdem er gelernt hatte, ein Dreieck auf einem Würfel zu platzieren – sah noch immer so aus wie früher. Und doch ganz anders.

Wer vor einem Jahr durch die Vorhänge ins Innere gespäht hatte, hätte ein schmuckloses und lieblos eingerichtetes Wohnzimmer in Beigetönen erblickt. Heute hingegen bestand kein Grund mehr, einen verstohlenen Blick aufs Interieur zu werfen, weil das Interieur den Besucher förmlich ansprang, sobald dieser durchs Eingangtor geschritten war. Gerüschte Vorhänge verströmten eine pinkfarbene Aura, wie auch die Wände und das, was von draußen vom Mobiliar zu erkennen war – zudem wurde das Ganze mittels flackernden Kerzenlichts anheimelnd illuminiert.

Kurz: Dieses Haus war nicht nur aufgemöbelt worden, nein, es hatte eine Geschlechtsumwandlung erfahren – oder vielmehr eine Geschlechtsanpassung, wenn man es genau nahm.

Alvin schloss das Tor hinter sich, doch dann verharrte er zögernd auf dem Weg zur Eingangstür. Er hatte seinen Besuch nicht telefonisch angekündigt. Weil es ihm nicht möglich gewesen war. Nachdem sie unaufhörlich durch anonyme Anrufer belästigt worden war, hatte Lynette sich eine neue Telefonnummer geben lassen, und Alvin hatte diese nie erhalten. Er hasste es, unangemeldet hereinzuplatzen, doch Obdachlosigkeit war für ihn noch viel weniger eine Alternative.

Entschlossen umfasste er den Griff seiner Sporttasche, strebte auf die Tür zu und betätigte die Klingel. Ein melodisches *Bing-Bong* ertönte, und während er wartete, konnte er von drinnen Musik hören. Tausend Dezibel entfernt von der tonnenschweren Berliner Soundmauer, die in Jamies Wohnung über ihn hereingebrochen war. Nein, diese Klänge hier plätscherten leicht und beruhigend dahin, und er wusste, er war nur wenige Schritte davon entfernt, in Enyas Märchenreich einzutreten.

Durch das geriffelte Milchglas konnte er erkennen, wie sich jemand dem Eingang näherte. Dann öffnete sich die Tür, so weit es die Sicherheitskette zuließ, und Lynettes Gesicht erschien im Spalt. »Alvin!«, rief sie aus. Die Sicherheitskette wurde gelöst, dann schwang die Tür auf. Lynette trug einen transparenten Morgenrock über einem Negligé, ein Ensemble, das Alvin bisher nur mit einschlägigen Hausfrauen-Reports in Verbindung gebracht hatte.

»Komme ich ungelegen?«, fragte er, weil Lynette nicht den Eindruck machte, als habe sie es sich gerade mit ihrer Fernbedienung und einem Häagen-Dazs-Eisbecher gemütlich machen wollen.

»Ich habe Besuch«, erklärte sie ein wenig peinlich berührt. Doch dann schaute sie ihren Besucher etwas genauer an und fügte hinzu: »Nein, ist schon okay. Komm doch herein.«

»Sicher?«

»Natürlich. Tritt ein. Siehst aus, als ob du einen Drink brauchen könntest.«

Als er in den Vorraum ging, konnte er auf dem oberen Treppenabsatz einen Blick auf nackte, von einem Bademantelsaum umspielte Beine erhaschen, deren Besitzer nun eilig in einem der Zimmer verschwand.

»Kein Problem, Lynette«, sagte er und drehte sich wieder zur Haustür um. »Ich hätte nicht unangemeldet kommen sollen.«

»Nein, jetzt bist du doch da«, sagte sie und errötete leicht. »Es ist nur Donna. Wir sind nach der Schule zusammen zum Aerobic gegangen, und ich habe ihr angeboten, danach hier bei mir zu duschen.«

Nur Donna Hutton, die sanftmütige (vorausgesetzt, man provozierte sie nicht) Französischlehrerin. Alvin war erleichtert. »Ach, nur Donna«, sagte er grinsend. »Und ich dachte schon ... na ja, ich dachte, du hättest einen Typen bei dir oder so.«

»Warum sollte ich einen Typen bei mir haben? Kaffee oder lieber was Stärkeres?«

Alvin hatte sich nie für Drogen begeistern können, weshalb Jamie ihn mehr als einmal runtergemacht hatte. Für Jamie waren sie ein Karriereschritt, im Leben eines Musikers einfach unentbehrlich und so etwas wie ein Bekenntnis für die Sache. Arbeitete man in einer Bank, trug man einen Schlips, spielte man in einer Band, zog man sich eben was durch die Nase, so einfach war das. Nicht, dass Alvin ein überzeugter Anti war – er hatte die Pillen und Substanzen durchaus versucht, war allerdings zu dem Schluss gelangt, dass das nichts für ihn war.

Doch nun, im fortgeschrittenen Alter hatte er etwas anderes, durchaus Persönlichkeitsveränderndes für sich entdeckt, etwas, was weder widerlich roch noch Paranoia auslöste. Ja, er war drauf und dran, ein Faible für plüschiges Mobiliar zu entwickeln.

Das Gefühl überkam ihn, als er in Lynettes ausladendem Sofa versank und die mit Troddeln besetzten Polster seine Wangen streichelten wie anhängliche Kätzchen. Er roch den lieblichen Vanilleduft, den die Kerzen verströmten, eine wahre Wohltat nach dem Gemisch aus Pizza, Kebab und alten Socken in Jamies Behausung. Selbst die Musik von Enya umfing ihn wie ein warmes Wannenbad aus Milch und Honig. In diesem Moment schien sein Verstand auszusetzen, und für einen Moment hätte er glauben können, dass die letzten Ereignisse nicht mehr als eine vorübergehende Betriebsstörung waren, dass er weder sein Heim noch seine Familie verloren hatte und dass er auch nicht um seinen Job ringen musste wie ein Ertrinkender nach Luft. Keine Panik, meine Damen und Herren, schon in Kürze wird alles wieder seinen gewohnten Gang gehen ...

Sein Blick fiel auf das gerahmte Foto auf dem Kaminsims. Es

zeigte einen siebenjährigen lächelnden Jungen mit Zahnlücke. Der Junge war heute zehn. Das Bild war aufgenommen worden, kurz bevor der Kleine mit seiner Mutter das Haus verlassen hatte. »Man kann's der Frau nicht verdenken, dass sie die Biege gemacht hat, oder?«, hatte Stanislavski seinerzeit gemeint. »Warum sollte sie dem Bengel zumuten, dabei zuzusehen, wie die Titten seines Vaters größer werden als die seiner Mutter?« Alvin war nach wie vor der Meinung, dass das Kind dies wahrscheinlich gut verkraftet hätte. Es war seine Mutter gewesen, die damit ein Problem hatte, doch Lynette verurteilte ihre Ex nicht dafür. Wer auch immer sich für Hochzeitszeremonien einst den Zusatz »in guten wie in schlechten Tagen« ausgedacht hatte, hatte nicht bedacht, dass in ferner Zukunft ein Geschlechtswechsel als zusätzliche Herausforderung in Betracht zu ziehen war. Lynette hatte ihren Sohn nun schon drei Jahre nicht mehr sehen dürfen, und das Bild auf dem Kamin riss Alvin jäh hinab in die Niederungen seines eigenen Familiendramas.

Seine Gastgeberin erschien mit Kaffee und Keksen in der Tür. Auf dem Tablett standen drei Tassen, doch von Donna war weit und breit nichts zu sehen.

»Du bist heute aber früh gegangen«, bemerkte Lynette und setzte das Tablett ab. »Dachte eigentlich, du würdest dir die Lebehochs nicht entgehen lassen. Jeder redet nur noch über das Baby aus dem Scheißhaus. Warum bist du abgehauen?«

Während seine Hand unsicher in Richtung der Kekse ging (sie sahen irgendwie seltsam aus, und er war mehr mit Ingwerplätzchen vertraut), erzählte er Lynette von seiner Beurlaubung.

»Ja, aber was hättest du denn tun sollen?«, fragte sie. »Sie auf dem Toilettenboden krepieren lassen, während du *geeignete* Hilfe holst?«

Alvin zuckte die Achseln.

»Weißt, du, das Einzige, was du falsch gemacht hast, war, Curtis und Roland nach Hilfe zu schicken. Du hättest wissen müssen, dass man sich auf die beiden nicht verlassen kann.«

»Aber es war in dem Moment doch niemand anderes da. Wen hätte ich denn schicken sollen?«

»Jeden außer Curtis Young«, mischte sich nun eine weitere Stimme ein. »Diesen Scheißkerl.«

Alvin sah erstaunt auf. Im Türrahmen stand Donna und trocknet sich die Haarspitzen mit einem Handtuch ab.

»So übel ist er nun auch wieder nicht«, sagte Alvin. »Okay, ein bisschen provokativ manchmal, aber …«

»Er ist ein ausgemachter Drecksack«, sagte Donna und setzte sich neben Alvin aufs Sofa. »Die Dusche war übrigens herrlich, Lynette. Wie dem auch sei, willst du ihm nicht die Sache mit Curtis erzählen?«

»Nein, nicht so wichtig«, sagte Lynette.

»Nun mach schon, es ist einfach widerlich.«

»Was ist widerlich?«, fragte Alvin.

»Nichts«, protestierte Lynette, »nur die üblichen Schmähungen.«

»Ich bitte dich! Also wenn du's ihm nicht sagst, sag ich's ihm«, meinte Donna. »Okay, sie kriegt zur Zeit jede Menge pornografisches Zeug an ihre E-Mail-Adresse in die Schule. Transen- und Ladyboy-Kram, du weißt schon, und auch Hardcore-Material. So geht das nun schon seit Wochen.«

Lynettes Wangen wiesen nun die gleiche Tönung auf wie ihre lachsfarbenen Wände.

»Das ist ja schrecklich. Aber *Curtis*?«, sagte Alvin. »Weiß der überhaupt, wie man 'nen Computer einschaltet? Woher willst du wissen, dass er dahintersteckt? Steht sein Name im Absender?«

»Sei nicht albern«, fuhr Donna ihn an. »Das kommt natürlich von irgendeinem Schwachsinns-Hotmail-Account, aber keine Frage, es kommt von Curtis.«

»Woher weißt du das?«

»Er hat mal 'ne entsprechende Bemerkung fallen gelassen«, murmelte Lynette.

»Da sieht man mal wieder, was für ein Trottel er ist«, sagte Donna. »Zum ersten Mal im Leben macht er was, wofür man Knowhow und Köpfchen braucht, und dann hat er nichts Eiligeres zu tun, als es in die Welt hinauszuposaunen.«

»Hast du ihn gemeldet?«, fragte Alvin.

»Natürlich nicht«, sagte Donna indigniert. »Siehst du denn nicht, wie schwierig das für sie ist?«

Alvin sah zu Lynette, deren Augen nun feucht glitzerten. »Tut mir leid«, murmelte er.

Er war aus mehreren Gründen schockiert. Zum einen über Curtis, weil er ihm weder diese Boshaftigkeit noch die dazu nötigen Computerkenntnisse zugetraut hätte. Dann wegen Lynette, weil sie auf ihn stets so unverwundbar gewirkt hatte. Und dann noch einmal wegen Lynette, weil sie ihm offenbar nicht vertraut hatte. Er hatte in der Vergangenheit viel mit Curtis zu tun gehabt, und er hatte gedacht, er und Lynette wären Freunde. Er wusste, dass sie und Donna gut miteinander klarkamen, doch er hatte nicht geahnt, dass sie sich so nahe standen.

Doch als er die beiden, die zwar durch einen Läufer und einen Beistelltisch voneinander getrennt waren, nun ansah, da fühlte er sich plötzlich unglaublich dumm. Und unsensibel.

»Ich werde mal mit Curtis reden«, sagte er, »und dafür sorgen, dass das aufhört.«

»Guter Plan«, sagte Donna. Sie schaute auf die Uhr und leerte ihre Kaffeetasse. »Ich muss gehen. Bin schon spät dran. Ich hab Guy gesagt, dass ich gegen sechs zu Hause bin.«

Als Lynette sich erhob und Donna zur Tür begleitete, fühlte Alvin sich umso törichter. Nichts, gar nichts, ging hier vor. Donna war doch verheiratet, nicht? Mit Guy. Sie hatten sogar Kinder und so weiter und so fort.

»Tut mir echt leid, die Sache mit Curtis«, sagte er, als Lynette ins Wohnzimmer zurückkam.

»Ist ja nicht deine Schuld.«

»Ja, aber … Warum hast du mir nichts davon erzählt. Er hört

doch auf das, was ich sage. Ich hätte das bestimmt regeln können.«

»Ich hab dir so einiges nicht erzählt, Alvin.«

»Ach?«

»Ich hab gesehen, wie du Donna und mich angeschaut hast.«

»Ich … Nein … Ich hab nicht … Hab ich?«

Obwohl auf zwei hauchdünne Linien reduziert, hob Lynette nun eben diese Augenbrauen.

»So lange läuft das noch nicht zwischen uns, weißt du. Erst einige Wochen«, sagte sie. »Aber es hatte sich schon 'ne Weile vorher angekündigt.«

Alvins Kinnlade klappte herunter.

»Na, was hast du denn gedacht? Dass ich mein Geschlecht *und* meine sexuelle Orientierung ändere, oder was?«

»Nein … ich«, stammelte Alvin.

In Wahrheit hatte er gar nicht darüber nachgedacht, doch wenn er ehrlich war, hatte er tatsächlich genau das, was Lynette angedeutet hatte, instinktiv vermutet.

»Ich bin lesbisch, Alvin. Bin es immer gewesen. Ich war schon lesbisch am Tag meiner Hochzeit. Ich hatte nur nicht den entsprechenden Körper dazu. Ich sag dir das nur, weil du es ohnehin rausgefunden hättest. Sie ist oft hier, musst du wissen.« Als sie Alvins verwirrten Gesichtsausdruck sah, fügte sie mit Blick auf seine Sporttasche hinzu: »Du bleibst doch hier, oder?«

Natürlich hatte er darauf gehofft, doch stattdessen sagte er: »Danke, aber es ist schon okay. Ich finde bestimmt was anderes …«

»Nein, du bleibst hier. Bis du das mit Karen wieder auf die Reihe gekriegt hast. Ich freue mich über ein bisschen Gesellschaft, ehrlich. Hab nachts oft Angst, wenn ich hier allein im Haus bin, weißt du. Was für ein kleines Mädchen, was?«

Was für ein Mädchen, in der Tat, stimmte Alvin im Stillen zu, während Vanilleduft seine Nasenflügel umschmeichelte und die weichen Sofakissen ihn umfingen.

»Immerhin bist du der einzige Millionär unter meinen Kumpels«, sagte sie. »Ich darf's mir also nicht mit dir verderben.«

»Ach du liebe Güte, das hätte ich fast vergessen«, sagte er.

Und wenn man bedachte, was an diesem Tag alles passiert war, dann war das auch kein Wunder.

Zeigen Sie mir einen Millionär, der härter schuftet als ein Straßenfeger, ein Kartoffelbauer oder eines dieser unglücklichen honduranischen Mädchen, die für einen Hungerlohn und eine Tracht Prügel Garnelen pulen für Marks und scheiß Spencer

Alvin saß auf einer Bank im Bennett Park.

Der weniger ein Park war als eine Rasenfläche, die an drei Seiten von schäbigen Terrassen und an der vierten von einer Schutthalde eingerahmt wurde. Er hatte mal gelesen, dass London mehr Parkflächen besaß als jede andere europäische Stadt. Jetzt fragte er sich, ob sich die Landvermesser die seiner Meinung nach überflüssige Mühe gemacht hatten, den Bennett Park dazuzurechnen. In einer Ecke stand eine donutförmige Plastik. Ein den Skulpturen Henry Moores nachempfundenes Objekt. Oder so ähnlich. Unfähig, ein Original zu erwerben, hatte die Stadtverwaltung Beton in eine Form gießen lassen, die wohl mal ein Traktorreifenschlauch gewesen war, und das Ganze den »Kreis der Harmonie« genannt. Oder so ähnlich.

In einer anderen Ecke umgab ein Eisengeländer ein paar rostige Spielgeräte – Rutsche, Schaukeln und Klettergerüst. Zwei Mütter steckten dort die Köpfe zusammen wie niedergeschlagene Pinguine. Ihre Knirpse hatten das Interesse an den Spielgeräten längst verloren, nicht zuletzt aufgrund der Tatsache, dass der Wind an diesem Tag direkt aus Sibirien zu kommen schien. Und es *war* eine Tatsache. Unabhängig voneinander hatten zwei Meteorologen Alvin aufgeregt von den frostigen Zeiten, denen das Land entgegensah, zu überzeugen versucht. Er zog seine Jacke fest um sich und argwöhnte, dass gerade jetzt in Tomsk ein Mann auf einer Parkbank saß, dem nur geringfügig wärmer war als ihm selbst. Er warf einen Blick auf seine Uhr. Seit zwanzig Minuten saß er schon hier.

Er würde noch zwei Minuten warten, keine Sekunde länger.

Fünf Minuten später sah er, wie Trevor Poll um die Ecke des mit Graffiti beschmierten Toilettenhäuschens nahe des Spielplatzes spähte. Auch die frierenden Mütter sahen ihn und schienen darüber nachzudenken, ihrer Bürgerpflicht nachzukommen und die Polizei zu rufen. Alvin fragte sich, wie lange der Anwalt schon dort stand und riskierte, festgenommen zu werden, weil er sich in der Nähe kleiner Kinder herumdrückte.

Erschrocken wichen die beiden Frauen zurück, als Poll nun direkt auf Alvin zusteuerte. Alvin fühlte sich unwohl angesichts der Situation, denn nun drohte er ebenfalls ins Visier der besorgten Mütter zu geraten und zum Perversen abgestempelt zu werden. Wieder mal.

»Warten Sie schon lange?«, fragte Poll, als er am anderen Ende der Bank Platz nahm.

»Lange genug«, erwiderte Alvin etwas ungehalten; seine Kiefer schmerzten vor Kälte. »Warum hier?«

»Sie scheinen den Ernst der Lage noch nicht ganz begriffen zu haben. Vielleicht ist mein Büro inzwischen schon verwanzt, wer weiß.«

»Ist das nicht ein bisschen weit hergeholt?«

»Glauben Sie, die Birds wären, was sie heute sind, wenn sie immer fair gespielt hätten? Die sind ziemlich skrupellos. Ich hab die Familien aus der Glenn-Siedlung vertreten, als dic Birds die Umgehungsstraße gebaut haben. Gnadenlose Bastarde sind das. Die Birds – nicht meine Klienten.«

Undeutlich erinnerte sich Alvin an die Bilder verzweifelter Demonstranten, die vor Planierraupen im Dreck lagen. Drei Dutzend »repräsentative Häuser im Country-Stil«, die man über eine frisch planierte Asphaltstraße erreichte, die wiederum durch einige niedergewalzte Gärten führte, waren heute beständiges Mahnmal für das Scheitern der Bau-Gegner.

»Sie nutzen unsere Gesetze aus, um dem kleinen Mann den Garaus zu machen«, fuhr Poll fort. »Unterschätzen Sie diese Leute nicht, Alvin, denn heute sind Sie dieser kleine Mann.«

»Hören Sie, ich hab darüber nachgedacht. Vielleicht sollte ich den Birds das Geld ganz einfach überlassen«, sagte Alvin, der keine Lust hatte, plattgewalzt zu werden, weder buchstäblich noch im übertragenen Sinne. »Ich hab diese Mrs Bird ja nicht mal gekannt, und diese Leute gehören immerhin zur Familie.«

»Wissen Sie, Sie sind ein netter Kerl, und ich habe mir schon gedacht, dass Sie so was vorschlagen würden. Aber Sie müssen sich endlich mal von dem Gedanken lösen, dass die Birds dieses Geld verdient haben könnten.«

»Nun, ich jedenfalls würde wollen, dass meine Kinder alles bekommen, was ich zu hinterlassen habe. Nein, dieses Geld gehört den Birds. Nur ihnen allein steht es zu.«

»Warum? Weil sie cleverer sind als alle anderen? Weil sie härter gearbeitet haben? Ich kann mich noch gut an Jeremy Birds Worte während des Glenn-Falls erinnern. Mein Gott, war der Kerl selbstherrlich, und als unser Vertreter ihn fragte, ob denn allein sein Geld ihn dazu berechtigte, rücksichtslos über das Leben anderer Menschen hinwegzugehen, wissen Sie, was er darauf antwortete?«

Alvin schüttelte den Kopf.

»›Ja‹, hat er gesagt. ›Allerdings‹, hat er gesagt. Und dann hat er behauptet, er hätte verdammt hart für dieses Geld gearbeitet und sich damit das Recht erworben, über alle anderen ... Gott, allein bei der Erinnerung daran wird mir schlecht. Jeremy Bird ist wie alle Reichen; er mag vielleicht achtzehn Stunden am Tag an seinem Schreibtisch aus Walnussholz sitzen, aber was harte, ehrliche Arbeit ist, davon hat er keine Ahnung. Zeigen Sie mir einen Millionär, der härter schuftet als ein Straßenfeger, ein Kartoffelbauer oder eines dieser unglücklichen honduranischen Mädchen, die für einen Hungerlohn und eine Tracht Prügel Garnelen pulen für Marks und scheiß Spencer.«

Fast hörte Poll sich wie ein Baader-Meinhof-Sympathisant und nicht wie ein Familienanwalt an. »Ihnen liegt viel an der Sache, was?«, sagte Alvin.

»Verdammt richtig. Vergessen Sie nie: Bevor die Reichen reich wurden, hatten sie eins, nämlich Glück. Douglas Bird war ein typischer Kapitalist, der was gewagt und gewonnen hatte. Was jedoch seine Kinder betrifft, die hatten nur in der Genlotterie des Lebens Glück, mehr nicht. Wie dem auch sei«, fuhr Poll, nun wieder ruhiger, fort, »ob Sie nun der Meinung sind, die Bird-Kinder hätten das Geld verdient oder nicht, spielt keine Rolle. Fakt ist, dass Louise Bird eben nicht dieser Meinung war?«

»Warum?«

»Warten Sie, ich habe Ihnen was mitgebracht.«

Poll griff in seine Aktentasche und zog ein kleines ledergebundenes Fotoalbum hervor. Er rutschte auf der Bank näher und reichte es Alvin.

»Was ist das?«, fragte dieser.

»Das gehörte Louise Bird. Gemäß ihrem letzten Willen – und bis ein Richter anderes verfügt – gehört es nun Ihnen. Ich habe es in einer Hutschachtel gefunden, als ich in ihrer Wohnung war und mir einen Überblick über ihren Besitz verschaffen musste. Schauen Sie es sich ruhig an.«

Alvin öffnete das Album und blätterte mit tauben Fingern durch die Seiten. Sein Blick fiel auf Schwarzweißfotos aus den fünfziger Jahren, wie man an der Kleidung erkennen konnte. Bilder einer glücklichen, ausgelassenen Familie, eines sogar unter Palmen aufgenommen, zu einer Zeit, als es so etwas wie Pauschalreisen noch nicht gab. Alvin erkannte auch eines der Kinder wieder. Es war Allison Bird-Wright, die inzwischen zwar keine Glockenröcke zu weißen Kniestrümpfen mehr trug, doch ihre Frisur seit über vierzig Jahren nicht mehr geändert zu haben schien.

»Wenn ich mir das so ansehe«, sagte Alvin, »dann habe ich umso weniger das Gefühl, das Geld verdient zu haben. Das ist Mrs Birds Familie. Es ist ihr Geld.«

»Sie verstehen es noch immer nicht«, erwiderte Poll. »Wo ist

Louise Bird? Ich werde es Ihnen sagen: Sie ist auf *keinem* der Fotos zu sehen. Wir haben hier viele Bilder von Douglas Bird. Jede Menge von Jeremy und Allison. Und nicht ein einziges von ihrer Mutter.« Er nahm Alvin das Album aus der Hand und blättert darin herum, bis er gefunden hatte, wonach er suchte. Dann drückte er Alvin das Buch wieder in die Hand. Zu sehen war ein Schnappschuss: ein Kind, das neben seinem Vater auf einer Picknickdecke saß. »Sehen Sie sich das an«, sagte Poll und deutete auf das fehlende Stück am rechten Rand des Bilds. »Da ist eindeutig was weggeschnitten worden. *Weggeschnitten.* Ich wette, Louise war mit auf diesem Foto. Doch sie wurde einfach aus dem Leben ihrer Familie getilgt. Mit einer Schere.«

»Das können Sie doch gar nicht wissen«, sagt Alvin. »Vielleicht hat sie es selbst weggeschnitten. Vielleicht war auf dem Bild auch jemand völlig anderes zu sehen.«

»Tja, es ist aber nicht das Einzige, das auf diese Weise bearbeitet worden ist. Es gibt noch mehr davon. Glauben Sie mir, wir haben es hier nicht mit einer *normalen* Familie zu tun. Louise hat mir erzählt, dass sie mit ihren Angehörigen seit 1975 nicht mehr gesprochen hat. Das war das Jahr, in dem ihr Mann verstarb.«

»Hat sie Ihnen gesagt, warum?«

Trevor Poll schüttelte den Kopf. »Sie wollte nicht in die Einzelheiten gehen, und es stand mir nicht an, sie danach zu fragen. Ich habe in den letzten Tagen aber etwas in Erfahrung gebracht. Sandler Gonzalas sind schon seit Ewigkeiten die Anwälte der Familie Bird. Ein ehemaliger Kommilitone von mir hat mal bei denen gearbeitet. Er hat die Juristerei allerdings vor ein paar Jahren an den Nagel gehängt und betreibt nun ein entzückendes kleines Hotel bei den Seen. Wunderbare Aussicht und …«

»Könnten Sie bitte zum Thema zurückkommen. Mir ist arschkalt.«

»Ach ja? Ich muss sagen, mit dem Bart spüre ich die Kälte kaum. Egal, ich hab meinen Kumpel angerufen, um herauszufinden, ob er mir nicht ein wenig auf die Sprünge helfen kann. Habe mich allerdings mehr für die Sozietät und ihre Methoden interessiert, um ehrlich zu sein. Doch er hatte etwas viel Aufschlussreicheres für mich. Natürlich könnte er für die Preisgabe solch vertraulicher Informationen aus der Anwaltskammer fliegen, aber wenn man jeden Morgen mit Blick auf Ullswater erwacht, dann ist das wohl zu verschmerzen. Ich denke nicht, dass er sich große Sorgen deswegen machen …«

Demonstrativ begann Alvin mit den Zähnen zu klappern.

»Ach ja, zurück zum Thema: Also, mein Freund war in den Siebzigern Juniorpartner bei Sandler Gonzalas und gerade anwesend, als Douglas Bird kam, um sein Testament zu ändern. Man hatte bei ihm einen inoperablen Hirntumor diagnostiziert und ihm nicht länger als ein Jahr gegeben.«

»Ich dachte, er starb bei einem Autounfall«, sagte Alvin, der sich noch gut an die Bilder des zerschmetterten Mercedes selbst in der überregionalen Presse erinnern konnte.

»Das tat er auch, aber wenn er darauf gewartet hätte, dass der Tumor ihn hinwegrafft, säßen Sie jetzt nicht hier und würden sich Frostbeulen holen. Nachdem Bird seinen Versandhandel verkauft hatte, hat er den größten Teil seines Gelds in Treuhandfonds für seine Kinder angelegt. Übrig blieb immer noch ein beträchtliches Vermögen sowie das Haus, das gemäß seinem alten Testament an seine Frau fallen sollte. Sein neuer letzter Wille jedoch hätte dies alles geändert, denn er sah vor, Louise komplett zu enterben. Zu ihrem Glück blieb es jedoch bei diesem Vorhaben, denn er hatte sich mit seinem Auto um einen Baum gewickelt, noch bevor er ein neues Testament aufsetzen konnte.«

»Was war denn geschehen?«

»Wer weiß. Mein Freund war in die Hintergründe nicht eingeweiht. Allerdings hatte Gregory Gonzalas den alten Bird darauf hingewiesen, dass seine Witwe als Familienangehörige gute Gründe würde anführen können, um das neue Testament anzufechten. Doch Douglas Bird war offenbar wild entschlossen, die Sache trotzdem durchzuziehen. Etwas musste einen gewaltigen Keil zwischen

Louise und ihre Familie getrieben haben, und ich möchte zu gern wissen, was es war.«

Der Anwalt verstummte. Sein Blick ging hinüber zu der kleinen Gruppe von Teenagern, die inzwischen auf dem Spielplatz eingetroffen waren. Die beiden Mütter schnappten sich ihre Kleinkinder und traten die Flucht an, als die Jugendlichen die Schaukeln in Besitz nahmen. Ihre viel zu langen Beine schleiften dabei über den Boden.

»Sind das welche von Ihren Schützlingen?«, fragte Trevor Poll, als er die Schuluniformen wiedererkannte. »Sollten die sich nicht gerade mit den Schikanen des britischen Lehrplans herumschlagen?«

»Vermutlich«, sagte Alvin. Er erkannte Curtis, Roland, Debbie sowie Aaliyah Pratt, ein Mädchen mit Aussicht auf einen ordentlichen Schulabschluss, die er eigentlich nicht mit den anderen in Verbindung gebracht hatte.

»Ich habe dieses Mädchen dort mal vertreten«, sagte Curtis und schaute hinüber zu Debbie. »Woolworth hatte sie angezeigt, weil sie Geschirr geklaut hat. Dabei ist sie sowohl erfinderisch als auch beharrlich zu Werke gegangen. Teller für Teller hat sie aus dem Laden rausgeschmuggelt. Beim zweiundzwanzigsten Teil haben sie die Kleine dann erwischt. Die Mutter war ziemlich gruselig, wenn ich mich recht erinnere … Warum sind Sie eigentlich heute nicht an der Schule, wenn ich fragen darf?«

»Ich … ähm … ich bin beurlaubt worden.«

»Gütiger Himmel! Warum denn das?«

»Ach, halb so wild. Sturm im Wasserglas«, murmelte Alvin. »Man hat mich einige Tage aus dem Verkehr gezogen, mehr nicht.«

»Sicher? Solche Dinge können sich ziemlich schnell verselbstständigen und dann außer Kontrolle geraten …«

»Wirklich, es wird schon wieder.«

»Mr Lee … Alvin, Sie müssen ehrlich zu mir sein. Als Ihr Anwalt darf ich in meiner Arbeit nicht behindert werden …«

»Sind Sie denn mein Anwalt?«

»Sie werden sehr bald einen brauchen, das können Sie mir glauben.«

»Ich kann mir aber keinen Anwalt leisten.«

»Keine Sorge, ich werde Ihnen keine Rechnung schicken, solange diese Sache nicht geklärt ist. Und wenn es so weit ist, wird mein Honorar sicherlich nicht heillos überzogen sein. Sie werden es nicht mal merken. Nicht mal, nachdem Ihnen das Finanzamt die Erbschaftssteuer abgeknöpft hat.«

»Und was, wenn nicht?«

»Was meinen Sie? Falls die Sache nicht geklärt werden kann? Schauen Sie sich doch mal diese Plastik da drüben an.« Er deutete auf den Ring aus Beton. »Sehen Sie den Donut oder sehen Sie das Loch?«

Alvin zuckte die Achseln. Er hatte keine Ahnung, worauf Poll jetzt wieder hinauswollte.

»Ich bin der Typ, der den Donut sieht, Alvin. Immer den Donut, niemals das Loch.«

Auch Alvin war immer einer gewesen, der stets den Doughnut gesehen hatte. Bedauerlicherweise hatten seine Zehen jedoch vor kurzem den Grund seines vermeintlich bodenlosen Optimismus berührt.

»Und es geht dabei mitnichten um blindes Gottvertrauen. Ich weiß, wovon ich rede«, fuhr Poll fort. »Ich habe nicht immer in einer Hinterhofkanzlei gearbeitet, müssen Sie wissen. Ich hab meine Karriere bei Kingsley Napley begonnen.«

Alvin schaute ihn verständnislos an.

»Staranwälte. So wie Sandler Gonzalas«, erklärte Poll. »Sir David Napley war seinerzeit der berühmteste Anwalt des Landes. Ich durfte ihm die Akten beim Jeremy-Thorpe-Prozess hinterhertragen. Tja, das war eine andere Liga als Pflichtverteidigungen bei Ladendiebstahl.«

»Was ist geschehen?«

»Bei Ihnen klingt das, als ob es was Anrüchiges wäre, Ladendiebe zu vertreten.«

»Nein, überhaupt nicht, ich –«

»Ehrlich gesagt, ich hatte die Nase voll von diesen Reichen und Berühmten. Hatte keine Lust mehr auf die Art von Gerechtigkeit, die mit Geld zu erkaufen ist.«

»Sie haben den Job wegen Ihrer Prinzipien hingeschmissen?«, fragte Alvin, nun einigermaßen beeindruckt.

»Ich wünschte, es wäre so ehrenhaft gewesen. Nein, Sir David hat mich aufgrund meiner Illoyalität vor die Tür gesetzt. Er hatte mich in den *Neun-Uhr-Nachrichten* im Fernsehen gesehen. Ich war bei der ›Rock gegen Rassismus‹-Demo mit von der Partie gewesen.«

»Aber das ist doch unfair. Ihre politische Einstellung ist doch Ihre Privatsache.«

»Ich hätte zu dieser Zeit in Surrey sein sollen, um eine eidesstattliche Versicherung von Elton John einzuholen.«

»Aha.«

»Ich habe Sir David natürlich wegen dieser ungerechtfertigten Kündigung verklagt. Und den Prozess verloren. Er war schließlich nicht umsonst der erfolgreichste Anwalt im Land. Egal, Schluss jetzt mit meiner Lebensgeschichte. Es reicht wohl, wenn ich sage, dass ich mit Fug und Recht behaupte zu wissen, wie der Hase läuft. Ich kenne unsere Gesetze, und ich kenne auch all die Geschütze, die Sandler und Gonzalas imstande sind, in diesem Fall aufzufahren.«

»Was sagen Ihre Partner zu der ganzen Sache?«, fragte Alvin.

»Die Herren Engle und Marks? Oh, die sind ganz meiner Meinung. Ich will ehrlich zu Ihnen sein, Alvin. Als ich noch ein Kind war, hatte ich einen imaginären Freund: Frodo. Ich war ein hohes Tier bei den Hobbits, müssen Sie wissen. Na ja, und heute habe ich zur Verstärkung einige imaginäre Partner.«

Alvin fragte sich, ob es ratsam war, sich von einem Anwalt mit fragwürdiger Vergangenheit und zwei nicht existenten Partnern vertreten zu lassen; einem Anwalt, der nach dem Glenn-Fiasko mit Sicherheit auf der Schwarzen Liste der Birds stand.

Poll fummelte eine Zigarette aus ihrer Packung und versuchte, sie dem harschen sibirischen Sturm zum Trotz anzuzünden. »Wir haben die gleichen Interessen, Alvin«, sagte er, »und glauben Sie mir, Sie werden einen Anwalt brauchen. Besonders, wenn die Birds anfangen, falsch zu spielen. Sie mögen uns waffentechnisch überlegen sein, aber wir werden sie mit Hartnäckigkeit und noch größerer Gerissenheit zurückschlagen.«

»Das macht Ihnen richtig Spaß, was?«, sagte Alvin.

»Ich will mit offenen Karten spielen: Ich liebe es! Ich weiß, in meinem Beruf ist man der Neutralität, Objektivität und Leidenschaftslosigkeit verpflichtet. Zum Teufel damit! Die Birds sind einfach verabscheuungswürdig. Ja, ich wünsche mir nichts mehr, als es diesen Bastarden mal so richtig zu zeigen.«

»Also gut«, sagte Alvin ein bisschen zögernd. »Sie haben einen neuen Mandanten.«

»Ausgezeichnet, ausgezeichnet. Natürlich müssen wir das alles noch ausführlich besprechen. Fangen wir am besten gleich mit Ihrer Beurlaubung an. Wie kam es dazu?«

»Warum? Das hat nichts mit Louise Bird oder ihrem Testament zu tun.«

»Das mag sein, aber ich muss es trotzdem wissen. Die Birds werden sich auf alles stürzen, was Ihnen zum Nachteil gereichen könnte. Selbst, dass Ihre Kinder vergessen haben, ihre ausgeliehenen Bücher rechtzeitig zurückzubringen, könnte gegen Sie verwendet werden. Ich mag mir daher gar nicht ausmalen, was die aus dieser Suspendierung alles machen könnten. Ja, ich muss die Hintergründe kennen, denn mir ist da gerade etwas eingefallen. Allison Bird-Wright sitzt doch in irgendeinem Schulbeirat, und da hab ich mich gefragt, ob es nicht zufällig die Einrichtung ist, an der Sie arbeiten?«

Alvin nickte. »Ja, sie sitzt im Beirat der Wood Hill.«

»Nicht gut, gar nicht gut. Damit wird sie Einsicht in Ihre Akten haben. Bitte sagen Sie mir, gibt es dort irgendwas Belastendes gegen Sie?«

»*Nein*, gibt es nicht«, sagte Alvin. »Und außerdem ist sie eine anständige Frau, soweit ich weiß. Sie würde niemals etwas tun, was …« Er brach ab, als Poll spöttisch eine Augenbraue hob.

»Sie mag vielleicht einen Wright geheiratet haben, Alvin, und doch ist sie immer eine Bird geblieben. Vergessen Sie das nie.« Der Anwalt erhob sich. »Ich mache mir ein paar Gedanken, und dann sehen wir uns schon bald wieder. Ich halte Sie auf dem Laufenden.«

»Können wir uns das nächste Mal bitte in einem geschlossenen Raum treffen?«

»In Ordnung, es sei denn, unser Land wird von einer unvorhergesehenen Hitzewelle heimgesucht.« Poll wollte schon davongehen, da drehte er sich noch einmal zu Alvin um. »Wissen Sie, es gibt in diesem Drama ein nicht unpikantes Detail. Der Baum, der Douglas Bird das Leben kostete, stand auf seinem eigenen Grundstück. Eine dieser mächtigen Eichen, die links und rechts der Auffahrt zu Beresford House stehen. Offenbar hatte er vor, das ganze Areal platt zu machen, weil die Bäume ihm die Sicht auf den Forellenteich versperrten. Doch die Eichen sind über zweihundert Jahre alt und stehen unter Naturschutz. Sie sollten diesen Baum zu Ihrem persönlichen Schrein des Glücks erklären. Natürlich erst, nachdem Sie und Ihre Familie auf dem Anwesen eingezogen sind.«

Die letzten Worte kamen Poll mit einem verschmitzten Lächeln über die Lippen. Als ob der Termin für die Schlüsselübergabe schon feststünde und Alvin tatsächlich eine Familie hätte, mit der er stehenden Fußes nach Beresford House übersiedeln konnte.

Er sah, wie sein Anwalt den Park auf seiner bevorzugten Route – an den öffentlichen Toiletten vorbei – verließ. Auch Alvin erhob sich, um zu gehen. Da erkannte ihn Debbie, die noch immer auf der Schaukel saß, und winkte ihm zu. Er machte sich durch das matschige Gras auf in Richtung Spielplatz. Curtis und Roland umschwärmten Aaliyah und buhlten um ihre Aufmerksamkeit wie Drücker, die auf Provisionsbasis arbeiteten. So aufgeweckt und relativ gebildet, wie sie war, so hübsch war Aaliyah auch. Für die beiden Jungs würde Sex mit ihr einen großen Imagegewinn darstellen, vielleicht würde es sogar ein Erlebnis sein, in dessen Anschluss sich ein intelligentes Gespräch durchaus lohnte.

»Hi, Sir«, begrüßte ihn Debbie, als Alvin das Eisengeländer des Spielplatzes erreicht hatte.

»Was macht ihr hier«, fragte er mit autoritärer Stimme und sah hinüber zu Curtis, der ihm den Rücken zuwandte.

»Och, wir hängen hier nur so rum«, sagte Debbie. »Ohne Sie ist's auf der Müllhalde nicht mehr so prickelnd, wissen Sie. Wann kommen Sie denn wieder? Irgendwie sehen Sie gar nicht krank aus.«

»Krank?«

»Mr Karadas hat uns erzählt, Sie hätten Pfeiffersches Drüsenfieber oder so was.«

Ganz offensichtlich war sein Vorgesetzter auf die Parteilinie eingeschwungen. Die Parteilinie, die besagte, dass man den Kids niemals die Wahrheit sagen durfte.

»Was ist eigentlich Pfeiffersches Drüsenfieber?«, fragte Debbie.

»Ist das nicht 'ne Geschlechtskrankheit, oder so«, platzte Curtis dazwischen. Aaliyah wurde rot, doch Roland warf wiehernd den Kopf in den Nacken.

»Hätte ich Pfeiffersches Drüsenfieber, wäre ich wohl kaum hier draußen, oder?«, sagte Alvin und ignorierte damit Curtis' Bemerkung. »Ich wurde vom Dienst suspendiert, Debbie.«

»Suspendiert?«, fragte sie fassungslos. »Aber warum denn bloß?«

»Es erstaunt mich, dass du deswegen noch nicht befragt worden bist«, sagte Alvin, und er war ziemlich verärgert, dass Chadwick seine angekündigte Untersuchung offenbar noch nicht eingeleitet hatte.

Debbie schaute ihn verständnislos an.

»Es ist wegen des gestrigen Vorfalls. Chadwick meint, ich hätte mich nicht angemessen verhalten.«

»*Schwachsinn*. Was soll das überhaupt heißen?«, schrie sie. »Chenil wäre fast gestorben, Mann. Sie waren einfach großartig. Ich gehe gleich da hin und erzähle es diesem Chadwick.«

»Keine Sorge, Debbie. Ich bin sicher, er wird dich bald selbst dazu befragen.«

»Mir scheißegal, ich erzähl es ihm. Uns ist doch niemand zur Hilfe gekommen, oder?«

»Das wäre vielleicht anders gewesen, wenn Curtis und Roland nicht 'ne Zigarettenpause eingelegt hätten«, bemerkte Alvin. »Ihr habt Chenil ganz schön hängen gelassen, Jungs.«

»Wir ham doch nur eine unterwegs geraucht«, protestierte Roland.

»Und wir haben's dem fetten Stan erzählt, aber er hat uns nicht geglaubt«, fügte Roland hinzu.

»Dieser fette Wichser«, schimpfte Curtis.

Alvin widersprach ihm nicht. »Wie geht es Chenil und dem Baby?«, fragte er stattdessen.

Nun schaute Roland weg – ob beschämt oder erschrocken, konnte Alvin nicht sagen.

»Er heißt Kanye Pharrel, wiegt knapp zwei Kilogramm, und man darf ihn nicht berühren wegen der ganzen Schläuche und Drähte, die an ihm dranhängen«, berichtete Debbie, und es klang, als würde sie eine Pressemitteilung verlesen. »Er ist sooooo süß, Sir. Ich meine, so winzig und so, aber – Sie sollten ihn mal besuchen.«

»Das mache ich vielleicht. Wie geht's Chenil?«

»Die ist immer noch ziemlich erschrocken. Und ziemlich still.«

Als ob sie je ein Ausbund an Ausgelassenheit gewesen wäre.

»Vielleicht könnte sie ein bisschen Unterstützung gebrauchen, Roland«, schlug Alvin vor.

»Was?«, fragte Roland lahm und sperrte Augen und Mund auf, wodurch er seinem kleinen unschuldigen Sohn zum Verwechseln ähnlich sah.

»Curtis, kann ich mal kurz mit dir sprechen?«, sagte Alvin.

»Wassen los?«, wollte Curtis wissen.

»Hier drüben«, fügte Alvin hinzu und deutete in Richtung des Beton-Donuts. Er wendete sich um, und Curtis folgte ihm. Als Curtis einen Blick über die Schulter warf, sah er, wie Roland sich an Aaliyah heranmachte, als ob er plötzlich das alleinige Recht dazu hätte. Erst als Alvin ihn fragte: »Was ist das für ein widerlicher Dreck, den du Miss Moorhouse geschickt hast?«, riss er sich von der Szene los.

»Wovon reden Sie?«, fragte Curtis mit jener Unschuldsmiene, die er in den sechzehn Jahren seines Lebens zur Perfektion gebracht hatte.

»Verarsch mich nicht, ich rede von diesen E-Mails.«

»Keine Ahnung, was Sie meinen, Sir.« Das »Sir« war verdächtig. Noch nie zuvor hatte Curtis diese Anrede Alvin gegenüber benutzt.

Alvin sah ihn einfach schweigend an.

»Ehrlich. Hab keinen Dunst von E-Mails oder so«, protestierte Curtis. »Echt, bin der totale Loser am Computer. Ich wüsste nicht mal, wie ich ihr Pornos oder so'n Zeug schicken kann.«

»Ich hab nichts von Pornos gesagt, Curtis.«

»Ich war's nicht«, sagte Curtis schwach, und die Fassade bröckelte. Und dann: »Hören Sie, das war doch nur 'n Witz oder so.«

»Ein Witz?«, zischte Alvin. »Du hast ihr das Leben zur Hölle gemacht.«

Curtis zuckte die Achseln. »Und? Das ist doch nur 'n verdammter Freak«, murmelte er in sich hinein.

Doch seine Worte erreichten Alvin, bevor sie vom Sturm davongetragen wurden. Er trat einen Schritt auf Curtis zu und drückte ihn mit dem Unterarm gegen das Betonobjekt.

»*Das* ist nicht nur irgendeine Lehrerin«, zischte er. »*Das* ist eine meiner besten Freundinnen.«

»Nehmen Sie Ihre scheiß Hände von mir weg«, sagte Curtis und versuchte, sich zu befreien. »Sie haben verdammt nochmal kein Recht, mich anzufassen.«

»Wir sind jetzt aber nicht in der Schule, stimmt's? Egal, ich bin ohnehin suspendiert. Und jetzt hör mir mal gut zu, Freundchen. Die kleinen Scheißer, die obszöne und damit *illegale* E-Mails versenden, das sind die Freaks.«

»Illegal?« Curtis' Körper versteifte sich merklich.

»Ja, das nennt sich Hasspost. Und das Versenden von Hasspost ist strafbar; es gibt sogar ein Gesetz dagegen. Miss Moorhouse besitzt Kopien von allen Mails, die du ihr geschickt hast, und die können zu dir zurückverfolgt werden.« Das war zwar eine Lüge, denn Alvin wusste, dass Lynette den Dreck gelöscht hatte, meistens, ohne ihn auch nur zu lesen. »Das hört jetzt auf, okay?«

»Okay.«

»Und du wirst dich entschuldigen.«

»Entschuldigen?«

Für Curtis war der Gedanke an eine Entschuldigung in etwa so exotisch wie ein Alien mit vier Augen und zwei Antennen, der nach einem mörderischen Raumflug soeben auf der Erde gelandet war.

»So als ob es dir damit ernst ist, ja«, fügte Alvin hinzu.

»Okay«, flüsterte Curtis.

»Und enttäusche mich nicht noch einmal«, sagte Alvin und trat einen Schritt zurück.

Reglos und noch immer bestürzt stand Curtis da.

»Du bist ein stilles Wasser, was?«, fragte Alvin, bemüht, seinen Ärger zu unterdrücken.

Curtis sah ihn verständnislos an.

»Hätte dich nie und nimmer für einen Computerspezialisten gehalten«, erklärte er. »Damit könntest du durchaus was Sinnvolles anfangen.«

Als er sich umdrehte und wegging, sah er aus den Augenwinkeln zu den Schaukeln hinüber. Mit offenen Mündern starrten Debbie, Roland und Aaliyah ihm nach. Ihr Schock saß tief, und das war verständlich. Mit Ausnahme der Situationen, in denen er eingeschritten war, um Streitigkeiten zu schlichten, war er noch nie zuvor handgreiflich geworden. Und auch wenn er Curtis nicht zu Brei geschlagen hatte, so wurde, hier und jetzt, im dritten Jahrtausend, jede körperliche Annäherung an einen Schüler – sei es nun im Rahmen von Gewalt oder als Zeichen von Freundschaftlichkeit –

als etwas absolut Unangemessenes betrachtet. Eine Entwicklung, der Alvin sich bereits mehr als einmal schmerzvoll bewusst geworden war.

»Ihr geht jetzt besser zurück in die Schule«, rief er seinen ehemaligen Schützlingen zu, bevor er davonging.

Nachdem er den Park verlassen hatte, verfiel Alvin in einen etwas forscheren Schritt. Einerseits, um sich den Ärger von der Seele zu marschieren, andererseits, weil ihm bitterkalt war. Er kam an einer Laterne vorbei, um die herum Blumen und kleine Gebinde auf dem Boden lagen. Stumme Hinterlassenschaften, die verkündeten, das hier jemand – vermutlich ein Kind – zu Tode gekommen war. Zwischen den Sträußen konnte er ein Foto erkennen, doch er beschleunigte sein Tempo. Nein, er mochte sich das Bild nicht ansehen und dabei noch trauriger werden.

In diesem Moment klingelte sein Handy. Er blieb stehen und schaute aufs Display. Es war ein Anruf von zu Hause.

Karen!

Hoffnung.

Eilig nahm er das Gespräch an und presste das Handy ans Ohr.

»Karen?«

»Was zum Teufel ist eigentlich los, Dad?«, hörte er die Stimme seiner ältesten Tochter. Es war das erste Mal seit zehn Jahren, dass sie ihn »Dad« genannt hatte.

»Ach, weißt du, das ist ziemlich kompliziert, Mercedes. Vor ein paar Tagen hat Karen herausgefunden, dass –«

»Ich rede nicht von Karen«, unterbrach ihn Mercedes. »Ich rede von den Polizisten, die gerade hier waren und dich gesucht haben.«

D wie Dummheit

»Was hat die Polizei gesagt?«, fragte Alvin.

»Nicht viel«, sagte Mercedes. »Sie wollten wegen dieses Überfalls mit dir reden.«

»Das war's? Mehr nicht?«

»Nein, mehr nicht. Jetzt glotz nicht so verstört aus der Wäsche. Ich meine, die werden vermutlich nur 'ne Zeugenaussage von dir wollen oder so.«

Sie saßen im Café bei einer Tasse Tee, und Alvin zermarterte sich das Hirn, warum ihn die Polizei nach all der Zeit wegen dieses Raubüberfalls sprechen wollte. Vielleicht steckten ja die Birds dahinter. Hatten sie ihre fiesen Manöver, von denen Poll gesprochen hatte, womöglich schon begonnen? Andererseits durfte Alvin sich auch nicht wundern. Wäre er ein aufrechter Bürger gewesen, hätte er Kevan schon vor Monaten der Polizei melden müssen.

»Nicht die Bullen sollten dir Kopfzerbrechen bereiten«, bemerkte Mercedes, die offenbar seine Gedanken gelesen hatte. »Es ist Karen, um die du dir Sorgen machen solltest.«

»Hat sie mit dir darüber gesprochen?«

»Sie wollte nicht, aber ich hab's trotzdem aus ihr rausgekriegt.«

»Was hat sie dir gesagt?«

»Nicht viel. Dass du 'ne alte Frau davor bewahrt hast, Opfer eines Raubüberfalls zu werden … kurz nachdem du im Puff gewesen bist. Sag mal, was zum Teufel hast du dir eigentlich dabei gedacht, Alvin?«

»Nichts, es ist ja nur ein Mal passiert.«

»Da sagt Karen aber was anderes.«

Alvin hatte nicht die Kraft, ihr das im Detail auseinanderzusetzen. »War sie auch im Haus, als die Polizei kam?«

»Nein, ihr Zug dürfte jeden Moment in Manchester einfahren.«

Alvins Herz sank. Noch nie zuvor war Karen zu ihrer Mutter geflüchtet.

»Was ist mit den Kleinen?«, fragte er.

»Die hat sie mitgenommen. Hat sie sogar von der Schule abgemeldet. Beneidenswerte Hosenscheißer. Du hättest Sid mal sehen sollen. Der denkt, 'ne Zugfahrt ist besser als 'n Raumflug.«

Ja, dachte Alvin, er hätte Sid sehen sollen. Und Annie. Und – trotz der fehlenden biologischen Verbindung – auch Shannon. »Wann kommt sie denn zurück?«

Sie zuckte die Achseln. »Du hast eure Beziehung so richtig in die Scheiße geritten, stimmt's?«

Nie zuvor war ihre Beziehung an jenem Punkt angekommen, wo Karen es für nötig befunden hatte, dreihundert Kilometer sowie die schützenden Wände ihres Elternhauses zwischen sich und Alvin zu bringen.

»Also wirklich, wie konntest du nur 'ne Affäre mit einer deiner Schülerinnen anfangen«, sagte Mercedes naserümpfend. »So was ist einfach krank, Mann.«

»Es war keine Affäre, und meine Schülerin war sie zu diesem Zeitpunkt auch nicht mehr.«

»Egal.« Sie machte eine abfällige Geste; ihr Urteil über Alvin schien festzustehen.

Alvin war es gewohnt, von Mercedes mit Geringschätzung behandelt zu werden, weil sie einfach jeden über zwanzig so behandelte. »Sie sollte sich ihre Sprüche auf Band aufnehmen«, hatte Karen einmal gespottet. »Achtung: Generationskonflikt.« Und doch schienen die Dinge in diesem Fall anders zu liegen.

»Es ist nur ein Mal passiert, Mercedes. Ein Mal.«

»Ein Mal, zwei Mal, hundert Mal, scheißegal. Wie dem auch sei, ich hoffe, es war es wert, denn es hat dich das Beste in deinem Leben gekostet. Karen war einfach großartig, weißt du. Sie war klug, witzig, liebenswürdig … Und sie hat mich *verstanden*. Selbst meine eigene Mutter hat mich nie verstanden.«

Seltsam. Noch vor wenigen Tagen hatte Karen wegen Mercedes die Küche mit grüner Farbe in Freundes- und Feindesland aufgeteilt. Alvin war von ihrer Keine-Gefangenen-Erziehung nie so recht überzeugt gewesen und hatte – wie auch ihre leibliche Mutter – die Meinung vertreten, es sei dem häuslichen Frieden zuträglicher, Mercedes zu verhätscheln und bei Laune zu halten. Offenbar hatten sie mit dieser Einstellung falsch gelegen, anscheinend hatte Karens brachialere Art mehr Eindruck auf das Mädchen gemacht. Tatsächlich hatte Mercedes noch nie etwas ansatzweise Freundliches über Karen gesagt, und nun musste er sich wahre Lobeshymnen auf sie anhören.

»Hör mal, das mit Karen und mir ist nicht *vorbei*«, begehrte er auf. »Wir kriegen das schon wieder hin.«

Mercedes schnaubte. »Weißt du, ich könnte nun Janice zitieren.«

Was der Mensch sät, das wird er ernten? Alvin schaute sie böse an.

»Ich hab nur gesagt, ich *könnte* sie zitieren … Sorry, Dad, aber das alles ist wirklich ein riesengroßer Haufen Scheiße.«

Da war es wieder, das D-Wort; D für Dad, D für Desaster, Depression und Destruktion.

»Was für eine gottverdammte … Dummheit.«

Ach ja, und D für Dummheit.

»Hast du wirklich gedacht, du würdest damit durchkommen?«

»Herrgott, es war 'ne einmalige Sache. Was hätte ich mir groß dabei denken sollen? Ich hab ja nicht mal gewusst, wer die alte Frau ist. Wie konnte ich denn ahnen, dass sie Millionärin war und …«

»Moment mal, was sagst du da?«

»Sie war Millionärin. Hat Karen dir das nicht erzählt?«

Mercedes schüttelte den Kopf.

»Sie war eine Bird«, erklärte Alvin. »Und sie hat mich in ihrem Testament als Alleinerben eingesetzt. Darum ist das Ganze doch überhaupt erst rausgekommen.«

»Heilige Scheiße, was hat sie dir denn vermacht?«

»Alles. Ihren ganzen Besitz.«

»Wie viel ist *alles*?«

»Das weiß ich selbst nicht so genau. Ein paar Millionen Pfund. Und ein großes Haus. Mit einem Forellenteich«, erklärte ihr Alvin, wie er es vor einigen Tagen schon Karen erklärt hatte.

»*Wahnsinn* …«, keuchte Mercedes. »Ein paar *Millionen* …? Wow! Vielleicht ist Karen doch nicht so clever, wie ich dachte. Ich an ihrer Stelle wäre hiergeblieben. Das heißt dann wohl, wir sind jetzt stinkreich, oder?«

»*Wir?* Soll das bedeuten, dass du bei mir bleibst?«

»Ja, wo soll ich denn hin? Ich habe bald meine Abschlussprüfungen. Ach ja, wo wir gerade beim Thema sind, ich muss nun wirklich gehen.« Mercedes schnappte sich ihre Tasche mit den Schulsachen und stand auf. »Ich habe jetzt nämlich ein Seminar«, erklärte sie.

»Ja, ich muss auch los und das mit der Polizei hinter mich bringen.«

»Solltest du in diesem Moment nicht eigentlich an der Wood Hill sein?«

»Ich wurde … ich bin … suspendiert worden.«

»Suspendiert? Ach du Scheiße! Was hast du angestellt?«

»Ob du's glaubst oder nicht, gar nichts. Ich hab versucht, eine Schülerin aus dem Pub hinauszubegleiten, und später hab ich ihr beigestanden, als sie ihr Baby auf dem Boden der Schultoilette zur Welt gebracht hat.«

Mercedes plumpste wieder zurück auf ihren Sitz. »Erzähl«, forderte sie ihn auf.

»Was ist mit deinem Seminar?«

»Das kann warten. Los, mach schon.«

Fassungslos lehnte sie sich auf ihrem Stuhl zurück, nachdem er seinen Bericht beendet hatte.

»Du glaubst mir doch, Mercedes? Du glaubst mir doch, dass ich nichts *Unangemessenes* getan hab?«

»Ja … Ja, ich glaube dir«, sagte sie nach einer Weile. »Aber … Scheiße, wie konntest du nur so naiv sein?«

»Schönen Dank.«

»Na hör mal, was hast du denn gedacht? Erzieher können sich heutzutage keinem Schüler mehr auch nur *nähern*, ohne dass alle Welt ausrastet. Gott sei Dank wissen sie an deiner Schule nichts von der Sache in diesem Massage-Puff, sonst wärst du schon längst gefeuert worden.«

Daran hatte Alvin noch gar nicht gedacht. Noch eine Sache, die ihn fortan peinigen würde.

»Okay, ich muss jetzt aber wirklich gehen.« Mercedes stand wieder auf. »Sieh zu, dass du das mit den Bullen regelst, aber ehrlich, ich glaube, die sind momentan dein geringstes Problem. Du solltest dich darauf konzentrieren, Karen zurückzubekommen.«

»Ich glaube nicht, dass die Angelegenheit mit der Polizei so problemlos über die Bühne gehen wird, wie du glaubst«, sagte Alvin ruhig. »Ich kenne nämlich den Typen, der die Frau überfallen hat, persönlich.«

»Du *kennst* ihn? Scheiße, das wird ja immer schlimmer. Warum hast du ihn nicht angezeigt ...?« Sie studierte das schuldbewusste Gesicht ihres Vaters. »Ah, verstehe. Es geschah direkt vor dem Puff, stimmt's? Okay, dann tu jetzt das einzig Richtige und melde den Typen um Gottes willen, ja?«

»Ich glaube nicht, dass ich das tun kann.«

»Warum zum Teufel denn nicht? Hast du 'ne Art Mafia-Schweigegelübde abgelegt, oder was? Er ist ein Gangster! Er raubt alte Frauen aus! Er ist *Abschaum!*«

Da hat sie nicht ganz Unrecht, dachte Alvin. Vielleicht erweise ich der Gesellschaft tatsächlich einen großen Dienst, wenn ich Kevan Kennedy der Polizei übergebe. Doch er wusste, wenn es hart auf hart kam, dann würde er genau das nicht übers Herz bringen können.

»Bitte, Dad, mach doch nicht alles noch schlimmer als es ohnehin schon ist.«

»Ich denk drüber nach ... Danke, dass du dich mit mir getroffen hast. Es war schön, mit dir zu reden.«

»Wirklich?«

Er jetzt bemerkte er den seltsamen Ausdruck im Gesicht seiner Tochter. Eine Mischung aus Mitleid und … konnte das womöglich Abscheu sein? War es ihr am Ende peinlich, mit ihrem sexbesessenen Vater in der Öffentlichkeit gesehen zu werden? Da beugte sie sich vor und umarmte ihn flüchtig.

»Alles wird gut, glaub mir«, sagte sie. »Was auch immer passiert, scheiß drauf. Schon bald wirst du im Geld schwimmen, oder nicht?«

Bevor sie das Café verließ, drehte sie sich noch einmal um und rief ihm zu. »Cool, jetzt kannst du mir ja nach dem Examen 'ne einjährige Auszeit finanzieren.«

Blumen, Pralinen und Dessous

Es war vier Uhr, als er wieder bei Lynette eintraf. Seine Gastgeberin stand in der Küche und arrangierte Blumen in einer Vase. Weitere Gebinde lagen neben ihr auf der Arbeitsplatte.

»Von wem sind die?«, fragte Alvin.

»Von Curtis Young.«

»Von *Curtis?*«

»Der Scheißkerl hat mir fünf Sträuße geschenkt. Und er ist dabei ziemlich zu Kreuze gekrochen. Ich weiß nicht, was du ihm gesagt hast, aber es hat funktioniert.«

»Spitzenmäßig.«

Er nahm eines der Buketts zur Hand, Gladiolen, die noch immer in ihrer Zellophanverpackung steckten, und entdeckte darin eine kleine Karte. Er zog sie hervor und las:

Für Sara – so grausam aus unserer Mitte gerissen und doch für immer unvergessen.

Nun gut, das war weit entfernt von: *Ms Moorhouse. Ich möchte mich aufrichtig dafür entschuldigen, dass ich Ihnen Kummer bereitet habe*, aber der gute Wille zählt, dachte Alvin, als er die Karte unauffällig in der Hosentasche verschwinden ließ. An einem der Sträuße hing sogar noch die Nylonkordel, mit der das Gebinde an der Laterne vor dem Bennett Park befestigt worden war.

»Wie war dein Tag?«, fragte Lynette.

»Ähm … ganz gut«, log Alvin. »Hab mich mit meinem Anwalt getroffen. Auch mit Mercedes. Und danach ein bisschen herumgelungert.«

Er erzählte ihr nicht von seinem Besuch bei der Polizei. Denen hatte er die Wahrheit erzählt, hatte mit nichts hinter dem Berg gehalten, hatte alles zu Protokoll gegeben – bis auf den Namen des

Täters. Er hatte beschlossen, es sei um einiges ehrenhafter, Kevan zu überzeugen, sich selbst zu stellen.

Ha, ha.

Nun, da er die Sache aus einem gewissen Abstand betrachtete, erschien ihm die Erwähnung von Kevan Kennedy in einem Atemzug mit Ehrenhaftigkeit ziemlich absurd.

»Möchtest du was mitessen«, fragte Lynette. »Ich mache Ratatouille für Donna und mich, aber es ist genug für alle da.«

Alvin fragte sich, ob Donna ihre Mahlzeiten überhaupt noch mit Guy und den Kindern einnahm. Sie war in letzter Zeit ziemlich häufig hier.

»Nein, danke, ich hab keinen Hunger«, sagte er. Er hatte auf gar nichts mehr Appetit. Er fühlte sich einfach hoffnungslos. Bis vor kurzem hatte er stets das Positive in allem gesehen. Bis vor kurzem war er der Typ Mann gewesen, der mit seinen Koffern vor dem noch im Rohbau befindlichen Hotel in Torremolinos stand und nicht die ruinierten Ferien vor Augen hatte, sondern neue Arbeitsplätze für die armen marokkanischen Einwanderer. Doch nun rang Alvin, der Optimist, in seiner Ecke des Boxrings nach Luft und spuckte Blut und Zähne in einen Eimer, während das Leben – ein mit Steroiden vollgepumptes Schwergewicht – ungeduldig auf den Gong wartete, um ihm in der letzten Runde den Rest zu geben.

Doch er lag noch nicht am Boden.

Noch nicht.

Als Lynette einen weiteren Blumenstrauß auspackte, nahm er den süßen Duft von Lilien wahr, der auf ihn die gleiche Wirkung hatte, wie Riechsalz, das ihm von einem imaginären Ringarzt unter die Nase gehalten wurde. Er konnte das Match noch gewinnen. Wenn er imstande war, Blumen und eine Entschuldigung aus einem Individuum herauszukitzeln, das die soziale Kompetenz einer Schmeißfliege hatte, dann konnte er einfach alles wieder ins Lot bringen.

»Macht's dir was aus, wenn ich nochmal weggehe?«, fragte er.

»Dafür brauchst du doch nicht meine Erlaubnis. Ich bin doch nicht deine Mutter«, sagte sie.

»Gut, dann bis später. Ich bleib auch nicht lange fort.«

Die heruntergekommene Siedlung mit den drei Hochhäusern im Zentrum, die sich in den rostfarbenen Himmel erhoben und deren Fassaden von unzähligen Satellitenschüsseln verunstaltet waren, erinnerte Alvin wieder einmal daran, wie niederschmetternd dieses Viertel war – und wie furchteinflößend.

Die Glenn-Siedlung war ein Stadtteil, den man nicht einmal bei Tag gern aufsuchte. Die drei Wohntürme bildeten den Mittelpunkt dieses Orts, von dem einige Straßen mit Sozialwohnungen wegführten – eine Mischung aus zweigeschossigen Flachbauten und dünnwandigen Terrassenbauten.

Die Glenn war gewissermaßen Sperrgebiet für alle, die hier nicht wohnten. Diejenigen, die hier beruflich zu tun hatten – Sozialarbeiter, Stromableser, Ärzte – kamen stets zu zweit. Selbst die Polizei traute sich nur mit Großaufgebot in gepanzerten Einsatzfahrzeugen und bis an die Zähne bewaffnet hierher. Die einzigen, die das Viertel freiwillig und allein betraten, waren die Unglücklichen, die hier wohnten.

Und Idioten wie ich, dachte Alvin.

Er schlug den Kragen hoch, zog den Kopf ein und machte sich in Richtung der Hochhäuser auf. Hier am Rande der Siedlung war noch keine Menschenseele zu sehen, und doch war etwas zu hören: das aggressive Brummen von Zweitaktmotoren, das mit den Windböen an- und abschwoll. Schon bald tauchte die Quelle des Lärms vor ihm auf: fünf Jugendliche, die Knie fast auf Kopfhöhe, deren Hinterteile nur einen Fußbreit über dem Asphalt zu schweben schienen. Auf lächerlich kleinen Motorrädern, die aussahen, als seien sie für Affen konstruiert worden, kamen sie auf ihn zu. Auf die Entfernung wirkte es, als ob sämtliche Clowns eines Zirkus beschlossen hätten, einer Biker-Gang beizutreten. Schwer vorstellbar, dass diese Micky-Maus-Eierschaukeln ein gesellschaftliches Ärgernis darstellen sollten, indem sie die Nachbarschaft bis in die Morgenstunden terrorisierten mit ihrem stupiden Chav-Britain-Soundtrack namens »Leck mich am Arsch«-Mix.

Erst kürzlich hatte der *Evening Standard* zu berichten gewusst, dass nirgendwo in London so viel dissoziatives Verhalten zu finden war wie in der Glenn. Oder wie es der anonyme Polizist, der in dem Artikel zitiert wurde, ausdrückte: »Willkommen im Land der Asozialen.«

Vorsichtig nahm er die Biker in Augenschein. Sie trugen allesamt Kappen, Kapuzenshirts, Turnschuhe so schwer wie Wackersteine und Baggy-Jeans, die ihnen vom Arsch rutschen würden, sobald sie sich aufrichteten. Jene Uniform also, die einer Kultur entstammte, die sie nie aus erster Hand kennen gelernt hatten, die ihnen jedoch übergestülpt worden war wie ein schlecht sitzender Anzug. Alvin fragte sich, was aus den hauseigenen Jugendbewegungen geworden war: den Skinheads, den Punks, ja, sogar – Gott möge ihm den Gedanken daran vergeben – den schillernden New Romantics? Was war so toll an diesem globalen Gangsta-Pseudochic? Auch wenn die Welt zusehends antiamerikanischer eingestellt war, schien in diesem Punkt eine Art Gleichschaltung stattzufinden.

Die Jungs fuhren an ihm vorbei und verfolgten einen Volvo, der langsam in eine Straße hinter ihm einbog.

Das Auto passte nicht hierher. Kein Spoiler, keine Heckschürze, keine Rammschutzleisten, kein Neon-Unterboden-Multicolor-Kit, das den schwarzen Asphalt in den Farben eines Dannii-Minogue-Videos erstrahlen ließ. Davon abgesehen fuhr man in der Glenn-Siedlung einfach keinen Volvo.

Die Biker gaben die Verfolgung – vorerst – auf, machten kehrt und fuhren langsam neben Alvin her. Die niedrigen Maschinen schwankten leicht, während die Jungs ihn von unten nach oben mustern.

»Was machst du hier?«, brüllte ihm der Junge, der direkt neben ihm fuhr, zu. Offenbar ein Nachwuchsgrenzschützer. Alvin hoffte, dass die hereinbrechende Dunkelheit seine Nervosität kaschierte. »Ich besuche jemanden«, sagte er.

»Wen?«

»Kevan Kennedy.«

»Bist du 'n Bulle?«

Alvin schüttelte den Kopf. »Nur ein Freund.«

»Er dealt aber nicht mehr, musst du wissen.«

»Kein Problem. Ich bin kein Kunde.«

Verhört beendet. Der Junge beschleunigte auf sage und schreibe fünfundzwanzig Meilen pro Stunde und verschwand mit seinen Kumpels in der Dämmerung. Alvin hatte das am nächsten gelegene Hochhaus erreicht. Kevan wohnte im elften Stock. Wahrscheinlich würde der Aufzug ohnehin nicht funktionieren, also nahm er die Treppe.

Mit weichen Knien erreichte er den Treppenabsatz, wo er mit einem *Wuusch* empfangen wurde. Rechter Hand öffnete sich die Aufzugtür, und eine kleine, mit Einkäufen bepackte Frau trat in den Hausflur. Argwöhnisch schaute sie ihn an. Allerdings war es eher der »Was für ein Idiot geht elf Stockwerke zu Fuß?«-Blick und weniger ein Wiedererkennen. Immerhin war es schon fast zehn Monate her, seit sie ihm eins aufs Maul gehauen hatte.

»Hallo, Mrs … Nash«, sagte er. »Ist Kevan zu Hause?«

»Wer sind Sie?« Sie ging auf die Wohnungstür zu und hielt inne.

»Ich bin Alvin Lee. Ich war sein Bildungsberater an der Wood Hill. Wir haben uns kennen gelernt, als …«

»Habt ihr Typen ihm nicht schon genug Ärger gemacht? Was wollen Sie noch?«

»Es geht nicht um die Schule. Es gibt etwas, weswegen ich ihn sprechen muss.«

»Was?«

»Eine private Angelegenheit.«

Sie verzog das Gesicht und steckte den Schlüssel ins Schloss.

»Ich hab ihm gesagt, er soll auf seine Schwester aufpassen. Das heißt aber noch lange nicht, dass er auch zu Hause ist.«

Sie bat ihn nicht herein, doch sie ließ die Eingangstür geöffnet. Dann verschwand sie in der Küche am Ende des Korridors. Während sie geräuschvoll Schranktüren aufriss und zuschmiss, brüllt sie: »Kevan, dein Lehrer ist hier … *Kevan!*«

Alvin betrat die Wohnung und warf einen Blick durch die erste offene Zimmertür. Auf dem Teppich saß ein Baby, umringt von funkelnagelneuem Spielzeug und zerbröselten Ritz-Crackern. Ein Sony-Plasmafernseher, groß genug für ein Vorstadtkino, diente als Bildschirm für ein Playstation-Spiel im Pausenmodus. Der ganze Raum strotzte nur so vor Markennamen: Toshiba, Technics, Moulinex (wiewohl es fraglich war, ob der weinrote Lederhocker für die MasterChef-Delicio-Küchenmaschine der beste Standort war). Alvins Blick fiel auf die kleinen Bose-Lautsprecher auf ihren futuristisch anmutenden Ständern, und er hatte plötzlich das Gefühl, in einen Media-Markt hineingebeamt worden zu sein, wären da nicht das Baby und die Krümel gewesen.

Kevans Mutter rauschte in den Raum, hob das Baby vom Boden auf und rauschte wieder hinaus.

»*Kevan!*«, schallte es wieder durch die Wohnung, schriller diesmal. »Wenn du einfach rausgegangen bist und Kelis hier allein gelassen hast, dann bring ich dich verdammt nochmal um!«

Alvin hörte, wie eine Tür geöffnet wurde, dann ertönte ein Schrei. Schwer zu sagen, ob Wutschrei oder Angstschrei, daher eilte er in den Flur, um nach dem Rechten zu sehen. Kevans Mutter stand wie angewurzelt da, die kleine Kelis auf ihrem Arm weinte. Beide starrten in ein offenes Zimmer. Alvin rannte zu ihnen und schaute ebenfalls in den Raum. Kevan saß auf seinem Bett, auf den Ohren Kopfhörer in der Größe von Suppenkellen, im Mund einen unangezündeten Joint.

Alles in allem eine Menge Gründe, warum eine Mutter bei diesem Anblick ausflippen konnte. Das mit den Drogen verstand sich von selbst. Dann waren Kopfhörer, aus denen ohrenbetäubende Bässe quollen, nicht unbedingt eine große Hilfe beim Babysitten. Und erst die Unordnung. Offenbar hatte Kevan mehrere Aufforderungen, sein Zimmer zu entrümpeln, geflissentlich ignoriert.

Doch Kevans Mutter schien das alles ziemlich kalt zu lassen. Stattdessen starrte sie fassungslos auf den Oberkörper ihres Sohnes. Nicht auf das T-Shirt, das er trug, sondern auf den rosafarbenen BH, den er sich gerade vor die Brust hielt. Neben ihm auf dem Bett, zwischen zahllosen CD-Hüllen lagen Damenslips, Mieder und noch mehr BHs.

Kevan sah seine Mutter an. In seinen Kulleraugen lag der altbekannte Hundewelpenblick, doch die Sache hier schien aussichtslos. Mrs Nash drückte Alvin ihre Tochter in den Arm und stürmte ins Zimmer. »Du dreckiger, ekelhafter …«, schrie sie, bevor ihr die Adjektive ausgingen. Dann verpasste sie ihrem Sohn links und rechts ein paar Ohrfeigen. Kopfhörer und Joint flogen durch die Luft. Mit neuerlicher Fassungslosigkeit starrte sie auf einen Stapel Unterwäsche auf dem Bett ihres Sohnes. »Die gehören *mir!*«, kreischte sie außer sich.

Alvin hatte das Gefühl, dass das ein guter Moment gewesen wäre, sich zurückzuziehen. Immerhin war das hier eindeutig eine Familienangelegenheit. Er trug das Baby zurück ins Wohnzimmer, von wo aus er mit eingezogenem Kopf den Streit mitverfolgte. Eine sehr einseitige Auseinandersetzung, denn Kevan begegnete der unbändigen Wut seiner Mutter mit gemurmelten Zusammenhangslosigkeiten. Alvin erinnerte sich, wie er die beiden zum ersten Mal gesehen hatte. Schon damals war ihm klar gewesen, wer in der Familie die Hosen anhatte. Ein Bild, das heute, wenn auch auf ziemlich irritierende Weise, bestätigt wurde.

Baby Kelis weinte noch immer. Alvin setzte sich die Kleine auf den Schoß und versuchte, sie abzulenken, obwohl er da ein wenig aus der Übung war. Plötzlich stürmte Mrs Nash ins Zimmer, den pinkfarbenen BH noch immer in der Hand.

»Nehmen Sie Ihre Hände von meiner Tochter«, schrie sie und

entriss ihm das Kind. Noch immer unter Schock, doch instinktiv das Baby hin und her wiegend, starrte sie Alvin an. »Das ist alles Ihre Schuld, oder?«

Ungläubig riss Alvin Mund und Augen auf.

»Sie meinten, es wäre was Privates«, fuhr sie fort. »Haben Sie ihn deshalb sehen wollen? Weil Sie Frauenschlüpfer mit ihm tauschen wollen?«

»*Nein!* Ich bitte Sie … ich hatte keine Ahnung …«

»Raus hier, Sie perverses Schwein!«

»Hören Sie, Mrs Kenn – Nash. Keine Frage, Sie sind sauer, aber Sie haben da was missverstanden.«

»Verschwinden Sie!«

Jetzt kam sie drohend auf ihn zu. Sie mochte vielleicht ein Baby im Arm halten, doch ihre linke Hand war frei, und sie wusste, wie man damit zuschlug.

»*Lehrer*. Alles Dreckschweine«, schrie sie ihm nach, als er die Wohnung verließ.

Zehn Minuten hatte er im kleinen Eingangsbereich des Hochhauses gewartet, als sich die Fahrstuhltür öffnete und Kevan in die Lobby stolperte, nun dankenswerterweise mit einem schwarzen Daunenparka bekleidet. Als der Junge Alvin bemerkte, erstarrte er. Der Anblick von Kevans wunderschönen, nun jedoch verweinten Augen brach Alvin fast das Herz.

Schnell hatte Kevan sich wieder gefangen und drückte sich an ihm vorbei aus der Haustür.

»Kevan, warte mal!«, rief Alvin und folgte ihm.

»Verpiss dich.«

»Lass uns reden.«

»*Verpiss* dich.«

Kevan beschleunigte seinen Schritt, hielt jedoch inne, als er die Minibiker-Gang erblickte, die in einiger Entfernung gelangweilt ihre Runden um einen Laternenpfahl zog. Alvin holte ihn ein und sagte: »Du musst mit jemandem reden … Ich will dir doch nur helfen.« Kevan sah ihn an; das normalerweise ausdruckslose Gesicht wirkte angespannt.

Kurz darauf ließen sie sich im Schatten des Hochhauses auf einer niedrigen Mauer nieder.

»Deine Mutter wird sich schon wieder einkriegen, weißt du«, sagte Alvin nach einer Weile.

Keine Antwort.

»So sind Mütter nun mal«, fuhr er fort. »Dauernd finden sie … alles Mögliche über ihre Kinder raus, und egal, wie sauer sie darüber sind, sie lieben sie trotzdem. Sie wird drüber hinwegkommen, das verspreche ich dir … Vielleicht nicht unbedingt heute, aber …«

Noch immer war Kevan nicht imstande, zu sprechen. Alvin warf ihm einen mitleidigen Blick zu, denn er wusste, dass der Junge vor Scham am liebsten im Boden versunken wäre.

»Möchtest du mit jemandem darüber sprechen?«, fragte er. »Ich meine, mit jemandem, der sich beruflich mit so was befasst. Ich könnte … Du erinnerst dich doch noch an Pam Spottiswoode, oder? Sie ist die Sozialarbeiterin an der Wood …«

Kevan war aufgesprungen und würgte nun mit einer Hand Alvins Hals.

»Wenn Sie *irgendjemand* davon erzählen, dann mach ich Sie verdammt noch mal kalt, kapiert?«

Die Tatsache, dass Alvin den Jungen gerade dabei erwischt hatte, wie er sich mit pinkfarbener Unterwäsche verlustierte, konnte nicht über sein Entsetzen hinwegtäuschen. Im Moment war Kevan nichts weiter als eine von Panik angetriebene, psychopathische Kampfmaschine.

Das Geräusch von Zweitaktermotoren kam näher, und Kevan lockerte seinen Griff. Während Alvin noch nach Luft rang, sah er, wie sich ihnen einer der Minibiker näherte.

»Brauchste Beistand, Kev?«, rief er.

Kevan ließ die Hand sinken und brüllte zurück: »Nee, alles klar, Mann.«

Der fremde Junge zuckte die Achseln und drehte ab.

Alvin rieb sich den Hals, während Kevan ihn noch immer drohend anstarrte. »Ich hatte nicht vor, irgendwem was zu erzählen«, sagte er. »Ich wollte nur helfen.«

»Ich brauch keine scheiß Hilfe, ist das klar?«

»Okay, wie du meinst …«

»Was soll'n das überhaupt? Hab doch nichts gemacht«, sagte Kevan. »Hab doch nur geholfen. Mit der scheiß Wäsche … Wollte sie bloß zusammenlegen und so …« Er brach ab, wohl wissend, dass diese Erklärung ein bisschen zu spät kam, um glaubhaft zu sein. Dennoch war Alvin einigermaßen überrascht. Dass Kevan – wenn auch aus der Not heraus – quasi zugab, im Haushalt zu helfen, konnte durchaus als Fortschritt angesehen werden.

»Meine Mutter flippt wegen jedem Scheiß aus«, sagte der Junge und stand auf. »Blöde Kuh.«

»Da ist noch was, weswegen ich dich sprechen muss«, bemerkte Alvin.

Kevan setzte sich nicht wieder hin, doch er ging auch nicht davon.

»Es geht um diesen Raubüberfall«, erklärte Alvin. »Du musst dich der Polizei stellen.«

»Hä?«

»Die Polizei hat mich deswegen vernommen. Sie wissen, dass ich den Räuber kenne.«

»Na und? Das ist doch schon 'ne Ewigkeit her«, sagte Kevan, so als ob die Verbrechen des letzten Jahres nicht mehr zählten.

»Sie vermuten, wir haben gemeinsame Sache gemacht.«

Bei diesen Worten musste Kevan grinsen.

»Das ist nicht witzig«, meinte Alvin und vergaß für einen Moment, dass er zu dem Typen sprach, der gerade versucht hatte, ihn zu erwürgen. »Ich könnte in den Bau wandern, nur weil ich denen deinen Namen nicht nenne. Ich hab dir schon mehr als ein Mal den Arsch gerettet, aber weißt du was? Ich hab keine Lust, für dich in den Knast zu wandern.«

Kevan zuckte die Achseln. »Dann verpfeifen Sie mich doch. Ich streite einfach alles ab.«

»Ich war aber nicht der einzige Zeuge am Tatort, weißt du? Du würdest dir selbst einen großen Gefallen tun, wenn du dich stellen würdest.«

Kevan sah ihn an, als ob die Vorstellung, freiwillig und mit ausgestreckten Händen eine Polizeistation zu betreten, genauso verrückt wäre, wie einer Therapeutin sein Faible für Damenunterwäsche zu beichten. In diesem Moment wurde Alvin klar, dass er etwas gegen Kevan in der Hand hatte: eine pinkfarbene Knarre gewissermaßen. Ihm diese jetzt an den Kopf zu halten, konnte sich allerdings als riskante Strategie erweisen. In die Enge gedrängt konnte Kevan beschließen, ihn kurzerhand umzubringen. Für einen Moment fragte sich Alvin, was dem Jungen wohl lieber sein mochte: einen Mord zu begehen oder als Transvestit geoutet zu werden? Doch das waren fruchtlose Überlegungen, da Alvin noch nie ein Spielernaturell gewesen war. Davon abgesehen lagen ihm Erpressungen nicht sonderlich.

»Sieh es mal so«, sagte er. »Ich will dich nicht verpfeifen, aber wenn sie mir drohen und mich unter Druck setzen, dann hab ich keine andere Wahl.«

Das war eine Tatsache und gleichzeitig eine unterschwellige Warnung.

Wieder zuckte Kevan die Achseln. »Vielleicht lassen sie ja locker, wer weiß.«

»Darauf würde ich mich nicht verlassen. Denk wenigstens mal darüber nach, mit den Bullen zu sprechen. Tu es mir zuliebe.«

Alvin war sich sicher, dass es verlorene Liebesmühe war, an Kevans Mitgefühl zu appellieren, umso mehr überraschte es ihn, als der Junge sagte: »Vielleicht … ich denk drüber nach, okay?«

»Danke.«

Kevan setzte sich wieder neben ihn, griff in seine Jackentasche und zog eine Schachtel mit Milk-Tray-Konfekt hervor.

»Ich bin fast am Verhungern«, sagte er und riss die Zellophanverpackung von der Box. »Wollen Sie eins?«

»Ja, warum nicht?« Alvin nahm eine Praline und hoffte, es wäre keine mit Orangenfüllung. »Erinnerst du dich noch an den Milk-Tray-Mann?«

»Den wen?«

»Der Typ aus der Werbung. War ganz in Schwarz gekleidet und hat seiner Freundin Pralinen geschenkt. *Für die Lady, weil sie …«* Er brach ab, da er nicht wollte, dass Kevan eine Anspielung vermutete, wo keine beabsichtigt war. »Hast du immer 'ne Schachtel Konfekt dabei?«

»Sind die Lieblingspralinen von meiner Mutter. Sie kauft die immer ein.«

Wieder bot er Alvin eine an, und der entschied sich diesmal für einen Erdbeerkuss. Nie im Leben hätte er sich träumen lassen, einmal im Schatten eines Hochhauses mit Kevan Kennedy Pralinen zu naschen. Doch der Moment hielt nicht lange an. Kevan stand auf und warf Alvin die Schachtel zu. »Mal sehen, was so geht«, murmelte er und machte sich in gebeugter Haltung auf in Richtung der röhrenden Biker.

Alvin war der Meinung, dass dieser Tag besser endete, als er begonnen hatte. Als ein Posten auf der Habenseite war zu verbuchen, dass er – trotz der roten Schwellung am Hals – eine bisher verborgene anständige Seite an Kevan Kennedy entdeckt hatte. Ähnlich dem vermuteten Leben auf dem Mars war diese nur sehr rudimentär ausgebildet, doch ihr Vorhandensein rechtfertigte ein gewisses Maß an Hoffnung. Natürlich würde der Bursche jetzt nicht zur nächsten Polizeistation eilen wie ein wiedergeborener Pfadfinder – eher einen weiteren Rentner überfallen –, aber er *dachte* zumindest darüber nach. Und ganz eindeutig hatte er eine empfindsame Seite, wie seine Vorliebe für Unterwäsche und Pralinen zeigte.

Als Alvin in der Glenn-Siedlung eingetroffen war, hatte ihm das letzte bisschen Verstand, das er zu diesem Zeitpunkt noch besessen hatte, eingeflüstert, dass er hier auf verlorenem Posten stand. Diesen Ort nicht nur vollkommen intakt, sondern darüber hinaus mit einer Art Ergebnis in der Tasche wieder zu verlassen, das war der Stoff, aus dem Champagner-Siegesfeiern gemacht waren.

Und genau das sollte er jetzt tun: diesen Ort wieder verlassen, nun, da er einen kleinen Erfolg zu verbuchen hatte. Doch, Sie ahnen es schon, er wäre nicht Alvin Lee gewesen, wenn …

Er sah, wie Kevan sich zu seinen Kumpels gesellte, die sich im Schein der orangefarbenen Straßenlaternen produzierten, dann machte er sich auf den Weg zurück ins Hochhaus. Als er das Gebäude umrundete, sah er den Volvo wieder, der jetzt in einer schmutzigen Seitenstraße parkte, und grinste in sich hinein, weil die Karre wider alle Befürchtungen noch nicht aufgebockt worden war.

Vielleicht verwandelte sich diese Welt ja doch noch in einen besseren Ort.

Wieder zurück im elften Stock verharrte er einen Moment vor der Tür und lauschte …

Er konnte von drinnen nur den Fernseher hören – sowie das Geräusch seines Atems, der stoßweise ging.

Er klopfte und hörte, wie sich Schritte näherten. Dann: »Bist du das, Kevan?«

»Nein, ich bin's, Ms Nash«, rief er. »Alvin Lee … von Kevans alter Schule.«

Nach einer Weile ging tatsächlich die Tür auf. Kevans Mutter stand vor ihm, und sie sah weniger verärgert aus als zuvor – vielleicht war sie aber auch nur müde. Alvin reichte ihr die Schachtel mit den Pralinen.

»Sie haben Kevan also gesehen?«, schloss sie messerscharf.

Alvin nickte.

»Hören Sie …«, begann sie zögernd. »Ich hab eben 'n bisschen heftig reagiert. Hätte Ihnen nicht die Schuld geben dürfen, denke ich.«

Das kam einer Entschuldigung verdächtig nahe, und es war nicht das, was Alvin erwartet hatte.

»Das ist schon okay«, sagte er. »Sie waren vermutlich … geschockt.«

Sie schnaubte, dann sagte sie: »Ich hab mich an Sie erinnert, nachdem Sie weg waren. Sie waren auch dabei, damals, als sie Kev von der Schule geschmissen haben, oder?«

Wieder nickte er.

»Sie waren der Einzige, der was Nettes über ihn gesagt hat. Und ich hab Ihnen auch eine verpasst damals, oder?«

»Das ist jetzt nicht mehr wichtig.«

»Tja, so ist das mit mir. Erst ausflippen, und danach tut's mir leid … Sorry.«

Ganz eindeutig eine Entschuldigung diesmal.

»Haben Sie was dagegen, wenn wir uns ein paar Minuten unterhalten?«, fragte Alvin.

Sie zuckte die Achseln, und er folgte ihr ins Wohnzimmer. Baby Kelis wurde wieder auf dem Fußboden geparkt und starrte auf den Fernseher. Dort lief Jeremy Paxman, der gerade einen Politiker in die Zange nahm, obwohl es für Polittalks noch viel zu früh am Abend war.

»Das ist 'ne Videokassette«, erklärte Kevans Mutter. »Das Einzige, womit ich sie ruhiggestellt kriege. Sie hasst Cartoons und solches Zeug. Aber diesen Typen, den liebt sie. Keine Ahnung, warum.«

»Mein kleiner Sohn liebte diese Gartensendungen«, sagte Alvin. »Wahrscheinlich wegen der Blasmusik.«

»Wie viele Kinder haben Sie?«

»Vier.«

»*Vier*. Und ich komm gerade mal mit zweien klar. Na ja, egal, Sie wollten ja über Kevan reden.«

»Ähm, ja. Wissen Sie, er war ziemlich verstört, als ich ihn auf der Straße wiedergetroffen habe.«

»Ja, dazu hat er auch allen Grund. Das war einfach …« Sie konnte keine Worte dafür finden, und verstummte. Dann: »Ich verstehe ihn einfach nicht mehr. In der einen Minute macht er auf dicke Hose, und in der anderen macht er auf … Lily Savage. Ich weiß ehrlich nicht, was schlimmer ist.«

»Er ist ein bisschen durcheinander wegen allem.«

»Da ist er nicht der Einzige. Was zum Henker soll ich bloß mit ihm machen?«

»Nehmen Sie die Sache ein bisschen lockerer … Er wird vermutlich nicht mit Ihnen darüber sprechen wollen.«

»Da ist er nicht der Einzige«, sagte sie wieder.

»Aber es würde ihm vielleicht guttun.«

»Was? Mit jemand sprechen? Mit mir? Ich hab nicht den blassesten Dunst, wie ich das anstellen soll.«

»Ja, ich weiß, aber es wäre gut, wenn Sie ihm irgendwie zu verstehen geben könnten, dass Sie nicht schlecht über ihn denken … Er hat nämlich Angst vor Ihnen, wissen Sie?«

»Schwachsinn. Der hat vor niemandem Angst. Das ist ja sein Problem.«

»Und ich sage, er hat Angst vor Ihnen. Ich hab's gemerkt, als er damals mit Ihnen zur Schule kam. Und er hatte Angst vor Ihnen, als Sie eben in sein Zimmer kamen.«

Wieder schnaubte sie auf, ließ sich auf das harte Ledersofa fallen und nahm das Baby auf den Schoß.

»Kevan war schon verkorkst, da war er sogar noch jünger als die Kleine hier«, sagte sie. »Um ehrlich zu sein, hab ich immer Angst vor *ihm* gehabt. Ich hab's nie jemandem gesagt, aber manchmal … hasse ich ihn dafür, dass er mir mein Leben versaut hat …«

Sie schwiegen eine Weile und verfolgten zusammen mit Kelis, wie der eloquente Paxman dem eingeladenen Kabinettsmitglied gerade – bildlich gesprochen – sein Knie in die Eier rammte.

»Sie sind nicht die Einzige, die Kevan schwierig findet«, sagte Alvin schließlich. »Jeder Lehrer, der mit ihm zu tun hatte, hat irgendwann das Handtuch geschmissen – und das sind ausgebildete Pädagogen, nicht zu vergessen.«

»Diese scheiß Schule«, zischte sie. »Wissen Sie, er hat nie ein Wort darüber verloren, so lange er da hinging. Ich hab ihn gefragt, wenn er nach Hause kam: *Wie war's heute in der Schule?* Er hat mich nur angesehen und nichts gesagt. Als ob die nicht für ihn existiert hat.«

»Ich denke, wir an der Wood Hill haben ihn zum Schluss im Stich gelassen.«

»Nein, haben Sie nicht. Er hat von Ihnen gesprochen damals ... Nicht viel, aber manchmal.«

»Es steckt viel Gutes in ihm. Ich hab das immer so gesehen. Er hatte wirklich Fortschritte gemacht, bevor er von der Schule geworfen wurde. Er braucht nur die Gewissheit, dass man an ihn glaubt.«

»Ich bin mit meinem Latein am Ende«, sagte sie. »Glaube, ich konzentrier mich lieber auf die Kleine hier, damit sie nicht auch mal so wird wie er.« Sie drückte das Baby zärtlich an sich.

»Sie ist ein süßes Mädchen ... Ich glaube, ich gehe jetzt besser«, sagte Alvin.

»Danke, dass Sie nochmal hergekommen sind. Ich weiß das zu schätzen.«

Alvin wendete sich zum Gehen, doch dann hielt er inne. »Sie könnten mit jemandem darüber sprechen, wenn Sie möchten. Ich kenne eine Sozialarbeiterin.«

»'ne was?

»Sie ist so 'ne Art Therapeutin.«

»Therapeutin!«

»Ja, so was in der Art.

»'n Seelenklempner?«

Sie sah ihn entsetzt an, und Alvin machte sich auf einen gereizten »Meine Angelegenheiten gehen niemanden was an«-Vortrag gefasst.

»Ich ... würd gern mit ihr sprechen«, sagte sie schließlich. »Jesus, nur zu gern.« Und dann: »Aber wie zum Teufel soll ich mir 'ne scheiß Therapie leisten können?«

Sie könnten den Plasmafernseher verkaufen, oder einen von den zwei DVD-Playern und die Bose-Lautsprecher ..., dachte Alvin.

Er griff in seine Jackentasche und zog seine Brieftasche hervor.

Darin fand er Pam Spottiswoodes verknickte Visitenkarte und reichte sie Kevans Mutter.

»Hier ist ihre Nummer«, sagte er. »Nur für alle Fälle.«

Sie sah ihn wehmütig an. »Ich frag mich, warum Sie sich noch um uns scheren«, sagte sie. »Kevan ist doch gar nicht mehr auf der Wood Hill. Er ist doch nicht mehr Ihr Problem, oder?«

Natürlich lag sie damit falsch.

Lieber Mr Lee

Am darauffolgenden Montag stand Alvin vor einer Haustür neben einem Süßwarenladen auf der All Saints Road. Sein Anwalt neben ihm fummelte gerade mit einem Schlüsselbund herum.

»Eigentlich sollte ich Sie nicht mit hinaufnehmen, wissen Sie«, sagte Poll.

»Und warum tun Sie's dann?«, fragte Alvin.

»Der Mut zum Risiko hat mich übermannt, seit die Birds uns den Krieg erklärt haben.«

Einige Minuten später standen sie in einem düsteren Wohnzimmer. Poll betätigte den Lichtschalter, doch ohne Erfolg. »Der Stromzähler muss wohl gefüttert werden«, murmelte er. Er fischte einige Münzen aus der Tasche und verschwand im Flur. Kurz darauf flammte die Deckenbeleuchtung auf, und Alvin sah sich in dem Zimmer um, das ausschließlich mit Sperrmüll möbliert zu sein scheint.

Nichts deutete darauf hin, dass hier bis vor kurzem Louise Bird gewohnt hatte. Nichts Persönliches. Keine Fotos und auch sonst nichts, womit sich alte Leute in ihren vier Wänden gern umgaben. Auch war kein Anzeichen für den Wohlstand der alten Dame zu finden. Doch was hatte er erwartet? Van Goghs »Sonnenblumen« an der Wand?

»Will der Vermieter die Wohnung nicht zurück?«, fragte Alvin seinen Anwalt.

»Wahrscheinlich nur zu gern, aber Mrs Bird hatte die Miete bis Ende des Jahres im Voraus bezahlt. Nicht gerade das, was alte Leute für gewöhnlich tun – mit jedem Jahr sinkt schließlich die Wahrscheinlichkeit, den nächsten Geburtstag noch zu erleben. Allerdings hatte sie auch nicht die typischen Geldprobleme anderer

Rentner. Wo wir beim Thema Geld sind, Sie sollten wissen, dass die Birds beim Landgericht Einspruch gegen die Testamentsänderung eingelegt haben.«

Alvin quittierte diese Neuigkeit mit ausdruckslosem Blick.

»Mit anderen Worten, sie fechten das neue Testament gerichtlich an …«, fuhr Poll fort.

Doch Alvin hörte ihm schon kaum noch zu. Er konnte mit dem ganzen Juristen-Fachchinesisch wenig anfangen. Glücklicherweise verschonte ihn Poll die meiste Zeit damit.

»… weshalb unser nächster Schritt darin bestehen wird, dass wir Einspruch gegen diesen Einspruch … Ich langweile Sie? Okay, machen wir hier weiter.«

Der Anwalt war hierhergekommen, um nach Unterlagen zu suchen, die womöglich Aufschluss über unbekannte Bankkonten oder Geldanlagen geben konnten.

»Wir haben keine Zeit zu verlieren«, sagte er. »Egal, ob Sie nun den schnöden Mammon kriegen oder nicht, das Finanzamt will seinen Teil davon, und es will ihn jetzt. Staatliche Leichenschändung, wenn Sie mich fragen. Bei den meisten Dingen halte ich es mit den Idealen der guten alten Sozialdemokraten, aber ich bin ein eingeschworener Tory, wenn's um die Erbschaftssteuer geht.«

Er begann seine Suche bei der kleinen Kommode aus Pinienholz, zog die Schubladen auf und leerte deren Inhalt auf dem kleinen Esstisch aus.

»Mrs Bird hat mir sehr ausführlich über ihre Finanzen Auskunft gegeben«, fuhr er fort. »Doch wenn man seine Millionen hier und da vergraben hat, ist es schwer, den Überblick zu behalten, nicht?«

Zu diesem Thema konnte Alvin nicht viel beisteuern. »Soll ich Ihnen dabei helfen?«, fragte er stattdessen.

»Das wäre nicht ratsam. Warum sehen Sie sich hier nicht etwas um und versuchen, ihre Wohltäterin ein bisschen kennen zu lernen?«

Also wanderte Alvin in der Wohnung umher und fand sich kurz darauf in der winzigen Küche wieder. Er sah in die Schränke. Ein paar Konservendosen standen darin, doch weder Kaviar noch Foie Gras. Stattdessen Fertigsuppen, Sardinen und eine angebrochene Schachtel mit Viscount-Keksen. In einer Metalldose fand er einige Teebeutel. Er hätte sich gern eine Tasse aufgebrüht, doch es schien in diesem Haushalt keine Milch zu geben.

Wieder einmal wunderte er sich über den ärmlichen Lebenswandel der alten Dame, und er fragte sich, warum jemand, der buchstäblich im Geld geschwommen hatte, sich für ein solches Dasein entschieden haben mochte; das Leben einer bedürftigen Rentnerin, die ihre Kröten in Noname-Konserven anlegte und dem lieben Gott jeden Winter für ihre Brennstoff-Zuteilung dankte. Diese Frau hatte ein Haus mit fünfundzwanzig Zimmern besessen, an dessen Auffahrt unter Naturschutz stehende (und tödliche) Eichen standen. Nicht zu vergessen den Forellenteich. Und doch hatte sie all das aufgegeben und Beresford House Jeremy Bird und den Seinen überlassen, wenngleich sie es ihnen – offensichtlich – nicht überschrieben hatte.

War sie freiwillig gegangen? Hatte ihr Sohn sie vor die Tür gesetzt? War es überhaupt möglich, aus seinen eigenen vier Wänden vertrieben zu werden? Für Alvin gab es für all das nur eine einzige Erklärung: Louise Bird war total übergeschnappt gewesen. Ergo hatte er auch kein Recht auf das ihm vermachte Geld und noch viel weniger darauf, in ihrem Leben herumzuschnüffeln.

Diese Überlegung hielt ihn indes nicht davon ab, einen Blick in den gegenüberliegenden Raum am Ende des Flurs zu werfen. Das Zimmer war unmöbliert bis auf einen Schreibtisch und einen Stuhl. Der Tisch sah neu aus, weshalb Alvin zu dem Schluss kam, dass Mrs Bird ihn sich selbst gekauft haben musste. Womöglich, um dem 20-Zoll-iMac einen würdigen Standort zu ermöglichen?

Alvin war zutiefst erstaunt. Eine alte Frau und ein solch futuristisch anmutender PC? Das passte einfach nicht zusammen. Das war so, als ob eine Minirock-Blondine in einem Basar in Teheran shoppte – einfach nur *falsch*. Alvin kannte den G5 nur vom Sehen – und das auch nur, weil Mercedes ihm einmal einen schicken

Hochglanzprospekt der Firma Apple gezeigt und ihm dargelegt hatte, dass dieses hochpreisige Computer-Schätzchen ihr Leben erst perfekt machen würde.

Er ließ sich auf dem Bürostuhl nieder und starrte auf den Monitor. Was in aller Welt hatte Louise Bird mit einem iMac gemacht? Patiencen gespielt? So verbrachten alte Damen doch schließlich ihre Zeit, nicht? Oder im Internet gesurft? Doch … warum? Zu gern hätte er das herausgefunden.

Alvin war mit Computern nicht sonderlich vertraut – nur selten benutzte er den heimischen Rechner, und mit den ramponierten städtischen PCs an der Wood Hill hatte er stets seine liebe Not. Doch er wusste, dass die meisten elektrischen Geräte so etwas wie einen Einschaltknopf besaßen. Zunächst gestaltete sich die Suche danach als schwierig, und gerade, als er argwöhnte, dass dieses Modell nur mit Voodoo zum Leben zu erwecken sei, entdeckte er einen vielversprechenden Button auf dem transparenten Acryl-Keybord. Vorsichtig drückte er die Taste, der Monitor gab ein statisches Britzeln von sich, und dann fuhr der Rechner mit einem melodiösen *Bong* hoch.

Kurz darauf starrte Alvin, nicht wirklich klüger, auf die vielen schicken Icons auf dem Monitor. Er wünschte, Mercedes oder sogar Shannon wären bei ihm. Beide wären vermutlich wenig beeindruckt von dem gewesen, was sie hier sahen, und würden sich mit traumwandlerischer Sicherheit im digitalen Universum bewegen, während er sich ziemlich alt vorkommen und sich fragen würde, ob es nicht besser wäre, vorsorglich eine Pille gegen Reisekrankheit zu nehmen.

»Ach, Sie haben das Ding ans Laufen bekommen«, sagte Poll, der unbemerkt hinter ihm aufgetaucht war. »Mehr als ich zustande gekriegt habe.«

»Was hat sie bloß mit dem Computer gemacht?«, fragte Alvin.

»Frauenmörder-Romane für den Mills & Boon-Verlag geschrieben? Ich hab ehrlich gesagt keine Ahnung.«

Nervös legte Alvin seine Hand auf die Maus und bewegte den Zeiger auf dem Monitor hin und her.

»Schauen Sie mal hier!«, rief Poll plötzlich aus.

»Was? Wo?«

»Da!« Der Anwalt deutete auf das Icon einer Word-Datei in einer der Bildschirmecken. Alvin zuckte zusammen, als wäre er um eine Ecke gebogen und würde nun unerwartet mit seinem eigenen Spiegelbild konfrontiert. Die Datei war mit »ALvin LEE« betitelt.

»Wollen Sie das Dokument nicht öffnen?«, schlug Poll vor.

»Ich … na gut.«

Alvin drückte auf die Maus. Nichts passierte. Daher wiederholte er die Aktion und führt einen Doppelklick aus. Auf dem Bildschirm erschien ein Dokument.

»Sieht aus wie ein Brief«, meinte Poll.

Ja, ein Brief für mich, dachte Alvin. Dann las er:

Lieber Mr Lee.

Vermutlich werden Sie keine Ahnung haben, wer ich bin, doch ich wollte Ihnen schreiben, um Ihnen meinen Dank auszusprechen. Ich bin

»Weit ist sie ja nicht gekommen«, bemerkte Poll, der sich vorgebeugt hatte und nun wie gebannt auf den Bildschirm starrte. »Schauen Sie sich mal das Datum an: Siebter Januar.«

»Ist das wichtig?«

»Das ist ihr Todestag. Vermutlich war sie gerade dabei, diesen Brief zu schreiben, als sie starb. Sie ist auf genau diesem Stuhl dahingeschieden …«

Der Anwalt sah Alvin an, aus dessen Gesicht jegliche Farbe gewichen war.

»Hab ich Ihnen das nicht erzählt?«

»Nein«, japste Alvin und sprang auf. »Nein, das haben Sie verdammt nochmal nicht getan.«

»Ihre Haushaltshilfe hat sie gefunden, wie sie noch im Tod auf diesen Bildschirm gestarrt hat.«

»War der Brief darauf zu sehen?«

»Nein, nichts war darauf zu sehen. Der Computer war aus. Der Stromzähler war leer. Sie war schon ein paar Tage tot, als man sie fand.«

Alvin war mulmig zumute, und er empfand auch Trauer. Er wäre jetzt gern gegangen.

»Sind Sie fertig mit Ihrem Papierkram?«, fragte er auf dem Weg zur Tür.

»Noch fünfzehn, vielleicht zwanzig Minuten. Warum machen Sie uns nicht ein Tässchen Tee?«

»Es gibt hier keine ...«

»Milch? Schauen Sie mal in meiner Aktentasche nach.«

Fünf Minuten später erschien Alvin mit zwei dampfenden Teebechern im Wohnzimmer. Poll saß am Esstisch, vor sich einen Haufen Papiere.

»Das ist ein wahres Rätsel«, sagte er und sah von einem Kontoauszug auf.

»Was meinen Sie?«

»Es ist urkundlich belegt, dass, vom Haus und seiner Einrichtung mal abgesehen, Douglas Bird seiner Frau dreiunddreißig Millionen Pfund an Kapitalanlagen, Aktien und Bargeld hinterlassen hat. Und doch scheint diese Summe zum Zeitpunkt ihres Todes auf einen Betrag von etwas über fünf Millionen Pfund zusammengeschrumpft zu sein.«

»Er ist doch vor über dreißig Jahren gestorben. Vielleicht hat sie das Geld inzwischen einfach verbraucht?«

»Da hätte eine einzelne Frau aber viel auszugeben gehabt, selbst in dreißig Jahren. Davon abgesehen, können Sie hier irgendwelche Anzeichen für einen extravaganten Lebensstil entdecken?«

Da hat er Recht, dachte Alvin, diese Wohnung war wirklich alles andere als ein Luxusdomizil.

»Vielleicht hat sie deshalb so bescheiden gelebt?«, schlug er vor. »Möglicherweise wollte sie ein bisschen kürzer treten, nachdem sie zuvor so verschwenderisch gewesen ist.«

»Na ja, sie war ja trotz allem nicht bettelarm. Mit dem Geld, das ihr zuletzt zur Verfügung stand, hätte sie sich ein besseres Leben als dieses hier leisten können. Nein, ich verstehe das alles nicht.«

»Was ist mit ihren Kontoauszügen. Geht aus denen nicht hervor, wofür das Geld draufgegangen ist?«

»Wahrscheinlich, wenn ich sie denn hätte. Sie hat aber immer nur die letzten Belege aufbewahrt, und die besagen nicht mehr, als dass ihre Rente via Direct Credit überwiesen wurde und dass sie ihre Gasrechnung pünktlich bezahlt hat. Wie ich schon sagte, es ist mir ein Rätsel, Alvin, daher schlage ich vor, wir durchforsten ihren Computer. Vielleicht finden wir ja dort Antworten auf unsere Fragen …«

Alvin war nicht sonderlich begeistert von der Idee, auf den Stuhl der toten alten Dame zurückzukehren.

Poll wendete sich wieder den Kontoauszügen zu. »Macht es Ihnen was aus, mal auf der Festplatte nachzusehen, während ich hier weitermache?«, fragte er.

»Muss das sein?«

»Na ja, es bietet sich an, meinen Sie nicht?«

Ohne Vorankündigung versank die Wohnung in kompletter Dunkelheit, und Alvin fühlte Erleichterung.

»Dieser verdammte Stromzähler«, schimpfte Poll. »Habe vorhin meine letzten Münzen geopfert. Sie haben nicht zufällig ein paar dabei, oder?«

»Ich befürchte, nein«, sagte Alvin, und zum ersten Mal im Leben war er dankbar, pleite zu sein.

Etwas, was man im Sommer am Strand mieten kann … Du weißt schon, so ein lahmes Ding, das man mit den Beinen antreiben muss, um aufs Meer hinauszufahren …

Alvin presste das Telefon an sein Ohr und wartete auf die Worte: »Hier bei Jackson«. Auf diese Weise pflegte sich Karens Mutter immer zu melden. Er hatte schon einige Male dort angerufen, seit Karen mit den Kindern eine Woche zuvor nach Merseyside gezogen war, und Frances Jackson hatte es sich zur Aufgabe gemacht, alle ankommenden Telefonate zu kontrollieren. Auch bei seinem ersten Anruf hatte er sie an der Strippe gehabt, doch selbst sein trauriges Bitten hatte sie nicht erweichen können. Und so hatte sie ihm ein für alle Mal klar gemacht, dass KAREN NICHT MIT IHM REDEN WOLLTE. Inzwischen legte Alvin einfach wieder auf, wenn Mutter Jackson sich meldete.

Frances war ihm von Anfang an mit Arroganz und Argwohn begegnet. Da war zunächst die Sache mit dem Musikgeschäft gewesen. Sie war ernsthaft davon überzeugt, dass jeder, der Gitarre nicht zum Zeitvertreib spielte, eine perverse Mischung aus Keith Richards und Axl Rose sein musste. Das Beschissene daran war, dass er auf ihre Billigung hätte pfeifen können, wäre er nur halb so erfolgreich gewesen wie diese beiden. Als er und Karen sich kennen gelernt hatten, hatte sich seine Karriere auf ihrem absoluten Tiefpunkt befunden und nur darauf gewartet, dass sich jemand erbarmte und der Sache den Gnadenstoß versetzte. Nachdem er um der Schadensbegrenzung willen zur Pädagogik gewechselt hatte, hatte er eigentlich gehofft, dass sich das Verhältnis zu Karens Mutter ein wenig entspannen würde, da sie selbst einst als Rektorin an einer Grundschule gearbeitet hatte. Doch natürlich war auch die neue Aufgabe nicht gut genug, er war ja kein richtiger Lehrer. Genau genommen hätte Karen in ihren Augen auch gleich eine Beziehung zu einer Dinner Lady eingehen können.

Er zählte das Klingeln – zehn Mal bis zu diesem Augenblick – und war schon geneigt, den Hörer wieder aufzulegen, als bei den Jacksons doch noch jemand an den Apparat ging. »Hi, hier bei Oma Fran. Was gibt's?«

»Annie!«

»Dad!«

»Annie, wie geht es dir? Ich vermisse dich.«

»Wir spielen im Garten. Sid ist von der Vogeltränke gefallen.«

»Geht's ihm gut?«

»Glaube, ja. Der heult ja wegen allem gleich los. Kommst du uns bald besuchen?«

»Ich weiß nicht. Ich würde ja gern ...«

»Stell dir vor, ich kann schon ›Janie's Got a Gun‹ spielen! ... F ... G ... C ... F ...«

Als sie die Akkorde wiederholte, fühlte sich Alvin gleichermaßen stolz und entsetzlich einsam. Und seltsamerweise fühlte er auch ein bisschen Schadenfreude – es musste Frances fast um den Verstand bringen zu sehen, dass sich ihre Enkelin allmählich in Aerosmith verwandelte.

»Das ist ja toll, Annie, ganz fantastisch.«

»Daddy, was ist ein Wassertreter?«

»Na ja, ein Tretboot. Etwas, was man im Sommer am Strand mieten kann ... Du weißt schon, so ein lahmes Ding, das man mit den Beinen antreiben muss, um aufs Meer hinauszufahren ... Warum fragst du?«

»Shannon hat Cherry angerufen, und Cherry hat gesagt, ihre Mutter meint, du wärst ein Wassertreter ... Ich hab das nicht verstanden.«

Alvin allerdings schon, und er fühlte sich plötzlich hundsmiserabel. »Keine Ahnung, was sie damit meint«, sagte er. Er konnte Sid im Hintergrund wimmern hören sowie lauter werdende Stimmen. »Annie, ist Mum zu Hause?«, fragte er.

»Wer ist da am Telefon, Annie-Liebes?«, vernahm er Frances gedämpfte Stimme.

»Das ist Daddy, Granny, das ist *Dad* …«

»Ich will, dass du aufhörst, hier anzurufen!«, blaffte ihm plötzlich Frances ins Ohr.

»Du kannst mir nicht verbieten, mit meinen Kindern zu sprechen, Frances.«

»Du solltest nicht mal in die Nähe von Kindern kommen. Dass jemand wie du auch noch an einer Schule arbeitet, ist einfach haarsträubend.«

»Das ist doch lächerlich, ich habe nicht …«

»Mach dir nicht die Mühe, hier nochmal anzurufen. Ich werde die Nummer ändern lassen.«

Es klickte in der Leitung, dann war Stille. Eine Leere umfing ihn, so kolossal, dass sie jeden seiner schlimmsten Albträume hätte verschlingen können.

Puffy Dogg

»Ich bin sehr enttäuscht, Jonathan«, sagte Mr Sugden, und er klang dabei noch viel enttäuschter als sonst.

»Es tut mir leid«, murmelte Jonathan.

»Was in aller Welt ist denn in Sie gefahren?«

»Ich dachte, sie wollte mich angreifen. Es war Selbstverteidigung.«

»Sie ist erst dreizehn, um Himmels willen. Und sie hat doch nur Ihr Maßband aufgehoben ... Und dabei lief es bisher so gut.«

Da hatte Mr Sugden durchaus Recht. Alles war ausgesprochen problemlos gelaufen. Jonathan Craig, der ehemalige Lehrer, war mit solcher Leichtigkeit ins Herrenkonfektionsgeschäft eingestiegen, als hätte er zuvor nie etwas anderes gemacht. Spielend hatte er den Umgang mit dem Maßband erlernt, wie auch die Unterscheidung der diversen Grautöne, in denen die Sugden-Kollektionen daherkamen. Sein Eingewöhnen in die Welt der Herrenbekleidung (für alte Männer) war zudem dadurch erleichtert worden, dass es bei Sugden & Son die meiste Zeit über so still war wie auf einem Friedhof. Maximal sechs Kunden pro Tag betraten den Laden, davon selten einer jünger als fünfzig. Nicht, dass Jonathan den neuen Job liebte, aber immerhin zuckte er beim Klingeln der Türglocke nicht mehr alarmiert zusammen, und er hatte sogar zwei Nächte hintereinander ohne Albträume verbracht. Sogar sein Hautausschlag hatte sich gebessert. Vor diesem Hintergrund war die Arbeit bei Sugden & Son als wahrer Karrieresprung zu bewerten.

Ja, alles war wunderbar gelaufen, bis auf MTV dieses Video ausgestrahlt und im ganzen Viertel diese Plakate aufgehängt worden waren. Darauf zu sehen: einer dieser Rapper – Puff Doggy, Snoop Daddy, Jay-CB oder so –, umgeben von einem Heer aus um sich selbst kreisenden Frauen mit ausladenden Hinterteilen und Silikonbrüsten, die lediglich mit Tangas und Netzunterhemden bekleidet waren. Ja, richtig gelesen, Netzunterhemden waren wieder groß im Kommen, und wer in der Gegend hatte diesbezüglich die größte Auswahl zu bieten? Sugden & Son natürlich – zumindest so lange, bis Topshop auf den Zug aufgesprungen war. Und so kam es, dass Scharen junger Mädchen über Sugdens Laden herfielen wie Fruchtfliegen über einen Korb mit fauligen Äpfeln – ein Laden gleichwohl, welcher der einzige in England zu sein schien, der noch ein handbetriebenes Ritschratsch-Kartenlesegerät im Einsatz hatte.

Für Jonathan waren die letzten beiden Tagen so albtraumhaft gewesen wie seine schlimmste Zeit an der Wood Hill. Ein Höllentrip auf der Straße der Erinnerung – in Jonathans Fall gewissermaßen die Straße, die man wegen ihrer Schläger, Vergewaltiger und stadtbekannten Psychos besser mied.

An diesem Morgen dann hatte sich die Lage zugespitzt. Jonathan, so nervös wie eine mexikanische Springbohne und umgeben von einem halben Dutzend pubertierender Schulschwänzer, war allein im Laden und auf der Suche nach dem zur Zeit coolsten modischen Outfit gewesen: dem Netzunterhemd. Das Mädchen, das von hinten an ihn herantrat, um ihm das heruntergefallene Maßband zu reichen, wollte ihm nur behilflich sein, doch wie hätte er das wissen sollen? Sie hätte schließlich alles Mögliche in ihrer ausgestreckten Hand halten können, oder nicht?

Gut, vielleicht hatte er ein bisschen überreagiert. Vielleicht hätte er nicht gleich herumfahren und zuschlagen sollen.

»Sie hat geweint«, hörte er nun Mr Sugdens meckernde Stimme. »Und sie hatte feuerrote Wangen. Wahrscheinlich taucht jeden Augenblick ihre Mutter hier auf und heizt mir ein. Oder gar die Polizei.«

»Es tut mir leid, aufrichtig leid«, murmelte Jonathan. »Es wird nicht wieder vorkommen.«

»Da haben Sie allerdings Recht, junger Mann. Das wird es nicht.«

Jonathan starrte hinab auf seine Füße.

»So läuft das einfach nicht«, fuhr Sugden fort. »Ich denke, Sie gehen besser.«

»Aber …«, er brach ab. Widerstand war zwecklos.

»Und noch etwas«, sagte Sugden, als Jonathan sich zum Gehen wendet. »Ich wollte es eigentlich nicht ansprechen, aber vielleicht sollten Sie die Dinger in Ihrem Gesicht mal von einem Arzt ansehen lassen. So was schreckt die Kunden ab.«

Nennen Sie mich nicht Baz

Zum ersten Mal seit acht Tagen war Alvin wieder an der Wood Hill. Sein Brechreiz war schlimmer geworden, seit Karens Mutter einfach den Hörer aufgeknallt hatte. Seine Misere lag ihm wie ein unverdaulicher Klumpen roher Teig im Magen.

Er wanderte über den momentan wie ausgestorben daliegenden Schulhof. Die Kinder saßen alle in ihren Klassen. Vielleicht bildete er sich das alles nur ein, doch vielleicht starrten sie ihn auch durch die Fenster ihrer Klassenräume an – und zeigten mit dem Finger auf einen Widerling. Er konnte noch immer nicht fassen, was Annie gesagt hatte: Er galt als Wassertreter, zumindest, wenn man Shannons bester Freundin Cherry glauben durfte. Allerdings war Cherry in ihrem ersten Jahr an der Wood Hill, einem Ort also, an dem sich Gerüchte wie ein Lauffeuer verbreiteten und so schnell mutierten wie das Hühnergrippe-Virus (bevor sie den Weg über die M6 nahmen, um an der Kreuzung geradewegs Richtung Oma Frans Haus abzubiegen).

Als er das ILD erreichte, brummte sein Handy. Er holte es hervor und las Mercedes' SMS:

Viel Glück.
Cu L8r

Zum ersten Mal an diesem Tag lächelte er. Schon tippte er eine Antwort ein.

Thx

Er war nicht sonderlich fit, was das Schreiben von SMS betraf, doch sein Dankeschön erschien ihm annehmbar genug für den Versand.

Im Mitarbeiterbüro war lediglich die Sozialarbeiterin anwesend, die auf ihrem Schreibtisch in einigen Papieren herumkramte. Die gute alte Pam »Ich bin hier, um zuzuhören, nicht um ein Urteil zu fällen« Spottiswoode.

»Hi, Pam.«

»Tut mir leid, Alvin. Ich muss dringend diese Piktogramme hier kopieren. Wir sehen uns dann später.« Sprach's, schnappte sich den erstbesten Schnellhefter vom Tisch und flüchtete aus dem Zimmer.

Kein Zweifel, dachte Alvin, ich bin verflucht.

Doch aus welchem Grund war aus ihm über Nacht ein Paria geworden? Er konnte alles, was geschehen war, erklären. Oder wie Mercedes es mal formuliert hatte: »Dein schlimmstes Verbrechen ist deine Naivität, was im strafrechtlichen Sinne nicht mal ein Verbrechen ist.«

Die Antwort fand sich auf dem Schreibtisch, den Pam gerade fluchtartig verlassen hatte. Teilweise von Büchern verdeckt, lag dort die *Gazette*. Er nahm die Zeitung hoch und las die Schlagzeile: WURDE SIE WEGEN IHRER MILLIONEN ÜBERFALLEN? Daneben ein Foto von Louise Bird, auf dem sie jünger zu sein schien, als an dem Tag, als Alvin ihr das Leben gerettet hatte. Darunter war auch ein Foto von ihm zu sehen. Es war das Bild von seinem laminierten Wood-Hill-Mitarbeiterausweis. Entstanden in einem Passbildautomaten war Alvins Lächeln darauf ein bisschen schief geraten, so dass sein wolfsähnlicher oberer Eckzahn den Betrachter förmlich ansprang. Der unvorteilhaft hervorstechende Augenzahn hatte ihn nie sonderlich gestört, so lange das Bild zusammen mit dem Ausweis in den Tiefen seiner Hosentasche steckte, doch nun, auf der ersten Seite der Lokalpresse ... Mein Gott, er sah aus wie ein Aushilfsvampir. Wie war die *Gazette* bloß an das Bild gekommen? Nun, es gab eine Kopie des Fotos in seinen Schulakten. Und wer hatte Zugriff darauf? Allison Bird-Wright, wie Trevor Poll sehr richtig gemutmaßt hatte. Unter seinem Foto stand zu lesen: »Held wider Willen?« Wie in der Zunft üblich bediente sich die *Gazette* bei dieser Unterschrift schamlos der Macht des Fragezeichens.

Er setzte sich und las den Artikel. Dieser enthielt wenige Fakten, dafür umso mehr Annahmen und Vermutungen – genug, um dafür zu sorgen, dass er schon gegen Mittag keinen Job mehr haben würde. Wieder wurde ihm schlecht, und er war froh, das Haus ohne Frühstück verlassen zu haben. Noch bevor er das Ende des Artikels erreicht hatte, brummte sein Handy ein weiteres Mal. Diesmal war es ein Anruf.

»Haben Sie die *Gazette* gelesen?«, bellte ihm die Stimme seines Anwalts ins Ohr. Er klang wenig begeistert.

»Schauen Sie, so wie es da geschrieben steht, war es nicht.«

»Sie *kennen* den Kriminellen?«

»Ja, aber …«

»Und Sie sind zuvor in diesem Puff gewesen?«

»Ja, aber …«

»Und warum erfahre ich – zur gleichen Zeit wie der ganze Stadtbezirk – das alles erst aus der Zeitung?«

»Es erschien mir nicht … relevant.«

»Alles ist relevant!«, explodierte Poll am anderen Ende. »Was habe ich Ihnen gesagt? Sogar Ihre Knöllchen sind relevant. Bird ist ein skrupelloser Bastard. Schlimmer noch, der skrupellose Bastard, dem die hiesige Tageszeitung gehört! Wenn er mit Ihnen fertig ist, werden Sie in den Augen der Öffentlichkeit aussehen wie der böse Zwilling von Ian Brady.«

Da ist der Anfang schon gemacht, dachte Alvin.

»Als Ihr Anwalt ist es meine Pflicht, Sie gegen jeden Zweifel zu verteidigen, Alvin«, fuhr Poll, ruhiger nun, fort. »Ich nehme an, dass es nicht der Wahrheit entspricht, was dieser Artikel versucht, Ihnen zu unterstellen.«

»Was? Dass ich und der Räuber gemeinsame Sache gemacht haben sollen? Das ist einfach lächerlich!«

»Aber Sie kennen ihn?«

»Ja, aber ich hatte keine Ahnung, wer *sie* war. Natürlich haben wir das Ganze nicht gemeinsam geplant.«

»Na ja, einen Raubüberfall vorzutäuschen … das erscheint ziemlich unglaubwürdig. Sie werden mit der Polizei sprechen müssen, wissen Sie.«

»Das habe ich bereits getan.«

»Ach ja … Natürlich haben Sie das bereits getan«, erwiderte Poll wütend. »Und warum auch hätten Sie *mir* davon berichten sollen? Ich bin ja nur Ihr Anwalt, nicht?«

»Sehen Sie … Es erschien mir nicht …« Er wollte »relevant« sagen, doch nun wusste er, dass alles relevant war. »Es tut mir leid …«

In diesem Moment betrat Basil Karadas den Mitarbeiterraum und warf Alvin einen verächtlichen Blick zu. Aus seiner Jackentasche ragte ein zusammengerolltes Exemplar der *Gazette*.

»Ich muss jetzt Schluss machen«, sagte Alvin zu seinem Anwalt, nachdem Karadas in seinem klitzekleinen Büro verschwunden war. »Ich bin gerade an der Schule. Habe hier ein paar Dinge zu regeln.«

»Rufen Sie mich danach unbedingt an. Wir haben ebenfalls ein paar Dinge zu regeln. Übrigens, da ist noch etwas, worüber Sie mir gegenüber kein Wort verloren haben.«

»So?«

»Ja, über Ihre skandalöse Rock-'n'-Roll-Vergangenheit. Wir sprechen uns also später. Rufen Sie mich an!«

Betreten verstaute Alvin das Handy wieder in seiner Jackentasche. Dann stand er auf und schaute durch das kleine Fenster in der Tür in das Büro seines Chefs. Basil Karadas' Körper war in die schmale Lücke zwischen Schreibtisch und Wand gequetscht. Keine Frage, der Mann war fett, doch fairerweise musste man zugeben, dass sein Büro wirklich winzig war. Alvin öffnete die Tür und schlüpfte ins Zimmer.

»Setzen Sie sich, Alvin, machen Sie es sich …«, Karadas unterbrach sich, wohl um dem Ganzen hier nicht den Anstrich eines allzu freundlich-unverbindlichen Geplänkels zu verleihen.

Alvin ließ sich auf dem Stuhl nieder. Karadas zog die *Gazette* aus seiner Tasche und legte sie vor sich auf den Schreibtisch. »Einen Überfall vortäuschen, damit man an die Millionen einer alten Dame rankommt, das darf doch einfach nicht wahr sein.«

»Und es ist auch nicht wahr«, erwiderte Alvin. »So ist es nicht gewesen.«

»Hier steht aber was anderes«, sagte Karadas und deutete mit seinem fleischigen Finger auf den Artikel.

»Ja, das *unterstellen* sie mir.«

»In dem Artikel steht, ein Augenzeuge hat ausgesagt, dass es ganz danach aussah, als kannten Sie den Kriminellen. ›Er sprach mit ihm, als ob sie sich kennen würden‹, zitiert ihn die *Gazette*.«

»Ja, aber … Schauen Sie, das heißt doch aber nicht, dass wir das geplant haben. Ich kann's einfach nicht fassen. Ich habe verhindert, dass einer alten Frau etwas zuleide getan wird, ich habe mich genau richtig verhalten, und nun zieht man mich dafür durch die Scheiße?«

»Und was ist mit diesem Massagesalon? Kelly Hendricks hat da gearbeitet, oder?« Karadas schüttelte den Kopf.

»So war es nicht, Baz. Ich bin da hingegangen, um sie zu überreden, wieder ans College zurückzugehen.«

Wieder zitierte Karadas die Zeitung: »Roberta Nelson, Empfangsdame im Tropica und Augenzeugin des Überfalls, sagte, dass Lee ein Stammkunde war.«

»Ich bin nur *zwei Mal* dagewesen. Nur, um mit Kelly zu sprechen. Ich habe nichts Unangemessenes getan.«

»Einen Massagesalon zu besuchen, ist in Ihrer Position aber nicht gerade angemessen. Wie auch die Tatsache, dass Sie mit Chenil Shakespeare in einen Pub gegangen sind.«

»Ich bin *nicht* mit ihr da *hingegangen*. Sie kam herein, und ich hab sie wieder hinausbegleitet … Wie oft muss ich das eigentlich noch erklären?«

»Tony Rowell behauptet da aber was anderes. Und was ist mit diesem Massagesalon? Was zum Teufel haben Sie sich eigentlich dabei gedacht, da reinzugehen?«

»Ich habe nur mit Kelly geredet.« Die Lüge schmerzte, was ihn nicht daran hinderte, sie zu wiederholen. »Nur geredet.«

»Und da konnten Sie sich nicht mit ihr auf, ähm, neutralem

Boden treffen? In einem Café oder auf einer Parkbank ... Können oder wollen Sie sich eigentlich nicht vorstellen, wie das alles auf Unbeteiligte wirkt, Alvin?« Karadas lehnte sich in seinem Stuhl zurück. »Sie waren den Kindern immer sehr nah, wenn ich das mal so formulieren darf«, fügte er hinzu.

»Was wollen Sie damit sagen?«

»Distanz ist wichtig«, sagte Karadas und zog an seinem kleinen schwarzen Ziegenbärtchen. »Man muss eine Grenze ziehen. Es geht dabei nicht zuletzt um *angemessenes* Verhalten.«

»Diese Kids haben in ihrem Leben weiß Gott genug Distanz. Ihre Eltern wollen nicht von ihnen belästigt werden, ihre Lehrer hassen sie. Wenn wir uns ihnen nicht nähern ... Ich dachte, in diesem Job geht's auch darum, Beziehungen aufzubauen.«

»Ja, *angemessene* Beziehungen.«

Alvin merkte, wie ihm langsam die Galle hochkam. Wenn er noch einmal das Wort »angemessen« hören musste, dann ...

»Es hat um Ihre Person immer Gerüchte gegeben, Alvin«, setzte Karadas hinzu.

»Wen wundert's? Das hier ist eine Schule, zum Henker. Tausendfünfhundert Kinder, ein Haufen Lehrer, die nichts Besseres zu tun haben, als über andere zu tratschen. Sie sollten mal hören, was die Kids so über Sie erzählen.«

»Ach?« Plötzlich wirkte sein Chef besorgt. Und das sollte er auch, stinkfaul, anmaßend und ständig schweißgebadet wie er nun mal war. Ja, Kinder konnten manchmal grausam sein.

»Nur ... *Gerüchte*, Baz. Das ist der Punkt. Man hat übler Nachrede kaum etwas entgegenzusetzen.«

»Ja, aber die Leute haben schon über Sie und Kelly Hendricks geredet, als sie noch hier an der Schule war, und jetzt stellt sich heraus, dass Sie sie auch danach getroffen haben in diesem ...« Karadas zuckte die Achseln und drehte beide Handflächen nach oben, als ob das Wood-Hill-Geschworenengericht bereits einstimmig zu einem Urteil gelangt war. Ein Urteil, gegen das man keine Berufung mehr einlegen konnte.

»Wie lange arbeiten wir jetzt zusammen?«, fragte Alvin. »Sieben Jahre? Sie kennen mich. Sie müssten doch wissen, dass ich meine Position gegenüber den Kids niemals ausgenutzt habe.« Er schaute Karadas direkt in die Augen, doch der wich seinem Blick aus.

»Es geht darum, wie das alles für die anderen aussieht, Alvin. Und dann auch noch diese schmierige Rockstar-Affäre …«

»Was für eine Rockstar-Affäre?«

»Ja, haben Sie's denn nicht gesehen?« Karadas schob Alvin die *Gazette* herüber. »Die haben ganz schön in Ihrer Vergangenheit herumgestochert. Auf der Mittelseite. Lesen Sie selbst.«

Alvin schlug die Zeitung an der entsprechenden Stelle auf. KUMPEL DES RÄUBERS IST DIE ANAKONDA. Und hätte er noch einen kleinen Rest an Zweifel gehegt, wem diese Indiskretion zu verdanken war, so hätte das unscharfe Bildchen unter dem Artikel diesen auf jeden Fall beseitigt. Zwei Jahrzehnte alt zeigte es Alvin auf dem Höhepunkt seiner Vokuhila-Phase, den Bassisten der One-Hit-Wonder-Chartbreaker Living Saints. Und er war nicht allein. Auf seinem Schoß – in *Juxtaposition*, wenn Sie so wollen – saß ein Mädchen mit Chrissie-Hynde-Wangenknochen und Carol-Decker-Frisur. Darunter war zu lesen: »Lee mit einem Teenager-Groupie.«

Seine zittrigen Finger flogen über den Text des Artikels, um in aller Kürze die Kernaussagen zu erfassen. »Er war ein wilder Bursche« … »Sie hätten ihn mal in Belfast erleben sollen. Er hat dafür gesorgt, dass die irischen Mädels ihre Sorgen für eine Nacht vergaßen, das können Sie mir glauben« … »Er war sehr wählerisch. Ich glaube nicht, dass auch nur eine seinen Ansprüchen genügte.« … »Nach dem Auftritt in Manchester musste selbst Hutchence das Handtuch schmeißen.« … »Klar, er mochte sie am liebsten sehr jung.« … »Er hat sie aber immer nach ihrem Alter gefragt. Er war in diesem Punkt ein anständiger Kerl.«

Wie nett von Jamie, der Presse gegenüber auf meine Anständigkeit hinzuweisen, dachte Alvin, während ihm das Herz bis zum Halse schlug. Und wie verdammt aufmerksam von ihm, mich zu einem geifernden Sexmonster und nicht zu einem sabbernden Pädophilen abzustempeln!

»Das ist völliger Schwachsinn«, keuchte er.

»Hören Sie doch auf. Sie haben in 'ner Band gespielt. Sex, Drugs, Rock 'n' Roll …«

»Totaler *Schwachsinn.*«

»Und warum drucken die es dann ab? Kein Rauch ohne Feuer. Und die haben sogar ein Foto aus dieser Zeit, Sie mit diesem Teenager-Groupie.« Karadas schnappte sich die Zeitung und inspizierte das Bild. »Täusche ich mich, oder ist das Mädchen auf dem Foto sogar schwanger?«

»Ja, das war sie«, bestätigte Alvin.

Karadas zuckte merklich zusammen.

»Und sie war kein *Teenager*-Groupie, Baz. Sie war dreiundzwanzig.«

»Und wenn schon, sie –«

»Das ist Janice, um Himmels willen. Mercedes' Mutter … Und wir waren zu diesem Zeitpunkt schon fünf Jahre zusammen, verdammt nochmal!«

Karadas hob die Achseln. »Mag sein, doch unterm Strich zeichnet das alles ein ganz bestimmtes Bild von Ihnen.« Er sah auf die Uhr. »Wir gehen jetzt besser und bringen es hinter uns.« Er sprach von dem Disziplinarverfahren, in dem darüber entschieden werden sollte, ob Alvin im Bildungsbereich noch eine Zukunft beschieden sein würde oder nicht.

»Was ist mit dem Gewerkschaftsvertreter?«, fragte Alvin, der merkte, wie Panik in ihm aufstieg. »Deswegen bin ich doch überhaupt früher als nötig hergekommen, damit ich die Angelegenheit mit jemandem von der …«

»Ja, aber leider ist es so, dass die Gewerkschaft mit diesem Fall nichts zu tun haben will.«

»Aber ich habe das Recht auf …«

»So ist das nun mal mit Beschuldigungen dieser Art. Niemand will in Verbindung gebracht werden mit …«

»Sie können es noch nicht mal aussprechen, hab ich Recht?«, schrie Alvin ihn jetzt an. »Man nennt es nicht *unangemessenes Verhalten*, man nennt es Kindesmissbrauch. Und ich hab keine Probleme damit, es auszusprechen, weil ich nämlich niemanden missbraucht habe, so einfach ist das.«

»Das ist genau die Art von unangemessenen Ausfällen, die wir meinen«, sagte Karadas und hörte sich dabei ganz wie ein Lehrer an.

»Tut mir leid ... Sehen Sie, ich mag vielleicht naiv gewesen sein, aber ich habe nichts Unrechtes getan ... Das wissen Sie doch, oder?«

Sein Boss antwortete nicht. Stattdessen kam er auf die Beine und schob sich an Alvin vorbei aus dem Raum.

Schweigend gingen sie nebeneinander her. Als sie das Basketballfeld erreichten, sagte Karadas plötzlich: »Sie sind nicht der einzige Pädagoge hier, der momentan Schwierigkeiten hat. Scheint 'ne Art Epidemie ausgebrochen zu sein.«

»Was meinen Sie?«

»Erinnern Sie sich noch an den käsigen kleinen Englischlehrer, der hier letztes Jahr angefangen hatte? Crane oder Craig oder so. War seine erste Stelle, und lange hat er's hier auch nicht ausgehalten.«

Dunkel entsann sich Alvin an die Geschichte über den Lehrer, der seinen Job über Nacht hingeschmissen hatte, obwohl er sich an den Mann selbst nicht mehr erinnern konnte. »Was ist mit ihm?«

»Er hat danach in einem Laden für Herrenbekleidung in der High Street gearbeitet. Eines Morgens kamen ein paar Teenager in das Geschäft, und er hat eine von ihnen einfach attackiert. Ohne Vorwarnung und ohne, dass er provoziert worden wäre. Wie dem auch sein, die Mutter des Mädchens ist total ausgeflippt. Na ja, ich denke, die Polizei wird sich nun um den Fall kümmern.«

»Wenigstens kann die Wood Hill ihn für diese Sache nicht feuern«, sagte Alvin grimmig.

»Sie werden in der Anhörung gerecht behandelt werden«, versicherte ihm Karadas. »Wenn Chadwick nichts ist, aber vernünftig ist er. Und dann ist da auch noch unsere Schulbeirätin, die dafür sorgen wird, dass auch wirklich alles fair zugeht.«

Nicht nur verdammt – *verraten und verkauft* bin ich, dachte Alvin.

»Wusste gar nicht, dass Sie mit INXS gespielt haben«, sagte Karadas nach einer Weile.

»Ich auch nicht, Baz«, erwiderte Alvin. »Da muss ich wohl unter Drogen gestanden haben.« Als sein Vorgesetzter die Augenbrauen hob, die in dem Moment aussahen wie zwei flüchtende Raupen, fügte er hinzu: »Das war ein Witz!«

»Bei Ihnen kann man sich da nicht mehr so sicher sein, hm?«, sagte Karadas. »Ach, übrigens, es wäre mir lieb, wenn wir das Ganze da drinnen ein bisschen förmlicher halten könnten. Ich hielte es daher für besser, wenn Sie mich nicht Baz nennen würden.«

Als er in Richtung Schultor ging, war Alvin dankbar dafür, dass es noch nicht halb vier war und das Gebäude noch nicht seine tausendfünfhundert ausgelassenen Zöglinge ins Freie entlassen hatte. Wenn er einen Schritt zulegte, konnte er dem Spießrutenlauf gerade noch entgehen, bevor die Glocke läutete.

Über den Rasen stampfte eine Gestalt auf ihn zu. Es war Colin Stanislavski, der letzte Mensch, mit dem er jetzt sprechen wollte, doch wenn er noch schneller ging, dann würde er praktisch davonrennen, und wie würde das wieder aussehen? War das laut Basil Karadas nicht alles, worauf es ankam? Wie etwas, was man tat oder unterließ, auf andere wirkte?

Als Stanislavski ihn erreicht hatte, sagte er: »Wollte dir nur sagen, dass es mir leid tut, Alv.«

»Verzieh dich, Colin.«

»Nein, im Ernst, Kumpel. Ich weiß, ich bin manchmal ein bisschen hart mit dir umgesprungen, aber ich war immer der Meinung, dass du dir mit den kleinen Dumpfbacken richtig Mühe gegeben hast.«

»Weshalb du dich auch so wahnsinnig für mich eingesetzt hast, da drinnen?«, schnappte Alvin. »Ach, sorry, ich vergaß, du warst ja gar nicht da.«

»Da hatte ich schließlich auch nichts zu suchen. Aber ehrlich, viele von uns haben sich für dich stark gemacht. Wir männlichen Lehrkräfte haben es heutzutage auch wirklich nicht leicht. Man kann nicht mal freundschaftlich einen Arm um einen Schüler legen, ohne dass die Liga der politisch Korrekten dich aus der Stadt jagt.«

Dass ausgerechnet Stanislavski sich darüber echauffierte, war schon ein starkes Stück. Stanislavski, der noch nie durch übermäßige Freundlichkeit seinen Schülern gegenüber aufgefallen war. Alvin verkniff sich eine entsprechende Bemerkung.

»Um dich mach ich mir keine Sorgen, Alv«, sagte Stanislavski zuversichtlich. »Jemand mit deinem Talent, der kommt schon wieder auf die Beine. Ich meine es ernst. Gib die Hoffnung nicht auf, okay?«

»Tschüss, Colin«, sagte Alvin ruhig.

»Ich meine, jemand wie du, jemand, den sie Anakonda nannten ... Das hast du ganz schön unter der Decke gehalten, wenn ich das mal so formulieren darf. Länger als der von Hutchence, was? Schwanz im Glück höchstpersönlich.«

»Verdammte Scheiße ...«

»Und dieser Bird-Wright hast du's ja auch richtig gegeben. Ich meine, hier rauszuspazieren mit ihrem Erbe in der Tasche, das muss schon ein geiles Gefühl sein.«

»Du kannst es einfach nicht lassen, was?«

»Eine Sache lässt uns im Lehrerzimmer allerdings nicht zur Ruhe kommen: Spuck's schon aus – hast du die Omi nun flachgelegt oder nicht?«

Alvin fuhr herum und starrt Stanislavski verächtlich an. »Ihr solltet euch langsam mal entscheiden. Entweder bin ich ein Pädophiler oder ein Omaficker. Beides geht nicht.«

»Das Wort heißt Gerontophiler.«

»Du bist der Experte, nicht ich«, gab Alvin zurück und setzte seinen Weg fort.

»Ja, und deshalb bin ich Lehrer, Kumpel«, rief Stanislavski ihm nach, »und du nur ein arbeitsloser *KINDERGRABSCHER!*«

Der Pädagophile

»Bewundernswert, dass du dich mit mir in der Öffentlichkeit sehen lässt«, sagte Alvin.

»Sei nicht albern«, erwiderte Mercedes, obwohl sie sich unbehaglich umsah, wohl wissend, was jedermann, der in ihre Richtung sah, dachte.

Sie saßen in dem Café, in dem sie sich schon vor ein paar Tagen getroffen hatten. Es befand sich in der Nähe der East-Park-Schule und war Treffpunkt von Mercedes' Klassenkameraden. Normalweise wäre sie lieber tot gewesen, als sich ihren Schulfreunden gegenüber in Begleitung eines Elternteils zu zeigen.

»Janice wird dich umbringen«, sagte sie grinsend. »Auf diesem Foto sieht sie aus wie eine … Das ist wirklich traurig, Mann.«

»Die *Gazette* trifft keine Schuld. Dafür darf sie sich bei Jamie bedanken.«

»Egal, sie wird dich dafür umbringen.«

»Vielleicht erweist sie mir damit ja sogar einen Gefallen.«

»Du musst das alles schleunigst in den Griff bekommen, Alvin«, sagte Mercedes – die »Dad«-Phase schien also wieder vorbei zu sein. »Ich weiß nicht, warum du dir wegen dieses blöden Jobs so viele Gedanken machst. Den hättest du schon vor Jahren hinschmeißen sollen.«

»Ich mochte diesen blöden Job«, sagte er freudlos.

»Ich weiß, und das hab ich nie kapiert.«

»Wie auch immer, was soll ich deiner Meinung nach jetzt machen?«

»Bass spielen …? Du findest bestimmt was anderes.«

Am Nachbartisch saßen drei Männer in den Overalls des örtlichen Energieversorgers Transco, die süßen Tee tranken und ein zweites Frühstück einnahmen. Einer von ihnen schaute zu Alvin – es war nur ein flüchtiger Blick, aber er war alles andere als freundlich.

»Was werde ich wohl schon finden?«, sagte Alvin. »Ich bin der scheiß Perversling vom Dienst. Meine Reputation ist dahin.«

Seine Tochter lächelte.

»Was ist daran so lustig?«

»Nichts ... Ich hatte mir nur nie vorgestellt, dass du so was wie 'ne Reputation haben könntest.« Sie setzte das Wort mit Gesten in unsichtbare Gänsefüßchen.

Alvin dachte darüber nach und kam zu dem Schluss, dass er sich in der Tat nie über seine Reputation Gedanken gemacht hatte. Reputation, das war etwas für Ärzte, Richter, Parlamentsabgeordnete. Inzwischen jedoch eilte ihm der wenig schmeichelhaft Ruf eines durchgeknallten stadtbekannten Sexjunkies voraus.

Mercedes griff über den Tisch hinweg nach seiner Hand und drückte sie. »Alles wird gut«, sagte sie. »In ein paar Tagen haben sich die Gemüter wieder beruhigt, und die Sache ist vergessen.«

Der Transco-Arbeiter schaute wieder zu ihnen herüber, sah, wie Mercedes' Hand auf der ihres Vaters lag. Diesmal war der Ausdruck in seinem Gesicht unmissverständlich. Und auf dem Tisch vor ihm lag eine Ausgabe der aktuellen *Gazette*.

»Vielleicht hast du Recht.« Alvin versuchte zu lächeln. »Ach, ich wünschte, Karen wäre hier.«

»Hast du sie angerufen?«

»Mehrmals, ich hatte allerdings ständig ihre Mutter an der Strippe.«

»Die alte Hexe.«

Alvin erhob keinen Einspruch.

»Ich muss jetzt los, Alvin«, sagte Mercedes und leerte ihre Kaffeetasse.

»Ich auch. Muss meine Sachen von Lynette abholen, dann ziehe ich wieder zu Hause ein.«

Er war zu diesem Entschluss gelangt, nachdem er die Wood Hill heute zum letzten Mal von innen gesehen hatte. Er hatte sich zunehmend unwohl gefühlt in Lynettes Haus; wie ein fünftes Rad am Wagen – ja, eigentlich noch schlimmer als das, er hatte sich in diesem Lesbenhaushalt einfach deplaziert gefühlt. Keine Frage, Lynette war stets ungemein gastfreundlich gewesen, doch Donna hatte einen subtilen Duft namens *Eau de Verpissdich* versprüht. Und wenn er ehrlich war, so befremdete es ihn, wie viel Zeit die beiden zusammen verbrachten. Wenn sie noch mehr Aerobic-Kurse miteinander besuchten, würden sie schon bald nur noch aus Muskeln und Sehnen bestehen, die allein von pinkfarbenem Lycra zusammengehalten wurden. Und was war eigentlich mit Guy Hutton? War er zu beschäftigt damit, den frisch gestählten Körper seiner Frau anzugaffen, um mitzukriegen, was da eigentlich los war? Alles in allem war in Alvin eine für ihn untypische Parteilichkeit aufgekeimt, weshalb er beschlossen hatte, dort wieder auszuziehen.

Andererseits verspürte er nicht das geringste Bedürfnis, wieder zu Jamie zu gehen, nicht nach dem heutigen Arschtritt, den dieser ihm versetzt hatte. Karen mochte ihn vielleicht vor die Tür gesetzt haben, doch es sah nicht danach aus, als ob sie so bald wieder zurückkam.

»Wo wohnst du denn im Moment?«, fragte er Mercedes, als sie gemeinsam das Café verließen.

»Bei Janice«, sagte sie. »Aber ich kann gern zu dir kommen, wenn du nicht allein sein willst.«

Alvin blieb auf dem Bürgersteig stehen und schaute seine Tochter an. So nah hatte er sich ihr seit Jahren nicht mehr gefühlt. Er dachte über ihren Vorschlag nach. Ihre Anteilnahme war tröstlich. Es schien, als ob er sich in ihren Augen so etwas wie Respekt verdient hatte, auch wenn er für alle anderen zum Geächteten geworden war. Gerührt trat er auf sie zu und nahm sie in den Arm. Sie erwiderte seine Umarmung. Tränen traten ihm in die Augen, die er jedoch mit einem Blinzeln im Keim erstickte. Hinter ihm wurden Schritte laut, dann spürte er, wie ihn jemand grob an der Schulter packte und herumriss.

Verdutzt blickte er in das Gesicht des Transco-Arbeiters aus dem Café, der mit geballten Fäusten vor ihm stand.

»Nimm deine dreckigen Hände von ihr, du perverses Schwein«, zischte er Alvin zu, während seine beiden Kumpels hinter ihm auftauchen.

Beschwichtigend hob Alvin eine Hand. »Sie ist meine …«

»Du bist doch dieser Pädagophile von der Wood Hill?« Der Mann wendete sich seinen Kumpels zu. »Hab ich's euch nicht gesagt, dass er's ist? Die ganze verdammte Schule redet über ihn. Der Typ hat auch meine Shelley unterrichtet. Wenn er sie auch nur angerührt hätte, hätt ich ihn verdammt nochmal umgebracht.«

Ohne irgendwelche Einwände abzuwarten, kam er drohend auf Alvin zu. Schulkinder drängten aus dem Café, magisch angezogen von dem Krawall auf dem Bordstein. Ein paar ältere Frauen, die an der Bushaltestelle warteten, schauten besorgt zu ihnen herüber.

»Lassen Sie ihn in Ruhe«, schrie Mercedes jetzt. »Er ist mein …«

Zu spät. Schon schnellte die starke Faust des Mannes vor und traf Alvin hart in den Magen. Der klappte zusammen wie ein Taschenmesser und stürzte nach Luft ringend auf die Knie.

Eine der alten Frauen stieß einen entsetzten Schrei aus.

»Das ist schon in Ordnung so, Mutti«, beruhigte sie der Mann. »Das ist nämlich dieser Pädagophile.«

Schon machte er Anstalten, erneut auf sein Hassobjekt einzudreschen, da trat Mercedes zwischen ihn und den noch immer zusammengekrümmten Alvin. »Lassen Sie ihn endlich in Ruhe, Sie Vollidiot«, schrie sie den Mann an. »Er ist doch mein Vater!«

Das zeigte Wirkung. Der Transco-Mann wich zurück und kehrte mit seinen Kumpels ins Café zurück. Mercedes bückte sich und legte Alvin einen Arm um die Schulter. Eine der alten Frauen kam auf sie zu; ihr zerfurchtes Gesicht wirkte besorgt. »Das ist dein Vater?«, fragte sie.

Mit tränenüberströmtem Gesicht nickte Mercedes.

»Grundgütiger Himmel, das macht es ja noch viel perverser.«

Hässlich ist, wer Hässliches tut

Alvin war zurück in seinem eigenen Wohnzimmer.

In seinem eigenen Haus.

Allein.

Mercedes hatte ihn hergebracht und noch einmal angeboten, zu bleiben. »Ich will allein sein«, hatte er ihr gesagt, auch wenn es nicht stimmte.

»Aber hier bist du nicht sicher«, hatte sie ihn gewarnt und auf die Schmiererei auf dem Fenster im Erdgeschoss gezeigt, gleichermaßen erstaunt und erschrocken darüber, wie schnell sich die lokale Bürgerwehr an die Arbeit gemacht hatte.

»Mir passiert schon nichts«, hatte er unsicher erwidert. »Ist ja schließlich mein Zuhause.«

Als sie endlich weg war, hatte er sich aufs Sofa und die Reisetasche auf seine Füße fallen lassen.

So saß er noch immer da und sah zu, wie der Raum allmählich in der Dunkelheit versank. Er starrte auf den Schriftzug, der von außen am Fenster prangte:

resrevreP

Die Farbnasen unter den einzelnen Buchstaben sahen aus wie geronnenes Blut und jagten ihm einen Schauer über den Rücken. Er war ein resrevreP – doch er war buchstäblich zu erstarrt, um etwas so Beherztes zu tun, wie die Schmiererei zu beseitigen. Davon abgesehen tat ihm der Magen noch immer weh, und jedes Mal, wenn er sich bewegte, verkrampfte sich sein Oberbauch auf ziemlich schmerzhafte Weise. Er würde das Fenster am Morgen reinigen, im Moment jedenfalls konnte er sich nicht einmal dazu aufraffen, das Licht einzuschalten.

Er schloss die Augen und versuchte, sich an die Klänge zu erinnern, von denen das Haus noch vor zehn Tagen erfüllt gewesen war. Ihm war die hier herrschende Geräuschkulisse nie besonders laut vorgekommen (auch wenn Karen ihn nicht selten – über den Lärm hinwegschreiend – darauf aufmerksam gemacht hatte). Nun war es hier so still wie in einem Schlaflabor.

Wenn er sich sehr konzentrierte, dann konnte er Annie hören, wie sie die Akkorde eines Songs einübte. Ein Song, für den sie eine Woche harte Arbeit einplanen müsste, wollte sie ihn in Gänze erlernen, und das Wochenende für ein improvisiertes Solo.

Schrumm … »F!« … Schrumm … »C!« … Schrumm »F!« … Schrumm … »C!«

Und wieder von vorn.

Schrumm … »F!« … Schrumm … »C!« … Schrumm »F!« …

Da unterbrach das Telefon seine Erinnerungen. Kurz erwog Alvin, einfach nicht abzuheben – wahrscheinlich ein Anruf für Mercedes –, doch er nahm an, dass allein der Gang zum Telefon ihn davor bewahren würde, einfach auf dem Sofa dahinzuscheiden.

Infolge schwerer Melancholie, dem ersten nachgewiesenen Fall seit 1878.

»Ja«, rief er in den Hörer.

»Alvin, Kumpel, hab den ganzen Tag versucht, dich zu erreichen. Warum hast du nicht angerufen? Ich meine, ein kleiner Anruf, um dich zu bedanken, das hätte ich schon nett gefunden, weißt du?«

»*Bedanken?* Ich sollte dich erwürgen, Jamie. Was zum Teufel hast du dir eigentlich dabei gedacht?«

»Hey, ich hab nur das getan, was gute Kumpels tun: einem Freund den Rücken gestärkt. Dieser Schreiberling hat mich angerufen und gemeint, er arbeitet gerade an 'ner Artikelreihe über örtliche Prominente, also hab ich ihm meine Fotoalben gezeigt und ein bisschen aus dem Nähkästchen geplaudert. Egal, bin froh, dass ich's gemacht hab, denn als ich gesehen hab, was diese Schmierfinken auf der ersten Seite über dich geschrieben haben … Diese

Schweine. Diese Stadt musste einfach den wahren Alvin Lee kennen lernen, das ist meine Meinung.«

»Aber das bin nicht *ich*, von dem du da redest. Das Einzige, was in diesem Artikel stimmt, ist mein Name.«

»Jetzt mach aber mal halblang, ich war schließlich dabei, schon vergessen?«

»Ja, das dachte ich auch, aber offensichtlich befand sich dein Hirn zu dieser Zeit gerade im Ausnahmezustand. Du liebe Güte, mit Michael Hutchence gejamt? Mit Simon Le Bon Make-up-Tipps ausgetauscht? Und mit Boy George das Spritzbesteck geteilt?«

»Red keinen Scheiß. Mit dem Schwuchtelkönig haben wir uns nie 'nen Schuss gesetzt.«

Vergebene Liebesmüh, dachte Alvin, weil es einfach witzlos war, sich mit Jamie zu streiten und ihn davon zu überzeugen, dass seine Erinnerung ihm womöglich wieder mal einen Streich spielte. So, wie Jamie McGreevy die Dinge im Gedächtnis behalten hatte, so hatten sie sich auch zugetragen. Punkt. Aus.

Und mehr als einmal hatte Alvin ihn darum beneidet. Jamies Achtziger waren um so vieles besser gewesen als die Achtziger anderer Leute. Wie wunderbar es doch war, hatte er oft gedacht, die Vierzig in der Gewissheit zu überschreiten, dass die Viertelstunde, die man im Rampenlicht gestanden hatte, die Popmusik praktisch revolutioniert hatte. Nicht nur hatte man indirekt dafür gesorgt, dass sich Bowie über seinen Karriereknick hinwegzuretten vermochte, und war zugleich das ungenannte Genie hinter Relax und Band Aid gewesen – nein, man hatte bei all dem auch noch die Zeit für einen wiederholten kalten Entzug und diverse Rockstar-Sexeskapaden gefunden.

Im Moment jedoch war Neid das Letzte, was er empfand.

»Ich dachte, du würdest dich freuen.« Jetzt wirkte Jamie nachgerade verletzt.

»Hast du eigentlich eine Ahnung, was ich heute durchgemacht habe, Jamie?«

»Du meinst, abgesehen davon, dass du heute mehr Presse gekriegt hast als zu der Zeit, wo wir auf dem Cover von *NME* waren?«

»Wir waren *nie* auf dem Cover von ...« Vergebene Liebesmüh, wie gesagt. »Ja, davon abgesehen habe ich meinen Job verloren. Ich bin gefeuert worden.«

»Und das soll meine Schuld gewesen sein?«

»Nein, war es nicht, aber dein Interview hat bei der Entscheidung nicht gerade geholfen, weißt du?«

Als Alvin an diesem Tag sein Disziplinarverfahren über sich hatte ergehen lassen müssen, hatte er gesehen, dass vor Alan Chadwick, Allison Bird-Wright und den beiden anderen Schulbeiräten die *Gazette* auf dem Tisch lag. Jamies Zeugenaussage zu seinen Ungunsten, die als solche nie gedacht gewesen war, hatte ihm praktisch den Dolchstoß versetzt.

»Vertrau mir, das wird schon alles wieder, Alv«, sagte Jamie. »Der Job war ohnehin scheiße. Egal, jetzt, wo du ein bisschen Zeit hast, könntest du mir vielleicht bei einer Sache behilflich sein. Ich suche nämlich noch Leute.«

»Wofür?«

»Für meine Boyband. Hab ich dir noch nicht davon erzählt? Absolutes Killer-Konzept – Westlife trifft Led Zeppelin. Hatte sogar schon ein paar Songs geschrieben, aber ich hab mir gedacht, wir bringen die Jungs mit 'ner Coverversion von Judas Priests *Genocide* in die Charts.«

»Das ist bestimmt genau das Richtige für den Teenie-Markt.«

»Ich wusste, du würdest mich verstehen, Mann. Und wir werden bei diesem Projekt von Anfang an zusammenarbeiten.«

»Ich muss jetzt Schluss machen, Jamie. Da ist jemand an der Tür.« Das war nicht gelogen, denn es hatte geklingelt. »Wir reden später darüber, okay?«, verabschiedete er sich in der Gewissheit, dass ihm Jamie beim nächsten Treffen schon wieder eine andere Idee unterbreiten würde – die Fab Four wiedervereinen vielleicht und sie live mit Buddy Holly auftreten lassen oder so.

Er legte auf, ging zum Fenster und erspähte durch die Gardinen einen Mann, der vor der Hautür stand. Die kahle Stelle an seinem Hinterkopf schimmerte im Schein der Straßenlaterne. Er war zu gut gekleidet für einen Schuldeneintreiber und zu alt, um als Date für Mercedes in Frage zu kommen. Und zu hässlich. Seine Tochter predigte zwar stets Offenheit und Toleranz, doch sie hielt sich nicht daran. Nicht einer ihrer Freunde hatte auch nur ein Grübchen am falschen Fleck; die männliche Hauptrolle an der Seite von Cameron Diaz zu ergattern war mit Sicherheit einfacher als Alvins Tochter zu einer Knutscherei in der letzten Kinoreihe zu bewegen.

Er überlegt, ob er den Besucher einfach ignorieren sollte, als der Mann erneut klingelte – nachhaltiger diesmal. Es schien, als hätte er nicht vor, unverrichteter Dinge wieder zu verschwinden. Alvin ging in den Flur hinaus und öffnete die Tür.

»Hat man Ihnen den Strom abgestellt?«, fragte der Mann. »Bei Ihren Nachbarn brennt Licht, insofern kann es kein Stromausfall gewesen sein.«

Alvins Hand ging zum Schalter, gleich darauf war die Diele von Licht überflutet, und er machte unwillkürlich einen Schritt zurück. *Gott,* ist der Typ hässlich, schoss es ihm durch den Kopf. Was für eine Gesichtsbaracke – abstoßend und doch absolut faszinierend. Die Stirn des Mannes ähnelte in Form und Größe der von Elmer Fudd, wohingegen die untere Gesichtshälfte so sehr zusammengestaucht war, dass sie problemlos in eine Brieftasche gepasst hätte. Wie um Himmels willen war so etwas möglich? Schlief der Mann vielleicht mit dem Kopf in einer Schraubzwinge?

Es war ein Gesicht, dass nur eine Mutter lieben konnte.

Sofern sie blind war.

»Tut mir leid«, entschuldigte sich Alvin für die ungastliche Dunkelheit und auch ein bisschen für den lächerlich kurzen Strohhalm, den der Mann gezogen hatte, als der liebe Gott die Schönheit verlost hatte. »Was kann ich für Sie tun?«

»Alvin Lee?«

Alvin nickte.

»Nicht, dass ich Probleme hatte, Ihr Haus zu finden.« Der Mann deutet auf die Schmiererei am Wohnzimmerfenster. »Ihr Erkennungszeichen ist ja nicht zu übersehen.«

»Wer sind Sie?«, verlangte Alvin zu wissen.

»Ich bin Jeremy Bird. Ich denke, wir sollten uns mal unterhalten.«

Die beiden Männer standen sich im Wohnzimmer gegenüber, und Alvin verspürte den dringenden Wunsch, das Schweigen zu brechen. Doch wie? Sollte er seinem Gast Tee anbieten? Er wusste nicht mal, ob noch Tee im Haus war.

»Ihre Mutter«, begann er stockend, »war eine … sehr mutige Frau …«

Jeremy Bird sah ihn schweigend an.

»… Ihr Verlust tut mir sehr leid.«

»Der Verlust meiner Mutter oder der Verlust meines Erbes?«

Lächelte er oder grinste er? Jeremy Birds Gesicht war nicht dazu angetan, einem Gegenüber eine große Palette an Ausdrücken zu übermitteln.

»Der Ihrer Mutter«, sagte Alvin.

»Trotzdem eine interessante Frage, finden Sie nicht? Es muss seltsam für Sie sein, Trauer für eine Frau zu empfinden, die Sie nach eigener Aussage so gut wie nicht gekannt haben. Es war doch nur dieses eine Zusammentreffen, nicht wahr? Und das in reichlich angespannter Atmosphäre.«

»Ich habe sie nur ein Mal getroffen«, platzte Alvin heraus. »Und was Sie da in Ihrer Zeitung geschrieben haben, war einfach nur unfair. Sie hätten mir Gelegenheit geben müssen, mich zu dem Vorfall zu äußern.«

»*Ich* habe gar nichts geschrieben. Der zuständige Redakteur hat nur geschildert, wie er die Sache sieht.«

Die Behauptung klang unglaubwürdig und arrogant zugleich.

»Warum sind Sie hier?«, fragte Alvin.

»Eine weitere interessante Frage«, dozierte Jeremy Bird, als sei er an der altehrwürdigen Londoner Schauspielschule ausgebildet worden. Vielleicht war sein blasierter Habitus aber auch genetisch bedingt. »Mein Anwalt hat mir zwar geraten, Sie nicht mit der

Kneifzange anzufassen, doch er hat mich auch wissen lassen, dass wir, falls dieser Fall vor Gericht verhandelt würde – glaubhaft versichern müssten, dass wir uns im Vorfeld ernsthaft um eine Einigung bemüht haben. So sind sie eben, die Anwälte. Sonderlich handfest sind ihre Ratschläge nie, habe ich Recht?«

»Gut, warum sind Sie also hier?«

»Um mit Ihnen zu der eben erwähnten außergerichtlichen Einigung zu kommen. Ich habe keine Zeit für langwierige Gerichtsverhandlungen. Bei Ihnen sieht das zwar im Moment anders aus, aber ich bezweifle, dass Sie besondere Lust auf einen Prozess verspüren?«

»Hören Sie, Mr Bird, keiner war überraschter als ich, als ich erfuhr, dass ich im Testament Ihrer Mutter berücksichtigt worden bin.« Alvin wusste, dass – wäre Trevor Poll anwesend gewesen – ihn dieser nun mit Gewalt am Weitersprechen gehindert hätte. Indem er ihm ein Kissen aufs Gesicht presste oder Schlimmeres. Doch er konnte nicht anders, die Worte mussten einfach heraus: »Und ich muss zugeben, ich fühlte mich *schlecht* dabei. Ich meine, welches Recht hatte ich schon?«

»In der Tat. Welches Recht?«

»Doch …«

»Doch was?«

»… sie muss gute Gründe dafür gehabt haben, und ich finde, wir sollten diese Gründe respektieren, oder nicht?«

»Meine Mutter hatte für nichts, was sie tat, gute Gründe vorzuweisen. Wenn sie auch nur einen Funken Verstand gehabt hätte, hätte sie sich wohl kaum dazu entschlossen, im Elend zu leben. Sie war krank im Kopf. Einfach *krank.*«

»Wie können Sie da so sicher sein? Sie hatten sie doch seit Jahren nicht gesehen.«

»Ich *kannte* sie. Ich kannte sie verdammt nochmal besser als Sie«, entfuhr es Jeremy Bird in einem kurzen Moment der Unbeherrschtheit. »Sie war immerhin meine *Mutter* … Und wie steht es bei dieser ganzen Angelegenheit eigentlich mit dem Respekt für meinen Vater? Er hat verdammt hart für das gearbeitet, was er erreicht hat. Er hat alles geopfert, um mir und meiner Schwester eine angenehme Zukunft zu bereiten.«

Alvin hätte jetzt darauf hinweisen können, dass Douglas Bird die Zukunft seiner Kinder ja bereits durch die Treuhandfonds mehr als abgesichert hatte. Darüber hinaus hätte er fragen können, worin genau die Opfer bestanden hatten, die der alte Bird angeblich gebracht hatte. Offenbar nicht darin, einen Lebensstandard aufzugeben, von dem die meisten Bürger dieses Landes nur träumen konnten.

»Mein Vater hat sich nicht zugrunde gerichtet und achtzig Stunden die Woche gearbeitet, nur damit …«

Und sollte Alvin zudem nicht einwenden, dass der Alte sich zugrunde gerichtet hatte, indem er seinen Wagen vor eine alte englische Eiche gesetzt hatte?

»… meine verrückte Mutter das ganze Vermögen aus einer Laune heraus verschenkt. Der glückliche Empfänger hätte genauso gut ein Katzenheim oder ein Penner von der Straße sein können. Zufälligerweise waren Sie der glückliche Empfänger.«

Mit dem Unterschied, dass weder das Katzenheim noch ein Penner der alten Frau das Leben gerettet hatten, sondern ich, dachte Alvin.

»Was wollen Sie?«, fragte er müde – es war ein harter Tag gewesen.

»Ich möchte nur das, was mein Vater mir zugedacht hat. Ich möchte das, was mir *gehört*. Die große Frage ist aber doch: Was wollen Sie?«

»Ich weiß nicht, wovon Sie reden.«

»Von *Geld*. Lassen Sie uns ehrlich sein: Es sieht aus, als ob Sie es dringend brauchen könnten.« Jeremy Bird hatte offenbar nie gelernt, sein unansprechendes Äußeres durch ein verbindliches, geschweige denn charmantes Auftreten zu kompensieren.

»Ich brauche keinen Penny«, gab Alvin nun wütend zurück.

»Ach, hören Sie doch auf«, erwiderte Bird ungeduldig. »Heute haben Sie Ihren Job verloren, und in einem Monat schon werden Sie dieses Haus verlieren.«

»Wie bitte?«

»Wie wollen Sie denn die nächste Rate für Ihre Hypothek bezahlen? Sie sind doch ohnehin schon vier Monate im Rückstand.«

Alvins Wut steigerte sich nun zu blindwütigem Zorn. »Woher zum Teufel wissen Sie, dass ich ...«

»Glauben Sie, ich begebe mich in eine Situation wie diese, ohne vorher meine Hausaufgaben zu machen? Ich weiß auch, dass Ihre Freundin Sie verlassen hat. Wenn sich einem da nicht das Bild von den Ratten und dem sinkenden Schiff förmlich aufdrängt, aber ich bin weit davon entfernt, hier den Moralapostel zu spielen.«

Alvins Kehle war wie zugeschnürt. In seinem Kopf herrschte ein unheilvolles Chaos aus Angst und Wut. Was wusste dieser Mann eigentlich *nicht* über ihn? Und – obwohl er nur drei Monate mit den Hypothekenraten im Rückstand war –, welche intimen Details aus seinem Leben würde er den Lesern der *Gazette* oder, falls es dazu kam, gar dem Hohen Gericht zur Kenntnis bringen?

»Ich mache Ihnen ein Angebot«, sagte Jeremy Bird, »ein Angebot, bei dem Sie schlecht beraten wären, wenn Sie es ablehnten. Hundertfünfzigtausend Pfund gehören Ihnen, wenn Sie im Gegenzug auf den Nachlass meines Vaters verzichten.«

Den Nachlass seines *Vaters*. Die Unterscheidung wäre Alvin sicherlich aufgefallen, wäre er nicht so aufgewühlt gewesen wie jetzt.

»Mit dieser Summe könnten Sie all Ihre Schulden begleichen«, fuhr Bird fort. »Und mit dem Rest könnten Sie sich in aller Ruhe einen neuen Job suchen. Einen, für den man kein polizeiliches Führungszeugnis braucht.«

»Sie behandeln mich wie einen Erpresser«, schaffte Alvin zu sagen.

»Nun ja, sind Sie das denn nicht?«

»*Nein*, ich habe Ihrer Mutter geholfen. Ich sah, dass sie in Schwierigkeiten war, und ich habe ihr geholfen. Gleich danach bin ich meiner Wege gegangen, und das war's.«

Jeremy Bird entfuhr ein kurzes, sprödes Lachen. »Ihre Unverfrorenheit ist bewundernswert. Genießen Sie sie, so lange Sie noch können, denn schon bald wird die Wahrheit ans Licht kommen.«

»Welche Wahrheit?«

»Dass Sie und der Straßenräuber gemeinsame Sache gemacht haben, natürlich.«

»Das ist völliger Schwachsinn.«

»Wie Sie meinen. Nehmen wir mal an, Sie sind tatsächlich der gute Samariter. Hundertfünfzigtausend sind doch eine faire Belohnung für Ihren Edelmut, meinen Sie nicht? Und deutlich mehr, als Sie von *Crime Stoppers* für die gute Tat erhalten würden.«

»Mein Anwalt hat mich vor Ihnen gewarnt«, sagte Alvin. Doch weil er nun mal Alvin war, hatte er ihm nicht geglaubt.

»Ach ja, Ihr Anwalt. Mit dem hatten wir in der Vergangenheit durchaus schon zu tun. Ich würde nicht viel auf seine Ratschläge geben, wenn ich Sie wäre. Wissen Sie, er ist zu sehr davon in Anspruch genommen, mich nicht zu mögen, als dass er noch objektiv sein könnte. Davon abgesehen sollte er Sie eigentlich nicht vertreten. Nachdem er es war, der das neue Testament mit aufgesetzt hat, befindet er sich in einem klaren Interessenkonflikt, wenn er weiter für Sie tätig ist. Aber das soll nicht meine Sorge sein, nicht wahr? Denken Sie darüber nach, Mr Lee. Wenn Sie beschließen, die Sache weiterzuverfolgen, wird der Prozess Ihnen den Rest geben – dafür werde ich sorgen. Es ist das beste Angebot Ihres Lebens und eine gute Alternative zum Bankrott, meinen Sie nicht?«

»Ich muss nicht darüber nachdenken. Ich will Ihr Geld nicht.«

»Das ist nun wirklich ein starkes Stück. Jeder Penny, den meine Mutter Ihnen vermacht hat, *ist mein Geld.*«

»Sie hat das offenbar anders gesehen. Und jetzt möchte ich, dass Sie gehen.«

»Falls Sie dennoch zur Vernunft kommen sollten, so kann Ihr Anwalt den meinigen kontaktieren«, sagte Jeremy Bird, als er sich zur Tür wendete. »Das Angebot läuft Montagmorgen aus; Sie haben also das ganze Wochenende Zeit, darüber nachzudenken.«

Wie angewurzelt stand Alvin noch immer da, als die Haustür ins Schloss fiel. Dann ging er zum Fenster und zog so wütend den Vorhang zu, dass er fast die Gardinenstange aus ihrer Verankerung gerissen hätte. Und plötzlich sah er ihn wieder, durch den kleinen Schlitz zwischen den beiden Stores. Sah, wie er in seinem Wagen saß und ihn über die Straße hinweg anstarrte. Und Alvin wusste jetzt, dass das, was er sah, kein Lächeln, sondern ein Grinsen war. Auch sie konnte er auf dem Beifahrersitz erkennen. Die Frau, die die Leitung bei seinem heutigen Disziplinarverfahren innegehabt hatte und die nun neben ihrem Bruder saß. Doch schaute sie nicht zu ihm herüber, wie sie schon in der Anhörung seinem Blick ausgewichen war. Bevor Alvin sich zurückziehen konnte, setzte sich Birds Wagen in Bewegung.

Es war ein riesiger scheiß Mercedes, wer hätte das gedacht.

In diesem Moment wünschte sich Alvin, er hätte seiner Tochter einen anderen Namen gegeben – Sarah, Cathy oder Audi.

Er ließ sich wieder auf dem Sofa nieder und versuchte an etwas Schönes zu denken.

Schrumm … »F!« … Schrumm … »C!« … Schrumm »F!« … Schrumm … »C!«

Die ersten Akkorde von *Paint It Black*, ein Song wie geschaffen für seine momentane Stimmung. Anstatt Annie alte Stücke wie dieses einpauken zu lassen, sollte er ihr vielleicht ein paar Noten von etwas Modernerem, Coolerem besorgen. Green Day, McFly, Mit Erfolg in die Katastrophe oder etwas in dieser Art.

Pullover

»Ich geh nochmal weg, Mum«, rief Jonathan Craig aus der Diele.

»Wirst du lange fortbleiben?«, antwortete seine Mutter aus der Küche.

»Weiß nicht. Ein paar Stunden vielleicht. Warum?«

»Ich dachte, du könntest mich nach dem Mittagessen zu Aviary fahren. Ich muss ein paar Besorgungen machen. Und ich könnte auch rasch bei Boots vorbeischauen, wenn ich schon mal da bin, und dir eine Feuchtigkeitscreme für deinen Ausschlag besorgen. Ich finde, er sieht heute wieder etwas schlimmer aus.«

»Kann Dad dich nicht hinfahren?«

»Der macht heute den ganzen Tag Tai-Chi.«

»Nun gut ... Ich bin nach dem Mittagessen wieder zurück.«

»Danke, Liebes. Bis später. Ach, nimm deinen Pullover mit, es ist draußen ein bisschen frisch.«

»Ja, hab ihn, danke ... Bye.«

Jonathan Craig, Ex-Lehrer und ehemaliger Verkäufer in einem Geschäft für Herrenbekleidung, zog sich den Pullover mit dem Zopfmuster über den Kopf und verließ sein Elternhaus.

Wie er beschlossen hatte, zum letzten Mal in seinem Leben.

All diese Momente werden verloren sein in der Zeit, so wie Tränen im Regen

Alvin nahm Platz und versuchte, sich zu erinnern, wie das hier lief. Es war schon zu lange her. Doch es war bestimmt so wie mit dem Fahrradfahren, das man angeblich auch nie verlernte, oder? Er beugte sich vor, senkte den Kopf und murmelte: »Vater, vergib mir, denn ich habe gesündigt.« Ja, genau wie Fahrradfahren.

Auf der anderen Seite der hölzernen Trennwand räusperte sich jemand. »Wann hatten Sie Ihre letzte Beichte?«

Da war er dreizehn gewesen und hatte zugegeben, die Hausaufgaben eines Freundes abgeschrieben zu haben. Nun ja, er hatte jenem Pfarrer mit der Stimme eines Scharfrichters nichts von den wirklich schlimmen Dingen erzählen wollen. Von den »Wie oft am Tag kann ein Junge zurückschlagen?«-Dingen, auch hatte er die Beichte nicht mit dem Thema Wichsen eröffnet.

»Das ist schon 'ne Weile her«, erwiderte Alvin. »Etwa dreißig Jahre.«

»Das ist in der Tat sehr lange her«, sagte der Geistliche freundlich. »Womit möchten Sie beginnen?«

Nun, eingesperrt in der kleinen Kabine, fragte sich Alvin, warum er überhaupt hergekommen war. *Ave Marias* und die Aussicht auf ein besseres Leben im Jenseits halfen ihm kein bisschen bei seinen derzeitigen Schwierigkeiten.

Was er brauchte, war Beratung. Im Hinblick auf seinen verlorenen Job, seine verlorene Würde, seine verlorene Partnerin, seine verlorenen Kinder …

Und doch konnten all diese Verluste auf eine einzige Sünde zurückgeführt werden.

Und deswegen war er hier und erhoffte sich Absolution.

Oder war das hier nur der letzte verzweifelte Hilfeschrei eines Mannes, der niemanden mehr hatte, mit dem er reden konnte?

Gott und sein Vermittler auf Erden mochten vielleicht seine einzigen verbliebenen Freunde sein, doch nun, da er hier saß, fühlte sich Alvin sehr unvorbereitet.

»Keine Sorge«, ermunterte der Pfarrer ihn, als das Schweigen allmählich peinlich zu werden drohte. »Ich habe in dieser Kabine schon alles gehört ... Ich habe Dinge gesehen, die ihr Menschen niemals glauben würdet. Schlachtschiffe, die brannten – draußen bei der Schulter des Orion. Und ich habe C-Beams gesehen, glitzernd im Dunkel, nahe dem Tannhäuser-Tor. All diese Momente werden verloren sein in der Zeit, so wie Tränen im Regen ... Das ist übrigens ein Zitat aus *Bladerunner*. Ein wunderbarer Film und auf seine Art überaus moralisch. Sehr ... erlösend ... Tja, also, ich versuche nur das Schweigen hier etwas zu überbrücken ... Bis Sie sich wohl genug und bereit fühlen, zu mir zu sprechen. Wenn Sie allerdings wollen, dass ich aufhöre ...«

»Meine Frau – eigentlich ist sie nicht meine Frau. Aber sie hat mich verlassen.«

»Hatte sie denn Grund dazu?«, fragte der Pfarrer.

Erneut ließ die Scham Alvin verstummen.

»Wissen Sie, es geht wirklich alles durch diese Kirche«, plauderte der Priester, offenbar in dem Wunsch, einmal mehr die eintretende Stille zu überbrücken, weiter. »Und das im wahrsten Sinne des Wortes. Der dreiundzwanzig Meter hohe Turm wurde im Jahre 1864 erbaut, auf dass er beinahe bis zu Gott hinaufreiche. Als direkte Verbindung nach oben für unsere Gebete gewissermaßen. Doch heute dient er einer ganz anderen Art von Verbindung. Die Diözese, in ihrer unaussprechlichen Weisheit, hat nämlich beschlossen, den Turm an Vodaphone zu vermieten, und die haben dort oben ihre kleinen Antennen installiert. Wenn ich also sage, dass praktisch alles durch diese Kirche geht, dann meine ich's auch so. Klar, das meiste davon ist so brisant wie ein Schluck Wasser: *Ich kann nicht pünktlich zum Meeting* kommen oder *Vergiss nicht, Milch mitzubringen* und so weiter. Aber einiges davon … Hui. Ich sage Ihnen, das hier ist wahrlich der Turm von Babel, selbst in diesem Moment, wo wir beide sprechen. Die Promiskuität, die Perversion, die Betrügereien und Lügen … Sämtliche menschlichen Laster scheinen in diesem Gebäude zusammenzulaufen. Mensch sein bedeutet, sich zu bekennen, doch die Menschheit scheint dies nicht zu wissen. Und weil sie es nicht weiß, verkleidet sie sich auch nicht – weder streicht sie das Grauenvolle, noch beschönigt sie das Hässliche.«

Alvin fragte sich, ob er gerade der Generalprobe für die morgige Predigt beiwohnte.

»Sie sehen also«, schloss der Pfarrer, »nichts von dem, was Sie mir erzählen, könnte schlimmer sein als das, was Gott sich hier ohnehin schon anhören muss.«

»Ich hab – hatte Sex mit einer Prostituierten. Es ist nur ein Mal passiert, aber …«

»Ja, da ist immer ein ›aber‹.«

»So ein ›aber‹ ist es aber nicht«, sagte Alvin. »Sie, also Karen, glaubt mir nicht. Sie denkt, es ist öfter vorgekommen.«

»Und? Ist es?«

»Nein, ehrlich nicht.«

»Im Grunde ist ein Mal schon mehr, als die meisten Beziehungen verkraften können, aber ich nehme an, diese hier ist es wert, dass man um sie kämpft?«

»Das ist sie.«

»Dann reden Sie mit ihr. Überzeugen Sie sie von Ihrem Wert. Und hören Sie erst auf zu reden, bis sie nachgegeben hat. Sie mögen hier vielleicht mit Gottes Absolution hinausspazieren, doch um die ihre zu erhalten, müssen Sie sich schon ein bisschen mehr anstrengen.«

»Ich wollte ja mit ihr sprechen, aber sie hat mich verlassen. Ist einfach gegangen.«

»Zu ihrer Mutter?«

»Woher wissen Sie das?«

»Ich könnte jetzt sagen, aufgrund göttlicher Eingebung, aber es war wohl eher eine wahrscheinliche Vermutung. Ja, Mütter können lästig sein. Ich könnte mir vorstellen, sie wird Ihnen eine Galgenfrist gewähren.«

Alvin hingegen konnte sich das nur schlecht vorstellen. Allein die Tatsache, dass Karen ihren Stolz heruntergeschluckt und nach Hause zu »Ich hab's dir doch gleich gesagt«-Mum gefahren war, bewies doch, wie verletzt sie war.

»Sie müssen sich dem Donnerwetter stellen«, sagte der Pfarrer. »Ich kann Ihnen Ihre Sünden vergeben, doch Karens Mutter gegenübertreten, das wird Ihre wahre Buße sein.«

Sich dem Donnerwetter stellen.

Der Pfarrer hatte Recht.

Er sollte auf der Stelle zu ihr fahren.

Es war Samstagmorgen. Er konnte schon zum Tee in Manchester sein.

»Ich danke Ihnen, Vater«, sagte er.

»Das war's? Dreißig Jahre ohne Beichte und mehr kriege ich nicht zu hören?«

»Ja, also ich …«

»Nein, schon in Ordnung. Gehen Sie und reden Sie mit Karen.«

Hatte Gott seine Hand im Spiel, oder hatte es einfach nur gut getan, mit jemandem zu sprechen?

Als Alvin die Kirche wieder verließ, fühlte er sich jedenfalls schon ein klein wenig besser. Auf dem Treppenabsatz blieb er stehen und ließ seinen Blick schweifen. Auf der anderen Straßenseite stand ein Transporter von Transco. Daneben stellte ein Mann Straßenhütchen rund um einen Kollegen auf, der den Asphalt mit einem Presslufthammer aufstemmte. Alvin erkannte, dass es sich bei den beiden um die Männer aus dem Café handelte. Der Arbeiter, der ihn gestern angegriffen hatte, war der Mann hinter dem Drucklufthammer.

Alvin verspürte wenig Lust auf ein weiteres Zusammentreffen – schließlich musste er einen Zug erreichen. Und anstatt geradewegs die Treppenstufen hinabzusteigen, entschied er sich, die Straße zu nehmen, die seitlich von der Kirche wegführte. Er war diesen Weg als Kind oft gegangen, hatte sich aus der Menge gelöst und war übers Geländer der Mauer in die Laubenkolonie auf der anderen Seite gesprungen, um dort mit seinen Freunden heimlich zu rauchen. War das eine Sünde gewesen? Hätte er das eben auch erwähnen sollen? Wer wusste das schon? Jedenfalls war das Rauchen nicht zu einer ständigen Angewohnheit geworden, was vielleicht Gottes Wille gewesen sein mochte. Tatsächlich war er nie in der Lage gewesen, die Schmerzgrenze zwischen albernem Paffen und hemmungslosem Lungenzug zu überschreiten.

Er kletterte über die Mauer und landete auf dem matschigen Boden der Schrebergartenanlage. Obwohl Samstag war, war die Kolonie praktisch verwaist. Ein alter Mann, auf eine Harke gestützt, verfolgte sein Tun misstrauisch. Alvin fragte sich, ob der Alte ihn für einen Pädophilen oder nur für einen Gesetzesübertreter hielt.

In einiger Entfernung von dem alten Mann saß eine Gruppe Jungs auf einer rostigen Ackerwalze. Trotz ihrer Kapuzen erkannte Alvin sie sofort, und er nahm nicht an, dass Curtis und Roland hier waren, um Rüben zu ziehen. In der guten alten Zeit, die für Alvin vor ein paar Tagen unwiderruflich zu Ende gegangen war, hätte er sich für ein Schwätzchen zu ihnen gesellt. Doch er hatte wenig Lust, den beiden heute gegenüberzutreten. Also zog er den Kopf ein und hastete weiter – schließlich musste er einen Zug erreichen.

Am Ende der Laubenkolonie betrat er den Fußweg, der geradewegs auf die Straße zu seinem Haus führte. Doch er nahm die Stufen hinauf zur Fußgängerbrücke, die sich über die Schienen der Eisenbahn spannte. Auch hierher war er als Kind oft gekommen, um die Züge zu beobachten. Einfach nur, um sie anzusehen – er war nie einer von denen gewesen, die Pflastersteine auf herannahende Intercitys warfen. Nicht dass so etwas heute nicht mehr vorkam, doch British Rail – oder wie der Verein sich inzwischen nannte –

hatte entsprechende Maßnahme ergriffen. Ein drei Meter hoher Zaun aus engmaschigem Stahldraht war an der Brustwehr der Brücke angebracht worden, wodurch das Übersteigen dieses Hindernisses zu einem Kamikazeunternehmen wurde.

Auf der Mitte der Brücke blieb Alvin stehen und lehnte sich auf das Geländer. Durch den Maschenzaun blickte er hinab auf die funkelnden Schienen, die aus London hinausführten. Kein Zug war weit und breit zu sehen, und er bezweifelte, dass sich das in absehbarer Zeit ändern würde. Schließlich war Wochenende, und das war praktisch reserviert für die Schienennetzwartung und andere Dinge, die den öffentlichen Nah- und Fernverkehr lahmlegten. Er fragte sich, wie gut seine Chancen standen, überhaupt einen Zug zu finden, der ihn – sagen wir mal, vor Dienstag – nach Manchester brachte.

Während er über diese Frage nachdachte, bemerkte er eine Bewegung über seinem Kopf. Sein Blick wanderte den Laternenmast neben sich hinauf. Das Ding ragte noch etwa einen halben Meter über den Zaun hinaus und führte in einem rechten Winkel über die Brücke, um den Weg darunter zu erleuchten.

Hoch oben auf dem Zaun klammerte sich eine Person in einem dicken Zopfmuster-Pullover an der Krümmung des Mastes fest. Entgeistert starrte Alvin hinauf, denn er mochte seinen Augen nicht trauen. Die Anstrengung, diesen Laternenmast hinaufzuklettern, musste enorm gewesen sein. Auch schien die Person nicht die Absicht zu haben, Wackersteine vor einen Zug zu werfen, weshalb Alvin zu dem Schluss kam, dass sie beabsichtigte, sich selbst davor zu werfen. Und die Person, so stellte Alvin schnell fest, war ein junger Mann, auch wenn er dessen Gesicht nicht erkennen kann.

»Entschuldigung«, sagte Alvin ruhig – er wollte verhindern, dass der Typ vor Schreck vom Zaun fiel.

Keine Antwort.

»Entschuldigung«, wiederholte Alvin, nun ein wenig lauter. »Alles okay mit Ihnen?«

Immer noch gab der Mann keine Antwort, doch er schien ganz

ruhig zu sein. Vielleicht war er ja nur ein hobbymäßiger Zugbeobachter. Die Körperhaltung hoch oben auf diesem Zaun erinnerte Alvin an etwas, was man nur in einem Yoga-Kurs erlernen konnte. Ein buddhistischer Zugbeobachter vielleicht?

»Geht's Ihnen gut?« Diesmal schrie Alvin fast.

Endlich drehte der Mann sich ein kleines Stück zur Seite und schaute hinab. Schlimme Pigmentveränderungen entstellten die eine Seite seines Gesichts, eine Hautkrankheit offenbar, die vom Hals bis hinauf zur Wange reichte. Ein höllischer Ausschlag, keine Frage, doch noch lange kein Grund, sich vor einen Zug zu werfen, oder?

»Lassen Sie mich allein«, sagte der Mann. »Verschwinden Sie.«

»Ich denke, Sie sollten da herunterkommen«, schlug Alvin vor. »Es ist ziemlich gefährlich da oben.«

Der Mann ignorierte ihn und starrte wieder geradeaus.

»Sie haben doch wohl nicht vor, da runterzuspringen, oder?«

Als der Mann wieder nicht antwortete, überschlug Alvin im Geiste die Höhe. Der Mann würde fast zehn Meter tief stürzen, wenn er nicht vorher durch die Starkstromleitungen, die zwischen Brücke und Schienen verliefen, aufgehalten und geröstet wurde. Zehn Meter, das war beileibe nicht todsicher. Der Mann wartete offenbar auf den nächsten Zug. Wenn sein Timing stimmte, dann erledigten ihn mehrere hundert Tonnen Stahl, was allerdings zu einer erneuten außerfahrplanmäßigen Wochenendstörung im Fahrplan führen würde.

»Ich komme mal zu Ihnen rauf«, sagte Alvin. »Nur damit ich besser mit Ihnen sprechen kann.«

Der Mann bewegte sich nicht von der Stelle.

»Tun Sie nichts Dummes, okay? Ich will nur mit Ihnen reden.«

Immer noch verharrte der Mann reglos. Daher schwang sich Alvin mithilfe des Laternenpfahls auf das Brückengeländer. »Ich hab gesagt, Sie sollen mich in Ruhe lassen«, greinte der Mann, als er Alvin unter sich entdeckte.

»Was ist denn los?«, fragte Alvin freundlich. »Was ist denn so schlimm, dass Sie sich deswegen vor einen Zug werfen wollen?« Abwartend schaute er nach oben.

»Alles«, sagte der Mann schließlich. »Das Leben. Einfach *alles*.«

»Was Sie nicht sagen. Ich wette, mein Leben ist beschissener als Ihres.« Er hatte nicht wirklich über seine Worte nachgedacht, doch nun, da sie heraus waren, vermutet er, dass er damit gar nicht so falsch lag. Wenn die Samariter aus dem Stegreif einen Wettbewerb veranstalten würden – die von Prozac gesponserte Weltmeisterschaft zur Kürung des ärmsten Schweins auf Erden zum Beispiel –, dann, so dachte Alvin jetzt, hätte ich gute Chancen, sämtliche Mitbewerber aus dem Feld zu schlagen. So tief, wie er gesunken war, war er wohl die denkbar ungeeignetste Person, einen Selbstmörder von seinem Vorhaben abzubringen. Andererseits mochte ihm sein eigenes Elend zu so etwas wie einem Experten für schier unlösbare Krisen gemacht haben. Er schaute nach links und rechts. Kein Mensch in Sicht. Niemand außer ihm würde versuchen, diesen Mann zu retten. Also konnte er genauso gut damit weitermachen …

Auf der Ackerwalze …

Eine weitere heftige Bö fegte durch die Kleingartenkolonie.

»Können wir gehen?«, quengelte Roland.

Auf dem höchsten Punkt der Ackerwalze balancierend und in immer anderen Kung-Fu-Posen sah Curtis auf ihn herab. »Wir geben ihm noch zehn Minuten, ja?«

»Mir ist scheißkalt. Der kommt nicht mehr, Mann. Lass uns abhauen.«

»Hör mal, wir geben ihm noch zehn Minuten, dann gehen wir zu ihm, okay?«

»Und warum haben wir das nicht gleich gemacht, Mann?«

»Weil er nicht gern von zu Hause aus dealt. Sein Alter hängt samstags immer da rum, du verstehst?«

»Ruf ihn an. Mal sehen, wo er gerade ist.«

»Geht nicht. Sein Alter hat ihm das Handy abgeknöpft.«

»Tolle Wurst. Wir müssen unbedingt 'nen anderen Dealer finden, Curt.«

»Ja, klar …« Auf einmal erstarrte Kung-Fu-Curtis mitten in der Bewegung und blickte in buddhagleicher Schweigsamkeit hinüber zur Bahnlinie. »Scheiße, Mann – was'n das?«, sagte er nach einer Weile.

»Was?«, fragte Roland, ohne aufzusehen.

»Da drüben. Der Typ da.«

»Wasn'n für 'n *Typ*?« Noch immer hob Roland nicht den Blick.

»Da auf der Brücke. Oben auf dem Laternenpfahl. Was zum Henker macht der da?«

»Repariert die Lampe? Woher zum Henker soll ich das wissen?«

»Guck doch mal, Mann«, sagte Curtis. »Ich glaub, der Pisser springt gleich da runter.«

Endlich erhob sich Roland und stieg zu seinem Freund auf die Ackerwalze. Er war kleiner als Curtis, doch wenn er sich auf die Zehenspitzen stellte und den Hals reckte, konnte er die Fußgängerbrücke gerade so erkennen. »Scheiße«, stimmte er zu. »Der dumme Pisser will sich umbringen!«

»Jo, davon red ich doch die ganze Zeit, du Spasti.«

»Hä?«

»Er *will* sich umbringen.«

»Soll'n wir nicht was tun?«

»Was denn?«

»Keine Ahnung. Die Bullen rufen oder so.«

»Nee ... Mal sehen, ob er wirklich springt, okay?«

Schweigend standen sie eine Weile da und schauten zu. Doch schon bald verlor Roland das Gleichgewicht. Er sprang zu Boden und musste sich nun von Curtis auf dem Laufenden halten lassen.

»Scheiße«, sagte Curtis gerade.

»Was? Isser gesprungen?«

»Nee, da ist noch so 'n Scheißer.«

»Wo?«

»Klettert gerade rauf. Was geht denn da vor, verdammt nochmal? Steh'n die da oben jetzt Schlange, oder was. Heilige Scheiße, das glaubst du nicht ...«

»Was?«, quengelte Roland, der nun auf der Walze auf und ab sprang.

»Das ist Alvin.«

»Wo?«

»Auf der scheiß Brücke, Mann. Jetzt klettert der auch da rauf. Was verdammt nochmal macht er?«

»Springt der jetzt auch, oder was?«

»Keine Ahnung ... Obwohl der bestimmt 'n bisschen durchgeknallt ist, seit sie ihn gefeuert haben.«

»Soll'n wir rübergehen?«

»Weiß nicht. Dann verpassen wir am Ende Ajab, und dann haben wir heute Abend keinen Stoff.«

»Sollten trotzdem rübergehen, meine ich. Nur mal schauen, ob alles klar ist und so.«

»Jo, mal sehen … Wir warten noch fünf Minuten, dann gehen wir, okay?

Unterdessen … an der Brücke

Alvin ignorierte den Schmerz in seinen Händen, die sich am eiskalten Metall des Laternenpfahls festklammerten, und schaute zu dem Mann auf: »Ich hab meinen Job verloren, und meine Freundin, und meine Kinder«, begann er und hakte im Geiste die Punkte ab. »Außerdem bin ich drauf und dran, auch mein Haus zu verlieren, und zudem denkt das ganze Viertel, dass ich 'n skrupelloser Gauner bin. Ach ja, jemand hat *Perverser* an das Fenster meines Hauses gesprüht, und ein paar Jungs von Transco wollen mir liebend gern den Arsch aufreißen, dabei kennen sie mich nicht mal. Und nicht zu vergessen, mein Fahrrad ist kaputt.« *Versuch mal, das zu überbieten*, Kumpel, hätte er fast hinzugefügt, doch er konnte sich gerade noch bremsen. Stattdessen fragte er: »Und was ist mit Ihnen?«

Lange sprach der Mann kein Wort. Doch er wirkte auch keinen Deut entschlossener zu springen als zuvor. Schließlich sagte er: »Ich kenne Sie … Ich weiß, wer Sie sind.«

Ach, du Scheiße, dachte Alvin. *Das hätte ich mir ja gleich denken können*. Selbst depressive Selbstmordkandidaten, bis zum Hals in Selbstmitleid versunken, fanden offenbar noch die Zeit herauszufinden, wer der neueste Pädo im Viertel war.

»Ich hab auch an der Wood Hill gearbeitet«, erklärte der Mann jetzt und drehte ihm das Gesicht zu.

»Ach, wirklich …« Alvin sah ihn etwas genauer an, versuchte, durch den Ausschlag hindurch vertraute Züge auszumachen, doch er musste passen. »Tut mir leid, aber ich kann …«

»Nein, Sie werden sich nicht an mich erinnern. Es war meine erste Anstellung. Ich war ziemlich unbekannt, und ich hab nach anderthalb Semestern wieder aufgehört.«

»Wood Hill ist ein hartes Pflaster für einen Berufsanfänger«, sagte Alvin.

»Sie allerdings scheinen da ganz gut klargekommen zu sein.«

»Na ja, ich bin ja auch kein – *war* ja auch kein Lehrer dort.«

»Und wenn schon. Ich habe Sie und die Kids beobachtet. Sie waren echt gut.«

»Das ist vorbei. Wie ich bereits erwähnte: Bin gestern gefeuert worden.«

»Bingo … ich auch«, sagte der Mann.

»An welche Schule gingen Sie denn danach?«

»An keine. Nach der Wood Hill habe ich den Schuldienst an den Nagel gehängt. Ich habe als Verkäufer in einem Laden gearbeitet. Es lief ganz gut, aber dann habe ich einen Kunden geschlagen.«

»Vielleicht hatte er es ja verdient?«, schlugt Alvin vor.

»*Sie*. Und sie hatte es nicht verdient. Sie war nämlich erst dreizehn.«

Plötzlich machte es *Klick* in Alvins Kopf. Er erinnerte sich, dass Karadas ihm von diesem Fall erzählt hatte.

»Schauen Sie mal, Kumpel«, sagte er, »ein Mädchen zu schlagen ist zwar keine Heldentat, aber da gibt's wahrlich Schlimmeres. Und von einer Brücke zu springen, macht die Sache auch nicht besser, oder?«

»Dic Polizei hat mich verhört. Kann sein, dass dem eine Anzeige wegen Körperverletzung folgen wird«, sagte der Mann. »In diesem Fall werde ich nie wieder unterrichten dürfen.«

»Ich dachte, das hätten Sie sowieso aufgegeben? Der Lehrerberuf ist ohnehin nicht die tollste Laufbahn, um ehrlich zu sein. Sie sind noch jung. Es muss tausend Sachen geben, die Sie interessieren könnten.«

Der Mann schwieg.

»Erzählen Sie doch mal, was würden Sie sonst noch gern tun?«, forderte Alvin ihn auf – hauptsächlich in Ermangelung einer besseren Idee.

»Ich hab als Analyst für Ampelsysteme angefangen«, sagte der Mann. »Bevor ich Lehrer wurde.«

»*Wow* ... Das hört sich ... ziemlich ... anspruchsvoll an«, sagte Alvin.

»Sie haben keine Ahnung, was das ist, richtig?«

»Nein ... Sorry.«

Der Mann schwieg.

»Wollen Sie es mir nicht erklären?«, fragte Alvin.

»Warum? Damit Sie was zu lachen haben?«

»Ich werde nicht lachen, versprochen. Es interessiert mich wirklich.«

Keine Antwort.

»Es *fasziniert* mich«, sagte Alvin. »Kommen Sie schon.«

»Ich hab Ampelschaltungen koordiniert«, erwidert der Mann gereizt. »Hab die Ampelphasen optimiert und dafür gesorgt, dass man in weniger als sechs Stunden die Oxford Street hinter sich bringen kann. So was eben. Ich war ein ziemlicher Experte auf diesem Gebiet. Gut, nun hab ich's Ihnen erzählt.«

»Ehrlich, das klingt toll«, sagte Alvin, und er war aufrichtig beeindruckt. »Ich meine, Ampeln. Man nimmt sie so selbstverständlich hin. Na ja, ich tue das zumindest, und ich glaube, den meisten Leuten geht's nicht anders. Und doch muss jemand dafür sorgen, dass sie reibungslos funktionieren. Und Sie haben diese ganzen Ampelphasen optimiert, alle Achtung!«

»Meine Spezialität war der Kreisverkehr. Mein Abteilungsleiter meinte, ich hätte einen exzellenten analytischen Verstand und einen hervorragenden Blick fürs Detail«, sagte der Mann.

»Und den braucht man wohl auch für eine Arbeit wie diese, nehme ich an«, sagte Alvin. »Warum gehen Sie nicht wieder dahin zurück?«

»Weil ich es gehasst habe. Den ganzen Tag hab ich auf Monitore gestarrt. Ich hab Migräne gekriegt. Und Depressionen ... Mein Therapeut meinte, ich leide unter einem posttraumatischen Stress-Syndrom.«

»Wegen, ähm, der Ampeln?« Alvin war überrascht. Lichtsignale zu koordinieren, das klang nicht gerade nach einem Knochenjob, aber was wusste er schon?

»Wegen meines Lehrerberufs«, sagte der Mann. »Wegen der Wood ...«

Er brach ab, und Alvin wusste auch, warum. Obwohl er noch nicht in Sicht war, konnte er den herannahenden Zug bereits hören. Er hatte nicht mehr viel Zeit.

»Hören Sie ... Kommen Sie runter, damit wir uns in Ruhe unterhalten können. Wir haben sehr viel gemeinsam. Die Schule, wir wurden gefeuert ... Kommen Sie doch herunter.«

Der Mann regte sich nicht. Nun konnte Alvin den Zug am Horizont erkennen. Ein windschnittiger Express mit Flugzeugnase, der in ihre Richtung raste.

»Bitte, klettern Sie herunter ... Das wollen Sie nicht wirklich tun, glauben Sie mir.«

Der Mann umklammerte das vordere Ende des Laternenmastes und schob sich ein Stück voran. Mit Reden schien er hier nicht mehr viel ausrichten zu können, daher streckte Alvin einen Arm aus, doch er konnte den Mann nicht erreichen – etwa dreißig Zentimeter trennten sie. Der Zug war nur noch wenige Kilometer von ihnen entfernt.

Alvin umfing den Laternenmast mit beiden Händen und zog sich hoch, stemmte die Knie nach oben und schlang seine Beine so gut er konnte um den Pfahl, wobei er die rauen Profilsohlen seiner Sportschuhe gegen das Metall presste. Er erinnerte sich an das armdicke Tau, dass er in der Grundschule im Sportunterricht erklimmen musste. Er war darin ziemlich gut gewesen, doch das war schon eine Weile her. Der Zug war nun fast unter ihnen. Er schob seine Hände noch ein Stück nach oben und hievte sich hoch. Zögernd löste er eine Hand von dem kalten Metall und umfasste die Oberkante des Metallzauns. »Nehmen Sie meine Hand!«, schrie er. »Ich helfe Ihnen runter.«

Doch wegen des Dröhnens des herandonnernden Zuges, der immer schneller zu werden schien, je näher er kam, konnte der Mann ihn nicht mehr hören. Erneut beugte er sich ein Stück vor und näherte sich damit dem Punkt, an dem es kein Zurück mehr gab.

Alvin ließ den Zaun los und zog sich mit letzter Kraft nach oben. Dann nahm er die andere Hand vom Laternenpfahl und richtete sich gerade in dem Moment auf, als der Zug die Brücke erreicht hatte. Blitzschnell packte er zu, spürte den Wollpullover unter seinem Griff und zog so fest, wie er noch nie im Leben an etwas gezogen hatte. Er schloss die Augen, fühlte, wie das Gewicht des Mannes gegen seinen Körper drückte, hörte das Donnern des Zuges unter sich, Wagon um Wagon um Wagon ... Wie lang war dieser scheiß Zug eigentlich?

Schließlich war der Express unter der Brücke hindurch und raste Richtung London Hauptbahnhof davon.

Da fiel der Mann.

Allerdings nicht nach hinten.

Den Pullover noch immer festhaltend, fiel Alvin ebenfalls. Und obwohl der Mann aus etwas größerer Höhe fiel, schlug er zuerst auf der Fußgängerbrücke auf. Alvin landete direkt auf ihm, wodurch sein Aufprall deutlich abgemildert wurde. Er ging in die Hocke und sah auf den Mann hinunter. Dessen Augen waren geschlossen, und er bewegte sich nicht. Doch langsam hob und senkte sich seine Brust – er atmete. Da sah Alvin, wie ein Blutrinnsal vom Hinterkopf des Ohnmächtigen aufs Straßenpflaster sickerte.

Alvin griff in seine Jacke und holte sein Handy hervor. Gott sei Dank, es schien den Sturz wohl überstanden zu haben. Dann rief er einen Krankenwagen.

Sonntag

Alvin saß da, wie er schon seit zwei Stunden dagesessen hatte, und schaute zu, wie der Südosten des Landes übergangslos in die Midlands und dann in den Nordwesten überging. Aus diesem Grund liebte er das Zugfahren: große Fenster, durch die man hinausstarren konnte.

Er hatte die Rede, die er Karen halten wollte, gut einstudiert. Hoffentlich war sie überhaupt da. Hoffentlich war sie da *und* willigte ein, mit ihm zu sprechen. Er hatte sein Kommen nicht telefonisch angekündigt – er hatte es sich einfach nicht getraut.

Es war Sonntag. Er unternahm die Fahrt nach Manchester einen Tag später als geplant, weil er den Tag zuvor zum größten Teil im Krankenhaus zugebracht hatte. Er war zusammen mit dem verletzten Mann im Krankenwagen dorthin gefahren. Der Mann hieß Jonathan Craig, so viel hatte Alvin mit Blick in dessen Brieftasche herausgefunden, während er auf die Ambulanz gewartet hatte. Seltsamerweise war sein Anruf nicht der erste gewesen, doch Alvin hatte keine Ahnung, wer außer ihm den Notdienst informiert haben könnte. Der Zugführer womöglich?

Im Krankenhaus hatte Alvin dann gewartet, während sich die Ärzte um Jonathan kümmerten. Sie durften ihm nicht sagen, wie es um den Mann stand, da er kein Angehöriger war. Als Jonathans Eltern eintrafen, saß er noch immer da – sie: eine kleine, zu Tode erschrockene Frau, er: ein deutlich älterer Mann in einem unpassenden Judo-Anzug. Zögernd hatte er den beiden erzählt, was geschehen war – es gab wahrlich Angenehmeres, als Eltern vom geplanten Selbstmord ihres Kindes berichten zu müssen. Sie waren zu geschockt, um die Situation in ihrer ganzen Tragweite zu verstehen; auch zu geschockt, um Alvins Einsatz entsprechend würdigen zu können. Jonathan erlangte das Bewusstsein wieder, kurz bevor Alvin das Krankenhaus schließlich verließ. Es stellte sich heraus, dass er einen Schädelbruch sowie eine gebrochene Hüfte durch den Sturz davongetragen hatte. Alvin hoffte, dass Jonathan sich keinen bleibenden Hirnschaden zugezogen hatte – zumindest keinen, der über den geistigen Kurzschluss hinausging, der ihn zum Selbstmord getrieben hatte. Auch die Polizei traf ein und nahm Alvins Aussage zu Protokoll. Der Beamte wusste, wer Alvin war, und war offenbar versessen darauf, irgendein Haar in der Suppe zu finden, etwas, was auf ein weiteres Verbrechen hindeutete und zur endgültigen Demontage des stadtbekannten Perversen führen konnte. Doch Alvin machte sich deshalb keine allzu großen Sorgen. In seinem unerschütterlichen Optimismus vertraute er darauf, dass Jonathan zu seinen Gunsten aussagen würde, sobald dieser vernehmungsfähig war.

Er war an jenem Tag erst spät nach Hause gekommen und hatte den Abend allein und voller Schuldgefühle zugebracht. Er hatte Jonathan Craig zu dessen Zeit an der Wood Hill nicht einmal wahrgenommen. Möglicherweise hätte er ihm helfen können, wenn es anders gewesen wäre.

Als er an diesem Morgen erwachte, war sein Geist wieder einmal von nur einem Gedanken erfüllt: Karen. Die Aussicht, sie – und vor allem ihre Mutter – schon bald wiederzusehen, ängstigte ihn. Gleichzeitig fühlte er sich beflügelt, weil er endlich etwas unternahm.

Und da saß er nun, in einem Zug Richtung Manchester, und studierte im Geiste seine Rede ein.

Doch diese intellektuelle Kraftanstrengung war es nicht allein, die ihn veranlasst hatte, seit geraumer Zeit auf vorbeiziehende Felder und Strommasten sowie dösende Kühe zu starren. Denn da war dieser junge Mann, der ihm direkt gegenüber saß und schaute, als hätte der Zugschaffner verkündet, dass es keineswegs mehr unhöflich war, seine Mitreisenden anzugaffen. Und so starrte der Typ auf der anderen Seite des winzigen Tischchens ihn an, seit sie Euston hinter sich gelassen hatten.

Sich unter diesem Blick mit jedem Kilometer immer unbehaglicher fühlend hatte Alvin sich irgendwann gefragt, ob es nicht besser wäre, einen anderen Platz zu suchen, die Idee aber wieder verworfen – denn, typisch Alvin, er wollte den Mann nicht brüskieren.

Der Mann war etwa Mitte, Ende zwanzig und trug ein senffarbenes Sakko zu einem erbsgrünen T-Shirt, braunen Kordhosen und verblassten roten Converse All Stars. Vielleicht war er ja farbenblind, spekulierte Alvin, als der Zug durch Birmingham New Street brauste, und es sah alles irgendwie braun für ihn aus. Braun in braun, das war ja im Grunde nicht das Schlechteste …

Er musste Student sein.

Mit einer Leseschwäche. Immerhin war es heutzutage möglich, selbst als Analphabet einen Hochschulabschluss in Geisteswissenschaften zu erlangen, oder?

Alvins Nacken war steif geworden – vermutlich verschmolzen seine Rückenwirbel gerade zu einem starren Gebilde, da er nun schon seit Stunden in unveränderter Position dasaß und es nicht wagte, den Kopf zu drehen und dem Blick des Mannes zu begegnen. Doch er musste etwas unternehmen, denn der Schmerz wurde allmählich unerträglich. Er würde sich … *bewegen* müssen.

Langsam drehte er sich herum, um direkt in das gelbliche Grinsen seines Gegenübers zu starren.

»Jetzt weiß ich's!«, rief der junge Mann so laut aus, dass Alvin vor Schreck zusammenzuckte.

»Was?«

»Die ganze Zeit hat es mich beschäftigt, aber ich hab's rausgefunden. *Ich weiß, wer Sie sind!*«

Er weiß, wer ich bin. Und Alvin wusste jetzt, dass der Schreck, der ihm erst wenige Sekunden zuvor in die Glieder gefahren war, durchaus steigerungsfähig war.

»Sie haben in 'ner Band gespielt«, fuhr der Mann fort. »Sagen Sie's nicht; der Name liegt mir auf der Zunge …« Angestrengt grübelte er nach. »*Tataaa!* Living Saints, und der Song hieß *Wanda Lust*. Platz sechzehn im Jahr 1986.«

»Platz fünfzehn, um genau zu sein, aber … Wow!«, entfuhr es Alvin, der gleichermaßen erleichtert und aufgewühlt war. Als Bandmitglied der Living Saints wiedererkannt zu werden, das war zum letzten Mal … Nun, tatsächlich war es ihm noch nie passiert, nicht einmal, als es die Gruppe noch gegeben hatte. »Sie müssen damals doch noch in den Windeln gelegen haben«, fuhr er fort. »Woher, zum Teufel, wissen Sie das?«

»Na ja, das ist mir jetzt ein bisschen peinlich … Sie müssen wissen, ich bin so was wie ein Fachidiot auf diesem Gebiet«, erklärte der Mann nur mäßig bescheiden. »Ich habe mich auf One-Hit-Wonder spezialisiert. Ich hatte nämlich mal den Traum, mit diesem Thema an *Mastermind* teilzunehmen, doch dann haben sie die Show einfach aus dem Programm genommen … *Diese Idioten*. Los, fragen Sie mich irgendwas über The Crazy World of Arthur Brown, Spiller, M/A/R/R/S … Oder Saint Winifred's School Chor. Ich weiß alles darüber. Traurig, was?«

»Nein, das ist einfach unglaublich.«

»Wanda Lust. Ein guter Song. Nur der Sänger war ein ziemlicher Trottel.«

Nett ausgedrückt, dachte Alvin. Er lehnte sich zurück, entspannte sich und badete im winzigen Rock-Ruhmespool – gerade groß genug, um die Füße zu benetzen, und doch so herrlich –, während ihn seine Reisebekanntschaft mit Fragen löcherte.

Alvin war glücklich über diese Abwechslung, glücklich darüber, für kurze Zeit wieder Popstar zu sein.

Ein Glücksgefühl, das sich jäh in Nichts auflösen würde, sobald er vor der Haustür von Frances Jackson stand.

Frances Jackson wohnte noch immer in dem Haus, in dem Karen aufgewachsen war, eine längliche verklinkerte Doppelhaushälfte, wie es hunderte von ihnen gab. Es stand in Cheadle, einem Vorort im Süden von Manchester.

Alvin mochte Cheadle nicht, doch erst jetzt, auf dem Weg von der Bushaltestelle zum Haus, erkannte er, warum. Es lag nicht an diesem Ort oder an Karens Dragonermutti. Er stellte fest, dass es hier aussah wie in jeder anderen Vorstadt Englands auch, und das war das Problem. Cheadle war auf eine Art sehr anonym und andererseits fürchterlich provinziell. Frances Jackson lebte in der Art von Haus, in der Art von Straße, die Alvin dreißig Jahre zurückkatapultierten – in die Zeit von tiefgefrorenem Mischgemüse, elektrischem Kaminfeuer und Straßenfegern wie *Alias Smith & Jones*. In die Zeit der öden Sonntagsbesuche bei langweiligen Tanten und Onkeln, die selbst die zu Hause wartenden Hausaufgaben verlockend erscheinen ließen.

Und wie der Zufall es wollte, war heute Sonntag.

Er stand auf dem Bürgersteig vor Frances Gartentor … und zögerte.

Der Weg hierher war zu lang gewesen, um jetzt einfach kehrtzumachen und nach London zurückzufahren, doch er dachte ernsthaft darüber nach. Aber nein, er hatte kein Geld für eine Fahrkarte ausgegeben, die er sich eigentlich nicht leisten konnte, und fünf Stunden in einem schmuddeligen Zugabteil mit einem etwas aufdringlichen Popfan zugebracht, um nun einen Rückzieher zu machen.

Er drückte gegen das schmiedeeiserne Törchen, das sich quietschend öffnete, und erstarrte. Nicht wegen des Gartentors, sondern weil im gleichen Moment die Haustür aufflog und Frances Jackson im Eingang erschien. Sie hielt einen schwarzen bis zum Platzen gefüllten Müllbeutel in der Hand.

»Hallo, Frances«, sagte Alvin.

Sie sah ihn an, mit einem Ausdruck, den sie sich offenbar für den Tag aufgespart hatte, da sie in der Jury sitzen und den Pornobaron aufs Schafott schicken durfte. Nun schien der Zeitpunkt für ihren großen Auftritt früher als gedacht gekommen. Eine braune, dickflüssige Brühe sickerte auf den Fußabtreter, aber sie schien es nicht zu bemerken.

Alvin wagte es, einen Schritt auf den Gartenweg zu machen – einen Fuß auf Jackson-Land zu setzen gewissermaßen –, und da kam plötzlich Leben in die Frau. Mit dem Instinkt eines Kampfhundes warf sie den Müllsack beiseite und schoss auf ihn zu wie ein waschechter Rhodesian Ridgeback. »Wie kannst du es wagen?«, bellte sie ihm entgegen. »Wie kannst du es *wagen?* Und dann auch noch an einem Sonntag!«

Als ob sie sich an einem Montag über seinen Besuch gefreut hätte.

»Frances, bitte, ich will nur zu Karen. Ich muss mit ihr reden.«

»Sie will aber nicht mit dir reden.«

Sie hatte ihn nun erreicht und schubste ihn zurück Richtung Straße. Er spürte, wie sein Hinterteil gegen das geschlossene Eisentürchen prallte, doch sie hört nicht auf. Schon bog sich sein Oberkörper über das Gartentor, nicht gerade ein geordneter Rückzug – tatsächlich hätte er in dem Moment alles getan, um Frances entgegenzukommen. Doch sie ließ ihm keine andere Wahl, als diesen arthritischen Limbo über die Kante des Gartentors aufzuführen.

Ihre Attacke hatte ihn überrascht. Allerdings war sie eine ehemalige Schuldirektorin, der satte, gut im Futter stehende Inbegriff von Achtbarkeit. Und hätte er die Muße gehabt, darüber nachzudenken, dann wäre ihm bestimmt aufgefallen, dass Frances in den Ruhestand gegangen war, kurz nachdem es per Gesetz verboten worden war, kleine Kinder mit dem Rohrstock, der Unterseite ihres Turnschuhs oder der scharfen Kante eine Lineals zu züchtigen.

»Frances, bitte, ich will doch nur …«, begann er, wobei sein Kopf dem Bürgersteig inzwischen gefährlich nahe kam.

So schnell, wie sie an ihm dran war, so schnell zog sie sich wieder zurück und ließ Alvin über dem Gartentor hängen wie ein nasses Handtuch. Der schaffte es, sich halbwegs wieder aufzurichten, und dann sah er Karen, die ihre Mutter an den Schultern zurückzog.

»Was zum Teufel machst du denn da, Mum?«, sagte sie. »Was ist denn nur in dich gefahren?«

»Was glaubst du, was ich hier mache? Ich sorge dafür, dass dieser … Mann dir nicht zu nahe kommen kann.«

»Mein Gott, ich bin doch keine fünfzehn Jahre alt …«

Im Stillen atmete Alvin auf. Wenigstens Karen schien zur Vernunft gekommen zu sein.

»... glaubst du nicht, ich kann mich selbst um diesen Bastard kümmern?«

Karen und Alvin saßen im Wintergarten. Frances nannte ihn die Sonnenlounge, als ob sich der kleine Raum an Deck der *Canberra* befände, die den größten Teil des Jahres in der Südsee kreuzte. Alvin konnte die Frau nicht sehen, doch er konnte sie in der Küche hantieren hören, so als ob sie ihn wissen lassen wollte, dass sie jederzeit bereit sei, mit dem erstbesten schweren und/oder scharfen Haushaltsgerät zu beenden, was sie auf dem Gartenweg begonnen hatte.

»Du hättest nicht herkommen sollen, Alvin«, sagte Karen. »Nicht ohne Vorankündigung. Ich meine, was hast du denn erwartet? Einen Sonntagsbraten?«

»Du hättest meinen Anruf ja ohnehin nicht entgegengenommen. Ich hatte keine andere Wahl ... Ich vermisse dich. Vermisse die Kinder wie wahnsinnig.«

Sie sagte nichts; starrte nur hinaus in den pingelig gepflegten Garten. Frances umsorgte die kleine Parzelle, als würde es sich dabei um ein Projekt zur Erhaltung und Pflege wichtigen englischen Kulturguts handeln – inklusive ganzer Busladungen von japanischen Touristen, die das botanische Kleinod in den Sommermonaten besichtigten. Alvin wunderte sich, dass Frances den Gartenschuppen noch nicht zu einem Tearoom mit Souvenirlädchen umgebaut hatte.

»Wo sind sie?«, fragte er und hoffte, sie würde ihm sagen, die Kinder wären draußen beim Spielen, denn die Alternative konnte nur sein, dass man sie im Obergeschoss eingeschlossen hatte, bis der Kinderschreck wieder im Zug saß.

»Janet hat sie mit nach Southport mitgenommen«, erwiderte Karen.

Janet war Karens Schwester. Als geborene Janet Jackson hatte sie einen Mann geheiratet, der ebenfalls Jackson mit Nachnamen hieß. Sinnigerweise lautete sein Vorname Michael. Wie standen wohl die Chancen für einen solchen Zufall, hatte sich Alvin oft gefragt. Vermutlich nicht sehr hoch. Andererseits gab es da draußen eine Menge Michaels, Janets und Jacksons. Darüber hinaus hatte er mal gelesen, dass viele Menschen unbewusst nach Partnern suchten, deren Nachname dem eigenen ähnelte. Eine hochseriöse Studie von weltweit anerkannten Psychologen, die zu viel Zeit hatten. Janet, Michael und ihre drei Kinder (die gnädigerweise nicht auf die Namen Marlon, Tito und La Toya getauft worden waren) lebten nur wenige Kilometer von hier entfernt in Wythenshaw.

»Geht es ihnen gut?«, fragte Alvin.

»Ja, es geht ihnen gut. Sie haben Spaß. Es ist wie Ferien für sie. Sie sind heute sogar an den Strand gefahren.«

Er hätte sie gern gefragt, ob die Kinder ihn vermissten, aber er traute sich nicht. Stattdessen sagte er: »Ich kann immer noch nicht glauben, dass du einfach so gegangen bist. Dass du sie einfach von der Schule genommen hast und das alles.«

»Und ich kann immer noch nicht glauben, dass du auch nichts weiter als ein schwanzgesteuertes Raubtier bist. Kennt man eines, kennt man alle, muss man da wohl sagen.«

»Ich bin kein … schwanzgesteuertes … Raubtier.«

Karen schnaubte abfällig, ein Geräusch, das Alvin noch nie zuvor bei ihr gehört hatte.

»Bin ich nicht«, protestierte er. »Es ist nur dieses eine Mal passiert. Ein einziges, sorry, beschissenes Mal.«

»Und warum haben sie dich dann gefeuert? Weil du deinen Schülerinnen Schokoriegel angeboten hast?«

»Woher weißt du, dass ich meinen Job verloren habe? Das war doch erst am Freitag.«

»Ich krieg hier den ganzen Klatsch mit, keine Sorge. Shannon telefoniert mit ihren Schulfreunden, und ich Glückliche darf mit deren Müttern reden, die es kaum erwarten können, mir zu sagen, wie leid ich ihnen tue.«

»Ja, und mehr ist es auch nicht, Karen. Nur Klatsch und Tratsch.«

Wieder schnaubte sie. Es klang ärgerlicher diesmal.

»Bitte glaube mir«, flehte Alvin.

»Warum? Weil du mich *nett* darum bittest, oder was? Sag mir, warum sollte ich einem Typen auch nur *einen Funken* Vertrauen entgegenbringen, der in den Puff geht, sich mit kriminellen Jugendlichen verbrüdert und der wegen *unangemessenen* Verhaltens gegenüber seinen weiblichen Schutzbefohlenen gefeuert wurde. Ach ja, und nicht zu vergessen, einem, mit dessen Groupiefotos die lokalen Zeitungen praktisch zugepflastert sind. Sag mir, warum sollte ich einem solchen Typen vertrauen?«

Alvin sagte es ihr; hielt nun die Rede, die er sich auf der Fahrt hierher zurechtgelegt hatte. Sie war weder ergreifend, noch sonderlich beeidruckend, doch sie kam von Herzen und war von Grund auf ehrlich. »Und hören Sie erst auf zu reden, bis sie nachgegeben hat«, hatte der Pfarrer ihm geraten, und genau das tat er jetzt. Und obwohl er argwöhnte, dass er damit erfolglos weitermachen konnte, bis seine Rückfahrkarte verfiel, redete er und redete er und redete er, bis er feststellte, dass er ihr nun schon zum zweiten Mal erklärte, wer das »Groupie« auf dem Zeitungsfoto in Wirklichkeit war. »Ich weiß nicht, was ich sonst noch sagen soll«, sagte er, weil er annahm, dass sie nicht sonderlich scharf darauf war, die Story ein drittes Mal zu hören.

Er sah sie an, aber sie schwieg noch immer. Doch zumindest schnaubte sie nicht.

»Und?«, fragte er nach einer Weile.

»Das war wirklich gut. Sehr … plausibel. Aber du hattest ja auch eine Woche Zeit, dir das alles zurechtzulegen, stimmt's?«

»Es ist die Wahrheit, Karen.«

»Ich bin sicher, einiges davon entspricht durchaus den Tatsachen. Das ist ja gerade das Perfide an guten Lügnern. Sie schaffen es, das tatsächlich Geschehene mit dem Erfundenen so zu verquicken, dass man nicht mehr erkennen kann, was Wahrheit und was

Lüge ist. Paul war ein Meister darin und hat mich mit dieser Masche einige Jahre lang gründlich verarscht. Und du scheinst in diesem Punkt sogar noch besser zu sein als er.«

»Ich bin aber nicht der beschissene Paul«, entfuhr es Alvin, der nun wirklich frustriert war und am liebsten seinen Kopf gegen eine Wand geschlagen hätte. »Ich bin nicht … *er* …«

Er unterbrach sich, weil Frances im Durchgang zur Küche aufgetaucht war, die Hand, an der die Knöchel weiß hervortraten, um ein langes Küchenmesser geballt. Vielleicht hatte sie gerade etwas Pikantes für die Kinder zubereitet, aber vielleicht wollte sie auch den Stich, den sie Alvin zuzufügen gedachte, noch ein bisschen schmerzhafter gestalten.

»Bitte, Mum«, sagte Karen, ohne aufzusehen.

Frances zog sich wieder zurück, während ihr Blick auf Alvin gerichtet blieb.

»Nein, du bist nicht Paul«, fuhr Karen fort. »Du bist weitaus komplizierter. Weitaus durchgeknallter, um ehrlich zu sein. Du brauchst Hilfe, Alvin.«

»Ich brauche *dich* … Komm wieder zurück nach Hause. Wir müssen ja nicht miteinander leben, aber wir könnten zumindest an unserer Beziehung arbeiten.«

»Ich kann nicht. Ich kann einfach nicht mit jemandem zusammen sein, dem ich nicht vertraue … Schau mich nicht so an wie ein … waidwundes Tier. Ich werde mich nicht dafür entschuldigen.«

»Du willst wirklich hierbleiben?«, fragte Alvin ungläubig. Bisher hatte Karen nur wenig Gutes über ihr Elternhaus zu berichten gewusst. »Wo willst du denn wohnen?«

»Wir bleiben hier, bis wir was Passendes gefunden haben.«

»Wir?«

»Glaubst du, ich lasse die Kinder in London zurück? Uns geht's prima hier. Und ohne meinen Vater ist hier im Haus auch genügend Platz für alle.«

Von Karens Vater hatte man schon an die zehn Jahre nichts mehr gehört. Er hatte sich mit einer Zahnarzthelferin davongemacht, einer Frau, die fünfzehn Jahre jünger war als er. Dies erklärte zum Teil Frances entschlossenen Griff zum scharfen Küchenmesser.

»Und was willst du hier machen?«, fragte Alvin.

»Ich habe letzte Woche jemanden getroffen …«

»*Schon?* Jesus!«

»Nicht, was du denkst. Was glaubst du eigentlich, wer ich bin? Sie ist Tierärztin beim Blauen Kreuz in Gatley. Man sucht dort eine Abteilungsleiterin. Es ist eine Ganztagsstelle und eine Festanstellung.«

Festanstellung. Bei diesem Wort schnürte es Alvin vor Schreck die Kehle zu.

»Was ist denn mit deinem Handgelenk passiert?«, fragte Karen nach einer Weile. »Das war hoffentlich nicht meine Mutter, oder?«

Alvin sah hinab auf seinen Arm und die rote Schwellung. »Nein, das war nicht deine Mutter. Ich bin gestern gestürzt.« Er verspürte nicht den Wunsch, ihr von seinem Abenteuer zu erzählen.

Mit ihren Fingerspitzen strich sie sanft über das gerötete und geschwollene Gelenk. »Du solltest damit zum Arzt gehen. Es könnte eine böse Verstauchung sein.«

Ihre Berührung trieb ihm die Tränen in die Augen.

»Hör mal, ich werde dich nicht daran hindern, die Kinder zu sehen oder dergleichen.« Sie las wahrlich in ihm wie in einem offenen Buch.

»*Aber nur unter Aufsicht!*« Wieder war Francis im Durchgang aufgetaucht. Ihr verkniffener Mund war wie eine schnurgerade Linie, die ihr Gesicht in zwei Hälften zerschnitt.

»Mum, verschwinde endlich, *bitte*.«

»Man kann ihn doch nicht unbeaufsichtigt in die Nähe der Kinder lassen!«

»Glaubst du wirklich, ich würde Hand an meine Kinder legen?« Wütend war Alvin aufgesprungen.

»Schluss jetzt damit, ihr beiden.« Auch Karen stand jetzt und gestikulierte wie eine Polizistin an einer verkehrsreichen Kreuzung.

Sie verstummte, weil Karen es so wollte und auch weil in diesem Moment die Eingangstür aufflog und das Trappeln von Kinderfüßen das Haus erfüllte.

»Mummy, ich hab einen Stein, hab einen STEIN mit meinem NAMEN drauf!«

Im Durchgang zum Wintergarten erschien Sid; er hatte Kieran, seinen jüngeren Cousin, im Schlepptau. Als er seinen Vater sah, erstarrte er. Karen eilte auf ihn zu und drückte ihn an sich. »Was ist los, Sid?«, fragte sie. »Warum weinst du denn?«

»Weil Daddy weint«, erwiderte er.

Die Vertrauensstellung und ihr Missbrauch

Soweit es Alvin betraf, hatte die Welt an jenem Sonntagnachmittag in Cheadle aufgehört, sich zu drehen. Insofern konnte ihn die Tatsache, dass er nun, zehn Tage später, in einem fensterlosen Verhörraum der örtlichen Polizei saß, nicht mehr sonderlich erschüttern.

Er war allein und wartete auf einen Beamten, da man ihn ein weiteres Mal verhören wollte. Warum? Er hatte keine Ahnung warum – vielleicht noch mehr Fragen zum Überfall auf Louise Bird? –, und es war ihm auch herzlich egal. Sollten sie ihm doch alle ungelösten Verbrechen der letzten fünfzig Jahre anhängen. Wie wär's mit dem Nannymord im Hause von Lord Lucan? Kein Thema, dafür übernahm er gern die Verantwortung, denn schlimmer als jetzt konnte es ohnehin nicht mehr kommen. Er war am Grund angekommen, tiefer als bis hinab zum Bodensatz konnte ein Mensch nicht sinken.

Man hätte jetzt zu dem Schluss kommen können, Alvin wäre hoffnungslos deprimiert. Und das stimmte.

Er hätte Trevor Poll anrufen sollen, als die Polizei ihn hierher bestellt hatte, doch er hatte dafür keinen Grund gesehen. Davon abgesehen war ihm ohnehin nicht mehr zu helfen, oder? Sollte sich Poll doch um seine Ladendiebe kümmern. Oder um sein Nebengeschäft mit den Fotokopien.

Der Detective, der ihn heute verhörte, war ein anderer als beim letzten Mal. Dieser hier war älter, und er wirkte weniger motiviert.

»Das Messer des Täters? Wie groß war es?«, fragte der Beamte ihn mit müder Stimme und der immer gleichen Fragen in diesem Fall offenbar überdrüssig. Alvin fragte sich, ob es dem Mann wohl auffallen würde, wenn er ihm einfach ein paar neue Antworten servierte. Also zum Beispiel, dass das Messer fünfzehn Zentimeter lang gewesen war, statt nur zehn. Oder wenn er aus dem Messer ein Gewehr machte – oder ein Lichtschwert, das Kevan – *ganz offensichtlich* – aus dem Regenschirmständer einer Zahnarztpraxis entwendet hatte, während Luke Skywalker im Behandlungszimmer seine Kauleiste auf Vordermann bringen ließ. Stattdessen beschloss er, bei der Wahrheit zu bleiben und sich auf seine Erinnerungen an den Vorfall zu beschränken.

»Keine Ahnung. Vielleicht zehn Zentimeter oder so.«

»Und als er Sie damit bedrohte, da war Ihnen klar, dass er es ernst meint?«

»Ja … Ich meine … Ich weiß nicht … Vielleicht hätte er auch nichts gemacht, aber das Messer war nun mal da, und ich hatte nicht vor, es darauf ankommen zu lassen.«

»Also haben Sie nicht nach Drehbuch agiert …«

»Natürlich nicht.«

»Sie und der Straßenräuber haben sich also nicht vorher abgesprochen und die kleine Kampfszene zusammen einstudiert …«

»Nein … Hören Sie, das habe ich Ihnen doch alles schon tausend Mal erklärt. Ja, ich kannte den Täter, und nein, das Ganze war nicht geplant. Und nein, ich werde Ihnen nicht seinen Namen verraten. Es hat sich also nichts geändert.«

»Doch, hat es, Sir«, sagte der Detective. »Wir haben nämlich den Täter.«

»Sie haben ihn gefasst?«

»Diese Mühe hat er uns abgenommen. Er hat sich selbst gestellt.«

Erstaunt fiel Alvin gegen die Rückenlehne seines Stuhls. Erstaunt und hocherfreut.

Kevan Kennedy hatte das Richtige getan.

Wunder waren also möglich, egal, was die Zyniker dieser Welt behaupteten. Fehlten nur noch Wale, die sich eine harpunensichere Speckschicht zulegten, und malariaübertragende Moskitos, die keine Lust mehr auf Menschenblut verspürten. Ach ja, und natürlich Karen, die wieder nach Hause kam. Vorzugsweise mit einem Lächeln auf dem Gesicht. Doch selbst eine missmutige Karen wäre schon ein akzeptables Wunder gewesen.

»Er hat sich selbst gestellt«, wiederholte er leise und konnte seinen eigenen Worten kaum trauen.

»Ja, für uns war das auch so was wie 'ne Premiere«, sagte der Detective nun etwas enthusiastischer.

»Und warum dann all diese Fragen?«

»Die Sache ist die: Ihre und seine Version der Geschichte … nun, sie weichen doch stark voneinander ab.«

Alvin nickte, unbeeindruckt – Kevan hatte die Abläufe den Vorfall betreffen nach all der Zeit wohl ein klein wenig anders geschildert, na und?

»Hören Sie sich das mal an.«

Der Detektiv schob eine Kassette in den Rekorder auf dem Schreibtisch. Er drückte den Startknopf, lehnte sich auf seinem Stuhl zurück und heftete seinen Blick auf Alvin.

Und Alvin lauschte den Stimmen auf dem Band, auf dem sich offenbar ein Verhör mit Kevan befand:

Detective: »Sag nochmal, Kevin … Sorry, Kevan, nicht wahr? Wann kam Alvin Lee zu dir, um mit dir zu sprechen?«

Kevan: »Keine Ahnung. Drei, vier Tage vorher … Ja, vier Tage, bevor wir die Alte dann überfallen haben.«

»Was ist das denn für ein Blödsinn?«, protestierte Alvin, als der Groschen endlich fiel. »Absoluter …«

Der Detective hob einen Finger. »Sie sind besser still und hören zu, ja?«

Detective: »Hat er dir gesagt, warum er sie ausrauben will?«

Kevan: »Er hat nur gesagt, sie wäre sehr reich und so. Wissen Sie, er wollte sie dann retten und später ausnehmen wie 'ne Weihnachtsgans und so.«

Detective: »Und was war für dich dabei drin?«

Kevan: »Er wollte mir fünf Riesen dafür geben, aber ich hab das beschissene Geld nie gesehen.«

Detective: »Und deshalb bist du heute hergekommen? Weil er dich betrogen hat?«

Kevan: »Ja … irgendwie schon … aber auch, weil das nicht richtig gewesen ist, was er getan hat, nicht?«

Detective: »Was meinst du?«

Kevan: »Na ja, ich bin ja irgendwie noch ein Kind, und er war so was wie mein Lehrer. Ich meine, er hat seine Vertrauensstellung missbraucht und so.«

Der Polizist drückte die Stopp-Taste und wendete seinen Blick von Alvin ab, der nur noch den Kopf schütteln konnte. Seine Kehle war wie ausgedörrt, die gesamte Flüssigkeit in seinem Körper schienen seine Handflächen gerade auszuschwitzen, die vor Nässe trieften.

»Das glauben Sie doch nicht wirklich«, presste er nach einer Weile hervor; es war nicht mehr als ein heiseres Flüstern.

»Warum denn nicht?«

»Also … weil das von Anfang bis Ende ausgemachter Schwachsinn ist, darum.«

»Da ist noch einiges auf diesem Band, wissen Sie. Mehr Details: Zum Beispiel, wie Sie ihn darüber informiert haben, wo die alte Dame wohnt. Oder wie Sie ihm von ihren Gewohnheiten berichtet haben und über Ihren Plan, wo genau er sie überfallen sollte, während Sie in diesem Massagesalon warteten. Wie Sie ihm eingeschärft haben, dass er sie nicht verletzten darf, sondern nur zu Tode erschrecken soll. Er hat es mir alles erzählt – und Wort für Wort nochmals einem weiteren Detective. Und das passt auch zu dem, was die Augenzeugen uns berichtet haben. Wie Sie mit dem Täter während des, ähm, Kampfes gesprochen haben und wie Sie ihn dann haben laufen lassen.«

»Ich habe ihn nicht laufen lassen. Er hat mich über den Haufen gerannt und ist dann abgehauen wie Ben Johnson persönlich. Und er hatte ein verdammtes Messer dabei. Hätte ich ihm etwa auch noch nachjagen sollen, oder was? Und … und …« Alvins Mund klappte auf, als Kevans Worte in seinem Kopf widerhallten. »Was hat er am Ende noch gleich gesagt?«

Der Detective zuckte die Achseln. »Was über Sie und dass Sie ihm seinen Anteil nicht ausgezahlt hätten.«

»Nein, danach. Dass ich … meine Vertrauensstellung missbraucht hätte. Wollen Sie mir etwa weismachen, dass er das nicht auswendig gelernt hat? Glauben Sie ernsthaft, ein solcher Junge verfügt über ein derartiges Vokabular?«

»Was weiß ich«, sagte der Polizist. »Kinder sind wie Schwämme. Klingt für mich schwer nach diesem Lehrergefasel, das er mal irgendwo aufgeschnappt haben könnte, zum Beispiel von jemandem wie Ihnen.«

»Ich bin aber kein Lehrer«, murmelte Alvin.

»Nein, nach diesem Verhör sind Sie das definitiv nicht mehr. Ich würde sagen, Sie sind ziemlich erledigt.«

Eine Weile starrten sich die beiden Männer schweigend an. Alvin hatte keine Ahnung, was der Detective gerade dachte. Er wartete eigentlich nur noch darauf, dass ihm nun auch noch der Nannymord im Hause von Lord Lucan angehängt werden würde.

Ein linkischer Sergeant drückte Alvins Fingerkuppen auf das Kissen mit der Stempelfarbe und rollte diese dann der Reihe nach auf den dafür vorgesehenen Karteikarten-Feldern ab. Der Detective, der ihn verhört hatte, stand gelangweilt daneben, mit hängenden Schultern und den Händen in der Tasche.

»Ich bin unschuldig, wissen Sie«, sagte Alvin, nicht zum ersten Mal.

»Wenn ich einen Penny gekriegt hätte für jedes Mal, wenn ein Tatverdächtiger …«, erwiderte der Sergeant, vermutlich nicht zum ersten Mal. Er wendete sich an seinen Kollegen: »Der hier war mal so was wie ein Rockstar, Brian.«

»Ja, hab's in der *Gazette* gelesen«, erwiderte der Detective. *»Dachte, ich könnte auf dem Höhepunkt meiner Karriere dafür sorgen, dass sie Keith Richards mit 'nem Koffer voller Schnee erwischen … oder Sir Elton auf der Herrentoilette. Doch wie's schien, muss ich mich mit* *diesem One-Hit-Wonder abfinden. War ja nicht mal der verdammte Sänger der Band.«*

Und dann kam der Moment, als Alvin Lee begriff, wo sich der wahre Tiefpunkt im Leben eines Menschen befand. Er lag praktisch darauf: eine Metallpritsche in einer nackten Zelle, die sich im Keller der ansässigen Polizeistation befand. Da hockte er also, im tiefen, dunklen Verlies … wenngleich die Wände aus weißgetünchten Ytongsteinen bestanden. Und obwohl er nur etwa fünfzehn Zentimeter über dem Boden lag, nahm er an, dass er rein technisch betrachtet durchaus noch tiefer sinken konnte.

Es hatte wohl an seiner vermutlich einmaligen Gabe gelegen, noch am winzigsten Fitzel Hoffnung festzuhalten, die Alvin zu dem Mann gemacht hatte, der er heute war.

Man hatte noch keine Anklage gegen ihn erhoben – weder wegen Raubes und Erbschleicherei, noch wegen des Mordes an Lord Lucans Nanny –, doch das war nur eine Frage der Zeit. Er hatte sein Recht auf einen Telefonanruf wahrgenommen. Doch er hatte nicht die Person kontaktiert, mit der er in dieser Situation am liebsten gesprochen hätte. Karen, die er vermutlich mit einem langgezogenen »Hiiiiiilfeeeeeeeee!« auf seine Misere aufmerksam gemacht hätte. Eine Maßnahme, die wohl kaum von Erfolg gekrönt gewesen wäre. Stattdessen hatte er Trevor Poll angerufen, der nach eigener Aussage alles stehen und liegen lassen wollte, um seinem Mandanten zu Hilfe zu eilen.

Das war vor drei Stunden gewesen. Allzu eilig schien es Poll entgegen seiner Aussage nicht zu haben. Obwohl er keine Uhr besaß, wusste Alvin, dass seit seinem Anruf drei verdammte Stunden vergangen waren, weil sich zu jeder vollen Stunde die Klappe an seiner Zellentür hob und ein Stück Gesicht zu ihm hereinschaute. Offenbar überprüfte man regelmäßig, ob er sich nicht zwischenzeitlich an seinem Hosenbein erhängt hatte.

Poll sollte sich besser beeilen, denn Alvin hatte am Wochenende seinen neuen Job anzutreten. So dreckig es ihm auch ging, er blieb eben Alvin Lee, weshalb er seit dem Manchester-Debakel auch nicht *die ganze Zeit* voller Gram auf seinem Sofa verbracht hatte. Er hatte sich eine To-do-Liste gemacht. Zu erledigen gewesen waren demnach: die Schmiererei am Fenster entfernen, Jonathan Craig im Krankenhaus besuchen (der so schwer verletzt war, dass Alvin nicht sagen konnte, ob es ein Glück oder ein Fluch für ihn war, dass er den Sturz überlebt hatte) und sich mit Lynette treffen, die einzige Kollegin von der Wood Hill, die bereit war, sich öffentlich mich ihm zu zeigen (wenngleich nur in einem sehr überfüllten Pub). An erster Stelle jedoch hatte die Notwendigkeit gestanden, sich einen neuen Job zu suchen, damit es auch finanziell wieder voranging (allerdings ohne Fahrrad, denn das brauchte nach wie vor eine neue Gangschaltung).

Schon mit seinem ersten Bewerbungsgespräch hatte er Erfolg gehabt. Es war zwar nur ein Job beim Homebase-Baumarkt, bei dem er sein nicht vorhandenes Wissen über Freilandpflanzen, Schrauben und Dübel bis hin zu dem weißen Zeug, das man um Rohre wickelte und dessen Name ihm nie einfiel, an den Mann bringen würde. Doch vor allem konnte er endlich wieder ein paar offene Rechnungen bezahlen, und er hatte ein bisschen Ablenkung.

Die er im Moment gut gebrauchen konnte. Er hatte geglaubt, im Zusammenhang mit Kevan Kennedy die ganze Palette an emotionalen Zuständen durchlebt zu haben, doch Verrat, das war etwas Neues. Und er hatte sich gefragt, was für Kevan dabei herausgesprungen war. Wie viel hatte Jeremy Bird ihm für die Falschaussage bezahlt? Denn Geld war wohl das einzige Mittel, das den Jungen in eine Polizeistation getrieben haben konnte. Die Summe musste den Aufwand wert gewesen sein. Doch vielleicht hatte Jeremy Bird Kevan aber auch davon überzeugen können, dass dieser im Falle einer Anklage wegen bewaffneten Raubüberfalls durchaus mit einer Bewährungsstrafe davonkommen konnte – wenn er denn *das Richtige tat* und die Sache gestand. Hätte er, Alvin, Kevan an jenem Tag mit seinem Scheckbuch wedelnd aufgesucht, wäre für ihn vielleicht mehr dabei herausgesprungen als ein vages Versprechen und ein paar Pralinen.

Auch hatte sich Alvin kurz gefragt, wie Bird es wohl geschafft hatte, den Jungen überhaupt mit dem Überfall auf seine Mutter in Zusammenhang zu bringen, doch die Antwort lag auf der Hand. Jeremy Bird mangelte es nicht an willfährigen Lakaien. Und da fiel Alvin wieder der verdächtige Volvo ein, den er in der Glenn-Siedlung gesehen hatte. Und dass er sich damals tatsächlich um das Wohlergehen von Auto und Fahrer gesorgt hatte.

Dieser heimtückische Bastard von einem Volvo-Fahrer.

Nein, das war nicht fair. Er – oder sie – hat nur seinen Job gemacht.

Dieser Bastard von einem Jeremy Bastard Bird.

Ja, das traf es schon eher.

Und so entwickelte Alvin in seiner Zelle einen Hass auf Jeremy Bird, der dem seines Anwalts (wo zum Teufel steckte der eigentlich?) in nichts nachstand. Da drang von draußen eine lautstarke Diskussion an sein Ohr.

»Sie haben kein Recht, mich einzulochen. Ich bin doch nur ein Kind.«

»Ein Kind? Du bist ein verdammter Psycho, Mädchen.«

»Das dürfen Sie nicht zu mir sagen. Das ist rassistisch. Dafür werden Sie Ihren Job verlieren.«

»Was redest du denn da. Du bist doch weiß.«

»Ja, und Sie sind ein Pak… ähm, Asiate. Also ist das sehr wohl rassistisch, oder etwa nicht?«

Die Antwort des Polizisten bestand darin, dass er kurzerhand die Zellentür zuknallte. Als er auf dem Flur davonging, rief ihm das Mädchen »Wichser« hinterher.

Ihr Schnaufen war in der nun einsetzenden Stille durch die Wand, die ihre von Alvins Zelle trennte, deutlich zu vernehmen. Und wieder einmal mochte er seinen Ohren kaum trauen.

»Debbie?«, rief er. »Bist du das? Debbie Coates?«

»Wer ist da?«

»Alvin.«

»Alvin! *Sir?* Was zum Teufel machen Sie denn hier?«

»Das könnte ich dich auch fragen. Was hast du verbrochen?«

»Nichts, Mann.«

»Komm schon, mir kannst du's doch sagen.«

»Ladendiebstahl«, gab sie murmelnd zu.

»Jesus, schon wieder?«

»Hören Sie, es war nur diese eine Kleinigkeit, okay? Und ich hätte ja auch dafür bezahlt, wenn's nicht so scheiß teuer gewesen wäre.«

»Wo denn?«

»Bei Baby Gap …«

Aha, der markenbewusste Ladendiebstahl diesmal. Sie hatte sich eindeutig gesteigert, das musste man ihr lassen – beim letzten Mal hatte sie noch am Grabbeltisch vom Pound Shop lange Finger gemacht. Vielleicht sollte er sich über diesen Fortschritt freuen.

»Es war … für Kanye Pharell …«

Kanye Pharell. Den hatte er über die Ereignisse der letzten Tage ganz vergessen.

»… dieser total niedliche Strampler … mit Schildkröten drauf … und dann das Höschen … und das Jäckchen, das genau zum Höschen passt … ich meine, die beiden Teile gehören doch irgendwie zusammen, oder?«

»Ich dachte, es wäre nur ›diese eine Kleinigkeit‹ gewesen.«

»Na ja, *eine* Komplettausstattung, okay? Wenn man das Hütchen und die Schuhe dazuzählt. Sollte Kanye Pharells Willkommensgeschenk werden, wenn er endlich nach Hause kommt. Doch die wollten für alles zusammen über fünfzig Pfund! Der totale Nepp, Mann. Man kriegt das gleiche Zeug für fünfzehn Pfund auf dem Markt hinterhergeschmissen.«

»Und warum hast du's dann nicht auf dem Markt gekauft?«

»Mann! Weil sie die Sachen da nicht so schön einpacken und in 'ne schicke Schachtel tun, auf der Baby Gap steht, und so.«

Wie lustig, dachte Alvin, unter der ordinären Fassade war Debbie auch nichts anderes als ein typischer Teenager mit einer Schwäche für Shopping, süße Babysachen und hübsche Geschenkverpackungen. Leider nur fehlte es ihr an dem dafür nötigen Kleingeld.

Da fiel ihm etwas ein. »Moment mal«, hakte er nach, »wenn man Waren zum Verpacken an die Kasse bringt, dann muss man die doch auch bezahlen, oder nicht?«

»Nö. Du bringst das Zeug zur Kasse, lässt es einpacken, sagst danke, und rennst dann so schnell du kannst«, erklärte sie leichthin. »Aber da war dieser fette Trottel an der Tür, so ein beschissener Psycho-Rausschmeißer. Was hat der in einem beschissenen *Babyladen* zu suchen?«

»Wahrscheinlich soll er kleine Ladendiebe wie dich an der Flucht hindern?«, schlug Alvin vor. »Warum haben sie dich eigentlich eingesperrt?« Eine berechtigte Frage, denn selbst Teenager, die wiederholt beim Ladendiebstahl erwischt worden waren, mussten deswegen nicht gleich in Haft.

»Zu meiner eigenen Sicherheit haben sie gesagt.«

»Zu deiner eigenen Sicherheit?«

»Ich hab einen von denen geschlagen.«

»Jesus, Debbie.«

»Hey, der hat mir ziemlich fies den Arm auf den Rücken gedreht. Der hätte ihn mir brechen können, Mann! Egal, dafür können sie mir nichts. Der Typ ist zwei Meter groß und so. Wenn der gegen mich aussagt, wird das 'ne Riesenlachnummer. Die lassen mich bestimmt wieder frei, sobald meine Mum hier ist.«

Ihre Zuversicht war berechtigt. Sie sprach aus Erfahrung. Und doch hätte sie sich Sorgen machen sollen, denn Alvin hatte Debbies Mutter bereits kennen lernen dürfen. Die Frau war Furcht einflößender als jeder Bulle.

Und wie er so mit ihr sprach, auch wenn eine Wand sie trennte, da merkte er, wie sehr er sie vermisst hatte. Sie, und Curtis, und Roland, und Chenil … und all die anderen. Selbst Depri-Dan und seine Buntstifte. Ja, er vermisste die Wood Hill; das normale Leben, das zwar nie normal im klassischen Sinne, doch frei von schwindelerregenden Vorkommnissen gewesen war, die einen Menschen aus der Bahn werfen konnten.

»Und was ist mit Ihnen?«, fragte Debbie. »Warum sind Sie hier?«

»Das glaubst du mir nie, selbst wenn ich's dir erzählen würde.«

»Versuchen Sie's mal.«

»Das willst du gar nicht hören, Debbie, glaub mir.«

»Warum nicht? Hab ohnehin gerade nichts Besseres zu tun. Kommen Sie schon ... Hat doch nichts mit Ihrem Rausschmiss zu tun, oder? Für diese Sache, da können die an der Schule Ihnen nichts. Sie haben ja nichts Falsches getan, und Sie hätten dafür einfach nicht Ihren Job verlieren dürfen ... Verdammte Scheiße, Chenil wäre jetzt vermutlich tot, wenn Sie nicht gewesen wären ... Das ist einfach nicht okay ...« Sie hatte sich richtig in Rage geredet. Alvin hörte, wie sie aufstand und wütend in ihrer Zelle auf und ab lief. »Ich werde das denen erzählen. Ich werde das denen verdammt nochmal klar machen.«

Beruhige dich, Debbie«, sagte er. »Es hat nichts mit der Schule zu tun.«

»Womit dann? Los, erzählen Sie's mir.«

Und das tat er. Er erzählte ihr alles, angefangen von dem Raubüberfall bis hin zu Kevans Falschaussage. Ja, er erzählte ihr sogar von seinen Besuchen bei Kelly Hendricks. Es war wie eine nochmalige Beichte – auch wenn sein Seelenspucknapf in diesem Fall auf der anderen Seite einer Ytongwand saß –, und wie jede Beichte hatte auch diese etwas zutiefst Erlösendes.

»Das kann ich einfach nicht glauben«, sagte sie, als er geendet hatte – wie schon einige Male während seines Berichts.

»Du kannst nicht behaupten, ich hätte dich nicht gewarnt.«

»Nein, ich kann einfach nicht glauben, was dieser verdammte Bastard Ihnen angetan hat.«

»Reiche Leute sind anders als wir, Debbie. Sie haben das, was sie besitzen, nicht bekommen, weil sie nett zu anderen Leuten sind.«

»Den meine ich nicht. Ich rede von Kev. Dieser ... Drecksack. Sorry dafür, aber Sie müssen doch zugeben, dass er sich genau wie einer verhalten hat, oder? Ich meine, nach allem, was Sie für ihn getan haben.«

»Ich hab nicht verhindern können, dass er von der Schule geschmissen wurde. Er versucht nur, so gut es geht klarzukommen. Wahrscheinlich hat man ihm 'ne Menge Geld geboten. Da ist es nicht einfach, nein zu ...«

»Seien Sie still. Hören Sie auf, ihn zu verteidigen. Hören Sie auf, immer so nett zu allen zu sein. Das ist Ihr Problem, wissen Sie. Er ist und bleibt ein verdammter Drecksack, Punkt, aus.«

»Ja, du hast Recht«, gab er zu, weil er annahm, dass es so war.

Kevan Kennedy war ein Drecksack.

»Was hat denn Ihre Frau dazu gesagt?«, fragte Debbie. »Ich meine, wegen Ihrem Rauswurf und jetzt das. Die muss ja total durchgedreht sein.«

»Sie weiß noch nichts davon – zumindest nichts von der Sache mit Kevan. Sie hat mich verlassen. Ist nach Manchester gefahren.«

»Manchester«, rief sie aus, als handelte es sich bei der Stadt um einen fremden Planeten, was vielleicht auch irgendwie zutraf. »Das ist nicht fair. Sich einfach so zu verpissen.«

»Sie trifft keine Schuld. Schau nur mal, was hier zur Zeit an Gerüchten über mich kursiert.«

»Aber die sind doch nicht wahr, oder?«

»Tja, nach dieser Sache mit Kelly ... Warum sollte Karen mir überhaupt noch etwas glauben?«

»Weil sie *sollte*. Weil Sie ein guter Mensch sind. Sie sind freundlich. Und ehrlich.«

»Danke, Debbie. Das ist lieb von dir.«

»Und es ist die Wahrheit, oder nicht? Die wird so schnell keinen anderen Typen finden – schon gar nicht im beschissenen Manchester.«

Alvin widersprach ihr nicht.

Nach einer Weile sagte sie: »Wir müssen was unternehmen.«

»Danke, aber das ist meine Angelegenheit. Du hast selbst genug Probleme.«

»Ladendiebstahl? Das ist kein Problem. Kein Problem wie Ihres jedenfalls. Nein, ich werde mit Curtis reden, damit der ein paar Jungs zu Kevan schickt ...«

»Denk nicht mal daran, zu Kevan zu gehen. Jemand wird dabei verletzt werden – wahrscheinlich sogar schwer, wie ich ihn kenne. Bitte lass die Dinge einfach auf sich beruhen.«

»Aber ich muss was machen, verdammt.«

»Nein, musst du nicht. Halt dich einfach aus jeglichem Ärger raus … *bitte.*«

Debbie, das wusste er, war nicht imstande, sich aus jeglichem Ärger herauszuhalten, doch er hoffte, sie würde sich wenigstens nicht in seinen höchstpersönlichen Ärger einmischen.

»Haben Sie 'nen Anwalt? Mann, Sie brauchen 'nen Top-Anwalt.«

Das Geklapper an seinem Zellenschloss hinderte ihn an einer Antwort. »Ihr Anwalt ist hier«, verkündete der Constable, nachdem er die Tür geöffnet hatte. »Sagt, es tut ihm leid, dass er so spät kommt. Er musste auf den Mechaniker warten, um den Fotokopierer reparieren zu lassen.«

Keine Frage, dachte Alvin, ein Top-Anwalt.

Vabanque

Zwei Tage später hatte Alvin allen Grund, Trevor Poll seinen Dank auszusprechen: Ein Dank, der genau fünftausend Pfund wert war.

»Danke«, sagte er, um das Gespräch zu beginnen. »Das hätten Sie nicht für mich tun müssen. Ich kann mir nicht vorstellen, dass viele Anwälte dergleichen für ihre Mandanten tun.«

»Ich auch nicht, Alvin, aber wie ich schon sagte, es handelt sich hierbei für mich um eine persönliche Sache. Niemals würde ich Jeremy Bird die Befriedigung verschaffen, Sie in Untersuchungshaft zu wissen.«

»Ich weiß nicht, wie ich Ihnen das Geld zurückzahlen soll.«

»So lange Sie sich nicht vor Ihrem Prozess aus dem Staub machen, müssen Sie das auch nicht. Erzählen Sie nur Mrs Poll nichts davon. Das Geld war eigentlich für unsere neue Veranda gedacht.«

Sie standen vor dem Gerichtsgebäude, in dem Alvin gerade auf nicht schuldig plädiert hatte, nachdem man ihn wegen zweier Verbrechen angeklagt hatte – jedes davon angetan, im schlimmsten Falle eine Haftstrafe nach sich zu ziehen. Der Richter hatte eine Kaution von fünftausend Pfund festgelegt, und dass er nun hier stand und nicht in U-Haft saß, war einzig und allein Trevor Polls Großzügigkeit zu verdanken.

»Nochmals danke«, sagte Alvin wieder. »Fünftausend Mal danke. Und keine Sorge, ich habe nicht vor, mich davonzumachen.«

»Ich bin sicher, Ronnie Biggs hat seinen Aufpassern genau dasselbe gesagt, aber ich vertraue Ihnen. Habe mich außerdem ein bisschen verpflichtet gefühlt, Sie da rauszupauken, nachdem ich Sie so lange auf dem Polizeirevier habe warten lassen.«

Polls Entschuldigung an jenem Tag, er habe erst auf den Mechaniker warten müssen, war nicht als Folge falsch gesetzter Prioritäten nötig geworden, sondern aufgrund einer körperlichen Zwangslage. Bei dem Versuch, den chronisch defekten Kopierer zu reparieren, hatte Poll kurzerhand sein Schweizer Taschenmesser gezückt und die Maschine geöffnet. Seine Bemühungen endeten jedoch damit, dass sich seine Hand hoffnungslos zwischen Walze und Papiereinzug verkeilte. Und wäre er nicht imstande gewesen, sich vorzubeugen und das Telefon auf dem benachbarten Schreibtisch zu erreichen, dann würde die Hand vermutlich noch heute dort stecken.

»Was nun?«, fragte Poll, als sie die breiten Stufen des Gerichtsgebäudes hinuntergingen.

»Na ja, morgen fange ich meinen neuen Job an …«

»Ich meinte, was machen wir nun? Hätten Sie Lust auf ein Ale und einen kleinen Imbiss? Keine Sorge, ich lade Sie ein.«

Während Poll die letzten Reste seiner Pastete mit Bratensaft mit der Gabel zusammenkratzte, fiel Alvin wieder ein, was ihm in den vergangenen Tagen durch den Kopf gegangen war.

»Trevor, als Jeremy Bird mich damals aufgesucht hat, da meinte er, dass Sie mich eigentlich nicht vertreten sollten. Wegen eines Interessenkonflikts oder so.«

»Technisch gesehen, Alvin, *technisch* …«, erwiderte Poll langsam, »hat er damit Recht. Doch der Einzige, der in der Position wäre, mich wegen Amtsmissbrauchs anzuklagen, sind Sie – da Sie sowohl der alleinige Anspruchsberechtigte in diesem Testament sind als auch derjenige, den ich aufgrund dessen erfreulicher Existenz vertrete.«

Alvin schaute Poll ein wenig ratlos an.

»Einfach gesagt: Ich bin das Beste, was Sie derzeit haben, Alvin, und ich bin gewillt, auf Ihr Wohlwollen zu vertrauen, so lange ich Sie vertrete. Ja, ich weiß, das klingt alles ein bisschen nach einem Vabanque-Spiel. Egal, Sie sollten dem, was Jeremy Bird sagt, nicht allzu viel Beachtung beimessen. Der Mann ist mit seinem Latein am Ende. Das ist die gute Nachricht. Die ganze Sache zeigt doch, wie verzweifelt er sein muss.«

»Warum denken Sie das?«, fragte Alvin, der außerordentlich glücklich war, zu erfahren, dass Licht am Ende des Tunnels aufgetaucht war, obgleich er noch Probleme hatte, den Ausgang überhaupt zu finden.

»Vorausgesetzt, es lässt sich medizinisch nicht nachweisen, dass Birds Mutter zum Zeitpunkt der Testamentsänderung dement gewesen ist, besteht seine einzige Hoffnung darin zu beweisen, dass sie dabei auf irgendeine Art und Weise unter Druck gesetzt worden ist«, erklärte Poll. »Dass Sie sie also direkt oder indirekt zu diesem Schritt getrieben haben.«

»Ja«, sagte Alvin. So weit konnte er Poll folgen.

»Da er aber dafür keinen handfesten Beweis hat, muss er sich was einfallen lassen. Woran man mal wieder sieht, wie tief ein Verzweifelter sinken kann. In welchem stinkenden Loch hatte er wohl stochern müssen, um Kennedy aufzuspüren?«

»Ja, aber er hat ihn gefunden. Und wenn die Geschworenen seine Version der Geschichte glauben, dann bin ich …«

»Erledigt? Das ist in der Tat ein möglicher Ausgang in diesem Fall. Sie wandern ins Gefängnis; JB kriegt die Kohle, und … Schauen Sie nicht so trostlos drein. Kennedy scheint nicht gerade das Pulver erfunden zu haben. Ein guter Prozessanwalt wird ihn und seine Story in Windeseile auseinandergenommen haben.«

»Kevan ist impulsiv, gewalttätig … Ich würde ihn trotzdem nicht als dumm bezeichnen. Wissen Sie was? Ich werde nochmal zu ihm gehen, noch einmal …«

»Stopp! Hören Sie auf damit! Auf der Stelle! Sie werden nichts dergleichen tun, es sei denn, Sie wollen, dass man Sie auch noch wegen Rechtsbeugung zur Verantwortung zieht. Davon abgesehen wäre das reine Zeitverschwendung. Jeder Rest von Gewissen, das ihn vielleicht noch geplagt hat, als Sie ihn das letzte Mal trafen, ist ihm mit Jeremy Birds Geld ausgetrieben worden. Und wo wir schon mal dabei sind: Vermeiden Sie es außerdem, auch nur in die

Nähe dieses Bastards zu kommen. Der hat noch nie im Leben eine positive Eigenschaft besessen, an die man appellieren könnte.«

Bis jetzt hatte Alvin noch nicht darüber nachgedacht, Kontakt zu Jeremy Bird aufzunehmen. Vermutlich eine scheiß Idee, aber …

Hatte nicht jeder Mensch eine gute Seite? Irgendwo? Hätte Alvin nicht an das Gute selbst im aufsässigsten Kotzbrocken geglaubt, hätte er den Job nie angenommen …

Nicht den Job bei Homebase, sondern den, den er nicht mehr hatte.

Ultraviolettes Glück

»Wollen Sie etwa behaupten, dass das Happy Violett ist?«, verlangte der Mann mit der Schiebermütze zu wissen.

»Also für mich ist das Honiglila.«

»Nein, eher Desiree.«

»Ich würde meinen … Aubergine matt?«

»Nein, viel zu hell.«

»Wie dem auch sei, Happy Violett ist das jedenfalls nicht.« Schiebermütze hatte einen Fünf-Liter-Eimer mit Wandfarbe geöffnet und hielt ihn Alvin nun vor die Nase.

Die kleine Menge, die sich zwischenzeitlich um sie geschart hatte, schien ein untrügliches Gespür für das Farbspektrum (sowie ein fundiertes Wissen über die korrekte Bezeichnung jeder einzelnen Nuance) zu besitzen. Geballte Sachkunde, mit der ein jeder von ihnen während einer Fachdebatte zum Thema »Violett, lila und malve« bei der Dulux-Jahreskonferenz hätte glänzen können.

Nach seinem zweiten Arbeitstag bei Homebase hätte Alvin auf ihr Urteil vertrauen sollen, doch er kam nicht umhin, den Kunden darauf hinzuweisen, dass auf dem Eimer »Happy Violett« stand.

»Aber es ist kein ›Happy Violett‹, oder? Es entspricht doch überhaupt nicht dem Ton auf der Farbkarte hier. Was wollen Sie also tun?« Schiebermütze starrte nun direkt auf Alvins Ansteckschildchen, auf dem *Kann ich Ihnen helfen?* stand und das nahelegte, dass er womöglich der richtige Ansprechpartner für diesen Fall war.

»Tut mir leid, aber ich bin erst den zweiten Tag hier«, sagte Alvin. »Ich versuche mal, jemanden aus der Farbenabteilung zu finden.«

»Wen? *Wen?*« Schiebermütze gestikulierte frustriert mit den Armen herum. »Da ist doch niemand.«

Alvin verstand, worauf der Mann hinauswollte. So oft er selbst hierher gekommen war, um Schrauben oder Bohrfutter zu kaufen, so oft hatte er sich gefragt, ob sich das Personal womöglich versteckte, sobald es einen ratlos wirkenden Kunden auf sich zukommen sah. Nun, da er hier angestellt war, wusste er, dass sie genau das taten. Zusammen mit der lustig-grünen Angestelltenuniform hatten sie auch so etwas wie einen sechsten Sinn erworben. Schon beim ersten Verdacht, ein Kunde mit Beratungsbedarf könne den Laden betreten haben, flüchteten sich die Verkäufer unauffindbar in die Tiefen des Gängelabyrinths wie scheue Waldbewohner in den dichten Forst.

»Ich hasse diesen Laden«, schimpfte Schiebermütze. »Man kommt sich vor wie auf 'nem Geisterschiff, das Profi-Werkzeug geladen hat.« Er knallte den Deckel auf den Farbeimer und ging grummelnd davon. Die Versammlung der Farbexperten löste sich auf und strebte in alle Richtungen davon, bis auf ein Paar und dessen kleinem Sohn. Die Frau starrte Alvin unverwandt an.

»Kann ich Ihnen helfen?«, fragte er, und hoffte, sie würde jetzt nein sagen. Es sei denn, sie wollte wissen, wo der Ausgang war – so ziemlich die einzige Frage, die er zuverlässig beantworten konnte.

»Das ist er«, sagte die Kundin nun zu ihrem Begleiter. »Genau wie auf dem Bild.«

Plötzlich fühlte sich Alvin wie ein Tier im Zoo – nicht wie der elegante Flamingo oder der majestätische Tiger, eher wie eine der niederen Kreaturen, vielleicht ein verlauster Affe, der die Besucher brüskierte, indem er vor ihren Augen masturbierte.

»Bring Fenton zurück ins Auto«, sagte die Frau. »Ich werde den Geschäftsführer suchen.«

Der Mann nahm den kleinen Jungen bei der Hand und schob ihn Richtung Ausgang. Die Frau machte Anstalten, an Alvin vorbeizugehen, doch er trat ihr in den Weg und sagte: »Hören Sie, Madam, ich weiß zwar nicht, was Sie jetzt denken, aber –«

»Ich kann nicht glauben, dass man Sie *hier* arbeiten lässt«, zischte sie. »Stehen Leute wie Sie heutzutage nicht unter ärztlicher

Beobachtung? Das ist ein Laden, in dem *Familien* einkaufen. Hier wimmelt es nur so vor Kindern.«

Sie drückte sich an ihm vorbei und wollte schon einen der Seitengänge hinuntereilen, da stellte sich ihr eine Frau mit Einkaufswagen in den Weg. »Sie sollten sich besser informieren, bevor Sie Ihren dummem Mund aufmachen«, sagte Lynette Moorhouse. »Dieser Mann hat keinem Kind dieser Welt auch nur das Geringste angetan.«

Sie schob den Einkaufswagen in Richtung Alvin, stellte sich neben ihn und starrte die Kundin kampfeslustig an.

»Sind Sie seine Frau?«, fragte die Frau sichtlich angewidert.

»Nein, das bin ich nicht«, erwiderte Lynette und hakte sich bei Alvin unter, »doch wenn ich es wäre, könnte nichts mich stolzer machen.«

»Sie sind doch beide krank«, sagte die Frau, bevor sie sich auf die Suche nach einem Abteilungsleiter machte – den sie allerdings aus den genannten Gründen schwerlich finden würde.

»Dein Timing ist unübertroffen, Lynette«, sagte Alvin. »Danke.«

»Keine Ursache. Passiert so ein Scheiß eigentlich häufiger?«

»Nur das dritte Mal bisher.«

»Das ist doch erst dein zweiter Arbeitstag, oder? Ich dachte immer, die Anfeindungen, die ich an der Wood Hill über mich ergehen lassen musste, sind schlimm, aber das hier ist ja die Hölle.«

»Ach, das überlebe ich schon«, sagte Alvin und lächelte. »Du weißt schon ›Stock und Stein brechen mein Bein, doch Worte verletzen mich nicht‹ oder so. Egal, was machst du denn hier?«

»Wollte nur mal sehen, wie's dir so geht. Und wo ich schon mal hier bin, kann ich gleich auch ein bisschen shoppen. Du hast mir gar nicht erzählt, dass ihr 'ne Laura-Ashley-Sonderaktion habt.«

»Ich hab dir auch nicht erzählt, dass wir die Bohrmaschinen von Bosch runtergesetzt haben. Hast du Interesse?«

»Ja, klar. Sag mal, wann hast du denn Mittagspause?«

Alvin sah auf seine Uhr. »In fünf Minuten. Ich nehme sie aber schon jetzt … denke, ich hab sie mir redlich verdient.«

»Gut. Wo geht man denn hier was essen?«

»Wir könnten zum Burgerstand bei der Großgarage gehen. Bisher nur ein Fall von Brechdurchfall in diesem Jahr. Von den Tiefkühlhähnchen würde ich aber trotzdem die Finger lassen.«

Sie redeten weiter, während sie den Baumarkt verließen.

»Was macht denn der ganze Anwaltskram?«, fragte Lynette.

»Das geht alles seinen Gang. Mein Anwalt ist immer noch Feuer und Flamme, aber so ganz kann ich seinen Optimismus nicht teilen.«

»Das hört sich aber gar nicht nach dir an, Alvin. Und was ist mit Kevan? Zeigt seine Version der Geschichte schon die ersten Risse?«

Alvin schüttelte den Kopf. Zum ersten Mal wurde ihm klar, dass seine Freundin und Psycho-Kevan etwas gemeinsam hatten. Kurz fragte er sich, ob er Lynette von Kevans Fetisch erzählen sollte, doch dann verwarf er den Gedanken. »Was gibt's denn Neues an der Schule?«, fragte er.

»Wie du weißt, wird Rowell Ende des Jahres in Rente gehen. Ich hab mir überlegt, mich auf seine Stelle zu bewerben.«

»Die Fachleitung für Geschichte? Das klingt ja toll.«

»Nein, die Sache wird noch größer. Chadwick nimmt Rowells Pensionierung zum Anlass für eine interne Umstrukturierung. Die betreffende Position hieße danach ›Fachbereich Geisteswissenschaften‹.«

»Was?«

»Eine neu zu schaffende Abteilung. Sie umfasst Englisch, Schauspiel, Sprachen, Geschichte … Die gesamten geistes- und sozialwissenschaftlichen Fächer eben. Chadwicks Art, die lausigen Disziplinen an einer lausigen Schule wie *Fakultäten* aussehen zu lassen.«

»Dir würde auch der Fachbereich Englisch unterstehen? Du wärst dann Stanislavskis Chef? Ich schätze, er wäre vor Freude ganz aus dem Häuschen.«

»Ja, davon ist auszugehen.«

»Was sagt Donna denn dazu? Will sie sich nicht auch auf die Position bewerben?«

»Das würde die Sache noch komplizierter machen. Aber sie denkt, ich sollte es tun.«

»Da hat sie Recht. Du würdest 'ne tolle Fachbereichsleiterin abgeben. Soll ich dir eine Empfehlung schreiben?«

Lynette lachte. »Man darf nicht vergessen, dass deine Freundin Bird-Wright dabei auch noch ein Wörtchen mitzureden hat.«

»Dann solltest du dich in Zukunft besser nicht mit mir blicken lassen.«

»Ich glaube nicht, dass die Dame sonntags im Baumarkt einkaufen geht.«

Alvin antwortete nicht, denn kurz nachdem der Imbisswagen in Sicht gekommen war, war er wie angewurzelt stehen geblieben.

»Was ist los?«, fragte Lynette.

»Siehst du den Typen, der da am Grill steht?«, sagte Alvin.

Das letzte Mal, als er Curtis Young gesehen hatte, hatte Alvin ihn gegen einen Beton-Donut gedrückt. Nein, das stimmte nicht ganz. Er hatte ihn zuletzt in diesem Schrebergarten rumlungern sehen – an jenem schicksalhaften Selbstmord-Sonntag. Ihn hier wiederzutreffen, das hätte er sich nie träumen lassen. Curtis in einem ölverschmierten Overall und mit einer weißen Papiermütze auf dem Kopf. Doch seltsame Anblicke hatte es so einige in letzter Zeit gegeben: Kevan Kennedy mit einem pinkfarbenen Büstenhalter zum Beispiel.

»Unglaublich«, sagte Lynette. »Er geht tatsächlich einem ehrlichen Nebenjob nach.«

»Hast du noch Lust auf einen Burger?«, fragte Alvin.

»Warum nicht. Curtis und ich sind die dicksten Freunde seit der Sache mit den Blumen, weißt du.«

Sie gingen zum Burger-Stand und beobachteten Curtis durch die Durchreiche. Dieser hatte die neuen Kunden noch nicht bemerkt und versuchte gerade, tiefgefrorene Pommes aus einem Kunststoffsack in die Friteuse zu befördern. Doch die Kartoffelstücke waren zu einem eisigen Klumpen zusammengefroren und wehrten sich standhaft. »Scheiß Dinger«, fluchte er.

»Knall die Tüte ein paar Mal auf die Theke«, schlug Alvin vor. »Dann lösen sich die Stücke voneinander.«

»Was? Jesus, *Alvin*. Was zum Teufel machen Sie denn hier?« Mit offenen Mund starrte Curtis ihn an. Der Anblick seines ehemaligen Bildungsberaters im grünen Outfit von Homebase – ähnlich einem Robin Hood ohne Umverteilungs-Mission – schien ihn kurzzeitig zu überfordern. Da entdeckte er Lynette, die gleich neben Alvin stand. »Hallo, Ms Moorhouse«, fügte er absolut unterwürfig hinzu.

»Hi, Curtis«, erwiderte sie. »Wie lange arbeitest du denn schon hier?«

»Der Wagen gehört meiner Tante«, sagte er ein bisschen verlegen. Zu cool für die Schule, war er bei weitem zu cool, um dabei gesehen zu werden, wie er im familieneigenen Imbiss aushalf. »Ich arbeite nur sonntags hier, ja? Sie werden's doch niemand erzählen, oder?«

»Nicht, wenn du nicht willst«, sagte Alvin.

Alvin schien Wood Hills verborgenste Geheimnisse magisch anzuziehen. Wiewohl dieses hier nicht ganz die *News of the World-Qualität* einer Enthüllung über Cross-Dressing-Kevan hatte.

»Wollen Sie was bestellen?«, fragte Curtis. »Das Hähnchen ist sicher gleich gut.«

»Nur zwei Burger, bitte«, sagte Alvin, der es für besser hielt, auf das Wort »sicher« in diesem wie auch anderem Zusammenhang nicht zu vertrauen.

Curtis schnappte sich einen Pfannenwender, hob ein paar verdächtig rosige Hackfleischscheiben aus einer Schachtel und klatschte sie auf die Grillplatte. »Sie kriegen frische«, verkündete er. »Keine aufgewärmten wie die anderen Saftärsche ... Sorry, Miss Moorhouse.«

»Kein Problem, glaub mir, ich bin heute außer Dienst«, sagte Lynette.

Curtis schenkte Alvin ein albernes Grinsen. Der Vorfall am Beton-Donut schien vergessen, andererseits hatte Curtis schon immer eine kurze Konzentrationsspanne besessen – nur eines seiner vielen Probleme, wenn man seinen Lehrern glauben durfte.

»Ich hab Debbie kürzlich gesehen, Curtis«, berichtete Alvin.

Wenn man bedachte, dass sie durch die Wand ihrer beiden Zellen miteinander gesprochen hatte, so konnte man in diesem Fall nicht wirklich behaupten, dass sie sich »gesehen« hatten.

»Hat sie mir erzählt, Mann.« Curtis Mund verzog sich zu einem schiefen Grinsen. Es schien, als lag ihm etwas auf der Zunge, doch er wollte offenbar nicht der Erste sein, der die Themen Polizeizelle und Delikt ansprach.

»Geht's ihr gut?«, fragte Alvin.

Curtis zuckte die Achseln. »Hab sie gestern Abend auf Beckers Party getroffen. Da ging's ihr noch ganz gut, Mann.«

»Sie hat also nichts Dummes getan?«

Jetzt grinste Curtis über beide Ohren. »Die hat mit Mark Shakespeare geknutscht …« Chenils großer Bruder, der noch nicht allzu lange wieder auf freiem Fuß war – er hatte wegen eines Sexualdelikts eingesessen. »Also für mich ist das ziemlich dumm, wenn Sie mich fragen.« Er wendete die Burger. »Zwiebeln?«

»Ja, bitte«, sagten Alvin und Lynette gleichzeitig.

Sie sahen zu, wie Curtis geröstete Zwiebelringe auf das Blech warf und dann mit einem Pfannenwender auf die Burger drückte, bis sie ein gereiztes Zischen von sich gaben. »Das machst du aber ziemlich gut«, sagte Alvin. »Bist ja ein wahres Multitalent: Grillchef, Computerspezialist …«

»Wollen Sie mich verarschen?«

»Nein, im Ernst, was kannst du sonst noch, von dem ich nichts weiß?«

»Doch, Sie wollen mich verarschen«, beschloss Curtis, der geschickt zwei Brötchen aufschnitt und die Hälften zum Vorwärmen auf die Platte legte.«

Kurz darauf standen die fertigen Burger in offenen Styropor-Schachteln vor ihnen, und Curtis offerierte ihnen eine Reihe von Gewürzen in verschiedenfarbigen Flaschen.

»Was macht das?«, fragte Alvin und zückte sein Portemonnaie.

»Nein, ich zahle das«, sagte Lynette und legte ihm eine Hand auf den Arm.

»Vergessen Sie's, Mann«, sagte Curtis. »Das geht aufs Haus.«

Alvin überlegte, ob er protestieren sollte, doch angesichts seines Schuldenbergs und der Tatsache, dass er den ersten Homebase-Lohnscheck noch lange nicht in der Tasche hatte, konnte er sich einen Sieg nicht wirklich leisten. »Danke, Curtis. Wir sind dir was schuldig.«

»Meiner Tante sind Sie was schuldig«, sagte dieser grinsend.

Alvin biss in seinen Burger, der wirklich nicht schlecht war und durchaus Spuren von echtem Rindfleisch enthalten mochte. »Debbie hat dir alles erzählt, stimmt's?«, sagte er.

»Ähm, ja. Gestern Abend. Kev, dieser Wichser. Was für ein Dreckskerl, eh?« Dreckskerl, die Bezeichnung schien der allgemeine Konsens in diesem Fall zu sein. »Sorry, Miss«, fügte er mit Blick auf Lynette hinzu. »Aber das isser doch, oder?«

»Mir fällt jetzt auch kein anderes Wort dafür ein«, stimmte Lynette zu.

»Schon gehört, dass die Cops ihn gestern Abend angehalten haben?«, plauderte Curtis weiter.

Alvin schüttelte den Kopf.

»Kev auf dem North Circ, ja? Kein Führerschein, keine Versicherung, nichts. Ist an die hundertfünfzig Sachen gefahren. In seinem nagelneuen Astra, mintgrün, Reiger-Aerodynamik-Komplettset, superfetter Heckspoiler, UV-Unterboden-Kit vom Feinsten …«

All das waren böhmische Dörfer für Alvin.

»… und sauteures ICE.«

Mit gerunzelter Stirn sah Alvin zu Lynette hinüber.

»Ein Car-Hifi-Soundsystem«, erklärte sie – als Mann hatte sie von solchen Dingen durchaus Ahnung gehabt. »Klingt ja interessant, Curtis. Und wem hat er das Teil geklaut?«

»Das ist ja gerade das Abgefahrene, Miss«, fuhr Curtis fort. »*Niemandem*. Die Karre *gehört* ihm. Hat sie von 'nem alten Knacker aus

Edmonton gekriegt. Der Knilch hat alles bezahlt und so. Die Bullen wollten das erst auch nicht glauben, bis er ihnen dann die Fahrzeugpapiere gezeigt hat.«

Alarmiert schaute Lynette zu Alvin hinüber, doch der hatte sich schon umgedreht und war davongeeilt. »Tu es nicht, Alvin«, rief sie ihm nach. »Sprich erst mit deinem Anwalt darüber, ruf die Polizei … aber geh da nicht hin!«

Doch Alvin hatte den Parkplatz schon hinter sich gelassen und stürmte nun auf den Baumarkt zu.

»Alvin!«, schrie Lynette wieder, doch ihre Rufe verhallten ungehört.

In der Glenn angekommen musste Alvin nicht lange suchen; er musste einfach nur dem ultravioletten Rechteck folgen, das sich mit einiger Geschwindigkeit auf dem dunklen Asphalt hin und her bewegte.

Im Dämmerlicht des Spätnachmittags war der dafür verantwortliche mintgrüne Astra zwar nicht auf Anhieb zu entdecken, doch er konnte den Wagen schon aus einiger Entfernung hören. Und dann sah er, wie das nagelneue Gefährt mit quietschenden Rädern auf dem Zubringer zum Hochhausblock seine Runden zog und sein Territorium markierte wie ein pissender Kater.

Eine kleine Menge hatte sich eingefunden, und einige der Gaffer wichen zurück auf die matschigen Seitenstreifen, sobald das Auto an ihnen vorbeikam.

Eigentlich hatte Alvin hier nichts zu suchen, doch die Neuigkeit von dem Wagen, der mit Blutgeld bezahlt worden war, hatte ihn dazu veranlasst, sich bei seinem Chef wegen Übelkeit krankzumelden und geradewegs hierherzukommen. Es war Sonntag, daher hatte er Lynettes Rat nicht befolgen und Trevor Poll anrufen können. Nicht dass er es an einem Montag getan hätte …

Die schiere Empörung hatte ihn hierher getrieben, doch nun, da er hier war, ging seine Wut allmählich in Nervosität über. Was glaubte er, zu erreichen? Und wie genau glaubte er, dies zu erreichen? Kevan war gerade auf seinem höchstpersönlichen Imagetrip, die Nachbarn und Kumpels um sich geschart, und er saß in einem mintgrünen Panzer.

Vielleicht wollte Alvin ihm auch nur in die Augen sehen.

Was immer auch der Grund für seine Entscheidung gewesen sein mochte, er ging unaufhaltsam weiter, bis er die staunende Menge erreicht hatte – Kinder und Teenager, Jungs zumeist. Keiner sah ihn an. Alle Blicke waren auf das Auto gerichtet. Alvin blickte sich um und entdeckte ein bekanntes Gesicht. Wie er, wirkte die Person einigermaßen irritiert und nicht halb so fasziniert wie die anderen Umstehenden. Alvin zögerte, dann ging er auf sie zu.

»Hi, Ms Nash«, sagte er.

»Ich heiße Karen«, sagte sie über den Lärm der kreischenden Reifen hinweg.

»Karen«, wiederholte er, und ein Stich durchfuhr ihn.

»Jetzt ist er völlig durchgeknallt, was?«, fuhr sie fast unhörbar fort. »Schauen Sie ihn sich doch nur an. Total verrückt. Ich will mir gar nicht vorstellen, wovon er das Ding bezahlt hat.«

»Haben Sie ihn nicht danach gefragt?«

»Als ob er mir das sagen würde. Der ist schon immer einfach mit irgendwelchem … *Zeug* nach Hause gekommen. Aber das? Er scheint ziemlich viel Kohle zu haben im Moment. Gott allein weiß, was er angestellt hat.«

Gott allein weiß, dass Kevan einen Teufelspakt geschlossen hat, dachte Alvin.

»Ich geh inzwischen zu diesem Seelenklempner«, berichtete Karen Nash. »Kevan hat mir das Geld dafür gegeben. Nicht dass ich ihm erzählt hätte, wofür ich's brauche.«

»Und? Helfen Ihnen die Sitzungen?«, erkundigte sich Alvin.

»Es ist fantastisch. Wusste gar nicht, wie toll es ist, einfach mal mit jemandem über … *sich selbst* zu reden.«

»Das kann ich mir gut vorstellen«, sagte er, während ihm die Ironie der ganzen Situation bewusst wurde.

Wer hatte ihr die Therapie empfohlen? Er, Alvin Lee.

Und wer bezahlte dafür? Der Teufel.

»Einfach mal den ganzen Scheiß auf jemand anderes abladen …«, sagte sie, und in ihrem Ausdruck liegt ein anerkennendes *Wow!* »Sie schlägt mir Bewältigungsstrategien vor … Sie wissen schon, wie man mit Ärger und Stress richtig umgeht und so.«

»Das ist toll«, sagte Alvin, der sich wider Erwarten freute, dass wenigstens einer von dieser Situation profitierte. Wenn die hässliche Schlacht ums Geld ungewollt dazu geführt hatte, dass eine wahrlich überforderte Frau nun besser mit dem Leben fertig wurde, so war das wenigstens ein schwacher, wenngleich fragwürdiger Trost.

»Warum sind Sie hier?«, wollte sie wissen.

Er fragte sich, ob er es ihr erzählen, ob er sie in die Sache zwischen sich und Kevan hineinziehen sollte. Musste sie all das überhaupt kümmern? Worüber sollte sie sich Sorgen machen? Über Kevan, keine Frage – zum Beispiel darüber, dass er sich womöglich in seinem neuen Spielzeug umbrachte. Aber über Alvin?

»Er war mir einen Gefallen schuldig«, sagte er nur. »Aber er hat mich hängen gelassen.«

»Wovon reden Sie?«

»Das sollten Sie besser ihn fragen.«

»Haben Sie was damit zu tun?«, verlangte sie nun verärgert zu wissen.

»Nicht so, wie Sie jetzt vielleicht denken.«

»Was zum Teufel meinen Sie damit? Los, raus mit der Sprache.«

»Das sollten Sie Kevan selbst fragen.«

»Ich frage aber Sie.« Drohend kam sie auf ihn zu, sämtliche Bewältigungsstrategien bis auf weiteres über Bord geworfen. »Sie stecken dahinter, stimmt's? Was haben Sie verdammt nochmal mit ihm gemacht?«

»Ich habe gar nichts gemacht, Ms Nash«, knurrte Alvin, »und das ist genau mein Problem. Wenn ich was gemacht hätte, wenn ich Ihren Sohn bei erstbester Gelegenheit bei der Polizei verpfiffen hätte, dann stünde ich wahrscheinlich jetzt nicht hier.«

Bevor sie etwas entgegnen konnte, kam das Auto zum Stehen. Der Motor wurde abgewürgt, nur das stampfende Hämmern aus dem Innern des Wagens war noch zu hören – zweifellos ein sauteures ICE-Soundsystem. Die Fahrertür ging auf, und der junge Michael Schumacher entstieg seinem Rennwagen; der König der Siedlung hielt Hof.

Alvin und Karen Nash traten ein Stück zurück, als sich die Menge um den Jungen scharte. Alvin konnte nicht für Kevans Mutter sprechen, doch er selbst fühlte, wie sein Ärger angesichts dieser Szene ein wenig verblasste – nie im Leben hatte er den Jungen *glücklicher* gesehen. Wie um alles in der Welt konnte man ihm diesen triumphalen Moment verderben? Auch wenn dieser Moment teuer erkauft worden war – nicht zuletzt, was Alvins Schicksal betraf.

Empathie, eine komische Sache. Eine Empfindung, die sich wider alle Vernunft in Alvin regte, nun aber auch in Kevans Miene abzulesen war, als er seinen ehemaligen Bildungsberater neben seiner Mutter stehen sah.

Empathie in Form von Schuldgefühlen.

Keine Frage, Kevan hatte ein schlechtes Gewissen, und seine wunderschönen Lemurenaugen waren nicht dazu angetan, dieses zu verbergen.

Karen Nash sah zu ihrem Sohn, dann zu Alvin. Vermutlich begriff sie gerade, dass, wenn Alvin wegen einer unbezahlten Rechnung hier war, sie ihre Meinung über ihn würde ändern müssen. Oder auch nicht.

Kevins Ausdruck wandelte sich von Schuld zu Furcht. Und Alvin wusste, warum. Pulsierendes violett-blaues Licht tanzte über die Gesichter der Umstehenden und auch über die schimmernde Karosserie von Kevans neuem Wagen. Und Alvin wusste auch, der Grund dafür war nicht die Unterboden-Lightshow eines anderen Luxusgefährts. Auch die Menge hatte begriffen, denn sie stob nun auseinander wie eine Gazellenherde, die einen Löwen gewittert hatte.

Kevan sprang zurück in seinen Wagen, ließ den Motor an und sauste Richtung Straße davon. Zurück blieb nur der Geruch von verbranntem Gummi. Das eintreffende Polizeiauto trieb das verbliebene Häufchen Gaffer mit einem kurzen Aufjaulen der Sirene in die Flucht und nahm dann die Verfolgung des Astras auf.

Auch Alvin wusste, dass es an der Zeit war zu gehen, doch er verharrte wie angewachsen an Ort und Stelle und verfolgte gebannt, wie die Szene nun eine surreale Wendung nahm. Aus dem Schatten eines der Hochhäuser rollte ein Einkaufswagen, den zwei kleine Jungs gekapert hatten, Richtung Straße. Der eine Junge klammerte sich auf dem Bodengitter stehend an den Griff, während der andere im Korb lag wie ein Wocheneinkauf. Mit zunehmender Geschwindigkeit rollte das Gefährt Richtung Straße und auf den heranjagenden Astra zu. Als die Jungs sahen, was da auf sie zukam, waren sie wie paralysiert und setzten ihre unheilvolle Abschussfahrt fort wie mechanische Rennhasen auf ihren Schienen.

Es schien nun an der Zeit, dass Kevan seiner wie auch immer gearteten Empathie Taten folgen ließ, und zu Alvins Erleichterung tat der Junge das einzig Richtige: Scharf riss er den Wagen herum und rumpelte über eine hohe Bordsteinkante hinweg auf den Seitenstreifen. Die Vorderräder hingen noch in der Luft, als der Astra gegen den Laternenpfahl knallte.

Der Einkaufswagen rollte scheppernd weiter, geriet ins Schlingern, kippte zur Seite und streifte im Weiterschliddern den Außenspiegel des nun eintreffenden Polizeiautos.

In die bis dahin ebenfalls reglos dastehende Karen Nash kam augenblicklich Leben. Mit einem gellenden »Kevan!« stürzte sie auf den demolierten Wagen ihres Sohnes zu. Auch Alvin rannte los, doch er blieb jäh stehen, als er die Jungs aus ihrem kleinen Wrack klettern sah – beide geschockt, aber offenbar unverletzt. Dann beobachtete er, wie das Seitenfenster des Astra herunterfuhr und sich Kevans massiger Körper durch die Öffnung quetschte. Er plumpste auf den Bürgersteig, sprang auf, stieß seine Mutter beiseite und sprintete davon – auf zwei Beinen, die wie für die Flucht geschaffen waren. Aus dem Polizeiwagen sprangen zwei Beamte in starren Schutzanzügen. Während sich der eine um die beiden kleinen Jungs kümmerte, nahm der andere Kevans Verfolgung auf. Schon bald waren sie im Schatten der Hochhäuser verschwunden.

Nun wäre es wahrhaftig an der Zeit gewesen zu verschwinden, und so nahm Alvin den Weg zurück, den er gekommen war.

Doch nicht, ohne zuvor noch einen letzten Blick auf Kevans Trophäe zu werfen. Der verbogene Kühlergrill hatte sich förmlich um den Laternenpfahl gewickelt. Dampf stieg aus dem kaputten Kühler auf. Eine Öllache schimmerte im Licht der Straßenlaterne neben einem der Räder – die nun weniger ultra-grip als ultraflach waren.

Auf eine Art hatte hier die Gerechtigkeit einen Sieg davongetragen. Denn Alvin nahm nicht an, dass sich Kevan, nachdem er am Abend zuvor in seinem neuen Auto angehalten worden war, um eine Vollkaskoversicherung gekümmert hatte – nicht an einem Sonntag.

Chanel und Polaroid

Alvin saß auf seinem Sofa und betrachtete die Handtasche.

Die Tatsache, dass er sie gefunden hatte, war allein der Polizei zu verdanken gewesen – denn er war im wahrsten Sinne des Wortes darüber gestolpert. Bei der Kreuzung, an der er am Rande der Glenn-Siedlung wieder auf die Hauptstraße eingebogen war, war unvermittelt ein zweiter Polizeiwagen um die Ecke geschossen, als wäre Alvin mitten in die Außenaufnahmen zu einer Reality-TV-Serie geraten. Während er sich plötzlich selbst wie ein Gejagter fühlte, hatte Alvin beschlossen, den Bürgersteig zu verlassen und seinen Heimweg über freies Gelände fortzusetzen. Zu beschäftigt damit, sich ständig über die Schulter zu sehen und nach Polizisten zu spähen, die ihn eventuell verfolgten, hatte er den riesigen Abfallhaufen erst viel zu spät entdeckt. Um genau zu sein, erst zu dem Zeitpunkt, als er mittendrin gelegen hatte.

Die schmutzige braune Handtasche war das Erste gewesen, was ihm ins Auge gefallen war, als er sich wieder aufgerappelt hatte. Am Fuße eines Schild mit der Aufschrift MÜLL ABLADEN VERBOTEN hatte sie gelegen. Sie war zum großen Teil mit Unrat bedeckt gewesen, doch das ihm wohlbekannte, verschlungene C hatte im Mondschein gefunkelt. Ein seltener Anblick in dieser Gegend, hatte er gedacht, als er die Tasche unter einer schmierigen Plastiktüte und einer zerbrochenen Gehwegplatte hervorgezogen hatte.

Während er mit seinem Fund nach Hause gegangen war, hatte er sich gefragt, warum Kevan die Handtasche wohl fortgeschmissen hatte, dieses wertvolle und repräsentative Stück Diebesgut.

Nun lag die etwas klamme Tasche auf seinem Schoß. Trotz all der Monate unter freiem Himmel war sie nicht durchnässt. Alvin vermutete, dass die Müllsäcke, die rund um die Fundstelle aufgetürmt waren, sie vor Regen bewahrt hatten. Er klappte den Magnetverschluss nach oben und schaute ins Seitenfach. Darin befand sich ein Portemonnaie. Sollte es jemals Geld enthalten haben, so war dieses längst verschwunden. Die Renter-Monatskarte steckte allerdings noch darin. Er betrachtete das Foto. Es war die gleiche Louise Bird, die er seinerzeit vor Kevan beschützt hatte.

Alvin verstaute die Karte wieder in der Börse und legte diese auf das Sofa neben sich. Dann schaute er ins Innere der Tasche. Am Boden lagen ein Schlüsselbund und ein Lippenpflegemittel. In einem der Innenfächer entdeckte er sechs Briefumschläge. Er nahm sie heraus und befühlte sie. Sie waren kalt und etwas feucht, doch die Tinte war nicht verschmiert. Die Adressen, in schwungvoller Schreibschrift angebracht, erregten seine Neugier. Er schob den Zeigefinger unter eine der Verschlusslaschen, doch dann zögerte er, den Brief zu öffnen …

Aber er wusste, dass er genau das tun sollte.

Das Klingeln an der Tür veranlasste ihn, die Entscheidung darüber zu verschieben. Alvin zögerte. Er war nicht mehr der gelassenste Hausbesitzer seit dem Vorfall mit der Schmiererei an seinem Fenster und hielt die Vorhänge seitdem ständig geschlossen, auch bei Tage. Er verstaute die Briefe wieder in der Handtasche und schob diese unter das Sofa. Dann ging er in den Flur und erkannte durch das Milchglas der Haustür die Umrisse einer kräftigen Männergestalt. »Wer ist da?«, rief er. Das Ganze roch irgendwie nach Ärger.

»Ich bin's … Col«, erwiderte Stanislavski mit schleppender Stimme.

Ärger, keine Frage, wenngleich nicht die Art von Ärger, die er befürchtet hatte.

»Was willst du?«, fragte Alvin.

»Nur ein bisschen plaudern, Kumpel. Mach schon auf.«

»Geh nach Hause, Colin. Du bist ja besoffen.«

»Bin ich nicht. Ich muss dir was erzählen. Hab gerade 'nen alten Kumpel von dir getroffen.«

»Wer soll das sein?«

»Jamie McIrgendwas. Klasse Typ. Lässt dich übrigens herzlich grüßen.«

Dunkel ahnend, dass er diese Entscheidung noch bereuen würde, öffnete Alvin die Tür, und Stanislavski torkelte in die Diele. Zielstrebig hielt er aufs Wohnzimmer zu und ließ sich auf die Couch fallen. »Besorg uns mal was zu trinken, Alv«, grölte er. »Bin so trocken wie 'ne Nonnenmöse.«

Alvin ging zum Kühlschrank und holte zwei Dosen Lagerbier heraus. Dann kehrte er ins Wohnzimmer zurück und nahm gegenüber seinem ehemaligen Kollegen im Sessel Platz. Er sah zu, wie Stanislavski trank, ihn zwischendrin dümmlich angrinste und dann weitertrank.

»Colin, wenn du nur gekommen bist, um Stunk zu machen, dann kannst du gleich wieder gehen«, sagte er. »Ich hab für so was keine Zeit mehr.«

»Kumpel, Kumpel, du tust mir Unrecht. Ich bin gekommen, um mir deinen Rat zu holen. Dieser Freund von dir … Jimmy …«

»Jamie.«

»Ja, mein ich doch. Guter Typ. 'n echt guter Typ. Hab ihn im Vier Könige … Drei Federn … Sieben Zwerge … scheißegal, in irgend 'ner Kneipe jedenfalls, getroffen. War 'n echt unterhaltsamer Nachmittag. Haste was dagegen, wenn ich rauche? Natürlich nicht. Hat mich und meine Rugby-Kumpels prächtig unterhalten mit den Stories aus eurer Rock-'n'-Roll-Zeit. Du warst 'ne ziemlich große Nummer damals, was, Mr Lee?«

»Ganz offensichtlich. Hat er dir auch von der Ära erzählt, in der wir mit Springsteen gejamt haben?«

»Das haben wir nicht gemacht.«

»*Wow*, ihr habt mit dem Boss gespielt? Unglaublich. Haste mal 'nen Aschenbecher? Ach, egal, ich nehm die Bierdose hier. Hol uns doch noch was zu trinken, Kumpel.«

In dem *Wissen*, dass er diese Entscheidung noch bereuen würde, besorgte Alvin seinem Gast noch eine Dose Bier.

»Du sagtest, dass du einen Rat von mir haben willst, Colin«, erinnerte er ihn, als er wieder ins Zimmer zurückkam.

»Sagte ich? Ach, ja. Dein Kumpel Jamie. Klasse Typ übrigens. Hab ihn im Zwei Prinzen getroffen. Egal, jedenfalls hat er mir 'n ziemlich interessantes Angebot gemacht, weißt du? Unter dem Siegel der Verschwiegenheit sozusagen, weil's nämlich 'ne hammermäßige Geschäftsidee ist.«

»Wenn das so 'ne ultrageheime Sache ist, solltest du's mir besser nicht erzählen«, erwiderte Alvin, der plötzlich große Lust verspürte, Stanislavski ein bisschen hochzunehmen.

»Nein, das muss ich dir einfach erzählen, Alv. Ich brauch deinen Rat. Haste was dagegen, wenn ich rauche? Hab ich schon mal gefragt? Egal, also, diese Idee ... die ist einfach genial. Einfach nur scheiß genial!«

»Und um was geht's denn dabei? Zufällig um 'ne Heavy-Metal-Boygroup?«

»Hä? Nein, um Klingeltöne! Du weißt schon, diese kleinen Soundschnipsel, die man sich aufs Handy holen kann. Haste mal 'nen Aschenbecher? Vergiss es, ich nehm die Dose hier.«

»Klingeltöne«, wiederholte Alvin langsam, denn er erinnerte sich.

»Ja, individuelle Klingeltöne, um genau zu sein, Kumpel. Das ist ja das Geile daran. Individuelle Klingeltöne. Maßgeschneiderte kleine Tunes von 'nem echten scheiß Rockstar komponiert. Und jetzt frage ich dich: Ist das nicht fantastisch?«

»Ja ... das klingt nach 'ner ziemlich guten Idee. Er hat mir vor ein paar Monaten schon davon erzählt.« Alvin war einigermaßen überrascht, dass das Konzept bis heute überlebt hatte. Angesichts seines löchrigen Gedächtnisses existierten Jamies Ideen zumeist nicht länger, als ein Goldfisch brauchte, um im Glas seine Runde zu drehen.

»Er hat dir schon davon erzählt?«, staunte Stanislavski, als teilten sie fortan das Wissen um den Verbleib des Heiligen Grals. »Und? Wirst du dich finanziell beteiligen?«

»Ähm … nein, im Moment nicht.«

»Aber das *solltest* du, Alv! Die ganzen Bird-Millionen müssen dir doch schon richtig unter den Nägeln brennen. Investier ein bisschen was davon.«

»Tja, so schnell werde ich wohl keinen Penny davon sehen. Vielleicht auch nie.«

»Du musst aber *jetzt* mit einsteigen. Wenn die Sache noch heiß ist. Bevor ein anderer auf den Zug aufspringt, kapierst du?«

»Und was ist mit dir, Colin? Hat Jamie dich schon um einen kleinen Investitionszuschuss gebeten?«

»Das musste er gar nicht, Kumpel. Ich hab ihm gleich ein Angebot gemacht. Bei einer so genialen Idee … Hab ein bisschen was auf die hohe Kante gelegt, und dieser Online-Kasino-Scheiß bringt's auch nicht wirklich. Darum wollte ich dich fragen … Dieser Jimmy-Kumpel von dir, das ist doch 'ne ehrliche Haut, oder?«

»Was meinst du damit?«

»Du würdest doch für ihn bürgen, oder? Der weiß doch, was er tut, nicht? Ich meine, der würde sich doch nicht mit meinen sauer verdienten Kröten verpissen, oder?«

Alvin wusste nicht, was er sagen sollte, und schaute Stanislavski, dessen Lider immer schwerer wurden, einfach nur schweigend an.

»Das mag ich so an dir, Alv«, lallte dieser. »Du denkst immer nach, bevor du was sagst. Das hab ich schon immer an dir geschätzt. Zu viele Arschlöcher an der Wood Hill, die ihre beschissenen Klappen aufreißen. Weißt du, ich vermisse dich irgendwie. Und die geilen frühreifen Früchtchen, die vermissen dich auch, du alter *Schwerenöter*.«

In diesem Moment gelangte Alvin zu einem Entschluss. »Weißt du was, Colin? Ich würde alles, was ich besitze, in diese Geschäftsidee investieren, wenn ich das Geld dazu hätte. Ich würde es ohne mit der Wimper zu zucken Jamie geben. Jamie ist nämlich ein grundehrlicher Typ und hat so viel Unternehmergeist wie Richard Branson persönlich. Klingeltöne. Geniale Idee. Todsichere Idee, wenn du mich fragst.«

»Ja, genau das hab ich mir auch gesagt, Alv. Gut zu wissen, dass 'n Experte wie du der gleichen Meinung ist. Willste 'ne Zigarette. Ach nee, du rauchst ja gar nicht. Sehr vernünftig. Und was die scheiß Wood Hill betrifft? Vermisst du sie?«

»Ja, irgendwie schon.«

»Musst du nicht, Kumpel. Der Laden ist und bleibt 'ne Jauchegrube. Außerdem wird sich da bald so einiges ändern. Rowell wird demnächst in Rente gehen.«

»Ja, ich hörte davon.«

»Na ja, dadurch wird 'n neuer Posten geschaffen, und der ist alles andere als von schlechten Eltern: Die suchen 'nen Leiter für den ›Fachbereich Geisteswissenschaften‹, was immer das auch heißen mag. Unter uns, Chadwick hat schon in meine Richtung genickt und gewunken, wenn ich das mal so sagen darf. Nehme an, ich komme da in die engere Wahl.«

Irgendwie überraschte das Alvin nicht wirklich. Es gab etwas, was er ziemlich schnell über Colin Stanislavski gelernt hatte: Mochte dieser Mann sich auch aller Welt gegenüber als Totalarschloch gebärden, so hatte er es stets verstanden, in Anwesenheit seiner Vorgesetzten zu buckeln und seinen biersauren Atem sowie seine Verschlagenheit unter der Decke zu halten. Menschen wie Rowell, Chadwick und die Schulbeiräte sahen in ihm nie den ausfälligen, boshaften und bigotten Zeitgenossen, sondern einen rationalen, hart arbeitenden Englischlehrer, der den nationalen Lehrplan perfekt befolgte. Alvin hatte keine Ahnung, wie der Mann das anstellte, vielleicht aus einem intuitiven Überlebensinstinkt heraus. Vielleicht vermochte Stanislavski seine niederen Triebe, wenn es darauf ankam, ganz automatisch in Schach zu halten, egal, ob er nüchtern oder betrunken war. Und so erschreckend es klang, der Typ hatte gute Chancen, die neue Stelle tatsächlich zu bekommen.

»Deine Freundin Andy – 'tschuldigung, *Lynette*. Sie bewirbt sich auch dafür«, fuhr Stanislavski fort. »Denke, sie wird wohl ziemlich enttäuscht sein. Allerdings werd ich ihr gegenüber, wenn's so weit ist, wohl nicht so hart durchgreifen können, wie ich gern würde.

Bin sicher, die Alte fährt mir sonst wegen sexueller Belästigung an die Karre. Tja, als sie noch 'nen Schwanz hatte, wär das nicht passiert, was? Hey, ich mach nur Spaß, Alv. Sie ist 'ne Freundin von dir, richtig? Du kennst mich doch. Bin ein unverbesserlicher alter Stänkerer. Wohin will du?«

In dem unstillbaren Wunsch, den Raum zu verlassen, war Alvin aufgestanden. »Ich mache nur 'ne Tasse Tee«, sagte er.

»Tee! Dachte schon, du fragst mich nie. Bin trocken wie 'ne Wasauchimmermöse. Milch, kein Zucker, wenn's dir nichts ausmacht.«

Dankbar entschwand Alvin in die Küche. Als er den Kessel aufsetzte, wünschte er, Stanislavski wäre besoffen bis zu jenem Tag, an dem er Jamie auch seinen letzten Penny für die Klingelton-Geschäftsidee überschrieben hatte. Tatsächlich wünschte er sich momentan nichts sehnlicher als Stanislavskis Totalbankrott.

»Klingeltöne!«, rief der in diesem Moment aus, als hätte er Alvins Gedanken gelesen. »›Welch grandiose Idee‹, wie der Barde aus Stratford-upon-Avon schon sagte. Scheiße, ich muss mal pissen. Wo is'n das Klo?«

»Oben«, erwiderte Alvin.

Während er den Tee zubereitete, hörte er, wie Stanislavski die Treppe hinaufwankte … und kurze Zeit später wieder herunterstolperte. Alvin hatte es nicht eilig, ins Wohnzimmer zurückzukehren, verharrte stattdessen in der Küche, trank in aller Ruhe seinen Tee und wartete darauf, dass sein Gast sich wieder lautstark zu Wort meldete. Doch vergebens.

Als er endlich wieder ins Zimmer zurückkehrte, sah er, dass Stanislavski lang ausgestreckt auf der Couch lag und schnarchte. Eine leere Bierdose lag auf seiner Brust, und eine erloschene Zigarette hing ihm im Mundwinkel. Das Hemd war mit Asche übersät, und die Hose auf Knöchelhöhe herabgerutscht. Dass er es in diesem Zustand die Treppe heruntergeschafft hatte, ohne sich den Hals zu brechen, war gleichermaßen eine Schande und ein Wunder.

Da hatte Alvin eine Idee. Eine Idee, die ihm noch vor wenigen Wochen, reinen Herzens und an das Gute im Menschen glaubend, nie gekommen wäre. Er ging hinauf ins Kinderzimmer von Shannon und Annie. Die meisten ihrer Sachen waren noch hier. Es herrschte ein heilloses Durcheinander, doch er brauchte nicht lange, um die Polaroidkamera zu finden, die er und Karen der kleinen Shannon letztes Jahr zu Weihnachten geschenkt hatten. Er nahm den Fotoapparat mit nach unten, stellte sich vor den schnarchenden Stanislavski und schaute durch den Sucher. Dann drückte er auf den Auslöser und beobachtete, wie sich das Bild entwickelte …

Ausgezeichnet – Stanislavski sah aus wie ein Penner. Besser noch, da auf dem Bild sein Penis zu sehen war, der wie ein nacktes Babyopposum unter dem Rand seines Hemdes hervorlugte.

Alvin suchte sich einen Filzstift und beschriftete den weißen Streifen unter dem Foto wie folgt: DER NEUE LEITER FÜR DEN FACHBEREICH GEISTESWISSENSCHAFTEN. Dann steckte er das Bild in einen Umschlag, adressierte das Ganze an Alan Chadwick, klebte das Kuvert zu und machte sich im Geiste eine Notiz, gleich morgen früh eine Briefmarke zu besorgen.

Nachdem die Arbeit erledigt war, weckte er Stanislavski, erzählte ihm, es sei Montagmorgen, und sah zu, wie dieser panikartig sein Haus verließ.

Endlich wieder allein langte Alvin unter das Sofa und zog die schicksalhafte Handtasche hervor. Erneut holte er den Stapel Briefe heraus und – zum Teufel mit Moral und Privatsphäre – öffnete den ersten.

Kurz darauf wusste er, dass Louise Bird eine Frau ganz nach seinem Geschmack gewesen war.

Knapp hundertvierzig Riesen

Das schwere Eisengitter wurde flankiert von zwei mächtigen Kalksteinsäulen, auf denen zwei stilisierte Steineicheln thronten, so riesig wie die Eier in *Alien*. Auf der anderen Seite des Tors konnte er eine ziemlich lange gewundene Auffahrt erkennen, an deren Ende sich ein Haus mit Trakten und Türmchen im gotischen Stil in den Himmel erhob. Ein Haus, in dem sich die Addams Familie sofort wohl gefühlt hätte.

Alvin zählte die Schornsteine auf dem Dach. Es waren mehr, als seine ganze Straße aufzuweisen hatte.

Beresford House.

Zuhause.

Was für ein seltsamer Gedanke und das erste Mal, dass ihm das Wort im Zusammenhang mit diesem Anwesen in den Sinn gekommen war.

Zuhause?

Louise Bird jedenfalls – eine Frau, vor der er seit neuestem mehr Respekt denn je hatte, hatte es so entschieden.

Aber nein, so viel Platz … Man würde eine Woche brauchen, um alle Teppiche zu saugen, einen Monat, um die riesigen Rasenflächen zu mähen … in deren Gegenwart einem durchaus ein Anflug von Agoraphobie überkommen konnte.

Irgendwie nicht sein Ding, das Ganze hier.

Obwohl er vielleicht anders darüber gedacht hätte, wenn er in einer fairen Welt leben würde.

Nicht jedoch in dieser hier.

An einer der Säulen hing ein Metallkasten. Die übliche Sicherheitsvorrichtung mit Gegensprechanlage und Außenkamera. Alvin überlegte, ob er sein Vorhaben auf legalem Weg fortführen sollte, doch er wusste, sein Abenteuer würde jäh vor diesem Tor enden, sobald er erst einmal geklingelt hatte. Also zog er sich am schwarz gestrichenen Eisengitter bis zu den gefährlich aussehenden Spitzen hoch, um die er sich dann Sorgen machen würde, wenn er über sie kletterte.

Tatsächlich hätte er sich weniger um die Eisenspitzen als um eine sichere Landung auf der anderen Seite Gedanken machen sollen. Als er hart auf dem Schotterweg aufkam, verspürte er einen stechenden Schmerz in der Hüfte sowie im linken Fußgelenk. Hoffentlich hatte er sich nichts ausgerenkt. Vorsichtig legte er sein Gewicht auf den linken Fuß – Gott sei Dank, nur ein bisschen verstaucht.

Während er leicht hinkend die Auffahrt hinaufging, klingelte sein Handy. Im ersten Moment dachte er daran, einfach nicht dranzugehen – immerhin war er in wichtiger Mission unterwegs –, doch andererseits war der Weg bis zum Haus ziemlich lang …

»Hallo?«

»Alvin, sind Sie da?«, fragte Trevor Poll am anderen Ende. Eine merkwürdige Frage, da Alvin ja über Handy mit ihm sprach und Poll keine Ahnung haben konnte, wo dieser sich gerade befand. »Wir müssen uns sofort treffen.«

»Geht nicht. Ich bin gerade beschäftigt.«

»Was machen Sie denn so Wichtiges?«

»Ich … gehe spazieren.«

Was der Wahrheit entsprach. Mit nur einer Unterbrechung, als er den Brief an Alan Chadwick aufgegeben hatte, hatte Alvin die fast zehn Kilometer von seinem Haus zu seinem *anderen* Haus – was wiederum eine Frage der Sichtweise war – zu Fuß zurückgelegt. Nachdem er am Morgen aufgestanden war, hatte er alle Vorhänge aufgezogen, einen ungewöhnlich wolkenlosen Himmel erblickt und genau gewusst, was er zu tun hatte.

Zu Fuß gehen war dabei die einzige Option gewesen. Sein Fahrrad funktionierte immer noch nicht, und der erste Bus fuhr hier, so weit außerhalb der City, noch lange nicht.

»Sie gehen also spazieren«, sagte Poll. »Ich dachte, Sie hätten 'nen neuen Job?«

»Hab mich krank gemeldet.«

»Hören Sie, da bahnt sich wieder mal was an. Die Polizei hat angerufen.«

»Warum denn jetzt schon wieder?«, fragte Alvin, dem automatisch sein gestriger Besuch in der Siedlung einfiel.

»Kennen Sie ein Mädchen namens Deborah Coates?«, fragte Poll merklich nervös.

»Debbie, ja, klar. Was zum Teufel hat sie denn jetzt schon wieder ausgefressen?«

»Ähm ... Nun ja, sie wird vermisst.«

»*Jesus*. Seit wann?«

»Sie war wohl Samstagabend auf einer Party, die sie in den frühen Morgenstunden wieder verlassen hat. Seither fehlt von ihr jede Spur.«

Alvin erinnerte sich an sein gestriges Gespräch mit Curtis. »Hat man schon mit Mark Shakespeare gesprochen? Das ist der Typ, mit dem sie auf dieser Party zusammen war. Er hat 'ne Vorstrafe. Wegen sexueller Nötigung.«

»Woher wissen Sie das alles? Sagen Sie mir jetzt bloß nicht, dass Sie auch auf dieser Party waren.«

»Nein, natürlich nicht. Hab gestern einen Schulfreund von ihr getroffen. Der hat es mir erzählt ...« Vor Alvins geistigen Auge erschien Debbie, in zerrissenen Kleidern, mit zerschnittenem Gesicht und anderen Verletzungen, auf einer Müllhalde liegend ... »Arme, verdammte Debbie.«

»Schauen Sie, ich bin davon überzeugt, dass die Polizei wie gewohnt jeder Spur nachgehen wird«, sagte Poll. »Dennoch wollen die mit Ihnen sprechen.«

»Warum?«

»Wie es scheint, haben Sie und das Mädchen miteinander zu schaffen gehabt.«

»Du liebe Güte. Ich habe mit ihr an der Wood Hill gearbeitet;

habe drei Jahre damit zugebracht, sie von Ärger fernzuhalten. Wenn das bedeutet, dass ich was mit ihr ›zu tun‹ gehabt habe, okay. Im Übrigen haben Sie auch was mit ihr ›zu zun‹ gehabt.«

»Ach ja?«

»Sie haben sie vertreten, nachdem sie beim Ladendiebstahl erwischt worden war – der Woolworth-Fall, Sie erinnern sich?«

»Ach, sie ist das? Dachte gleich, dass mir der Name irgendwie bekannt vorkommt. Toughes kleines Ding, nicht wahr? Allerdings hat sie eine ziemlich Furcht einflößende Mutter. Hören Sie, kommen Sie bei mir vorbei, und dann gehen wir zusammen aufs Revier und klären die Sache.«

»Ich kann nicht. Nicht jetzt. Ich hab vorher noch was zu erledigen.«

»Ich bedaure, Ihnen den Spaß zu verderben, aber ich muss darauf hinweisen, dass nichts wichtiger sein kann, als sich als Verdächtiger bei einem Entführungsfall von der Liste zu streichen.«

»Das hier ist aber wichtig. Denn ich glaube, ich weiß jetzt, wofür Louise Bird ihr Geld ausgegeben hat.«

»Was zum Teufel – Würden Sie mir das freundlicherweise erklären?!«

»Später, Trevor.«

Alvin unterbrach das Gespräch und verstaute das Handy wieder in seiner Tasche.

Er blieb auf der Auffahrt stehen und versuchte, die verstörenden Debbie-Bilder aus seinem Hirn zu verbannen. Der Optimist in ihm glaubte fest daran, dass sie eines der cleversten Mädchen war, das er je kennen gelernt hatte, und mit Sicherheit eines mit viel Potential. Der Optimist in ihm glaubte fest daran, dass es ihr gut ging. Es ging ihr doch gut, oder nicht?

Doch trotz des strahlenden Sonnenscheins schien der unerschütterliche Alvin-Optimismus nicht mehr zu funktionieren.

Gott helfe Debbie Coates.

Gott helfe Alvin Lee.

Er ging unter. So viel war klar. Und insofern konnte er in der kurzen Zeit, die ihm noch blieb, genauso gut so viele Gewissen aufrütteln, wie irgend möglich.

Er hatte inzwischen zwei Drittel des Weges zum Haus hinter sich gebracht und sah sich um. Sein Blick wanderte über die Eichen, die links und rechts die Auffahrt säumten, und er fragte sich, welche von ihnen wohl Douglas Bird den Tod gebracht haben mochte. Ein paar hundert Meter entfernt, am Fuße einer sanften Böschung, konnte er das Ufer des Forellenteichs ausmachen.

Was zum Henker soll ich mit einem Forellenteich anfangen?

Eine rein hypothetische Frage, wie er inzwischen wusste.

Er ging weiter, bis er Beresford House erreicht hatte. In der Einfahrt aus geharktem Kies präsentierten sich in Showroom-Manier drei auf Hochglanz polierte Autos: Jeremy Birds Mercedes-Panzer, ein Geländewagen und ein schicker kleiner Peugeot. Die Bewohner schienen also zu Hause zu sein. Und angesichts der Abwesenheit von Wachhunden und bis an die Zähne bewaffneten Verwaltern hatten sie ihn auch nicht kommen sehen.

Links der gewichtigen Holztür befand sich ein altertümlicher Klingelknopf. Alvin drückte ihn, lauschte dem gedämpften Gong, trat einen Schritt zurück und wartete.

Er wartete lange, doch er nahm zu Recht an, dass der Weg von einem beliebigen Punkt im Haus zur Eingangstür deutlich länger sein würde als in einem normalen Einfamilienhäuschen.

Während er noch immer wartete, betrachtete er die beeindruckende Haustür. Sie strahlte *Präsenz* aus, ähnlich einer schweren hölzernen Pforte, die in einer perfekten Welt sogleich – unheilvoll knarrend – von Bela Lugosi geöffnet werden würde …

Nicht so diese Tür. Lautlos schwang sie auf, und eine zierliche junge Frau mit wunderschönen Augen stand im Rahmen. Ihr Outfit hätte geradewegs aus Mercedes' Kleiderschrank stammen können. Das Mädchen starrte auf Alvins Hosenbein, und erst jetzt stellte er fest, dass der Stoff auf Knöchelhöhe eingerissen war – was offenbar bei seiner unsanften Landung auf dem Bird-Grundstück geschehen war.

»Hi«, sagte Alvin, »ist …«

Schon drehte sich das Mädchen um und rief: »Mum, da ist jemand an der Tür!«, bevor sie an Alvin vorbeihuschte und auf den geparkten Peugeot zusteuerte – eine junge Frau mit einem Ziel und – ganz im Gegensatz zu Mercedes – einem eigenen fahrbaren Untersatz, der sie dorthin bringen würde.

Während sie, nicht ohne Kies aufzuwirbeln, davonfuhr, erschien eine Frau in der Tür. Mum, keine Frage. Sie hatte die gleichen strahlenden Augen wie ihre Tochter und darüber hinaus die Haltung eines Models – jeder Bürgersteig ein Laufsteg, jede zufällige Begegnung ein Casting –, und es hätte Alvin nicht gewundert, wenn sie einst tatsächlich auf dem Catwalk gelaufen war. In Anbetracht ihres Alters hätte sie seinerzeit wohl etwas mit Schulterpolstern vorgeführt, die so groß gewesen waren, dass man damit ein Sofa hätte polstern können. Doch die Jahre hatten ihr nicht viel anhaben können. Was vielleicht auch ihrer Kosmetikerin, ihrem eigenen Fitnesstrainer, vielleicht auch ihrem Schönheitschirurgen zu verdanken war.

Alvin fühlte sich, wie er sich immer fühlte im Angesicht überwältigender, ja, erhabener Schönheit; wie er sich auch gefühlt hatte, als er für einen kurzen Moment dieselbe Luft hatte atmen dürfen wie Madonna: unbeholfen und eingeschüchtert. Erschwerend kam hinzu, dass er sich in diesem Moment seiner eingerissenen Hose schmerzlich bewusst wurde. Dennoch schaffte er es »Hallo, ich bin …« zu sagen.

»Ich weiß, wer Sie sind«, unterbrach sie ihn barsch. »Jerry! Komm mal her … *Jerry!*«

Während sie warteten, starrte sie ihn mit einer Mischung aus Verärgerung und Furcht an. Im Gegenzug dazu lächelte Alvin; vermutlich war es ein ziemlich dümmliches Lächeln.

Als Jeremy Bird hinter seiner Frau auftauchte, wich er unwillkürlich einen Schritt zurück. Für einen kurzen Moment schien der unförmige Kopf des Mannes aus dem anmutig gebeugten Nacken seiner Gattin hervorzusprießen wie eine alptraumhafte Beule. Irgendwie hatte Alvin verdrängt, was für ein grotesk hässlicher Vogel dieser Mann gewesen war – und es im unbarmherzigen Licht des jungen Tages noch immer war.

»Ruf die Polizei, Darling«, bellte Bird.

Darling, Mum, Mrs Bird zog sich ins Zwielicht der Eingangshalle zurück, ohne den Blick von ihrem ungebetenen Gast abzuwenden. Als sie schließlich in den Tiefes des Hauses verschwunden war, drängte sich Alvin die Frage aller Fragen förmlich auf: Wie um alles in der Welt war diese Frau nur an jemanden wie Jeremy Bird geraten? Vielleicht, so spekulierte er, war Jerry ja zum Zeitpunkt ihres Kennenlernens ein durchaus gut aussehender junger Mann gewesen, den sie wie ein Vampir nach und nach ausgesaugt hatte, um ihre eigene Schönheit zu nähren? Eine Vorstellung, die fraglos zum Gothic-Ambiente dieses Hauses passte.

Er verscheuchte das bizarre Bild aus seinem Hirn – ein denkbar schlechter Zeitpunkt, kurzweilige Gedankenspielchen zu betreiben – und riss sich zusammen.

»Was zum Teufel haben Sie hier zu suchen?«, verlangte Jeremy Bird zu wissen. »Sitzen Sie nicht schon tief genug in der Scheiße?«

»Ich glaube nicht, dass das jetzt noch eine große Rolle spielt«, sagte Alvin. »Ich hätte auf Sie hören sollen, als Sie mich damals aufgesucht haben. Was sagten Sie noch gleich? Dass Sie mir den Garaus machen würden, nicht? Tja, das haben Sie ja jetzt geschafft, und dazu mussten sich mich noch nicht einmal vor Gericht zerren.«

»Ich möchte, dass Sie auf der Stelle mein Anwesen verlassen. Ich habe Ihnen nichts mehr zu sagen.«

»Oh, aber *ich* hab Ihnen so einiges zu sagen, Sie Bastard. Eine *Menge*. Ich hätte nie gedacht, dass sich jemand wie Sie in die Niederungen der Glenn-Siedlungen hinabbegeben würde. Sie und Kevan Kennedy, Sie beide haben viel gemeinsam, was? Grundgütiger Himmel, wie können Sie eigentlich nachts noch schlafen?«

»Verlassen Sie meinen Besitz.«

»Ihren Besitz?« Alvin musste lachen. »Das war der Besitz Ihrer

Mutter. Sie dürfen hier nur wohnen, weil sie es nicht übers Herz brachte, Sie vor die Tür zu setzen, als sie noch lebte.«

»Was erlauben Sie sich eigentlich?« Bird machte einen Schritt auf Alvin zu, hielt dann jedoch inne, als sein Blick auf das zerrissene Hosenbein fiel. Als ob dieses aus Alvin einen unberechenbaren, brandgefährlichen Burschen machte.

»Ich bin nicht hergekommen, um mich mit Ihnen anzulegen«, sagte Alvin, obwohl er dem Mann am liebsten die Eingeweide aus dem Leib geprügelt hätte. »Ich bin gekommen, um Ihnen was zu zeigen.«

»Was könnten Sie mir schon Interessantes zu zeigen haben?«

Die Frau, seine Frau, war wieder an Birds Seite aufgetaucht. »Sie sind unterwegs«, verkündete sie ruhig. Alvin sah, dass sie etwas in der Hand hielt. Es war ein Schürhaken, halb verborgen in den Falten ihres Rockes.

Er musste sich beeilen, obwohl er vermutete, dass die Polizei eine gute halbe Stunde brauchen würde, um hierher zu gelangen.

»Ich habe etwas gefunden«, sagte er. »Briefumschläge. Darin befanden sich Schecks, die Ihre Mutter an jenem Tag per Post versenden wollte, bevor sie von Ihrem neuen Freund überfallen wurde.«

»Wie kommen Sie an die Tasche meiner Mutter?«, japste Bird. »Wenn das kein Beweis ist, dass Sie hinter diesem Raubüberfall stecken, was dann? Hab ich's dir nicht gesagt, Darling? Hab ich dir nicht gesagt, dass sie Komplizen waren?«

Auch Darling, so schien es, war zu einem vernichtenden Urteil über Alvin gelangt. »Ich besitze die Tasche, ja – aber nicht aus dem Grund, den Ihr Mann mir gerade zum wiederholten Male unterstellt hat«, sagte er an die Frau gerichtet. »Ich habe sie gestern gefunden …« Er wendete sich wieder ihrem Gatten zu. »Ihre Mutter war ein guter Mensch, Mr Bird …«

»Sie war geistig unzurechnungsfähig, sie war *leidend*, und Sie haben sich diese Tatsache zunutze gemacht.«

»Sie war ein *guter* Mensch.«

Alvin griff in seine Jackentasche und zog fünf Schecks hervor.

Schecks, die er die meiste Zeit des gestrigen Abends über ungläubig angestarrt hatte. Schecks, die auf seinem Wohnzimmertisch gelegen hatten wie die letzten Stücke eines schwierigen Puzzles.

»Schauen Sie sich das doch mal an ... Der britische Tierschutzverein: 35.000 Pfund ... Die Parkinson-Gesellschaft: 20.000 Pfund ... Die Krebsgesellschaft: 28.000 Pfund ... Der Förderverein für Menschen mit einer Lernschwäche: 15.000 Pfund ... Der Kinderschutzbund: 40.000 Pfund! Das sind 138 Riesen, die sie für Kranke und Schutzbedürftige spenden wollte. Für Menschen, die sich nicht selbst helfen können, für die sozial *Benachteiligten* in diesem Lande.«

Er reichte Jeremy Bird die Schecks, der sie ausdruckslos, wenngleich nicht sonderlich überrascht betrachtete.

»Sagen Sie mir, wofür werden *Sie* das Geld ausgeben, wenn Sie es denn bekommen?«, fuhr Alvin fort. »Für einen weiteren Mercedes? Einen Anbau fürs Haus. Ich meine, Sie leben ja auch inzwischen reichlich beengt hier ...«

»Ich würde sagen, dass geht Sie nichts an, obwohl es gut ist zu wissen, dass Sie inzwischen zu akzeptieren scheinen, dass das Anwesen mir gehört.«

»Mein Anwalt hat mir berichtet, dass Ihre Mutter in den letzten Jahren viel, sehr viel Geld ausgegeben haben muss. Nachdem sie nun aber nicht gerade auf großem Fuß gelebt hat, vermute ich, dass sie das meiste davon für wohltätige Zwecke gespendet hat.«

Jeremy Birds Gesicht wurde aschfahl, und Alvin erkannte, dass er den Nagel auf den Kopf getroffen hatte.

»Darum haben Sie sich mit ihr überworfen, stimmt's? Sie konnten es nicht ertragen, wie sie in ihrer Großzügigkeit das Geld Ihres Vaters ...«

»Mein Vater war ein großartiger Mann«, explodierte Bird. »Was glauben Sie, wie er sich fühlen würde, wenn er wüsste, dass alles, wofür er so hart gearbeitet hat, einfach so ... *verschleudert* wird? Das fing ja schon zu seinen Lebzeiten an. Sie konnte nicht mal warten, bis er tot war, um die scheiß Welt zu retten.«

»Das reicht, Jerry«, sagte seine Frau flehend, doch er fegte ihren Einwand mit einer unwirschen Geste buchstäblich fort.

»Selbst dieses Haus wollte sie weggeben«, krächzte er. »An ehemalige *Junkies!*«

»Und darum hat Ihr Vater versucht, sein Testament zu ändern, richtig?« Alvin hatte verstanden.

Jeremy Bird war im Begriff, mit puterrotem Gesicht nun, auf Alvin loszugehen, doch seine Frau hielt ihn an den Schultern zurück. »Wie zum Teufel haben Sie all das herausgefunden?«, keuchte er. »Wie zum Teufel …?« Japsend brach er ab.

Langsam führte ihn seine Frau zurück in die Eingangshalle und beförderte den nun wahrlich Atemlosen auf einen Stuhl. Alvin sah, wie sie in die Hemdtasche ihres Mannes griff, einen kleinen Inhalator herausholte und ihm das Ding auf den Mund presste. Ein Anflug von Schuldgefühl überkam Alvin. Was hatte er Bird nicht alles an den Hals gewünscht. Nun musste er erkennen, dass er es nicht so gemeint hatte.

Während sich ihr Ehemann nur langsam wieder erholte, kam die Frau zurück an die Tür, den Schürhaken diesmal drohend erhoben.

»Meine Schwiegermutter …«, begann sie. »Sie war verrückt, Mr Lee. Sie hatte jeden Sinn für die Verhältnismäßigkeiten und den Blick für das Wesentliche verloren. Als sie noch lebte, hat sie nichts unversucht gelassen, um diese Familie zu zerstören. Und ich lasse nicht zu, dass ein dahergelaufener Penner wie Sie, beendet, was sie begonnen hat.«

»Keine Sorge, mit Ihrer Mischpoke bin ich fertig, glauben Sie mir«, sagte Alvin. »Sie können von mir aus zur Hölle fahren, alle miteinander.«

Sie kam auf ihn zu, den Schürhaken auf seinen Bauch gerichtet. Über ihre Schulter hinweg fiel Alvins Blick auf Jeremy Bird, der bleich und außer Atem in der Empfangshalle saß. Bird starrte ihn an, zu angeschlagen, um zu sprechen, doch in seinen Augen glühte unbändiger Hass. Ein verzweifeltes Keuchen aus seinem Mund ließ seine Frau innehalten. Mit besorgter Miene ging sie zu ihm. Alvin sah, wie sie ihm erneut den Inhalator auf den Mund presste, und fragte sich, ob der Mann womöglich gerade seinen letzten Atemzug tat. Und er fragte sich auch, warum er sich auf einmal kein bisschen schuldig fühlte, warum er nicht den Hauch von Mitleid verspürte.

Er drehte sich um und ging zurück Richtung Eingangstor. Der Kies knirschte unter seinen Schuhsohlen.

Holzlatten

Es war kurz nach vier Uhr nachmittags. Alvin saß auf seinem Sofa, vor ihm stand eine sich langsam abkühlende Tasse Tee. Er fühlte sich verdammt.

Zugleich hatte er jedoch das Gefühl, als sei ihm Gerechtigkeit widerfahren. Wenngleich nur im höchstpersönlichen Gerichtssaal des Alvin Lee.

Nicht, dass es ihm sonderlich gut dabei ging. Die Schmerzen und Leiden – ja, sogar den Tod –, die er Jeremy Bird noch vor ein paar Stunden gewünscht hatte … das war eine völlig neue Erfahrung für ihn gewesen. Bis zu diesem Tag hatte er selbst seinem ärgsten Feind nie mehr als eine leichte Erkältung an den Hals gewünscht. Hass, ein Gefühl, das er bis dato nicht kennen gelernt hatte, von dem er jedoch annahm, dass er sich allmählich daran gewöhnen musste.

Es wunderte ihn, dass sich die Polizei noch nicht hatte blicken lassen. Er hatte sie kommen sehen, nachdem er Beresford House wieder verlassen hatte. Ein Einsatzwagen, der mit rotierendem Blaulicht auf der einsamen Straße an ihm vorbeigerast war. Fünf Minuten später hatte er in seinem Rücken einen Wagen näher kommen hören. Er vermutete, dass es wieder die Polizei war, und hatte seinen Daumen triumphierend in die Luft gereckt. Doch dann war das Fahrzeug, ein Lastwagen, ein Stück an ihm vorbeigefahren und hatte dann angehalten. Wenig später hatte er sich auf der Fahrt Richtung Stadt zwischen einigen Bauarbeitern sitzend wiedergefunden, die mit Zementspritzern übersät waren. Zunächst war er dankbar dafür gewesen; sein Knöchel war inzwischen angeschwollen, und er hatte Blasen an den Füßen. Doch dann hatte einer der Männer angefangen, genüsslich zu beschreiben, was er alles mit einem Pädophilen anstellen würde. (Die Sonderbehandlung fand unter Verwendung einer Eisenkette und einer mit Nägeln bewehrten Holzlatte aus dem Baumarkt statt.) Alvin hatte schon das Schlimmste befürchtet, doch dann stellte sich heraus, dass sich der Typ nur auf einen Artikel in der heutigen *Sun* bezog.

Zu Hause dann hatten ihn einige Nachrichten auf dem Anrufbeantworter erwartet. Sie stammten allesamt von Trevor Poll. Seit er hier saß, hatte der Anwalt noch einmal angerufen, doch Alvin hatte nicht abgehoben. Nicht, dass er den Kopf in den Sand steckte; die Polizei würde ohnehin jeden Moment hier eintreffen.

Er versuchte, sämtliche Gedanken an Jeremy Bird zu verdrängen. Wenn er noch länger über diesen Mann mit seinem prächtigen Haus und der noch prächtigeren Familie nachdachte, dann würde ihn das alles ernsthaft verbittern. Nein, beschloss er, das Kapitel Bird ist ein für alle Mal abgeschlossen. Obwohl er nach wie vor nicht ungeschoren davonkommen würde, weil es ihm eingefallen war, einer alten Frau das Leben zu retten.

Wie er so dasaß und die unschöne Erinnerung an Bird aus seinem Hirn vertrieb, fiel ihm wieder Debbie Coates ein, ein Thema, das ihn nicht minder besorgte. Er hatte sie auf ihrem Handy angerufen, doch nur ihre schnoddrige Voicemailbox-Ansage erreicht. Und genau das war momentan seine einzige Hoffnung: ihre unverfrorene Schnoddrigkeit. Diese hatte sie nicht selten in mehr oder weniger große Schwierigkeiten gebracht, ihr aber auch mehr als einmal den Arsch gerettet.

Plötzlich klopfte es an der Tür. Zu zaghaft, als dass es die Polizei sein konnte – er bezweifelte, dass die sich überhaupt mit einem höflichen Anklopfen aufhalten würde. Im Flur erkannte er eine verschwommene Silhouette durch das Milchglas seiner Haustür; eine weibliche und irgendwie vertraute Gestalt. Und doch war er erstaunt, als er die Tür öffnete.

»Kelly.«

»Hi, Alvin.«

»Kelly, mein Gott, was machst du denn hier?«

»Ein *Hallo, schön, dich zu sehen* wäre nett gewesen, aber, na ja …«

»Sorry, es ist nur … Komm besser erst mal rein.«

Als er sie ins Haus geleitete, schämte er sich für seinen verstohlenen Blick nach draußen auf der Suche nach unwillkommenen Zeugen.

»Hast du das von Debbie gehört?«, fragte Alvin, als sie unbeholfen im Wohnzimmer standen. Die Peinlichkeit ihrer letzten Begegnung lag noch immer in der Luft.

»Debbie, ja. Mache mir echt Sorgen um sie«, erwiderte Kelly.

»Ich auch.«

»Ich hab sie getroffen …«

»Wo?«

»Am Sonntag, auf Beckers Party.«

»Ach so.«

Kelly sah irgendwie verändert aus. Sie trug enge Jeans, die sie in braune Cowboystiefel gestopft hatte, und eine kurze türkisfarbene Seidendaunenjacke. Ihr Haar war auftoupiert und wurde durch eine weißen Reif zurückgehalten. Das neue Outfit stellte eindeutig eine Verbesserung gegenüber dem schäbigen Morgenmantel dar, den sie bei ihrer letzten Begegnung getragen hatte (was selbst auf eine um die Hüften zusammengeraffte Mülltüte zugetroffen hätte). Ihre normalerweise schneeweiße Haut schimmerte leicht honigfarben, was ihr gut stand, wie Alvin feststellte.

»Debs hat's mir erzählt«, sagte sie. »Du weißt schon, die Sache mit der Schule und das mit den Bullen, und auch, was Kevan getan hat. Was für 'ne gottverdammte Arschgeburt …«

Die Sache scheint allmählich größere Kreise zu ziehen, dachte Alvin.

»Und das mit deiner Frau …«

»Wir waren nicht verheiratet, aber, na ja, *c'est la vie*, nehme ich an.«

»Ich fühl mich richtig scheiße deswegen. Als ob das alles meine

Schuld ist, verstehst du? Ich wusste von dem Raubüberfall, aber ich wusste nicht, dass du der Held des Tages warst. Ich meine, Roberta hat mir erzählt, dass es einer unserer Kunden war, aber ich hab gedacht – tja, habe gar nichts gedacht, denn wenn ich's getan hätte, dann hätte ich verdammt nochmal drauf kommen müssen, dass *du* derjenige warst. Jeder andere Typ, den ich kenne, hätte den Schwanz eingekniffen, wenn er gesehen hätte, wie 'ne alte Frau mit 'nem Messer bedroht wird. Egal, wenn ich's früher gewusst hätte, wäre ich auch früher hergekommen. Hätte deiner Frau gesagt, dass sie verrückt sein muss, dich rauszuschmeißen, und dass ich, nachdem du nochmal bei mir warst, zu dieser Klinik gefahren bin und diese Sache in Ordnung gebracht habe. Und da habe ich auch gleich 'nen AIDS-Test machen lassen. Na ja, sie haben mir geraten, einen machen zu lassen. Alles okay, ich meine, ich bin nicht positiv oder so, aber weißt du was? Ich hab danach richtig Horror geschoben und den Job sausen lassen ... also die Sache mit dem Massagesalon, du weißt schon.«

»Kann nicht gerade behaupten, dass ich diese Entscheidung bedauere. Was hast du denn seitdem so gemacht?«

»Ich war im Ausland. Hatte diesen Typen getroffen – einer meiner Freier –, und der arbeitet in 'nem Reisebüro. Der hat gemeint, er könnte mir 'nen Job in Frankreich besorgen ... In Chamonix. Das ist irgendwo in den Alpen, weißt du.«

»Ja, ich weiß, ich habe deine Postkarte erhalten.«

»Egal, da habe ich dann in diesem Chalet gekocht und geputzt für diese piekfeinen Wichser, die da Skiurlaub machen. Bis letzte Woche habe ich da geschuftet. Sollte eigentlich bis Ende der Saison dableiben, aber ich hatte echt die Schnauze voll. Ich meine, ich war ja nur so was wie 'ne Putze da, und die anderen Mädchen waren ziemlich arrogant, aber ich habe Skifahren gelernt und so. Auf der Off-Piste!«

»Du siehst gut aus«, sagte Alvin. »Hast richtig Farbe gekriegt.«

»Ja, aber nur im Gesicht. Egal, jedenfalls habe ich am Sonntag Debbie getroffen, und die hat mir alles erzählt. Ich konnte echt nicht glauben, was da in der Zwischenzeit für 'ne Scheiße abgegangen ist … Tut mir echt leid, Alvin. Ich fühl mich ziemlich beschissen deswegen.«

»Dazu besteht aber kein Grund. Das ist doch nicht deine …«

»Ja, aber wenn ich dich damals nicht angesteckt hätte, und wenn du nicht nochmal zu mir gekommen wärst, dann wärst du der Alten nie über den Weg gelaufen, und dann hättest du noch deinen Job, und deine Frau hätte dich nie verlassen und so weiter.«

Trotz der etwas umständlichen Art und Weise ihrer Zusammenfassung hatte Kelly, wie üblich, den Nagel auf den Kopf getroffen. Auch wenn Alvin jetzt beteuerte: »Es ist nicht deine Schuld, Kelly. Ich bin ein erwachsener Mensch. Ich habe das alles ganz allein zu verantworten. Klar, es hätte nicht gleich im totalen Chaos enden müssen. Genauso gut hätte ich einfach das Geld der alten Dame erben können, und dann müsste ich dir sogar für alles dankbar sein.«

»Du kriegst das Geld also nicht?«

Er schüttelte den Kopf. »Um ehrlich zu sein, ich habe nie geglaubt, dass ich ein Recht darauf habe … Nicht, dass ihre Familie es mehr verdient hätte als ich.«

»Haben die Cops dich verhört wegen dem, was Kevan denen erzählt hat?«

»Ja, leider.«

»Dieser Scheißkerl. Nicht zu glauben, dass er dich so sehr in die Scheiße geritten hat. Debbie ist deswegen fast ausgeflippt, als sie's mir erzählt hat. Sie war drauf und dran, ihm zu zeigen, wo der Frosch die Locken hat.«

»Was zum Teufel ist mit ihr passiert, Kelly? Ich hab gestern Curtis getroffen. Er hat erzählt, sie wäre mit Chenils Bruder auf dieser Party gewesen. Glaubst du, er könnte …«

»Dieser Dreckskerl Shakespeare? Nein. Der hat sich an dem Abend an jede rangemacht. Sogar bei mit hat er's versucht, aber ich hab ihm gesagt, er soll sich verpissen. Dann hat er ein bisschen mit Debbie rumgeknutscht, aber die ist lange vor ihm nach Hause gegangen. Der Typ war am Ende total besoffen. Seine Kumpels mussten ihn sogar raustragen. Der hat Deb nichts getan, so viel ist sicher. Aber weißt du, was ich denke?«

»Was?«

»Sie hat sich mit Ro und Curt und seinen Kumpels darüber unterhalten, Kevan aufzumischen.«

»Und ich hab ihr noch gesagt, sie soll sich da raushalten.«

»Du kennst doch Deb. Egal, die wollten jedenfalls nichts mit der Sache zu tun haben.«

»Gott sei Dank.«

»Ja, aber ich könnte mir vorstellen, dass sie auf eigene Faust zur Glenn gegangen ist, oder vielleicht hat sie ihn durch Zufall irgendwo anders getroffen, und er hat ihr was angetan.«

»Scheiße, und ich habe ihn erst gestern noch gesehen.«

»Hat er was zu dir gesagt?«

»Nein, ich habe nicht mit ihm gesprochen. Er war zu beschäftigt damit, sein Auto um einen Laternenpfahl zu wickeln. Hast du der Polizei von deinem Verdacht erzählt?«

Sie schüttelte den Kopf. »Dachte, ich sollte erst mal mit dir darüber sprechen ... Da ist noch was anderes, was ich dir sagen muss.« Sie sah ihn besorgt an. »Debs Mum denkt, *du* hast ihrer Tochter was angetan. Du weißt schon, wegen dem, was in der Zeitung stand und was an der Schule passiert ist und so ...«

»Jesus. Glaubst du das etwa auch?«

»Reg dich ab«, schnappte sie. »Meinst du, ich komme hierher, wenn ich glauben würde, du wärst der neue Fred West, oder was? Nee, ich hab's von Debs Onkel erfahren, der neben meiner Mutter wohnt, und ich habe ihm auch gesagt, dass das totaler Schwachsinn ist. Habe ihm gesagt, dass du kein Perverser bist, dass du nicht mal 'ner Fliege was zuleide tun kannst.«

»Danke«, sagte Alvin leise.

Allmählich hegte er den Verdacht, dass sich die ganze Welt gegen ihn verschworen hatte. Missverstanden, falsch beurteilt, vorverurteilt und ohne freundschaftlichen Beistand, wenn man von dem Häufchen Teenager absah, das leider nicht in der Jury sitzen würde, vor der er sich sehr wahrscheinlich schon bald zu verantworten hatte.

»Weißt du was?«, sagte Kelly. »Ich könnte sterben für 'ne Tasse Tee.«

Als Alvin mit zwei Tassen Tee ins Wohnzimmer zurückkehrte, stand Kelly am Fenster und starrte hinaus in die hereinbrechende Dämmerung.

»Debbies Mutter ist nicht die Einzige, die denkt, dass ich was damit zu tun habe«, sagte er. »Auch die Polizei will mich zu Debbies Verschwinden verhören.«

»Dann sollten die sich besser mal beeilen.«

Alvin trat neben sie und schaute ebenfalls aus dem Fenster …

Jenseits der niedrigen Ziegelmauer, die sein Grundstück vom Gehweg trennte, hatte sich eine kleine Menge zusammengerottet. Ein halbes Dutzend Leute, vier Frauen und zwei Männer, um genau zu sein. Keine besonders beeindruckende Versammlung, doch Alvin konnte ihren schwelenden Zorn selbst durch das Fensterglas spüren. Sie schienen miteinander zu diskutieren, womöglich darüber, in welches Haus man denn nun den Molotowcocktail schmeißen sollte, denn an Alvins Tür befand sich keine Hausnummer. Er hatte indes den Eindruck, dass sie allmählich den Punkt erreicht hatten, an dem es scheißegal war, wen man lynchen würde.

Im Wohnzimmer brannte noch kein Licht, also konnte der Mob auch niemanden im Haus ausmachen und … zumindest so lange Alvin und Kelly sich nicht bewegten, was sie seit geraumer Zeit auch nicht mehr taten. Eine eher instinktive Entscheidung, so wie man es in zahlreichen Tierdokumentationen gesehen hatte: Die Beute verharrt reglos, während das Wolfsrudel in einiger Entfernung auf und ab patrouilliert.

Alvin erkannte Debbies Mutter, denn sie war einige Male in der Wood Hill aufgekreuzt. Sie hatte dieselben kohlrabenschwarzen Augen und kantigen Wangenknochen wie ihre Tochter, obwohl Debbie von ihr nicht das Biffa-Bacon-Kinn geerbt hatte.

Und auch nicht das immense Übergewicht. Die Chancen standen allerdings nicht schlecht, dass auch sie in absehbarer Zukunft den Adipositas-Weg gehen würde. Vorausgesetzt, das Mädchen hatte überhaupt noch eine Zukunft, wenn sich der Staub erst einmal gelegt hatte.

»Was zum Henker haben die vor?«, wisperte Alvin.

»Bist du wirklich scharf darauf, das rauszufinden?«

»Okay, was schlägst du also vor?«

»Keine Ahnung. Habt ihr 'nen Hinterausgang?«

»Ich laufe nicht davon. Das ist *mein* verdammtes Haus.«

»Könnte auch dein Sarg werden, wenn du noch länger hier rumstehst. Siehst du den Typen da?« Sie muss den Kerl meinen, der aussieht wie ein Panzerschrank, dachte Alvin. Um den baumdicken Hals des Mannes wand sich martialisch ein selbstgemachtes Tattoo. »Sein Zwillingsbruder sitzt lebenslänglich«, erklärte sie. »Gut möglich, dass er sich ohne ihn inzwischen ziemlich einsam fühlt.«

Plötzlich erschien Alvin der Hinterausgang durchaus als erwägenswerte Option, doch er fragte sich, ob die Flucht quer durch Nachbars Garten eine gute Idee war. Möglicherweise bot das dschungelähnliche Grundstück auf der anderen Seite ihnen für einige Wochen Zuflucht, sofern sie dort genügend Wurzeln und Beeren fanden …

Aber *nein*. Das hier war sein Zuhause. Darüber hinaus hatte er nichts Unrechtes getan. Weder hatte er Hand an Debbie gelegt noch sonst jemandem ein Haar gekrümmt.

»Ich werde rausgehen und mich mit denen auseinandersetzen«, sagte er jetzt.

»Bist du bekloppt?«

»Du verlässt jetzt das Haus durch die Hintertür. Ich will nicht, dass dir etwas zustößt.«

»Wenn du bleibst, bleibe ich auch.«

Der Mob kam in Bewegung. Eine der Frauen hatte Alvins Hausnummer entdeckt, die auf seiner Mülltonne prangte. Debbies Mutter drückte das Tor zum Vorgarten auf, ging zur Haustür und winkte die anderen zu sich.

»Geh, Kelly, ich bitte dich«, drängte Alvin.

Mit Nachdruck schob er sie in den Flur und durch die Küche. »Die Hintertür ist offen«, sagte er. »Geh durch den Garten und klopf bei meinem Nachbarn an. Die sollen umgehend die Polizei rufen.«

Er sah, wie sie nach draußen verschwand, dann beschloss er, sich der kochenden Volksseele zu stellen. Durch das Glas der Haustür konnte er nur eine monströse Masse erkennen. Er hatte Studien über das Verhalten von größeren Menschenansammlungen gelesen, bei denen sich irgendwann ein kollektiver Prozess Bahn brach, was erklärte, warum sich der rasende Mob stets so verhielt, als würde er mittels eines Zentralgehirns gesteuert. Ob das auch auf eine Gruppe von sechs Leuten zutraf?

Jetzt hämmerten sie gegen seine Tür.

»Sind Sie da drin?«

»Klar ist der drin!«

»Sind Sie zu Hause, Sie beschissener Perverser?«

»Er ist drin. Ich kann ihn doch sehen.«

»Kommen Sie raus und reden Sie mit uns!«

»Wir wollen nur mit Ihnen reden.«

Sie wollen nur mit mir reden.

Alvin atmete tief durch …

Ich werde es ihnen erklären.

Ich habe nichts getan.

Ich weiß nicht, wo Debbie ist.

Er versuchte, den Drang niederzukämpfen, den gleichen Weg zu nehmen wie Kelly.

Ich mache mir doch genauso große Sorgen wie diese Menschen.

Ich werde es ihnen jetzt sagen.

Wenn ich diese Tür geöffnet –

Das Milchglas zerbrach, und Alvin starrte auf den halben Ziegelstein, der zu seinen Füßen lag. *Wahrscheinlich aus dem Müllcontainer, der auf der anderen Seite steht,* und dann wunderte er sich, dass er sich in diesem Moment über die Herkunft eines Ziegelsteins Gedanken machte …

Wie gelähmt sah er zu, als nun ein dicker Unterarm durch das scharfgezackte Loch griff und sich am Türgriff zu schaffen machte. Schon flog die Haustür auf, und Debbies Mutter – an deren Vornamen er sich nicht mehr erinnern konnte – stürzte in den Flur. Ihre Begleiter erschienen direkt hinter ihr und hielten sie zurück, obwohl sie nicht den Eindruck erweckte, Alvin auf der Stelle den Garaus machen zu wollen.

»Was haben Sie mit ihr gemacht?«, bellte sie ihn an.

»Mrs Coates, ich habe nichts …«

»Was zum Teufel haben Sie mit ihr angestellt, Sie widerlicher Bastard?«

Sie kam drohend auf ihn zu.

»Ich schwöre, ich weiß nicht, wo …«

Ruckartig stolperte er zurück, und nur das Treppengeländer hinderte ihn daran umzufallen. Die kantige Spitze des Abschlusspfostens drückte sich hart in seinen Rücken, während ihre fleischigen Hände wieder und wieder gegen seine Brust stießen. Das beträchtliche Gewicht ihres Körpers tat ein Übriges. Die Menge schrie nun wild durcheinander, hasserfülltes Gegeifer, dem er nichts mehr entgegenzusetzen hatte. Doch da war hinter ihm noch eine andere Stimme zu hören …

»Lasst ihn los, ihr Idioten!«

Kelly …

»Er hat doch nichts getan!«

… die aus dem Garten zurückgekehrt war, in den sie vermutlich nie gegangen war.

»Ihr habt euch den Falschen geschnappt!«, setzte sie nachdrücklich hinzu.

Debbies Mutter nahm ein bisschen Gewicht von Alvin und schaute Kelly an.

»Das ist der Falsche, Maddie …«

Maddie Coates, genau, das war ihr Name.

»… er würde niemandem etwas antun.«

»Und warum haben sie ihn dann gefeuert?«, verlangte Maddie zu wissen. Sie wirkte wenig überzeugt.

»Ja, er hat sie in der Schule unsittlich berührt, so war's doch«, meldete sich eine andere Frau zu Wort. »Betatscht hat er sie.«

»Debbie und wer noch?«, fragte eine andere Mutter.

»Was hat diese Drecksau mit ihr angestellt?«

Der Mob schob sich wieder in Alvins Blickfeld. Doch diesmal wurden sie von Panzerschrank beiseite geschoben, der sich zwischenzeitlich durch die Haustür in den engen Flur gequetscht hatte. Er hielt eine Holzlatte über seinem Kopf, und in Alvin wurden Erinnerungen wach.

Automatisch schloss er die Augen.

Als er sie wieder öffnete, lag er mit dem Rücken auf den Treppenstufen. Mit schweißnassen Händen griff er sich an die Stirn. Er spürte, wie ihm Blut übers Gesicht strömte, und dann einen starken, brennenden Schmerz.

Panzerschrank stand drohend über ihm. »Was hast du mit ihr gemacht, du perverses Schwein«, schnarrte er. Wieder hob er die Holzlatte in die Höhe, um erneut damit zuzuschlagen.

»Was hat wer mit wem gemacht?«

Eine neue Stimme diesmal. Eine Stimme, die einfach nicht real sein konnte. Es musste ein Hirngespinst sein. Er musste wohl aufgrund des Schlags auf seinen Kopf halluzinieren. Ja, so musste es sein, denn es konnte unmöglich Karens Stimme sein, die jetzt sagte: »Was zum Teufel ist hier eigentlich los? Alvin, was hast du getan?« Noch immer in dem festen Glauben, dass Karen unmöglich nach Hause gekommen sein konnte, drehte Alvin seinen blutenden Kopf zur Seite. Ihre Stimme, ganz sicher der erste Vorbote eines sich ankündigenden Komas …

Doch jetzt konnte er sie wahrhaftig *sehen*. Konnte sehen, wie sie sich zwischen Panzerschrank und Maddie Coates hindurchzwängte, um zu ihm zu gelangen. Nicht gerade eine engelhafte Erscheinung –

zu gereizt ihr Gesichtsausdruck, zu weltlich der Anorak, den sie trug –, und doch die einzige Hoffnung, die ihm noch blieb.

»Karen?«

Er versuchte, das Blut aus seinen Augen zu blinzeln, um sie besser zu sehen.

»Jesus, Alvin, dein *Kopf*.«

Sie ging auf die Knie und berührte ihn sanft. Und obwohl die Berührung höllisch schmerzte, jubelte er innerlich vor Freude, weil er sie *spüren* konnte.

»Sind Sie seine Frau?«, verlangte Maddie Coates zu wissen.

»Nein, bin ich nicht, aber das hier ist mein Haus. Was haben Sie hier zu suchen?«, erwiderte Karen in ihrer forschen Art.

»Wir wollten rauszufinden, was er mit meiner Tochter angestellt hat.«

»Wovon redet diese Frau, Alvin?«

Dieser öffnete den Mund, doch er konnte nicht sprechen.

Kelly tat es an seiner Stelle. »Sie denken, er hat sie umgebracht oder so, aber das ist alles totaler Schwachsinn.«

Zum ersten Mal sah Karen das Mädchen an. Es dauerte ein paar Minuten, bevor es *Klick* machte, doch dann verengten sich ihre Augen.«

»Und ich sage, er hat ihr was angetan!«, beharrte Maddie Coates. »Wo ist meine Debbie, du verdammter Bastard?«

»Debbie?«, fragte Karen. »Debbie Coates?«

»Sie kennen sie?«, fragte Maddie Coates argwöhnisch, womit gleichzeitig Karen zum Ziel ihres unbändigen Hasses wurde.

»Ja, und ich weiß auch, dass sie *nicht* tot ist.«

»Sie stecken also mit ihm unter einer Decke?«

»Ja, genau! Die stecken unter einer Decke!«

»Schätze, sie ist wohl so eine wie Myra Hindley!«

»Oder ’ne neue verfluchte Maxine Carr!«

Panzerschrank besann sich wieder auf seine Holzlatte, die er nun drohend gegen Karen erhob. Alvin, noch immer auf den Stufen liegend, kam mit weichen Knien wieder auf die Beine.

»Wo ist sie?«, schrie Maddie Coates Karen an. »Was haben Sie mit ihr gemacht?«

»*Nichts*. Wahrscheinlich ist sie längst wieder zu Hause. Ich habe mich gerade von ihr verabschiedet …«

Die Holzlatte sauste hernieder, zweifellos in der Absicht, Karen den Kopf zu spalten. Zum Glück für sie musste das Ding dazu aber erst durch Alvin hindurch. Das Letzte, was er sah, bevor er in eine gnädige Ohnmacht fiel, war ihr Gesicht. Nah genug, um sie zu küssen, wäre sein geschundener Körper in diesem Moment nicht gegen den ihren geprallt.

Wie das britische Wählerverzeichnis und die Datenbank der staatlichen Rentenversicherung eine Beziehung retteten

»Ich habe mich immer gefragt, ob du dich für mich in die Schusslinie einer Kugel werfen würdest«, sagte Karen. »Na ja, du hast statt meiner 'ne Holzlatte abgekriegt, das ist doch auch schon was. Wie fühlt sich dein Arm an?«

»Gebrochen. Tatsächlich fühle ich momentan gar nichts. Denke, die Schmerzmittel tun inzwischen ihren Dienst.«

Alvin, frisch genäht, eingegipst und schmerzbetäubt, lag auf einem Kissenberg in einem Krankenhausbett. Fünf Stiche hielten den vertikalen Schnitt an seiner Stirn zusammen. Ein sechster schloss den Riss an seiner rechten Ohrmuschel. Zum Glück hatte sein Unterarm, den er instinktiv angehoben hatte, um den Schlag abzufangen (der wiederum eigentlich Karen gegolten hatte), schlimmere Kopfverletzungen verhindert. Aus diesem Grund war der Arm nun von der Hand bis zum Ellbogen eingegipst. Er wäre gern nach Hause gegangen, doch die Ärzte wollten ihn noch eine Weile zur Beobachtung hierbehalten – so war es bei Kopfverletzungen üblich, hieß es.

»Du warst wirklich sehr, sehr mutig«, sagte Karen. »Ich danke dir.«

Alvin lächelte schwach.

Nach der Sache mit dem aufgebrachten Mob, dem Eintreffen der Polizei und des Krankenwagens sowie diverser Ärzte war dies ihr erster privater Augenblick. Das Krankenzimmer war nicht sehr groß, doch die drei anderen Betten waren unbelegt. Rechter Hand verlief eine Glasfront, die den Blick auf den betriebsamen Krankenhausflur preisgab.

»Warum bist du wieder nach Hause gekommen?«, fragte er. Es war die Frage, die ihn umtrieb, seit er sie heute wiedergesehen hatte.

»Weil deine Freundin Debbie mich darum gebeten hat.«

»Sie hat dich angerufen?«

»Nein, sie hat mich aufgesucht.«

»In Manchester?«

»Ja, sie hat gestern den Zug genommen. Hatte das Fahrgeld dem Freund ihrer Mutter geklaut – diesem Psycho mit der Holzlatte, du erinnerst dich? Sie hat ziemlich viel riskiert für dich, und sie war wild entschlossen, nicht ohne mich wieder zurück nach London zu fahren.«

Ungläubig schüttelte Alvin den Kopf, doch die heftige Bewegung schmerzte.

»Weißt du, die Begeisterung und Hingabe, die du in diesem Mädchen entfacht hast, hat mich ehrlich beeindruckt«, fuhr Karen fort. »Zuerst dachte ich … na ja, ich habe zunächst das Schlimmste angenommen, um ehrlich zu sein. Doch ihr Auftreten war so frei von Scham und Schuldbewusstsein, dass ich mir irgendwie nicht vorstellen konnte, ihr beide hättet womöglich … Na ja, ich dachte mir jedenfalls, wenn sie schon über dreihundert Kilometer zurücklegt, um sich für dich stark zu machen, dann sollte ich ihr zumindest zuhören.«

»Danke.«

»Obwohl es mich schon ziemlich geschockt hat, sie im Haus anzutreffen.«

»Kelly?«

»Zuerst dachte ich, *Scheiße, ist sie jetzt schon hier eingezogen, oder was?*«

Angsterfüllt schaut Alvin sie an. »Moment mal«, platzte er heraus. »Lass es mich erklären …«

»Dazu besteht kein Grund«, unterbrach sie ihn. »Das hat sie bereits getan. Als sie dich wieder zusammengeflickt haben, haben wir uns ein bisschen unterhalten. Sie hat dich sogar noch leidenschaftlicher verteidigt als Debbie. Und sie war sehr ehrlich mir gegenüber – wegen der Sache im Massagesalon und so. Sie scheint mir ein sehr nettes Mädchen zu sein. Gott, hätte nie gedacht, dass ich das mal sagen würde.«

»Sie *ist* ein nettes Mädchen«, sagte er nervös.

»Schon okay, du hast das Recht, so über sie zu denken.«

»Es tut mir leid, was passiert ist«, sagte er.

»Bitte hör auf, dich dauernd zu entschuldigen, Alvin.«

»Nein. Es tut mir leid, dass ich solch einen Schlamassel angerichtet habe. Wahrscheinlich werde ich ins Gefängnis kommen. Doch damit komme ich schon klar – so hübsch bin auch nicht, als dass ich im Knast mit dem Rücken zur Wand duschen müsste. Und ich kann auch damit leben, dass jeder denkt, ich wäre Abschaum. Nichts könnte mich weniger treffen, ehrlich. Aber dass du mir nicht glaubst, Karen … Ich schwöre, ich würde lieber sterben, als ansehen zu müssen, wie dir etwas passiert.«

Ihr Blick wanderte über den Gips, die Schrunden und Stiche in seinem Gesicht. Stumme Zeugen für die Wahrhaftigkeit seiner Worte.

»Der einzige Grund, warum ich wieder zurückgekommen bin, ist, dass ich dir glauben *wollte*«, sagte sie.

»Das musst du einfach …«

Sie antwortete nicht, auch, weil sich in diesem Moment ein Handy meldete. Das Klingeln kam aus Alvins Hosen, die über der Rückenlehne des Stuhls lagen, auf dem Karen saß. »Soll ich für dich rangehen?«, fragte sie. Alvin zuckte die Achseln. Sie griff hinter sich, fummelte das Handy hervor und nahm das Gespräch an.

»Hallo?« Eine kurze Pause, dann: »Oh, hi, Jamie …« Alvin verzog das Gesicht, und sie wusste, was sie zu sagen hatte. »… Nein, im Moment kann er nicht ans Telefon kommen … Nein, er ist beschäftigt, Jamie … Ja, ich bin zurück … Ja, vielleicht für immer … Ich weiß nicht. Hör mal, das geht dich jetzt wirklich nichts an …« Nun wirkte sie leicht verunsichert. »… Okay, ich sag ihm, dass du angerufen hast … Gut, ich richte es ihm aus … Tschüss.«

»Was hat er denn gewollt?«, fragte Alvin, nachdem sie das Handy wieder in seiner Hosentasche verstaut hatte.

»Er wollte dir für deine Empfehlung danken.«

»Meine was?«

»Er hat irgendwas von einem Australier gefaselt, der ihm angeblich einen Scheck mit zwölf Riesen gegeben hat … Was zum Teufel hat das alles zu bedeuten?«

Jetzt musste Alvin grinsen. Der Tag endete besser, als er begonnen hatte.

Die Besuchszeit war zu Ende, doch Karen war noch immer da. Sie lag neben Alvin auf dem Bett; ihr Kopf ruhte an seiner Schulter, der Arm war unter die Schlinge geschoben.

Sie war zurück …

Vielleicht für immer …

Eine Krankenschwester kam herein, um Alvins Wunden zu begutachten. »Sie sollten eigentlich nicht mehr hier sein«, sagte sie zu Karen.

»Ich liege auch ganz still«, flüstert Karen.

»Und ich habe nichts gesehen.«

»Wissen Sie zufällig, ob ein Mann namens Jonathan Craig auf diesem Flur liegt?«, fragte Alvin die Schwester.

»Hm, der Name sagt mir was«, erwiderte sie.

»Gebrochene Hüfte und Schädelfraktur«, half er ihr auf die Sprünge.

»Ach ja, der liegt ein paar Zimmer weiter.«

»Wie geht es ihm?«

»Na ja, der wird noch 'ne Weile hier sein, schätze ich. Jetzt müssen Sie aber schlafen. Sie müssen sich ausruhen.«

»Wer ist denn Jonathan Craig«, fragte Karen, als die Schwester wieder weg war.

»Ein Typ, der an der Wood Hill unterrichtet hat.«

»Und wieso liegt der hier?«

»Er hatte vor ein paar Tagen einen bösen Sturz.«

Alvin überlegte, ob er ihr die ganze Geschichte erzählen sollte, aber er war zu erschöpft. Sie hatten viel miteinander geredet, und die momentane Ruhe tat ihm gut.

»Wie hat Debbie dich eigentlich ausfindig gemacht«, fragte Alvin nach einer Weile, weil ihn die Frage irgendwie beschäftigte.

»Mit großem Erfindungsreichtum, würde ich sagen. Sie hat meinen Namen im Wählerverzeichnis gefunden. Hat einfach überprüft, wer unter der gleichen Adresse wie du dort aufgeführt ist.«

»Aber sie wusste doch, dass du nach Manchester abgereist warst.«

»Sie hat sich auch daran erinnert, dass du mal erzählt hast, die Mutter deiner Freundin wäre 'ne ehemalige Schulrektorin gewesen ...«

»Hab ich?«

»Sie hat in den Schulstunden wohl besser aufgepasst, als du für möglich gehalten hättest. Sie hat angenommen, dass ich zu meiner Mutter gefahren bin, und deren Adresse hat sich dann in der Datenbank der staatlichen Rentenversicherung ausfindig gemacht.«

»Der staatlichen Rentenversicherung?«

»Ja, das Erziehungsministerium besitzt eine elektronische Datenbank, in der alle Mitglieder verzeichnet sind. Ein Kumpel von ihr hat sich übers Internet da hineingehackt, und so hat sie zwei pensionierte Frauen mit Namen Jackson ausfindig gemacht, die beide in Manchester leben. Die Adresse meiner Mutter war die erste, die sie aufgesucht hat.«

»*Curtis*«, flüsterte Alvin.

»Curtis der Schläger?«

»Äh, ja. Der scheint ja ein richtiger IT-Profi zu sein. Hat mir davon kein Sterbenswörtchen verraten.«

»Du solltest stolz auf dich sein, Alvin.«

»Ach ja?«

»Jeder hat diese Kids längst aufgegeben, doch du hast immer an sie geglaubt. Und am Ende haben sie dir bewiesen, dass das auch gerechtfertigt war.«

Dann waren die ganzen Stunden Überlebenstraining doch nicht vergebene Liebesmüh gewesen. Er hatte Debbie und Curtis aufgetragen, Notrufnummern herauszusuchen, nicht ahnend, dass zumindest einer von ihnen nicht nur einen Klempner herbeirufen, sondern online sogar seine Steuerunterlagen und seine gesamte Krankengeschichte recherchieren konnte.

»Im Fall Kevan Kennedy hab ich allerdings falsch gelegen«, sagte er.

»Damit wird er nicht durchkommen. Sein Geschichtchen wird vor Gericht zerplatzen wie eine Seifenblase.«

»Da wäre ich mir nicht so sicher. So dumm ist er auch wieder nicht, und er hat bei allem die bestmögliche Unterstützung.«

»Hab Zuversicht ... Und schlaf nun. Du musst ja völlig erledigt sein.«

Alvin sank tiefer ins Kissen, und seine Gedanken wanderten von Kevan zu Karen. Obwohl sein ganzer Körper schmerzte und unter seinem Gips eine Stelle zu jucken begonnen hatte, war er so glücklich wie seit Monaten nicht mehr.

»Karen?«, flüsterte er.

»Schlaf jetzt.«

»Nur noch eine Sache.«

»Was?«

»Bleibst du hier? Ich meine, für immer?«

»Weißt du was? Ich habe dich sehr vermisst.«

»Ich dich auch.«

»Nein, ich meine, als diese ganze Scheiße passiert ist, da dachte ich, ich würde dich nicht mehr kennen. Und ich habe den Typen vermisst, der du mal für mich gewesen bist und der du in meinen Augen einfach nicht mehr warst. Doch jetzt denke ich, dass du immer dieser Typ gewesen bist, der Mann, in den ich mich verliebt habe ... Und weil du noch immer dieser Mann bist, bleibe ich. Beantwortet das deine Frage?«

Doch Alvin war schon eingeschlafen.

Vogelscheiße

»Versprochen?«

»Versprochen.«

»Und du lässt dir das auch nicht von deiner Mutter ausreden?«

»Das letzte Mal, als meine Mutter mir was erfolgreich ausgeredet hat, da war ich, ich glaube, dreizehn, und da musste sie mich in mein Zimmer einsperren. Keine Sorge, wir sehen uns übermorgen.«

»Versprochen?«

»*Versprochen*. Meinst du wirklich, du kannst ohne Hilfe essen?«

»Das ist doch das Tolle an den Big Macs. Man kann sie mit nur einer Hand verspeisen.«

»Und was ist mit deinem Termin bei der Polizei?«

»Das krieg ich schon auf die Reihe … So lange ich nur weiß, dass du zurückkommst.«

»Ich hab's doch versprochen, oder? Ich würde ja gern noch einen Tag hier bleiben, aber wenn ich die Kindern noch länger mit meiner Mutter allein lasse, gibt es Tote. Habe ich dir eigentlich erzählt, dass sie findet, Sid solle aufs Internat gehen?«

»Aber er ist doch erst vier Jahre alt.«

»Du kennst doch meine Mutter. Eine Erziehung ohne Daumenschrauben ist keine Erziehung.«

»Sag den Kindern, dass ich sie liebe.«

»Das kannst du ihnen übermorgen selbst sagen. Sie haben dich so sehr vermisst, weißt du?«

»Nicht halb so viel wie ich sie.«

»Okay, ich muss jetzt los.«

»Ruf mich an.«

»Sobald ich angekommen bin.«

»Ich liebe dich, Karen.«

»Ich liebe dich auch, mein Engel.«

Sie küsste ihn zärtlich und stieg ins Taxi. Sie würde Donnerstag wieder zurück sein. Mit den Kindern! Sie hatte es versprochen.

Und er vermisste sie schon jetzt.

Tatsächlich hatte Alvin Unrecht gehabt. Es war nicht möglich, einen Big Mac mit nur einer Hand zu essen; dafür war das Ding einfach, na ja, zu *big*. Brötchenhälfte gegen Hackfleischscheibe gegen Käsescheibe gegen Tomatenscheibe gegen Hackfleischscheibe gegen Brötchenhälfte, das Ganze notdürftig zusammengehalten von Ketchup und Majonnaise. Und so hatte Alvin hilflos mit ansehen müssen, wie jedes dieser Teile in eine andere Richtung davongerutscht und überall, nur nicht in seinem Mund gelandet war. Es war, als ob man einer Simulation zur Kontinentalplattentektonik zugesehen hätte. Diese Verschiebung auf einen Maßstab von zehntausend hochgerechnet, und man konnte sich den Untergang einer Stadt wie Los Angeles bildlich vorstellen. Da wäre zum Beispiel das Stück Salat, das durch die Ritze zwischen seinen Oberschenkeln gerutscht war. Das hätte genauso gut der MacArthur Park sein können, der auf Nimmerwiedersehen in einer Erdspalte verschwand.

Da saß er nun, ein leibhaftiges Paradoxon: Sein Magen verlangte nach Nahrung, während seine bekleckerte Armschlinge der Welt fälschlicherweise verkündete, dass sein Träger sich der hemmungslosen Völlerei hingegeben hatte.

»Sie haben sich ja ganz schön eingesaut«, sagte der Detective und zeigte mit einem feisten Finger auf Alvins mit Majo und Ketchup verschmierte Schlinge. »Sieht aus wie blutige Taubenscheiße.«

Das war der andere Punkt gewesen, in dem Alvin sich geirrt hatte: die Polizei. Nein, er kriegte das mit denen nicht auf die Reihe. In seiner grenzenlosen Naivität hatte er angenommen, er würde seine Aussage zum gestrigen häuslichen Überfall zu Protokoll geben und sich vielleicht bei dieser Gelegenheit für das rechtswidrige Betreten des Bird-Grundstücks entschuldigen (das technisch gesehen ja eigentlich *sein* Grundstück war), aber so einfach war es nicht.

Derselbe Verhörraum, ein anderer Polizist diesmal. Der Detective, der ihm jetzt gegenübersaß, war wohlgenährt und redselig. Auch schien ihn Alvins Zustand augenscheinlich zu freuen. »Wie löblich, dass der Mann unter den gegebenen Umständen ein Einsehen mit Ihnen hatte.«

»Ein *Einsehen?* Aber ich habe doch gar nichts verbrochen?«

»Seine hilflose Tochter einfach nach Manchester zu schicken … Nach *Manchester*!« Sprachlos schüttelte er den Kopf.

Alvin überlegte, ob er den Beamten aufklären sollte. Erstens war Debbie noch nie hilflos gewesen, und zweitens war der Mann mit der Holzlatte nicht ihr Vater. Und drittens hatte er das Mädchen nirgendwohin geschickt – doch er war es irgendwie leid, fortwährend seine Unschuld zu beteuern.

»Also werden Sie ihn deswegen nicht anzeigen?«, fragte er nur.

»Sicher werden wir ihn deswegen anzeigen. So sieht es nun mal das Gesetz vor.« Der Detective spuckte das Wort »Gesetz« förmlich aus, als handelte es sich dabei um ein Haar in seiner Suppe. »Pädophilen wie Ihnen wird's ja heutzutage leicht gemacht, hab ich nicht Recht?«

»Ich bin kein Pädophiler«, protestierte Alvin aufgebracht.

»Heben Sie sich das für den Gerichtssaal auf. Egal, deswegen wollte ich gar nicht mit Ihnen sprechen. Die Einschüchterung von Zeugen ist ein schweres Vergehen, wissen Sie.«

»Ich habe niemanden eingeschüchtert.«

»Ach so, dann haben Sie wohl nur auf einen Tee und einen Schwatz bei den Birds hereingeschaut, was? Hören Sie auf, ich bin vielleicht ein fettes, aber kein dummes Schwein.«

»Ich hab Jeremy Bird ein paar Briefe vorbeigebracht, die seine Mutter vor ihrem Tode geschrieben hat.«

»Haben Sie schon mal diese runden Dinger gesehen, die überall in den Straßen herumstehen?«, fragte der Detective. »Man wirft einen Umschlag in den Schlitz und – *tataa!* –, am nächsten

Tag schon ist der ganz woanders. Toll, oder? Die Dinger heißen übrigens Briefkasten, nur für den Fall, dass Sie nochmal einen brauchen.«

»Geht euch Typen eigentlich einer dabei ab, ihr Besserwisser? Oder ist das so 'ne Art Wettbewerb?« Alvin hatte es endgültig satt, den netten Kerl zu geben. »Der größte Klugscheißer darf das Verhör führen, während der Verlierer für alle was zu essen besorgen muss?«

»Glauben Sie bloß nicht, Sie könnten es mit der britischen Polizei aufnehmen, Mr Lee. Sarkasmus ist unsere ureigene Domäne. Den haben sie uns schon während der Ausbildung in Hendon eingebläut. Aber gut, warum also haben Sie es für nötig befunden, diese Briefe persönlich abzugeben?«

»Ich möchte meinen Anwalt sprechen.«

»Sie sind schuld daran, dass Mr Bird einen schweren Asthmaanfall erlitten hat. Ein Glück für Sie, dass er nicht daran gestorben ist, sonst säßen Sie jetzt mit ganz anderen Problemen hier.«

»Ich sage nichts mehr ohne meinen Anwalt.«

»Aha, haben Sie also endlich begriffen, dass Sie gegen Ihre Kautionsvereinbarung verstoßen haben?«

Ungläubig riss Alvin die Augen auf.

»Richtig gehört. Ich muss zwar noch das Kleingedruckte lesen, aber ich bezweifle, dass in Ihren Kautionsauflagen steht, dass Sie das Recht haben, Zeugen zu bedrohen. Ich persönlich vermute, dafür wandern Sie umgehend in den Bau.«

»Aber ich habe doch nichts verbrochen ...« Vor Alvins geistigem Auge erschienen Shannon, Annie und Sid, die endlich wieder in London waren, die er aber durch das Zellengitter nur vage erkennen konnte. »Ich habe niemanden bedroht. Ich habe ihm ein paar Briefe ausgehändigt, das ist alles.«

»Da haben Mr und Mrs Bird uns aber was anderes erzählt. Was haben Sie mit der Handtasche der alten Frau gemacht?«

»Sie ist ...«

»Und mit dem Baseballschläger. Wo ist der jetzt?«

»Was für ein Baselballschläger?«

»Den, mit dem Sie die Windschutzscheibe von Mr Birds Mercedes zertrümmert haben.«

Sprachlos fiel Alvin gegen die Rückenlehne seinen Stuhls. Die neue Anschuldigung hatte ihn getroffen wie ein erneuter Schlag mit der Holzlatte.

»Aber ich habe sein Auto nicht zertrümmert«, sagte er nach einer Weile.

»Wollen Sie etwa behaupten, er hat das Fenster seines S-Klasse-Mercedes selbst zu Klump gehauen?«

»Ich habe nie 'nen verdammten Baseballschläger besessen!«

»Mrs Bird hat ausgesagt, Sie hätten sie mit dem Ding fast geköpft. Sie ist eine ehemalige Miss United Kingdom, müssen Sie wissen. Und bei der Miss-World-Wahl hat sie Platz sieben belegt.«

»Und deswegen ist sie unmöglich imstande zu lügen, oder was?«

»Nun, ich höre mir gern beide Seiten der Geschichte an, bevor ich meine Schlüsse ziehe«, sagte der Polizist lächelnd. »Wie im Übrigen auch die Jury.«

»Ich möchte meinen Anwalt sprechen.«

»Sie können ihn anrufen, nachdem man Anklage gegen Sie erhoben hat.«

»Man hat schon Anklage gegen mich erhoben?«

»Nicht wegen mutwilliger Sachzerstörung, Nötigung ...«

Er hielt inne, weil in diesem Moment die Tür zum Verhörraum aufging. Eine Polizistin in Uniform steckte ihren Kopf herein.

»Was gibt's? Wir sind gerade mitten im Verhör«, sagte der Detective ungehalten.

»Es hat sich ein neuer Sachverhalt ergeben, Sir«, erklärte die Frau.

»Kann das nicht warten?«

»Nein, es geht um ihn.« Sie nickte in Richtung Alvin.

»Was haben Sie denn jetzt schon wieder angestellt?«, fragte der Detective grinsend.

»Vergewaltigung, Mord«, murmelte Alvin. »Suchen Sie sich was aus.«

»Sie bleiben hier sitzen und rühren sich nicht von der Stelle.« Der Detective erhob sich. »Ich bin gleich wieder da.«

Alvin wusste nicht, wie lange er schon allein im Verhörraum saß. Nirgendwo war eine Uhr zu sehen. Vielleicht ein psychologischer Trick. Man verunsicherte den Verdächtigen, indem man ihn jeglicher Zeitvorstellung beraubte. Eine Methode, die allerdings nur bei jenen Verdächtigen Erfolg hatte, die, wie im Falle Alvin, keine Armbanduhr trugen. Ob Psychospielchen oder nicht, es funktionierte. Die vermutlich nur zwanzig Minuten andauernde Wartezeit streckte sich in Alvins Vorstellung auf mehrere Stunden …

Wenn nicht Tage.

Er ertappte sich dabei, wie er sich die kommenden Wochen, Monate und Jahre ausmalte – zunächst in U-Haft, dann endgültig hinter Gittern. Er fragte sich, wie viele Jahre sie ihm wohl aufbrummen mochten für das Schmieden eines Komplotts, für Raub, Betrug, Vandalismus, Nötigung und natürlich für den Nannymord im Haus von Lord Lucan. Und er fragte sich, ob Karen in dieser schweren Zeit bei ihm bleiben und die Familie zusammenhalten würde. Und nicht zuletzt fragte er sich, ob er ihr diese schwere Entscheidung nicht dadurch abnehmen sollte, indem er sich einfach umbrachte. Er würde aus welchem Hochsicherheitsgefängnis auch immer ausbrechen, zum Beresford House fahren, einen Mercedes (mit oder ohne Windschutzscheibe) kapern und vor die nächstbeste Eiche fahren. *Nachdem* er einen Weg gefunden hatte, Jeremy Bird auf der Motorhaube festzuschnallen. Warum diesem kranken Bastard die Genugtuung verschaffen, auch nur eine Sekunde nach ihm sterben zu dürfen? Nein, wenn es Alvin vergönnt war, in seinem letzten Moment mit ansehen zu dürfen, wie Jeremy Birds deformierter Schädel bei der Kollision mit einer dicken Eiche in dessen Brustkasten gerammt wurde, dann würde er als glücklicher Mann sterben.

Der Detective kam wieder herein. In der Tür blieb er stehen, faltete die Arme über seinem Wanst, der aussah wie ein Rettungsring, und blickte Alvin schweigend an. Er hatte einen seltsamen Ausdruck im Gesicht. War es Abscheu? Verblüffung? Verstopfung? Oder alles zusammen?

»Was soll ich denn jetzt schon wieder verbrochen haben?«, seufzte Alvin.

Der Mann ignorierte die Frage. »Meine Kollegin hatte Recht«, sagte er. »Es hat sich ein neuer Sachverhalt ergeben.«

»Was?«

»Etwas, was wir erst noch überprüfen müssen. Bis dahin können Sie … *gehen.*« Die Worte schienen ihm Schmerzen zu bereiten.

»Gehen?«

»Ja, Sie können *gehen*. Hauen Sie ab.«

»Was ist denn passiert?«

»Das kann ich im Moment noch nicht in vollem Umfang beurteilen. Wie gesagt, wir müssen das erst überprüfen. Wir sind aber noch nicht fertig mit Ihnen. Sie werden vor Gericht aussagen müssen, und sei es als Hauptzeuge für die Staatsanwaltschaft.«

Kein Wunder, dass Alvin einigermaßen verwirrt war.

Die Antwort ließ nicht lange auf sich warten. Als er das Verhörzimmer verließ, sah er sie auf der anderen Seite der Drahtgitterglasscheibe im Vorraum sitzen. Er drückte den Sicherheitsknopf, öffnete die Tür und ging zu ihr.

»Hi, Karen«, sagte er.

Karen Nash sah ihn nicht an. Sie war zu beschäftigt damit, Baby Kelis mit Liebkosungen zu beruhigen. Die Kleine strampelte wild in ihrem Buggy herum, als ob sie spürte, dass dies ein Ort der Unfreiheit war, an dem sie nicht länger sein wollte.

»Ich wusste gar nicht, dass Sie auch hier sind«, sagte sie, nachdem sie den Haltegurt des Buggy endlich geöffnet hatte.

»Ich wusste auch nicht, dass Sie hier sind«, sagte Alvin. »Was ist denn los?«

Sie setzte das Baby auf ihren Schoß. Dann sah sie Alvin erstmals an. »Jesus, was ist denn mit Ihnen passiert? Autounfall, oder was?«

»Nein, da war ein Typ, der dachte … Na ja, er dachte, ich hätte was gemacht, was ich gar nicht getan habe.«

»Das passiert Ihnen öfter, was?« Karen Nash öffnete eine Schachtel mit Quavers Kartoffelsnacks und reichte einen davon Kelis, die selig daran nuckelte.

»Warum sind Sie hier?«, fragte Alvin wieder.

»Hören Sie, er würde es Ihnen nie selbst sagen. Ist nicht seine Art, wissen Sie. Und Sie würden ihm sowieso nie vergeben. Warum auch …?« Sie brach ab, beschämt und nervös. Sie hatte offenbar nicht erwartet, Alvin hier zu treffen, und musste jetzt diese kleine Rede aus dem Stegreif halten. Sie räusperte sich, dann fuhr sie fort: »Aber ich kenne ihn. Und ich kann Ihnen sagen … dass es ihm leid tut.« Sie nickte in Richtung der Polizeibüros. »Er ist jetzt gerade da drin.«

»Warum?«

»Warum was? Warum er sie in die Scheiße geritten hat, oder warum er hergekommen ist?«

»Warum er hergekommen ist.«

»Weil ich es wollte.«

»Ich danke Ihnen.«

»Ich bin fast ausgeflippt, als ich die Wahrheit aus ihm rausgekriegt hab. Als Sie am Sonntag in der Siedlung waren, wusste ich, dass da was nicht stimmt. Dachte erst, es geht um … na ja, Drogengeschäfte oder so. Ich wusste, er hat mit Pot und Extasy gedealt. Aber das viele Geld diesmal … Ich wusste, das musste 'ne größere Sache sein.«

Baby Kelis begann wieder zu weinen. Ihre Mutter hatte ihr den Quavers wieder weggenommen.

»Können Sie uns mal 'nen Gefallen tun?«, fragte sie. »In meiner Tasche sind ein Gläschen Babynahrung und ein Löffel …«

Alvin setzte sich auf die Bank und wühlte mit einer Hand in der Tasche herum, die auf dem Fußboden stand. Sie war vollgestopft mit frischen Windeln, feuchten Tüchern, Körperlotion, Milch in Fläschchen und Gläschen mit Fertignahrung. Karen hatte sich offenbar auf eine längere Wartezeit eingerichtet. Alvin entschied sich für ein Gläschen mit Broccoli und Käse und reichte es Karen. Die verfrachtete Kelis wieder in den Buggy und begann dann, die Kleine zu füttern.

»Er ist erst gestern Abend wieder nach Hause gekommen«, fuhr sie fort. »Hab ihn gezwungen, mir zu erzählen, was los ist. Er wollte nicht, aber ich hab dafür gesorgt, dass er redet.«

»Ich hab Ihnen ja gesagt, dass er Angst vor Ihnen hat.«

Sie schnaufte resigniert. »Ich konnte es nicht glauben. Konnte verdammt nochmal nicht glauben, was er getan hat, der kleine Bastard. Er hat zehn Riesen dafür gekriegt, dass er Sie anscheißt. Und er sollte nochmal zehn kriegen, wenn Sie in den Knast wandern.«

»Zwanzigtausend?«

»Und wenn's zwanzig Millionen gewesen wären. So was hätte er nicht tun dürfen. Bin nie 'ne tolle Mutter gewesen, aber ich hätte ihn sogar bei Mord gedeckt … Na ja, vielleicht nicht bei Mord, aber …«

»Ich verstehe.«

»Aber bei so was nicht. Man liefert seine Kumpels nicht ans Messer, vor allem nicht, wenn man nur so wenige hat wie er.«

Sie hielt einen vollen Löffel mit Brei vor den zusammengekniffenen Mund ihres Babys. »Mach schon, Kel«, flehte sie. »Das magst du doch, meine Süße.« Kelis reckte ein Ärmchen und zeigte auf die Quavers-Schachtel, die auf der Bank lag. Karen kapitulierte. Sie schraubte das Gläschen wieder zu und reichte der Kleinen die Kartoffelsnacks.

»Abgesehen von mir sind Sie der einzige Mensch, der sich jemals um ihn gekümmert hat«, sagte sie. »Und dann tut er Ihnen *so was* an. Ich schäme mich dafür.«

»Das müssen Sie nicht«, sagte Alvin. »Und außerdem bringt er die Sache ja auch gerade wieder in Ordnung, nicht?«

»Das will ich ihm auch geraten haben.«

»Die hätten mich heute gar nicht gehen lassen, wenn er nicht hergekommen wäre. Wie haben Sie es bloß geschafft, dass er sich selbst angezeigt hat? Ich kann mir kaum vorstellen, dass er von allein zu dieser Einsicht gelangt ist.«

»Ist er auch nicht«, sagte sie mit einem rauen Lachen. »Ich meine, als dann schließlich alles rausgekommen ist, hat er sich schon mies gefühlt und so – ja, wirklich –, aber er wollte nicht herkommen. Hat mir diesen Scheiß erzählt von wegen, es wäre jetzt zu spät dafür und dass der Typ, der ihm das Geld gegeben hat, ihn dann umbringen würde und so.«

Alvin fragte sich, ob Jeremy Bird wirklich so weit gehen und töten würde, und er kam zu dem Schluss, dass er diesem Mann alles zutraute. »Und wieso hat Kevan am Ende seine Meinung geändert?«, fragte er.

»Ich weiß nicht, ob ich Ihnen das erzählen will«, sagte sie leise.

»Kein Problem, das müssen Sie nicht.«

»Als Sie ihn das erste Mal bei uns besucht haben ... Ich meine, als Sie gesehen haben, wie er ... Sie wissen schon ...«

Alvin nickte.

»Nach dieser Sache hab ich sein Zimmer durchwühlt. Von oben bis unten. Keine Ahnung, was ich gesucht hab. Mehr von meinen Klamotten, nehme ich an. Egal, hab ein paar Fotos gefunden. Er hatte sie unter den Teppich geschoben ... *Einfach krank, das Zeug.* Er hat sich selbst fotografiert in meinen ...« Ihr Gesicht verzog sich schmerzhaft. »Sie wissen schon.«

Wieder nickte Alvin. Sie tat ihm leid, genauso wie Kevan.

»Kev wusste nicht, dass ich die Bilder gefunden hab, aber ich hab's ihm gestern Abend gesteckt. Und ich hab ihm gesagt, wenn er nicht herkommt und sich stellt, dann geb ich die Fotos seinen idiotischen Kumpels in der Siedlung. Er ist zwar 'n harter Kerl, aber er würde keine fünf Minuten überleben, wenn diese Typen seine Bilder hätten.«

Das konnte sich Alvin lebhaft vorstellen. »Und hätten Sie das wirklich getan?«, fragte er.

»Wenn's hart auf hart gekommen wäre?« Sie schüttelte den

Kopf. »Hätte ich ja gar nicht gekonnt, selbst wenn ich's gewollt hätte. Ich hab diesen Dreck verbrannt, gleich als ich ihn gefunden hab. Aber das konnte er ja nicht wissen, oder?«

»Sie sind eine mutige Frau«, sagte er, als er sich daran erinnerte, wie Kevan ihn fast erwürgt hatte, als die Sprache auf die Unterwäsche gekommen war. »Er hätte Ihnen was antun können.«

»Niemals«, sagte sie mit der Zuversicht einer Mutter. »Wer sollte sich um ihn kümmern, wenn er mich nicht mehr hat? Kein Schwein. Und das weiß er ganz genau.«

Alvin lehnte sich zurück und lehnte den Hinterkopf gegen die Wand, während die Erleichterung ihn förmlich übermannte. In weniger als vierundzwanzig Stunden war er von zwei Karens errettet worden, und einer Debbie, nicht zu vergessen.

»Ich bin Ihnen was schuldig«, sagte er. »Ich bin Ihnen verdammt nochmal was schuldig.«

»Es tut mir leid, was er angerichtet hat. Und ich weiß auch, dass es Kevan leid tut. Ehrlich.«

»Nein, ich schulde Ihnen was. Ich war schon auf halbem Weg ins Gefängnis, wissen Sie.«

»So wie Kev jetzt. Egal, wie er's dreht und wendet, er wird seine Strafe abbrummen müssen. Der Typ, der ihm das Geld gegeben hat, hat ihm zwar erzählt, man würde ihn nicht wegen des Raubüberfalls drankriegen, weil er jemanden aus dem Stadtrat kennt, der 'nen guten Draht zur Polizei hat …«

Allison Bird-Wright, dachte Alvin. Die saß vermutlich auch im Vorstand der Polizei, wie sie überall ihre Hände im Spiel hatte.

»… aber das ist totaler Schwachsinn«, entschied Karen Nash. »In keinem Land der Welt kommt man ungeschoren davon, wenn man 'ne alte Frau überfallen hat.«

Hinzu kommt, dass er nun seine Strafe um zehntausend Pfund ärmer absitzen wird, dachte Alvin. Ein großes Opfer.

»Wissen Sie, was mich richtig ankotzt?«, sagte Karen. »Ich werde jetzt nicht mehr zu dieser Frau gehen können … Sie wissen schon, diese Therapeutin. Bin echt gut vorangekommen da. Hab mich immer für 'ne miese Mutter gehalten, aber wenn man alles auf seine eigene Mutter abschieben kann, ist es nur noch halb so schlimm.«

»Warum versuchen Sie es nicht mal bei Ihrem Hausarzt?«

»Ich soll 'nem Doktor meinen privaten Scheiß erzählen? Sind Sie verrückt?«

Alvin stand auf. »Ich gehe jetzt besser … Möchten Sie vielleicht einen Kaffee mit mir trinken?«

Sie schüttelte den Kopf. »Ich warte lieber hier. Vielleicht fragt Kevan ja nach mir.«

Er reichte ihr die Hand. »Danke, Karen.«

Sie wendete den Blick ab und errötete. »Vergessen Sie's«, murmelte sie. »Tut mir nur leid, dass er es Ihnen *auf diese Art* gedankt hat, nach allem, was Sie versucht haben, für ihn zu tun.«

Versucht, ja, das war durchaus das richtige Wort in diesem Zusammenhang, dachte Alvin.

Auf den Stufen des Polizeigebäudes atmete Alvin erst mal tief durch und bildete sich ein, dass die Luft irgendwie anders schmeckte. Natürlich tat sie das nicht. Es war die gleiche Londoner Luft wie immer, abgestanden und alles andere als eine frische Brise.

Doch er fühlte sich anders.

Mit einem Wort: frei.

Er nahm gleich zwei Stufen auf einmal, und es war ihm egal, dass sein Herz dabei hart gegen seine Rippen pochte, und ging mit forschem Schritt nach Hause.

Als er etwas Warmes auf seinem Gesicht spürte, hielt er inne. Er schaute hoch und sah, dass die Sonne ein kleines Loch in eine der dicken Wolken gebrannt hatte, durch das hollywoodmäßig ein gleißender Lichtstrahl auf ihn, und nur auf ihn, fiel.

So schien es jedenfalls.

Und während er in seinem höchstpersönlichen himmlischen Scheinwerferlicht badete, fühlte er, wie etwas Feuchtes auf seine Stirn klatschte. In letzter Sekunde konnte er den Täter über eine der Dachterrassen entschwinden sehen.

Und er konnte nicht anders, als in schallendes Gelächter auszubrechen.

Nach all den Drohungen und Einschüchterungen, nach all den Kränkungen, Tätlichkeiten, Beschimpfungen und puren Bosheiten – war ein kleiner Klecks aus wässriger lauwarmer Scheiße das Ärgste, was ihm noch passieren konnte.

3. Teil:
Kelis, Kanye Pharell und Sid

Bratensoße

Alvin hob den Vorschlaghammer und ließ ihn ein letztes Mal auf den Holzpfahl niedersausen. Dann trat er einen Schritt zurück und betrachtete das handgemalte Schild, das er oben angenagelt hatte:

ANGELN VERBOTEN

Versonnen schaute er auf den dahinterliegenden Teich.

Auf den Forellenteich.

Auf *seinen* Forellenteich.

»Sind da *wirklich* Fische drin?«, fragte Sid.

Ihr Forellenteich.

»Das nehme ich an«, sagte Alvin, obwohl er noch nie auch nur eine Forelle zu Gesicht bekommen hatte.

»Warum darf ich sie nicht fangen?«

»Weil deine Schwestern das nicht wollen.«

»Meine Schwestern sind doof.«

»Nein, sind sie nicht. Sie halten das für grausam.«

Bevor Mercedes und Shannon ihre Kampagne zur Rettung der Fische ins Leben gerufen hatten, hatte Alvin nie über die Grausamkeit des Angelns nachgedacht. Dass Mercedes sich für die Teichbewohner stark machte, war kein Wunder, doch dass die fast zwölfjährige Shannon beschlossen hatte, in die Fußstapfen ihrer Halbschwester zu treten, das war neu.

»Sollen wir zurückgehen, Sid?«

»Okay, Dad.«

Sid kletterte auf das erste Fahrrad, das er je besessen hatte, und radelte neben seinem Vater zurück zum Haus.

Zu *ihrem* Haus, das aus der Ferne, vom etwa dreihundert Meter entfernten Hügel aus betrachtet, ziemlich groß aussah.

Sie waren sechs Wochen zuvor hier eingezogen und lebten im

Ostflügel. Mehr als einmal am Tag wurde sich Alvin bewusst, dass sie in einem Haus wohnten, das Flügel besaß.

Und natürlich einen Garten. Der von einem gewöhnlichen Garten weit entfernt war mit dem großen Teich, den Gehölzen und ausgedehnten Grünflächen, den kilometerlangen Wegen, die sich durch die üppig Flora wanden, und der Allee mit den unter Naturschutz stehenden Eichen. Kein Garten im klassischen Sinne, eher ein ausgedehntes Ökosystem.

»Können wir hier mein Schloss bauen?« Sid zeigte auf einen einladenden Hügel.

»Klar«, erwiderte sein Vater. Wir könnten auch unsere eigene Regierung wählen, eine Verfassung ausarbeiten und unsere Unabhängigkeit erklären, fügte er im Geiste hinzu.

»Gerade hat Mr Salter angerufen«, verkündete Karen, während sie Sid die Gummistiefel auszog.

Sie waren in der Küche …

»Wer ist das?«, fragte Alvin, während er sich seiner eigenen Stiefel entledigte.

… in der ein gusseiserner Aga-Holzkocher im Landhausstil, zwei Mikrowellen sowie ein ganz normaler Herd standen (sehr zur Erleichterung von Karen und Alvin, die der Aga und die beiden Mikrowellen nach sechs Wochen noch immer etwas überforderten).

»Was, du kennst Mr Salter nicht?«, fragte Karen ein bisschen entrüstet, obwohl sie vor dem Telefonat von dem Mann ebenfalls noch nie gehört hatte. »Die Salters arbeiten hier seit Ewigkeiten als Gärtner. Schon zur Zeit der normannischen Eroberung, wenn ich mich recht entsinne. Egal, das ist sicher alles in den Chroniken Englands aus dem 11. Jahrhundert vermerkt … Wie dem auch sei, Mr Salter will wissen, ob wir sie weiter beschäftigen wollen.«

»Sie?«

»Ja, ihn und Salter junior. Die gibt's nur im Doppelpack.«

»Na ja, entweder kümmern wir uns selbst um den Garten, oder

wir überlassen ihn sich selbst. In letzterem Fall wird es nicht lange dauern, bis das Dickicht von Wölfen und Bären bevölkert wird.«

»*Bären!*«, rief Sid aus. »Können wir die jagen?«

»Ich denke, wir sollten die beiden behalten«, sagte Alvin, der es vorzog, bis auf Weiteres nicht auf die alarmierende Mordlust einzugehen, die sein Sohn neuerdings an den Tag legte. »Ich meine, sie waren lange vor uns schon in Beresford House. Wäre nicht fair, sie jetzt einfach rauszuschmeißen.«

»Das dachte ich mir auch«, sagte Karen. »Sie kommen Montag und reinigen die Koi-Teiche.«

»Wir haben Koi-Teiche?«

Alvin argwöhnte, dass er in nächster Zeit noch so einige Überraschungen in Bezug auf das neue Haus erleben würde.

»Was sind Koi?«, fragte Sid.

»Riesige Goldfische aus Japan, Sid«, erklärte Karen. »Mr Salter hat gesagt, die größeren Exemplare sind tausende von Pfund wert, Alvin.«

»Kann ich die fangen?«, fragte Sid.

»Nein, Liebes«, erwiderte Karen. »Das wäre nicht nett, und außerdem sind sie ein bisschen so wie die Salters: Die sind schon länger hier als wir.«

Mit einem Stirnrunzeln hielt Alvin die Anzugjacke vor sich. Auf dem Revers prangte ein brauner verkrusteter Fleck. Er versuchte, ihn mit dem Fingernagel abzukratzen, jedoch ohne Erfolg.

»Soße«, verkündete Karen, als sie ins Ankleidezimmer kam.

Ein weiterer Grund für sporadisch auftretende Anfälle von Verwirrung, seit sie hier eingezogen waren: *Sie besaßen ein Ankleidezimmer*, ein ganzer Raum allein für *Kleidung*, nicht etwa für menschliche Bewohner. In ihrem alten Haus hatte es nicht einmal ein Besenkämmerchen gegeben. Im Ankleidezimmer gab es eine ganze Wand mit Holzregalen *nur für Schuhe*. Karen hatte es geschafft, sechs der Bretter zu belegen, Alvin weitere drei.

»Soße?«, wiederholte Alvin.

»Bratensoße«, sagte sie bestimmt. »Du hast ihn das letzte Mal auf Fayes Hochzeit getragen …«

Der Anzug wurde nur für Hochzeiten und Beerdigungen hervorgeholt.

»Es gab Roastbeef und Yorkshire-Pudding.«

»Wieso kannst du dich daran noch erinnern? Das ist doch schon fünf Jahre her.«

»Sieben. Sie sind inzwischen wieder geschieden. Willst du den Anzug morgen tragen?«

»Ich dachte, es könnte nicht schaden. Was meinst du?«

Sie beäugte den Fleck auf dem Jackenaufschlag. »Na ja, vielleicht bemerkt ihn der Richter ja nicht. Kommt drauf an, wie weit du wegsitzt und wie alt und blind er ist.«

Der Anzug wurde nur für Hochzeiten und Beerdigungen hervorgeholt. Und für Gerichtsverhandlungen.

Und eine solche stand Alvin am kommenden Tag bevor. Nicht in eigener Sache hatte er dort zu erscheinen – eine Entwicklung, die ihn noch immer in Erstaunen versetzte –, nein, er war als Zeuge im Prozess gegen Kevan Kennedy geladen worden.

Als Kevan sechs Monate zuvor sein Geständnis abgelegt hatte, hatte ihm die Polizei zunächst nicht glauben wollen. Man argwöhnte, Alvin hätte ihn geschmiert. Nach einer Weile dann hatten sie widerwillig ihre Ärsche in Bewegung gesetzt und die Aussage des Jungen überprüft, er hätte das Bestechungsgeld im Aviary-Einkaufscenter erhalten. Die Bänder der Überwachungskamera hatten schließlich gezeigt, wie ihm von einem Mann in einem Volvo ein Paket übergeben wurde. Es stellte sich heraus, dass der Wagen jenem Privatdetektiv gehörte, den man zuvor in der Glenn hatte herumfahren sehen. Nun standen beide, der Detektiv und Kevan, vor Gericht – zusammen mit einem dritten Angeklagten. Dem ironischerweise die Aviary gehörte. Alvin hatte sich oft gefragt, wie es Jeremy Bird wohl gefiel, von seinen eigenen Überwachungskameras überführt worden zu sein.

Im Gegensatz zu den beiden Mitangeklagten hatte Kevan sich schuldig bekannt.

Er, Bird und der von ihm angeheuerte Privatdetektiv mussten sich am nächsten Tag vor Gericht verantworten, und Alvin würde als Zeuge sein Möglichstes tun, um zu Kevans Gunsten auszusagen. Eine weitere Ironie des Schicksals: Die einzige Person, die bereit war, sich vor Gericht für Kevan stark zu machen, war kein Geringerer als das Opfer dieser ganzen Verschwörung, die morgen verhandelt wurde.

Es war nicht das erste Mal, dass Alvin vor Gericht aussagen musste. Erst vor einigen Monaten war Alvin als Zeuge der Staatsanwaltschaft wegen Kevans Raubüberfall vorgeladen worden. Und wie es seine Art war, hatte er seine Aussagen so wenig belastend wie möglich formuliert, sehr zur Freude von Kevans Anwalt, weniger zur Freude des Hohen Gerichts. »Um Gottes willen, Mr Lee«, hatte der Richter ausgerufen. »Wollen Sie etwa behaupten, dass Kevan Kennedy im Grunde nur einer alten Frau über die Straße helfen wollte … mit Waffengewalt?«

Kevan hatte drei Jahre bekommen.

»Ich werde mich mal mit einem Schwamm daran versuchen«, sagte Karen, nachdem sie versucht hatte, den Fleck mit dem Fingernagel abzukratzen. »Könnte den Unterschied zwischen Gefängnis und Sozialdienst ausmachen.«

»Vielleicht«, stimmte Alvin zu. »Komisch, was in letzter Zeit so alles passiert ist, was?«

Doch am erstaunlichsten war gewesen, wie schnell die Birds den Kampf um das Erbe ihrer Mutter aufgegeben hatten. Alvin und Trevor Poll hatten erwartet, dass sie das Testament bis zum bitteren Ende anfechten würden. »Leute von ihrem Schlag geben niemals auf«, hatte Poll geunkt. Doch kurz nachdem man Anklage gegen Jeremy Bird erhoben hatte, hatte dieser die Waffen gestreckt. Es folgte die gerichtliche Testamentseröffnung, und kurz darauf waren Alvin und Karen, nach Abzug aller Kosten sowie der Erbschaftssteuer, deutlich wohlhabender als zuvor.

Als Erstes hatte Alvin neue Schecks zugunsten der Wohltätigkeitsorganisationen ausgestellt, die Louise Bird am Tag des Überfalls hatte beglücken wollen.

Eine Ausgabe, die sich kaum bemerkbar gemacht hatte.

Dann wurden die fälligen Hypotheken bezahlt.

Und schließlich die Hypothek im Ganzen abgelöst.

Sodann hatte Alvin seinem Fahrrad eine neue Kettenschaltung spendiert.

Und nagelneue Räder für Shannon, Annie und Sid gekauft.

Sowie eine Lambretta für Mercedes.

Und einen neuen Fernseher.

Der so groß war, dass er nicht in ihr ehemaliges Wohnzimmer hineinpasste.

Doch die Lösung für das Problem lag nur wenige Kilometer entfernt. Die Birds räumten Beresford House, und Alvin hatte daraufhin die Wahl zwischen vier Wohnzimmern, in denen sich der gewaltige Plasmabildschirm praktisch verlor.

Dass Jeremy Bird und seine Familie ihnen ohne mit der Wimper zu zucken das Feld überlassen hatten, schien lange Zeit ein Mysterium zu sein. Doch dann hatte Alvin erfahren, dass Birds Frau bei einem Staranwalt die Scheidung eingereicht hatte, kurz nachdem ihr Mann angeklagt worden war. Und während Jerry in seinem Mayfair-Apartment seine Wunden leckte, hatte die ehemalige Miss United Kingdom Beresford House einfach abgeschrieben, da es ihnen ja faktisch ohnehin nie gehört hatte, und war aus dem Landsitz ausgezogen. Was kein allzu großes Opfer darstellte, denn Jeremy Bird besaß drei Häuser sowie das erwähnte Luxusapartment. Seitdem, so hieß es, wickelte Mrs Bird unter provençalischer Sonne via Mail und Fax ihre Scheidung ab. Und da hatte Alvin begriffen, was für ein Spiel diese Frau spielte: Dieser Akt war ihre ureigene Art der Bestrafung gewesen, das geliebte Elternhaus ihres dem Untergang geweihten Mannes den neuen Erben einfach so zu überlassen.

Alvin hingegen war *überzeugt*, dass, hätte nicht Jeremy Bird, sondern er morgen vor Gericht gestanden, Karen ihn für seine Verfehlung nicht auf diese Art und Weise hätte büßen lassen. Typisch Alvin eben.

»Sollen wir das wirklich machen?«, hatte er Karen gefragt, nachdem Poll ihn hatte wissen lassen, dass das neogotische Anwesen nun zur Übernahme bereit stand. Wie auch der Forellenteich.

»Was? Einziehen?«, hatte sie gefragt. »Warum zum Teufel sollten wir nicht?«

»Aber der ganze Platz …«

»Ich bin sicher, wir finden einen Weg, den zu füllen, Engel.«

Mary *Jaaay!*

Am Fuße der Treppe, die eher ein zweiläufiger prächtiger Treppenaufgang war, machte Alvin einen Satz zurück, als die Stützräder von Sids Fahrrad im Begriff waren, ihm über die Füße zu rollen. Er verfolgte gerade Annie, die soeben durch das Entree ins Esszimmer verschwand, das eher ein Speisesaal war. Ähnlich wie sich Alvins und Karens Schuhe in den Regalen des Ankleidezimmers praktisch verloren, hatte ihr winziger Klapptisch nicht die geringste Chance gehabt, den Speisesaal auch nur ansatzweise auszufüllen.

Alvin folgte seiner flüchtenden Tochter und stellte fest, dass der Speisesaal vor Betriebsamkeit brummte, wenngleich die einzigen Mahlzeiten, die hier derzeit eingenommen wurden, aus Chips, Schokoriegeln und Babymilch bestanden. Chenil Shakespeare lehnte an einer der getäfelten Wände und gab Kanye Pharrell sein Fläschchen. Er war gewachsen, seit Alvin ihn in einer Hand hatte umhertragen können. In der hinteren Ecke hockten Shannon, Roland Goffe und Curtis Young über Louise Birds Macintosh gebeugt. Alvin hatte keine Ahnung, was sie da taten, doch er hoffte, es hatte nichts mit Pornografie zu tun. Debbie Coates, Kelly Hendricks und Aaliyah Pratt saßen in der Mitte des Raums auf Stühlen. Daneben Jackie Farrow und Jimi Becker – der Veranstalter der berühmten Becker-Party –, zwei weitere Wood-Hill-Schüler, die es fast in Alvins ILD geschafft hätten. Trotz seiner abgelegenen Lage war Beresford House zum Treffpunkt seiner ehemaligen Schützlinge geworden – und für deren Freunde.

Neben Curtis stand Ajab, ein junger Inder. Er war kein Wood-Hill-Schüler, und Alvin kannte ihn nicht näher. Doch er hatte lange genug mit Teenagern zu tun gehabt, um eine wandelnde Apotheke auf den ersten Blick zu erkennen. Er würde Ajab im Auge behalten müssen. Dass sich sein gotisches Herrenhaus in ein Fünf-Sterne-Crack-Tempel verwandelte, war nicht Teil seines Traums.

Annie und Sid gesellten sich zu Debbie, Kelly, Aaliyah, Jackie und Jimi, die ihre Köpfe rhythmisch auf und ab bewegten. Vor ihnen – umgeben von Verstärkern, Mikros, Gitarren auf Ständern, Keyboards auf wackligen Gestellen, einem Drumkit und einem Wirrwarr aus Kabeln auf dem Parkett – saß Jamie McGreevy. Sein Hintern ruhte auf einem schmalen Stuhl, eine mitgenommene Gibson-Akustikgitarre lag auf seinen Schenkeln. Ein so begeistertes Publikum hatte er seit 1986 nicht mehr gehabt, und vermutlich nicht einmal dann. Man lauschte soeben »Jamie unplugged …«:

He is a lover man
The everyone's brother man
She's gotta let him in her heart
But she is queen of mean
Too wrapped up in how she's seen
She'll miss the train when he departs

Oder doch eher »Jamie unzurechnungsfähig«?

Der Song war neu. Und auch wenn die Melodie einigermaßen mitreißend war, so war der Text doch außerordentlich fragwürdig. *Queen of mean?* Was sollte das bedeuten? Davon abgesehen wollte Alvin gar nicht wissen, wer der Typ im Zug war. Auf dem Resonanzboden der Gitarre prangte ein uralter Aufkleber der Sorte: WENN MAN IHN JE WIEDER ABKRIEGT, IST ER SCHEISSE. Darüber klebte ein neuer. Einer, der dem geneigten Leser verkündete: LÄCHLE, DENN JESUS LIEBT DICH.

Es war vor zwei Monaten geschehen und konnte gewissermaßen als Jamies Straße-nach-Damaskus-Erfahrung bezeichnet werden, wenngleich er sich eigentlich nur auf der Autobahn nach Birmingham befunden hatte. Kurz nachdem die Sache mit den bombensicheren Klingeltönen den Bach heruntergegangen war und er diverse Leute – insbesondere Colin Stanislavski – verarmt und verbittert zurückgelassen hatte, hatte Jamie das Weite gesucht und eine Busreise in die Midlands angetreten, wo ihn die frohe Botschaft dann ereilt hatte. Er hatte Jesus getroffen, der offenbar auf dem Platz neben ihm gesessen hatte. »Er war *da*, Alv, ich schwöre es dir«, hatte Jamie erklärt. »Er hat mich gleich hinter der Ausfahrt nach Newport Pagnell berührt, und ich habe ihn in mein Herz gelassen, Mann.«

In das Jesus Christus seit zwei Monaten fest eingezogen war.

Nach einer Hinwendung zum Buddhismus (zehn Tage), einem aufrichtigen Versuch, sich mit der Kernlehre des Islam anzufreunden (weniger als vierundzwanzig Stunden) und einer intensiven Annäherung an Scientology (fünfzehn Minuten), war das ja vielleicht seine wahre Bestimmung. Jedenfalls trank der neue Jesus-Jamie nicht, nahm keine Drogen und zog auf niemanden mehr über den Tisch.

Während Jamie den Refrain wiederholte, tauchte Annie an der Seite ihres Vaters auf. Wie die anderen wiegte auch Alvin sein Haupt nunmehr im Takt, denn das Stück war absolut mitreißend. »Gefällt dir das Lied?«, fragte er sie.

Annie ignorierte ihn und verfolgte stattdessen wie gebannt Jamies Finger auf den Gitarrensaiten. »F … C … B … A …«, flüsterte sie.

»Das ist ja toll, Liebes«, freute sich Alvin. »Du beherrschst ja die Akkorde.«

»F, C, B, A!«, wiederholte sie, lauter nun – und verärgerter.

»Ja … und?«

»Das ist *Sk8er Boi!*«

Verwirrt schüttelte Alvin den Kopf.

»Ein Song von Avril Dingsbums! Der Titel heißt *Sk8er Boi!* Mit 'ner Acht im Titel. F, C, B, A – das sind genau die Akkorde!«

Wenigstens hat Jamie sich weiterentwickelt, dachte Alvin ein bisschen resigniert. Immerhin bediente er sich nicht mehr bei Brian Wilson, Ray Davies oder sogar (einmal) bei Mozart. Er war auf der Höhe der Zeit angekommen und räuberte in den Werken des 21. Pop-Jahrhunderts.

Jamie ließ den Song ausklingen, und die Umstehenden zollten

ihm ihre Anerkennung – mit Ausnahme von Annie. Alvin mochte ihm wegen des Ideenklaus nicht böse sein – wenngleich ihn die neue Gottesfürchtigkeit des Freundes ein bisschen befremdete –, denn ohne Jamies tatkräftige Unterstützung wäre »Das Projekt« nie zustande gekommen.

Nicht, dass sich »Das Projekt« schon in einem nennenswerten Stadium befunden hätte. Und nicht, dass »Das Projekt« etwas gewesen wäre, was Alvin geplant hätte – vor ein paar Wochen war es nicht einmal ein Vorhaben mit einem Namen gewesen. Es war einfach irgendwie *passiert*.

Es passierte an jenem Tag, als Curtis und Roland ihnen beim Umzug geholfen hatten. Nicht, dass es sonderlich viel gegeben hätte, das von A nach B hätte transportiert werden müssen. »Was sollen wir damit machen?«, hatte Curtis gefragt und auf die beiden Verstärker, den Bass im Koffer und das unvollständige Drumkit gezeigt, die abgedeckt und fast ein Jahrzehnt lang unberührt im Gartenhäuschen ihr Dasein gefristet hatten. »Stellt das erst mal da rein«, hatte Alvin erwidert und in den Speisesaal gezeigt. Fünf Minuten später war er unter dem Dröhnen einer pulsierenden E-Saite zusammengezuckt. Jemand – Roland – misshandelte seinen Fender American Vintage '57 Precision (der so verstimmt war, dass er über die Jahre wohl Schimmel angesetzt haben musste) dermaßen, dass in ihm ein unbändiger Beschützerinstinkt erwachte. Das war Alvin zum letzten Mal passiert, als er gesehen hatte, wie jemand die damals achtjährige Mercedes drangsalierte. Im Speisesaal dann hatte er zugeben müssen, dass Roland nicht wirklich unfreundlich zu seinem Bass gewesen war, und kurz darauf hatte er ihn dann selbst gespielt, zum ersten Mal seit …

Ewigkeiten.

An diesem Punkt hatte der Rattenfänger-Effekt eingesetzt. Und das allein aufgrund der schieren Anziehungskraft von Musik.

Eines Tages war Jimi Becker mit einem billigen Stratocaster-Nachbau bei ihm aufgekreuzt, gefolgt von Jamie mit dem Original und einem Synclavier. Und bevor Alvin sich versah, hatte sich

Beresford House in eine Kommune von Möchtegern-Musikern verwandelt. Die britische Variante des Châteaus, in dem sich die Stones einen Sommer lang für *Exile on Main Street* zusammengefunden hatten – von deren musikalischer Kompetenz weit entfernt und unter Verzicht auf Wagenladungen von Heroin wohlgemerkt. Wobei Alvin sich bei Letzterem in Bezug auf Ajab nicht ganz so sicher war. *Auf den muss ich ein Auge haben*, hatte er damals gedacht.

Der Wendepunkt, an dem sich das Ganze von einem Jam-Sommercamp in »Das Projekt« verwandelt hatte, kam, als Chenil Shakespeare auf den Plan trat. Eines Tages war sie mit Kanye Pharell in Beresford House erschienen, allerdings mit vermutlich einem Liter Woodpecker intus. In einem für alle Anwesenden unerwarteten Moment teilte sie das Haar vor ihrem Gesicht, öffnete den Mund, und allen – wie wahrscheinlich auch den Vögeln draußen in den Bäumen – stockte der Atem.

»Mary *Jaaa*y!«, hatte Debbie nach Chenils Vortrag begeistert ausgerufen.

»Wie die verdammte Dusty Springfield!«, hatte Alvin verzückt gekeucht.

»Janis fucking Joplin!«, hatte Jamie gejubelt.

Keine Frage, das Mädchen konnte singen.

Das einzige Problem war ihre krankhafte Schüchternheit. Sie flaschenweise mit Cider abzufüllen, damit sie sang, war für Alvin keine Lösung, doch dann hatte er eine Idee gehabt: Kelly und Aaliyah.

Die beiden konnten zwar keinen Ton halten, doch sie besaßen etwas, was heutzutage fast noch wichtiger zu sein schien: Sie konnten so *tun*, als ob sie sangen. Also drückte er den beiden Mikrofone in die Hand, und es war, als legte man einen Schalter um: Schon in der nächsten Sekunde gebärdeten sich Kelly und Aaliyah wie wahre Pop-Diven. Jetzt noch Chenil zwischen die beiden gestellt, und es konnte losgehen. Eingepfercht zwischen kreisenden und sich wiegenden Hüften hatte das Mädchen keine Chance mehr gehabt zu fliehen, und ihr war nichts anderes übrig geblieben, als den Mund aufzumachen und zu singen.

Und nachdem Alvin klar geworden war, welch überragende Gabe Chenil besaß, dämmerte ihm, dass man die ganze Sache vernünftig aufziehen musste.

»Wir sollten die ganze Sache vernünftig aufziehen«, hatte er Jamie und Karen gegenüber verkündet.

»Yeah«, hatte Jamie enthusiastisch erwidert. »Nehmen wir ein Demo auf und schicken es an die Labels.«

»Nein, ich meine das hier«, hatte Alvin erwidert und mit ausladender Geste auf sein Haus und die sich darin befindlichen Jugendlichen gezeigt. »Schau sie dir an. Hör sie dir an. Nie habe ich die Kids gesehen, wie sie sich für etwas so begeistert haben. Jedenfalls für nichts, dass legal ist.«

Karen hatte ihn unsicher angesehen.

»Was sollen wir mit ihnen machen, wenn der Sommer vorbei ist?«, hatte Alvin gefragt. »Sie einfach wieder sich selbst überlassen? Wie soll sich auch nur einer von ihnen das Equipment oder gar einen Übungsraum leisten können? Wir haben Platz genug, wir haben Geld genug. Wir sollten aus diesem Anwesen einen Ort machen, an den sie kommen können, um Musik zu machen, aufzunehmen, zu komponieren …«

Er brach ab, denn Karen hatte die Augenbrauen gehoben.

»Hab ich dir nicht gesagt, dass wir einen Weg finden würden, den ganzen Raum hier irgendwie zu füllen?«, sagte sie schließlich. »Ich halte das übrigens für eine tolle Idee.«

Und so war »Das Projekt« geboren. Das dazu angeschaffte Equipment machte aus Beresford House schon in Kürze die Abbey Road eines reichen Mannes. Inzwischen hatten Bauarbeiter begonnen, die leer stehenden Stallungen des Anwesens in ein Studio zu verwandeln. Und bis der Umbau abgeschlossen war, musste eben der Speisesaal dafür herhalten.

Falls Ihnen das alles jetzt ein bisschen zu märchenhaft vorkommt – so wie in den Cliff-Richard-Filmen: *Hey, wir machen eine Show, und wir machen sie gleich hier* –, dann seien Sie versichert, dass das ganze Unternehmen nicht ohne Probleme über die Bühne ging. Dem ganzen Vorhaben stand Alvins schlechter Ruf nicht unwesentlich im Wege. Die Umstände, unter denen er die Wood Hill verlassen hatte, waren noch nicht vergessen, obwohl er nicht mehr der Perverse von nebenan, sondern der reiche Perverse in dem großen Haus war. Manchmal fühlte er sich fast wie Michael Jackson, auch wenn der Bau eines Freizeitparks auf seinem Anwesen noch ausstand. Und so hatten die Eltern der Kids durchaus noch einige Vorbehalte, ihren Nachwuchs dem reichen Perversen in dem großen Haus anzuvertrauen. Allen voran Debbies Mutter.

»Du könntest dir ein Beispiel an Jacko nehmen«, hatte Karen vorgeschlagen. »Du weißt schon, die Mutti besuchen und ihr 'ne Uhr von Cartier schenken.«

Tatsächlich hatte Alvin die Frau aufgesucht. Und als er nervös auf ihrer Fußschwelle von einem Bein aufs andere getreten war, da hatte er sich gewünscht, ihr tatsächlich eine Art Friedenspfeife mitgebracht zu haben – wenigstens eine Timex oder so. Dennoch lief das Gespräch besser als erwartet. Der nachgerade freundliche Empfang war nicht zuletzt auf die Tatsache zurückzuführen, dass Alvin einige Wochen zuvor auf eine Anzeige wegen Körperverletzung gegen ihren Freund verzichtet hatte. Genug ist genug, hatte er sich gedacht, woraufhin im Gegenzug alle Vorwürfe gegen ihn fallen gelassen wurden. Maddie Coates war ihm dafür so dankbar gewesen, dass sie ihm sogar eine Tasse Tee kredenzt hatte. Und sie erklärte sich einverstanden damit, dass ihre Tochter nach Beresford House kam – allerdings nicht über Nacht! Nicht, dass dergleichen je geplant gewesen wäre.

Alvin fragte sich manchmal, ob es sie wohl beeindruckte, dass Debbie solche Fortschritte an den Drums gemacht hatte, seit sie nach Beresford House kam. Und dass sie seitdem nicht einmal beim Ladendiebstahl ertappt worden war.

Auch Jamie hatte sich gebessert und niemanden mehr um dessen Lebensversicherung erleichtert, seit »Das Projekt« konkrete Formen angenommen hatte. Und Alvin, der Roland das Bassspielen beibrachte, hatte stets ein Auge darauf, dass Jamie sich beim Komponieren nicht des Plagiats schuldig machte, wenngleich ihm die Sache mit dem Avril-Lavigne-Tune irgendwie durchgegangen war.

Inzwischen hatten sie tatsächlich ein paar Songs vorzuweisen, die sich nach nichts Bekanntem anhörten – und denen die christliche Botschaft nicht aus jeder Pore tropfte. Songs, die sie – mit Curtis' Hilfe – am Mac mit einem urbanen Sound unterlegten.

»Zieh dir das mal rein, Alv.« Jamie legte seine Gitarre beiseite und fummelte mit der Computermaus des Macs herum, der neben seinem Synclavier stand.

Nichts passierte.

Ziellos klickte er auf die Maustasten, dann schob er das Ding ärgerlich beiseite.

»Curtis, warum kann ich das scheiß Tape nicht abspielen?«, rief er durch den Raum.

»Weil's nicht auf 'nem Tape ist, Mann«, brüllte Curtis von der anderen Seite des Saals zurück. »Das ist alles *digital.*«

»Wovon redet der?«, fragte Jamie seinen Freund.

»Heutzutage wird alles digital aufgenommen«, erklärte Alvin. »Man benutzt keine Bänder mehr, um …«

»Egal, wir brauchen langsam einen Fachmann hier. Ich meine, die Kids tun ihr Bestes, aber sieh dir den ganzen Wahnsinn doch mal an.« Hilflos zeigte Jamie auf die Kabel, die kreuz und quer auf dem Boden lagen, auf die Türme mit Hardware, manche Kartons noch nicht mal ausgepackt, und auf die zahllosen übereinander gestapelten und bereits angeschlossenen Geräte, deren Displays leuchten. »Was ist das alles? Und was kann man damit machen?«, fragte er verzweifelt.

Bei diesem Thema musste Alvin passen. Er hatte etliche zehntausend Pfund von Louise Birds Geld in Studio-Equipment investiert, genauso gut aber auch eine Satellitenstartanlage kaufen können. Curtis *tat* sein Bestes, doch der Junge hatte auch mit einer ultraflachen Lernkurve zu kämpfen.

»Du hast Recht, Jamie«, sagte Alvin. »Wir könnten etwas Hilfe gut gebrauchen. Jemanden mit einem analytischen Verstand und einem hervorragenden Blick fürs Detail.«

»Mir würde für den Anfang schon jemand reichen, der mir erklären kann, welcher Stöpsel in welche Buchse kommt«, sagte Jamie, der ein Bündel heimatloser Stecker in die Höhe hielt.

»Ich habe eine Idee«, sagte Alvin.

»Was?«

»Ich kenne da einen Typen … der war mal Experte in Sachen Ampelanlagen.«

»Ampelanlagen …? Egal, ruf ihn an. Hol ihn her. Aber sofort, ich muss dir unbedingt dieses Stück vorspielen.« Wieder drückte und quetschte Jamie die Maus, doch nichts tat sich. »Curtis! *Hilfe!*«, gellte es durch den Raum.

Curtis flitzte durch den Speisesaal auf sie zu, warf einen erschütterten Blick auf den Computermonitor, schnappte sich die Maus, klickte und … *Bam!*

Der Raum erzitterte unter der wohl elektrisierendsten Bassline, die Alvin je gespielt hatte. Acht Bar in Form eines brandneuen Sounds, und dann …

… ertönt Chenils Stimme … und singt mit der Inbrunst eines betrunkenen Zigeunerkönigs über die erlösende Macht der Liebe (und nur, wer *genau* zuhörte, merkte, dass der Song in Wahrheit von unser aller Erretter Jesus Christus handelte).

Alle starrten sie an. Nur Kanye Pharrell schien unbeeindruckt. Fast zweihundert Sekunden lang rührte sich niemand von der Stelle, was exakt der Länge dieses Tracks entsprach.

Nachdem die letzten Töne verklungen waren, kam wieder Bewegung in die Anwesenden. Jamie und Alvin sahen, wie Chenil von Debbie, Kelly, Aaliyah und den anderen belagert wurde.

»Dann hast du also den Gesang abgemischt?«, sagte Alvin zu seinem Partner.

»Ja, klar, während du draußen den Hausmeister Willy markiert hast. Mann, das war total abgefahren, was?« Aus Respekt vor Jesus hatte Jamie seine Fluchereien merklich eingestellt, sich dafür aber den Curtis-Straßenjargon zu eigen gemacht.

»Ja … das war … total … abgefahren«, musste Alvin zugeben.

»Die perfekte Juxtaposition von Stimme und Rhythmus …«

Moment mal … Was war das? Ausnahmsweise stimmte ja mal der Kontext. Und war auch kein »n« zu viel gewesen. Moment mal …

»… einfach die perfekte transdentale Synthese …«

Etwas, was Alvin über die Jahre in Bezug auf Jamie McGreevy gelernt hatte, war, dass es bei ihm *immer* auf und ab ging – in jeder Beziehung. Buddha war gestern, heute ist Jesus. Und gerade wenn man sich auf ein Leben ohne Junxtaposition eingestellt hatte, dann …

»Ich hab's in der Küche gehört«, sagte Karen, die neben Alvin aufgetaucht war. »Das war einfach umwerfend.«

»Ja, so gut wie in den alten Tagen, Babe«, sagte Jamie.

»Tja, während eurer alten Tagen war ich zwar noch nicht dabei, aber ich glaube, das hier ist sogar noch besser. Ihr solltet das mal den Verantwortlichen bei den großen Labels vorstellen.«

Jamie und Alvin sahen sich an – womöglich hatte sie Recht?

»Mit diesem Mädchen habt ihr einen absoluten Schatz ausgegraben«, fuhr Karen fort. »Als ich noch im Studio gearbeitet habe, kam Teena Marie eines Tages für eine Session zu uns. Soul war zwar nie meine Sache, aber die hat mich echt umgehauen. So was Grandioses hatte ich bis dahin noch nie gehört. Und Chenil ist fast so gut wie sie, und sie ist erst sechzehn.«

»Der Herr hat ihr diese Gabe geschenkt«, sagte Jamie. »Lasst ihn uns dafür preisen.«

»Geschenkt. Lasst uns stattdessen Alvin preisen.« Karen legte ihrem Freund den Arm um die Taille. »Wenn er sich die ganzen Jahre nicht um sie gekümmert hätte, wer weiß, was aus ihr geworden wäre. Vielleicht wäre sie auf dem Boden einer Toilette geendet und nicht hinter einem Mikro, wo sie uns jetzt allen 'ne Gänsehaut über den Rücken jagt.«

Alvin starrte auf seine Schuhe und war genauso verlegen wie Chenil die meiste Zeit über.

Doch welche Rolle er auch immer bei all dem gespielt hatte, er wusste, dass er soeben einem ganz besonderen Moment beiwohnen durfte. Ein Moment, der ganz sicher dazu angetan war, einem Menschen einen Schauer über den Rücken zu jagen. Ein Moment, für den es keine passenden Worte gab und den jeder, der ihn schildern müsste, nur mit den Worten: *Ihr hättet einfach dabei sein sollen* beschreiben konnte.

Und zum Glück war er dabei gewesen.

Der heilige Georg, Schutzpatron Englands (sowie Schutzheiliger der Pfadfinder und Notheiliger im Kampf gegen Herpes Simplex)

Kurz darauf war Alvin noch immer euphorisch, wenngleich Eier, Chips und drei lärmende Kinder ihm dabei halfen, wieder auf den Teppich zu kommen. Man saß beim Abendessen *chez* Karen und Alvin. Die Familie hatte sich inzwischen um einen Tisch versammelt, der so groß war, dass ein ganzes Rugby-Team daran hätte Platz nehmen können – einschließlich ihrer Frauen und dem Vereinsmaskottchen.

»Das sind FÜCHSE!«, schrie Sid seiner Schwester Annie zu, die am anderen Ende der Tafel saß. »Man muss die ERSCHIESSEN, damit sie nicht die KATZEN fressen.«

»Wir haben doch gar keine Katzen, Quatschkopf«, höhnte Annie.

»Aber da waren Katzen. Wette, die Füchse haben sie gefressen.« Sids Augen glitzerten vor Tränen. »Daddy, können wir ein Gewehr kaufen … *bitttteeeee?*«

»Sei ruhig, du Mörder«, zischte Shannon.

»Jetzt mal halblang, Shannon«, sagte Alvin. »Er ist doch erst vier. Und tut mir leid, Sid, aber ein Gewehr kommt mir nicht ins Haus.«

Jetzt ströment die Tränen ungebremst über Sids Gesicht. Alvin legte ihm einen Arm um die Schulter. »Ich kaufe dir eine Wasserpistole, okay?«, sagte er.

»Damit kann man aber keine Füchse erschießen«, quengelte Sid.

»Nein, aber du kannst sie richtig nass machen. Füchse hassen Wasser.«

Der schießwütige Sid, so nannte Karen ihren Sohn inzwischen. Alvin wusste nicht, wie er mit der kürzlich erwachten Mordlust des Jungen umgehen sollte. Mordlust, die sich auf eigentlich alles bezog, das mit einem Fell, mit Federn oder Schuppen ausgestattet war. Als Erklärung konnte vielleicht die frische Landluft herhalten; möglicherweise enthielt sie ja etwas, was aggressiv machte.

Die Küchentür ging auf, und Curtis steckte den Kopf herein. Er wirkte nervös, weil er wusste, dass er hier nichts zu suchen hatte. Mit engelsgleicher Geduld hatte Karen es hingenommen, dass ihr neues Zuhause von undisziplinierten Teenagern praktisch überrannt wurde. Doch der Ostflügel war für Alvins ehemalige Schützlinge tabu, denn das war ihr Reich, welches auch die Küche mit einschloss.

Dennoch nahm sie Curtis seinen Überfall nicht übel. »Hi, Curtis«, sagte sie. »Ich dachte, du bist wieder in die Stadt zurückgefahren.«

»Sorry«, murmelte er. »Ich hab noch die Website gemacht und so.«

Die Website: ein weiteres Alvin-Projekt. Als Lynette Moorhouse erwähnt hatte, dass sie ein Onlineforum für Transsexuelle ins Leben rufen wollte, da war Alvin eingefallen, dass er ja einen Computercrack kannte. »Bist du verrückt?«, hatte Donna Hutton gekreischt, als er ihnen den Vorschlag unterbreitet hatte. »Das ist ja so, als ob ein Palästinenser einen Luftschutzbunker für einen Israeli bauen würde.« Sie war überzeugt davon, Curtis würde die Site mit Ladyboy-Pop-ups und anderen Despektierlichkeiten der Lächerlichkeit preisgeben. Doch Alvin war bereit, dem Jungen zu vertrauen, und – nach den Blumen und dem kostenlosen Burger, der nicht zu einer Diarrhö geführt hatte – Lynette ebenso.

»Was gibt's?«, fragte Alvin den Jungen, denn es lag ganz offensichtlich was in der Luft.

»Na ja, hab da was gefunden. Sollten Sie sich besser mal selbst anschauen.«

»Was denn?«

»Na ja, zwei Briefe ... Einer davon ist für Sie.«

Alvin, Karen und Curtis hatten sich vor dem Macintosh versammelt, an dem Curtis soeben ein Word-Dokument öffnete.

Eine weiße Seite füllte den Bildschirm, und Curtis trat einen Schritt zurück, damit Karen und Alvin den Brief lesen konnten: *Lieber Mr Lee*, begann er, *vermutlich werden Sie keine Ahnung haben, wer ich bin, doch ich wollte Ihnen schreiben, um Ihnen meinen Dank auszusprechen*.

»Das kenne ich bereits«, sagte Alvin. »Hab den Brief damals in Louise Birds Wohnung gelesen. Sie hat ihn wohl begonnen, kurz bevor sie … gestorben ist.«

Als Alvin erneut einen Blick auf den Brief warf, stellte er fest, dass der Text diesmal nicht mitten im Satz abbrach, sondern in voller Länge auf dem Monitor zu lesen war.

»Das verstehe ich nicht«, sagte er. »Ich dachte, sie hätte ihn nie beendet. Oder dass der Rest des Briefs irgendwie verloren gegangen ist, weil sie ihn nicht abgespeichert hatte.«

»Hat sie auch nicht«, erklärte Curtis. »Ich meine, gespeichert und so.«

»Und wie bist *du* dann an das vollständige Exemplar gekommen?«, wollte Karen wissen.

»Nichts geht jemals ganz verloren, okay? Denn da gibt's diesen Cache, das ist 'ne Art Zwischenspeicher auf der Festplatte. Man denkt, da ist jetzt was weg oder gelöscht, aber es ist immer noch da. In diesem Cache eben.« Curtis sah seine Zuhörer an und musste feststellen, dass er sie bereits bei der ersten Erwähnung des Wortes »Cache« verloren hatte. »Egal, ich hab das Ding jedenfalls wiedergefunden.«

»Du bist ein wahres Genie.« Alvin war voller Bewunderung.

Curtis sah ihn unsicher an. »Sie sollten lieber den ganzen Brief lesen, Mann.«

Und das tat Alvin.

Lieber Mr Lee,
Vermutlich werden Sie keine Ahnung haben, wer ich bin, doch ich wollte Ihnen schreiben, um Ihnen meinen Dank auszusprechen. Ich bin die Lady, die damals von diesem teuflischen Kerl überfallen worden ist. Ihr Eingreifen war ein Akt beispiellosen Mutes.
Doch nicht nur das. Während des Vorfalls habe ich bemerkt, dass auch Sie zur schweigenden Mehrheit jener gehören, zu der ich mich ebenfalls voller Stolz zählen darf. Ich wusste sofort, dass ich mit Ihnen einen wahren Freund im Geiste getroffen hab, als sie meinen Angreifer als »Abschaum« bezeichneten.

»Hab ich das wirklich zu ihm gesagt?«, fragte sich Alvin laut. Sein Magen begann zu rumoren.

Es stimmt mich einfach nur noch traurig, dass man sich im Zeitalter der politischen Correctness nicht mehr frei äußern darf zu einer Entwicklung, die die komplette Zerrüttung unserer Gesellschaft zur Folge haben wird. Sie hatten ja so Recht, Mr Lee. Dieser Junge ist Abschaum, wie auch alle anderen seines Schlags. Eine Wahrheit, die nur wenige bereit sind zu akzeptieren. Der schwarze Mann ist nicht wie wir. Er ist faul, korrumpierbar und liederlich. Es den Negern erlaubt zu haben, in dieses Land zu kommen, das war der größte Fehler, den unsere Nation je begangen hat.

»Diese abscheuliche alte Hexe«, ächzte Karen.

»Sie hat gedacht, ich wäre ein … *Rassist?*«

Beschwichtigend legte Karen eine Hand auf Alvins Arm.

»Aber das bin ich *nicht!*«

»Natürlich bist du das nicht«, sagte sie.

»Ich bin verdammt nochmal kein Rassist.«

»Ich glaub, das hat sie aber gedacht«, murmelte Curtis, nachdem Alvin und Karen ihm den Brief erklärt hatten.

»Ich bin kein Rassist, Curtis. Hab ihn nie als Abschaum bezeichnet. Herrgott, was hab ich damals eigentlich genau gesagt?«

»Das spielt keine Rolle«, sagte Karen ruhig. »Wir wissen, dass du kein Rassist bist. Die alte Schachtel war völlig übergeschnappt – und dazu noch senil. Es spielt keine Rolle, was *sie* gedacht hat.«

»Doch, das tut es.« Inzwischen klang Alvin geradezu verzweifelt. »Was zum Teufel hab ich denn bloß zu ihm gesagt?«

»Bitte, Alvin, kein Mensch glaubt, dass du ein Rassist bist«, sagte Karen eindringlich. »Na ja, abgesehen von der durchgeknallten Alten. Die inzwischen allerdings tot ist. Also gibt es auf dieser Welt *praktisch niemanden* mehr, der dich für einen Rassisten hält. Okay, Curtis, lass uns mal den Brief zu Ende lesen, ja?«

Curtis scrollte den Rest des Dokuments auf dem Bildschirm nach oben.

Bedauerlicherweise war es anderen aus den Reihen unserer weißen Brüder und Schwestern nicht vergönnt, aus den Fängen der schwarzen Geißel errettet zu werden. Und dafür werde ich Ihnen Zeit meines Lebens lang zu Dank verpflichtet sein. In diesem Sinne habe ich Sie daher in meinem Testament bedacht. Sie verdienen alles, das ich Ihnen hinterlassen kann, und ich werde in Frieden und in dem Wissen ruhen können, dass mein Besitz an einen Mann gegangen ist, der die Rechtschaffenheit und den Edelmut des heiligen Georg verkörpert.

In aufrichtiger Dankbarkeit, Ihre …

»Grundgütiger Himmel …«, keuchte Alvin fassungslos.

»Was für eine verdammte Nazi-Spinnerin«, schimpfte Karen. »Am Ende finden wir vielleicht noch heraus, dass sie ein großes Tier bei der British National Party war.«

»Ähm … steht das zufällig für BNP«, fragte Curtis. »Also für diese Nazi-Skinheads und so?«

»Ja … warum?«

»Mann, tut mir jetzt echt leid, Ihnen das sagen zu müssen.«

»Uns was sagen zu müssen, Curtis?«, fragte Karen.

»Na ja, es geht um diesen anderen Brief, den ich im Papierkorb auf dem Desktop gefunden hab. Der war an diese Leute adressiert. Sie hat denen Geld geschickt. Ein Scheck über ’ne halbe Million Pfund.«

Würde es dir helfen, wenn ich dir sage, dass …

»Komm schon, Alvin, du hast dein Bestes für ihn getan.«

»*Sechs* Monate.«

»Sieh mal, er hat doch schon drei Jahre für den Raubüberfall gekriegt, also merkt er die drei Monate wahrscheinlich nicht mal.«

»Aber sechs Monate, das ist einfach nicht fair. Er hat sich doch völlig richtig verhalten. Immerhin hat *er* Bird auffliegen lassen – niemand sonst.«

Alvin und Karen saßen auf einer Bank im Flur des Britischen Strafgerichts und tranken Kaffee aus Plastikbechern. Das allgegenwärtige Personal dieser heiligen Hallen – Gerichtsdiener, Anwälte, Strafverteidiger, die Angeklagten und deren Opfer – rauschte an ihnen vorbei.

»Sieh es mal so«, sagte Karen. »Er ist besser davongekommen als Bird.«

»Ja, vier Jahre, das ist 'ne harte Strafe. Hast du ihn auf der Anklagebank sitzen sehen?«

»Ja, mein Gott, ist das ein hässlicher Vogel.«

»Nein, ich meine, hast du den Ausdruck auf seinem Gesicht gesehen. Ich fand, er sah recht jämmerlich aus.«

»Um Himmels willen, jetzt sag mir nicht, dass du auch noch Mitleid mit dem Typen hast. Bitte, lass das nicht wahr sein.«

Alvin mochte sie nicht ansehen, denn Mitleid war genau das, was er in diesem Moment empfand.«

Ein Hüsteln unterbrach ihr Gespräch. Als sie aufsahen, erblickten sie die andere Karen. Kelis, die inzwischen nicht mehr im Kinderwagen saß, war bei ihr und zerrte heftig an ihrem Laufgurt, als ob sie spürte, dass dies ein Ort war, an dem Menschen für eine nicht unbeträchtliche Zeit aus dem Verkehr gezogen wurden und AN DEM SIE NICHT LÄNGER SEIN WOLLTE.

»Hi, Karen«, sagte Alvin und wendete sich seiner Karen zu. »Karen, das ist Karen, Kevans Mutter.«

Seine Karen erhob sich und reichte der anderen Karen die Hand. »Hi ... tut mir leid wegen Ihres Sohnes. Sechs Monate ...«

»Ja, das ist verdammt hart.« Auch Alvin stand auf.

Karen Nash zuckte die Achseln. »Ich sehe es so: Ich und Kelis haben jetzt die Wohnung drei Jahre lang für uns, also ...« Die Vorstellung schien nur bedingt tröstlich. »Ich wollte mich nur bei Ihnen bedanken«, sagte sie und nahm wieder Haltung an. »Sie hätten das alles da drinnen nicht sagen müssen, nicht nach dem, was er getan hat ... Das war wirklich sehr nett.«

»Das war das Mindeste, was ich tun konnte«, sagte Alvin und zuckte nun selbst die Achseln. »Tut mir nur leid, dass es nicht wirklich geholfen hat.«

»Sie haben Ihr Bestes getan.« Karen Nash sah ihn an. Ihre Miene wirkte traurig, doch ihre Augen blickten warmherzig. »Ich geh dann mal besser. Kelis will ihr Abendbrot.«

Als sie sich ihrer Tochter zuwendete, stieß Alvins Karen ihn mit dem Ellbogen an.

»Ach ja«, sagte Alvin. »Da ist noch was. Etwas, was wir Ihnen geben wollen.«

Er langte in seine Jackentasche, holte einen zusammengefalteten Scheck hervor und reichte ihn Karen Nash.

Als sie die Summe sah, wurden ihre Augen vor Erstaunen groß und rund.

»Zwanzigtausend«, sagte sie schließlich.

»Nur ein kleines Dankeschön«, erklärte Alvin. »Für das, was Sie für mich getan haben. Sie wissen schon, Kevan zu überreden, zur Polizei zu gehen und so.«

»Das kann ich nicht annehmen«, sagte sie leise.

»Doch, das müssen Sie«, sagte Alvin. »Ich bestehe darauf.«

»Wir möchten es wirklich«, mischte sich nun Alvins Karen ein.

»Wenn Sie nicht gewesen wären, wäre *Alvin* heute ins Gefängnis gekommen.«

»Danke schön … Das ist sehr, sehr nett von Ihnen … Aber … ich kann's wirklich nicht annehmen.«

Sie schob den Scheck zurück in Alvins Hand.

Der steckte ihr den Scheck gleich wieder zu. »Bitte, nehmen Sie ihn doch«, sagte er.

»Ich kann nicht.«

»Aber ich bestehe darauf. Sie haben es sich wirklich verdient. Das ist kein Almosen, wenn es das ist, was Sie glauben.«

»Das ist es nicht«, sagte sie, ein bisschen peinlich berührt jetzt. »Es ist … weil … Wissen Sie … ich hab kein Bankkonto.«

»Das lief ja wie geschmiert.« Erleichtert beobachtete Karen, wie die andere Karen die kleine Kelis durch die Tür in Richtung Freiheit beförderte. »Nicht nur haben wir ihr finanziell unter die Arme greifen können, wir haben sie auch davon überzeugt, am Zahlungsverkehr des 21. Jahrhunderts teilzunehmen. Jetzt kann sie endlich 'nen Antrag auf 'ne Kreditkarte stellen, wie jeder andere auch. Sag mal, was schaust du eigentlich so merkwürdig?«

Doch Alvin antwortete nicht, sondern starrte nur unverwandt geradeaus …

»Alvin?«

… hinüber zu dem jungen Mädchen in dem schwarzen konservativen Kostüm. Jetzt erwiderte sie seinen Blick – eindringlich. Alvin konnte sich noch gut an den Tag erinnern, als er sie zum ersten Mal gesehen hatte. Damals hatte sie ihn einigermaßen desinteressiert gemustert, bevor sie in ihren schicken kleinen Peugeot eingestiegen war. Nicht eine Spur von Abscheu hatte sich in ihren wunderschönen Augen gespiegelt, ganz im Gegensatz zu jetzt.

»Wer ist das?«, fragte Karen, und ein Hauch von Misstrauen schwang in ihrer Stimme mit.

»Seine Tochter.«

»Ich dachte, die wäre mir ihrer Mutter nach Frankreich gegangen?«

»Sie ist wohl zurückgekommen, um ihrem Vater zur Seite zu stehen.«

Das gegenseitige Anstarren wurde jäh durch einen vorübereilenden Pulk Anwälte in standesgemäßen Roben und Perücken unterbrochen. Als die Herren sich entfernt hatten, war das Mädchen nicht mehr da. Doch sie hatte gute Arbeit geleistet, denn nun lag ein gehetzter, unbehaglicher Ausdruck auf Alvins Gesicht.

»Tu dir das nicht an, Engel«, sagte Karen eindringlich, die genau wusste, was gerade in Alvin vorging. »Es ist nicht deine Schuld. Sie sollte ihren Vater dafür verdammen. Er hat genau das gekriegt, was er verdient hat. Er ist ein Bastard. Punkt, Ende.«

»Aber …«

»Aber was?«

»Ja, er ist ein Bastard, aber … Er ist auch ihr Vater. Und er hat mal in die Scheiße gegriffen, wie jeder von uns. Er ist doch auch nur ein … Mensch. Nicht Darth Vader oder der Schwarze Mann. Ich weiß, was du jetzt sagen willst, aber ich würde mich wirklich besser fühlen, wenn …«

»Bitte, nein. Bitte geh nicht da hin«, flehte Karen, die genau wusste, was Alvin vorhatte. »Wir haben genug Gutes getan für heute. Ich war froh, etwas für Kevans Mutter tun zu können. Sie hat es verdient. Aber *er?*«

»Nur ein bisschen … etwas … Ich meine, wenn wir ihm etwas zurückgeben würden, nur um zu zeigen, dass wir ihn nicht hassen … Ich habe sowieso nie das Gefühl gehabt, dass es mein Geld ist. Und er hat alles verloren.«

»Er hat seine Frau und den vorübergehenden Zugriff auf seine sechs Autos verloren, und das nur aufgrund seiner Dummheit und Gier. Seine Tochter scheint noch zu ihm zu stehen, und er ist nach wie vor vermögend. Wenn er wieder aus dem Knast kommt, hat er immer noch sein Auskommen. Außerdem wollte seine Mutter nicht, dass er das Geld bekommt. Darum hat sie es auch *dir* hinterlassen.«

»Seine Mutter«, sagte Alvin, »hat der scheiß BNP 'ne halbe Million Pfund vermacht. Was glaubst du, wie ich mich dabei fühle?«

»Okay, das mit der Mutter war nicht gut. Ich hätte sie nicht erwähnen sollen. Aber denk doch mal nach. Ihm Geld zu geben, das ... wäre einfach verrückt. Wenn du dich schlecht wegen ihm fühlst, dann schreib ihm in Gottes Namen 'nen netten Brief oder so ...«

Sie merkte, sie kämpfte auf verlorenem Posten, weshalb sie sich genötigt sah, schwereres Geschütz aufzufahren.

»Würde es dir helfen, wenn ich erzählen würde, dass er ebenfalls ein brauner Hund ist?«, fragte sie.

»Was meinst du damit?«

»Na ja, wie die Mutter so der Sohn.«

»Wovon redest du?«

»Würde es dir bei deiner Entscheidung helfen, wenn ich dir sagte, dass er die britischen Faschisten seit Jahren finanziell unterstützt?«

»Das hat er gemacht?«

»Würde es dir helfen, wenn ich dir sage, dass die Wahlerfolge der BNP und die Tatsache, dass sie Abgeordnete stellen konnten, zum Beispiel in Burnley, allein Jeremy Birds Großzügigkeit zu verdanken waren?«

»*Wirklich?* Also ... ja, das würde allerdings einen Unter ... Moment mal, wie hast du das eigentlich alles rausgefunden?«

»Ähm ...«

»Das war Curtis, stimmt's? Er hat die Sache im Internet recherchiert, hab ich Recht?«

»Na ja, er war ebenfalls ziemlich durcheinander nach dem, was wir gestern auf dem Mac gefunden haben. Da könnte man es wohl niemandem verübeln, wenn er der Sache nachgegangen wäre, oder?«

»Dieser Bastard ... Nicht Curtis, ich meine Bird ...«

»Tja, man kann nie wissen, wie es immer so schön heißt.«

»... geht hin und sponsert die Neo-Nazis. Dieser dreckige *Bastard.*«

»Komm schon.« Karen nutzte den Augenblick, ergriff seinen Arm und zog Alvin mit sich durch die Türen und hinaus auf die Hauptstraße. »Ich weiß schon, was wir jetzt machen, damit es dir wieder besser geht.«

»Wohin gehen wir?«

»Vertrau mir, ich weiß, was ich tue.«

Einer flog *ins* Kuckucksnest

Bedächtig steuerte Jonathan Craig den Wagen seines Vaters über die lange Allee. Er war nervös und fast so ängstlich wie an seinem ersten Tag an der Wood Hill ... der eine halbe Ewigkeit zurückzuliegen schien. Der schrecklichste Tag seines Leben, dem weitere siebenundneunzig folgen sollten. Dann hatte er den Job geschmissen. Zwar war das Leben danach nicht wirklich besser geworden, doch war alles irgendwie besser als wieder zurück an die Wood Hill zu müssen.

Und heute würde alles wieder von vorn beginnen.

Doch gleichzeitig würde ein neues Leben anfangen.

Denn nun hatte er Alvin.

Alvin Lee ist einfach wunderbar, dachte Jonathan oft. »Er ist praktisch ein Heiliger«, hatte ihm seine Mutter wiederholt versichert, und er hatte ihr nicht widersprochen. Tatsächlich ging Jonathan noch weiter. Alvin Lee *war* ein Heiliger. Wer hatte sich jemals so viel Zeit genommen, ihn kennen zu lernen? Vielleicht seine Mutter. Doch selbst sie kennt mich nicht so gut, wie Alvin mich kennt, dachte er. Und wer außer Alvin hatte geholfen, dass er nach seinem schrecklichen Unfall wieder auf die Beine kam?

Gut, seine Mutter.

Und sein Therapeut. Der neue. Der alte hatte gehen müssen, denn er hatte zu viele Fragen gestellt. Der neue war ein richtiger Psychiater. Er gab ihm Pillen – die einen halfen ihm dabei einzuschlafen, die anderen linderten die Schmerzen in seiner Hüfte und in seinem Kopf, und die gelben ... Was taten die gelben Pillen noch gleich? Ach ja, die ließen ihn glücklich erwachen und der Welt mit Zuversicht entgegentreten.

Doch am meisten hatte ihm Alvin geholfen. Alvin hatte dafür

gesorgt, dass er jetzt gewillt war, wieder ... *jungen* Leuten gegenüberzutreten. Er wusste noch nicht genau, was er hier eigentlich tun sollte. Es hieß, es hätte was mit Kabeln und Steckern zu tun. Sie machten Musik in dem Haus, und das konnten sie nicht wirklich gut tun, solange nicht die richtigen Stecker in den richtigen Steckdosen waren. Egal, ein Mann mit analytischem Verstand und hervorragendem Blick fürs Detail war gefragt. Das jedenfalls hatte Alvin gesagt. Und er, Jonathan, besaß angeblich beides.

Ja, er hatte Angst, aber er war auch bereit, sich der Sache zu stellen. In der Tasche befanden sich seine elektrischen Geräte und seine Ohrenschützer (nur für den Fall, dass der Krach überhand nahm). Sie sahen genau wie professionelle Studiokopfhörer aus, also würde das wohl niemandem auffallen. Auch seine Pillen hatte er dabei – die gelben. Und seine Beany-Mütze. Seine Mutter hatte zwar gemeint, die sähe doof aus, doch er mochte sie, und wenn er sie nur tief genug ins Gesicht zog, würde sie einen großen Teil seines Ausschlags verdecken.

Er war bereit.

Let's rock 'n' roll.

Er fuhr hinters Haus und brachte den Wagen vor einem baufälligen Gebäude zum Stehen. Vermutlich die ehemaligen Stallungen. Ein Schuttcontainer stand davor, und jede Menge Baumaterial lag herum – Backsteine und dergleichen. Doch von den Bauarbeitern war weit und breit nichts zu sehen, weil Samstag war. Da entdeckte er eine Person, die offensichtlich doch in dem Gebäude arbeitete. Es war ein Jugendlicher, der mit einem großen Wandgemälde im hinteren Teil des Gebäudes beschäftigt war. Eine Montage aus Gitarren, Schlagzeug und jemandem, der ein bisschen wie Madonna aussah. Oder war das ein Spice Girl? Schwer zu sagen, denn der Stil war doch recht abstrakt. Und doch war es ein gutes Bild. Hell und farbenfroh.

Jonathan blieb im Wagen sitzen und sah dem Künstler eine Weile bei der Arbeit zu. Dann erkannte er den Jungen wieder. Er war ebenfalls an der Wood Hill gewesen, und Jonathan hatte mit ihm zu tun gehabt. Es war indes keiner von den Schwierigen gewesen. Tatsächlich hatte der Junge nie ein Wort gesprochen. Ein Rumäne, wenn er sich recht erinnerte.

Jonathan stieg aus dem Auto, und der Junge sah ihn an.

Jonathan winkte und lächelte ihm zu.

Dann ging er zum Haus.

Gewappnet und bereit für den Rock 'n' Roll.

Zweitausend Pfund … für ein Teleskop

Nackt und schweißgebadet ließ sich Mercedes zurück auf die Bank aus Pinienholz fallen. »Das ist einfach Klasse. Wusste gar nicht, dass wir so was haben.«

»Bis vor einer Woche wussten wir das auch nicht«, sagte Karen, deren ebenfalls nackter Körper vor Schweiß glänzte.

Nachdem sie im biologischen Sinne nicht Mutter und Tochter waren, schienen die beiden kein Problem damit zu haben, sich unbekleidet Seite an Seite hier zu entspannen.

»Wow!«, entfuhr es Mercedes.

»Wow!«, stimmte Karen zu.

Sie saßen in der Sauna, die sich im Keller von Beresford House befand. Alvin hatte sie entdeckt, nachdem Sid und Annie eines Nachmittags einige Stunden lang als vermisst gegolten hatten. Sie hatten sich in ihre geheime Höhle zurückgezogen, zusammen mit ihren Teddys, Puppen und diversen Tupperdosen. Und trotz eines gewissen Widerstands von Seiten der Kinder hatten Karen und Alvin die Sauna für sich reklamiert.

»Und? Wie läuft's an der Uni?«, fragte Karen.

»Ach, weißt du … ziemlich cool.«

Mercedes war nun im ersten Semester und übers Wochenende wieder nach Hause gekommen. Sie musste zwar nie weiter als nach London fahren, hatte jedoch das Wohnheim in Bloomsbury der trauten Familie (einschließlich Sauna) vorgezogen. Sie studierte Astronomie am University College.

Richtig, Astronomie. Doch wie um alles in der Welt war es dazu bloß gekommen? Karen hatte sich gewundert, dass Mercedes überhaupt ein Studium in Betracht gezogen hatte, und das sofort nach ihrem Schulabschluss, obwohl sie angesichts der neuen finanziellen Verhältnisse nicht nur ein sondern gleich mehrere Jahre Pause hätte einlegen können. Und dann auch noch Astronomie … Karen hatte angenommen, Mercedes würde sich für etwas entscheiden, was hipper und näher am Puls der Zeit war. Dass sie vielleicht zum Thema Tierrechte promovierte und eine Dissertation vorlegte, die lautete: »Die Gesichter des Bösen – eine Vergleichsstudie zu den Themen Legebatterien und Holocaust.«

Es war Mercedes' erstes Wochenende zu Hause. Karen hatte erwartet, dass sie mit dem typischen Sack voller schmutziger Wäsche vor der Tür stehen würde. Und vielleicht einem Teleskop. Doch alles, was sie bei sich gehabt hatte, waren Zigaretten und ein Handy gewesen.

Karen und Mercedes waren nicht allein in der Sauna. Gegenüber auf der anderen Seite lag Lynette Moorhouse ausgestreckt auf einer weiteren Bank und schnarchte leise. Sie war eingeschlafen, kurz nachdem sie sich hingelegt hatte. Lynette war in letzter Zeit chronisch erschöpft, denn ihr neuer Job als Fachbereichsleiterin für Geisteswissenschaften forderte die ganze Frau. Sie war zwar nicht die Topkandidatin für den Posten gewesen, doch sie hatte sich den Verantwortlichen gegenüber hervorragend verkauft. Und dann war die Entscheidung für ihre Beförderung durch Favorit Colin Stanislavski erheblich erleichtert worden, der seine Bewerbung völlig unerwartet zurückgezogen hatte. Lynette hatte nie erfahren, warum er so kurz vorm Ziel aufgegeben hatte, doch komisch war das schon gewesen. In der einen Minute war er noch Feuer und Flamme für den Job gewesen, in der anderen – nach einem kurzen Gespräch in Chadwicks Büro – absolut desinteressiert … Sehr merkwürdig. Und dann war das Gerücht von einem kompromittierenden Foto aufgetaucht, aber das hatte Lynette nicht glauben wollen. Wood Hill war schon immer eine Brutstätte für alle möglichen Klatschgeschichten gewesen. Zu schmerzlich war die Erinnerung an jene Karrieren, die aufgrund übler Nachrede zerstört worden waren, als dass sie Stanislavski ein solches Schicksal gewünscht hätte – so sehr sie ihn auch verachtete.

An manchen Tagen wünschte sie jedoch, er hätte den Job bekommen. Es war alles andere als leicht, einen Fachbereich in der Größe eines afrikanischen Kleinstaates zu leiten. Und die Tatsache, dass sie nun Donnas Vorgesetzte war, hatte ihr Verhältnis merklich abkühlen lassen – doch Lynette war fest entschlossen, sich auch weiter um die Beziehung zu bemühen. Regelmäßig am Freitag war sie dann so erledigt, dass sie die meisten Wochenenden in Beresford House entspannte – das für manche offenbar den Erholungswert eines Country-Hotels hatte.

»Willst du nicht mal nachsehen?«, fragte Mercedes.

»Nein, nicht wirklich«, erwiderte Karen.

»Aber sie hatte mal einen Pimmel. Und Eier. Willst du denn nicht wissen, was daraus geworden ist?«

»Nein, will ich nicht. Und rede bitte leiser. Sie könnte uns hören.«

»Die ist doch total weggetreten. Ich glaube, ich schau mal rasch nach.« Sie lehnte sich vor und lüftete eine Ecke des Handtuchs, das Lynette bedeckte.

»Lass das sein, Mercedes«, befahl ihr Karen. »Auf der Stelle, oder ich wecke sie.«

»Spielverderber«, sagte Mercedes. Sie ließ das Handtuch los und setzte sich wieder artig neben Karen. Für eine Weile genossen sie einfach nur die Stille und lauschten dem gedämpften Hämmern von Bass und Schlagzeug, das leicht bedrohlich durch das alte Gemäuer an ihre Ohren drang.

»Was denkst du eigentlich über das, was die oben machen?«, fragte Karen.

»Was meinst du? Alvins Talentschmiede? Also, ich finde das ziemlich … cool.«

Ein Adjektiv, das angesichts ihres zwiespältigen Verhältnisses zum Helfersyndrom ihres Vaters durchaus mit *absolut total supertoll* übersetzt werden konnte.

»Solange er das Projekt nicht versaut, indem er sie bei so lahmen Veranstaltungen wie *Top of the Pops* unterbringt«, relativierte sie ihre Aussage.

»Klar«, stimmte Karen zu. »Wer braucht schon die Charts und so was wie Erfolg … Pfff!«

»*Genau*, Mann«, pflichtete ihr Mercedes bei, offenbar immer noch nicht empfänglich für Ironie. »Wer ist denn der neue Spinner da oben?«

»Wen meinst du?«

»Der Typ mit dem debilen Tranquilizer-Grinsen und dem Ausschlag im Gesicht.«

»Das ist Jonathan. Er hilft dabei, das Equipment anzuschließen und so. War 'ne große Nummer bei der Verkehrswacht, soweit ich weiß.«

»Nie von denen gehört.«

»Das ist keine Band. Er hatte was mit Ampeln zu tun.«

»Das passt. Der sieht irgendwie aus wie einer, der den ganzen Tag Züge beobachtet. Und ein Krüppel ist er noch dazu.«

»Sei nicht so gemein. Er hat sich bei einem Sturz die Hüfte zertrümmert. Der wird sein ganzes Leben lang humpeln müssen.«

»Wo ist er denn runtergefallen?«

»Keine Ahnung, Alvin hat es mir nicht erzählt. Es scheint ihm ein großes Bedürfnis zu sein, ihn irgendwie zu beschützen.«

»Ach ja, Alvin und seine Loser … Da fällt mir ein, dass er mir erzählt hat, Jeremy Bird wäre ein Nazi oder so. Stimmt das?«

Karen antwortete nicht, sondern schloss die Augen und tat so, als ob sie eingenickt wäre.

»Ist echt unglaublich, was?«, fuhr Mercedes fort. »Meinst du, die haben hier einschlägige Partys gefeiert. Du weißt schon, so mit Lederstiefeln und Hakenkreuzen an den Wänden?«

Karen kniff die Augen noch ein bisschen fester zusammen und markierte einen Lynette-Moorhouse-Knockout.

»Wie hast du das überhaupt rausgefunden?«, fragte Mercedes. »Ich meine, der Alte hat das sicherlich nicht an die große Glocke gehängt, oder? Wäre ja auch scheiße fürs Geschäft gewesen, nehme ich an.«

Karen beschloss, ein bisschen zu schnarchen.

»Hast du hier etwa ein Geheimversteck mit vertraulichen Papieren oder so was gefunden? Ich meine, ein altes Haus wie dieses hat doch bestimmt ein paar geheime Räume hinter der Holzverkleidung.«

»Ich hab's nicht wirklich rausgefunden«, sagte Karen schließlich.

»Was?«

»Dein Vater ...« Sie rutschte näher zu Mercedes herüber und senkte ihre Stimme zu einem Flüstern, während sie Lynette nicht aus den Augen ließ. »Also ... gestern war er wieder auf einem seiner ... Heiligentrips.«

»Ach du scheiße«, sagte Mercedes, die womöglich schon ahnte, was nun kommen würde.

»Er hatte ... Mitleid mit Jeremy Bird. Wollte ihm doch tatsächlich Geld zukommen lassen.«

»Was für ein *Idiot*, Mannomann!«

»Psst, sprich bitte etwas leiser ... Jedenfalls war ich darüber so verzweifelt, dass ich ihm diese BNP-Sache aufgetischt habe – es passierte ganz spontan, war total improvisiert.«

»Du hast dir das alles aus den Fingern gesaugt? Du hast *gelogen*?«

»Na ja, nicht wirklich gelogen. Ich habe ihn eigentlich nur was gefragt. Ich habe ihn gefragt, ob es ihm helfen würde, wenn Jeremy Bird ein waschechter Rechtsaußen *wäre* ... Ich habe damit ja nicht gesagt, dass er es *ist*. Und der Rest war dann der Fantasie deines Vaters überlassen.«

»Mann, Karen, du bist echt ... voll krass.«

Karen vermutete, dass dies ein Kompliment war, obwohl man sich bei Mercedes da nie ganz sicher sein konnte. »Du erzählst es doch niemandem, oder?«, fragte sie.

»Und sehe zu, wie Dad unsere ganze Knete dieser hässlichen Missgeburt gibt? Ich bin doch nicht blöd.«

»Das weiß ich doch«, sagte Karen. »Danke.«

»Wie dem auch sei, er muss damit aufhören, das Geld zum Fenster hinauszuschmeißen«, sagte Mercedes. »Oder es für total Fremde auszugeben … Ich muss ihn nämlich demnächst um zweitausend Pfund erleichtern.«

»Zweitausend Pfund?«

»Für ein Teleskop.«

»Aha.«

»Hey, das brauche ich wirklich. Und ich könnte für ein anständiges Teleskop durchaus mehr als zweitausend Pfund ausgeben, das kann ich dir sagen.«

»Das glaub ich dir gern«, sagte Karen, die soeben die Vision eines millionenschweren Observatoriums auf einer Bergspitze überkam. »Mach dir darüber keine Sorgen. Ich denke, das geht in Ordnung. Tatsächlich könnte es sein, dass du dir sogar das etwas teurere Modell aussuchen darfst.«

»Wirklich?«

»Das ist doch eine Investition in die Zukunft seiner Tochter. Ich denke, das wird er einsehen.«

»Cool, wenn du meinst«, sagte Mercedes.

Ein paar Minuten schwitzten sie schweigend vor sich hin.

»Was hast du denn zu Weihnachten geplant?«, fragte Karen. »Gehst du zu deiner Mutter, oder kommst du zu uns?«

»Das ist doch 'ne halbe Ewigkeit bis dahin. Hab mir noch keine Gedanken darüber gemacht. Warum fragst du?«

»Gestern, nach dem Heiligentrip deines Vaters, hatte ich so was wie 'ne kleine Panikattacke. Ich sah unser ganzes Geld dahinschwinden für … seine *Schützlinge*.«

»Mann«, japste Mercedes, der die Dramatik der Situation erst jetzt in vollem Umfang bewusst wurde.

»Ich hatte diese Horrorvorstellung, dass er in etwa sechs Monaten unsere letzten zwanzig Pfund an ein Heim für Esel spendet.«

»Mannomannomann.«

»Du kannst dir gar nicht vorstellen, wie viel allein für dieses ganze Studio-Equipment draufgegangen ist.«

»Deshalb soll ich also das teurere Teleskop anschaffen?«

»Jedes Pfund, das er für dich ausgibt, ist ein Pfund, das er nicht verschenken kann an …«

»Esel?«

»Versteh mich nicht falsch, Mercedes. Ich mag Esel. Doch ich möchte auch, dass das Geld ein bisschen uns zugute kommt. Na ja, und dann habe ich Alvin gestern – in Panik – in dieses Reisebüro gezerrt.«

»Reisebüro?«

»Und einen Urlaub auf St. Lucia gebucht.«

»St. Lucia?«

»Ja, zwei Wochen über Weihnachten. All-inklusive. Eine Privatvilla in der Nähe einer exklusiven Hotelanlage. Mit unserem eigenen Pool vor der Tür.«

»Ein eigener Pool?«

»Hin- und Rückflug in der Business-Class.«

»Wow!«

»Interessiert?«, fragte Karen, obwohl sie wusste, dass Mercedes schon beim Wort »Reisebüro« angebissen hatte.

»St. Lucia hat einen traumhaften Nachthimmel«, sagte die frisch gebackene Astronomiestudentin. »Keine Luftverschmutzung, weißt du?«

»Dann solltest du am besten dein neues Teleskop mit einpacken.«